彩之河

[日]松本清张 著　叶荣鼎 译

上

Matsumoto
Seicho

四川文艺出版社

图书在版编目（CIP）数据

彩之河 / (日) 松本清张著 ; 叶荣鼎译. -- 成都 : 四川
文艺出版社, 2017.7
ISBN 978-7-5411-4729-6

Ⅰ.①彩… Ⅱ.①松… ②叶… Ⅲ.①长篇小说—日
本—现代 Ⅳ.①I313.45

中国版本图书馆CIP数据核字(2017)第163618号

著作权合同登记号 图进字：21-2017-15

CAI ZHI HE
彩之河

［日］松本清张　著　叶荣鼎　译

责任编辑　彭　炜
封面设计　叶　茂
内文设计　史小燕
责任校对　蓝　海
责任印制　唐　茵

出版发行　四川文艺出版社（成都市槐树街2号）
网　　址　www.scwys.com
电　　话　028-86259285（发行部）　　028-86259303（编辑部）
传　　真　028-86259306

邮购地址　成都市槐树街2号四川文艺出版社邮购部　610031
排　　版　四川最近文化传播有限公司
印　　刷　成都东江印务有限公司
成品尺寸　145mm×210mm　1/32
印　　张　23.75　　　　　　　字　　数　600千
版　　次　2018年1月第一版　　印　　次　2018年1月第一次印刷
书　　号　ISBN 978-7-5411-4729-6
定　　价　86.00元（全二册）

松\本\清\张\作\品

松本清张，日本社会派侦探推理小说鼻祖
（代序）

叶荣鼎

松本清张，1909年12月21日生于北九州市小仓北区（原为福冈县企救郡板柜村）。自幼家境贫寒，没上过初中、高中和大学。他读小学三年级时，三次转学，十五岁那年毕业于清水小学（原为板柜普通小学）。毕业后，先后就职于川北电器有限公司小仓办事处与高崎印刷厂。二十岁那年，因与文学青年好友宣讲无产阶级理论而被列为红色人物而羁押十多天于小仓警署。出狱后，相继供职于福冈市鸟井印刷厂与朝日新闻报社九州分社广告部，直到三十三岁那年，才转为正式职工。一年后，被强行服役派去朝鲜战场。三十六岁那年，也就是1945年回国。好在松本清张自小学毕业后，从未放弃过业余自学，时常挑灯夜战，阅读大量书籍，撰写读书笔记和苦练写作。

步入不惑之年的第二年，松本清张参加了"朝日周刊"主办的"百万读者小说"的征稿活动，以《西乡札》纯文学小说荣获三等奖崭露头角，从此一发而不可收。仅隔一年，松本清张又以《为了石花菜》纯文学作品闪亮登场，荣获次席推荐奖。又隔一年，松本清张创作的《小仓日记》脱颖而出，被刊登在当时著名的《三田文学》杂志上，在整个日本文坛尤其纯文学界引起了震撼和轰动，收获了日本国

纯文学小说界最有影响的第28届芥川奖。是年，他被推选为日本宣传美术协会九州地区委员。四十四岁那年，他被调至朝日新闻总社工作。三年后，也就是四十七岁那年，松本清张毅然辞去待遇优厚的朝日新闻总社工作，以写作谋生，正式步入文坛，直到1992年8月4日溘然长逝。

在长达四十年的专职创作生涯中，松本清张先后创作了多本脍炙人口的短篇、中篇和长篇作品。其中，有纯文学小说，有历史小说，有侦探推理小说，还发表了许多评论文章。松本清张的作品内容涉及面广，时间跨度大，拥有不同领域和不同年龄的广大读者，先后获得"朝日周刊百万读者小说征稿活动三等奖"、"第28届芥川奖"、"日本推理作家协会奖"、"第5届日本记者会议奖"、"第1届吉川英治文学奖"、"第18届菊池宽奖"、"第29届NHK日本放送协会广播电视文化奖"、"1989年度朝日奖"等多项在日本文坛颇有影响的大奖。

提起松本清张的力作《点与线》，刷新了日本的侦探推理文坛，开创了社会派侦探推理小说的先河，被誉为日本社会派侦探推理文学的奠基人。他创作的《眼壁》《日本黑雾》《深层海流》《现代官衙论》《黑色福音》《黑影地带》《黑点漩涡》《砂器》等巨作，也同样在日本文坛独领风骚，产生了巨大反响，掀起了社会派侦探推理小说的旋风。他的《点与线》《砂器》《日本黑雾》《黑色福音》《黑影地带》《黑点漩涡》，曾在我国大江南北赢得了众多读者。

纵观松本清张的侦探推理小说作品，在继承江户川乱步开创的正统侦探推理小说基础上，结合纯文学，博采国内外侦探推理大家的众长，独辟蹊径，自成一家，为日本的社会派侦探推理文学竖起了新的里程碑。

松本清张的作品注重社会性，着重层层剥开日本高层黑暗内幕，向社会诉说底层广大工薪阶层的生活疾苦。他对美军占领日本期间所发生的冤案和惨案等，运用侦探推理的写作手法进行了淋漓尽致的剖析和彻底揭露。他曾撰写《半生记》，向人们倾诉了其在步入文坛前四十三年充满坎坷、心酸和艰难的生活经历，催人泪下，令人难以忘怀，让广大读者领略了这位大器晚成的文学巨匠锲而不舍的伟大精神。抑或正是因为有了这样的磨难历程，才使得他的创作风格更趋平民化，生活化，更接地气，更贴近庶民的心灵。

松本清张的作品还有一大特点，就是把侦探推理战场扩大到日本全国各地，不仅地点与方位描写得一清二楚，就连列车与电车的车次时刻及其途中停靠站名以及周围情境都交代得与实际不差分毫。他用精美的文字为读者描绘了一幅又一幅鸟语花香、气壮山河的风景画，激发了读者爱祖国爱家乡的情感。

从1971年起至1974年的四年期间，松本清张被选为江户川乱步创建的日本画作家协会理事长，兢兢业业，呕心沥血，为日本侦探推理文学的传承与发展以及壮大做出了不可磨灭的重大贡献。在日本侦探推理文学界，他的名声仅次于江户川乱步。在日本文坛，他享有崇高威望，与大文豪夏目漱石等一起出现在前十名作家行列里，远远排在生前一直贬低与蔑视他的大作家井上靖的前面。在他的家乡北九州市小仓北区，建有纪念碑与松本清张文学馆。自1993年以来，截至2016年8月，已举办了23届松本清张奖评选活动，激发和培养了许多社会派侦探推理文坛的后起之秀。

松本清张是超越所有规范的大作家，知识渊博，个性鲜明。他主张创作应由主题来决定写作形式和表现方式，强调文学范畴仅限于纯文学和通俗文学。他给侦探推理小说下定义时说，文学作品应该属于大众，无论是纯文学作品还是通俗文学作品，检验基准只有一个，那就是看它是否拥有广大读者以及能否流芳百世。

《彩之河》系上下集，共58万字，是松本清张晚年创作生涯中炉火纯青的巨著之一，不仅兼备社会性、思想性、文学性、推理性与可读性，而且故事结构极其严密，在日本国内赢得不计其数的读者青睐与评论家以及同行的高度评价。

《彩之河》，比较集中地反映了松本清张别具一格、独树一帜的社会派侦探推理文学创作风格，深刻地挖掘了日本的现实社会，十分感人，特介绍给我国大江南北青睐侦探推理文学的广大读者。

目 录

久别重逢

　　五月十六日晚上九时左右，正值首都高速公路霞关收费站空闲的时候。再过一个半小时，这里将呈现一派车水马龙、熙熙攘攘的热闹景象。一到晚上十一点，通过霞关收费站的车流数量将急剧猛增，高峰突起。这种混乱不堪、争先恐后的场面，一直要持续到次日凌晨的一点。在这两个小时的交通高峰时间段里，光顾霞关收费站的客人们，主要是来自银座大街的夜总会、俱乐部、酒吧，以及酒店。

　　一到车流高峰，通过四个收费口的轿车一辆接一辆，简直没有尽头，一改白天秩序井然、有条不紊的状态。司机们纷纷伸出手把钱或通行券递向窗口，尔后一溜烟驶出收费口沿着通道直冲高速公路。这四个收费口犹如四节瘦长的列车车厢，火红的颜色给人以一种温暖的感觉。四个收费通道分别为两条内环线和两条外环线，全天二十四小时畅通。

　　四条风驰电掣般的车流，在霞关收费站前徐徐减速，会师后继而涌向收费口。经过收费站后，穿过隧道直奔高速公路。远远望去，犹如四股扑向水库闸门的洪流。在这里会合的四条车流，第一条是沿着南面官厅街的上坡道驶向这里；第二条是从西南面的虎门那儿奔向这里；第三条是从西面的赤坂方向快速驶来；第四条是来自东面的有乐街，途中必须绕过国会议事堂门前。

　　驰过霞关收费站，前方是呈下坡道状的隧道口。长蛇般的车流仿佛水管破裂泛滥漫溢的水，被狭窄的隧道缓缓吸入。收费口车厢里更是一派繁忙景象，花甲年龄的收费员们正忙着收钱、检票和找零钱。

当时针指向次日凌晨一点的时候，尽管长达两个小时的交通高峰终于过去，仍没有明显好转。虽说驶过收费站的车流流量还源源不断，但一窝蜂似的局面不复存在。收费员们开始有空闲打望窗外景色，欣赏下坡不远处路灯通明的街道。国会议事堂门前的一长排路灯，耸立在黑色夜空里，宛如树林里一棵棵挺拔的大树。

此刻，收费员井川正治郎站在内环线上的红色车厢里，收取车辆过关费。

收费口的红色车厢是模仿列车车厢制作的，车厢前三分之一面积是收费室，后三分之二面积是按照软卧车厢的布局分隔，内侧是狭窄的走廊，外侧分别是保险箱室、更衣室、浴室和厕所。通常，每个收费口安排两名收费员。

一名收费员站在窗口，从司机手中收取通行券或者现金四百日元，给司机一张报销单。碰上购买一百张通行券的，则收取现金四万日元，给司机一本通行券簿和报销单。窗口旁边有一张写字桌，桌上放有算盘和找零用的纸币、硬币，另一名收费员坐在桌前担任出纳员。有的司机递上一张一万日元的纸币，则要找上零钱：一张五千日元的纸币，四张一千日元的纸币，六枚一百日元的硬币。

站着的收费员与坐着的出纳员，相互每三十分钟替换一次。因此，备有两个放有零钱的抽屉。这些零钱，是收费员于早晨八点上班前从公司财务所领来的。收费工作，每一班是二十四个小时。从早晨八点一直到次日早晨八点，下班时的这一天和第二天是公休。至于第三天的上班地点，则根据当日通知到公司指定的收费所。也就是说，不是固定在某一个收费站上班。

在收费站工作的收费员，行政上不隶属首都高速公路国营管理机构，而是隶属承包该收费业务的民营公司。像此类民营收费公司一共有十三家，每家公司承担八九个收费站的收费任务。因此，收费员在该公司承包的各收费站转上一圈，通常需要二十四天到二十七天。

一年前，井川正治郎去其中一家民营收费公司应聘被录用了。

这些收费员几乎都是退休人员，而这项工作也是面向老人的。一开始，月薪为十三万日元。以后，随着工龄的增加，月薪可上升到十八万日元。年终奖大约五十三万日元，年收入两百多万日元。对于希望再就业的花甲老人来说，称得上待遇优厚的工作。

录用条件如下：

一、性格温和，忠厚；

二、身份和住所确实。

一般来说，五十五岁以上的人大多性格温和，棱角已经磨平，十分珍惜来之不易的"末班车就业"。再就业的基本理由归纳起来大致如下：

一、觉得在家东游西荡无聊；

二、在家缺乏运动容易使大脑老化；

三、身体还可以，希望再工作一段时间，靠自己的手挣点零花钱。

招聘的那家民营公司的人事科长翻阅了井川君填写的履历表，对井川正治郎说：

"贵庚今年五十六岁了，毕业于京都大学经济系。呵！五十岁时就辞去了东洋商社的董事兼管理部长的职务。提起东洋商社，大名鼎鼎，东京人谁不知道！在商业行业属于一流企业！可是，您为什么辞职呀？"

"是根据自身情况选择辞职的。说得具体一点，即使被提拔为高层管理干部也还是在原来公司工作。比较起来，我还是想干自己喜欢的工作。再说我那点才能，也已经毫无希望晋升为常务董事。与其说超过五十岁被解聘董事，倒不如孤注一掷创办一家属于自己的公司。”

“您在大阪创办过一家贸易公司？”

“正像履历表上所写的那样，我出生在兵库县，在大阪那里有许多的同学和朋友，上京都大学读书也是出于这一原因。”

“可您建立的那家公司，只经营了一年就结束了？”

“仍然是预测过于乐观。在大公司里工作与孤身一人闯荡世界，比较起来，无论哪一方面都截然不同。公司解散后，我带上妻子来到东京，那后来在家足足待了两年。”

“收费站工作，说到底不是您所想象的那么轻松，每三天上一班，每班长达二十四小时哟！如果您认为这等同于隐居、悠闲的工作，那可是大错特错的呀！”

人事科长望着井川正治郎那张六十岁模样的脸，说道。

“即使现在，我对自己的身体也充满了自信。我家住中央地铁线的国分寺，平日里每天清晨在大街上长跑一个小时。说到收费工作，三天才上一个二十四小时的班，我完全能胜任。我还没有想过要隐居，不过，半夜里大概可以临时打个盹吧？”

井川正治郎挺了挺背脊，问人事科长。

“可以轮流休息五个小时左右，有床。”

“那样的话，一点问题也没有了。另外，一下班还能公休两天。如果继续像现在这样在家里闲着，精神和身体都会垮的！因此，无论如何请批准我加盟贵公司工作。”

井川所说的一席话，与其他应聘者没有什么两样。在人事科长看来，纯属老生常谈。

“但是，我觉得您主动辞去东洋商社的重要职务真是太可惜了！”

人事科长又从头到尾看了一遍履历书，感叹道。

井川没有立即回答。从人事科长的脸部表情不难看出他的估计：

井川主动辞去一流公司的重要职务，说明这位应聘者是公司内部派系斗争的牺牲品。井川君刚才说是因为升任常务董事的希望破灭，其实，这话已经暗示了老资格的人事科长。事实，也正是如此。

"我们公司的收费员中间，有曾经是大企业的干部的；有过去是企业部长级以上的高层管理干部的；还有曾经是新闻记者和政府官员的。"

人事科长从那些人的经历，察觉到井川君与他们基本相似。

"你们这些人曾经都有过辉煌的历史，可我们是企业，无法一一特别照顾。如今，你们都加盟到我们公司，我们衷心地表示欢迎！是呵，在我们这里，与军队里一样都相互平等，一视同仁。也希望你别以过去的地位自居，全身心地投入到平凡的收费工作之中。"

井川君再次向人事科长强调：自己是失败者。

"我想我们这些人都早已忘记了过去，请别担心。请问，这里的退休年龄是六十岁吧？这样，我还可以足足干上四年的时间。"

"虽然退休年龄是六十岁，但身体健康的收费员可以延长到六十五岁。"

进入公司后，是两个星期左右的培训期。一结业后立即被分配到收费站实习，紧接着在各收费站轮转上班。

车流量拥挤的收费站，其收费室的车厢面积较大；车流量小的收费所，其收费室的车厢面积较小。收费员们给大车厢起了一个"巡洋舰"的美称；给小车厢起了一个"驱逐舰"的美称。这些收费员中间，有相当一部分曾经在军队服过役，习惯于这样的称呼。井川君想起人事科长曾经说过的一席话："一进入公司几乎与军队一样，都要忘掉过去的历史，一律平等。"

一走进车厢式的收费室，新来的收费员立即明白了一切。从某种意义上来说，应把相互友好和互相尊重放在同事交往的首位。

彼此之间都上了年纪，加之过去的遭遇都十分相似，从而更加亲切。由于大家都看破了红尘，因而与世无争。再说第二次参加工作，都是出于某种无奈和窘迫。

倘若再就业的目的是出于摆脱闲居在家中的无聊或者为了身心健康，同事之间就不会有任何争吵。在这种收费站工作，既没有飞黄腾达的通道，也不存在派系斗争。

但维系这种团结、和善的纽带仅仅是一张纸，一旦捅破，那难以启齿的伤心经历则暴露无遗，易于陷入自暴自弃的境地。因此，他们之间难以深交，友谊仅仅停留在车厢式的收费站里，一下班便烟消云散。说穿了，他们之间是一种平淡无味的同事关系。

闲聊时，尽量避免刺痛对方的"伤疤"。

"衷心感谢您的光临！"

"您辛苦了！"

站在收费室窗前的收费员，一边接过通行券或现金，一边问候司机。正因为面对面为客人服务，所以，更应讲礼貌，主动与每一位司机打招呼。这是刚进公司参加研修时接受的规范服务教育。普通卡车的驾驶员与收费窗口差不多高度，收费员与驾驶员的脸正好平行相对。遇上大卡车，收费员不得不抬起头来。而轿车窗口比收费室窗口低得多，收费员服务起来比较舒服，并且连轿车后排座位的情况也一目了然。这是井川君自参加工作以来的体会。

一般来说，司机只是将握着通行券的手伸向窗口，眼睛仍然望着车辆的正前方，似乎无视收费员的存在。递上现金或者收到找头、发票的时候，眼睛仍然紧盯着前方。此刻司机的心理，一是希望尽快通过收费口，哪怕提前一秒钟也好；二是觉得这些收费员头戴大盖帽，身体埋在制服里，呆头呆脑，与机器人同属一种类型，视线完全没有必要在他们的身上停留。这些收费员与铁路站员、地铁站员、邮递员、宾馆服务员，以及警察差不多少，在大盖帽和制服的包裹下，已经完全失去了做人的意义。有人讽刺说，他们是不属于人类的木偶生物。

　　并且，坐在后排的乘客以及收费站附近的人们也从不望他们一眼。那顶大盖帽压在头上，盖住了发型、眉毛，以致额头的特征也消失了，无法辨认究竟是谁。试想，一个人的脸部如果失去三分之一，就等于此人已经离开人间。无论收费员们过去如何辉煌如何威风，也无人问津和关心。

　　他们的存在，犹如自然界的无机物，给他们带来无限的空虚和苦闷。工作也很单调，仿佛自动售票机。虽说克制自己不再想起过去，却无法赶走内心的凄凉。

　　为此，有的同事开始学习语言，不是为了学以致用，而是填补那块"空白"。如今这位同事已经能看懂《伦敦时报》，达到相当的英语水准，还攻读了法语、德语和西班牙语。有的同事学习哲学，有的同事还结合汉语《辞海》通读了《史记》《论语》《淮南子》和《文选》等。这位通读《史记》的同事就是今晚井川君的拍档，叫中田君。中田君一摘下大盖帽，那尖尖的秃顶上不粘一发，犹如小太阳灯泡。刻苦学习带来的成功，完全归功于他心里的那块坚实的基石。他嘴上常说："训练大脑是防止老化最有效的办法。"

　　时针指向晚上九点，他俩正在霞关收费站的内环线收费室值勤。

　　这条内环线与芝、饭仓和涉谷方面相连。一到晚上五点便做准备工作，迎接晚上九点开始的繁忙。同时，每个车厢收费室的人数从两名增加到四名，其中两名到休息室的床上打盹，可以从晚上七点钟睡到半夜十二点，然后起来接班。这种轮换休息的顺序，由大家民主协商自行安排。

　　此刻，坐在写字桌前担任出纳员的是中田君。

　　眼下的一分钟里只通过三辆车，离高峰尚有一段时间，还有空闲能说上"衷心感谢光临！"和"您辛苦了！"的问候语；一旦进入车流高峰，连话都顾不上说，也就省略了问候语，只是用不停地点头向司机示意。

这时候驶来一辆白色的轿车，其身后跟着驶来一辆红色的轿车，是国产车。看上去是一辆与进口车价格不相上下的高级轿车，驾驶席上坐着一个女司机，副驾驶席上坐着一个男乘客。女司机鼻梁上架着一副深墨色的太阳镜，一头漂亮的波浪式卷发，身着色彩鲜艳的进口服装。这辆红色轿车驶到收费室窗口前停住了，那只握着一万日元纸币的纤细白净的手笔直地凑了上来，另一只手仍握着方向盘。

"请售给我九张通行券。"

她与其他司机一样没有朝收费员望一眼，目不转睛地注视着前方。此刻，这辆红色轿车完全处在收费员俯视的视线范围。

瞧！她是和子小姐！刹那间，井川君完全看清楚了女司机那张熟悉的瓜子脸。顿时，全身的血液几乎凝固了。打离开东洋商社七年来，还是第一次亲眼见到山口和子。

井川君使出吃奶的劲儿屏住呼吸，一声不吭地接过一万日元的纸币，迅速交给旁边的中田君。趁中田君低头在桌上数找头的当儿，井川君赶紧把帽檐压到眉毛与眼睛之间。

忽然间，一种突发奇想闪现在他的脑海里。他在售出的九张通行券上的第一张表面，用铅笔敏捷地画了一个记号。

购买九张通行券是三千六百日元，加上这回通过收费口的四百日元，合起来正好是四千日元。中田君计算后点齐了找头，把六张一千日元的纸币交给井川君。井川君小心翼翼地把九张通行券、报销单和找头一起递到女人的手里，手指不由自主地直打哆嗦，那女人接钱的手指也触及了井川君正在颤抖的手。他俩之间的肌肤接触，还是分别七年以来的头一回。

然而，那女人并没有感觉到什么，若无其事地把通行券和找头等塞进漂亮的小皮包里。她只略看了一下找头，也没有顾得上看通行券表面上的记号，紧接着用脚轻轻地踩在油门上开车走了。

井川君从窗口探出脸眺望车尾，当这辆车正要驶入隧道口的时候，照明灯光映照出白色牌照上的黑色阿拉伯数字。

他迅速地记下那辆红色轿车的牌照号码后，才将脑袋缩回收费室。

心跳还在加速，呼吸跟着急促起来。那个坐在副驾驶席上的男乘客，也是七年以来第一次看见。如今，摇身一变当上东洋商社的总经理，他叫高柳秀夫。七年前，他与井川君平起平坐，担任公司的财务部部长。与那时候相比，他现在完全发福了，大腹便便，派头十足。

不只是那样，瞧他坐在和子身边的那副悠然自得、毫不做作的神情，足以说明他俩亲密无间的男女关系。就连和子接过找头和通行券的时候，他也没有主动向她搭讪什么，一副大大方方的模样。

镇定自若，俨如形影不离的夫妻。

倘若坐在她边上的不是高柳秀夫，井川君的脑海里也许不会冒出在通行券表面书写记号的念头。多半是把过去的一切永远地埋葬在心底里，默默地目送和子小姐远去，消失。

事实上，那潦草的记号是他俩之间的通信暗号。七年前，山口和子在一家夜总会当女招待。就是那时候，她与井川君共同设计的。有了那样的通信暗号，可以从容不迫地在其他客人面前相互表达爱情。井川君这一次在通行券表面上书写的记号，就是通信暗号语的其中一个，意思是：

"从现在起，我永远等着您。"

井川君开始浮想联翩，明天或者后天，当和子小姐掏出通行券时一定能发现这久别的暗号！

"你也许认识那车上的美女吧？"

中田君大概不会察觉那通行券上的暗号吧？可井川君把脸探出窗口目送和子小姐远去时的痴迷表情，却没有逃过中田君的眼睛。

"不！只是随便看看。"

"原来是这么回事。"

这时候，又有一辆轿车驶到收费室窗前，司机的手又伸到井川君的眼前。嘿！后面的车一辆连着一辆地接踵而来，收费室开始繁忙起来。这一回，轮到井川君坐在桌前做出纳员了。可他那圆滚滚的脑袋似乎处在半真空的状态，神情恍惚，目光呆痴，连算盘珠也不会拨打了。站在窗前的中田君见状，递给井川君一张小纸条，那上面写道：

"回忆南方的树枝，眷恋飞去的小鸟。——摘自《文选》"

和子有家

上午八点，霞关收费站的交接班结束。公司的大巴士沿着下属收费站转了一圈，把上班的收费员送到指定的收费站，再把下班的收费员送到港区芝白金的东都高速公路收费公司财务所结账，然后各自坐车回家。

经过长达二十四个小时的疲劳工作，这些五十五岁到六十五岁的老头们坐在大巴士的靠椅上鼾声如雷。肿胀的眼睛，油脂斑驳的黑色皮肤，经过一天一夜的疲劳，脸上的皱纹刻得更深了。纵然有五个小时的瞌睡，仍旧无法赶走近二十个小时的辛劳。年龄不饶人！头上的白发似乎又多了几根。

换上便服的井川正治郎走出财务所大门，打算抓紧时间回家好好地睡上一觉，明天再休养休养，后天有可能去高树收费站工作。

也许平日里，他会立即乘上开往国分寺的电车径直往家赶路。可今天却没有这个念头，他来到财务所附近的一家咖啡馆里，点了一份咖啡和烤面包的优惠套餐。还没有吃上一半便走到店里的红色电话机前，打电话给自己的夫人秋子。

"秋子，我有一点急事需要到别处去一趟，傍晚才能回到家。"

"您尽管去吧，可要早点回来哟，别累垮身体！"

妻子唠里唠叨的，也许是上了年纪的缘故。

其实，休息室里五个小时的小睡，让井川君毫无倦意，直愣着两眼。那红色轿车里与和子小姐并排坐着的高柳秀夫的脸时隐时现，仿佛幽灵一般在井川君的眼前徘徊。七年前，正是由于"幽灵"玩弄卑鄙的手法，井川君才遭到了决定命运的惨败。

那悲惨的一幕幕，犹如银幕上翻腾的大海，令他心潮起伏，久久难以平静。躺在休息室床上辗转反侧，难以入眠，大脑处于极度兴奋的状态。

那写在通行券上的通信暗号，和子小姐什么时候能看到呢？明天还是后天？还是其他什么时候？那天晚上，她太粗心了！连购买的通行券也没有看上一眼，就把它塞入皮包走了。

她既没有望一眼通行券，也没有瞟一眼收费室的收费员。按理说，她也没有必要注视收费室里的这些大盖帽老头。相反，井川君却从帽檐下仔细欣赏了她那张西施般美丽无瑕的脸蛋。那七年前彩色河流般的经历，似乎又从头开始了。山口和子在夜总会当女招待时，还只是一个贫穷寒酸的女子。如今截然相反，全身上下透露出一股高贵、阔绰的气质。当时芳龄是二十五岁，照此推算，现在应该是三十二岁。现在，她体形丰满，衣着华丽，加之耀眼的首饰，显得格外地光彩照人。脸部虽然只做了简易化妆，但白皙的皮肤向外透出异样的光彩。

她能拥有今天，完全依赖于那个副驾驶席上的男人——高柳秀夫的经济资助。从递上一万日元纸币到接过通行券的一瞬间，他俩脸上的表情虽各不一样，却给井川君留下了夫妻般的感觉。因为是夫妻，也就不必在车上过分亲热或者说个不停。

不用说，高柳秀夫的总经理交际费是相当可观的。井川君曾经担任过该公司的董事、总务部长兼管理部长，对总经理交际费的具体数字了如指掌。当时，高柳秀夫是财务部长还不是总经理，用起钱来已经大手大脚。

一定是高柳秀夫强迫和子小姐掌管银座的某夜总会！夜总会的开

办费、固定资产，以及流动资金，也一定是来源于高柳君的总经理交际费！不过，夜总会的规模不会怎么样。高柳总经理深知利害关系，过于引人注目会招来怀疑甚至横祸。作为总经理，应该永远避开来自别人的怀疑。

井川君对于自己与和子小姐之间的那种"关系"，非常慎重，直至辞职前也没有向任何人公开，再说，给女招待零花钱也并非什么大不了的事情。由于辞职以后毅然去了大阪，与和子小姐之间的关系也就自然而然地终止了。恐怕高柳秀夫压根儿不知道有那回事？！不用说，和子小姐也早就把那"关系"深深埋在了心底。

当时，她当女招待的那家"罗阿鲁夜总会"，高柳君也常去那里。井川君是在床上从睡在身边的和子小姐嘴里，听到高柳君经常花言巧语或者用金钱引诱她。每一次谈到高柳君，和子小姐总是讥笑、挖苦，说他这也不是那也不是。那种胜过高柳君一筹的快感，在井川君的心中油然而生。他至今还记得他俩躺在床上，和子小姐数落高柳君时幽默的讽刺和嘲笑的情景。

在大阪期间，井川君并不知道高柳君已经占有了和子小姐。这大概不是高柳君强迫的，而是这女人主动献殷勤、以身相许的。由于当时的特殊情况，和子小姐与自己的那种缘分已经"寿终正寝"。就目前来说，自己也毫无资格向和子小姐提出任何抗议。被抛弃的和子小姐，投向某个有钱有势的男人怀抱也是理所当然无可厚非的。只因为那男人曾经是自己在东洋商社工作期间的死对头。这对于井川君来说，确实算残酷无比的打击。

假设和子小姐是那家夜总会的妈妈桑，那一定是在银座大街的某个地方。他俩昨晚经过霞关收费关卡时，刚过九点。通常，俱乐部、夜总会和夜酒吧的经营者要等到客人全部回家方能离开。客人回家的时间，一般是夜里十一点到次日凌晨一点之间。昨晚这么早离开夜总会，一定是有什么急事？或者高柳秀夫心血来潮，带和子小姐去某个地方享乐。瞧和子小姐脸上的化妆和身上的衣装，显然是去夜总会上班的打扮。

如果说他们到某个地方去，已经晚上九点钟了，要去也只有宾馆，或许是和子小姐的住宅？可是，和子小姐的家在哪里呢？

那辆高级轿车驶入内环线高速公路，出口应该是浜崎桥收费站。如果沿着高速公路二号线途中驶入一条岔路，经过天现寺、目黑和户越。按理说，这条路线与第二京浜国道连接。如果沿着高速公路三号线经过高树町、涉谷、池尻、三轩茶屋和用贺，那条路线应该与东名高速公路相接。

也许和子小姐昨晚回到家里打开皮包时察觉到了那个暗号？或许今天白天发现了？

这通信暗号是井川君与和子小姐共同制定的，没有第三个人知道。暗号一共有五六种之多，从"深深地爱着您！"开始，到"一起回家！"和"从现在起，我永远等着您！"表示行动一致的内容。通信暗号的模样，粗看就像恶作剧，细看却像简单的五线谱。例如火柴盒的侧面，面巾纸的角落等物现成的边角上，画上这类铅笔线条，谁都弄不明白是怎么回事。昨晚写给和子小姐的暗号是："从现在起，我永远等着您！"

当暗号闯入和子小姐眼帘的一刹那间，不乏是心灵的震撼！如果不是怀疑自己的眼睛，这跃然纸面的暗号宛如亡灵再现，将引起她痛苦的回忆。相隔长达七年的暗号的突然再现，无疑是来自霞关的收费室。那个曾经对自己信誓旦旦的男子，在大檐帽、制服的全副武装下，与亡灵没有多大区别。亡灵般的男子，利用短暂的停留时间一定恶狠狠地朝自己身旁的高柳君瞪了几眼。

这痛苦的回忆，宛如严冬里被浇了一盆冰水，战战兢兢，直打哆嗦。她再也没有勇气去收费站核实井川君，更不可能向高柳君坦白自己与井川君的那段历史。一旦坦白，她今天拥有的一切将毁于一旦。

"从现在起，我永远等着您！"的暗号，其约会地点是新宿背后的"拉鲁宾馆"。现在，她可能已经有自己的家了？暗号，无疑给她带去恐惧和悲哀。

和子小姐究竟是怎样的反应呢？也许她应该打电话到公路管理机构询问，再打电话到井川君所在的收费公司核实。其意图当然不是重归于好，显然是正式表达分别。七年前，彼此之间没有话别。井川君去了大阪，相互间再也没有来往，那份情意也就自然而然地暂时消失了。但是，没有明确话别的情意，仅仅意味着中断。中断了的男女之情，是可以恢复和继续的。井川君发出的暗号，等于向和子小姐发出重归于好的信号，是合乎情理的。

不过，和子小姐打电话寻找井川君的可能性微乎其微。因为，她意识到这样做等于毁了自己，等于断送美好的前程，多半只会是保持永远的沉默。

井川君自来到收费所工作快一年了。可令他不可思议的是，长达一年的时间里，从没有发现过这辆红色轿车在自己的眼皮下驶过。不过，这么多的收费站和这么多的收费口，自己碰不上她也是在情理之中的。

收费工作，不是固定在一个收费站，而是在各收费站轮转值勤。轮到霞关收费站值勤，两个月才会碰上三次。而且，许多时候是坐在桌前当出纳员，再加上五个小时的睡觉。即便站在窗前收费，遇上高峰时也根本无暇顾及司机的脸长得什么模样，而是全神贯注地注视现金、报销单和通行券交接时的情况。昨晚九点，凑巧是收费站较为空闲的时候，和子小姐驾着轿车驶来了，这才得以看清她的脸、身上的打扮和车里的情况。既然和子小姐打电话来的可能性不大，自己就应该主动接近。终于，井川君感悟到了。

此刻的井川君也根本没有与她恢复情人关系的打算。自己是别人的手下败将，眼下也不具备丝毫的竞争实力。就原来的想法，隐居才是自己最好的选择。因此，才决定前往收费公司应聘的。

　　然而，自己毕竟是男人，必须通过某种形式告知对方自己还存在。不这样做，井川君觉得太委屈自己了。

　　在咖啡馆里，他向服务员借了一本《个人电话簿》查阅起来。她在罗阿鲁夜总会时使用的名字是"铃子"，可井川君清楚地记得她的真实姓名叫"山口和子"。

　　《个人电话簿》上有六个山口和子：第一个山口和子的住所是丰岛区驹笼二路十九号；第二个山口和子的住所是涉谷区广尾二路五十六号；第三个山口和子的住所是板桥区赤琢二路三十五号；第四个山口和子的住所是目黑区自由丘二路三十二号；第五个山口和子的住所是大田区田园调布四路七号；最后一个山口和子的住所是足立区本木南一路二十四号。

　　根据他俩那天晚上使用霞关关卡的行驶路线，可以排除居住在丰岛区、板桥区和足立区的三个山口和子。剩下的是三个居住在涉谷区广尾二路、目黑区自由丘二路和大田区田园调布四路的山口和子。这三个居住地，很可能都是高级住宅区。

　　井川君按照顺序逐个拨通了这三个电话。

　　广尾二路的住宅电话里传出的是男人声音，他一声不吭地挂断了。自由丘二路的住宅电话里传来的是老妇人声音，而田园调布四路的住宅电话里说话的是小孩子声音，他先后都默默无言地挂断了。

　　广尾二路住宅电话里的那个男人声音，也许是高柳秀夫？他已经记不清高柳君说话的声音了，何况电话里的声音与本人的实际声音是有区别的。现在是上午九点，高柳君昨晚一定是住在和子小姐的家中还没有离开，或许是正准备出发去公司。

　　如果是和子小姐的声音，他能准确无误地辨别。七年前，他俩经常是电话来电话去的，听惯了她的声音。昨晚上她说的"请售给我九张通行券"那句话，与七年前的声音一模一样，还是那样娇柔，悦耳。唯一不同的是，声音里夹杂着一种阔太太的口吻。

自由丘二路的住宅电话里，是大大咧咧的嗓门，听上去是一个五十开外的妇人声音。听和子小姐说，她妈妈早就离开了人间。这一家也不太可能。田园调布四路的住宅电话里是一个小孩的声音，和子小姐不可能有那么大的孩子。退一步说，即便她与高柳君有孩子，充其量也只不过三四岁。

十点一到，井川君离开了咖啡馆。他打算先寻找离白金最近的广尾二路上那个门牌号，暗中打量一下那幢住宅的外表就回家。

广尾二路离天现寺收费所很近。

广尾二路两侧的房屋仍然与以前一样，没有多大的变化。缓缓的斜坡道路两边是一长溜的围墙，围墙里绿树成荫，枝叶茂盛，高级住宅鳞次栉比，一长排住宅楼的尽头便是圣心女子大学。

既然是和子小姐一人居住的楼房，应该是小巧玲珑的住宅，或者是带有电梯的小高层住宅。井川君找到那个门牌号，既不是住宅楼，更没有小巷。虽然那门上挂着的是"山口和子"门牌，却是传统的日本老式住宅。

井川君来到涉谷车站，坐上东横线电车朝自由丘出发。在电车里他感到全身倦怠，一点也不想动弹。他伸了一个懒腰，忽然全身不由自主地瑟瑟发抖起来。

如果自由丘是高速公路经过的地方，那一定是在目黑收费站附近。

到达自由丘车站时已经是正午时分，车站广场上有昭和相互银行的支行，陈列橱窗里挂着"人类信爱"的宣传标语。刚才在广尾二路上寻找门牌号时浪费了许多时间，两条腿又酸又累，几乎麻木。他打算到附近咖啡馆休息一下，也不想吃什么，只希望有一杯咖啡刺激一下大脑神经即可。

井川君向女招待打听自由丘二路，被告知在北边的方向。自由丘二路是商业街，虽不宽敞，却给人一种高档的感觉。饭店、商店和服装店等，一家连一家。一走完上坡道，店面消失了，取而代之的则是住宅街。这一带也是绿色世界，生机勃勃。每驶过一辆小车，井川君便不由自主地向驾驶室里张望，直到车尾牌照看不见为止。和子小姐的车牌号是昨晚在收费室记住的，已经背得滚瓜烂熟。

这一片有许多大型住宅，家家院子里都盛开着鲜艳的杜鹃花。昔日传说中神话般的住宅街已经无影无踪，被取代的是面目一新的近代建筑群，中间还夹杂着好多当铺。高级住宅街上开设当铺，好像是一种时尚，也不失为一种点缀。当铺外墙是采用红色面砖铺贴的，大门上沿横挂着一块蓝色布帘，代替招牌，写有某某店名。

井川君摇摇晃晃，步履蹒跚地在坡道上走着，眼睛里好像涂满了眼药膏似的，黏黏糊糊。由于下班后没有得到很好的休息，直想睡觉。他强打起精神，可上下眼皮就是不听使唤。

忽然，有一块"自由丘家政妇协会"的招牌映入眼帘。高级住宅街上，不管哪一家都需要家政妇。井川君想起刚才打电话到自由丘二路山口和子家中的时候，接电话的是一个上年纪的妇女。那不是她的妈妈，一定是她雇来的家政妇！井川君一阵惊喜，仿佛看到了希望的曙光，精神振奋起来，一边数着门牌号，一边慢慢地向前走着。

这条街走到底与大街呈丁字形，没有小巷可走。转弯处是一大片空地，沿空地边上的小巷往里走。小巷的尽头并排着许多小型住宅，十分幽静，一路上万籁俱寂，鸦雀无声。那里的门牌上的路名与号码，与《个人电话簿》上找到的地址十分接近。穿过那条小巷，再往里走是一条宽敞的大路。路边有一幢住宅，门上挂有"山口"的门牌。外墙表面是雪白的颜色，正宗的南欧格调。二楼阳台，窗框，大门两边以及大门，都是洛可可式的设计风格。华丽高贵，别具一格，宛如十七八世纪欧洲最流行的小楼房，给人以美的享受。比围墙高出许多的杉树上，布满了绿色的嫩叶；那红色的苏枋花鲜艳夺目，绿色枝叶和红色花朵交相辉映，织成一道美丽的风景线。所有的窗户上都拉起了窗帘，紧闭着的大铁门上镶嵌着精雕细镂的花篮图案。整栋住宅楼宛如一尊白雪公主的雕像。只要看这楼房的外观，就可知道住宅的主人是一个女性。

旁边是一个车库，没有拉上卷帘闸门。车库里停放着一辆红色轿车，那车库就像专门为展览这辆轿车定做似的，非常合身。忽然，井川君又是一阵抑制不住的惊喜，红色轿车的牌照号码与昨晚记下的号码完全吻合！他兴奋得差点叫出声来。

井川君扫视了一下角落里的垃圾箱，那里边有一只皱得不能再皱的纸袋，是被扔掉的。上面印有"巴黎女装店"的字样，他捡了起来。他想起来了，在刚才来的路上看到过一家这样的服装店。

既然轿车停在车库里，和子小姐就一定在家里，不知道高柳秀夫此刻是否还留在和子小姐的房间里。他突然担心起来，万一和子小姐打开窗户往外眺望，自己一定会被她发现！太丢人现眼了，他三步并作两步地离开那幢精致的小楼房。这时候，隔壁小楼房里传出清脆悦耳的钢琴声。

井川君终于找到这个女人的住所，感到十分满足，可他此刻的心情又是那样的说不清道不明。为找到这个女人，自己似乎成了一条优良品种的野犬，凭着天生的敏锐嗅觉好不容易嗅到她的味儿，这一趟总算没有白搭。他像长了两只翅膀似的，顺着下坡飞也似的奔跑着来到商业街，鳞次栉比的高层建筑，底层是一家又一家的繁华商店，宛如"商店海洋"。如果把商业街比喻为大海，商业街与住宅街的交接处则是海岸，那家门面不大的巴黎女装店仿佛被海浪冲到了岸上。刚才那只纸袋就是这家服装店的，山口和子身上的高级时装一定是银座服装店定做的。在附近应酬或一般交际的外出服装，一定是到这家服装店购买的。

井川君走进这家服装店，为妻子购买了一套最便宜的女装。

"山口和子是我们店里的老主顾，她是银座一家夜总会的妈妈桑。"

巴黎女装店的女店主对于顾客的询问，不由得兴奋起来，口若悬河，滔滔不绝地夸奖和子小姐，以此抬高巴黎女装店的档次。末了，她又自豪地说：

"那可不是一般的夜总会哟，而是银座小有名气的'牡安夜总会'！"

寻找和子

　　井川君回到涉谷时已经是下午三点，从自由丘到涉谷的电车只需十五分钟。他坐在电车里，脑袋昏昏沉沉的。顶着烈日在广尾住宅街和自由丘住宅街上寻找和子小姐的住宅，已经筋疲力尽，加之睡眠不足而打起盹来。

　　来到车站广场，饮食店比比皆是，可他一点也不想吃什么。从现在下午三点到晚上九点，这六个小时如何打发？他不想马上回家，回家后再出门容易被妻子察觉。

　　他走进电脑赌博店，玩了三十分钟左右就离开了。坐在赌博机前不停地转动键手，可瞌睡还是接踵而来，无精打采，可心脏却奇妙地跳跃着，脑袋火辣辣的，疼极了。

　　在收费站工作经常吸入汽车排出的废气，不可能对身体有利。一天时间，白衬衫变成了黑衬衫，连墙上挂着的日历也仿佛涂上了一道黑漆。

　　井川君感到浑身不舒服。

　　他走上道玄坡街遇到一条横马路，马路上有一家"紫云庄情人旅馆"。他走进去，手里拎着的纸袋里装着在巴黎女装店为妻子买的衣服。

　　"您的相好呢？"女服务员问。

　　"没有相好的，我只是想睡上一觉。一过八点请喊醒我！"

女服务员脸上出现了奇怪的表情。井川君只脱去上衣和外裤，袜子还没有来得及脱，就倒在双人床上酣睡起来，也没有做梦。

铃声惊醒了他，急忙睁开眼睛。用冷水洗了一把脸，脑袋一阵轻松，头也不痛了。

他照了照镜子，镜中的他满头白发，银光闪闪。下眼皮下垂，刀刻般的皱纹从鼻子两侧延伸到嘴角边。额头上、眼角边和脸上，一条条小皱纹犹如树叶上的一道道茎，横来竖去的。

这样的脸与和子小姐见面，会给她什么样的感觉呢？让她怜悯自己？还是别去吧！井川君展开了激烈的思想斗争，一连抽了两三支烟。离开情人旅馆乘上银座线地铁，在车厢里看了一眼手上的纸袋觉得为难起来。

还没有到九点，离回家时间还早呢！他在新桥站下车，打算在新桥站附近逛逛街消磨时间。帽子专卖店还没有打烊，他想起了什么走进店里。

"请给我一顶贝雷帽。"

女营业员一边把手伸进柜台里，一边询问尺寸和颜色。

托收费员大檐帽的福，井川君不假思索地说出是五十七厘米。

选了一顶藏青色的贝雷帽戴在头上，对着营业员递上的镜子打量了一番，好像面貌焕然一新，比在道玄坡情人旅馆镜子里照出的脸要年轻好多，帽子起了关键性的作用，比收费员大檐帽的效果不知要好多少倍。

掏钱的时候，窥视了一下皮夹子的里面，两张一万日元和数张一千日元的纸币。一顶贝雷帽的价格差不多要一万日元，也就剩下不多了。可这顶帽子就是再贵也要买，只要剩下的钱能买上一瓶啤酒什么的就够了。

他把印有自由丘那家时装店的纸袋塞进印有帽店字样的纸袋，不这样做，倘若被和子小姐发现就会有口难辩。

把贝雷帽戴到眉宇上侧，然后走出帽店。一想到白发被隐蔽起来，面貌焕发青春，刚才的心病仿佛痊愈了。和子小姐见状也许会即刻认出，一定会称赞说，像一个艺术家。

找到一家牛肉盖浇饭馆，大口地吃了起来。那一大堆牛肉片与拌在一起的饭，顷刻间被吃得干干净净，没有吃得过饱，肚子十分舒服。在这之前，只是早晨八点半吃了两片烤面包。其实，肚子里早就唱起了空城计。点烟时从口袋里取出火柴盒，这是离开那家情人旅馆时揣在口袋里的。不是顺手牵羊，而是点完烟把火柴或打火机顺手塞入口袋的习惯动作所致。

来到银座大街西侧的时候已经是九时四十分了，觉得还早了点。但是不能再等了，肚子也填饱了，腿上的疲劳也消失了，精神比先前好多了。

翻开电话簿，"牡安夜总会"在银座大街上。宽阔的柏油路两侧，外观雄伟的大楼一幢连一幢。两侧小路的最里端，闪耀着招揽顾客的霓虹灯光。云梯般的长招牌四周镶着五颜六色的霓虹灯管，长招牌从大楼二楼的外墙一直向上延伸到楼顶，格外壮观，引人注目。一个个招牌字由霓虹灯管构成，日文和外文名交叉在一起。大楼出入口的外墙上，也有一格一格的招牌，上面写有许多店名，有夜总会，有菜馆，有油炸餐馆，有酒店。道路的对面，也有外观与此相同的大楼。

大街两侧早已停满了轿车，这些私人轿车和出租车正在等候进店做客的主人。七年前，井川君也同这些车主一样享受过高级待遇。一想起这些，心口隐隐约约地作痛。

人行道上，有几个男人模样的身影，肩并着肩慢悠悠地行走。店门口，服务小姐们正在兴高采烈地迎送客人。西服与美丽的和服混杂在一起，相得益彰。婀娜多姿的服务小姐，个个眉清目秀，楚楚动人。七年前，井川君也经常在这里享乐。现在触景生情，身体不由得摇晃起来。

那家牡安夜总会的招牌不易找到。他沿着边上的一条小巷转到大街背后的路上，许多相同营业范围的店群集在这里。一路上灯光昏暗，路两侧排列着点缀彩灯的花坛。瞪大眼睛搜索店名的井川君，好几次眼看就要撞上挽手并肩走路的热恋男女。

"请问客人，您找哪家店？"

头上包着围巾、个头不高的小姐，手捧郁金香花篮站在井川君面前。

"找牡安夜总会。"

"牡安夜总会不在这里，是在大街的正面，走，我带你去。"

卖花女改变方向，给身边的井川君指路。

卖花女抬起脸望了一下那顶贝雷帽，问井川君是小说家，还是画家？卖花女看上去像姑娘，但也有点岁数了。

"买一束花吧！把这束花作为礼物送给牡安夜总会的妈妈桑吧！"

井川君掏出一张一千日元的纸币。

"花我不要。"

井川君跟着卖花女来到一幢大楼的正门口，果然十分宽敞气派，墙上确实挂着一个亮堂堂的灯箱，上面挂有"牡安夜总会"的招牌。这是自己最初走的那条街，没想到却看漏了。也许是招呼牌制作得比较精致小巧的缘故？像这一类大楼里开设各种各样的小店，即使是在夜里，出入口的大门都敞开着，以方便客人进进出出。井川君站在电梯前，等待电梯下来。这幢大楼共有十二层楼面，每层楼面都有这样那样的店。牡安夜总会设在四楼，电梯门前有七八个客人在等电梯。

突然，井川君看到客人们边上站着一位瘦高个男侍者，头戴售票员那样的深褐色大檐帽，身穿售票员那样的深褐色衣裤，脚穿深褐色长靴。

"乔君！"

有一个客人向男侍者打招呼。

"你今晚好精神哟！"

被称呼为乔君的男侍者，摘下大檐帽深深地鞠了一躬。

"欢迎光临！"

板刷式样的发型，看上去三十四五岁光景。电梯下来了，他目不转睛地目送着等候的客人全部乘上电梯，身体站得笔直笔直。

"请走好！"

他那鞠躬的姿势随着电梯门的关闭而看不见了。

好像是哪家夜总会的应接员？可如果是应接员，不应该是那身打扮。

井川君乘到四楼走出电梯，身后还有四个客人也从电梯里走出来。都是中年光景，无忧无虑，一看就知道是使用公司业务交际费的专业户。

走廊两侧是各种各样的店。他们是朝面对电梯的那家店走去，店门口是一扇有相当重量的大铁门，门上横卧着几个用金属材料制作的大字，叫"牡安夜总会"。字下方挂着一块铜牌，上面写有"会员制"三个字。

走在头里的客人威风凛凛的，推开门径直朝里走去，另外三个客人跟在后面唯唯诺诺地朝里走去。就在井川君踌躇犹豫的一瞬间，门"啪"的一声自动关上。

即使走进夜总会里，井川君也不想马上与她打照面。尽量不坐在引人注目的座位上，而是穿过服务小姐以及客人之间的空隙，遥望美丽的和子小姐。趁她注意到自己而主动迎上来的时候，再与她正面相对。也有可能是自己来得太突然，会使她惊慌失措。作为井川君来说，已经从外表了解到该俱乐部的大致情况，心里做好了充分准备。不过，他想在此基础上准备得再充分一点。不用说，和子小姐已经目睹了通行券上的暗号。从自由丘的家到银座的夜总会上班，途经目黑收费站递上通行券时应该看到那暗号。

铁门开了，走出两位上了年纪、大腹便便的客人。三个送客的服务小姐，以为站在门边的井川君是客人，便笑盈盈地鞠躬行礼。但其中一个服务小姐的脸上流露出怀疑表情，似乎发现这是一张不熟悉的客人的脸。

等到三个服务小姐和两位客人一起朝电梯方向走去的时候，井川君也顾不上想那么多了，上前推开那扇很重的铁门。夜总会里宛如卖酒商店，一长溜、好几层的瓶装洋酒和日本酒整整齐齐地排列在装饰橱里。站在门口内侧看不到俱乐部里的整个面貌，但嬉笑声、说话声，以及碰杯声和昏暗朦胧的灯光交织在一起，宛如一股股气浪从洋酒装饰架的屏风里朝外涌出。

来迎接的两个服务小姐，一边说"欢迎光临！"一边步履轻盈地出现在井川君面前。一看清他这张脸，脸上的微笑顿时消失了。

"您……以前好像与某位会员一起光顾过我们这里的吧？"

"没有，今天是第一次。"

其中，一个身穿和服的服务小姐目光犀利地瞟了井川君一眼。

"请稍待片刻！"

说完，她朝里面走去。

"对不起，她是去看一下现在是否有座位。"

留下来的一个服务小姐想掩盖什么，装模作样地说。

少顷，一个系着领结、梳着五五开分头的青年迎上前来，三十二三岁，像是一个部门负责人。

"对不起，您是哪位会员介绍来的？"

他用怀疑的眼神望了一眼井川君的服装和头上那顶崭新的贝雷帽。

"不，没有谁介绍，是我一个人来的，想喝点什么。"

"对不起，鄙店是会员制，专为会员或会员介绍的朋友提供服务。因此，请先生原谅。"

系领结的男子说话态度毫不客气，语气冷淡，没有一点商量余地。

"瞧你这副模样，好像是拒绝吧？"

井川君的语气也不由得强硬起来。一大早从老远的地方好不容易找到这里，远道而来难道应该是这样的结果？！这家伙太没有人情味了！

"实在对不起，请原谅本俱乐部做出的规定。"

态度比刚才有了一些改善，但那语气里夹杂着恐吓的声调。旁边的服务小姐吓得面如土色，溜之大吉。

"我朋友中间虽说没有能介绍我来这里的会员，但我是夜总会妈妈桑的熟人。"

井川君推开那个系领结的挡路家伙，对他说。

"什么，你和妈妈桑是熟人？"

他瞪大眼睛，目不转睛地注视着，越发觉得来者可疑。

他想找一些适当的提问，找出对方的破绽和疑点。

"对不起，请出示您的名片。"

井川君顿时哑然失色，无言以对。他不打算在这里暴露自己的姓名。

"见到妈妈桑的时候你就会明白的。如果你还是执迷不悟，请把妈妈桑喊到这里来。"

"妈妈桑现在正忙着，如果能告知您的姓名，我去向妈妈桑传达。"

系领结的家伙耸了耸肩膀。

这时候，从陈列瓶装洋酒的装饰橱屏风旁边传来热闹的嬉笑声。紧接着，一群服务小姐送两位客人从里面出来。井川君把脸扭向一边，担心在这里碰上昔日的旧友。到这里来的客人，大部分都是凭靠借高柳秀夫的关系来自东洋商社的。可借着眼角的余光一瞥只看到他俩的侧面，都是从没有见过的陌生人。瞧他们那气势，一定是某大企业的高层。在他们身后簇拥着一群娇滴滴的服务小姐，打头阵的竟然是和子小姐。刹那间，井川君那张脸暴露无遗。井川君戴着贝雷帽，山口和子起初好像没有看清楚，忽然间她似乎明白了一切。霎时，呆滞的表情出现在她的脸上。虽然是一瞬间的变化，但脚步似乎顿住了。

妈妈桑的微妙变化，被机灵的系领结的家伙看得清清楚楚。他敏捷地走到和子小姐旁边啰啰唆唆地一阵耳语，和子小姐好像做了简短的布置。

她只顾与那个系领结的家伙轻轻地说着什么，也不朝井川君看一眼，带领服务小姐们快步赶上走在前面的客人。大铁门关上了，飘来一阵风。

"实在对不起了！请。"

系领结的家伙轻声向井川君致歉。刚才的傲慢劲不翼而飞，顷刻间判若两人，眼睛里充满了好奇的神色。

"请，到这边来。"

酒架屏风后面有一条走廊，通向铺设地板的房间。井川君跟在系领结的家伙的屁股后头，踩着紫绛红的地毯向前走着。一拐弯，豪华的布置突然展现在他的眼前。从楼梯往下走三步，是一个大房间，地上铺设的全是高级木地板，一张张桌子排列着，桌与桌之间的空隙很小，每张桌子的四周是真皮包制的长沙发，旁边配置着一盏盏带有灯罩的落地灯。天花板上装有嵌入式的筒灯，星罗棋布，灯光昏暗，宛如夜间的星空。落地灯罩里射出的微弱灯光，只能照亮各自的桌子，模模糊糊影映出客人们与服务小姐之间拉拉扯扯、嬉闹的身影。

"请坐在这里等候！"

系领结的家伙把井川君带到楼梯下最角落的桌子那儿，也许时间还太早的缘故，三分之一的桌子还空着。最里面的桌子那儿还有许多空位，角落里的桌子仿佛海上的孤岛，与边上的桌子离得很开。

井川君把印有帽店字样的纸袋放在桌上。这时候，走来一个脸长得不怎么好看的服务小姐，坐在井川君的边上。井川君要了一瓶啤酒，皮夹里东凑西凑地加在一起，顶多只有两万日元，得计划着使用。像这样的高消费场所，稍稍奢侈一点的话，十万、二十万日元顷刻间就能挥霍一空。

"刚才给我指路的那一位，是贵店经理先生吧？"

"他是副经理。"

井川君思忖，这家夜总会里居然还有副经理，看来规模不小。通常，经理的作用只不过是支配服务小姐，把她们分配到各个桌子陪客人。整个俱乐部里，有六个系领结穿黑制服的男子，在各个桌子之间走来走去。

"对不起，请稍等片刻！"

服务小姐说完，从坐着的椅子站起来朝对面走去。桌上只剩下井川君孤零零一人，服务生送来一条消过毒的手巾、一瓶啤酒和几小碟简单的菜。就在这时候，舞台般的楼梯上再现出和子小姐那丰满的体态以及服务小姐的身影，是送完刚才那两位客人返回店里的。井川君的心扑通扑通直跳，准备站起来回礼，可和子小姐根本没有在乎他的存在，脸朝着最里面的桌子，经过井川君身旁径直走去。她那侧面脸上的表情，显得非常生硬。

她一走到最里面的桌边，脸上堆满了笑意，并立即朝那里的客人们弯腰行礼，然后温柔地挽着满头白发的客人手腕，像溜冰滑倒似的，头依偎在那客人的肩膀上。她根本没有把脸转向井川君，哪怕连望一眼都没有。

不速之客

井川君坐在楼梯下角落里的桌边，宛如一尊木偶。那张狭小的桌子上，放着一瓶啤酒和几个盛有小菜的碟子。瓶里的啤酒还剩下不到三分之一，下酒菜像免费送给客人的酱菜，也只占了碟子的一半。他环视一下周围，每个桌上都有盛满白兰地的酒杯和掺有食用水的威士忌酒的酒杯。人少的桌面上至少有三个客人，人多的桌面上最多有十个左右的客人，围着桌子谈笑风生，服务小姐们为他们取乐。独自一人来到这里的，只有井川君。

嬉笑声、打闹声和交谈声汇合在一起，像一股热浪，又像鼎沸里冒出的蒸汽，在弥漫的烟雾中翻腾着。客人年龄基本上都是中年以上，处在中心位置的客人与井川君同辈，正襟危坐，悠然自得。每个桌面上的状况，基本上都是这样。中年客人们那虔诚的模样简直像释迦的弟子们，聆听着与井川君同辈的人的教诲。这些处在中心地位的老头们的旁边，陪伴着一些美貌的服务小姐。密密麻麻的桌面仿佛无数个星座，把店堂装扮成美丽辽阔的宇宙。

井川君的身边连一个服务小姐也没有来，只有印着帽店字样的大纸袋陪伴。那些系着领结的家伙们，手托着银盘在桌与桌之间游来游去，没有一个朝井川君看一眼的，仿佛店堂里没有他的存在。刚才的那位副经理和经理模样、留着小胡子的男人一起，站在能一目了然环视整个店堂的地方，像探照灯似的扫视每个客人的一举一动。对于坐在角落桌边的"贝雷帽客人"，他们压根儿不屑一顾。

那几张最热闹的餐桌间，和子小姐来回陪伴着。她忙碌得不可开交，刚坐在一张餐桌边镇定自若地与客人们逗乐，转眼又站起来走到隔壁一张餐桌边上说说笑笑。几乎所有的客人都非常欢迎和子小姐，她出现在哪里，哪里便嘻嘻哈哈，热闹非凡，像炸开的锅，又是鼓掌又是叫嚷。

和子小姐继续冷淡井川君这位不速之客。井川君手端着啤酒杯时而一小口一小口地呷，时而大口大口地喝，顷刻间，瓶底很快朝天，不得不再要了一瓶啤酒。他担心结账时捉襟见肘，落得个袋无分文徒步回家的下场，他把筷子伸到碟子里只是装模作样地翻动，否则，碟底朝天更难对付。

井川君不时地睁大眼睛张望整个店堂，当目光延伸到和子小姐那笑容可掬的脸上时，七年前火一般的情景仿佛展现在他眼前，令人难以忘怀。虽峥嵘岁月早已逝去，不可逆转，但孤苦伶仃直怔怔的井川君坐在昔日情人主持的夜总会里，难免触景生情，勾起对那段往事的回忆。

那时的和子小姐贫穷寒酸，仅仅是服务小姐而已。骨瘦如柴，几乎没有像现在这样高高隆起的胸部，根本谈不上有什么姿色。与以往相比简直像换了一个人，脸部富有弹性，丰姿绰约，充满性感，表情丰富，称得上是位出色的夜总会女主人。只要她一坐到落地灯边上的席位，那化妆后的脸蛋和身着的高级服装霎时五光十色，令客人们眼花缭乱。游刃有余的挤眉弄眼，恰到好处的风流举止，使整个店堂的气氛显得自然和谐、富有朝气。她那走路的步伐，给人一种充满自信的感觉，充分显示她经营有方，居于几十名员工之上的威风。弯曲着上身、坐在角落里的井川君，又悄悄地把视线转向和子小姐，继而带着佩服的神情不住地暗自感叹。相别短短的七年，这女人居然如此飞黄腾达，其中必有不可告人的奥秘。

制造这奥秘的魔术师，恐怕是高柳秀夫？是他培养了和子小姐！不用说，培养经费来源于总经理交际费。从这家俱乐部的规模和豪华的装饰来看，总费用好像不会超出六千万日元。漂亮的服务小姐也许是从别的店里挖空心思借来的？预先支付给这些服务小姐的定金和整个俱乐部的流动资金，合起来计算应该是多少呢？从表面来看，似乎无法估计。

此外，自由丘的那幢楼房也是一个疑点。那楼房加上土地购置费，没有一亿日元是拿不下来的。

像东洋商社这样的公司，不可能设置如此巨额的总经理交际费。一定是高柳君这家伙在玩弄手法，设置地下金库！

早在高柳君担任部长的时候，作为曾经与他平起平坐的井川君，深知他的为人和手腕。因为，井川君不是高柳君那号城府很深、玩弄诡计和投机钻营的人物，所以只能束手待毙，成了高柳君的手下败将。从高柳君的性格和才能来看，在如今的东洋商社里无疑是独断专行，骄横跋扈。他手握公司大权，无疑能调集培养出山口和子所需要的巨额资金。

从总经理职位退居到董事长的江藤先生，现在又怎么样了呢？井川君思索了一会儿，认为江藤先生在担任总经理期间也是一个独裁者。当时，公司内部的干部都是清一色的江藤体系。在向江藤先生献殷勤拍马屁的干部中间，数高柳君独占鳌头，从而得到江藤先生的重用，摇身一变，从董事晋升为常务董事。当时，江藤总经理为此在饭店里设宴款待了井川君。

"井川君，你与高柳君是同期进公司工作的。这一次，高柳君被董事会推选为常务董事，你有什么不同意见吗？"

"是总经理提名的，又是总经理一手培养的，我没有意见。"

井川君低着头咬着嘴唇答道。江藤总经理也知道井川君与高柳君之间性格相左，观点不合。

"再过一段时间，准备提拔高柳君为执行董事。从现在起，我打算培养他为接班人。这，你一定有不同意见吧？但为了公司的整体利益，希望你从今天起顾全大局，必须改变对他的态度，与他友好相处。"

"如果是为了公司的整体利益，那……"

井川君的心里蓦地冰凉冰凉的，伤心得连话也哽咽了。

"可高柳君一接上我的班，会对你的使用问题感到棘手。你和他同期加盟公司，对他来说非常头痛。为了公司利益，你应该持虚心坦诚的态度，因为高柳君的个性很强，就像你知道的那样。打个比喻，例如政府机关提拔一名副部长，按惯例也是从同期进入政府工作的厅局长层里挑选。"

"总经理的刚才说法，是否要我离开公司？"

井川君满脸不悦，瞟了总经理一眼。

"下属子公司里有一个空缺的执行董事职位，对你来说只是很短的过渡期，从执行董事过渡到该子公司的总经理。"

"总经理阁下，您这决定我不能接受。"

井川君脸上的肌肉痛苦地抽搐着，嗓门猛然间变得粗了起来。

高柳君一旦坐上总经理的那把交椅，自己充其量只是小小子公司的总经理，一切都得看他的脸色行事，这简直是惨不忍睹的处境。高柳君手握总公司大权，不知道还会对自己耍什么手腕。向高柳君那样的家伙献殷勤，唯唯诺诺，我绝对办不到。而且是下到子公司执行董事的位置，还不是子公司的总经理。这，就意味着自己成了兔子尾巴，最终还是要被迫离开公司。与其说那样，倒不如三十六计走为上策。于是，第二天上班的时候，井川君向江藤总经理提交了辞呈。

但对于今天的高柳君，自己的内心深处还没有燃起嫉妒之火和激起你死我活的浪花。嫉妒，是在相互对等的场合，或者是在接近对等的场合产生的。如果与高柳君之间从来没有瓜葛，那井川君也跟别人一样，只是百般羡慕和非常平静。可自己曾经败在他的手下，因此，就连自己从不计较的像江藤君那样不近人情的做法，也情不自禁地浮现在自己的脑海里。

这样的浮想联翩，也许是作为客人居然被赶到角落而触景生情所致。此刻，脸对着和子的背影，简直就像那时候脸对着江藤君的背影一样，井川君无法接受眼前的事实。其实，井川君此刻的心情仅仅是想与她说上几句结束的话而已。这种心情昨晚在高速公路霞关收费室遇见她时就产生了，而且越来越强烈。

从大阪回到东京也已经有相当一段时间，偏偏一点也产生不出想见和子小姐的激情，而且认为今后不可能再见她一面了。可活生生的现实，触动了井川君的灵魂深处。

使井川君感到内疚的是，七年前愤然离开公司的时候竟没有与她推心置腹地说些什么，然后正式话别，而是选择了突然消失。这一回费了九牛二虎之力找到这里，也正是想弥补那个空白。如果在这里，自己还是鼓不起勇气与她打招呼，磨磨蹭蹭，犹豫不决，和子小姐也许心情会不快？！好吧，怎样做才能让她心情愉快呢？说理由也好，说客气话也好，其实都没有必要。总之，只是希望在与她正式分别前说一些亲热的话。既不是指责她与高柳君之间的关系，也不是讽刺挖苦她什么。七年前，自己丢下她不管而悄悄溜到大阪，以后又犹如石沉大海，杳无音信。现在被她冷落，责任在于自己，说心里话真想发自肺腑地向她道歉，并且从内心深处向她表示祝贺。这，决不是挖苦！说白了，自己落到今天的处境，绝无资格去挖苦别人，只是想愉快地与她道一声别。如果明白她今后的人生道路上不存在任何走下坡路的可能，作为曾经是她情人的自己该有多么放心呵！

可和子小姐依然没有朝这里挪动半步脚步，仍然在那几张桌子边游来游去，并且与客人之间有说不完的话。从她的脸上表情来看，无意走到井川君这里，就连眼皮也不朝这里抬一下。

井川君琢磨了一下和子小姐此刻的心理世界。对她来说，自己的出现可能是一种巨大的压力。即使自己没有怀有这样的动机，但对方也许认为自己这样做是一种恐吓，故而尽可能地避而远之。像这样的隐私不能求助于任何人，只有在内心增加恐慌和不安。由于巧夺天工的化妆，和子小姐脸上的慌张表情被巧妙地掩盖了。脚上的颤抖，由于娇嗔的表情与脚步不断地移动被隐蔽了。她不朝这里看一眼，是想极力掩饰内心的忐忑不安。在她看来，自己在这里的出现，对于高柳秀夫来说无疑是一种白色恐怖。

　　事实上，我现在的动机与你的想法恰恰相反。和子小姐，到这里来一下！不需要多少时间，只要能让我心平气和地说上几句，对于我来说就心满意足了。并且，你的脸上绝不要露出与我曾有过那段艳史的神色，若无其事地到这里来一下就行了！

　　井川君的心里暗自叫喊着，但这样的呼唤无法拨动和子小姐心中的那根弦。他把瓶里剩下的最后一丁点儿啤酒倒进杯里。

　　但和子小姐也不可能光坐在那里与客人交谈，客人走了，必须伴送到电梯口。客人来了，也不得不亲自到门口迎接。为此，她即使坐在桌边陪客人说话，视线也不时地投向店门口，以免怠慢来来去去的客人。

　　尤其与服务小姐送客到电梯口的时候，是她最紧张的时刻。到电梯口必须经过楼梯，而那边上坐着昔日情人井川君，即使厌恶也不得不经过。

　　井川君等待着和子小姐在眼前经过的机会，并且，已经有过好多次那样的机会。可她每逢送客人时都走在客人的另一侧，返回时一个劲地与服务小姐叽里呱啦地交谈，脸笔直地朝着正前方，好像根本不知道楼梯边上还有一位客人。这样的场面，井川君无法站起来拦住她。

　　随着时间的推移，客人越来越多，一派繁荣热闹的景象。原先空着的座位逐渐坐满，就连角落里井川君边上的桌子也给新来的客人占据了，服务生与服务小姐开始忙碌起来。按理新到的客人，妈妈桑必须上前寒暄几句，可她却委托服务小姐，自己却还是坐在原来的座位上与客人交谈。

井川君想起了什么，从大纸袋里取出为妻子买的西服，那装着西服的纸袋上印有"巴黎女装店"字样。井川君端详了一下，这纸袋与从和子小姐家旁边的垃圾箱里捡到的纸袋一模一样，也许能吸引她的视线？！

这一招果然成功了！送客人返回的和子小姐突然瞥了那印有"巴黎女装店"字样的纸袋一眼，全身震颤了，不由得朝井川君望了一望，无法比拟的恐惧和不安的神情表露在脸上，井川君竟去过那家服装店！

那表情顷刻间无影无踪了。和子小姐仿佛又回到原来的人间，朝最里面的桌子那儿走去。随着客人纷至沓来，整个夜总会的店堂里喧哗声犹如汹涌的波浪，此起彼伏。而女主人那张堆满笑容的脸，在这一浪高过一浪的热烈气氛中时隐时现。

突然，系领结的服务生托着银盘朝井川君走来，递上一瓶啤酒。"咚！"瓶底与桌面发出碰撞的响声。

服务生解释说：这是妈妈桑免费招待的啤酒。这意想不到的瞬间变化，使井川君又惊又喜，呆若木鸡地坐在那里傻了眼，不言而喻的感情涌上心头。他慢慢地用余光朝那最深处的地方瞟了一眼，可和子小姐正在与那个背对着自己的绅士模样的胖老头兴致勃勃地交谈。当服务生把空酒瓶放在盘上正要离开的时候，井川君喊住了他：

"能不能给我添一碟下酒的菜？"

服务生脸朝着天花板，也没有回话转身走了。

井川君掏出铅笔在桌上印有"牡安夜总会"的火柴盒的标贴角落处，画了一个通信暗号。

意思是"我有话要说"。

这是七年前他与和子小姐共同商定的暗语。那暗号的形状俨然是用铅笔乱涂乱画的模样,只能给人一种恶作剧的感觉。

服务生送来装有酱菜的小碟,井川君把那盒火柴放到银盘上。

"请把它交给妈妈桑。"

他说话的声音轻得几乎听不见,服务生满脸惊讶,一声不吭地朝妈妈桑那里走去。

井川君的视线不偏不倚地跟着服务生的背影移动,那服务生走到坐着的和子小姐身旁咬了一阵耳语,偷偷地递上火柴盒。和子小姐不动声色地听他说完,仍然若无其事地与身边那个某公司的胖子干部高兴地交谈。

光顾这俱乐部的客人,似乎都是能使用公司交际费的大户。这中间大概也有东洋商社的人?!可高柳秀夫没有出现,井川君认识的东洋商社职员也没有出现。

终于,和子小姐把服务生拿来的火柴盒攥在手里。她看了那火柴盒上的暗号,似乎明白了其中内容,与昨晚高速公路通行券上的符号不同。

片刻,那先前在井川君身边坐了一会儿的长相一般的服务小姐,满脸微笑地走了过来。

"哦,能否赏我一杯啤酒喝?"

井川君把啤酒瓶递给那个服务小姐。

"谢谢!"

她把啤酒倒进酒杯里喝了一口,顺手交给井川君一个白色小信封。

"这个,是妈妈桑让我交给你的。"

她细声细气地说完,笑容可掬地离开了。

井川君低着脑袋在桌子的遮阴处打开信封,啊!原来是昨夜高速公路通行券和刚才交给她的火柴盒。此外，再也没有什么别的东西了。

井川君朝和子小姐那里望了一眼，却不见了和子小姐的人影。她原来坐的座位上，已经换成另一个服务小姐。

顿时，井川君感到全身的血都降到了脚下，连脑瓜里的血也顺着血管朝脚底下降。这骤然间的变化只有自己知道，是愤怒。脑贫血出现了!

这愤怒不是因为和子小姐的态度所致，而是曾经败给高柳君的意识给了自己沉重的打击，全身处于一种虚脱瘫软的状态。

店门口内侧一边有电脑账台。井川君走到账台前面说：

"买单! "

他把手伸进怀里。

"行了，您不用买单了。"

账台女收银员看了一下菜单说，边上站着一位副经理模样的人。

井川君摇摇晃晃地走到门口把小信封扔在地上，通信暗号已经失效。

没有一个服务小姐出来送他。他独自一人乘上电梯下到底层。

开发部长

　　井川正治郎沿着一楼宽敞的走廊朝外走去，走廊两侧的夜总会里涌出许多回家的客人，井川君夹在他们中间一起走着。这些客人回家时仍然装模作样，不忘白天在公司办公室里的伪君子风度，身边簇拥着许多打扮艳丽、花枝招展的服务小姐。男人们醉醺醺的说话声和女人们哆溜溜的嬉笑声，像巨浪不时地朝井川君袭来。井川君孤独地走着，身边没有女人。

　　走出大厦，眼前是黑压压的车辆，允许在门前道路上停车是为了方便客人。井川君望了一下手表，是十点四十分。此刻，正是夜总会、俱乐部和夜酒吧的客人们开始往家赶路的时候。

　　井川君直怔怔地望着长长的车队。这时候，井川君身边走来一位地铁售票员模样的男子，头戴大檐帽，上身褐色夹克衫，下身褐色长裤，脚穿黑色长筒皮靴。井川君想起来了，一小时前乘电梯上四楼牡安夜总会时，这个"全副武装"的家伙曾站在电梯口不断地朝客人们鞠躬。好像有客人喊他乔君，听上去有点像外国人的名字，可瞧他脸上的肤色，不像混血儿。

　　"先生是准备回家吗？"

　　乔君笔直地挺着腰板，站在井川君面前问道。

　　井川君努力地回忆着这张脸，高个头，挺直的背，帽檐下露出一对显得非常精神的眼睛。

"请告诉我您的车牌号？"

乔君又问，他以为井川君在等自己的车。如果追溯到七年前，井川君也是人到哪里车跟到哪里，或者随手喊一辆出租车，费用由公司报销。可现在手头拮据，过去的阔气已经一去不复返。

"不，我不等车也不要车！"

他急忙摆手，迈开大步像逃跑似的。左手提着自由丘那家服装店的纸袋，里面装着为太太买的衣服。

一个接一个的商店大门都降下了卷帘门，人行道上昏昏沉沉的。微弱的路灯和彩色的霓虹灯混合在一起的光线，洒落在他的那顶贝雷帽上。来来往往行人们的肩上，朦朦胧胧的光线晃来晃去。

快到十一点了，他的脑海里闪现了一个念头，坐最后一班开往国分寺的地铁电车回家。可是，全身乏力，腰上、脚上就像被绑上铅块似的十分沉重，全身的神经系统在瑟瑟发颤，连路也走不动了。

他想起中田君的家住在池袋，于是来到公用电话机旁边。正好另一部电话机旁边站着一个服务小姐，嘻嘻哈哈地与对方交谈。井川君拨通了家里的电话，电话那头传来夫人秋子的声音。

"我今天晚上与同事喝酒，看来赶不上最后一班电车了，今晚就寄宿在中田君的家里，明天早晨回家。"

中田君就是那个业余学汉语的同事，他的姓名和身世夫人早知道了。

"没有睡觉不要紧吗？从下班一直到现在一定很累了吧？"

秋子好像察觉到了什么。

"太疲劳了，所以喝了一点啤酒。和同事在一起偶尔交往，也是人之常情，反正明天还是公休日。"

这时，旁边正在打电话的那个漂亮小姐的声音，从送话器里传到了秋子的耳朵里。

"我知道了。不过，你可要小心点哟，别越轨！"

自己曾经在大阪拼死拼活地干，公司倒闭前还在夜以继日地到处奔走。可七年来，在外住宿还是第一次。

听到秋子的回答，井川君放心地离开电话机。他没有打算去中田君家寄宿，皮夹里还剩一万七千日元，住便宜一点的旅馆要不了这么多钱。夜酒吧大概再过一个小时就要打烊，正在迎接最后一批客人。他来到新桥地铁站前面的路上，小巷子里还亮着各式各样的灯笼。他走进一家小店，狭小的店堂里坐着许多身穿西式背心的人，油烟味和香烟味满屋都是。

身穿工作服、体格健壮的中年妇女，站在工作台前一边忙碌，一边窥视进店的客人脸，嘴里大声说着欢迎光临，她身旁那个瘦女人在烤着鸡肉串。正巧有两个客人离开，他便坐了上去。

"给我烤份鸡肉串。"

那个身穿工作服的女人抬起眼睛打量了井川君一眼，旁边客人的视线也不约而同地集中到头戴贝雷帽的井川君这儿来。

这里的客人几乎都是工薪阶层的人，他们脱掉西装，解开领带，挽起袖子，桌上都放着两种酒，一种是威士忌，另一种是烧酒。喝酒的人中多半是三四十岁的人，其中也夹杂一些二十岁左右和五十岁左右的人。

"给我一杯烧酒。"

端来的烤鸡肉串上洒有胡椒粉和咖喱粉，飘溢着香味和辣味。

早到的客人们各自大声议论着，说什么O小姐啦，A先生啦，他们的话题对象都是不在这里的人。说的人和听的人，似乎都或多或少地与上司或同事之间有矛盾，有利害关系。尽管装作漠不关心的模样，可表情十分认真，用酒后吐真言申诉着心中的不快。

唉！好像又回到七年前的岁月。井川君倾斜着杯子。与二十年前完全一样，三十岁的时候自己也经常在酒店里。

先前不断颤抖着的神经开始迟钝麻木起来，与身体一样疲劳。渐渐地，周围传来的说话声隐隐约约，时有时无，大脑仿佛进入了梦乡，眼前的场面开始摇晃起来。

身穿工作服的女人摇了一下井川君的肩膀。可他用手支撑着脸熟睡起来，上装的袖口被淌下的口水弄潮了。贝雷帽也滑落下来，滚到摆在脚边的那个服装店纸袋的旁边。井川君的身后，站着几个刚来等座位的客人。

他结完账来到店堂外面，在人行道上步履蹒跚地边走边看手表，已经是深夜零点三十分。

井川君又返回银座大街。

隔着宽阔的道路，对面是那幢四方形大厦，门口挂有牡安夜总会灯箱招牌。宽阔的快车道，被拥挤的车流堵得水泄不通。路边，停放着一长排熄车灯的车辆。银座大街上，到处是车辆，有租赁轿车、自备轿车、出租车等。在这黑压压的车群里，有的车辆为了载客突然打开车灯企图驶出车群。由于周围的车辆都是非法停车而举步维艰，只得使劲鸣喇叭，可却是徒劳的，只得耐着性子一步一步慢腾腾地向前推进，挤出重围。

两边的人行道上，只有依稀可见的人影在蠕动。一些服务小姐正在送客人走出酒吧和夜总会，手拿着客人写的车牌号码，瞪大眼睛寻找车辆。

井川君津津有味地欣赏着眼前的热闹场面，身后的大楼是银行，大门口的卷帘门早已关上并上了锁。他登上了银行大楼门口的台阶，对面那幢挂有牡安夜总会招牌的楼前情景，一目了然，尽收眼底。大门口人群涌动，有客人，有服务小姐，相互说着分别时的客套话。井川君大致目测了一下，人群里多半是披着长长秀发的服务小姐。此刻正是招牌上写着的打烊时间，所有的店都是这个时候结束。可大门口，却不见和子小姐的身影。

自己为何要登上台阶举目眺望呢？

井川君根本没有想了解和子小姐近况的用意，也压根儿不想回答脑海里闪现的问号。事实上，他也找不出更好的理由为自己现在的行动辩护。他心中只抱定一个念头，与和子小姐说几句以示告别，哪怕两三分钟也行，以平衡被她狂妄态度而扭曲的心理。

昨晚九时，当井川君视线紧随着和子小姐的那辆车时，中田君同时写了《文选》中的那句话："……眷恋飞走的小鸟。"自己在那通行券上写暗号的情景，一定被中田君看见了！也许是中田君根据直感推测出女车主和自己曾有过的那段艳史。

绝不是眷恋和子小姐！井川君的心在默默地向中田君解释。我是一个掉队的人，并且已经步入老年，与你中田君毫无两样。我只是想与她说上一两句话，以终结过去的那段情感。从今往后，我就安心地与你中田君在一起，在收费站与来往车辆相伴直到退休。

"哈哈，这风景太美了！"

黑暗中突然传来说话声。井川君转过脸定睛一看，是一个男子，两手插袋站在与自己同一级台阶上，不是自言自语，而是主动朝井川君搭讪。

起初，井川君不明白"太美了！"是指什么而言。这家伙，矮矮的个头，圆桶似的体形，圆脸上挂着一副墨镜，正望着眼前黑压压的车群。井川君琢磨了他刚才的那番话，可能是对道路上的壮观场面感到吃惊？！

"简直是鬼斧神工！"

那个男人喃喃自语地说着，眼睛仍然目不转睛地注视着前方。

银行大门上的几盏灯光线昏暗，与路灯光线交叉在一起洒落在那家伙的头上、肩上，清楚地显现出他的前半部分。

"瞧！那儿有一个头戴大檐帽的男人，在车与车之间走来走去。你看见了吗？瞧！就是那个像交通警那样打着指挥手势的人，正在引导那辆被堵在车群里的轿车。"

井川君一眼望去，那顶大檐帽在车群中格外显眼。井川君想起乘电梯上四楼时曾经见过,那人叫乔君什么的。在电梯门前遇到客人光临时鞠躬行礼,遇到客人走出电梯时也是弯腰行礼。

此刻,乔君突然摇身一变,俨如车辆调度员。所有的车辆都听从他的调遣,整条道路以他为中心。他不断地吹着哨子,两手打着手势,引导那辆轿车突出重围。井川君原以为那些乱停的车辆会岿然不动,无动于衷。可使他感到意外的是,那些司机都俯首帖耳地听从指挥,就像乔君在驾车。

突出重围的那辆车,在乔君的引导下缓缓向前行驶,不一会儿停在路边。从店里出来的客人和服务小姐们正在那里等车,那客人看到自己的那辆黑车到了,非常满意地低头钻进车里。服务小姐们挥手示意告别,乔君笔直地站在车窗前向客人致礼。接着,那辆轿车加足马力驶离路边走了。

但乔君并没有在原地休息,而是迈开穿着长靴的双腿朝相反方向跑去,像一只甲壳虫在车群中敏捷地穿梭着,顷刻间又重复刚才的动作。随着他手的示意,刚才还围墙般的车群,转眼间崩溃了,那辆被引导的车驶出车群,宛如在被打开的水流上滑了出来。

对于配合他指挥的司机们,乔君不时地脱帽鞠躬致谢。他一刻不停地疏导着车辆,让每辆车不前不后地停靠在客人和服务小姐等候的地方。

十字路口上有自动信号灯,红绿灯间隔为一分钟。可宽阔道路上停满了车辆,信号灯失去了白日里的威力,似乎交通疏导责任落在乔君的肩上。在这茫茫的车海里,他那褐色的大檐帽、制服和长靴象征着绝对权威。

"怎么样,真了不起!那男人叫乔君。"

站在旁边的男人一边注视那顶大檐帽在车海里游动,一边对井川君说。井川君手提着自由丘那家印有巴黎女装店字样的纸袋。

"他根据每家夜总会妈妈桑的委托,像猎人一样能迅速找到目标，然后示意周围的车辆让开，把目标车辆引导到指定的店门口。正如你知道的那样，客人在回家前用电话订车，出租车公司便告诉客人迎接他的车牌号，妈妈桑便吩咐服务小姐记下车牌号，送客人到店门口后去找那辆车。由于车尾车头相接，很难看清车牌号，不能马上找到，而客人只能被迫一直站在人行道上焦急等候。即使费好大的劲找到那辆车，可那辆车无法动弹，客人不得不徒步走到那辆车停的地方。客人坐上车后，而车为避免碰撞，只得左避右闪，像蜗牛那样慢慢地爬出去。可周围的车大都不太愿意让路，因此费时费力费精神。道路上无边无际的车海，对于急着赶路回家的客人来说，无疑是一种厌恶。久而久之，可能导致营业额大幅度下降。"

他说话语气很单调，向井川君不断地解释其中原委。他只顾自己滔滔不绝地说，毫不在乎井川君是否在听。

对面只有乔君在吹哨子，频频举手，指挥车辆，显得非常活跃。

"出乎意料的是，就像我刚才说的那样，乔君只需要两分钟时间就能够迅速发现目标，然后像小鸟那样飞来飞去，就好像早就知道哪辆车停在什么地方似的。嘿，他的感觉太神奇了！"

那男子依旧望着乔君指挥另一辆轿车，赞不绝口。

"瞧，像刚才那样，车辆又挤在一块了，信号灯根本不起作用，也没有疏导交通的警察。交通警察如果粗暴地疏导，相反，会引起混乱，不堪收拾。所以，警方把夜交通的疏导工作委托给乔君。那么，交通警察与乔君在疏导方法上有什么不同呢？说到底是对待驾驶员的态度。警察是使用手中的权力指挥车辆，而乔君是鞠躬致礼请求配合。在工作方法上，我们不知道乔君这样的方法是否受驾驶员欢迎，但客观上得到积极的效果。也许在驾驶员看来，因为是乔君说的，难以拒绝。乔君干这个行当已经有十年了，与夜里驾车来银座这里的驾驶员之间非常熟悉，知名度很高。"

"十年？"

井川君忍不住搭腔。

但尽管嘴巴开了口，可两只眼睛仍然紧盯着对面那幢大楼里出来的每一个女人。对他来说，寻找和子小姐的重要性远远超过讨论乔君。

"据说他曾是某政治家的专职驾驶员，那政治家不幸去世后便来到这家宾馆当驾驶员。听说他是下了很大决心才开始这份工作的，可以说是脱胎换骨。但仔细想一想，这样的工作的确是一份美差。想出这样一个工作，应该说是一个好办法。但这不是他主动要求的，好像是'普拉塞俱乐部''中庭俱乐部'和'牡安夜总会'与他签订了这样的合同。此外，客人送给他的小费都归他所有。乔君嘴巴很甜，客人和妈妈桑都很喜欢他。"

就在这当儿，红色轿车出现了。在乔君的引导下，那辆车戛然停在对面大楼前的路边。井川君全身摇晃了一下，胸口像被电流猛击了一下。他踮起脚来仔细眺望，只见坐进车里的四个人全是男的。在路灯下送客的许多服务小姐中间，根本没有和子小姐的影子。也许不是和子小姐的那辆？

"牡安夜总会的妈妈桑，好像还没有出来。"

那男人这么一说，井川君吃了一惊。

"眼看就要到凌晨一点了，应该是她出来的时候了！"

井川君这才转过脸来，仔细地打量这个伫立在旁边的奇怪男子。奇怪！自己的心事，他似乎了如指掌。

那对眼睛的特征被墨镜的镜片挡在背后，井川君无法看清楚他的眼神。但那胖乎乎的脸庞和那张不大的嘴却一览无余，颈上还系着一条领带。

男子从裤袋里伸出手来。

"我呀，两小时前在牡安夜总会里！"

男子的手指缝里夹着被井川君扔掉的信封。

"这，是我拾起来的哟！在牡安夜总会的门口。"

跟踪井川

"这，大概是你的吧？"这男人把手上拿着的信封递到井川君的面前。

井川君一声不吭。

"事情是这样的。当时我也在牡安夜总会里，您喝酒的情景和走出夜总会的神情都被我看在眼里。我也马上跟在您后面走了出去，就在我正要跨出门口的时候，猛然发现我的脚边有一个信封，我马上意识到它一定是您的。因为，我亲眼看到是一个服务小姐把这信封交给您的。"

井川君把信封塞入裤袋，用手指在裤袋里拨动着信封。

不应该扔在那个地方！应该把它带到外面，撕毁后扔在路边的垃圾箱里。当时没有那样做，是因为心里还装着和子。扔在店门口，和子小姐送客出门的时候也许能看到它，或者服务小姐把它拾起交给和子小姐。井川君是想采用这样的方法，把和子小姐送来的信封再次送还，以表达自己的坚定意志。信封里装的火柴盒和高速公路通行券都写有暗号，是两人在七年前共同制定、象征曾经相互爱过的记号。

倒霉的是，信封却被这个不明身份的家伙拾起来了。这家伙亲眼看见是自己丢的，误认为是失物，现在要归还给失主。

井川君斜瞟他一眼。那家伙的脸，墨镜背后的那两道锐利的眼光，也与自己一样正眺望着对面的那幢大楼。

"牡安夜总会的妈妈桑还没有出来呀！今天怎么会这么迟啊！"

他借助路灯的灯光，看了一下手表。

"这幢大楼名叫多多努夜总会沙龙大厦。大厦业主非常喜欢画，所以起了这么一个怪名，所谓'夜总会沙龙大厦'，十年前就有了。店与店之间的划分十分合理，牡安夜总会的面积是两个店铺的大小，比较宽敞。前身是'博财先夜总会'，由于经营不善而关闭。五年前，山口和子把店铺和里面的所有设备统统买下，改装后把原先的店名改成'牡安夜总会'。"

这男人的嘴里第一次说出山口和子的名字，说得有鼻子有眼的，听来可信。

话说五年前，实际上是自己去大阪的两年以后，和子小姐那时候已经是高柳秀夫的占有物。假设是那个时候买下那家店开设牡安夜总会的话，和子小姐与高柳君之间的关系必须是那以前就开始了。不然的话，高柳君也拿不出那么多的钱。

如果推断正确，高柳君应该在五年前就爬上了总经理宝座，不是总经理不可能有那么多的钱！当然，总经理江藤当时已经退居到董事长的位置。

七年前，井川君与江藤总经理发生争吵，不欢而散，于是，离开东洋商社到大阪自谋生路。打那以后，公司里的情况全然不知，也不想知道。一提起东洋商社，心里便会升起无名火，觉得厌恶。在大阪开设自己的公司，拼命工作希望贸易能纳入正常轨道，另一方面也想借此忘掉东洋商社的一切。自己创办的是小企业，与大企业无任何业务关系，甚至连《经济新闻报》也没有订阅过。但在这默默无闻的七年里，却发生了这么大的变化。

假如高柳君那个时候就当上总经理，是完全出乎意料的。江藤先生就任董事长，让心腹高柳君当傀儡总经理，仍然按照江藤先生的意愿经营和运作公司的行政机制。就江藤达次的年龄来说，今年也才刚满六十四岁。

井川君想忘掉这些事情，但事实上无法从记忆中抹去。那七年前所发生的一切又历历在目，浮现在他的眼前。可这七年的空白犹如沙包，一触及便会顷刻瓦解。如今的他，根本无心了解东洋商社的现状。

对面那模模糊糊的高楼大厦，其楼名也是刚才听来的，叫多多努夜总会沙龙大厦。突然，大楼里通往门口的走廊上灯火通明，仿若白昼，那里开始出现男男女女的人群，朝大门口走来。乔君依然忙忙碌碌，像蝴蝶在车群里飞来舞去，一会儿吹哨，一会儿挥手示意。少顷，一辆红色轿车在他的引导下安全驶出重围，驶向目的地。但是，虽说乔君让那辆红色轿车停在大厦门前，那车里还是不见和子小姐的踪影。

"好迟啊！"

那男人又说起了和子小姐。

井川君听了这话感觉，简直说出了自己的心里话。

这男人究竟为什么要在这里等和子小姐呢？他刚才说两小时前也在牡安夜总会里，按理说能碰上山口和子。可偏偏要走出夜总会在这里等她，真是不可思议！大概迷上了山口和子吧？！

"您和牡安夜总会的妈妈桑……"

男子咳了一下，对井川君说。

"您很早就认识山口和子了吧？"

井川君取下贝雷帽摇了一下。

"是那样吗？"

这男人满腹狐疑地望着井川君，接着又说了起来。

"我觉得您很早以前就认识她，我这观点非常冒昧。事实上，我拜见了信封里的那些东西。信不封口，里面只装着通行券和火柴盒，那上面的画简直是字谜！"

对面那幢大厦门前车群开始流动，车量逐渐减少，一个小时过去了。

井川君原以为旁边的男子丝毫没有察觉到火柴盒和通行券上的那些记号，但那家伙却喋喋不休地说起了这件事。

"如果说它是字谜，那通行券和火柴盒上写的是非常奇妙的记号。我一开始还以为是谁在恶作剧，可不管怎么看怎么想，觉得不像恶作剧。两个记号的形状虽不同，但书写规则相同。有规则，就一定是记号。也就是说，只有当事人才明白意思。要是第三人不明白，那记号就是暗号！"

"……"

"我还亲眼看见那个服务小姐按照妈妈桑的吩咐，把信封送到你的桌上。是您先吩咐服务生送火柴盒给妈妈桑的，这情景从我坐的桌子那儿看得很清楚。您在门口扔了它，我捡起来，却发现信封里还有一张高速公路通行券。信封里增添了这样的东西，从客观上讲，通行券一直在妈妈桑的手里。如果通行券上有与火柴盒上相同的记号，则可以断定通行券是您以前给妈妈桑的。如果推断正确，火柴盒上的记号则是您今晚在夜总会桌上写的。"

男子说话时的视线没有离开大厦门前，只是小嘴朝井川君蠕动。

"我经常到牡安夜总会去，可您的尊容是今晚第一次看到。如果您与妈妈桑交换暗号，那么您与妈妈桑以前有过一段友好的情感是不容置疑的。"

"你为什么议论我这样的事情？你是什么人？"

井川君终于开口了，反问道。

男子的一席话击中了井川君的要害，充满哲理，不是一个外行。

"您是说我？"

男子脸上那墨镜遮盖不住他嘴角露出的微笑，在路灯光线的照射下棱角格外分明。

"……我的名字叫原田，是仓田商事有限公司的开发部长。"

对于井川君来说，仓田公司这个名字很陌生。自离开东洋商社以来似乎与外界隔绝，到了大阪以后更没有时间了解东京企业界的情况。

看到井川君困惑的脸，自称原田的男人呵呵地笑了，像女人的笑声。

"仓田商事有限公司吗，是某夜总会的法人名称。开发部长吗，就是专门物色服务小姐的。"

井川君"哦"的一声思索起来。就那样问一下，井川君也终于知道了男子的情况。只这么问一下，便了解了对方的身份。

井川君早就听说过，银座有许多男人专门从事挑选夜酒吧里相貌出众的服务小姐的职业，可直到现在才第一次遇上这样的人。气质一般，说起话来黏黏糊糊是这种人的特点。他琢磨着这家伙也在这里等和子小姐的理由，也许已经看中了牡安夜总会的某个服务小姐，伺机请和子小姐同意。

首先，他与被看中的服务小姐商议达成一致，接下来需要妈妈桑的同意。擅自拉走也不是没有，但那样做会给夜总会同行之间带来不必要的麻烦。再说，服务小姐本人也不愿意招惹是非。为避免出现这样的情况，巧妙周旋最终达到目的，是从事物色服务小姐的专业户的手法。

和子小姐忙得不可开交，与原田君说不上话。一说上话，那原田君一定又是黏黏糊糊，没完没了。也许是这个原因，和子小姐尽量避开他。如果推理正确，和子小姐一定认为被物色的服务小姐在夜总会里的作用不可替代而不愿意放人。于是，原田君打算等和子小姐回家时与她进行最后的谈判。

井川君简单地做了推理。

但即使那样推理，还是有一些让井川君不能理解的地方。自称原田的家伙，是专门从事物色服务小姐的人，可为什么这么关心我与和子小姐之间的事情？而且是打破砂锅问到底，不仅拾起信封还窥视里面的东西。按理说，这与物色服务小姐的工作风马牛不相及。

是不是这家伙看到那个记号后，激起了他的好奇心一发而不可收？

"我……"

井川君对那个"开发部长"原田君说。

"我与牡安妈妈桑根本不认识！你一定是误解了。"

"咳！我误解了。"

原田君歪着他肩膀上的那颗不大的脑袋。

"可是，那通行券与火柴盒上的记号难道只是随随便便写的？"

"压根儿没有写什么记号，是我用铅笔乱涂乱画。我有个怪癖，喜欢写点什么，无意中写了那样的东西。"

"但根据服务生的说法，是您吩咐他把火柴盒送到妈妈桑手里的哟！当时我也在场，看得很清楚。妈妈桑没有到您坐的桌子那儿，一次也没有。装着与您不认识的表情，在其他桌子那儿转来转去。从她的一举一动，已经意识到您的存在，只是没有走近您的身旁。为什么？那是因为在她看来她和您之间有一些难以启齿的事情。"

"你真是一个擅长编故事、充满想象力的家伙！"

井川君十分生气地说了一句。但是，自己的一些举止也自相矛盾，提着女装店纸袋的那只手有点紧张，颤抖着将纸袋弄出了响声。

"我呀，是专业物色夜总会服务生、服务小姐和经理的人物。夜总会里的女人啦，客人啦，他们那种疯疯癫癫的姿态，我早就看惯了。当相好的客人出现在店里的时候，该服务小姐不会马上走到恋人的边上，担心自己的过热举止被周围的客人和同事察觉。一旦这种隐私被人知道是最可怕的，会影响接待的客人量而影响自己的收入，所以不会特地走过来。但是，她会从其他座位那里目不转睛地观察自己所爱的人，希望早一点走上前说上几句，但不能去。这就是女人的心理特征。如果自己所爱的人与别的服务小姐挤眉弄眼过于亲热，会招来吃醋和白眼。女人脸上的表情仿佛晴雨表，当然，这种晴雨表只有我们清楚，不管怎样乔装打扮都是白搭。和子小姐正因为意识到您的存在，故意离得远远的。她的举动完全符合常规，而您呢，一忍再忍，在那角落座位上像盼太阳那样盼着妈妈桑快到您的身边。但妈妈桑最终还是没能到您那里，可作为抱歉，她让人送来了免费啤酒。”

“……”

“这，是服务生告诉我的。妈妈桑和子小姐干得非常出色，据说她平时十分吝啬。尽管吝啬，但这一次十分慷慨，给陌生人送去免费啤酒。由于不是亲自送去，难免让人猜测陌生人究竟是谁？一定有什么情况！”

“你真富有想象力。”

“我也不是像您说的那样，我这样推断，是妈妈桑让人把信封送到您那儿的缘故。您偷偷地看了信封里的东西后站起来走出店门。并且，把那信封丢在门口。说得确切一点，我好像看到了一幕戏剧性的话剧场面。”

“……”

“那么，您有自备车吗？”

他突然转变话锋。

“不，我没有。”

“那么，您的工作是租赁汽车或者是开出租汽车的司机？”

“不，不是你说的那种职业。”

“原来是这样，果然不出我所料。那信封里有一张高速公路通行券，那上面的记号是您写给妈妈桑的。通行券只有利用高速公路的人才会有。倘若是司机，通行券则是由所在公司买来后领的。如果不是司机，那……"

井川君默默无言。

"哦，妈妈桑终于出现了！"

戴墨镜的家伙发现后惊叫起来。

果然是和子小姐从多多努夜总会沙龙大厦底层走廊里朝大门口走来，脸上、身上，光彩夺目。她来到大门口停住了脚步。

井川君的心激动得快要蹦出来。他想绕开拥挤的车群向她那儿靠近，可旁边还有原田君，无法动弹。

那原田君也没有动弹，被认为是与和子小姐谈判的原田君，竟出乎意料地伫立在原地聚精会神地注视着。两个男子像一对站着看戏的观众，向大厦前眺望。

和子小姐的身影消失了。乔君引来的那辆红色轿车不偏不倚地停在大厦门口的路边。驾驶席上有个黑乎乎的影子，好像是一个年轻小伙子。

乔君警惕地环视一下四周，当确认安全后打开车门，和子小姐弯腰坐到后排座位，乔君脱掉大檐帽向和子小姐鞠了一个九十度的躬。这辆红色轿车就是井川君昨夜在霞关收费口看到的那辆，只见它在乔君恭敬的礼仪下开走了。

"今晚，高柳秀夫总经理没有来接和子小姐。"

这不是井川君的声音，而是原田君的声音。

共进早餐

三天以后的早晨，时针就要指向九点。

井川正治郎走出芝白金那里的东都高速公路收费公司的财务所，打算回家。从昨天上午八点到今天上午八点，整整二十四个小时在高树町收费站工作。三天之前是在霞关收费站，按照顺序，这次是轮到高树町值勤。

井川君与下班同事互相告别后，径直朝附近的地铁站走去。突然，被站在拐弯处的一个男子喊住了：

"喂，喂，早上好！"

男子的头上和身上沐浴在早晨的阳光下，显得格外地精神饱满。井川君定睛打量了一下，原来是三天前半夜里在多多努夜总会沙龙大厦对面人行道上遇到的那个家伙。像那天半夜一样，这家伙又凑了上来，绝不是偶然相遇，一定是在这里等候多时了。

那天半夜里，墨色镜片遮挡着他那狡猾的眼睛。此刻在阳光的照耀下，墨镜的颜色变成淡茶色，原先隐蔽的眼睛暴露无遗，是一对双眼皮加两只圆溜溜的眸仁。白白的书生脸长满了肉，好像有一点浮肿。那天晚上，这家伙自称是仓田商事有限公司的开发部长，叫原田，专门物色服务小姐。

"啊啊，您……"

他满脸微笑地拦住井川君的路，井川君只好停住脚步。

"我是原田，那天夜里我太失礼了，对不起。"

原田君自我感觉良好，向井川君深深地鞠了一躬。

井川君那天半夜里见到这家伙时，心里不是个滋味，十分厌恶。可在那胜过晚春的初夏和煦阳光下，终于看清楚了这家伙的长相和打扮。像这样的模样到处都能见到，无疑是工薪阶层的一员。但眼前的相遇不是偶然的邂逅，而是这家伙守候在这里，等候多时。井川君感到自己被这家伙缠上了。

话虽这么说，可原田君怎么会知道自己在这家民营收费公司供职呢？顿时，井川君感到一阵昏眩。

"今天您没有戴那顶贝雷帽，我差点认不出来了。从财务所里走出许许多多下班的人，我逐个打量着，戴贝雷帽的一个也没有。您那天夜里的模样，与今天早上完全是判若两人。"

现在的井川君头发稀少，掺杂着不少白发。戴上贝雷帽能恰到好处地遮盖，给人一种年轻许多的感觉。刚才，他把那顶贝雷帽忘在公司了。

"您早饭吃了吗？"

原田君望着井川君脸上的表情琢磨着，问道。

"没有……"

每遇上出勤日便在家里吃完早饭，带上中午和晚上的盒饭上班。夜点心是拉面，收费室里有开水，下班时候的早餐都是在家里吃。

"怎么样？我也没有吃早餐，一起到宾馆的餐厅里吃饭好吗？"

"到宾馆？"

"烤面包上夹方腿肉片，再喝上一杯咖啡，这味道怎么样？能否赏光啊？早餐最好是在一流宾馆里，营养和味道要比普通餐馆强许多倍。"

原田君望了一下手表。

"现在刚过九点。宾馆早餐时间到十点为止，坐车去赤坂能赶得上。"

"到赤坂？"

"希尔顿宾馆怎么样？我是开车来的。"

与原田君这个陌生人去宾馆共进早餐不太合适，但井川君有点动心了。那天夜里，原田君注视着和子小姐走出那幢大厦后脱口说了这么一句：

"今晚，高柳秀夫总经理没有来接和子小姐。"

看来，原田君对和子小姐的现状及其周围情况十分熟悉。专门物色服务小姐的人，对夜总会这个昏暗世界知道得非常详细。不管哪家夜总会和俱乐部，他都一清二楚。从这个家伙嘴里打听打听和子小姐的情况，也许不会空手而归？！并且，也许还可以从中打听到高柳秀夫的现状？

沉睡了七年对和子小姐的爱恋以及对情敌的愤恨，犹如弱不禁风的防线，经不住原田君动人的劝诱，顷刻土崩瓦解。井川君瞪大眼睛，仿佛从沉默的人生中猛然惊醒。

原田君对那张高速公路通行券以及火柴盒上的记号持有浓厚的兴趣，无论如何要弄个水落石出，即使打破砂锅也要问到底。他花言巧语，劝井川君共进早餐就是想探听记号的谜底。他想：只要对方愿意与我一道共进早餐，就有办法撬开他守口如瓶的嘴巴。至于记号的由来以及井川君与和子小姐之间的情感，他还没有来得及细想。

原田君驾驶的那辆车，是一辆看上去已经大修过两三回的破车。井川君坐在副驾驶席上直想呕吐，好在原田君的驾驶技术属上乘，且小心谨慎。

车驶到天现寺的收费室窗前，井川君见状把脸扭向另一侧，不想让收费员发现。今天，这里的收费员是一张熟悉的面孔，但对方没有察觉到井川君坐在车上，顺手把报销单递给原田君说了一声"谢谢！"而原田君呢，两眼盯着前方，只是用手接过报销单，然后踩上油门驶上高速公路。

"你怎么知道我在收费站工作？"

原田君一边转动着方向盘，一边答道：

"是根据信封里那张高速公路通行券判断的。而那上面的暗号不是出自和子小姐的笔迹，也就是说，是您的笔迹。您在火柴盒上写的暗号，与通行券上暗号的写法相似。通行券是和子小姐在收费站买的，可见那上面的暗号是别人写给她的。也就是说，写暗号的人应该是某个收费员……"

原田君停顿了一会儿，是因为有一辆大卡车加足马力从原田君的破车边上飞快地超了过去，好险啊！

"还有，那收费员在递通行券给和子小姐的一刹那，敏捷地写了暗号。和子小姐没有在意，把写有暗号的通行券放进皮包。那天晚上，她只把那张写有暗号的通行券和写有暗号的火柴盒装入信封还给您。这就是我的推断。如果正确，您就是在某收费口出售通行券给和子小姐的收费员。"

原田君望了一眼超上去的卡车车尾，不慌不忙地握着方向盘继续说：

"我打电话到高速公路管理机构询问，原来，收费业务都已经委托给民营公司承包。收费员都是逢三天上一次班，每班是二十四个小时，交接班时间是每天早晨八点。下班时必须去芝白金那里的财务所结账。于是，我估计您今天早晨会出现在这里，所以在您回去的路上等候。"

"你怎么知道我上的是昨天早晨到今天早晨的班？"

井川君紧盯着原田君的脸问道。

"是这样的，那天夜里我看到您的时候您无精打采、疲惫不堪，猜想肯定是那前面一个通宵下班后没有睡觉。也就是说，那天早晨下班后白天一直没有休息。照此推算，昨天早晨应该是上班，二十四个小时后下班，应该是今天早晨交接班。"

说着说着，时间过得飞快，车转眼又驶过饭仓收费站，穿过弯弯曲曲的道路朝隧道口靠近。

隧道里橘黄色的灯光，一盏盏，一排排，宛如在温暖的阳光下沐浴。来到丁字路口向右转弯驶入南面的道路，不一会儿就驶出了隧道，紧接着经过三天前工作过的霞关收费站门前的通道。

路边，出现了国会议事堂，接着是首相官邸外面的围墙和正在巡逻的机动警卫队。这道路又是下坡又是上坡，两边是茂密的树林。驶过神社那儿的悬崖，希尔顿宾馆的大门便展现在眼前，手表时间是九点三十五分。

"让您坐了这么久的车，真对不起，请下车。"

原田君刚把手伸向车门，宾馆门口的应接员已经来到车旁把门打开。

"欢迎光临！"

经过走廊，拐角处有一家餐厅，日本式的庭院装饰，窗帘已经拉开，悬着两根漂亮的窗帘扣带，窗前有一排不锈钢栏杆。

"您吃什么？"

原田君看了一下点心目录单，搁在桌下的两只脚不断地抖动。

"通宵达旦，一定很累吧？来份烤面包，外加西红柿饮料，方腿色拉，煮鸡蛋和一杯咖啡怎么样？"

井川君点点头。

他眼皮耷拉着，腰累得几乎直不起来。即使再睡上五个小时也无法解除疲劳，下班时仍然睡意十足。这也许是上了年岁的缘故。

突然他全身神经颤抖起来，与那天早晨下班时的状况截然相反，是怕冷的感觉。虽说那天晚上遇见高柳秀夫与和子小姐同乘一辆轿车，但第二天下班的感觉仅仅是疲劳。而今天的早餐与鸿门宴差不离，是一场与原田君之间的智慧较量。他想：倘若从我这里打听不到他想知道的东西，势必缠住我不放。

"相互聊天什么的，宾馆确实是个好地方。周围的外国客人与我们互不认识，就是竖起耳朵听也不必担心。"

井川君环视一下周围，果然十有八九都是外国人，日本人屈指可数。外国人都是便装，那些外国女人中间，有的上身穿汗衫背心下身穿牛仔裤。

"你常常到这里来吗？"

井川君望了一下原田君鼻梁上的那副眼镜问道。

"说不上常常来，但来的次数也不算少。我很喜欢这种洋溢着浓厚的异国风味的地方。现在，与我兴趣差不多的人也多了起来……"

服务生端来盘子，都是刚才点的东西。

"可是，我还没有请教您的尊姓大名。"原田君呷了一口西红柿饮料，说。

"是问我吗？"

井川君感到一股酸溜溜，似乎红色的液体溜进了自己的喉咙管。

"我叫川上，请多关照。"

井川君报一个假名，是担心与和子小姐和高柳君牵扯在一起。姓井川的人很少，如果被人回忆，很有可能联想起东洋商社里曾经有一个叫井川的部长，再说高柳君现在担任总经理，牵连在一起可就麻烦了。虽然这个开发夜总会服务小姐的部长，不会知道那么多，但自己回答问题时得多用点心，开动开动脑筋后再说。还有，原田君也不会到东都民营公司去查花名册。

"叫川上，好啊，请您多多关照。"

果然，原田君毫不怀疑地点点头。

"好吧，川上先生，我们继续那天夜里的话题吧！就说您在牡安夜总会门口扔掉的信封吧……对，刚才我也说过是您扔掉的，但那真是您扔掉的吗？否则，不合乎逻辑。今天，我在拜见您之前又反复进行了思考。"

井川君把餐刀插进方腿色拉盘子里反问原田君：

"怎么不合乎逻辑？"

"我不是说过了吗，装在信封里的那些东西是联络工具，一定是帮助山口和子与其他什么人联络用的暗号！您应该是他们之间的联络员。可是，按理说联络员是不会扔掉那重要暗号的，可能是您不慎掉在地上的。"

井川君那拿着餐刀的手停住了。

遭人怀疑，而且是遭到不可思议的怀疑。他是不是要问帮助和子小姐秘密联系的对方是谁。

井川君一改刚才的抵触情绪，思忖起来。他想引导原田君认定自己就是那个联络员。

"你无论怎么想象都行，那是你的自由。"

井川君又开始用起刀叉。

"按你的说法，那张高速公路通行券上的暗号是我写好后交给和子小姐的，那火柴上的暗号也是我在牡安夜总会写好后交给和子小姐的。可事实上，和子小姐写的暗号一个也没有，而你却认为都是我写的。请问，有这种只有单方写暗号的联络方式吗？"

"可两个暗号没有相同之处！和子小姐只要看到那个暗号就完全明白了。关于联络内容，根据两个暗号分析是不一样的。"

写在通行券上的暗号，意思是"从现在起，我永远等着您"。

写在火柴盒上的暗号，意思是"我有话对你说"。

两个暗号表达两种意思，形状无疑是不同的。

原田君当然想不出是表达这样的意思。

"假定是那样，也……"

井川君用餐刀把方腿肉切成一片一片的，把其中一片夹进嘴里。

"和子小姐为什么把两样东西都塞入信封，一个不留地还给我呢？"

"多半是……"

原田君把面包也切成一片片的。

"还给您是表达某种意思，通过您把这种意思转达给对方。所以，和子小姐不需要再写其他什么暗号，只要还给您就可以了。"

"你说的对方，是指谁？"

"这对方是谁？应该是我向您请教。"

"无可奉告。你那天夜里不是自言自语地说，今晚高柳秀夫没有来接和子小姐。你所说的对方是不是指高柳秀夫？"

井川君一针见血地说。

"您是说高柳秀夫？哈，哈哈哈，您的判断完全错误，怎么可能是那种人？高柳秀夫只不过是一块被人使唤的挡箭牌而已。"

"哦，你说什么？"

这时候，外国人坐的桌子那里传来雷鸣般的狂笑声。

不欢而散

原田君的这番话，着实让井川君吃了一惊。

三天前，井川君亲眼看见高柳秀夫坐在山口和子驾驶的那辆红色高级轿车里。虽说只是一刹那的时间，尽管坐在副驾驶席的高柳君没有与和子小姐说话，但那般悠然自得、镇定自若的神情，俨然是亲密无间的夫妻或是亲如夫妻的同居者。

尤其是，当时还只是九点钟的时候。九点以后才是夜总会、俱乐部最繁忙的时刻，可夜总会的主角妈妈桑却提前回家，足以证明她与高柳秀夫之间的关系非同一般。自己的眼前又浮现出自由丘那豪华、精致的楼房，那天晚上，高柳君与和子小姐肯定一起回到那幢楼房——他们的爱巢。允许妈妈桑早早离开夜总会的现象，一般来说，表明经济后台与妈妈桑之间是情人关系。高柳君与和子小姐发展成情人关系，也在情理之中。在高柳君担任东洋商社部长兼董事期间，视山口和子为心中的偶像，晚上常常出现在罗阿鲁俱乐部里。在自己离开公司赴大阪自谋生路的七年时间里，高柳君趁机填补山口和子心中在爱情方面的空白，与她之间的情感发展到今天的程度。应该说，自己的这种推测从客观上是合乎逻辑的。

井川君深信自己的判断，尽管原田君的职业是夜总会行业的灵通人士，但也不能马上改变自己的观点。自己应该耐心地听，原田君那张嘴里也许还会说出一些惊人的消息。

"川上先生，我接着说下去，好吗？"

原田君看了一下井川君脸上半信半疑的表情，扫视一下周围的外国客人，然后把脸凑到井川君跟前小声地说：

"那家牡安夜总会于五年前开张，是以山口和子名义买下的，包括店里的所有设备。当时的总价不低于三千万日元，还有一千万日元的装修费，加之招聘服务小姐所支出的费用一千五百万日元。遇上漂亮的服务小姐或者从其他店里物色来的，借用一个是三百万日元，借用五个则需花费一千五百万日元。"

这家伙一边说一边掐指估算。原来，借用服务小姐的夜总会，负有向租借服务小姐的夜总会支付借用费的责任。如果现在服务小姐供职的夜总会已经付清那笔借用费，责任也就不存在了。

"像这样规模的夜总会，必须备有二千万日元的流动资金。加上前面的估算金额，合计七千五百万日元。这是所需费用的最低限度。此外，自由丘那里还有一幢楼房。"

井川君咽了一口唾沫，心想这家伙还真是一个万宝全书呢！

"您也应该看到，那是一幢很精致、很气派的楼房，坐落在自由丘高级住宅区的正中心位置。占地面积虽不大，但在设计和材料使用上非常讲究。这幢楼房是三年前建造的，占地七十坪（约合二百三十一平方米）。按当时的土地价格，每坪土地的单价是一百二十万日元左右。可见，光土地费用就要八千四百万日元。因为是两层楼建筑，等于空中面积增加了四十坪。像那样讲究的建筑，当时的每坪造价是八十万日元，合计三千二百万日元。仅土地和那幢建筑的所需费用，即有一亿一千六百万日元。再加上牡安夜总会营业所需费用七千五百万日元，总计两亿日元哟。"

井川君的心里不由得暗自叫了起来。他原先也盘算过，需要相当数额的钱。可经过原田君具体而又细致的计算，总金额远远超出自己的预想。

"总之，您的一些举止，让人觉得与东洋商社的总经理高柳秀夫一样，都是妈妈桑和子小姐身后的经济后台。"

原田君狠狠地盯了井川君一眼。

"纵然不顾一切地支持心爱的女人，可高柳君手里没有那笔巨款！即便是他个人财产也没有那么多。要拿出巨款给和子小姐，只有一个可能，那就是从公司规定的总经理交际费里动脑筋。"

是啊！井川君的心里又一次喊了起来，默默地思索。

"可是，按照东洋商社的规定，总经理交际费不可能有两亿日元！不了解东洋商社现状的人，也许会认为是从公司总经理的交际费里……"

原田君对自己的经历仍然一无所知，井川君暗自庆幸，稍稍放心了。

正如原田君说的那样，前任总经理的交际费数额也没有这样的巨额。这，井川君也是清楚的。虽说也不少，但不可能向女人提供两亿日元资金。

"东洋商社是东证二部的股票上市公司，在纤维同行中只能说是居中游，它是从最初的纤维批发公司慢慢发展壮大的。如果东洋商社也像其他大企业那样持有相当数量的子公司以及秘密公司，就可以提取秘密经费。东洋商社好像有子公司，仅仅是仓库公司一家而已。"

说得完全正确！井川君在心里回答，当时的江藤总经理企图打发我到那家子公司，我不服而气愤地提出了辞呈。

"还有，东洋商社这四五年来每况愈下，在纤维企业界的中游地位也摇摇欲坠。五年前，高柳秀夫出任该公司的总经理。打那以后，他把公司的经营重点从纤维转移到建材。当时由于市场大气候的原因，纤维和化学工业品的需求跌入低谷，极不景气。可不久，建材部门火爆的销售情况急转直下，断热材的订货几乎停顿，整个建材行业出现供大于求的局面，以致东洋商社陷入捉襟见肘的窘迫境地。"

井川君不由自主地点了点头。以建材为中心的调子，还在高柳秀夫担任销售部长的时候就已经大肆主张，积极提倡。以纤维为主业发展起来的公司，只能是兼及建材和化学品的销售，即一主多副，这是企业界里的通常做法，一般常识。可高柳秀夫极力主张扔掉不景气的纤维部门，把经营重心转移到极不熟悉的建材和化学品的销售上。井川君与高柳君之间的冲突，根本原因就在于此。当时，井川君坚决反对高柳君这一不切合实际的主张。加上两人是同期进企业、势均力敌的竞争对手，各持己见，无法妥协。可出乎意料的是，江藤总经理一味地站在高柳君这一边，于是……

"东洋商社的注册资本是十五亿两千五百万日元，总资产约三百五十亿日元，纯资产约三十亿五千万日元，上市股票是四千二百万股，每股是一百零五日元，贷款是一百一十亿日元左右，金融收支上的赤字约十五亿四千三百万日元。这，就是东洋商社最近的经营状况。"原田君摘下墨镜，从口袋里掏出一张纸看了一下又说，"开户银行的总数是五个，都市银行两个，地方银行两个，相互银行一个，但没有主要开户银行。试想，纯资产的每一股价是一百零五日元的公司，其经营业绩是十分低下的。其他同行业公司的纯资产每一股价为二百日元，这才是正常的经营业绩。由于没有主要开户银行，遇到特殊情况时没有援助银行在背后撑腰。虽两个都市银行与两个地方银行共同为东洋商社融资，但阻挡不住东洋商社经营状况的直线下滑，于是再也不愿意贷款，采取隔岸观火的态度。但那个时期的银行贷款金额，都大大超过实际贷款的数额。于是，东洋商社不得不卑躬屈膝向相互银行借款，无论利息多高也只有硬着头皮借。据说，南海相互银行是东洋商社的大债主。东洋商社的现状就是这样的，不仅如此，借款还在继续，借款数额大幅度上升。"

井川君大吃一惊。眼前这貌不惊人的家伙，说出的话大大出乎自己的意料，仿佛是专业投资家。他正在对商业公司的经营情况进行分析，掌握的数据听来可信。井川君注视着原田君的那张圆脸，感到茫然，不知道怎么回答。这个原田君究竟是干什么的？

原田君也回看了井川君一眼，但不是井川君那样茫然不知所措的表情，而是仔细观察井川君脸上一丝一毫的变化。渐渐地，他似乎从井川君不知所措的表情发现了什么。这个收费员肯定没有说真话，隐瞒了某些事实。此刻的井川君目光呆滞，木偶般的愣着两眼。而原田君的视线里，透露出怀疑的神色和增加了追根究底的信心。

"我只说这些，您就可以完全明白，东洋商社的高柳总经理不是山口和子的真正经济后台！一般的人，看了表面现象也许认定高柳君是经济后台的角色。事实上，高柳秀夫充当某神秘经济后台的挡箭牌。牡安夜总会挂牌开张了，每天就是深夜也是由他驾车到银座接和子小姐返回自由丘。不管谁看了，都觉得他是山口和子的丈夫、情人，或者经济后台。事实上，他是真正的经济后台的替身……那天夜里他没有来，也许出什么事了？！"

原田君的主要职业，似乎不是物色服务小姐，眼下的头等大事，好像是寻找隐藏在山口和子背后的神秘人物，那个真正的经济后台。

"怎么样？"

原田君说话的语调，突然变得和蔼可亲起来，可眼睛里充满了狡黠的神色。他把膝盖从桌子底下抽出，嘴里干咳了两声。

"和子小姐背后的经济后台是谁？请告诉我，我一定为您保密！"

"……"

"我刚才的话太失礼了，但出于礼貌，也希望您能说一些什么。"

餐厅里刚才早餐时的嘈杂气氛消失了，客人的数量减少了许多。院子里的花木在烈日下金碧辉煌，刺人眼目。再过一会儿，就要到十点了。

"你就是再向我介绍那样的情况，我也还是无可奉告！你肯定是碰到什么了，造成判断上的失误。"

井川君委婉地回敬了一句：

"不过，你刚才所说的也不无道理。"

原田君没有针锋相对，不慌不忙地继续说：

"山口和子的经济后台，好像是金融界里的一个相当厉害的人物。首先，他持有付给和子小姐两亿巨款的能力；其次，是一个大腕人物，能随意将东洋商社的总经理高柳秀夫充当挡箭牌，掩人耳目；再者，他从不抛头露面而是在幕后操纵。也就是说，他与和子小姐之间的交往十分神秘、隐蔽、神出鬼没。这是因为他害怕绯闻，担心引火烧身，直接威胁他拥有的企业。"

听了原田君的分析，井川君深信不疑。和子小姐的背后，肯定有大人物那样的经济后台。渐渐地，高柳君的影子在井川君的脑海里开始淡薄。

"无论如何请您告诉我那个大人物的姓名，我给你酬金作为感谢。"

原田君啰啰唆唆地说完猛地站起身来，两手撑在桌面上向井川君深深地行了一个礼。

"拜托您了。"

他一口气连说两遍。

"你提的要求太过分了，请别再提那样的要求了！"

井川君感到困惑，拒绝的口气十分强硬。原田君也有点无可奈何似的，重新回到椅子上。他那一百八十度的转弯非常自然，能够见风使舵。

"无论你怎么问，我提供不出使你满意的答复，太对不起你了。那天晚上到牡安夜总会去玩，还是生平第一次。"

井川君说。

“原来是那样啊。”

原田君故意斜着脑袋。

“难道不是？你不是说在牡安夜总会里第一次见到我这个陌生人！”

“自开张以来，我也不是整天泡在那家夜总会里。也许我没在那里的时候您去过？！”

“你这人疑心病太重了。那好，请问问那些服务小姐，我以前是不是去过牡安夜总会？”

“我问过服务小姐了，说你是陌生脸。”

“这你相信了吧！”

“不过，依我那天晚上的第六感觉，您与和子小姐之间岂止第一次见面，一定是很早以前就熟悉了！”

井川君心扑通扑通直跳，但原田君接下来说的，打消了他担心的悬念。

“这是因为您是和子小姐与那个经济后台之间的秘密联络员。”

“你说我是联络员？要是联络员，应该是东洋商社的高柳总经理才对呀！被你这么一说，高柳君仅仅是和子小姐的经济后台委托的前台人物。”

“嗯……”

“再说，如果我是联络员，和子小姐在自由丘的那幢楼房也好，和子小姐在银座的牡安夜总会也好，我应该在它们之间来往如梭，传递信息。可我根本没到过自由丘的那幢楼房，就连那天晚上到牡安夜总会也是第一次。你推断我是联络员，其理由是不充分的！”

“那，一定是发生什么异常变化了！”

原田君喃喃自语。

“你说什么？”

“凭我的直觉，和子小姐与那个经济后台之间一定发生了什么！

而且不是一般的什么。这就是说，高柳总经理没有出色扮演好联络员的角色。于是，您这个隐蔽的秘密武器出现了，他俩之间出现了您这样的联络员。"

"你这种凭空猜想太糟糕了！别神魂颠倒，快改变你的错误判断！"

"那么，我再请教您一下。您在牡安夜总会里送给妈妈桑的高速公路通行券和火柴盒，那上面的暗号是怎么回事？是表达什么意思？"

"我刚才不是说过了吗，你那想法根本就不存在。你固执己见随意推测，太不尊重别人的人格。原田君，请你告诉我，你真正的身份是什么？你说你的工作是为夜总会物色服务小姐，完全是哄骗三岁的孩子！"

"呵，呵呵呵。"

原田君抿起嘴笑了，女人般的笑声。

"人嘛，有时候不得不乔装打扮，就像您在高速公路收费站工作那样，每天在忍受常人难以想象的痛苦。当收费员太妙了！简直是现代的城门太守！习惯于高速公路的那些大人物，都彻底暴露在您的眼皮底下。"

"请你别开那无聊的玩笑！"

井川君板着脸认真地说，而后单刀直入地反问对方：

"原田先生，你是包打听吧？"

"我看我俩还是都打开天窗说亮话吧，相互都别说小孩子话了！"

原田君的眼角堆满了笑容，婉转而又巧妙地躲开对方的质问。

"好吧，至于报酬嘛，我尽可能满足您的要求。如果您不愿意说出那个经济后台的姓名，只要说出那人物的轮廓也行。请告诉我。"

这时候，服务生过来收拾餐具，早餐时间结束了。于是，两人不再往下说，而是站起来相互道别。

豪华庆典

东京都内的超一流的五星级"大和宾馆"里，拥有全国最大型的宴会厅。此刻，宴会厅里稠人广坐，喜气洋洋，热闹纷呈。来自政府、金融界、企业界的大约一千名要员，欢聚在这里，出席一个盛大的庆祝派对活动。

宴会厅中央矗立着高达二米的仙鹤冰雕，嘴向着天空，宽阔的两翼向左右伸展，仿佛正要飞向湛蓝的苍穹。那颀长纤细的腿脚下是一只匍匐着的千年乌龟，背上刻有精致的纹路。蓬莱山的万年古松弯曲着结实的树干，伸展着千姿百态的树枝。一层层绿叶缠绕在树枝上，呈现一派繁荣昌盛的景象。底座是东海神仙显灵的大海，波涛起伏，泛起银色的浪花。

冰雕像玉一般透明，精雕细刻，乃上乘艺术品。它亭亭玉立在会场中心，在灯光下璀璨夺目，洋溢着节日气氛。冰雕周围的台面上摆满了各种造型各异、千姿百态的美味佳肴，为宴会编织了一道亮丽多彩的风景线。

距离冰雕较远的舞台上，竖立着六曲二双工笔画的金色屏风。宴会厅里，冰雕与屏风遥相呼应，交相辉映，显示出一派生气勃勃的景象。

舞台的上方悬挂着由人造红色蔷薇花点缀的横幅，横幅上写的"石冈源治君古稀庆祝会"毛笔字，气势磅礴，苍劲飘逸。

五月二十五日傍晚六时许，"石冈源治君古稀庆祝会"拉开序幕。祝词发言，花费了大约一个半小时的时间。接着，是政府部门和各企业团体献花和赠送纪念品。由于祝贺对象是日本经济联合体同志会（简称经联同）的常任理事，因此，祝词按先政府后企业的顺序进行，如下：

首先上台祝词的是，政府的财政部部长，产业交通部部长，经济计划厅厅长。接着上台祝词的是，以日本银行总裁为首的金融界巨头们。石冈源治在担任日本兴产有限公司董事长的同时，兼任"经联同"常任理事长达七年，功绩卓著，被新闻媒体称为日本金融界的总理大臣。在每位巨头的祝词里，都热情颂扬他在经济领域里的卓越贡献，祝他老当益壮，老骥伏枥，更上一层楼。发表祝词的要员当中，有诙谐幽默的，有庄重严肃的。

宴会主人光秃秃的头顶，满面红光，神采奕奕，虽已古稀仍精力旺盛。走上舞台致答谢词，声音洪亮，简短扼要，仅一分钟。接着，一位拖着长袖的美女一阵风似的来到金色屏风前，她是人气绝顶的日本电影皇后。在身穿燕尾服的主持人的陪同下，献上石冈源治先生的半身铜像。这是出席会议的全体贵宾联合赠送的，由日本著名雕塑大师制作。

胸前佩戴着金色徽章的石冈常任理事，笑逐颜开，接过用红色绸带点缀的自己的铜像。当他与女明星握手致谢时，全场响起雷鸣般的掌声和喝彩声。接着由著名的电视主持人向他献鲜花，会场上又一次掌声雷动。

随着前任财政部长举杯祝酒，与会者纷纷举酒向石冈先生致意。接着，文艺演出开始，宴会厅里的气氛显得轻松活跃起来。

各种戏剧的名流元老们先后登上舞台，在以笛、鼓和三弦琴等乐器组成的乐队的伴奏下，唱起了祝寿歌，跳起了鹤龟舞。接下来是著名女舞蹈家登场，她一边弹优雅的三弦琴，一边唱喜庆吉利的地方演歌。贵宾们聚精会神地观赏，把舞台围得水泄不通。坐在后面的贵宾们，有一组一组的，有一对一对的，愉快地交谈。这时候，政府的要员们已经退场离开宴会厅。根据会议的性质，出席庆祝会的主要是企业界和金融界的董事长，总经理和企业高层干部，其中有些是来自著名的大企业和大银行。因为是金融界总理的古稀庆贺会，所以都扔下手头的工作和会议赶来出席。这些与会者以前或多或少都受到过石冈先生的关怀，是来感恩的。

文艺演出结束，为了助兴，弹琴人坐在金色屏风前继续弹奏三弦琴，两侧各站一名拖着长袖的美丽少女，音乐的美妙旋律还在宴会厅上空盘旋回荡。观赏的与会者纷纷回到座位上，两个一对，三个一组，交头接耳，互相谈说。在石冈先生主桌及其周围餐桌就座的，都是大企业的董事长和大银行的行长，还有企业的高层干部。他们中间，有年纪大的，也有年纪轻的。最近各企业都在推行干部年轻化，五十岁左右的总经理多了起来。尤其是自营公司的总经理，大部分是四十岁左右的。他们弯着腰来到主桌跟前频频向石冈先生祝酒，这中间还有人带着引以为自豪的夫人。夫人们身穿和服，拖着漂亮的长袖。还有穿梭在餐桌之间的艺妓，与夜总会的服务小姐展开没有硝烟的竞争。

花枝招展的一流艺妓，在酒店女主人的带领下来到宴会厅担任服务小姐。最年轻的女店主也有五十岁左右，还有的女店主已经七十多岁。有的胖乎乎圆滚滚的，有的打扮奢华不减当年名花气质。这些女店主，与其说是监督自己手下的艺妓，倒不如说借庆祝会的大好时机展开激烈竞争。平时每逢向各位客人问候时，她们都特意打扮得朴素无华。今天却截然相反，都穿上镶嵌着一连串宝石的高级服装，笑容满面，举止谦逊，彬彬有礼地向贵宾问候。即使在问候的时候也不忘侦查，在心里与对手展开较量。

七十岁上下的女店主，与大公司的董事长、总经理交谈时显得十分亲昵和殷勤。对于五十岁左右的总经理，她们装出一副母亲模样，问长问短，把他们当作自己的孩子，话语间不时地漏出自己与他们父辈之间的友谊如何深厚，还不住地称赞这些茁壮成长的第二代总经理，青出于蓝而胜于蓝。

女店主们矫揉造作，仿佛是今天的风流人士——石冈先生的亲属似的，与石冈先生无拘无束地交谈。石冈先生是歌舞好手，常常在酒店夜总会舞台上表演，由三弦琴好手——前兴银行的总裁伴奏。女店主们企图把石冈先生拉作自己饭店的常客，以今天的宴会厅作为拉客阵地，向一流企业的与会者展开劝诱攻势，争取他们成为自己酒店的固定客人，提高占有份额。

夜总会的妈妈桑们也是这样，正因为自己年轻美貌，显露必胜的信念。尤其是她们带来的服务小姐，比妈妈桑们更富有魅力更具有性感，加之化妆和穿戴，更是婀娜多姿，勾人销魂。她们的项链上，嵌有名贵的珍珠；她们的戒指上，镶有二克至三克重的宝石。夜总会妈妈桑之间的竞争，与表面假惺惺的女店主之间的竞争，方式完全不同。她们彼此间很少相互问候，且都避而远之，特别忌讳迎面撞上。在这人山人海的大宴会厅里，如果遇上令自己讨厌的对手，随时都可以迅速隐蔽自己。如果遇上两三个曾经光顾过自己的夜总会客人，立即主动迎上去献殷勤。妈妈桑们用眼睛示意，勉励服务小姐们发挥优势，借此机会与新老客人约定，等宴会一结束带他们到自己的夜总会去享乐。

主桌两边整整齐齐排列着的餐桌，宛如展开的两只翅膀。那里就座的都是经营状况十分景气的企业家们，谈笑风生，此起彼伏。他们胸前挂着出席证，右手端着酒杯，左手在空中画圈，然后站起来说俏皮话哈哈大笑，总是不失一流企业家的体面和绅士风度。一看到身边站着的艺妓和服务小姐，便指着其中几张熟悉的脸十分文雅地逗笑她们。

紧靠着墙壁餐桌的贵宾都是老人，都曾经担任过一流公司、银行的总经理或者行长。随着年事日高，他们从总经理和行长的宝座退居董事长之位，但手上依然握着法人代表的大权。以后，尽管把法人代表的资格移交给现任总经理，但仍然是董事长。再以后，便退任最高顾问。最后，不再保留名誉职务。日本企业首脑的习惯做法，长期以来就是如此承前启后。

　　面对这些功绩显赫、老资格的前辈，就连"经联同"常任理事以及大企业的董事长、总经理、执行董事、常务董事、都市银行行长和高层干部，都争先恐后地走到他们面前，点头哈腰，鞠躬敬礼。这些老前辈都是自己曾经追随过侍候过的上司，其中，有的曾经担任过老前辈的秘书，有的曾经经常受老前辈的训斥，有的曾经是老前辈的马前卒或者马屁精。以前在跟随这些企业太上皇时，伴君如伴虎，整天小心翼翼，如履薄冰。可当年的企业君主，如今萎缩衰老。其中，有的患有老年痴呆症，手拄着拐杖坐在椅子上，有的听觉失灵，耳朵里插着助听器。现任总经理们上前向老前辈表示敬意和问候，本意并不是出于敬老尊长的目的，而是出于某种需要。

　　这些长者老态龙钟，动作迟缓，但一看到酒店的女店主们走来，沮丧孤独的眼神突然间闪烁光辉，虽说只是刹那时间，但脸上却泛起了红潮。他们一把抓住女店主们的手久久不肯松开，唠唠叨叨地叙起旧来。对于这种场面，夜总会的妈妈桑们因年龄的差异只能干瞪两眼，但并不在乎这些手无大权、一文不值的长者，因为他们已经不可能为夜总会提供任何利润。这些长者中间，有的还能与人交谈，有的已经丧失知觉。无论你对他说什么，他只是一个劲地点头，可食欲却旺盛有余。那个坐在椅子上头只剩一撮白发的原日本银行总裁，把别桌的菜拿到自己桌上狼吞虎咽。尽管头脑呆滞，食量却不减，十分贪婪，似乎菜肴的味道到底如何无关紧要。总之，他们是为了吃才赶来参加这令人嘴馋的派对。瞧他们那般大口吞吃的狼狈相，你绝对不会相信他们曾经是企业界和金融界的太上皇。

饮料和菜肴，过分的高级和奢侈。法国菜是这家宾馆厨师长的拿手好戏，冰雕鹤龟的周围台面上摆满了色香味俱全的法国大菜。大厅两边的走廊上都是日本风味的小吃店，有的是醋拌生鱼片饭卷，有的是油炸食品，有的是烧烤鸡肉，总之，都是小有名气的小吃。此外，宴会用的上等酒菜琳琅满目，应有尽有。

宴会厅里有几家经济杂志和金融杂志的记者，他们是经过宴会主办者许可的。这些记者拿着照相机，闪光灯不停地闪烁着，忙得不亦乐乎。主桌及其附近的次桌那里，不管摄下哪张脸都是大名鼎鼎的人物。记者们非常清楚，这些桌面上的人物照片，普通杂志是没有资格登载的。靠近门口的一些餐桌上没有大人物，虽说他们所在的企业目前还在东证股票上市的候补行列，但要不了多久将荣登股票上市的正式行列。他们分成好几桌聚集在一起交谈，有许多是普通银行的行长，其中地方银行的行长占多数，也有一些是相互银行的行长。

原日本银行总裁把底朝天的盘子递给年轻的艺妓后，脸上表情猛地异常起来。酒店的女店主琢磨了一下，赶紧走到跟前附在他耳朵旁问道：

"您是要上厕所吗？"

这位日本银行前任总裁没有说话，只是点点头。

按照女店主的吩咐，三个年轻的艺妓陪伴着这位前任总裁朝厕所走去。这位长老如今走路的脚步跌跌撞撞，简直随时要倒地似的，在众目睽睽下步履蹒跚地走着。

坐在宴会厅门口餐桌的企业家们，看见昔日太上皇——日本银行的前任总裁从身边经过，纷纷站起身来鞠躬致意。要说相互银行的行长，只有两个，一个是太阳相互银行的行长，一个是昭明相互银行的行长。在相互银行界里，数这两家银行规模最大，经营业绩最好，与都市银行并驾齐驱。所谓相互银行，其实是无尽公司。所谓无尽公司，即加盟者按期存款，按照规定期限，通过抽签办法，取得不动产等金钱以外的财产作为偿还。由于相互银行是无尽公司，受到《银行法》的严格限制，难以进一步发展壮大。为此，要求升格为普通银行、修订现行法律的呼声，在相互银行界日益高涨。而这场运动的组织者和指挥者，就是这两家相互银行。

"这位日本银行前任总裁怎么没带秘书来？"

看到他东倒西歪的走路模样，一位胸前挂着"昭明相互银行行长下田忠雄"出席证的男子自言自语。下田行长的头顶上，前半部分光秃秃的，似乎头发被拔掉似的，后半部分的头发已经变白，总之没有一丝黑发。

"他怎么会有秘书呢？他肯定是接到派对的请帖，孤身一人赴宴的。据说他在家十分寂寞，无儿无女，光老夫妻俩生活。也许留恋曾经在金融界的辉煌而出席宴会的？！"

这位说话的男人胸前挂着"太阳相互银行行长坂元延夫"出席证，头顶上盖着薄薄的一层白发，倒背式发型。

"听你这么一说，我想起一件事。是啊，这终究是个麻烦事呀！频频上厕所，倒是需要配备一个护士。他已经是一个恍恍惚惚的老人，意识模糊。万一跌倒在地不省人事，宴会的主办者可是要承担责任的哟！"

"是啊！曾经不可一世的太上皇变得如此可怜。我将来上了年纪决不独自外出！辞去行长，隐居在家种种花钓钓鱼的，自由自在地安度晚年。"

在这个问题上，两个最大相互银行的行长意见一致。以往的岁月里，他俩相互竞争，激烈角逐，如今却无心恋战。

坐在墙边椅子上的，是一个肩骨高高耸起的男贵宾，两腿中间挂着军刀般的拐棍，双眼不停地扫视整个宴会厅，时而突然想起什么痴痴地笑。看他外表，五十六七岁，眼睛凹陷，脸庞消瘦，好像刚患过重病。瞧他那紧绷着的下巴，可想而知性格非常倔强。他的胸前挂着写有"清水四郎太"的出席证，是一家权威经济杂志的总编，又是小有名气的经济评论家。

清水先生从椅子上站起身，撑着拐杖慢腾腾地走了起来，嘴角浮现着笑容，炯炯有神的眼睛在寻找什么人。

"清水先生。"

传来甜甜的声音。声音来自五十岁左右的高个女人，厚厚的化妆粉遮盖不住脸上的皱纹。她是银座一家夜总会的妈妈桑，长着漂亮的脸蛋，穿着华丽的服饰，许多人误以为她是影艺界大明星。光临她那夜总会的都是政界和财界的政府官员，在夜总会行业享有盛名，可最近稍稍萧条起来。

"贵恙已经康复了吧?"

她把两手背在身后，像久别重逢似的望着经济评论家略带病容的脸。经济评论家身患糖尿病，上个月刚出院。

"谢谢，看来我要去那个世界了。"

"你怎么开那样的玩笑!"

"要是还能活下去，我可不希望像日本银行那个前任总裁的模样。"

话音刚落，那位前任总裁在艺妓们的搀扶下从厕所返回，步履艰难。

"晚上好，总裁。"

评论家撑着拐杖低头哈腰地敬礼，虽然这个总裁是前任的前任，但是还是出于对他的尊敬。在这位总裁先生任职期间，评论家曾抨击过他的金融政策，指责这位总裁先生就任日本银行行长期间软弱无能，优柔寡断。

"啊，嗯，嗯。"

这位总裁先生已经不可能辨别出眼前这个曾经攻击过的评论

家。他颤颤悠悠，好不容易才返回靠近主桌的那个窗台边上的原来座位，手又指向桌上的法国菜，也许旺盛的食欲又来了。"怎么，您还吃吗？"

"嗯，嗯。"

"不要紧吧？！"

服务小姐和艺妓脸上流露出奇怪表情，担心地你望望我，我看看你。

经济评论家对这位总裁先生的举止不屑一顾，走到胸前挂有"总经理天野敬亲"出席证的先生跟前。天野敬亲是和兴物产有限公司的实力人物，就他公司的经营业绩和规模而言，在综合性商社界里排列第二。

"啊呀呀呀，天野先生，好久不见了。"

"好久不见了，清水先生。身体好，比什么都重要，在你住院期间，本来准备亲自去探望你的，可是……"

"承蒙总经理秘书前来看望，又带来许多慰问品，真是受之有愧呀！"

坐在他旁边座位上的男子，胸前挂着"副总经理西尾利雄"出席证。他也是来自和兴物产公司，四十七八岁的光景。他赶紧起身，把自己的座位让给经济评论家。

"不，我不坐，请你自己坐。"

经济评论家依旧挂着拐杖，眼睛窥视着周围。

旁边桌子那儿，有几个胸前分别挂着"仓前商事有限公司董事长小山金吾，副总经理上坂佑一，常务足立文一"出席证的男子。在综合性商界里，仓前商事有限公司排名第十二位。

隔着人群望过去，那前面有几个胸前挂着"荣先产业有限公司董事长浅尾和明，总经理高泽干一，专务平野小一郎"出席证的人。在综合性商界里，荣光产业有限公司排在第十三位。

千人宴会

　　宴会厅里，身穿黑色制服系着领结的人与两个身穿绿色服装的服务生在人群中走来窜去，两只眼睛紧盯着客人们胸前的出席证，似乎在寻找某个客人。但在千人聚集的大宴会厅里，即便千里眼也很难找到想找的人。

　　挂着司的克拐杖的清水先生，正巧遇上原产业交通部副部长、现任某国际贸易机构董事长的老友，两个人站着交谈。这人在担任副部长期间，是事实上的部长，实力人物，而正部长能力弱，被讥讽为"副部长"。

　　一边与对方谈笑风生，一边眼观六路耳听八方，是这个经济评论家的特点。虽说出院不久，可是，消瘦的脸上强悍、不饶人的表情还依稀可见。他主编的经济杂志犹如一把利剑，震撼着金融界和企业界。他的笔像毒蛇，拼命寻找企业的弱点，抨击经营者无能。企业界的巨头们一听到他的名字，都尽量避而远之。在企业界和金融界，清水四郎太是一位赫赫有名的人物。

　　经过认真思索，他稍稍调整了原来的战术。对此，有人指责他主编的经济杂志已经失去以往的锐利，有损杂志在读者心目中原来的形象。

　　经济评论家一边与别人交谈，一边偷偷地注视着四周的动静。当然，那些服务生终于找到的那张脸也没有逃出他那探照灯般的视线。那张脸听完服务生的耳语，起身离开混杂的宴会厅来到走廊。他是昭明相互银行行长下田忠雄。头顶上的前半部分光秃秃的，后半部分还有一点点白发，可身材魁伟，显得很有力量。

经济评论家稍稍歪着脑袋用余光斜视，但与国际贸易机构董事长之间的交谈却还是非常连贯。他健谈，也是主持座谈会议的高手。

下田先生来到走廊上，隔壁宴会厅里好像在举行婚礼，喝彩声和掌声仿佛沸腾的开水。

下田先生进入走廊一侧的电话亭，拿起受话器放在耳边。蓦地，他情绪变得激动起来，好像对方在聆听他的训斥。下田先生开始怒吼，吼声冲击着电话亭的玻璃，幸亏有玻璃遮挡，怒吼的内容仅仅在电话亭里回荡。从大宴会厅的角度看过去，只能看到他的背影，无法看清他正面脸部的表情变化。后脑壳上的白发也只有薄薄一层，但脸上经过了修饰。

有人站在距离电话亭较远的地方窥察下田先生，身着黑色西服，颈系白色领带，好像在等电话。看模样，好像是出席婚礼的客人。

这个等电话的矮胖男子，面容稍有些浮肿，一开始就在大宴会厅与隔壁婚礼宴会厅之间悠闲地走来走去。其实，他就是一个星期前那天半夜站在井川君身边，一边眺望一边等待牡安夜总会妈妈桑出现的那个原田君。

他穿着礼服在两个宴会厅之间徘徊，既可被认为是大宴会厅的出席者，也可被认为是婚礼宴会厅的参加者。为了等某某人或者找某某人，可以不必进宴会厅东找西寻，只要站在走廊上注视来往客人就可一目了然。

原田君若无其事地注视着电话亭里的下田先生的表情，仿佛观看无声电影。从"无声电影"里的一举一动，可以大致想象下田先生说的内容。

电话大概通了三分钟挂断了，下田先生放下听筒，光秃秃的前额转了过来。于是，原田君的脚步朝婚礼宴会厅的方向挪动了两米左右。

昭明相互银行的下田先生怒气冲冲地推开电话亭的玻璃门，迈开大步返回大宴会厅，丝毫没有注意正在朝婚礼宴会厅靠近的原田君。原田君在徘徊的途中，回过头来朝下田先生望了一眼。

下田忠雄回到座位上的时候，已经是八点十五分了。可大宴会厅里还是热闹非凡，说话声夹杂着嬉笑声摇曳着四周的墙和天花板，发出一阵阵回声。没有回家的，相反，只有姗姗来迟的贵宾在不断增加。

艺妓们侍候着的原日本银行总裁从人丛中走出，那姿势就像幼儿学走路。艺妓和女店主犹如医院护士，搀扶着这位往日的总裁先生。坐在两侧的人们，有的鞠躬行礼，有的上前问候。对于这些朋友，总裁先生似乎已经无法辨别，只是脸上露出酒足饭饱的表情。

刚回到宴会厅的下田行长，见总裁先生退场在他眼前经过，赶紧站起来行礼。以往，相互银行根本没有受到过来自日本银行的任何恩惠。而受过日本银行恩惠的，是地方银行和都市银行。

都市银行和地方银行极力压制新崛起的竞争对手相互银行，不同意相互银行升格为普通银行。对于曾经有过金融界帝王威严的前任总裁，下田行长不由得弯腰致意，尽管自己没有得到过任何恩惠。

这时候，清水四郎太拄着拐杖朝下田行长身边走来。

"啊呀，好久不见了，下田先生。"

经济评论家满脸微笑。

"哦，清水先生。"

下田行长侧过脸，向清水先生鞠躬，脸上闪现出一丝慌张的神色。

"听说您患病了，已经康复了吧！脸色很不错，精神也很饱满。"

"谢谢，我就要摘下经济评论家头衔了，把杂志总编的职务让给晚辈。趁自己还没有像这位原总裁先生那样患痴呆症之前，赶快让位。"

清水先生一边说，一边皮笑肉不笑地目送着原总裁在门口消失。

"您这想法太荒唐了！先生离那个日子还早着呢！我可不希望您过早地离开经济界和金融界的顾问一职。"

下田行长耸了一下鼻子，隆起刀刻般的皱纹，他说话十分圆滑，可刚才的愤怒似乎还停留在脸上。

"我不知道自己是被人捧为顾问，还是被人在背后捣脊梁骨，我想多半是后者！我也引来了许多对头，被指责为不道德。"

"应该说是良药苦口。"

"是像你说得那样吗？许多忠告被敬而远之，还招致骂名，这是一般观点。独裁经营者的缺点是拒绝部下忠告，于是，敢于说话的人没有了。一些好端端的企业，便开始步入走向破产没落的第一步。"

"您的教诲太及时了。"

"哎，哪里的话。可你也被指责为独裁者，好在相互银行没有摇摇欲坠。你是基督教徒，昭明银行的企业信条是人类信爱，这已经广为人知了。"

"您过奖了。"

下田行长向经济评论家鞠了一个躬。

"最近对于相互银行的道德评论，就好比树大招风越来越激烈了。作为基督教徒的你，应该以此为契机三思而后行。"

"清水先生，请您手下留情。"

下田行长一边苦笑，一边又深深地鞠了一个九十度的躬。

从旁边走来一个年轻小姐，手托着放有酒杯的银盘插入他俩中间。

"喝一杯怎么样啊？"

"咦，我好像在哪里见到过你这张脸。"

"我是花坛夜总会的荣子，先生，谢谢您经常光临我们的夜总会。"

女人挤眉弄眼，矫揉造作。

清水先生从银盘里取了一杯黄色的柠檬饮料。

"怎么，就喝一杯饮料？"

"对不起，我身体还没有完全恢复。"

"原来如此，怪不得好长时间没有见到您光临我们的店了呢。"

"妈妈桑来了吗？"

"好像在那个方向。"

服务小姐把脸转向那个方向。趁这个机会，昭明相互银行的下田行长用眼神向经济评论家打了一个招呼，转眼间消失在茫茫的人海之中。

"刚才那个人，你认识吗？"

"不认识，他没有光顾过我们夜总会。"

"是吗？"

"啊呀，妈妈桑在那里！先生。"

服务小姐用手指着那里。

"……瞧，在龟鹤冰雕最右端那家醋饭卷食品店的摊位跟前，好像与一个小姐在说话？"

"视线被挡住了，还是看不见！哦，怎么还没有改掉浓妆的习惯？"

"呵，呵呵，您这般说话，让我感到你精神很好。"

"哎呀，脸上露出困惑的表情，就是与小姐说话的那个吧？"

"那小姐原来是我们夜总会的。半年前擅自到一家陌生的夜总会当服务小姐，叫什么牡安夜总会。现在，妈妈桑在训斥她，一定是那样的。”

“遇上擅自到其他夜总会工作的人，便喋喋不休地发牢骚，说明妈妈桑不能胜任。尤其是你那个夜总会的妈妈桑，在银座众多的妈妈桑中间，不也算得上一个老前辈吗！她好像也是与某种势力勾结在一起的？！”

“不，不对，我们的妈妈桑向来区别对待，对于正大光明辞职的女孩子没什么话好说，可对于那些心怀鬼胎不辞而别的女孩子，态度却是非常严厉的。尤其是那家接受她去的牡安夜总会……”

“究竟是怎么一回事？”

“牡安夜总会离我们夜总会很近，她忘恩负义，不辞而别，而且到附近的夜总会工作。不管怎么说，对妈妈桑来说无疑是讽刺性的打击。”

“牡安夜总会的妈妈桑年轻吗？”

刚刚离开医院的经济评论家，那消瘦的脸上涌出好奇的表情。

“年轻哟！比我们的妈妈桑要年轻得多，而且是一个大美人。听说，她过去好像是哪家夜总会的服务小姐，被客人们称为‘天下第一枝花’。”

“原来是那么回事。你们的妈妈桑原来是吃醋啊！”

经济评论家开始观察。

“是啊，我就是说给您听也没有什么大不了的。”

“但如果真是那样，应该直接向挖墙脚的牡安夜总会的妈妈桑发牢骚才是。既然服务小姐来到这里，牡安夜总会的妈妈桑也应该在这里呀！”

“好像不在。我几乎走遍了宴会厅的每个角落，没有发现那个妈妈桑，兴许她那家夜总会正忙得不可开交呢！”

“你是说那个夜总会很忙？喂，这个宴会厅里，一流夜总会的妈妈桑和酒店女店主都在这里展开无声的竞争。让服务小姐来这里，妈妈桑自己却不来，这不是坐失良机吗！你这样的说法不合情理。"

"是吗？"

"要说一流，牡安夜总会已经是一流俱乐部了吧？"

"还不能下这样的结论。牡安夜总会自开张以来，到现在有五年时间了吧？好不容易盼到今天有金融界、企业界巨头参加的盛会，按理妈妈桑应该来这里露面。这可是千载难逢的机会，还是我们的妈妈桑头脑清醒，早就来了。"

"牡安夜总会妈妈桑的背后，也许在金融界里有经济后台？！"

"我不清楚，这大概是一种传说吧！好像是……"

服务小姐望了望周围的人，附在清水先生的耳边嘟嘟嚷嚷地。

"什么？是东洋商社的……"

"别大声说呀，先生。"

"东洋商社目前只是二流公司，嗨，那总经理……"

"我不说了，先生，您那么大嗓子。"

"没有关系，那种二流公司的经营者是不能出席这样的派对的！"

清水先生把两只手一上一下地叠放在拐杖柄上，仰起脸望着天花板上悬吊的水晶玻璃灯，陷入沉思。

"经济后台是二流公司的东洋商社，可二流公司不能出席这样的宴会。而二流公司支持的夜总会恰恰来了，还带来了服务小姐，但不见妈妈桑的踪影。作为妈妈桑，趁这样的机会宣传自己的夜总会，是最有广告效应的。可是……"

这位经济评论家，擅长对企业进行诊断，喃喃自语地说着。

宴会厅外边的休息室里，聚集着许多身穿黑色和服的妇女和身穿黑色西服的绅士，手提大包小包的。婚礼宴会刚结束，他们正准备回家。参加庆祝会的女人们都是身着色彩鲜艳、面料考究的和服，形成鲜明的对照。

不断传来服务生的声音，他们手拿着干电池喇叭，嘴里说着车牌号和某某先生的姓名。被喊到的小车从停车场驶出，一辆接一辆地停在大堂背后的边门。轮到先坐车走的人，赶紧向还在等车辆的人打招呼："我先走一步了。"等车的人们继续相互说笑。每次宴会结束，宾馆大堂和边门就会嘈杂起来。

没车的人或者没车来接的人，从宴会厅涌向宾馆大门等候出租汽车。

这时候，走来一对手挽手肩并肩的男女。在他们身后走着一个绅士模样的人，手提婚礼宴上赠送的礼物，走路摇摇晃晃的，个头较高，脸朝着脚尖，肩膀弯曲，好像边走边思考什么。

"打扰您了，江藤董事长，江藤先生。"

跑过来招呼江藤先生的，是一直在宴会厅走廊里逍遥漫步的原田君。

白发老人听见有人在喊他便止住脚步，身边走来一个矮胖模样，脸上笑嘻嘻的男人。江藤先生转过脸来朝他点点头，可来者手上并没有提礼物，只是身穿出席宴会的黑色西服和白色领带，他大概是出席婚礼的客人？

"啊啊，果然是江藤董事长先生。您就是东洋商社的董事长江藤达次先生吧？……好久没有见面了。"

原田君一个劲地说着，低头向江藤先生行礼，满脸怀旧的表情。

即使以前碰到过的，有时也会忘记。江藤先生见对方说话的语气十分亲热，也不好打听对方的姓名，可脑子里在使劲地回忆，脸上似笑非笑地回答着对方的问候。

"董事长先生的精神仍这么好，身体才是最重要的！"

"衷心感谢。可我也上了年纪了，精神没有过去那么好。"

说话间，他好像回忆起什么来。

"您在说什么？您还很年轻哟。可是……"

"新郎父亲栗原君是我大学同学，我们之间非常友好，被邀请参加他儿子的婚礼宴会，我已经很久没有这样开心了。你也是栗原君的……"

说到这里，他想问对方，以帮助自己回忆。

"不，我是新娘子田边那里的……"

对方说。

婚礼宴会开始前，伉俪双方的父母和家庭成员都一一介绍过，原田君不费吹灰之力地记住了。

"噢，原来是那么回事。"

对方是新娘子女方招待的客人，难怪无法回忆。

"董事长，接您的车呢？"

"那样的东西，我现在已经不用了。"

江藤董事长脸上露出尴尬的表情，苦笑着回答。

江藤倾诉

宾馆正面门口内侧的大堂里，来来往往的客人络绎不绝。

"隔了好长时间才见到您，想跟您谈谈，在这里站着交谈不太舒服，喝点茶什么的您看如何呵？咖啡馆就在里面，走几步路就到。"

原田君邀请江藤达次。

"好吧！"

"是不是有急事？"

"不，没有……"

"二三十分钟就够了。"

"好的。"

江藤先生心不在焉地答道，心里感到有点冒昧。

原田君腾出手来帮老人提着婚礼宴会上赠送的礼品包，可江藤先生的步子还是赶不上原田君。不过，他在地毯走廊上的走路姿势，依然给人一种威严的感觉。

咖啡馆非常宽敞，朝着里院的大玻璃上画有悬崖瀑布的风景。他们选择风景画前面的座位，江藤先生的白发犹如风景画瀑布飞溅的结果。

"董事长先生，您怎么会没有专车呢？"

原田君那微胖的脸上挂满微笑，问江藤先生。那对躲在墨镜背后双眼皮里的圆滚滚的眼珠，显露出怜悯江藤先生的神色。

"啊，是啊。"

"东洋商社……董事长先生，尽管于六年前把总经理宝座让给高柳秀夫，可董事长您还是法人代表呀，公司的行政大权还在你手上呀。"

好像是某报社经济部的记者？！可江藤先生一时想不起来。担任总经理时曾经交往的人很多，可近来由于年事已高容易健忘。

"退居董事长的时候确实是法人代表，可好景不长，仅一年时间。高柳秀夫的'逼宫'，使我成了不是法人代表的董事长。那以后没过多久，原先配给我使用的专车被公司总务部收了。"

服务生端来了咖啡。他端起杯子喝了一口，满脸心烦意乱的表情。

"那，实在是忘恩负义啊！高柳君是得到您的鼎力推荐才担任总经理的，从某种意义上说，他应该对您感激不尽。偏偏……到底怎么回事？"

原田君的话里夹杂着同情。

"我不明白他在想什么。"

"但是，董事长在担任总经理期间，对高柳君的评价、赞许和重视超过任何一个部下。"

"是的。那时候，我认定接班人非他莫属。"

"那不只是高柳君手腕高明，并且工作上也勤奋，对领导忠诚。"

"说他勤奋忠诚，是言过其实。但不管干什么，他都能充分体现我的意思，称得上是我的一只得力臂膀。"

"当时的公司里，称得上您得力臂膀的人物只有他一个吗？"

"嗯……"

董事长若有所思地考虑片刻，抬头望着天花板的一角无不后悔地说。

“并不是没有，但是，还是我看错了人，这不能责怪别人啦。”江藤先生自我解嘲。

“这样的例子，在其他公司也司空见惯……”

原田君不往下说了，突然话锋一转：

“擅长向总经理表忠心的人，骗取信任后一跃爬上总经理的宝座。通常，董事长的原来打算是继续担任法人代表，主持公司行政工作。可新总经理上任后，按自己意愿进行人事变动。两年后，新总经理在公司内部建立了自己的体系，架空具有法人代表资格的董事长。像这类新闻司空见惯，算不上什么新闻。高柳总经理与江藤董事长的情况，虽有点类似，可刚才董事长您说，现在连专车也被公司撤走了，这……”

“我现在的情况，跟你刚才的举例差不多，也……”

江藤达次说到这里，脸部自然而然地充满了血，涨得通红。他似乎没有想到在这里遇上能倾吐心中怨恨的知心人，诉说积压在心底的痛苦。就连对方姓什么，他也似乎忘得一干二净。

“在我退任法人代表的董事长期间，就像刚才说的那样，只是最初的一年时间里有过一些作为。没过多久，法人代表的资格被剥夺了，而高柳君手中的权力越来越大。这，完全出乎我的意料。其他高层管理干部，都一窝蜂地追随高柳秀夫，赞同他重新制定的经营方针。也就是说，高柳君不切实际地改变了公司历来的经营方针，把主要从事的纤维批发和贸易改变成从事建材的批发和贸易。虽纤维市场停滞不前，但它是我公司的传统业务，出现不景气只不过是暂时的，只要挺过去，市场必然改观。

“当时，为摆脱纤维市场不景气的困境，我打算两条腿走路，同时进行纤维和建材的批发业务。我见高柳秀夫也极力主张，便把总经理位置让贤给他，希望他给公司带来焕然一新的面貌。可高柳君一登上总经理宝座，便完完全全地把销售重心移到建材上，一刀砍掉公司的传统商品——纤维，把主要力量放在产业建材和化学品的销售上。我提出反对意见，他立即组织全公司的高层管理人员在会上围攻我，夺走我法人代表的资格。是啊，那以前的经营业绩平平，责任在于当时担任总经理的我，落到这种地步也是报应。但我万万没有想到，高柳君竟如此不择手段，疯狂逼宫。提拔他担任总经理的接班人，是我的重大失误。

"哈哈啊……

"在我被取消法人代表资格后的一年里，他在人事方面的变动还多少有点忌讳我。又过了一年，公司内部体制脱胎换骨都变成了高柳体系。原来跟随我的那些干部，调走的调走，回家的回家。我的专用轿车，是在我失去法人代表资格的第二天被高柳君指使手下人开走的。如今我借用公司车辆，必须事先打电话向总务部长申请。就连这样，还时常不派车给我。"

江藤董事长说话时没有忘记咖啡，不停地端起杯子。

这时候，咖啡馆外面的走廊里出现了五六个老绅士，他们在酒店女主人和艺妓簇拥下朝大门口走去。"经联同"常任理事石冈源治的古稀庆祝会已经结束，大部分出席者都坐自己的专车回家。剩下一部分出席者仍留在宾馆里逍遥。宾馆里一流装饰的商店鳞次栉比，商品齐全。有的人回家时去商店顺便买一些带回家，有的人则径直回家。

这时候，有一群人在咖啡馆门口的走廊上经过。只见江藤董事长把手上的咖啡杯凑到嘴边，而举杯的那只手在微微颤抖。

"婚礼宴会厅隔壁的大宴会厅里，是石冈先生的古稀庆祝会。"

原田君望着那群人从门口经过，提醒江藤先生。

"好像是吧。"

江藤先生有气无力。

"不愧是金融界总理的庆祝会！场面豪华气派，与会者有一千人左右，政府部长也赶来参加，还有大企业的董事长、总经理、大银行的董事长、行长等，都是一些天上最亮的星星。瞧，被小姐们簇拥的那些……"

原田君举出那些董事长的公司名称和他们的姓名。

"都是同样的董事长，可我与他们有天壤之别……当然，我们公司与那样的大公司也不能相提并论。"

江藤先生叹了口气说。

"不！大企业的董事长即便退居到顾问席位，遇到现任总经理并不避而远之，而是发号施令。还有许多董事长仍然掌握着人事权，把现任总经理当作机器人使唤。这些现象的存在，大都取决于董事长。"

"可我的董事长办公室，你知道在什么样的地方吗？"

"不知道，那……"

"具有法人代表资格的时候，董事长办公室是在五楼总经理室的隔壁……可如今，被赶到一楼角落的总务部隔壁。平时，还是大家的休息室。"

"怎么，在总务部隔壁？"

"他们说五楼太拥挤，便把总务部隔壁五平方米的房间简单装修一下，改成董事长办公室。"

"这做法未免太狠毒了！"

原田君瞪大眼睛，脱口而出。

"等于是关禁闭哟！这样的董事长办公室，还会有谁来呀？"

"高级管理干部也好，一般干部也好，就连那些职员来我这里，一旦被高柳体系的人看见就会招惹麻烦，久而久之，都借口说忙，不来了。

"人吗，大多是墙头草，人情不就是一张纸吗！"

"我一走进公司，便觉得给那些曾经拥护我的干部们添麻烦，也就不常去公司上班了。后来，我感到还是在家待着好，也就不去公司了。"

江藤先生似乎相见恨晚遇上能倾吐苦衷的朋友，对原田君怀有好感。

"刚才，那些董事长和女店主、艺妓一起在咖啡馆门口经过。看到这情景，使我想起在我担任总经理期间，经常去的也是一流酒店。总经理交际费也被我用了许多，在退任董事长还是法人代表的时候，交际费也没有太大的变化。一旦法人代表资格被取消后，交际费也随之被取消了。从酒店转到公司的催款单遭财务部拒绝，他们打电话要酒店找我自费解决。"

"这种做法太过火了！"

"无可奈何，酒店女店主拎着礼物上我办公室要钱，可一看到董事长室狭小简陋且在一楼角落大吃一惊，出于同情，连欠款也不要就走了。"

董事长说完脸上露出一副无奈的笑容。

江藤达次一五一十毫无保留地倾诉自己的悲惨遭遇，原田君也说不出话来，可他似乎想到了什么。

"请问，东洋商社的总经理交际费是大数额吗？每年都有预算吗？"

原田君探出脸问。

"再怎么样也不能与大企业相比，就那么一点。"

"哈哈啊……"

原田君那两颗眼珠闪烁出异常的光彩，暗自思忖起来。

"由于经营情况连续欠佳，比起我任总经理时，交际费受到严格控制。至于数额到底多少，我这个被架空的董事长现在是一无所知啊。"

"公司的经营情况，真的越来越差吗？"

"是越来越差。高柳君把主要力量从纤维转移到建材的时候，正是日本高速度发展时期。由于厂房、普通住宅和高级住宅楼的大量兴建，建材销售形势大好。于是，高柳君干脆取消纤维业务，全力以赴投身建材销售。我极力反对他的这一方针，坚持必须纤维和建材两条腿走路的既定方针。可我这个名不副实的董事长说的话，他压根儿不听，坚持他的错误方针。不久，高速度发展期梦幻般地结束了，建材订单逐步减少，营业额直线下降。建材市场供大于求的局面，看来还要持续五到六年。许多同行由于销售额大幅度滑坡，苦不堪言，走投无路。东洋商社的现状更加糟糕，硬着头皮继续向银行贷款，又都是高息贷款。如此下去，公司将要面临破产。"

被现任总经理取消了实权的董事长，就像在谈论着与己无关的话题。

"东洋商社的主要开户银行是哪一家？"

"我们公司没有主要银行，那是我担任总经理时决定的，我讨厌货款从一个银行账户进出。虽开户银行有八家，都与我们保持对等距离。"

"好像有一个相互银行，叫什么南海相互银行……"

"所谓南海相互银行，是我任总经理时建立的开户银行。该行总部在我老家九州，从某种意义上说，也是出于本乡本土的一种感情。因为是这种指导思想，资金占有率比其他银行少得多。"

"现在许多银行为了牟取暴利放高利贷，企业更是捉襟见肘，银行出借的资金含有大量的水分。东洋商社的贷款虽说是平均来源于八个银行，但如果其中某个银行成为主力开户银行，不就能减少公司贷款额吗？"

"现在吗，这种可能性已经没有了。无论银行资金如何过剩，只要借贷企业的前景难以预测，就会给贷款的前途蒙上阴影。有关这一点，银行非常敏感。尤其以东洋商社的交易现状，不可能有某个银行挺身而出。"

"如果这样，东洋商社的前途将如何？没有金融界做后盾，正像董事长你刚才估计的那样，难逃破产倒闭的厄运。真是那样的结果吗？"

"不，我呢，觉得东洋商社能坚持到今天很不容易了，又没有主力银行。不用说，高柳君在顽强拼搏！就是不知道他是否已经想出好办法了。"

"说起办法，例如从街道金融业者接受融资，解决燃眉之急……"

"不，他不会那样做。采用那种办法，公司顷刻间破产，化为乌有。"

"看来，高柳总经理可能已经有好办法了？可那又是什么办法呢？"

"我不知道，他什么也不对我说。那些高层管理干部也不向我报告。作为我嘛，只能这样下结论，高柳君可以说是一个具备怪才的人。"

"董事长，高柳先生喜欢女人吗？"

"这……讨厌女人的男人大概没有吧？！"

"但是，如果是假设，高柳先生从总经理交际费里提取两亿日元给他喜欢的女人。请问，东洋商社里有那样巨额的交际费吗？"

"你是说两亿日元？绝对不可能！总经理交际费嘛，充其量一年不会超过一千万日元。"听完这话，原田君把胳膊抱在胸前，那两只放在桌下的脚开始抖动起来。

一针见血

在咖啡馆里就座的多半是年轻男女，相互间愉快交谈，嘻嘻哈哈。

"高柳总经理一年只有一千万日元的交际费，不可能拿出两亿日元的巨款送给一个女人。"

乍一看，原田君与邻桌的年轻男女一样，脸上堆满了愉快的笑容。可江藤董事长着急起来，原先紧锁着的眉头皱成了疙瘩，他问原田君：

"高柳君拿钱送给女人，那是什么时候的事情？"

"大约五年前。具体内容是，为那个女人买下银座的一家夜总会，装修后开张。具体费用是不动产购置费、装修费和开办费，概算金额大约七千万日元。接着，又为那个女人买下自由丘的高级住宅地皮，再在那里建房。那一带地价十分昂贵，加上建筑费，这笔费用大约需要一亿三千万日元。也就是说，两笔费用加起来共计两亿日元。"

原田君说完端起杯子，张开上眼皮从眼镜下方凝望江藤达次的脸。

"如果是五年前，那应该是我从总经理退到董事长一年后的事情。"

江藤先生心烦意乱，嘴里直犯嘀咕，面部神经好像疼痛起来。

"正是那个时候吗？"

"可你说的这些话，我不能相信。"

"董事长先生，银座的那个夜总会和自由丘的那幢楼房是明摆着的哟！那女人的姓名暂时不告诉您。"

"楼房以及夜总会也许是事实，可我不能相信那是高柳君所为。无论高柳君多么独裁，我们公司在交际费上是没有那种可能的。"

"是否有总经理动用的机密费呢？"

"所谓机密费，不是正当的费用支出。可是，那也不可能。东洋商社下属的子公司不多，不可能与子公司之间进行巧立名目的交易，提取秘密经费。再说也没有秘密公司，秘密进入总经理腰包的钱也是不可能的。"

"那么，有什么别的渠道吗？"

"剩下的就是以其他名义挪用公司资金，但是，那至少得由分管财务的董事与财务部长共同签字才行。"

"高柳总经理不是独裁者吗？！让董事和部长执行自己的命令，应该说不是一件很难的事情。反正，干部们是绝对服从总经理的。"

"哦……"

"董事长，您对您原来的部下——分管财务的董事以及部长的信任，好像还抱有一丝希望。但是，自从高柳体系占据公司的领导地位后，不都渐渐地变质了吗！退一步说，事不关己明哲保身要紧呀！"

"但是，像那样破坏公司的财务制度，是要被追究渎职罪的。"

"说到独裁总经理，不都是在走危险的独木桥吗？"

"高柳君为女人而拿自己和公司的前途当赌注，这，我不能相信。"

江藤先生的脸上布满忐忑不安的神情。

"您从总经理退居到董事长，而高柳君什么也不向您汇报，您当然不知道。如果是五年前买下银座夜总会和自由丘楼房，正是您被取消法定代表人资格的时候。"

"事实上，董事长的法人代表资格具有含糊不清、模棱两可的含义。日本的商法规定：具有法人代表资格的董事长，与总经理、副总经理，以及执行董事共同运作公司。说白了，董事长是否掌握实际权力，并无明文。倘若总经理是掌握人事权的实力人物，那么，持有法人代表资格的董事长对外而言，仅仅是花架子而已。所以，我退居董事长刚一年便被卸去法人代表的资格。从那时起，高柳君在我面前是报喜不报忧，我也成了眼瞎耳聋的董事长。"

江藤先生把白发往后理了一下，用消瘦的手指在太阳穴处揉了起来。

"如果高柳总经理没有犯渎职罪，是否想出其他什么办法？"

原田君同情地望着江藤董事长的表情，问道。

"是借款吗？要是利用总经理权力为自己谋利，那也是渎职行为。"

董事长仍然是刚才的表情，答道。

"高柳君是否拿出自己的钱？"

"高柳君的父亲只是个中学老师，没有上辈遗留的财产。就是置换，他也没有土地。即便是提拔为总经理后，光工资积蓄也达不到那个数额。"

说完，他还是用手指按摩太阳穴。

"不过，高柳总经理又是送楼房又是送夜总会，不可能只是传闻！"

"高柳君一会儿泡在那个女人家里，一会儿出现在那家夜总会吗？"

"虽然不是从早到晚都泡在那女人家里，但一个星期或十天去两次。那家夜总会嘛，他经常去。"

"你这话不是吓唬人吧？"

董事长开始为自己公司担心起来。

"董事长。"

原田君把桌下的两条腿向前挪动了一下。

"刚才您说，高柳总经理在为公司拼搏，还说高柳总经理可能已经想出办法了。"

"嗯。"

"高柳总经理瞒过董事长借钱支撑东洋商社，再从借款中提取两亿日元给那个女人，这不也是好办法吗？！"

"那绝对不可能。"

老董事长脸色严峻，斩钉截铁地说。

"刚才我说过，公司有八个开户银行，但与他们之间都是保持对等距离。因为没有主力银行，不可能有那样的特别融资。八个银行都是铁板一块，不可能有暗箱操作的融资。如果是能够使高柳总经理从中抽掉二亿日元的融资，至少要接受超过两亿日元十倍的融资，否则，那样的交易是不可能进行的。不过，那种手法也是常有的。例如，借八亿贷款，然后从中抽取两亿。可是，那样的手法太愚蠢了！我公司的开户银行会那样做吗？干那种勾当，通常是来路不明的金融机构。"

"总经理从那种来路不明的金融机构接受秘密融资不也可以吗？！"

"想象不出。"

"但是，东洋商社经营情况不景气。根据常识，仅仅从八个银行就能接受那么多的融资是不可能的。无论如何，没有其他方面的援助是不行的。那就是指来路不明或者值得怀疑的金融机构，这，就是您说的高柳总经理想的好办法。如果推断正确，接受二亿日元的融资不费吹灰之力。"

江藤董事长连对方的姓名和身份都没有过问，而对他人提出的有关自己公司内部的问题，毫无顾忌地侃侃而谈。像这样的对手，他既没有反问，也没有起任何疑心。也许头脑多少有点老化，当然也不仅仅如此，只因对方完全站在同情自己的立场上。相反，他对这个男人充满了感激和亲切感。

"无法想象。"

董事长稍稍歪着脑袋低声地说。

"……如果从那样的金融机构接受融资，不管多少，必须事先同我商量，如果不是那么回事也必须事后向我报告。高柳君不汇报，分管财务的小林董事也应该……"

"您是说分管财务的小林董事吗？他万一也按照总经理旨意在董事长面前只字不提呢！"

"如果那样，是完全无视我这个董事长的存在。"

董事长像热锅上的蚂蚁坐立不安，先是呻吟，后是怒发冲冠。

"如果董事长追究总经理或者小林常务的渎职行为，结果会怎样？应该说，这是董事长的权限。"

"不起作用。"

董事长的脸上出现绝望的表情。

"即使我问，他们肯定借故这样那样的工作躲开我，董事长的权限等于是零。我一旦说那些逆耳的话，下一次就会落到退任顾问的地步。"

孤独的董事长又自我嘲弄起来。

"您是说下一次吗？！"

"我已经干了六年的董事长，去年年底，高柳君说要我退任顾问。一旦落到顾问的地步，就等于完全隐居了，再也没有卷土重来的可能了。"

"您是说卷土重来？"

原田君听了董事长这席话深感意外，目不转睛地看着董事长的脸。

"男人嘛，就是上了年纪，雄心也不能减弱，我还只是刚过六十四岁。虽说头发花白，但是它不能表明东山就不能再起。"

"真了不起，董事长！"

原田君用拳头捶了一下桌子，杯子里的咖啡溅得满桌都是。

"……我就是佩服您那样的气势。"

"东洋商社是我一手把它从小到大、从弱到强扶持起来的，这里面浸透了我的心血和汗水，不容易啊！"

"我与您有同样感受，可不能让高柳君继续垄断。在您还是董事长的时候，应该把高柳君拉下马。怎么样啊？"

"但是，只是心里在那么想，从现实来看困难重重，因为目前东洋商社的大权已被高柳派系的人牢牢掌握。如果是其他那些具有老传统的大公司，因为有老资格人士组成的参事机构，就可以借助那样的力量。但是，我的公司里没有那样的基础，仅仅是我心里在暗自琢磨。也许，最终也不过是梦而已。总之，不是德才兼备的人，最终是靠不住的。"

董事长一瞬间又软弱无能起来。

"董事长，您刚才不是说，自己当总经理的时候，除高柳君以外，并不是没有与之匹敌的人。请问，那人现在的情况怎么样啦？"

"是啊，打那以后，犹如石沉大海，杳无音信，不知他现在在哪里？当时，我委任他为子公司的执行董事，可他满腹牢骚，第二天就递交了辞呈离开了公司，至今已有七年了。当时，我听说他是去大阪创办自己的公司。可他后来怎么样啦，我全然不知。多半也不怎么妙吧？！现在看来，当时应该提拔他担任总经理。我真是看错人了！"

"那人叫什么名字？"

江藤董事长低下头。

"都过去了，我现在的处境也非常可怜辛酸，姓名就暂时不说吧！"

"如果请他出山，他能摧毁高柳体系吗？"

"是啊，我也不知道行不行。我即使请他，他也未必来，因为他恨我。并且，即使得到他的协助，单靠一两个人的力量是远远不够的。"

"这么说，董事长是准备坐以待毙等待那顶顾问桂冠？是想走顾问这条与世隔绝的路？"

"……"

"高柳总经理有绯闻，虽知道得还不很具体，但只要再详细调查一下就能真相大白。从刚才交谈引出的可疑金融问题，应该说已经基本清楚。另外，他那隐蔽的一面还会出现更多的问题！只要我们进一步调查，高柳君那坚固的阵地顷刻间就会土崩瓦解，是经不起重炮轰击的。"

江藤董事长的脑袋和肩膀，不由得为之哆嗦起来。

"重提一下刚才说的内容。高柳总经理向一个女人提供两亿日元的资金，其实我也没有这么想过。这女人背后，应该有一个经济实力相当强大后台。

"如果说判断得正确，高柳君只是挡箭牌而已，受人摆布。那个真正的经济后台与那个女人之间有秘密联络员，被我在夜总会里发现了，联络内容都是暗号替代。那人的公开身份是一家公司的职员，有相当年龄了。"

"你是说高柳君成了别人的挡箭牌？那是真的？"

江藤先生又吃了一惊。

"大概是的。高柳总经理这个人唯唯诺诺，成了听人使唤的奴仆。应该这样考虑，高柳君从那个女人的经济后台那里接受了相当数额的经济支助。也可以说，支助成了压在高柳君身上一座沉重的大山。我认为，那就是高柳君的阴暗面。从我现在掌握的情况来看，那阴暗面已经朦朦胧胧，就要显山露水了。究竟是怎么回事？我现在还不清楚。董事长，只要那阴暗面浮出水面，一切自然就迎刃而解了。如果能找到那个七年前提出辞呈去大阪的人才请他效力，董事长就可将高柳君彻底赶下台，重整旗鼓的决心可以变成现实，绝不会是梦。"

"你到底是谁？"

董事长如梦初醒，第一次问原田君的真实身份。

"我叫原田，大概您已经觉察到了吧！我是自由撰稿人，不属于出版社，也不属于报社，专门写稿和投稿。这样，我就没有拘束，非常自由。"

"你打算调查高柳君的情况后写稿吗？"

"并不局限于写稿，还有许多熟悉的领域等着我采访。只是高柳总经理的阴暗面一旦水落石出，我会首先通知董事长。如果我提供的材料能对董事长重整旗鼓有所帮助的话，我会感到由衷的高兴。"

"谢谢。"

江藤董事长鞠了一躬。

"我还不清楚你的为人，但不管怎么说，我受益匪浅，向你致礼。"

两人互说着道别的话。

原田君打算帮江藤董事长提礼品包，被董事长用手按住了，坚持自己拿。原田君说要送他到门口，也被礼貌地拒绝了。他来到走廊向宾馆大门走去。此刻，江藤先生一改原先故作镇定的姿态，精神抖擞，步履矫健。

五分钟后，原田君也跟着走出咖啡馆。走廊两边，是出售贵金属、陶瓷、仿古画和现代画的高级礼品商店。

参加完金融界总经理古稀庆祝会回家的企业巨头们，与酒店女店主、艺妓一起走进那家高级陶瓷器商店。这些女人瞅准机会趁机发哆，于是，这些"财神爷"慷慨解囊，用公款为她们购买价格昂贵的陶器、瓷器。

在那堆巨头和女人们组成的人群里，经济评论家清水先生拄着那根粗而结实的拐杖。忽然，他透过橱窗玻璃认出了正在走廊慢悠悠走路的原田君，情不自禁地"哦哟"惊叫一声，赶紧把下巴消瘦的脸扭过去，眼睛里闪出异样的眼神。

和子罢工

天下着雨，淅淅沥沥的，被雨水打潮的雨伞和风驰电掣般的车辆，在路灯照耀下一闪一闪的，格外耀眼。人行道和快车道相接的地方静静地流淌着雨水，不时地泛出白晃晃的亮光。

大厦门口的两侧墙上，不计其数的灯箱招牌拥挤在一块，给人一种繁华的感觉。原田君走进这幢大厦。

"欢迎光临！"

传来精神抖擞的男人声音，欢迎原田君的到来。

身穿防水雨衣的乔君鞠躬致意，脸上露出一对笑嘻嘻的眼睛。肩膀上的雨珠，滴溜溜地滚来滚去，亮晶晶的。

"晚上好，乔君，你真有干劲！"

乔君大步上前抢先摁电梯门铃，牡安夜总会是在大厦四楼。乔君的记忆力好，客人模样只要被他见过两次，再见到的时候，就能电脑般地立刻回忆出客人是哪家夜总会的老主顾。电梯门前，只有原田君一个客人。

"一下雨，客人就少了。"

"是的，您无论如何要……"

他正准备往下说，突然戛然而止，其原因不只是电梯已经停下。他稍稍犹豫了一下，把后面想要说的话全部咽进了肚里。

原田君走到走廊右侧的尽头，推开铁门。霎时，处在店内昏暗处和光亮处正在交谈的客人们，目光一齐朝着原田君射来。

原田君朝店里一个角落的座位走去。他既不是公司交际费的使用人，也不是这儿的常客，算起来这一次是第五次光顾牡安夜总会了，每一次都是现金支付。像这样的客人不多，偶尔也出现几个。

原田君环视整个店堂，客人三三两两，服务小姐的人数多于客人，十分引人注目。经理们为客人带路，把客人们引导到满意的座位，服务生们无所事事地闲站着。

他要了一杯对水的威士忌，又一次扫视一下周围，"好静呵！"

"是啊，比平时要……"

上前服务的三个小姐中间，有一个微胖的服务小姐为原田擦火柴说。

先来的客人们正在喝酒，店里没有原先弥漫的浓浓的烟雾，只有一缕缕淡淡的烟雾。没有往日的喧闹声，店堂里静悄悄的。

"是下雨的原因吧？！"

"大概是那样的吧。"

"时间还早吧？！"

"是吧？不过，应该到时候了。"

服务小姐看了一眼手上的小表，是九点二十分。

山口和子没有出现。

"妈妈桑呢？"

话问到这里停住了，等待着回答。

"对不起，今天妈妈桑休息。"

另一个服务小姐低下头答道。

"就今天晚上吧？明天晚上上班吗？"

服务小姐踌躇了半晌说：

"明天晚上也不知道来不来。妈妈桑患病已有四天没来上班了。"

原田君把盛有威士忌的酒杯凑到嘴边。

"是病了？什么病？"

"感冒了，听说还发高烧。"

"哦，现在这季节得感冒？恐怕是睡觉着凉了吧？"

"烧一退就会上班的，还需两三天时间吧！"

原田君明白了客人减少的理由，可能是因为妈妈桑休息的缘故吧？

牡安夜总会以和子小姐为中心，虽不是所有的客人都是慕名而来，但妈妈桑不在，店里似乎失去了艳丽的光彩。对于客人和从业人员来说，妈妈桑是夜总会里不可或缺的中心人物。没有妈妈桑，客人会感到沉闷，提不起精神。服务小姐也失去平日里像鸟儿般的活跃，服务生们也无精打采。

五人一伙的客人们走出夜总会。从他们桌上的情况判断，时间也不是很长。其他桌上的客人似乎也不准备逗留，听到妈妈桑休息都想快点离开。妈妈桑已经四天不上班了，客人数量锐减。每天营业，只是维持而已。

"十天前的一个晚上，有客人把这里的火柴盒交给妈妈桑，是吧？"

"……"

"喂，妈妈桑不也悄悄地把信封交给那客人了吗？"

三个服务小姐目瞪口呆，接着若有所思地想起了什么。

原田君打量着这三个服务小姐的脸，突然指着柜台那里的小姐们说：

"啊，就是她！那天，她身着鲤鱼旗图案的西服与那个客人说笑。"

"啊呀，原来是里子小姐！"

这三个服务小姐都是同一时间加盟牡安夜总会的。她们笑了，其中一个扬起手招呼服务生喊那个服务小姐过来。

脸蛋长得一般的那个服务小姐朝这里走来。

"那客人的情况，我想起来了。是妈妈桑吩咐我把信封交给他，于是我便送到那个客人的桌上。"

三个同伴注视着服务小姐的服装忍不住咯咯笑了。这小姐没有理会她们的意思，看着原田君一股脑儿地说了出来。

"那客人的姓名？"

曾邀请他到希尔顿宾馆共进早餐的时候，听他说叫"川上"。但在这种地方，大概还有其他什么称呼？！自己谎称"原田"，对方也好像怀疑。

"不知道。"

服务小姐答道。

"啊呀，那天晚上，那个客人是第一次来，那以后就没有来过。"

咳！原田君沉思起来。那以后没有来？这，暂且搁在一边，恐怕那天晚上是以联络员身份第一次出现？！

喝完一杯威士忌后，服务小姐迅速端来一些下酒的小菜。原田君从椅子上站起说了声买单，服务小姐碎步儿走到账台，收银小姐看了订单上记载的内容后告诉他金额数。正当原田君付款的时候，系领结的男子站在离开原田君不远的地方，两眼注视着原田君的侧面，好像在监视他。

原田乘坐电梯下楼来到大厦门口。雨还在下。

身穿雨衣的乔君回过头走近原田君，问：

"哦，您是回家吗？"

"妈妈桑病了，再坐下去总感到没趣。"

乔君抿嘴笑了：

"大家都这么说。"

“也许都知道了吧？！”

“妈妈桑在四天前就病了，并且病得不轻，这在客人中已经传开了。不过，对于你光顾夜总会，不知道说好还是说不好，因为你不是为妈妈桑而来！我想过了，我这么一说也许会被你训斥的。”

“我告诉你，我就是冲着妈妈桑来的。”

“那谢谢你了。”

“听服务小姐说，她得了感冒。”

“是的。”

“听说还发高烧。”

“是那样的。”

“由于妈妈桑不在，客人也少了。”

“那情况我知道，是我带你到电梯门口的。”

“听说妈妈桑病了，我很担心啊！”

原田君突然竖起大拇指在乔君眼前晃了一下。

“哦，你那是指谁？”

乔君脸上的表情含含糊糊。

“是你脸上呆愣的表情告诉了我。”

原田君一把拉过浑身湿透的乔君，压低嗓门。

“我知道，是东洋商社的总经理。”

“……”

“是高柳秀夫哟！”

乔君还是一声不吭，耸了耸鼻子上的皱纹，笑嘻嘻的，等于默认了。

“牡安夜总会自开张那天，高柳君一直来接她，你东奔西跑为他们张罗。”

“我因为与夜总会签订了合同，又是大门口的应接员，为妈妈桑和客人们服务是我的本职工作。”

乔君答道。他的话里丝毫没有触及高柳君的情况。

原田君仰起脸望了一下屋檐和路灯下闪光的雨点。停放着的车辆和来往的车辆，稀稀拉拉的。

一对恋人模样的男女合撑着一把伞，依偎在一起走着。对面旋转着的黄色舞台灯光，仿佛一串串的连环锁朝着周围闪烁，美极了。

在空闲的夜里引导车流，乔君似乎是英雄无用武之地。

"乔君！"

原田君又恢复原来的姿势问道：

"牡安夜总会的妈妈桑是真的病了吗？"

刹那间，乔君那炯炯有神的眼睛激烈地眨巴眨巴起来。这模样被原田君看得一清二楚，噢！一定是自己刚才的那个提问说中了要害。

"从牡安夜总会的小姐那里听到了些什么？"

乔君轻声地问道。

原田君感到意外：

"没听说什么，但从她们的语气里流露出的好像不是感冒……服务小姐都显得无精打采，整个店堂很沉闷，坐在里面感觉很压抑。"

那后面的话都是重复着同一个意思。事实上，从那压抑的氛围可以对妈妈桑的现状一目了然。

"乔君，再过半小时就是十点半了。如果不忙，到那里的'站酒吧'陪我喝一杯酒，好吗？"原田君估计乔君嗜好喝酒，投其所好地引诱他。

"好的。像这样的雨夜不会特别忙，就占用一点点时间吧！"

"我叫原田。"

所谓站酒吧，是客人站着喝酒。像那种酒店便宜肯定拥挤不堪，客人与客人之间几乎贴在一起无法交谈。站酒吧在巷子深处，趁到达那里之前向乔君了解妈妈桑的情况。于是，原田君一边朝站酒吧走，一边问乔君。

小巷子又小又暗，屋檐上滴滴答答的雨水像散落的珠子直往下掉。

"请说说妈妈桑的情况！"

"我不知道这样说好不好。"

乔君从原田君的身后说。路窄，并排走路无法通过。路两侧，一边是一个连一个的小店，另一边是仓库砖墙。

"不管有什么，都希望你说说，我绝对不会跟别人说一个字。"

原田君催促乔君说。

"我也不是很清楚，据说妈妈桑打算自杀。"

"什么？你是说自杀？"

走在前面的原田君突然停下脚步，不由得叫出了声。

"不，听说是自杀未遂，从住宅送到医院抢救，被救活了。"

走在后面的乔君也停住脚步，对原田君说。

"是企图自杀？喂，到……到底是什么原因？"

果然，原田君也由于太意外的情况，变成了尖叫声。他重新转过脸注视着脑袋上扎着三角头巾的乔君。

"不知道。"

乔君猛然把头扭向一边。

"恐怕是生意太好了吧？！"

"是的，在那幢大厦里数牡安夜总会最热闹。店堂里的设备也是一流的，绝不是因为生意不好而产生烦恼。"

"这么一说，是其他什么原因？"

还没有走到站酒吧那里，他俩已经站在巷子里交谈了起来。

"如果是其他烦恼……"

对面出现三个人影。一声不吭地朝墙面挤来。对不起！那三个人打招呼后强行挤过去。他们走路时脚下溅起的脏水泥浆，飞到他俩的裤脚上。

"大概是由于妈妈桑与丈夫之间的烦恼？！因吃醋而吵架？"

"你知道高柳总经理吧？"

乔君第一次说出这个人的名字。

"听说过，一次偶然机会还看到过他。"

"高柳总经理，是啊，他对妈妈桑非常地亲热，竭尽全力。"

"所以吃醋吵架。是吧？"

原田君笑呵呵的，故意挑逗。高柳君是别人的替身，为和子小姐吃醋与他人争吵是没有道理的。

"不过，与那么亲热的高柳君……"

"怎么亲热？"

"牡安夜总会的开张，花费巨大，连里面的设备也买断了。仅产权和装修费，以及服务小姐的招聘费，总共花了八千万日元。这是银座一些老板们说的。单雇用那么些人的人工费，就是一笔不小的开支。这些费用以及一些其他费用都是高柳君支付的，因为他喜欢和子小姐。"

"原来如此。"

"此外，妈妈桑居住的那幢楼房也是高柳君买的。我虽不清楚那情况，但听人说自由丘那幢住宅豪华气派。应该说，高柳君是一片真心。"

让女人享受，是否就可以证明男人对女人的爱情忠贞不渝。这，恐怕不能一概而论。如果把它说成晴雨表，倒是恰到好处。在银座这个男女关系暧昧的花花世界里，这种晴雨表屡见不鲜，比比皆是。

"那么，妈妈桑为什么要自杀？"

"是啊，我也不知道。"

乔君歪着脑袋。

"牡安夜总会的服务生和服务小姐是怎么说的？"

"有些客人是冲着妈妈桑而来的，也许与客人之间有麻烦事？"

"如果与客人之间有麻烦，嗅觉敏感的服务小姐能立即察觉到。因此，不太可能。"

"好奇怪呀！妈妈桑自杀未遂是真的吗？"

"好像不会有错。"

"我担心妈妈桑的现状！"

原田君皱着眉头说。

"我也担心。"

"乔君，明天下午有空的话，想请你和我一起到自由丘妈妈桑的家去探望她。"

"可是，也许妈妈桑还住在医院里呢。"

"即使那样也好！家里总有人吧！遇上家人打听一下妈妈桑的情况。我一个人去不合适，因为我是夜总会的客人。相反，你与妈妈桑签有合同为夜总会工作，绝不会被人称为第三者。"

乔君低着头考虑了一番。

"好吧，我陪你去！因为妈妈桑是我心中的偶像。"

他抬起头说。

和子自杀

第二天上午，天空晴朗，万里无云。

原田君从自由丘车站下车，刚过下午一点。车站广场周围的银行比比皆是。昭明相互银行自由丘支行大门的左边，有一台自动提款机，三四个客人站在那里排队取款。沿人行道的大橱窗里，悬挂着该行行长下田忠雄的肖像和"人类信爱"的大幅标语，格外显眼。下田行长是"人类信爱"的提倡者，又是虔诚的基督教徒。

车站广场附近有一条商业街。原田君走进商业街尽头的咖啡馆，这家咖啡馆以美味可口的蛋糕享有盛誉。他不是因名店而来，只是对乔君而言，是一家容易找到的咖啡馆。

柜台的玻璃橱窗里，陈列着各式各样的蛋糕。原田君一走进咖啡馆，已经在这里等候的乔君认出了他，站起来向他招手。

今天的乔君头发梳得整整齐齐，脸面经过一番精细的修饰，身穿西服，白净的长圆脸庞，大眼睛，一派绅士风度。这身打扮与晚上的模样截然相反，三十出头的模样，实际年龄大概远不止这些。

"乔君，承蒙赴约，谢谢。"

"别客气，我也放心不下妈妈桑的病情，能与你一同去太好了。"

"山口和子的家，我向牡安夜总会的小姐们打听了大概的方向，大致清楚。到附近后再向那里的人打听。"

原田君含含糊糊地说。其实，他已经两次站在和子小姐家附近观察楼房外表。

"明白了！如果妈妈桑住在医院里，那怎么办？"

"到那个时候再说。你到医院里去探望，我跟在你后面进去。但是，去医院前先向别人打听一下。如果邻居们也说妈妈桑在家自杀，那附近也一定是满城风雨了。"

"是啊。"

"我昨晚对你说我叫原田，可职业没有说，我是自由记者。"

"啊，是记者吗？"

"你有乔君这样的爱称，但真名叫什么？"

"叫田中让二，对不起，自我介绍得太迟了。"

"哈哈啊，'乔君'原来是你名字的简称。为什么这么称呼呢？"

"我当过很长一段时间的私人司机，辞职后为这家宾馆开车。承蒙外国游人的抬举，'乔君''乔君'地喊出了名。如今，凡是光顾夜总会的人只知道我叫乔君，不知道我的全名。原田君，我出生在冈山县。"

他说了自己的出生地。原田君没有问他的年龄，大约三十五岁。

"是吗，我也不称呼你为田中君了，就照你的习惯称呼'乔君'吧。"

"没关系，就请那样叫吧！"

"时间到了，现在就走吧！"

走完上坡道的商业街，住宅街上的绿色树林展现在眼前。商业街上的第一家，是女装店。

"也许妈妈桑过去一直在这家女装店定做衣服吧？"

原田君望着落地橱窗里的身着西服的衣架模特儿说。

"喜欢出风头的妈妈桑，会在这样的店里面定做衣服吗？"

乔君的脸上浮现出不可能的表情。

"银座和原宿那里有高级服装店。但睡服或者平时出门的服装也许在这样的店里定做。怎么样？顺便进去看看，或许能了解一些什么？！"

原田君走在头里，乔君跟在后面，一前一后走进店里。

"欢迎光临！"

中年模样的女店主笑容可掬地欢迎他们。

"您好……我们不是买东西，是打听一件事。"

原田君朝女店主深深地鞠了一躬。

"好呀，什么事啊？"

"这前面是山口和子的住宅吧？她是银座牡安夜总会的妈妈桑吧？"

"……"

女店主先前殷勤的脸上，转眼间变得冷冰冰的。

"我们是洋酒店的推销员，专门为牡安夜总会供应洋酒。也不知怎么回事，外面都在传说妈妈桑四五天前在家里自杀。不知道这消息是真的还是假的。我们到夜总会里打听，回答都是含糊其词，模棱两可。我们洋酒店一直得到妈妈桑无微不至的关怀，早就应该登门拜访。妈妈桑就住在贵店附近，想必您一定清楚。拜托了！"

"你俩真是洋酒店的吗？"

女店主瞪大眼睛，端详着原田君和乔君脸上的表情。

"我们是京桥附近斯库多洋酒店的，专门为银座夜总会供应洋酒。"

原田君隐瞒真情，简直滴水不漏，身后的乔君不由得大吃一惊。

女装店的店主相信原田君的话。

"刚才我还以为你俩是报社和周刊杂志社的记者。山口和子是我们店的老主顾，所以得提高警惕，担心自己的名字刊登在报上影响服装生意。"

"说得对，我们也害怕新闻媒体。"

原田君顺水推舟。

接着，女店主口若悬河地说了起来：

"五天前下午七点半的时候，那天是五月二十五日。救护车从店门前经过的时候，我看过手表，时间记得非常清楚。"

女店主继续说：

"我原以为是哪个住宅里有急救病人或者有人受伤，便走出店来，到人行道上张望。那闪着红灯的白色救护车，驶到山口和子住宅门口停住了。从我这里望那幢住宅，中间有一个拐角，不是看得很清楚。大约过了二十分钟，救护车拉响刺耳的蜂鸣器从我的店门口通过，朝医院方向驰去。车窗被布帘遮了起来，看不见救护车里的情况。"

"附近的人听到救护车的蜂鸣声后，都赶到住宅门口观望吗？"

原田君问道。

"不，我们这一带的住户，晚上都把门关得比较早。到那里去看热闹的，大概只有两三个人。如果是警车，一定大吃一惊。但救护车……"

原田君脸上露出担心的表情。

"听说是吞下过量的安眠药。究竟是怎么回事？后来我向附近的邻居打听打听。那邻居在救护中心有朋友，可能已经从那里了解到事情的真相？！据说妈妈桑因被及时送到医院抢救，生命才脱离了危险。"

"那医院在哪里？"

"是柿树坂那里的山濑医院，听说就在都立大学的附近。"

原田君把地址记下。

"那，妈妈桑自杀时家里有人吗？"

"妈妈桑还没有成家，是独身，家里有保姆。据说保姆下班回家的时候，发觉女主人神情恍惚，立即打电话到救护中心喊救护车。"

"那保姆还在那幢住宅里吗？"

"没有，可能在医院里吧？这前面有自由丘保姆登记站，到那儿能打听到详细情况。"

"她住在自由丘保姆登记站的宿舍里吗？"

"是的，她是一个上了年岁的妇女。"

"那么，女主人有留下什么书面遗嘱吗？"

"那事情，我就不知道了。"

对于像这样的提问，女店主惊诧不已。忽然，她紧盯着两人的脸。原田君见状，慌张地抓了抓头。

"哦，对不起。"

原田君的脸上立刻露出难为情的表情。

"……可是，妈妈桑的住宅里有人吗？"

"有，好像住着三个男人。"

"他们是妈妈桑的亲戚吗？"

"不是，可能是那家夜总会的职员？！"

"哦，原来如此。"

原田君感到这些内容已经足够了，便向女店主说了几句告别的客套话，正要离开，女店主喊住他们。

"向我打听牡安夜总会妈妈桑情况的，加上你们已经是第二次了！"

"噢，是吗？也是为妈妈桑自杀而来探望她的吗？"

"不是的，好像至今已有半个多月了！一个六十岁不到的白发男人。"

"打听什么情况？"

"是打听小楼房的业主叫什么名字。我回答说是银座牡安夜总会的妈妈桑。"

"噢，噢。"

"我告诉他，是因为他在我店里为他太太买了连衣裙。当我把连衣裙放入纸袋交给他的时候，他向我打听小楼房的业主叫什么名字。"

纸袋？

原田君重新看了一眼店招牌，是"巴黎女装店"。

原田君思忖了片刻，巴黎女装店的纸袋好像在哪里见过？！可一时就是想不起来。

原田君沿上坡道快步走着。

这一带的住宅，根据规划建造得整整齐齐。

昨天的一场雨水，树枝上又吐出嫩芽，重叠在一起的树叶滴滴答答地淌着水珠，红杏花竞相争艳，火红的颜色分外妖娆。

原田君没有走冤枉路，好像已经不止一次来这里了。走在后边的乔君一边瞟着原田君的背影，一边暗自琢磨。

"原田君，你说是第一次来，却这么熟悉妈妈桑的家，佩服佩服。"

原田君的脸部肌肉抽了一下。

"我这不就是跟着感觉走吗！瞧，大概就是这幢住宅了？！"

他若无其事地答道，然后捣了一下乔君的手肘。

"瞧，就是这幢楼房！门牌上写着'山口'。"

"哦，是这里！"

乔君朝后退了一步，面对镂空花纹图案的白色铁门举目远望。豪华别致、小巧玲珑的白色建筑，犹如这一大片住宅群里的白雪公主。

"果然很有气派！"

二楼阳台和窗框以及大门，都是十七八世纪南欧最流行的款式。

尖形的白色山墙，斜坡状的屋顶，蓝色的琉璃釉瓦，给人一种心旷神怡的感觉。周围簇拥着的绿色树林与红色杏花交相辉映，充满了诗情画意，令人遐思，让人流连忘返。

乔君羡慕极了，独自欣赏起来。

"这样的住宅，让我大开眼界！"

"喂，乔君，你估算一下这幢住宅的造价需要花费多少钱？别忘了还有土地购置费。"

原田君与乔君窃窃私语。

"不知道。总之，妈妈桑的生活层次远远超过我。"

乔君小声答道。

"我估算的总价大约在一亿二千万日元左右。"

"什么？你说要一亿二千万日元？"

"妈妈桑生活奢侈，我们是望尘莫及呀！还有，牡安夜总会的总价至少也需要七八千万日元。这两者相加，总计耗资两亿日元左右。作为妈妈桑的经济后台，东洋商社的总经理高柳君为她提供了巨资。其实并非这么回事！"

原田君话里有话，可热衷于欣赏的乔君好像没有理解那特殊的意思。

窗户、正门、边门和车库门都上了锁。无论从哪个角度看，都觉得这幢楼房里发生过不幸的事件。他俩站在住宅对面，轻声交谈，各抒己见。

突然，二楼一个窗户上的淡茶色窗帘被拉开了。窗玻璃背后出现三张男人的脸，恶狠狠地盯着他俩。其中两个头上留着长发，二十六七岁的光景，另一个平顶短发，大约三十岁出头。

原田君见状，急忙拉着乔君匆匆地离开了。

"喂，那三个男人是牡安夜总会的服务生吗？"

"不是的。"

"那女店主不是说，有三个牡安夜总会的服务生在为妈妈桑看家。"

"如果是牡安夜总会里的员工，我应该都熟悉。可刚才那三个男人的脸，我是头一回见到。"

"瞧他们注视人的眼神，简直令人毛骨悚然。"

他俩隐约感觉有人从后面追来，不由得都朝身后望了一眼。

"那三个家伙是什么人？"

"是啊。"

"你敢肯定，他们不是牡安夜总会的员工？"

"绝对不是。我等于是那幢大厦的门卫，再说我的记性特别好，如果是牡安夜总会的员工，我马上就能认出。可这三张脸，我从来没见过。"

"他们是什么人？他们是什么人？"原田君自言自语，冥思苦想。他低头边走边想，猛然仰起脸来看到前面不远的地方有一幢房子，门口挂着写有"自由丘保姆登记站"的招牌。

"妈妈桑雇佣的保姆，应该是这家登记站派去的。刚才那家女装店的店主不是这样说的吗！走，进去向站长打听一下，怎么样？"

原田君望了乔君一眼。

那幢房子里冷不防窜出一条狗来，朝着他俩狂叫。

保姆回忆

　　自由丘保姆登记站的站长，是一位胖胖的老妇人。对于原田君和乔君自称为牡安夜总会提供洋酒的酒厂人员深信不疑，请他俩到接待室就座。房间不大，但很整洁。

　　山口和子家的那个保姆没有陪伴住院的和子小姐，也凑巧没有外出。原田君喜出望外，在接待室与她见面。

　　保姆今年五十岁刚过，长相很粗，高个，肩胛骨朝上隆起。瞧她那结实的身子骨，可以想象她是十分勤快能干的。站长介绍说，她叫石田春。

　　"你们是来拜访山口和子的吗？"

　　家政妇开始介绍和子小姐的情况。

　　"女主人服安眠药的那天晚上，我不在她家，已经回到保姆登记站的宿舍，所以，当时的情况不清楚。平时，我都是在山口和子家里过夜的。可那天下午五点钟的时候，山口和子要我回宿舍睡觉。第二天早晨七点半左右，我来到山口和子家，才得知她自杀被送到医院抢救。"

　　十年前，石田春死了丈夫，也没有子女，一直由这家保姆登记站安排工作。她的家安在宿舍里。

　　"是柿树坂的山濑医院吗？您去过那里吗？"

　　原田君问道。

"我去过，因为考虑到山口和子可能需要二十四小时护理。可听说那家医院实行完全护理，不需要病人家属陪同护理。并且，医院谢绝探望。"

"这话谁告诉你的？"

"是高柳先生，就是女主人的那个相好，他在医院走廊上对我说的。"

"怎么？高柳君一清早就去医院探望山口和子了？"

"你俩知道高柳先生吗？"

"不，不曾见过。但听夜总会的服务生说，高柳总经理是妈妈桑的经济后台。"

"是那样的。也许高柳先生一听说山口小姐被送到医院抢救就立即赶到了医院。我看到他的时候，眼皮浮肿，疲惫不堪。"

"对不起，请允许我抽支烟。"

石春田掏出一支烟，原田君赶紧用打火机给她点火。她猛吸一口，吐出浓浓的烟雾。

"山口小姐，不，我称她为女主人。我问高柳先生，女主人为什么要自杀？高柳先生说不是自杀，而是安眠药服用过量。"

"女主人每天晚上都服安眠药吗？您天天在她家，应该知道她是否有这个习惯。"

"高柳先生说和子小姐最近一直睡不好觉，已经服了好几天安眠药了。可我没有听和子小姐说过，再说我每天打扫和子小姐的卧室，一次也不曾发现过装有安眠药的瓶子。"

"噢，原来是这样！"

原田君思索起来，从袋里掏出一把扇子。

"您在和子小姐家干多长时间啦？"

原田君用扇子"啪嗒啪嗒"为自己散热，今天的气温特别高。

"已经有半年多了。"

"那楼房已经建好有两年了吧？"

"是的，在我之前她家有一个钟点工保姆。那保姆也是这家保姆登记站派去的，干过很长一段时间后到别家干去了。和子小姐向保姆登记站提出申请，站长把我派去了。"

保姆石田春不但脸相粗，身材也膀阔腰圆，说话语气和举止像男人。

"我问过和子小姐是否继续要我干？她说我这人诚恳老实，希望我长期干下去。也就是说，她完全信任我。

"我是一个喜欢劳动的人，身体也结实，不喜欢闲着。小姐要求我别对外人说有关她家的情况，我答应了。我的工资比一般保姆高好几倍，所以我要对得起她，每天拼命地干。不但打扫擦洗整个楼房的地面、墙面和所有家具、用具，还要买菜做饭。"

"那楼房外表非常漂亮，里面也一定很豪华吧？"

"我也曾经干过好多家的保姆，但像这样豪华的住宅还是第一家。用具、家具、电器设备和摆设都洋气十足，就像电视里出现过的奢侈场面。不愧是银座夜总会的妈妈桑！"

石田春吸了一口烟。

"购置土地，建造楼房和添置设备，合计一下，大概需要多少费用？"

"像我这样的穷人根本算不出，不过，可能是七八千万日元吧？"

"七八千万日元？不够吧？我估算的总价可能是一亿二千万元！"

"你说要一亿二千万日元？"

保姆惊讶得把两只眼珠瞪得像杏核，手指间夹着的正在燃烧的烟险些掉到地上。

"哦，哦，太浪费了！"

她猛地大声喊道。

"女主人每天晚上都回来得很迟吗？"

扮作"酒厂推销人员"的原田君问。

"通常，是凌晨一点半到两点左右。到家前，我已经烧好了洗澡水。洗完澡后，上床睡觉的时候是三点左右。"

"您一直等到她睡觉吗？"

"是的，这是我住在那里的任务啊！深夜一点半左右到家，我也能挺得住。可她时常带夜总会的服务小姐顺路去醋饭卷小吃店，这样一来，到家的时候要凌晨三点过后。回到家后洗完澡，不到四点是睡不上觉的！"

"妈妈桑真辛苦啊！"

"是啊！晚上七点左右，她开车到夜总会后在那里再睡上两个小时的觉。否则，身体会被拖垮的。"

"和子小姐回家的时候是谁开的车？"

"有时候是夜总会里的经理，有时候是服务生。一般来说，和子小姐没有喝醉的时候是自己开车回家。"

"高柳先生经常开车送和子小姐回家吗？"

一直坐在边上洗耳恭听的乔君，冷不防插嘴问道。

"你说这话是多余的！总经理是她的相好，当然应该送情人回家喽！"

保姆把烟夹在嘴里说。

"高柳总经理送女主人回家，一定是在那里住吧？"

原田君问石田春。

"不，像那种时候他是不住的，因为时间太晚了！一到家，我给他俩沏红茶，他俩坐在客厅里喝。大约三十分钟后，高柳先生喊出租车回家。"

"怎么？只坐三十分钟，经常是这样的吗？"

"我现在才明白你们找我问话的动机。"

保姆望了他俩一眼，厚厚的嘴唇两侧堆满笑容，眼角皱起了鱼尾纹。

"别为妈妈桑担心！总经理通常是一星期或者十天一次，在女主人家过夜。总是趁傍晚天色还没有暗的时候，来的时候还带着秘书呢！"

"带秘书？"

"是的，也许为了遮人耳目故意做给同事看的？独自一人外出，肯定被同事怀疑去姨太太家！和秘书一起外出，让人觉得是去干部家访问。"

"总经理活得太累了！总经理一到，您一定忙得不可开交吧？"

"不，我都是事先准备好酒和菜，而且那天晚上是回宿舍睡觉，第二天下午上班。女主人只想单独与情人度上一宵，这是人之常情嘛！"

保姆不断地吐着烟雾。

"那秘书呢？为了次日早晨上班，在和子小姐家其他房间过夜吧？"

"不，秘书早就回家了。次日早晨，总经理不用公司派的车，而是步行到自由丘地铁站，在那里喊一辆出租车去公司上班。"

"原来如此。这情况您是从女主人那里听来的吧？！"

"是的，她什么话都对我说。这附近的人都知道，高柳总经理经常来和子小姐的家。"

"原来是这样。"

原田君停顿了一会儿。

"秘书被高柳总经理当小孩耍，充当挡箭牌……那秘书什么模样？"

保姆的语气很同情秘书。

"那秘书是个老头，头发乌黑，动作迟钝。像这种秘书除了给总经理遮人耳目，不会有其他什么作用。和子小姐叫他中村先生，并对我说他呆头呆脑的。这秘书简直像摆设！倘若是行政秘书，总经理可真要犯愁呢！"

　　"您看到过那秘书吗？"

　　"大概见过两三次吧！有时候在我还没有离开之前，总经理已经提前到了。他带来的秘书当然被我碰上，正如和子小姐说的那样，头顶黑色假发，好像要不了多久就要退休。我也觉得这秘书头脑呆板，反应迟钝。像这样的角色必须是这般模样，加上守口如瓶的优点，否则……"

　　保姆说到这里好像觉察到了什么，紧盯着他俩的眼神。

　　"你们说是与牡安夜总会有业务联系的酒厂推销员，可直觉告诉我，你俩是刑事侦查警察或者是记者，不然的话，不会打听得这么详细。"

　　原田君被她突然这么一说，紧张得差点从椅子上滑落下来。

　　"不是，不是，我们长期受到牡安夜总会无微不至的关照，现在听说妈妈桑住院了不免担心起来，不知不觉地从您这里打听了一些不该知道的情况，这也是出于担心妈妈桑的缘故。"

　　原田君鞠了一个躬，为自己辩护。

　　"如果和子小姐的病情不见好转需长期住院的话，夜总会就会不景气。那样的话，她欠下的酒款就无法结清，真伤脑筋。"

　　"你们没安好心！太瞧不起人了！那点酒钱算什么！别门缝里看人！"

　　原田君没有答话，只是把脸转向后边，从皮夹里拿出一张一万日元的纸币装在信封里，接着一百八十度的转身，把那个信封递到保姆的手上。

　　"这，实在拿不出手，请笑纳。"

"您这样做太让我为难了。"

保姆把信封还给原田君。

原田君硬是把信封塞过去，乔君站起来鞠躬行礼，示意保姆收下。

"请无论如何收下！"

保姆不再说什么，用粗壮的手指取出一支烟，那个装有一万日元的信封掉在地上。看上去，这女人非常要强。

"请再说说女主人吞服过量安眠药的情况吧！您说是和子小姐无意中超量服用了安眠药，但据外面的传闻说是自杀未遂。我说这话，并不是怀疑您的说法。不过，到底哪一种说法是真的？"

"我所说的是从高柳总经理那儿听来的。既然是爱和子小姐的高柳先生说的，我就没有理由不相信。"

"高柳先生真那样爱和子小姐吗？那么，和子小姐对他的态度呢？"

"那是她的情人，当然把他看得比什么都重要……不过，是啊，看起来他俩的关系并非如胶似漆，恩恩爱爱。总之，他俩之间不怎么火热。"

"嗯，不怎么火热，也许是当着您的面不好意思吧？！"

"也许这原因多少有点吧？再说，他俩也都不是现代的年轻人。可是，我总觉得高柳总经理的态度和举止好像很别扭。"

"这是因为和子小姐在高柳先生面前非常任性的缘故吧？！"

"不，女主人对高柳先生好像并不热情，根据我的分析，他们应该相互谦让一点，亲热一点，可没有那样的举止。也许是长时间的相好使然，也许没有年轻人那种狂热了？！"

"女主人最近的情绪如何？一定有忧心忡忡，心烦意乱的迹象吧？"

"是啊，最近一个时期，女主人的脸上一直有烦躁不安的神情，有神经质的举止。"

"那原因呢？"

"我不知道。"

"是不是高柳先生来得少了？"

"是的，他来的次数比以前少多了！我想再见到中村秘书，问个究竟。可那个秘书根本不见人影，不像以前那样老是跟在高柳总经理的屁股后头。我估猜那秘书可能请了病假，也有可能到年龄退休了？！"

"这么看来，只有高柳先生一个人来？"

"是的，自从他不带秘书后，也不用公司的车了，坐出租车来。"

"您说女主人有神经质，能否说得具体一点？"

"好吧……有一天下午，和子小姐打电话，对方好像是一家什么公司，没有商量余地。二楼也有电话，和子小姐好像有意避开我上二楼打电话，接着，说话声音轻得像蚊子嗡嗡叫，接着说话声一点也听不见了。我讨厌偷听别人的电话，更不愿意管别人的闲事，当然也不知道通话的内容。近两三个月里，和子小姐频繁地打那种电话，最近几乎每天都打。也许是电话双方很不投机的缘故，和子小姐脸色显得苍白无力。每一次打完电话从二楼下来，都耷拉着脑袋，无精打采。

虽装有一万日元的信封仍放在她旁边的榻榻米上，但它的价值远远低于保姆提供的重要信息。

原田真相

原田君与乔君离开家保姆登记站，朝自由丘车站走去。来时走上坡道，回去时走下坡道。下坡道宽敞、繁华，是热闹的商业街，生意红火。

在商业街与住宅街交界处的左侧，是那家巴黎女装店。原田君从店门外朝里面窥视，没有女店主，也没有客人。他仰起脸朝招牌望了一遍，总觉得这几个字好像在什么地方见过，使劲地回忆就是想不起来，奇怪！

商业街背后的小巷，是一排排小型的夜酒吧和小吃店。原田君看了一下手表，时间还早，为感谢乔君的陪同，邀请他一起喝酒。他们走进一家门口挂着红灯笼的小酒吧。

两人各要一杯啤酒对饮。

"乔君，今天你辛苦了！"

"原田先生也辛苦了！可我没有起到什么作用啊！"

"哪里哪里！幸亏你来才碰上那个保姆，从她那里得到了许多信息。"

"原田先生引诱别人说出心里话的本领，我真佩服得五体投地啊！"

乔君举起酒杯，冰凉的啤酒穿过喉咙管进入体内，犹如一股清泉传遍全身，顿时觉得浑身舒服极了。

"看上去守口如瓶的保姆，竟滔滔不绝地说了许多情况。有钱能使鬼推磨！一万日元显灵了！当我抬脚走出门槛的时候，只见保姆迅捷地捡起信封揣进裤袋。好家伙！"

乔君笑着说。

"也许是那个原因？！但她似乎愤愤不平，为主人忠心耿耿、任劳任怨地料理家务，却被高柳总经理拒于病房门外，不让她探望女主人。并且，派了三个陌生人代替保姆看家。不用说，她根本没有想到高柳总经理对她毫不信任。保姆是一个性格要强的女人，受不了这种气，心里正窝着火呢！"

"这么说来，女主人家那些不怀好意的家伙是高柳君派去的呀？！"

"据说是高柳君本人对保姆那样说的，不会有错吧？！"

"为什么要那样做呢？保姆看家应该是最合适的。"

"我也是这种看法。"

"看他们那凶恶的眼神，好像来自黑社会。他们的目的，多半是为了把前来采访山口和子自杀未遂的报社和杂志社的记者轰走。"

"我也有这样的感觉。可和子小姐被送到医院抢救，你对这个突发事件是怎么看的？是赞同高柳君说的'和子小姐服用了过量安眠药'，还是觉得和子小姐自杀没有成功？"

"我总觉得是后者。听说和子小姐最近一个时期总是坐立不安，焦虑烦躁。不知她打电话给谁，可听说对方就是不接电话。我想，电话那一头一定是高柳君的公司！她要高柳君听电话，可他却让下面的人接电话。"

"据保姆说，高柳君还是照常去和子小姐家，可两人话说不到一块。"

"那说明，两人的情人关系难以继续下去。高柳君的内心发生了变化，说不定有了新的情人。和子小姐十分敏感，与高柳君发生了口角，引起了纠纷。高柳君不希望秘书看到这种不愉快场面，便不再携带'摆设秘书'。女人一产生情感上的怀疑，晚上就不会安宁，就会频频打电话吵着让男人过来，不达目的誓不罢休。山口和子不厌其烦地打电话到高柳君的公司，而高柳君让别人代他接电话。高柳君越这样，和子小姐就越会火上浇油似的歇斯底里，变成了疯女人。也许高柳君深感事态发展下去的严重性，为尽快平息，不得不与和子小姐重归于好。当然，不可能像以前那样体贴入微了。保姆也说，高柳君到和子小姐家的次数比以前少多了。"

"我来说说，原田先生……"

"请快说。"

"我觉得山口和子对她与高柳君的情感关系已经绝望，才以扬言自杀威胁对方的。没想到高柳君不在乎，于是，和子小姐走上真自杀的绝路。"

"嗯，扬言自杀？"

原田君瞪大眼睛望着对面的墙。

"他俩又不是一对年轻恋人。在她看来，高柳君是她的经济来源，是不可替代的经济后台。一旦没有了他，等于没有了精神支柱和生活来源。于是，她扬言自杀向高柳君施加压力，高柳君不得不改变原来的念头收拾残局。当然，山口和子也是准备死的。你觉得我的上述分析有什么错吗？"

"哎！乔君。"

原田君忽然心不在焉起来。

"我突然想起一件事来只能先走一步了，你慢慢喝吧，失礼了……"

原田君说着把两万日币塞进乔君手里。

"对不起！"

乔君没有改变用手肘撑在桌上喝酒的习惯，稍稍侧过脸来。

原田君朝车站走去。转弯角，有一幢白色的正方形建筑，是来时看到的昭明相互银行的自由丘支行。卷帘门锁住了大门，门边的自动提款机前面没有一个人影。

橱窗里的左边悬挂着装饰标语：

人类信爱——即以全人类最崇高的心灵为广大顾客热诚服务

昭明相互银行行长下田忠雄

正中央挂着的是下田总经理满脸微笑的肖像，表情和谐的脸上长着两只细长柔和的眼睛，嘴唇的棱角十分平缓，前额光秃秃的宛如断崖，左右侧面紧贴着的白发在黑色背景下跃然纸面，闪烁着丝丝银光。

橱窗的右边悬挂着基督教的标语：

尽心尽力尽情地爱您心中的神，像对待自己那样爱您的邻居

《马太福音》第二十三章

下田行长以自己微笑的照片，以两条充满人性的标语，既向过路行人揭示昭明相互银行的服务理念，又同时向过路行人宣传神圣的基督教。

下田行长在该行宣传册以及其他的宣传物上，都印有这样的内容。遇上杂志社记者采访的机会，也不忘宣传这样的内容，希望记者向全社会提倡人间新秩序。

有人在背后嘲讽，以基督教徒的圣言渲染自己与昭明相互银行，其真正的目的是挂羊头卖狗肉，引诱更多的人、更多的企业把钱存向他的银行。在相互银行的存款客户中间，数中小企业的经营者和小商贩最多。虽有许多人并不信奉基督教，但提倡人类互爱和同胞之间相互救助，确实可以对每个人的心灵引起震撼。事实上，"信爱精神"这四个大字对提高营业额起到了关键性的作用。同时，它把昭明相互银行在相互银行界的知名度提到最高点。另外，下田行长是虔诚的基督教徒，广为客户和路人所知，产生了巨大的广告效应。每周日上午，下田行长只要没有特别安排，风雨无阻地去教堂做祷告。还有，他每年向区教会捐献相当数额的钱款。

原田君在车站前喊了一辆出租车。

"请开到司法局目黑办事处。"

现在去，也许还赶得上？！他自言自语，靠在座位上闭目养神。

新桥一角矗立着许多小高层大厦，其中一幢叫宝满大厦的五楼窗台下挂有相当于六个窗户的横卧式灯箱招牌，上面写着几个黄色的醒目大字：《经济论坛》月刊杂志社。该杂志主要报道金融界和企业界的各种情况，发行量和它的权威性在杂志同行业中占据老大地位。

原田君乘电梯来到五楼，《经济论坛》月刊杂志社占据整个楼面。走廊两边是一长排办公室，有营业室、广告部、财务部、第一接待室、第二接待室、编辑部、会议室、总务部和高层管理干部办公室，最尽头的办公室是社长室。

原田君走下电梯径直来到编辑部，推开门向里窥视。最里面的办公桌内侧坐着一个戴眼镜的男子，桌上堆放着厚厚的几叠稿件，挡住了他的整个脸部。突然，他抬起头来。

原田君竖起大拇指向右边，那男子随即把脸转向右边，示意社长在他自己的办公室。

原田君朝社长办公社走去，叩响社长室房门。

墙上悬挂着一幅西洋画，外表配有金色的镜框。摆设台上放着一尊裸体妇女的石膏像，华丽而高贵。中央是一张椭圆形的大会议桌，桌中央是一只色彩鲜艳的花瓶。会议桌周围有六把皮革椅，显得十分端庄。室内的摆设和格调，象征着社长室的威严。左墙紧靠着大书橱，上面排列着各种各样的书，有经济类、金融类、企业类、企业报告书，以及统计类书。书架顶上堆放着许多纸包，里面都是书。书橱前面的阅读桌上排列着杂志和文件夹，桌子两侧有几大摞纸，洋溢着记者出身的领导干部的氛围。

"社长，你好！"

两垒纸堆的中间正巧是桌子中央的空地，一个男子正在奋笔疾书。蓦地，他仰起脸来。他就是《经济论坛》月刊杂志社社长兼总编——清水四郎太。

"好啊，山越君。"

原来，原田君的真名叫山越贞一，职业是《经济论坛》月刊杂志社的专职采访记者。按通俗说法，叫情报提供人，也可以叫自由撰稿人。

《经济论坛》月刊杂志社，专门报道金融界和企业界的形势和预测每一个公司的今后走向。分析经营层的人物及其才能，直言不讳，一针见血。

该杂志社倾全力于把握事实的客观性，敢于正面、如实报道。有些昨天还在大受该刊赞颂的人物，今天可能会突然遭到该刊的尖锐批评。随着经济形势的瞬息万变，曾受到高度评价的经营者开始不适应形势，反应迟钝，应变能力差，跌入低谷，显露出他们真正的一面。相反，那些一直被看不起的经营者，顷刻间一改以往的懦弱形象，适应变化，因势利导，显现出他们的真正才能。可见，每个企业的经营首脑并不都是完美无缺的人物。该杂志每期的评论文章主要由清水四郎太执笔，而且署上他自己的真名。

《经济论坛》杂志社在金融界企业界里持有巨大影响，甚至有一部分大人物惧怕这部刊物。一般大众对金融界和企业界饶有兴趣，渴望了解更多的内幕，同时指导自己今后的投资方向。所以，这本杂志颇受读者的青睐。

因此，该杂志必须掌握全面的金融界和企业界的背后交易内幕，为投资者正确分析每个企业，提供可靠的数据。为此，杂志社需要山越贞一这样的专业采访记者。

"山越君，请稍稍坐一会儿，让我把文章里的几句话写完。"

清水四郎太说完又埋头写了起来。

"没关系，请慢慢地写。"

山越贞一坐到皮革椅子上等候。清水社长的笔在纸上不断发出沙沙的书写声。

小姐端来两杯茶。

"对不起，让你久等了！"

清水四郎太两手撑在桌上站起身来，取过靠在墙角的拐杖，像拖着一条腿走路似的，朝山越君这儿走来。刚出医院，身体重心还不得不依靠拐杖。一坐上椅子便奋笔疾书，是他长期养成的习惯。

"怎么样啊？发现什么线索了吧？"

坐在山越君旁边皮椅子上的清水四郎太，把拐杖挂在两脚中间，喝了一口茶。

"进展得不顺利。"

山越君搔了一下头。坐在脸庞清瘦的清水社长边上，山越君那胖乎乎的脸与清水社长的脸形成鲜明对照，圆滚滚的，格外显眼。

"前一段时间一直住在山口和子家的那个保姆，同我见面后说了许多。她叫石田春。目前，和子小姐住在柿树坡的山濑医院。山口和子果然是过多服用了安眠药，结果自杀未遂。石田春赶到山濑医院，听东洋商社的总经理说和子小姐是服用过量的安眠药所致。"

"那保姆没有进入病房？"

"听说医院是二十四小时护理，她被拒之门外。看来。高柳君大概还要在病房里待一段时间。"

"那么，保姆在山口和子家为主人看家吧？"

"高柳君已经派三个年轻人到山口和子的家，保姆被他们从和子小姐家赶了出来。我是在保姆登记站遇见她的。"

"被高柳君安排看家的那些年轻人，都是东洋商社的职员吗？"

"不是的。作为高柳君，肯定不希望向公司公开这样的情况。我们在那幢楼房前转来转去的时候，那原先遮着的窗帘突然向两边分开，三张凶神恶煞的脸隔着窗玻璃紧盯着我们，那模样酷似黑社会的打手。"

"我们？你不是一个人去的吗？"

清水四郎太端起茶杯，注视着山越贞一。

"我好像对您说过那个'乔君'，我是与他一起去的，就是那个在牡安夜总会前引导车辆的男青年。我觉得一个人去可能被人怀疑，有乔君的陪同就不要紧了，因为他在为牡安夜总会工作。不过，我们自称为牡安夜总会送酒的库司多酒厂的员工。"

"那保姆是不是把自己所知道的都一五一十地向你们说了呢？"

"不可能是完全，可她所说的很有价值。"

"等一下，等一下，我把编辑部肋坂主任喊来一起听听。"

清水四郎太拄着拐杖走到办公桌那里按了一下铃。

不一会儿，门开了，一个溜圆膀子的人出现了，就是刚才那个坐在办公室里歪着脑袋回答山越君并竖起大拇指提问的人，鼻梁上架着一副眼镜。

"现在，请山越君向我们介绍情况。"

"是吗？"

肋坂主任面对着山越君坐了下来，用手指把眼镜向上推了一下。

山越君咳了一下打开话匣子，肋坂主任掏出笔记本记录，窗外传来正在高架上风驰电掣般行驶的轻轨电车声音。

聚精会神的清水四郎太握紧手中的那根拐杖。

"嗯，果然如此。"

清水社长把杯中剩下的一丁点儿茶一饮而尽。

"高柳君充当别人的挡箭牌，来往于那个秘密经济后台与和子小姐之间。你这推测大致是正确的！问题是和子小姐背后的经济后台，目前还没有浮出水面。"

"是啊，一时还无法查出，真让我着急啊！"

"那保姆在山口和子家里干了多长时间？"

肋坂主任问道。

"说是半年。在她去之前，和子小姐家有过一个钟点工保姆，干了两年多。因此，那幢楼房从建造那年起还不到三年时间。"

山越君回答，然后也呷了一口茶。

"从钟点工保姆被石田保姆替代来看，说明和子小姐不想让她们知道更多的情况。"

"石田保姆干了半年，时间也不算短了。和子小姐住院，保姆被调换，说明接下来的保姆不可能是她了。"

清水社长自言自语地说。

特殊融资

"石田保姆在和子小姐家干了半年，她性格要强，干起活来卖力。和子小姐视她为家中不可缺少的人，不可能辞退她。"

山越君听完清水四郎太的观点提出相反意见，编辑主任肋坂插话说：

"那么说，她非常了解山口和子家中的情况。她脾气固执，一口认定高柳君是山口和子的经济后台。"

"她认定高柳秀夫是山口和子的真正情人，毫不怀疑。"

"问题就在这里。"

清水说这话时费了好大劲儿。自患病出院后，舌头转动比以前迟钝。

"高柳君心甘情愿充当别人替身，表明山口和子的经济后台是一个大人物。"

"我也赞同这样的观点。"

"不仅仅是大人物的缘故，高柳君还肯定受到大人物的某种恩赐。可那是什么样的恩赐呢？究竟恩赐给东洋商社，还是恩赐给高柳秀夫本人？我觉得，这是下一步调查的关键。"

"必须进一步调查！大概不是恩赐给他个人的？多半是恩赐给东洋商社的？可以证实，东洋商社里有情况！不然的话，一个堂堂的总经理不可能扮演那样的角色，也不可能是出于好色的缘故！"

"我也是这样想的。"

编辑部主任肋坂君颇有同感。

"……如果是恩赐给个人，调查需要相当一段时间。从高柳君的过去到现在，所有他个人方面的情况都要做彻底了解，否则……总之，需要花费很多时间，太麻烦了！"

"东洋商社的经营情况，最近直线下滑。虽好不容易从纤维转到建材，但目前的建材行业，不管哪家公司都在走下坡路，只不过是不对外说罢了。东洋商社也不例外，步入低迷的销售状态。虽说开户银行有八个，例如：都市银行和地方银行有七家，相互银行有一家，但可惜的是没有主力银行，也就是说，没有坚强的银行后盾可以拉上一把。这样下去，东洋商社迟早将陷入濒临倒闭的境地。"

"目前，高柳总经理仍然与各开户银行保持对等距离。在形势如此严峻的情况下，没有充分的自信心是不敢这样的。他奉行独立自主，排除银行介入的经营路线。"

编辑部主任说。

"在经营情况顺利的时候，这种做法固然可以，一旦走下坡路就会处在孤立无援险象环生的境地。尤其濒临破产的时候，所有银行将会毫不理睬，采取袖手旁观的态度。"

清水四郎太说。

"瞧，日东热线工业公司就是一个先例。该公司总经理也是狂妄自大，采取与银行保持相等距离的对策，没有主力银行。我曾在杂志上严肃指出该公司的经营政策潜伏着危险性。但是，那总经理不屑一顾，刚愎自用，过分相信自己的实力。他以那种独裁式的经营方法，在设备方面投资过大，紧接着资金周转不灵，出现了大量的赤字。到了这个时候，总经理才如梦初醒，在金融界里到处奔走，筹集资金。由于没有主力银行，等于没有紧急情况下融资的渠道，事隔不久，终于宣布破产。当时任日东热线工业公司（以下简称'热工'）的执行董事，引咎自杀身亡。一看到东洋商社与各银行保持同等距离，我担心东洋商社会重演日东热线工业公司的悲剧，步他们的后尘。"

"看一下东洋商社向社会公布的贷款情况，没有接受任何银行的特别融资，似乎情况正常。一边说经营状况恶化，一边又涂脂抹粉，由此可见，高柳总经理大概是在耍什么手腕吧？！"

编辑部主任掏出烟夹在嘴上说。

"决定与银行保持同等距离方针的，是前任总经理的江藤达次。遗憾的是，我没有见着江藤先生，但他现在已经是没有实权的董事长了。"

清水四郎太抱着拐杖说。

当说到江藤达次的名字时，山越贞一那胖乎乎的面部神经不由得跳动了一下。他马上把眼镜往鼻梁上推了推，仿佛也没有见过江藤先生似的。

"是的。"

编辑部主任答道。

"把江藤达次从总经理挤到董事长位置的是高柳秀夫，他自己则从执行董事摇身一变出任总经理。按照江藤董事长的原来设想，主动退任董事长，让高柳君担任'傀儡总经理'主抓销售，而自己仍然掌管整个公司的行政。谁知一年后被高柳君耍了手腕，瞬间变成了有职无权的董事长。"

"自营公司另当别论，而民营公司不管哪一家都是这样的。总之，都是为了权力。董事长手握实权，而总经理任董事长摆布。但是，实际情况却相反。再说东洋商社与众多开户银行保持对等距离的方针，是前任总经理江藤达次制定的。当时正出现建筑高峰，建材生产行业和建材销售行业的势头直线上升，业绩斐然。他制定的那个对于银行的政策，在当时情况下是可行的。如今建筑热已经过去，建材行业犹如凋谢的花奄奄一息。东洋商社的经营状况也随之发生'地震'，营业额一路下滑，一蹶不振。可高柳仍然坚持不设主力银行，可以证实高柳总经理在耍手腕。就像你刚才说的那样，东洋商社有情况！"

清水社长看了编辑部主任一眼。

"高柳总经理面对赤字和没有红利的严峻形势，仍然不需要特别融资，而是靠企业自身力量拼搏。不用说，他得到了社会上的好评。"

肋坂主任察觉到清水社长接下来要说的内容，语气变得柔和起来。

山越君没有开口，竖起两只耳朵听他俩对话。

"但是，我总感到有人在背后操纵东洋商社。根据一般常识，没有银行的介入，东洋商社是无法维持的。"

《经济论坛》月刊杂志社的社长兼总编辑的清水四郎太，再次把拐杖拄在两腿中间，像两只手握着一把军刀似的，绞尽脑汁地苦苦思索。

这时候，传来轻轨电车在高架上飞驰的响声。

清水社长睁开眼睛。

"刚才说东洋商社没有接受过开户银行的特别融资，但如果通过中间公司向银行提出贷款请求，银行一般不会拒绝吧？！我刚才说的日东热线工业公司，就是因为没有想这种办法而破产倒闭。借鉴这个例子，我们应该对于东洋商社的那些开户银行进行暗地了解。当然，银行方面不会轻易回答，但也有必要先找一家银行试试看！"

"明白了。"

"假定东洋商社通过中间公司向银行借贷，那么，又是哪一家公司呢？借贷的金额数量不会少，没有十亿日元是解决不了问题的。"

编辑部主任吃了一惊。

"为维持公司必须借那么大笔钱。"

"清水社长，东洋商社是股票上市的候补公司，有义务向东证股票管理公司提供有价证券的报告。因此，东洋商社的经营内容是公开的。但是，十亿日元的贷款金额却没有出现在公布的账目上，真奇怪！"

"嗯。"

清水社长这一次是弯着腰把两手叠在拐杖柄上，消瘦的下巴靠在手背上。那情景，简直像城门上示众的首级。

"是啊，真奇怪！"

"首级"嘟囔着嘴巴。

"一定是从街道金融业者那里……"

"肯定是借高利贷维持。一到还款的时候，东洋商社为别人发财而不得不陷入不能自拔的困境。作为高柳总经理，应该清楚借高利贷的利害关系。我想，可能是来自其他方面的融资吧？"

"没有听说过。东洋商社，没有从其他地方接受过特殊融资！"

"如果接受过这种特殊融资，东洋商社一定是在粉饰自己，对外高度保密。喂，这下你有事做了，而且很有价值，一定要撕去东洋商社伪装的外表，弄个水落石出。千万记住！不要一味地评价高柳总经理的高明手腕。"

"明白了！"

编辑部主任觉得尴尬。

"女人的问题还没有浮出水面，但是……"

清水四郎太抬起头来，大脑似乎又陷入了沉思。接着，似乎想说一些什么，可又把要说的话咽了回去。

"是啊是啊，我上次晚上应邀出席'经联同'常任理事石冈先生的古稀庆祝会，果然是一个盛大的宴会！"

清水社长主动对山越贞一说。

"我也去过那个祝贺会的宴会厅，但没有进去。凑巧隔壁宴会厅里在举行婚礼，我装作出席婚礼的客人模样在走廊上观察，希望能发现一些有趣的新闻。"

"山越君，你不愧是特殊记者！"

"可是，希望落空了！"

山越君说完，脸上突然露出奇妙的眼神，眼前掠过一个奇怪的情景。是啊！"经联同"常任理事的古稀庆祝会与山口和子的自杀事件，发生在同一时间！真是踏破铁鞋无觅处，得来全不费工夫。

山越君半晌没有说话，聚精会神地琢磨着。这时，清水社长说话了。

"那天晚上我可是看到你的哟！"

"哦，在哪里？"

"宾馆里的咖啡馆门口是商店街，其中有一家陶瓷器商店。我与庆祝会结束回家的巨头们一起走进那家商店，酒店女主人和艺妓们也挤在我们中间。巨头们和这些女人们热衷于挑选茶碗和瓷具，我感到无聊便向走廊张望，正在这时候，我发现你朝着大门口走去，你的前前后后都是人。"

"是啊是啊，太对不起您了，没有跟您打招呼。"

"在那种嘈杂场合，最好别打招呼。"

当时，山越君刚与江藤达次董事长谈话结束。可此刻，山越君没有对清水社长提起。清水社长说他不曾见过江藤达次，也肯定不熟悉那张脸。作为靠提供情报谋生的特殊记者，不能什么都对别人说。等到水落石出瓜熟蒂落的时候，再说也不迟。

"今后，希望你进一步深入内部调查采访。"

清水社长不知道山越君已经胸有成竹，叮嘱道。

"明白了。刚才，我认真聆听了社长与编辑主任的一席交谈后很受启发。请放心，我一定拼命工作。"

山越贞一向社长表示决心。

"暂时付给你工作到现在的采访费。"

清水社长对山越君说完，转过脸吩咐编辑部主任。

"肋坂君，给山越君二十五万日元的稿费领条，让他去财务部领钱！"

山越贞一是杂志社的编外人员，不是月薪，而是稿费制。山越贞一的报酬，清水社长早就计算好了。

山越贞一凭编辑部主任给的那张领条，到财务部领取了二十五万日元稿费后离开杂志社。

他走进路边的公众电话亭，看着笔记本上的号码揿电话机上的按钮。

……山越想起来了，那印有自由丘那家巴黎女装店字样的纸袋在牡安夜总会里见过。

第一次遇上川上先生的时候，那纸袋在他的手上。与其说凑巧碰上，倒不如说那天晚上亲眼看见了川上。他和那只放在桌子上的巴黎女装店纸袋，完全映入山越君的眼帘。

为什么自己一直想不起来呢？虽记得见过那几个字，可就是回忆不出见到的地方。没有想到居然是在夜总会里！当时，那个叫川上的男子与和子小姐之间用奇特的暗号往来，给他留下深刻的印象。

川上先生与和子小姐有过联络。因为，他去过自由丘的和子小姐家，欣赏过那幢美轮美奂的楼房。尤其那只印有巴黎女装店的纸袋，是最好的证明。纸袋里的衣服，多半是川上先生为太太买的。记得与乔君一起拜访那家女装店的时候，女店主就是这样说的。

"向我打听牡安夜总会妈妈桑情况的，加上你们已经是第二次了！好像至今已有半个多月了！那是一个六十岁不到的白发男人。"

年龄相仿，同时，戴贝雷帽是为了掩盖头上的白发。伫立在银行大厦门口的台阶上眺望对面挂有牡安夜总会灯箱招牌的大厦门口，当时也是戴着贝雷帽的。可三天过后的那个早晨，从芝白金的东都高速公路收费公司财务所出来的川上先生，头上却没有戴贝雷帽，白头发暴露无遗。

充当和子小姐与经济后台之间联络员的川上先生，半个月前到女装店打听和子小姐的情况是为了什么？对此，山越君赶到困惑不解，是不放心还是发生了什么新的情况？

电话里传来东京高速公路收费公司小姐的声音，听说是打听某个员工，总机立即把电话转到人事部门。

"川上？姓川上，那名字呢？"

对方问山越君。

"哦，名字我不知道！"

如果那一天连姓带名都问就好了。

"我们公司里没有叫川上的员工。"

"这好像不大可能吧？他六十岁左右，头上有许多的白发。"

"我们公司的员工中间，五六十岁左右的占一大半，有白发的不止一人。只有这些特征而说不出姓名，我们无法帮你找到那位先生。"

"如果说出脸上的特征呢？"

虽这般那般地比画了一下，可对方还是弄不明白，只是说："嗯，嗯。"

"一个星期前的早晨，我在芝白金的财务所前碰到他的。无论如何我要见他一次，在哪里能见到他啊？"

"我不能告诉你这样的事情，我即使想告诉你也是心有余而力不足，因为我们公司的员工中间没有叫川上的。很抱歉，实在无法帮助你！"

对方挂断了电话。

那个长着白发、六十岁左右的男人，在一星期前的早晨从芝白金的财务所出来是千真万确的事实。他说从昨天早晨八点上班到今天早晨八点下班，足足干了二十四小时的收费员工作，脸上是无精打采的表情。

看来，那个男人也是用"川上"的假名自我介绍的吧？

街上开始亮起了灯火。眨眼间，到处是星火点点，夜幕已经降临。天边出现了一线亮光，一团一团的云彩把太空纵横交错地分隔开来，构筑了一道美丽的夜景。

医院之行

初夏的一个下午，多云，温度比往日高。

山越贞一在涉谷车站坐上地铁，大约十一分钟到达了东横地铁线上的都立大学车站。

车站广场上不怎么热闹。山越君沿着车站广场前的大路朝北走，不一会儿来到目黑大街，正对面都是各家银行的支行。

顺着目黑大街往西走，又遇上昭明相互银行的支行。隔着中间的十字路口，那家支行与太阳相互银行的支行门对门。太阳相互银行的支行大楼外墙是奶油色，挂出的细长招牌上的字是红的。这两块招牌的底色都是灰色，两幢建筑物的外观几乎差不多，都是正方形，矗立在十字路口的人行道上。远远望去，像两面展开竞赛互不相让的旌旗。尤其是那两块细长的竖挂着的大招牌，迎风而立，庄严凝重，似乎远远超出建筑物本身的重量。

山越君站在那里仰望着，比较着这两家相互银行的外观。

这两幢银行大楼的底层都有沿街的陈列橱窗，橱窗里都张贴着企业的理念标语。太阳相互银行的理念：亲切第一！与顾客共同的银行！标语旁边是一排小字写的问候语。正中央是太阳相互银行行长坂元延夫和年轻支行行长的两张半身照片，照片右下角是各自的签名。迄今，太阳相互银行已经创建二十多年了。

昭明相互银行的理念标语：人类信爱——即以全人类最崇高的心

灵为广大顾客热诚服务。读起来顺口，标语醒目。下面是几排小字，一看就知道是宣传基督教的平等、博爱精神。昭明相互银行的这一特征，广大顾客无不知晓。正中央是下田忠雄行长的彩色肖像，前半部分的头顶上光秃秃，不见一丝头发。照片右下角，是下田行长的亲笔署名。

山越君比较了好一阵子，等到绿灯第四次亮的时候穿过道路低着脑袋快速朝北走。前面是上坡道，是柿树坂，顺着这条坡道一直走，可以到达西边的自由丘，最终与高级住宅街汇合。

平缓的坡顶上，浮现出一幢白色、高耸入云的高大建筑。两边是茂密、郁郁葱葱的树林，把空间点缀得生气勃勃。它与银行大楼不同，没有在远处就能一目了然的大招牌。高大建筑的上额部位刻有"山濑医院"几个大字，是一所大型医院。第一次光顾医院的人，似乎不会把它与附近的国立医院混同在一起。

医院大门边有花店和水果店，方便前来探望病人的亲友。山越君走进店里买一束蔷薇花，营业员为他挑选了红花和白色朦胧的枝叶，制作了一束鲜艳而又端庄的鲜花。

踏上医院正门不高的大理石台阶，一股充满药味的空气扑鼻而来。

"山口和子住在三病区三十六号病房。"服务台人员翻阅了住院患者的花名册后对山越君说。

穿过等候室的后面，走到走廊的最里面坐电梯上五楼的内科三病区。

听完服务台人员的介绍，山越君朝那里走去。探望的人有很多，电梯拥挤不堪。下午两点钟开始探望。电梯里还有身穿病服的病人混在探望的人群里，五楼的电梯门边是护士室。

山越君怀抱的鲜花十分显眼，走下电梯向护士打听：

"我探望三十六号病房的山口和子小姐，请问她现在的病状怎样啦？什么时候可以出院？"

"这个，只有问主治医师才能知道。"

女护士正在配制吊盐水用的黄色药液，说话语气不很热情。护士室里没有医师模样的人。

离开护士室来到走廊，边找门牌号边走。走廊一侧有许多长椅，探望的客人们一个紧挨着一个地坐在那里。身穿病服或者浴衣的轻病号也混坐在那里抽烟。

把鲜花捧在胸前的山越贞一找到三十六号病房，房门上方写着"山口和子"，这是一间单人病房，门上还挂着一块"谢绝探望"的牌子。这是山越君事先想到的。

山越君故意装作不知道怎么办的神情，呆呆地站立在门前。这时，身后传来一个女人的声音。

"喂，您是来探望山口和子的吧？"

山越君回过头一看，是一个瓜子脸、苗条身材、脸上笑嘻嘻的小姐。

"哦，是的。"

小姐鞠了一个躬。

"衷心感谢，您叫什么？"

"我叫原田。"

"是原田先生？"

山越君的脑海瞬间思索了一下，这人不会是牡安夜总会的服务小姐吧？！可能自己去夜总会的时候正逢她休息？！可事实上，不是那么回事。

"我是为山口和子夜总会供应洋酒的，经常受到她无微不至的关照。听说妈妈桑患病住院，特登门探望。"

"太谢谢您了，真是个热心人啊！"

对方没有半点惊讶的表情，低头示礼。

年轻小姐穿着朴素的连衣裙，这与她的年龄和化妆过的面容显得很不相称。同时，没有热情接待客人的语气，酷似一板一眼的文员小姐。

"您大老远光临，真不容易呀！按照医生的指示，谢绝一切探望。真对不起，让您走了一趟。"

山越君把鲜花交给接待小姐。

"对不起了。"

小姐用两只手接过鲜花，又朝山越君鞠了一躬。那漂亮鼻尖轻轻地碰了一下花瓣，发出了"嚓——"的响声。

"真香啊！谢谢您送来上等的鲜花，病人见了一定会喜出望外的。"

小姐的额头滋润、嫩白，富有弹性，这是年轻女人才具有的肤色。由于面对面，距离很近，小姐左耳上的一颗小黑痣停留在山越君的眼睛里。

"对不起……"

山越君的声音听来也很年轻。

"你是山口和子的亲戚吧？"

小姐把长发甩了一下，摇摇头：

"……不过，我是她很要好很亲密的朋友。"

这种回答，就像在山越君的面前拦起了一道大坝。如果对方回答是亲戚，山越君就可按照事先编好的扯一些与山口和子之间的友好故事。一旦回答说是亲密朋友，则无法了解她们之间的关系，就连姓名也难以询问。

"妈妈桑现在的病情如何？"

称呼妈妈桑，是因为专门为牡安夜总会供应洋酒的供应商身份。

"衷心感谢，已经好多了。"

"那个，是患什么病啊？"

果然，没有说是服安眠药。

"是十二指肠溃疡。半夜里非常痛苦，是我把她送进医院的。"

"是十二指肠溃疡？"

山越君哑然失色。

"那是和子小姐的老毛病，慢性病。"

"那么，做手术了吗？"

"不，她本人害怕手术，决定药物治疗。幸亏只是穿孔性腹膜炎，才得以死里逃生。"

小姐所说的一番话滴水不漏，听来可信。从她那毫不慌张的神情，足以证明外面有关"服用过量安眠药"的传闻是不可信的。

"如果抓紧手术割除穿孔的地方如何啊？光药物治疗不会马上见效的，而且还会复发引起疼痛。"

山越君佯装什么也不知道，顺水推舟，附和着接待的小姐。

"我也劝过她，可她还是讨厌肚子上留下手术伤疤，因为是女人嘛！"

她脸朝下轻轻地笑了，头发上抹着的香水味径直钻入山越君的鼻孔。

"那么，现在的情况呢？"

"别担心，安静休息就是，不要紧的。现在，她睡得正香呢。"

"几时出院啊？"

"大概再过一个月吧。"这是富有礼貌的回答，但这种对话无法深入下去。对方的回答，简直是针插不进，水泼不进。顿时，山越君没了主意，已经处于无言以对十分尴尬的境地。

"那么，请妈妈桑多多保重身体！"

山越君用起了告别时的客套话，为自己的难堪赶紧找台阶下。

"衷心感谢！"

山越君朝电梯那里走去，蓦地回过头，发现小姐手捧着鲜花紧紧地跟在自己身后。

她看见山越君脸上显出不太高兴的表情，急忙说：

"对不起，我送您到电梯那儿……"

小姐一直送他乘上电梯。

这时，山越君察觉到走廊挤满人的长椅上有一个空位。

原来，那小姐刚才一直坐在那里。当发现有人探望三十六号病房的病人，立即上前挡驾。

山越君经过那两排长椅的时候，眼睛的余光告诉他座位上的客人已经换了一轮，都是些新面孔。两对中年夫妻，两个小孩，三个男人，五个女人，还有两个身穿病服的病人。这些坐在椅子上的人也不时地打量着从他们面前经过的探望病人的人们，没有喧哗，只有压低嗓音的说话声和烟味。

山越君走到电梯前，共有三部上下电梯。

中间电梯的门开了，走下五个怀抱水果篮的男子。

山越君和一个留着墨西哥式浓黑胡子的人一起走进电梯。那个送自己到电梯口的小姐笑容可掬，弯腰致礼。随着电梯门的关闭，连衣裙和蔷薇花消失了。

电梯下到一楼，等候室里坐满了人，静悄悄的。山越君在等候室的后面通过，看见大电视机移动着精彩的画面。

山越君探望山口和子的目的是想弄清楚：和子小姐是服用过量的安眠药企图自杀还是别的什么原因，可结果一无所获。挡驾小姐连一点暗示都没有给他。这个耳朵上长着黑痣的小姐用充满自信的声音和表情，一口咬定是十二指肠溃疡。这小姐与山口和子之间究竟是什么样的关系呢？

在这里没有遇上高柳秀夫。

山越君并非已经无计可施，他可以找到和子小姐的主治医师打听患什么病和目前的状况。然而，这也不是能轻易办到的，因为自己拿不出任何能证明是病人的亲朋好友的书面材料。只要没有足以使医生相信自己的证明，医生大概是什么也不会说的。勉强行事难逃失败厄运，相反，还会遭到高柳秀夫以及和子小姐周围人的怀疑。

山越君走在路上，也不知怎么的，走走停停，停停走走。这两三天来，他打好了腹稿，拟定了侦查方案。这时，他发现角落里有公用电话，于是快步走到电话机旁，拿出通讯录，取下近视眼睛，寻找电话号码。

电话簿上，记载了江藤达次的住宅电话号码。

他插入十元硬币，慢慢地拨动转盘。

他察觉背后有人！原来是旁边一架电话机空着，那个人向那架电话机跟前靠近。他慢慢腾腾地走到那里站了一会儿，翻开通讯录本子寻找电话号码，可眼睛没有停留在自己的本子上，而是偷看山越君拨的电话号码。

电话里的对方说话了。

"我是江藤。"

是一个上了年岁的女人的声音。

"您好，我叫原田，董事长先生在家吗？"

"是哪位原田先生？"

"前天晚上，我在大和宾馆的咖啡馆里拜会过董事长。您把这情况向董事长通报一下，他就明白了。"

"请稍等片刻。"

传来转电话的铃声。

隔壁的男子摘下受话器，一边看笔记本，一边插入十元硬币小心地拨动着电话机上的转盘。一拨完号码便把受话器按在耳朵上，只见他稍稍咕哝一下又搁回受话器，从下面的找头口里取出十元硬币，好像号码搞错了。

山越君朝那个男人看了一眼。男子留着梳得整整齐齐的长发，长脸，肤色很白，圆溜的肩膀，肋下夹着文件袋，像是一个年轻的公司职员。

电话里铃声停了。

"我是江藤。"

与在宾馆茶室里听到的是一样嘶哑的声音。山越君的眼前似乎出现了董事长阔步行走的身影。

"啊，董事长先生，打扰您了！我刚才请尊夫人向您转达，我是那个前天晚上在大和宾馆咖啡馆里拜见过您的原田。那天晚上，我失礼了。"

"谢谢！"

旁边那个公司职员模样的人一边看通讯录，一边拨电话，也许是担心拨错，小心翼翼地用手指拨着转盘。

"您那些话使我受益匪浅，经过仔细揣摩觉得非常在理，谢谢您了。"

"我只不过是说了一些不着边际的话。"

"哪里的话，我还请您再指教一下。由于当时是那样的环境，许多问题一时想不起来。"

"嗯，嗯。"

"百忙中打搅，实在是对不起。能否再次允许我拜见您一次？盼望再一次聆听您的高论，这样的请求实在是太失礼了。"

旁边的男子依然把受话器放在耳边，一声不吭，似乎在听对方说话。

"我已经隐居，让您听这些陈谷子烂芝麻的故事，不知是否有参考作用。"

"您太客气了，您的那些话深深地铭记在我的心里。那么，董事长认为什么时候方便呢？我想登门拜访，能否允许啊？"

"那太简单啦！从现在开始起，什么时候都行！反正我在家里也闲着。"

从江藤先生说话的语气里，希望有人能与他说说。

"哦，是吗？现在拜访也可以吗？"

山越君脱口而出。

"请！"

"衷心感谢，那么，等一会儿见！"

山越君放下听筒，低头想了一会儿。

这时候，旁边那个公司模样的人开始说话了：

"喂喂……"

后面的话听不见了。

山越君急匆匆地离开那里，那男人说了一半便挂断电话，装作逛马路的模样，跟在山越君的后面。山越君丝毫没有察觉。

挂名资产

世田谷区的下北泽车站广场前面，有一条宽敞平坦、绿树成荫的大道。近几年来，大道两侧的变化日新月异、突飞猛进。这里是小田急轻轨线与京王井头轻轨线的交通枢纽。小田急轻轨线行驶在新宿、小田原和江岛之间，京王井头轻轨线行驶在涉谷与吉祥寺之间。这两条轻轨线把东京都内数一数二的繁华大街与五彩缤纷的郊区城镇有机结合在一块，织成了一道独特的风景线。

以前，工薪阶层的人士一旦在这里换车，就会到沿线的饮食店歇一会儿喝一点什么的。

现在，由于沿线人口的数量猛增，过去的红灯笼饮食店摇身一变成了夜酒吧和舞厅的集中地。一到傍晚，原宿和六本木的青年人蜂拥而至，熙熙攘攘，人头攒动，成了年轻人的活动场所。开设在大厦底层的银行是昭明相互银行的支行，橱窗里的装饰色彩丰富，标语醒目，以吸引广大客户。橱窗中心与其他支行相同，是人类信爱的标语和下田忠雄行长的彩色肖像。下田行长前半部头顶上那光秃秃的特征，让人一睹便难以忘记。橱窗里宣传栏的周围，红白相间的蔷薇花与大红绸带纵横交错在一起，背景是金纸与银纸制成的瑞祥云朵，似乎正在太空飘游。

山越君看了一眼大橱窗，觉得与自由丘那里的支行橱窗一模一样，过分地渲染宗教色彩……忽然，他发现自己已经站到自动开闭式大门前。营业大厅里，长长的柜台上坐着一长排年轻漂亮的女营业员。书写台上，放着一沓沓存款用的储存表格，还有一沓沓彩色广告册。为了参考，山越君拿了一张放进袋里。值勤的保安人员向他敬礼，十分礼貌。等有时间再翻阅这本广告册吧！他立即走出大门。

胖乎乎的山越君把装有威士忌的礼盒夹在肋下，混在人群中沿着平缓坡道朝下走着。

不一会儿，行人渐渐少了，周围是密集的住宅地，十分安静。这里，与繁华大街分隔成两个世界。下坡道路越来越狭窄，弯弯曲曲，是原先的地边小路经过简单的铺设而成。

两边新旧住宅掺杂在一起，有坐落在崖上的，有坐落在谷涧平地的，但排列得十分整齐。新住宅、形状、外墙颜色以及瓦的颜色各不一样，千姿百态。绿色树木几乎没有，即使有，也是稀稀拉拉的几棵，像柴火。

山越君一边数门牌号一边走着，来到一片洼地，四周是鳞次栉比的楼房，真像盆地。

他找到那个门牌号的楼房，门不怎么宽大气派。门上挂着一块写有"江藤"的姓名牌。这是一幢典型的日本式二层楼房，好像已经有相当历史了。周围是绿色的树和花，显得生气勃勃，春意盎然。屋檐上挑出的是古色古香的瓦，有好几扇窗，屋顶四周有围栏扶手。

山越君揿了一下门边的对讲机按钮，然后向道路四周环视了一下。几乎没有行人，只是对面转角处有一个青年捧着杂志正津津有味地看着。

"是哪一位？"

对讲机里传来女人的声音。

"我是那个刚才打电话的人。"

"请进！"

山越君推开大门边上的小门，一级一级的台阶是石块砌起来的。

院子里的地坪是石块铺设而成，四周是不开花的绿色植物，还有椿树、木樨树、高野棋树、百日红树和夹竹桃树，它们与松树、枫树混杂在一起。树与树之间，红花竞相争艳。可见，楼房主人很早就居住在这里了。

山越君小心翼翼地挪动格子移门，里面坐着一个六十左右的妇女。她背后的正面墙上是一幅水墨画，配有玻璃镜框。

"我是原田，前来拜见董事长。"

"请！"

山越君弯下腰，脱掉鞋子，抱着威士忌酒礼盒跟在女人身后。山越思忖，这女人多半是江藤先生的妻子。

走过五平方米左右的小房间，接着便是一个宽敞的榻榻米房间，有十八平方米左右，书斋形式的布置。正面是一个不高的摆古架，不规则的分隔层里有青瓷茶壶和红色图案的九谷瓷器皿，在阳光照耀下闪闪发光。面朝院子的纸糊小拉窗和面朝廊子的玻璃门，大面积的采光，照得书斋亮堂堂的。可天花板很低。栏杆之间的雕刻画是松树仙鹤，采用的是上等的木材。但是雕刻画的色彩凝重、暗淡，犹如乌云笼罩在头顶上一样。

墙上带轴的条幅是颇有功力的水墨画，可见这家的主人在水墨画方面很有研究和造诣。画上的坐禅老人，似乎象征着主人极具忍耐力的心境。山越君端详着坐禅老人的眼睛以及长满胡须的脸庞，浮想联翩。正在这当儿，传来纸糊门移动的声音，门口出现了瘦高个的江藤达次。他穿着不带图案的蓝色和服，比起西装显得更加合身。

面朝黑檀木矮桌坐在榻榻米上的山越君，赶紧从坐垫上爬起来。

"董事长，我是原田。前几天在宾馆里打扰您，太失礼了。今天又冒昧地打电话到您府上，又承蒙您的接见，请允许我向您一拜。"

"哪里哪里，太欢迎你了！"

江藤先生颧骨突出的脸上略带笑容，朝山越君连点了几下，然后，坐在矮桌对面。

刚才的那位妇女端来两杯茶。江藤先生向山越君介绍说，这是我的内人。山越君低了一下头表示敬礼，然后向江藤先生献上威士忌酒礼盒。

"衷心感谢！以后别这么客气，有空就到我这里坐坐，我随时恭候。"

山越君没有递上名片，还是在宾馆里介绍的那样是自由记者，叫原田。可江藤先生没有追根究底，好像独自在家百般无聊，希望有人陪自己说说话。

"您的住所布置得真漂亮啊！"

山越君透过玻璃望着院子里的风景，赞不绝口。

"哪里的话，没有什么特别高级的东西。"

江藤先生话里有话，似乎无可奈何。

"您这儿饶有田园风光的趣味，使人心旷神怡。我刚才到这里经过车站广场前的大道，与其说是热闹，倒不如说是嘈杂，令人感到烦躁。可一到您这儿，却是闹中取静的世外桃源。"

"车站广场前那条大路两边发展迅速，如今成了年轻人聚集休闲的地方。我们这一带都是住家，比较安静，特别是我这样的房子是处于一种被遗忘的角落。可我觉得与落到今天这种地步的自己十分相配、合身。"

"您太贬低自己了，董事长还是一个雄心勃勃、富有朝气的人物！"

于是，两人交谈开始进入中心话题，但山越君并不急着切入主题。

"您夫妇俩与子女一起住在这里吧？"

山越君话锋一转又拉起了家常，彬彬有礼地问道。

"两个孩子都搬家了，他们在别的地方有房。本来是一起住的。"

"这么宽敞的楼房里，只有董事长与尊夫人两人居住呀？"

"是啊，只有老夫妇俩，真有点浪费啊！本打算搬到高级住宅去住，可已经习惯了这个家，舍不得离开啊！"

"说得对！不仅仅是您爱这楼房，您还爱着您一手从小到大发展起来的东洋商社。衷心希望董事长不减当年勇，振作起来！"

"是说我的公司吗？"

江藤先生的脸上仿佛出现了阴影，有点颓丧。

"……社会上对我公司的评价怎样啊？"

江藤觉得眼前这个自称原田的人是记者，对经融界、企业界的情况肯定无事不晓，于是便问山越君。

"东洋商社的决算报告每半年向社会公告一次，经营情况一目了然，最近一直没有分红利。纵观建材行业，所有企业都处于低迷状态在走下坡路。而东洋商社的情况更糟！在董事长面前说这话太失礼了！如果东洋商社没有接受某银行的特别融资而支撑着的话，真让人感到不可思议。但再这样硬撑，早晚也是要垮的……"

"不要主力银行的方针，这是我就任总经理期间制定的呀！"

"是董事长任总经理的时代？"

"那是十多年以前的事，当时，我对公司的经营情况十分看好。说详细一点需要很多时间，事实上，我当时也太过于自信。如果有主力银行，也许在融资方面能为我们公司提供方便，但许多人不同意设立主力银行。唉！众口难调，我就放弃了寻找主力银行的机会。那时我片面认为，只要经营成绩好，即使我们不设立主力银行，通过银行间的竞争，他们也会主动为我们融资的。"

"那就是与银行保持同等距离的方针吧！"

"是的。那段时间里公司的经营成绩很不错，可自从我退任董事长让高柳君担任总经理开始，不幸的情况发生了，经营情况直线下滑。那不是高柳总经理的能力不济所致，而是整个行业都步入不景气的处境。担任董事长的我多次向高柳君提出忠告，不要一成不变地按照我过去制定的方针，要针对目前建材市场销售下滑的严峻现实，尽快制定新的对策，迅速找一家主力银行结盟，可高柳君置若罔闻，把我的话当耳边风。"

"为什么呢？"

"他认为有了主力银行，就等于被剥夺了公司在货款进出方面的自由权，尽管能得到特别的融资……他还是固执己见，嘲笑我说，与银行保持对等距离是你制定的方针哟！他还自信地说，按照这个方针继续下去，完全能摆脱眼前的暂时困难。那家伙太固执了！独断专行！我们那些执行董事和常务董事都软弱无能，过分地依赖他。"

"那么，让高柳担任总经理的是董事长吧？"

"是的，确实是这样。也正如我上次在宾馆里所说的那样，高柳君一担任总经理，几乎把公司过去的人事安排全部颠倒过来。大部分的干部岗位都安排了他相信的人，建立了高柳体系的行政指挥系统。"

"这是一种有步骤的'逼宫'吧？"

"可以这么说。如今，我连说话的资格都没有了。"

董事长叹了一口气。

"刚才我也说过，外面的传闻，是指东洋商社在经营状况恶化的情况下，不需要银行特别融资而依靠企业自身来摆脱困境。对于高柳总经理是否具有这样的能力，人们都表示怀疑。"

"担任董事长的我，尽管被架空，嗅觉不灵，但细细想来，我也不得不表示怀疑。说老实话，现在的银行，如果东洋商社向他们提出申请，也不会承诺担任主力银行，因为稍不留神就会陷入'不良贷款'的困境。"

"没有主力银行支持，东洋商社是摆脱不了危机的。公司已步入困境，高柳总经理能依靠什么办法克服呢？"

"嗯……"

江藤先生双手抱在胸前闭目沉思。片刻，他睁开眼睛望着山越君。

"在宾馆的大堂里你遇见我时曾问过我，高柳君是不是背地里向街道金融业者借了巨款？"

"我说过那话。"

"如果借了高利贷之类的巨款，公司会顷刻间垮台。我现在也是那么考虑，只要借上一次就无法还清。如果为了摆脱困境则需要借好多次，而高额的利息就像冬天里的雪球会越滚越大。"

江藤先生说起了雪球，山越君不由得听入了神，瞟了一眼那幅挂在墙上的水墨画。

"所以，我的公司不会出现你所说的那个贷款。我可以断言肯定没有。如果高柳君真借了高利贷，消息必然传出，不可能永远没人知道。"

"如果是秘密高利贷，那又怎样呢？那种秘密是绝对不会公开的。"

"主观上能那样想象。如果是如此，金融界那些财大气粗的人很有可能暗地里贷款给高柳君。但如今，只能说是一种梦幻。"

"换一种说法，与东洋商社保持对等距离的八个银行，有都市银行，有地方银行，还有相互银行，是叫南海相互银行吧？"

"是的，南海相互银行是九州农村的相互银行。在那里的交易有一些，但不大，只是一种交往而已。相互银行吸引不到那么多的存款，就连它的总贷款额也只有都市银行或者地方银行的十分之一。"

"哈哈啊，有没有另外一种渠道？即高柳总经理把东洋公司的某些资产私自出售，这渠道不就形成了？！"

"那不可能！无论高柳君如何专横跋扈，处置公司不动产不与我商量是不可能得逞的。根据现行法律，那需要盖上董事长的印章，任意处置是要犯渎职罪的。"

"公司的财产，是指总公司和分公司的地产和房产吗？"

"这些东西都已经成了向都市银行和地方银行融资的抵押担保，都是经过我同意的。"

"其他还有什么吗？"

"没有了。"

江藤先生站起来回答。

突然，他好像想起了什么，轻轻地说：

"哦哦，有一样，是山梨县境内的那片山林。"

"山梨县境内的山林？在哪一带？"

"在东山梨郡。按行政区分，现在属于盐山市境内。在笛吹河上游，虽然交通不很方便，但那片山林经常出现在著名的小说里。附近还有两三座矿泉池，跳入那富有乡村味的矿泉池，会让你舒服地躺在水面上睡觉，一边仰游一边还能欣赏蜿蜒起伏的山脉。这些矿泉池是东洋商社历代创业者的成功结晶，最早是山梨县纺织品批发公司用那片山林作为向我们社借款的抵押担保，后来该公司还不出借款，便成了我们公司的固定资产。"

"那片山林的面积有多大啊？"

"一百八十万坪（大约六百万平方米）。"

"那是一片很大的山林喽！"

"因为那片山林在较偏僻的地方，交通不方便。"

"那还没有处置吧？"

"没有，可我也记不清是否曾经同意过。如果高柳君擅自处置就是渎职，上诉到法院高柳君就是犯渎职罪。"

"那片山林是否已经成了向某银行融资的抵押担保物？而董事长一点不知道。"

"我认为不可能有那种事。"

江藤先生说完，开始坐立不安。他把手插在袖子里仰望着天花板。

"董事长，您说的那片山林，现在的交通情况与过去截然不同。中央高速公路早已建成，交通便捷。如果建造高尔夫球场……地价理应大幅度升值。那土地不要紧吧？没有变成抵押物吧？也许董事长没有核实？"

山越君一环套一环地启发式地询问董事长。

江藤先生把手从袖子里抽出："原田君，你能否到当地政府的土地登记处帮我查阅一下台账。我知道路途肯定很辛苦，但这是代替我出一趟远门，拜托了！"

江藤先生说完凝视着山越君。山越望着董事长充满着信任和依赖的眼神，爽快地应允了。

甲州之行

山越君乘上早晨八点从新宿开往松本的特快列车，预定在上午九点十分到达甲府车站。

自由席车厢里稠人广众，无一虚席。有好几组身穿登山服的青年男女围在一起，叽叽喳喳嬉笑不停。坐在山越君旁边的，是一位老年乘客。窗外，天空阴沉沉的，淅淅沥沥的小雨点，不时地拍打在列车的窗玻璃上。

山越君望了一会儿窗外，从口袋里掏出昨天在昭明相互银行下北泽支行拿的那份广告宣传小册子。封面是坐落在东京日本桥的总行建筑与行长下田忠雄的头像的彩色画面，拍摄的角度选得很好，整个地下两层和地上十二层的雄伟建筑的正面，沐浴在温暖和煦的阳光下，英姿勃勃，傲然屹立，侧面则显得略暗。整个建筑以蓝天为背景，富有气壮山河冲霄汉的气势。来往如梭的轿车宛如孩童手里的玩具，密密麻麻的行人们犹如蠕动着的蚂蚁，以烘托昭明银行总行大厦建筑的壮观和高大。

行长下田忠雄的脸庞堆满了笑容，好像正在向阅读这本宣传册子的人们报以微笑，同时炫耀着昭明相互银行的飞跃发展和巨大变化。那前半部分的头顶上光秃秃的，正面看上去像一座陡峭的悬崖。

下田行长以突出基督教的博爱精神为该银行的经营方针，向顾客暗示自己是一个有名的基督教信徒。人类信爱——即以全人类最崇高的心灵为广大顾客热诚服务。这条标语写在奶油底色中间的方块里，白颜色的空心字，看似像一张插入镜框的颜色纸。

翻开封面，第一页上醒目地阐明了昭明相互银行的五大方针；第二页上是昭明相互银行的简史：

△一九五〇年（昭和二十五年）

九月，昭和劝业、明治兴产和帝都兴产三家无尽股份有限公司合并，成立昭明帝都无尽股份有限公司，注册资金是二千三百万日元；

昭和劝业无尽股份有限公司的总经理是下田忠雄；明治兴产无尽股份有限公司的总经理是田中典久；帝都兴产无尽股份有限公司的总经理是小山与志二。

△一九五一年（昭和二十六年）

二月，昭明帝都无尽股份有限公司，正式对外受理存款和以存款担保形式的贷款业务；

七月，公司更名为昭明协力会无尽股份有限公司；

八月，开始受理普通存款业务；

九月，根据《相互银行法》更名为昭明相互银行，开始代办纳税和受理其他存款的业务。

△一九五二年（昭和二十七年）

二月，候补加盟东京支票交换所，开始代理东京支票交换业务；

三月，总行开始受理活期存款业务；

五月，第一次发售"富士山定期债券"；注册资金增加为一亿日元；

九月，开始第一次发售"国民储存债券"，总成交额突破一百亿日元。

△一九五三年（昭和二十八年）

三月，开始受理按月存款的业务；注册资本增加为一亿六千万日元。

△一九五四年（昭和二十九年）

四月，开始受理定期存款业务；

七月，开始受理国内的汇款业务。

△一九五六年（昭和三十一年）

六月，存款额突破一百三十亿元；注册资金增加为二亿三千万日元。

△一九五八年（昭和三十三年）

二月，存款额突破一百八十亿元大关；

四月，直接加盟东京支票交换所；

十二月，开始代理与日本银行之间的活期交易；代理日本长期信用银行，日本不动产银行（现改为日本债券信用银行）的业务。

△一九五九年（昭和三十四年）

三月，注册资金增加到四亿日元。

△一九六〇年（昭和三十五年）

七月，创立十周年；总存款额达到三百亿日元。

△一九六三年（昭和三十八年）

十二月，年末存款总额突破一千亿日元大关。

△一九六五年（昭和四十年）

五月，新建总行大厦。

△总行大厦建立以后

一九六六年（昭和四十一年），开始设立"希望蓝图储备金"，与日本银行之间建立信用业务。一九七〇年（昭和四十五年）九月，创立二十五周年纪念，总存款量达到一千五百亿日元。一九七一年（昭和四十六年）三月，开始发售定期存钱方便卡，十二月末的总存款量达到二千亿日元。

一九七三年（昭和四十八年）四月，注册资本增加到三十五亿日元，在各地建立昭明相互银行的分散网点，进一步加强服务，方便客户。十二月的年末总存款量上升到四千亿日元。一九七四年（昭和四十九年），开始受理外国的汇款业务，又开始受理昭明现金卡业务，年末存款量达到五千亿日元。

一九七五年（昭和五十年），发售"幸福定期存款单"。九月，迎接二十五周年创立日。一九七六年（昭和五十一年），发售"悠悠储备金定期存款单"。注册资本增加到五十八亿日元，年末存款总额突破七千亿日元。

一九七七年（昭和五十二年），下属的所有支行开展节约活动。十月，在行业中间晋升到第二位。一九七八年（昭和五十三年）五月，总行新社屋竣工。六月，实施汇兑联网。当年，年末存款总额达八千五百亿日元。

△一九七九年（昭和五十四年）

一月，开设自由丘支行，支行总数累计七十家；

二月，加入新全国银行数据通信系统，使汇兑性能得到了飞跃发展；

十二月，加入相互银行网络服务，"昭明CD卡"在全国通用。

△一九八〇年（昭和五十五年）

三月，注册资本为六十亿日元。

十二月，围绕存款总额数达到一兆日元的目标，在全国上下开展"一人持有十个存款户口的号召活动"。

用铅字编印的《昭明相互银行发展简史》，随着列车的震动，在山越贞一的眼帘里晃荡着，摇摆着。终于，眼皮打起了架，粘在一起熟睡了。

但聪明的山越君没有察觉，昭明相互银行的简史中掩盖着某种秘密。

打起瞌睡的山越君睡得正香，手上那份漂亮的昭明相互银行宣传册，掉到他与邻座老人之间的地上。

老人弯腰把它拾起，特意戴上眼镜认真地阅读着宣传册。还没有看完两页内容也打起哈欠，老人把它放回山越君的膝盖上。

列车驶入隧道。

甲府盆地的气候宜人，是晴天。列车穿过大菩萨山峰与笛子山峰合在一块的高山脚下，继续向前行驶。大山西边和东边的气候截然不同，回头看一眼东边的山，那儿，黑压压的乌云遮住了山顶。

山越贞一走下列车，走出车站，径直朝市内的司法局办事处走去。土地登记处就在办事处内。

江藤达次说，东洋商社持有一百八十万坪的山林在盐山市境内。但是，登记所的接待人员反复查阅盐山市的台账，在他们的管辖范围内没有那片山林。一百八十万坪是一片很大的山林，也许不属于他们的管辖范围？！接待人员说着又拿了一本那片山林旁边的村镇的台账查阅起来。

"持有人是东洋商社吧？！"

接待人员一边查找，一边再向山越君核实山林持有人的名称。

"是啊，或许已经不归东洋商社所有，成了别人名下的东西了吧？！"

看来，很有那种可能。

"不会的，是属于东洋商社的财产哟！大概就是这里？怎么？已经划归盐山市西边交界的内牧街道区域。"

台账上显示的那个位置上，写有"东京都中央区京桥×××号东洋商社所属山林"，完全正确！江藤先生也记不清了，把它说成是盐山市境内。就凭这一点，说明董事长已经有很长时间脱离了商社的政务。由于被高柳君长期架空，根本无法触及这块被遗忘的角落。

除支付阅览费，再追加支付复印费，请接待人员把右边的记载部分复印下来。瞬间，复印件到了山越君的手中。

东山梨郡内牧町仙科五八一八号—八六一五号；
东山梨郡五原村落合二二五〇号—五一四八号。

"也就是说，一百八十万坪的山林，一部分在内牧町仙科，一部分在旁边的五原村落合。"

斜着脑袋聚精会神的山越君，认真听完了接待人员的解释。

"明白了。接下来我想再问一下，这片山林没有成为抵押物吧？"

"正如你看到的那样，有关这方面的记载根本没有，是空白的。"

虽是江藤先生提起的，但对于山越君来说，这无疑是意外的收获。苦苦挣扎的东洋商社，竟然没有把这块不动产作为抵押物！

"现在的公开价格是多少？"

"因为是山林，树林另作计算，单土地价格，每坪是一百三十日元。"

光评估价，一百八十万坪土地约值两亿四千万日元。

"那么，时价多少呢？"

"是时价吗？土地时价比较微妙！通常的计算方法，出售价是评估公开价的百分之一百七十一到百分之三百之间。经过盐山市的中央高速公路已经建成通车，所以呀，与以前的价格相差很大。这片山林有比较陡峭的斜坡，但适用于许多娱乐产业。也就是说，如果建成高尔夫球场，实际价值就能再大幅度地上扬。"

"……"

"这片山林是甲府市的甲越纤维商会当年向东洋商社借款时作为抵押担保，由于无法偿还债务而归属东洋商社。是啊，当时是一九五三年（昭和二十八年）的九月，距今有三十多年，当时的全部价格只有一千二百万日元，东洋商社捡了一个便宜货。五年后，甲越纤维商会就破产倒闭了。"

如果按照公开价格的两倍出售，这片山林的价值近五亿日元。东洋商社确实抱了一个金娃娃。

不从银行接受特别融资，也不从其他地方借款，并且这么巨大的资产也没有变成抵押物。从东洋商社的现状来看，无疑是在创造奇迹。也可以说，是总经理高柳秀夫的奇迹。

但山越君根本不信，这奇迹的背后一定有什么交易，决不可能没有。

山越君思忖了一下，暂且不去想那么多，先到实地去看一下再说。

从甲府坐上列车往回走，在第六个车站——盐山车站下车。山越君在车站广场叫了一辆出租车向现场驰去。

"我想从内牧町仙科到五原村落合那里转一圈看看，然后返回到这里的车站，能不能为我开一下车？"

"行！可是，那样绕一个大圈，需要两个小时左右。"

"时间没有关系，请你先朝内牧町的街道办事处开。"

中年司机点了点头。

一驰出车站广场的商业街，道路两边是一幢接一幢的楼房，紧靠着房屋背后的是农田。一望无际的葡萄架上布满了茂密的绿叶，再过两个月，水灵灵的葡萄就可以上市了。

驶过武田信玄菩萨庙的惠林寺门前，那里停着三辆观光的大客车。

"先生是观光吗？"

司机背对着山越君问道。

"是啊，是观光！想到处逛逛看看。"

"是吗？但是，仙科那里没有什么可以看的东西哟！那里已经成了山麓高地，只有葡萄旱地。到了秋天，不管哪里都大做广告，大家都到这里来采葡萄。现在，什么都没有。"

"那也没有关系，我是想眺望一下朋友的山林。"

"呵，原来是这样，我还以为是观光呢！"

"这也跟观光差不多吧！"

"到了五原村落合那里，就是笛吹河的上游。再往里面去，就是小溪和山涧，还有水库，就是那个方向！"

司机手朝那里指着，那近一点的山上乌云密布。

"大菩萨山顶在哪一带？"

"大菩萨是在山的那一边。可今天那里又是雨又是云的，一点也看不见。喂，先生，到了五原村落合，您大概会去那里的汤山温泉吧？"

"汤山温泉？"

"那里只有一家旅馆，有个信玄公隐泉。"

笛吹河的上游附近虽交通不方便，但那地方经常出现在一些有名的小说里。附近有两到三个矿泉，跳入浓浓的乡村味矿泉，可以舒服地睡上一觉，还能欣赏山里的自然风景。

东洋商社历代创业者，为这片山林浸透了不少心血。

山越君又想起江藤董事长那番意味深长的话。

"那是矿泉？"

"不，是温泉！不是烧开的水。如果现在吃午饭，弄两条盐烤鱼，再加上鲑鱼生鱼片什么的，可以美美地吃上一顿，那感觉无法形容。”

“呵，那温泉对人体有什么作用？”

“对严重的神经症患者有作用。有些妇道人家稍稍觉得自己神经上有点不舒服，便会带着家人到这里来洗温泉澡治疗。”

“是吗？如果对神经症能起作用，我应该到这里来啊！最近，我也觉得脑袋有点异常。”

山越君兴致勃勃地开起了玩笑。

两边居住的楼房多了起来，还夹着一条狭长的商业街，上这里来光是爬坡。司机在一幢混凝土框架的三层建筑门前停了车。

山越君走进去，站在土地咨询服务的窗口前。

“我想稍稍打听一下，仙科五八一八号至八六一五号的山林在哪一带？”

女文员一边用笔在本上写着什么一边回答，也不朝山越君看一眼。

“你问那样的事情，我不知道。”

窗口前有一个商店店主模样的人，上身穿着夏天的薄羊毛衫，下身穿着一条茶色裤子，脚上穿着一双拖鞋。他听到山越君的提问，笑着说：

“从这里往前面走三公里路就是仙科。站在那儿的道路上朝北看，那一带山林就是你要找的地方。”

乘上出租车朝前开了三公里，那里的道路是正规铺设的，很平整。

“这里是仙科。”

山越君走下车，站在路旁。

前面是一大片高坡平地，农家的屋檐依稀可见。那后面是山脉，没有高高低低的棱角线，犹如一堵一望无垠的墙壁向东西两边延伸。斜坡经过修整变成缓慢的坡度，与眼前的高坡平地连接在一起。整个山上，杉树和桧树密密麻麻，黑压压的一片，将缓慢的斜坡拦腰截断，简直是一派绿色的海洋。没有坑坑洼洼和高低不平，比较平展。

山越君看入了迷，自言自语道："这片山林最适合建造高尔夫球场。"

裸体男女

　　山越君想眺望朝东边延伸的山林，于是向驾驶员提出要求。

　　车穿过主要道路朝右边的陡坡驶上去，尽管路窄，但都是经过正规铺设的。在有相当高度的平地上，大部分是葡萄旱地，葡萄的长势很好。看来，这些农家都有一番种植葡萄的好技术。

　　沿着高坡平地上的道路盘旋，路边伫立着陈旧的路祖神牌。一个是把地藏菩萨刻在四方形状的灯笼上；一个是在自然石块上刻着"三界"两个字，下面部分被供着的鲜花遮住了。

　　车驶到平地的边缘侧，视线开阔起来。

　　这里是刚才一路看到的仙科山林的延续地带，山貌豪迈爽快，挺拔高昂。可东半边山顶，依然身陷乌云的包围之中。而西半边山顶，却是大晴天，从山顶到山脚都沐浴在光芒四射的阳光下。这一带地形宛如盆地的底部，由一段段的平地呈阶梯状由下而上。那里有零星的农家住宅，宛如坐落在高坛上。当你凝神眺望的时候，那悬崖陡壁以及它的山脚猛然显现出少女的美丽曲线，缓慢地向下倾斜，与一层层的梯地融合在一起。

　　这样的地形，完全可以建筑一个高尔夫球场。山越君一边举目远眺，一边想象。从新宿乘上特快列车，两个小时后就可以到达这里。如果坐车走高速公路，一个半小时就能到达这里。倘若在这儿建高尔夫球场，东京的高尔夫迷都会纷至沓来。作为富有深山幽谷情趣的高尔夫球场，其魅力远远超过东京郊外住宅化的高尔夫俱乐部。不仅仅是打高尔夫球的人欣喜若狂，就连他们的家属也会兴奋不已。球场周围，将来还可以建造高级宾馆。

倘若持有这样的战略设想，山林的时价还会进一步地上扬。光茂密的杉树和桧树就能卖出好价，树林范围从内牧町仙科开始，一直延伸到五原村落合那一百八十万坪的山地上。

东洋商社没有把这项不动产列入抵押的花名册上，实在令人惊讶！可这确实是铁一般的事实，刚才，自己已经从甲府司法局办事处的登记台账上得到了证实。其复印件，正静静地躺在自己的裤袋里呢！

真让人不可思议！这在理论上，怎么也行不通。处于艰难困境濒临倒闭的东洋商社，居然对这项不动产漠不关心，无视它的存在价值。试想一下，若按时价，从建造两个高尔夫球场的面积计算，仅土地收入也可达六亿至七亿日元！高尔夫球场建成后，周边的开发还可以继续进行。同时，山林进一步增值。按一百八十万坪的树木计算，大约有四五十万棵。这些树木，居然完好无损，还保存在东洋商社的固定资产的账上。

这背后一定有阴谋！

司机站在对面小便。

"接下来往哪里开啊？"

"朝落合的汤山温泉开！"

山越君回答返回车里的司机。

车从高坡平地上朝下驶去。原来的主要道路变成了三岔路口，车拐入右面的道上继续行驶。这条路虽经过铺设还是显得狭窄，很明显，仍然是原来的旧路，只是稍加整修了一下。右侧，茂密丛生的灌木不断地向前延伸，再下边则是河。由于茂盛绿叶的遮挡，几乎没有河的感觉。左侧是悬崖峭壁。

"笛吹河是上游，沿这条路笔直地往前走是溪谷。秋天，前来参观红叶的人拥挤不堪，把这条路挤得水泄不通。"

司机一边忽左忽右地转动着方向盘，一边介绍这里的情况。道路呈犬牙形状，两边是农家和小型商店。接着，铺设过的路没有了，是密集树林里的羊肠小道。山谷渐渐地进入眼帘，越来越清晰，一路上没有遇上车，也没有遇上行人。

司机仍然是小心翼翼全神贯注地紧盯着前方。

"汤山还没有到吧？"

"还需十分钟的时间。"

大概是接近山的缘故，光线骤然暗淡下来，灰色，厚厚的云层，犹如厚实的屋顶。

终于走完山林，宾馆外表的白色建筑出现在眼前。

"那就是汤山温泉旅馆，叫马场庄，这儿独此一家。原来就叫马场庄，很早以前就有了。改建成宾馆后，还是袭用原来的名称。"

这幢建筑围绕着溪谷，以山为背景，白色的外墙非常显眼，一共有四层楼面。建筑正面的额部，写有"信玄公隐汤马场庄宾馆"的名称。

山越君在正门前下车。

"司机，你也一起吃午饭吧！"

"哎，衷心感谢！"

中年司机低头行了一个礼，把车开到广场旁边停在那里。广场上停放着旅馆的班车和旅游车，没有其他车辆。由于是白天，旅馆周围十分安静。

进入大门前，山越君抬起头望了望这幢四层建筑，每间客房的玻璃窗内侧都拉上了窗帘。

走进大门，正面是礼品小卖部，没有营业员小姐。右边的休息室里也没有服务小姐，只有排得整整齐齐的椅子。放开喉咙招呼，也不见有人出来。司机大声连喊起来，礼品小卖部左边角落的墙面上有一小窗，一个上了年龄的妇女正从小窗向外张望。于是，山越君和司机脱掉鞋子走过去。

"你好……我们打算在这里吃午饭，行吗？"

小窗口的女人连"欢迎光临"的礼貌语也没有说。

"行，是日本式饭菜，每人三千日元。"

那爱理不理的表情，冷冰冰地答道。

"我们要两份，拜托了！"

离开小窗也不见有人引路，不知道怎么走才好。左边有走廊，走廊左侧是大餐厅。里面，涂有普通清漆的长木桌，在榻榻米上排成长长的两列。他俩一声不吭地找到自己认为满意的位置，因为没有人做向导。司机从角落里像山一样的坐垫堆里，取出两个坐垫排列在桌前。餐厅里的氛围犹如森林里的一角，阴森森的，鸦雀无声。山越君两手支撑在桌上托着腮帮，瞪大眼睛扫视正面舞台上蹩脚的"甲川猿桥"画，接着远望窗外的云层。不知道过了多少时间，还是不见有用餐的人。

山越君觉得无聊，来到走廊上，一侧的墙上挂有写着温泉疗效的宣传栏，上面还贴有分析汤山温泉成分和疗效的说明书。在疗效方面除治疗肠胃病和解除疲劳外，对神经衰弱的兴奋症状和歇斯底里症状有特别疗效。

刚才司机说，那些觉得自己大脑奇怪的人都来这里洗温泉治疗。那可能是歇斯底里的兴奋症状吧！可住宿在这里的客人，一个也没有见到。

宣传栏上的文字密密麻麻，说什么，"武田二十四将的其中一位将军叫马场信胜，在这一带打猎时发现这座温泉。从那天起，便称其为信玄公隐泉之一。当时的驿站店主是马场信胜的后裔，便给它起了马场庄的名字"。

果然是一个了不起的地方！山越君情不自禁地感叹。他扫视一下走廊另一侧的墙角，那里躺着一块好像是被扔掉的黑板。

上面有“欢迎栏”和“顾客栏”的字，是用白漆写的。那顾客栏里，是用白粉笔写的某个团体名称，但没有写明是什么时候光临。一般来说，接待完毕应该擦干净，却不知什么原因还清晰可见：

尊敬的长野县佐久郡农业协会客人

尊敬的寿永开发股份有限公司客人

光顾这座温泉的，有企业有团体。

山越君一边感慨一边扫视了整个餐厅，随即又望了那个司机一眼。此刻，司机正呆呆地坐在连茶水也没有的桌前。

正在这时候，靠走廊那里的门被推开了，一个宽前额、五十岁左右、身穿蓝衬衫和米黄色长裤的男子，朝山越君他们这边走来。刚才的那个小窗里的房间是办公室，这男子是从那里来的。

他瞪大眼睛上下打量这两个“不速之客”，整个身体没有正面朝着他们，很不友好地问道：“订菜了吗？”

听到山越君的回答后，脸上仍然没有一丝笑容。

“等一会儿服务员会送来的！”

他说完拖着一双凉鞋朝走廊那儿走去。山越君懵了，这家伙到底是马场信胜的后裔还是餐厅的领班？连低头行礼都没有，就噘着嘴离开了，也许他没有想到竟然有“两人团体”的客人光临。

从向服务员订菜到现在，三十分钟过去了，这当中没有其他客人来。按理说，厨房里的厨师应该是十分空闲的。

山越君等不及了，走到小窗前打算催促，可那拥挤狭窄的办公室里坐着两个五十岁左右的妇女，衣服外面套着罩衫，手拿听筒好像在接听预约之类的电话，是马拉松电话。山越君重新回到餐厅，猛地望了一眼大门口，他俩脱在那里的鞋子居然无人整理，原封不动地躺在那里。

山越君来到走廊上，打算调整烦躁的心态。走出餐厅来到走廊，墙上有一块"大澡堂"的指示牌。为了打发无聊，他决定去大澡堂参观一下。

大澡堂在地下室。他顺着弯弯曲曲的扶梯朝下走去，扶梯末端的拐弯处墙上有一块"大澡堂"标牌，其隔壁入口处的墙上也有一块标牌，是"家庭浴室"。

山越君推开大澡堂的门，却没有看到更衣室。于是，他放心地朝铺有地板的房间里走去。推开分隔墙那里的无框玻璃门，嘿！宽敞的游泳池几乎一眼望不到边，浴池里盛满了热水，正顺着两边往下淌着。但是，这么大的澡堂里只有一个大窗户，从窗往外望能看见大山背后。贴有瓷砖的墙上空空荡荡的，没有任何装饰挂件。按理说，应该用岩石堆砌一座假山，形成温泉从里往外哗哗流的感觉。遗憾的是，什么装饰也没有，与公共澡堂没有什么区别。

也许，在隔壁的家庭浴室里有什么特别的设施？山越君决定到那里去走走，领略一下那里的风光。想必，那里有人工制作的岩石温泉设施。男女一起的浴室，可能有浓厚的情人氛围？！

家庭浴室的门口宽度只有大澡堂的一半，这里面也许与大澡堂一样没有人吧？山越君从门缝向里面窥视，再竖起耳朵倾听，悄然无声。

山越君放下心来推开门，还是没有声音，只有潺潺的流水声传来。山越君竖起耳朵，声音来自地板房与浴池之间的无框玻璃门那儿。

有人！山越君差点叫出了声，他蓦地看见地板房间旁边的放衣篮里有男式浴衣，而另一个放衣篮里是一件华丽高贵的浴衣与和服衬裙。

似乎还有一样什么东西？那装有男式浴衣的篮上有一样黑乎乎的东西。山越君原以为是黑色的抹布，定睛一看，原来是男人的假发套。

山越君缩回脑袋打算离开这里，可总觉得开门出去会发出响声。此刻，简直是进退两难。就在这当儿，靠走廊的门轻轻地自动关上了，而隔墙那里的无框玻璃门上影映出女人模糊的裸体。

家庭浴室与隔壁大澡堂相同，也有一个大窗户，能一边洗澡一边欣赏山景。随着窗外光线的射入，无框玻璃上的影子更加明亮。那女性走到玻璃门前，肉体以及滋润的肤色尽管仍然朦朦胧胧，但比刚才更加清楚。

好像是从浴池里上来，正站着用毛巾擦身，还不时地扭动身体。只见女性的左手往上举起，右手伸到腋下擦着水珠，头发上围着一条毛巾。

正要推门离开的山越君，不由得驻足观望印在玻璃上的彩色裸体画。

女人向前弯曲着身体开始擦脚，臀部高高抬起，动作非常利索。由于隔着玻璃，女性身体的轮廓隐隐约约，而另一个人的轮廓几乎看不见，像是在热气腾腾的白色大雾里。凝神注视，玻璃上仿佛浮现出樱花颜色。

女人蹲下身体，传来水的声音，好像是在小桶里搓洗毛巾。

女人体态丰满，胸部小山包似的高高隆起。虽茫然一片，但从背上下滑到腰部继而越过臀部的曲线，给人一种女性人体的美感和美的享受。尤其是丰腴的臀部，曲线异常清晰。

女人站起来又擦起了身体，接着叉开一条腿轻轻地擦着下身。山越君看到这里，不由得咽了一口唾沫，感到喉咙口格外的干燥。

女人似乎非常细心，又蹲下在小桶里重新搓洗毛巾。看情景，她不会马上推开玻璃门到外面的地板房。这时候，传来从楼上朝地下室走来的脚步声，山越君担心起来。一旦被人发现，将被当作痴汉和傻瓜，拳打脚踢地轰出去。还好，朝地下室走来的脚步声消失了。

可他还是心惊肉跳的，神经异常紧张，赶紧转身来到走廊上，关上外面的浴室门。此刻，他又觉得依依不舍起来，故意在门与门框之间留出两公分的间隙。

这时候，玻璃门里传来男人的声音，接着，那女人好像也说了些什么。然而，两个人的声音被热气吞噬。山越君竖起耳朵，就是听不见他俩的说话内容。不过，男人的声音听上去不像年轻人。

山越君估计时间差不多了，轻轻地合上门缝。在关门之前，他又紧盯了一眼放衣篮里的东西。

他离开地下室，心扑通扑通地跳个不停。

从放衣篮里的衬裙颜色来看，好像是一个年轻女人。影映在玻璃上的轮廓虽模模糊糊，可清晰的体形深深地印入山越君的脑海里。

他想起放衣篮里的黑色假发套。既然使用假发套，那男子肯定是一头白发或者秃顶。总之，一定是上年岁的老人。老年人带年轻女人到温泉旅馆尽兴，虽说司空见惯，可山越君亲眼看见了这个极具魅力的女人胴体，相反，心里涌现出难以形容的嫉妒。他擦了一下被水蒸气弄得模糊的眼镜。

返回餐厅后发现饭菜早已端到桌上，司机正恭敬地等待山越君归来。

"是刚才送来的饭菜吗？"

山越君望了一下手表，让司机久等了，感到很抱歉。

有鲤鱼生鱼片、盐烤鱼、炒蔬菜、酱汤、小酱菜等。鲤鱼肉是五片，切得很薄。望见生鱼片红乎乎的颜色，不由得想起搁衣篮里的女人衬裙。

"好，回家吧！"

由于妒忌的心情还没有偃旗息鼓，饭一吃完便催促司机上路。

他走到小窗前递上一万日元，用的是江藤董事长请山越代自己到甲府走一趟的辛苦费，包括差旅费以及报酬，一共是二万日元。那个刚才接听预约电话身穿罩衫的女人，递给山越君四张一千日元的找头，说了一声"谢谢"便把脸扭向一边。办公桌旁边站着一个宽前额的男人，不知道是马场信胜的后裔还是领班，反正也不朝山越君他俩看一眼。太没有礼貌了！

穿上鞋子来到宾馆外面，山越君又仰起头朝上望，所有窗户依然拉着窗帘，连一丝飘动都没有，无法弄清刚从家庭浴室出来的那对男女究竟在哪个房间。

旅馆周围只有屈指可数的几户农家，其余的是把这里紧紧地围在一起的高山溪谷。虽人烟稀少，但气势不小。由于是盆地，酷似与外面隔绝的世外桃源。与年轻女子相约在这样的深山老林里，是绝对不会被察觉的！

不是信玄公的隐泉，而是男女调情的隐泉。山越君深有体会。

秘密公司

窗外，山峦起伏，绿色环抱。列车呼啸着爬出了甲府盆地，飞速地穿过世子隧道，奔驰在从大月往东的大山之间。左侧的山峰一个接着一个飞逝而去，被风驰电掣的列车甩在屁股后面。写有岩殿山的标牌，瞬间出现在眼前。

山越贞一把一只手支撑在窗台上托着腮帮，愣着两眼望着窗外那一幕幕瞬间即逝的画面。这次外出毫无收获！他感到失望。

东山梨郡那里的一百八十万坪山林，在甲府的登记台账上没有担保抵押的记录。山林主人的东洋商社完全可以规划开发，建造高尔夫球场以及其他娱乐设施。仅土地现在的时价就值五亿日元，将来还有可能上涨。杉树和桧树等树木的价值，还没有计算在内。

按照正常分析，在经营上举步维艰的东洋商社应该对上述宝地有所考虑。反之，从某地借高利贷是不可避免的，这还不包括来自开户银行的都市银行和地方银行的融资。按理说，实际债务远远超过推算的二十亿日元。

由于那些与东洋商社保持对等距离的都市银行与地方银行，深知该商社经营情况不佳，理应对该商社进行严格控制，会不断要求该公司提供经营情况报告。因为都市银行与地方银行担心，以往贷给东洋商社的款项付之东流。对于这些债权银行提出的要求，东洋商社必须不断地提供准确的报告。

从现象上看，那些债权银行似乎还没有捕捉到其他金融业者给东洋商社的贷款，真让人不可思议！

企业从别的地方秘密贷款，暂时缓解资金短缺的困难也不是什么称奇的事情。可没有相当的担保，是不可能借到巨款的。

像那种性质的借款，企业不可能记入正式账目，属于账外借贷。至于在财务方面如何处理此类账目，不得而知，也许可以作为利润计账；然而这属于架空利润，是违法的，可以追究渎职罪。

在一般情况下，那种性质的借款属于短期行为，在短时间内还清。其主要原因，当然是不堪忍受高昂的利息。

像这样的高利贷款，作为贷出的金融业者又如何处理账目呢？由于属于暗中交易的融资，不记在公开的账本上，专门有一本秘密账本，用暗号为每个债务公司命名，以这种形式进行黑市交易。

曾经，山越君读过一本书，撰写人是小有名气的高利贷金融业者。据他说，到他那里的借贷企业大都在零点与一点之间的半夜去借债。大都是债权银行紧急通知债务企业，当天上午九点前必须把规定数额的现金存入银行；如果是转账支票，则必须是可以马上兑换成现金的，否则，债权银行会立刻停止该企业与外面的一切交易。从而，导致该企业即刻破产。

倘若是迫不得已的贷款，虽说一万日元的纸币只不过是一万日元的价值，倘若能用来制止企业破产，这时候的一万日元就有可能产生五万日元乃至十万日元的价值。从其他地方借不到钱，那只有半夜敲门求助此类性质的金融业者。因此，该融资具有很高的价值。当然，这种贷款的利息也是可观的，与融资带给企业的价值基本相等。从借方来看，贷方是恩人。而法定利息，只能使用于平常的借贷场合。能够避免企业破产的贷款属于特定场合，其贷款利息当然高于法定利息。瞧这位从事高利贷的金融业者说得振振有词，为自己牟取暴利、坑害他人企业还涂脂抹粉，简直厚颜无耻！

放高利贷的歪理就在于此！山越君曾经佩服过这本书的撰稿人。

东洋商社为克服暂时困难，从街道金融业者的手里借入高利贷的猜想是不可行的。即便这样也只能是短期行为，但像东洋商社那样亏损严重的公司仅靠短期融资是不能摆脱每况愈下的处境的。

如果是秘密借入高利贷，开户银行是不可能发现的。但长期借用高利贷，企业逃脱不了破产的结局。

再说这种性质的借款无论怎么保密，在银行与市场之间终究要显现原形。从目前收集到的情报来看，东洋商社似乎没有介入秘密贷款的迹象。

那么，如果从银行以外的企业那里借款，其结果又是怎样呢？比起向街道金融业者借款，似乎更不可能。如果真有这种情况，必须是与东洋商社旗鼓相当的企业，或者是有业务往来的企业。可这种情况不太可能。不用说，没有业务往来或者是毫不相关的企业，不可能为东洋商社融资。

如果是这种贷款，融资企业作为贷款必须明记在账上，被融资企业也必须那样做。作为东洋商社，也必须将这样的贷款详细反映在账上。

奇怪的是，东洋商社在公开的财务报表上没有这种记载。作为铁一般的证据，东山梨郡大片山林没有抵押的记录。虽财务报表上有其他固定资产列入抵押行列，但唯独这大片山林没有列入。这种离谱的情况，是不能想象的。作为捉襟见肘的东洋商社，在资金方面不可能那样宽松。如果借贷需要抵押，如此高雅的休闲地肯定是首选对象。

山越君不停地摇晃着脑袋，像摊贩摇货郎鼓似的，实在是百思不得其解。他满怀希望赶到甲府，企图找到高柳总经理要高明手腕的证据，而结果是竹篮子打水一场空。失望给山越君带来了疲劳，倦意油然而生。

对面座位上是一对年轻男女，相互肩靠肩地酣睡着。女人袒露着半胸，无袖衬衫的下摆短得无法遮盖凹陷的肚脐眼。下身穿的是，大腿内侧依稀可见的超短裤。而手臂和脚脖子却黑不溜秋的。

山越君目不转睛地注视着眼前的浪漫女性，猛然间想起在汤山温泉家庭浴室里隔着玻璃见到的情景。那女性更富有魅力和性感，浑身不挂一丝。浴室里热气弥漫，一老一少男女两人嗡嗡的说话声，仿佛此刻在耳边作响。可充满快感的回忆仍然无法克制浓浓的睡意，脑袋不由自主地歪向一边，连眼镜掉到地上都没有察觉。

到达新宿车站的时候是下午七点多，初夏，昼长夜短，自然光线仍然很亮。

山越君上街吃晚饭，打算吃中国式饭菜以恢复体力。他在百货商店前找到一家大型的中国餐馆。

此刻正是吃晚饭时间，店内济济一堂。只有一个人的山越君，终于在店内的角落里找到了座位。座位，正好面对着上二楼的楼梯口。

楼上是宴会厅，楼梯口旁边的那块黑板写满了今晚预约宴席的客人名单，几乎都是团体名称：

关东电机股份有限公司

东京商事股份有限公司

武总电铁股份有限公司

角丸建设股份有限公司

中延铁工股份有限公司

平野商会

……

山越君茫然地望着，随即从口袋里掏出途中别人送给自己的广告宣传册仔细看了起来，以打发等待饭菜的时间。男女服务员们忙得不可开交，在餐桌之间跑来跑去。

山越君觉得空闲，从袋里摸出那本昭明相互银行的广告宣传册。不知看了多少遍的印刷字体又一一进入眼帘，这本简史几乎已经滚瓜烂熟。

一九五〇年（昭和二十五年）九月，昭和劝业、明治兴产和帝都兴业三个无尽股份有限公司合并，成立"昭明帝都无尽股份有限公司"，注册资金是二千三百万日元。当时，昭和劝业的总经理是下田忠雄，明治兴产的总经理是田中典久。帝都兴产的总经理是小山与志二。

下面是按照年份书写的企业业绩，山越贞一接着往下看以消磨时间。

一九六六年（昭和四十一年），开始设立"希望蓝图储备金"，同时与日本银行之间建立信用交易的业务关系……

正阅读到这里的时候，服务员送来他点的回锅肉、蒸肉圆和四宝汤。

他迅速拿起筷子狼吞虎咽地吃了起来。不知什么时候，肚子早已咕咕叫了。徒步走山路，体力几乎消失殆尽。他喝着汤，盘子里的菜也吃得只剩下一半了。蓦地，山越贞一不由得喊出了声。

"呜……"

像食物卡在喉咙的感觉，不！是忽然间想起什么脱口而出的声音。

他抬起头注视着黑板上预约宴席的单位，那上面写有"寿永开发股份有限公司"。在汤山温泉的马场庄宾馆的走廊的黑板上，也有类似的名称。

像开发性质的公司，大凡是开发土地。对于经营不动产的企业来说，多半起开发之类的名称。这类不动产企业的经营者，肯定看中了那块东山梨郡内牧町仙科到该郡五原村落合的那大片山林吧？山越君根据自己今天的实地考察，汤山温泉距离东山梨郡五原村落合几乎近在咫尺。既然寿永开发公司在马场庄举行宴会，该公司的职员以团体形式倾巢出动，从内牧町到五原村徒步参观东洋商社的山林后，回到马场庄庆祝。

如果只参观那片山林没有必要在马场庄住宿，虽还没有弄清寿永开发公司的办公地在何处，但如果在东京，当天可以从那里返回。寿永开发公司是否在东京，只需查一下电话簿就可以知道。倘若该公司所在地在东京，当天不返回而在温泉宾馆住宿，也许兼有慰劳该公司同去参观的员工之意。

如果真是这样，寿永开发公司已经着眼于制定开发这片山林的战略规划。可以说，寿永开发公司已经不止一次视察了现场。如果寿永开发公司除经营不动产业还兼产业开发，其产业开发不就是建高尔夫球场吗？

如果这种猜想正确，可以认定寿永开发公司已经与东洋商社进入买卖谈判的实质性阶段。多次的视察，也许已经多次在马场庄举行宴会了！

马场庄宴会，果真只是寿永开发公司为自己部下举行的吗？山越君不禁疑窦重生。设宴招待的对象，通常是当地政府的森林土木科的官员们。

要把山林改为建造高尔夫球场和宾馆的建设用地，必须向政府有关部门的森林土木科提出申请，经该科同意后再报经地方最高行政长官批准。也就是说，最初阶段的认定权掌握在森林土木科官员的手中。

山越贞一在吃饭过程中，脑子仍然不停地思考着。问题和猜想，一个接着一个地展现在他的脑海里。

次日中午十一点刚过，山越君走进坐落在新桥附近的一幢大厦。大厦四楼，是《经济论坛》月刊杂志社。

社长兼总编的清水四郎太还没有上班。自从患病出院以来，非常注意保护自己的身体。尽管那样，他仍不减当年对经济界的敏锐嗅觉，时常拄着拐杖踱着方步进行更深层次的思考。

编辑部主任肋坂君也还没有上班。于是，山越君到查阅资料室拜访管理资料的主任浅野老人。尽管查阅资料室的面积不是很大，但有关金融和企业方面的书籍和卷宗很多，都整齐地放在书架和整理架上。

"寿永开发股份有限公司，在我们归纳的企业花名册里没有。"

正因为是老人，浅野先生查阅起来更是仔细周到，结果还是没有。

山越君查阅了电话簿，找到寿永开发股份有限公司的办公地点，是在涉谷区惠比寿五号六十五室，一共有三个电话号码。

"一定是某大企业下面的分公司。"

山越君对浅野先生说。

"是啊，花名册是按顺序排列的。纵然有子公司，其名称也不会出现在这本花名册里。这是因为此类公司属于小不点公司吧！"

浅野先生答道。

"花名册里所登记的公司，注册资金最少的是多少？"

"不低于二百万日元。本花名册里没有的，恐怕都是一些小公司。"

浅野先生微笑着说。

山越君走出资料室，小不点儿的公司竟能买动一百八十万坪的山林！寿永开发公司以不动产为主要业务……山越君转过脸来陷入沉思。

他开始怀疑自己刚才的推理。

突然他心生一计，快步走入空荡荡的社长办公室朝电话机走去。取出在汤山温泉马场庄旅馆顺手牵羊的火柴盒，上面印有电话号码。他拿起电话听筒，拨通马场庄宾馆办公室的电话。"是马场庄宾馆吗？"

"是的。"

电话那头传来女人的声音，似乎有点嘶哑，好像是身穿工作罩衫坐在办公桌那里的其中一个。

"我是寿永开发公司。"

"啊啦！是寿永开发公司的客人，经常承蒙贵公司光临，衷心感谢！"

女人的说话态度与上次接待自己时判若两人，语气婉转，声音动听。

"你是澄子小姐吗？"

"真讨厌！我是富子哟，我们这儿没有叫澄子小姐的。"

"哦，是吗？原来是富子呀，你好啊！上次多谢你的关照。"

"彼此彼此，您就是每次来预订宴会的宫田干事吧？"

"是的，我是宫田。"

山越君干咳了一声。

"那次宴会把您忙里忙外地忙坏了！您这位干事实在太辛苦了！"

"那是应该的。我想顺便打听一下，我公司总经理的打火机好像忘在你们那里了？就是上次在你们那里举行宴会的那天。"

"上次宴会……应该是一个星期前，好像是七月十日的晚上吧？"

"是的。"

"好像没有掉什么东西呀？如果打火机掉在餐厅或者客房，整理和打扫的时候应该能发现的呀！那打火机有什么特征吗？"

"刻有总经理的姓名。"

"是总经理的姓名？那上面刻有立石？"

"是的，刻有立石。"

"可我们这里没有呀？"

"那……也许是忘在别的什么地方了！就这样吧，打搅你了。"

"欢迎再度光临！"

山越君这个电话收获很大，可谓一举两得。

寿永开发公司总经理姓"立石"，干事姓"宫田"，上次宴会是一星期前即七月十日举行的。

意想不到的收获，使山越君喜不自禁，神采飞扬。

山越君走出《经济论坛》杂志社大厦，坐上地铁。在涉谷车站，换乘开往下北泽的井豆线轻轨电车。山越君此行是登门拜访东洋商社董事长江藤达次，汇报去司法局甲府办事处查阅东山梨郡山林登记台账的情况。

登门拜访

"江藤先生，东山梨郡的山林果然没有作为贷款抵押。"

江藤达次坐在风尘仆仆归来的山越贞一面前，听完汇报后脸上露出喜忧参半的表情。对江藤达次来说，此消息既在意料之中又在意料之外。

由于现任总经理高柳秀夫为首的企业首脑阵营，对他实行全面封锁，使他成了一个"耳聋眼瞎"的木偶董事长。眼下，他不得不出钱，依靠企业外部人员对东洋商社在东山梨郡的不动产进行调查。

"这是从甲府办事处登记台账上复印下来的有关资料。"

山越君从口袋里小心翼翼地取出复印件递给江藤达次。

江藤先生戴上老花眼镜，聚精会神地浏览了一遍。

"果然不出我所料！那一百八十万坪山林安然无恙，连一坪都没有抵押，太好了！"

他终于长长地松了一口气。

"那台账上什么记录都没有，高柳总经理还是拼命保住了一百八十万坪的山林。高柳君也深知这大片山林凝聚了历代创业者付出的艰辛，不会随意处置。看来他多少还懂点做人的道理。"

江藤先生说着，眼睛还是紧盯着那张复印件。

"这上面记载了东洋商社三十年前就获得这片山林的所有权，还清楚地注明了当时的年月日。我记得非常清楚。当这片山林登记完毕，我也应邀参加了由历代总经理组成的参观团到现场视察。气势磅礴的山林啊！历代总经理个个心满意足，在附近的山泉旅馆设宴款待大家以示祝贺。离开那里返回东京的时候，从农家那里买回许多葡萄作为礼品分发给每个员工。回想起来，是那年的秋天。"

他用拳头擦了一下鼻子，似乎十分怀念那一天，心里久久不能平静。

"您说的那个温泉，就是汤山马场旅馆吧？"

"具体想不起来了。那片土地上只有孤零零的一座温泉，好像叫什么信玄隐泉！"

他所回忆的，果然与山越君看到的对上了号。

"高柳总经理尊重创业人精神，保全了东山梨的那片山林，是好样的。"

山越君奉承了一句，紧接着一转刚才的话锋。

"我冒昧地问一句，从贵公司的现状来看，没有把它列入抵押担保的名册里，那经营的困境一定是苦不堪言吧？"

"是啊，真是非常不容易啊！"

董事长对公司的实际情况表示担忧。

"从刚才董事长的话来看，高柳总经理把历代总经理创下的山林这笔财富视作掌上明珠，无疑是经过慎重考虑的。可表里不一致的情况在今天的社会也是屡见不鲜的，也许在最近一段时间里变成抵押物或准备出售？"

"把那片山林充当抵押或准备出售？"

江藤先生摘下老花眼镜。

"原田君，有这方面的消息吗？"

化名原田的山越君被江藤先生突如其来的提问弄得有点坐立不安了。

"没有这方面的消息。仅仅是我从东洋商社的经营状况隐隐约约地觉得有这种可能性。"

寿永开发公司于一星期前，在汤山温泉的马场庄设宴，想必是视察山林后慰劳各方面人士的。山越君没有把这种可能说给江藤先生听。但使山越君深信不疑的是，东洋商社的历代总经理也是在政府有关部门登记结束后视察山林的，也顺便在马场庄宾馆设宴款待以示庆贺，可谓异曲同工。江藤达次说他也曾参加到那个视察的行列，可见人的一般做法基本上相同。

"不，大概不会吧！这是因为高柳君迄今为止没有动那片山林的寸土片石。对于高柳君，我有许多不敢苟同的地方，可以说出一大堆牢骚意见。但在这个问题上，我是高度评价他的。"

"是吗？"

江藤先生对于高柳君满怀牢骚的情绪，只是因为高柳君架空他，让他成了像摆设一样的傀儡董事长。

山越君扫视一下院子，树上的枝叶茂密无间，杂草漫无边际地向四处伸展，虽野趣横生，但没有经过主人的精工细作，似乎主人也没有那样的情趣。傀儡董事长连交际费也没有，不用说，在痛苦中煎熬的东洋商社，肯定早已停发干部奖金。面对面坐着的江藤先生，心中的孤独和寂寞深深地感染了山越君。

"董事长，我想打听一件事。您听说过寿永开发公司这个名称吗？"

"寿永开发……"

江藤先生歪着脑袋思索。

"是啊，一点也……"

从他那漠然的表情中可以看出确实不知道。他看了山越君一眼。

"那个寿永开发公司做什么了？"

江藤先生一脸惊讶的表情。

"寿永开发公司是什么样的企业，我也一无所知。但顾名思义，好像是经营不动产的。东洋商社与那个寿永开发公司有过业务上的交往吗？"

"好像没有，不过，我什么也不知道。"

既然董事长说不知道，就无法断言。董事长早已远离实际业务的操纵，并且被完全架空了。董事长本人也十分了解自己目前的处境。

"那情况，我问一下公司里的人。"

他说向业务部门的人打听一下。

山越君感到内心恐慌，经过慎重考虑后，对江藤先生说道：

"我不知道您向哪一位打听，但如果问的内容万一传到高柳总经理的耳朵，也许会招来是非，有可能导致高柳总经理感到不快和困惑。再说被问的人倘若知道真情，即使董事长催问，恐怕也会避而不答的。"

江藤先生目不转睛地盯着山越君的眼睛。

"好像有什么重要情况？"

果然引起了他的注意。

"不，也不是那样。"

"我懂你说的意思。这样办吧！财务部会计科里有我的心腹，如果是公司之间的交际，因为是两个公司之间的交往，职员之间或者是招待，或者是被招待，那种费用当然由公司支出，那些个支出凭证应该由会计科保存。如果看到那些支付凭证，就可以明白接待费里有没有寿永开发公司。"

"这主意太妙了！"

山越君情不自禁地大声称赞，一条腿也不由自主地向前伸过去。

"你的心腹能否避开高柳派的监视，向董事长汇报这一调查结果？"

"现在还有我的心腹，他担任会计科整理股的主任。他的工作是整理支付完毕的传票，这正好与他有关。"

"太难得了！那位整理股主任为什么是董事长的心腹呢？"

"他受到高柳派系的排斥。如果论资排辈，加之他良好的业绩和年龄，现在理应是部长职位。可如今，他还停留在主任职位上。据说，高柳君身边的人非常讨厌他，所以他的心还是向着我的。"

"原来是这样，我明白了。"

"但他今天这样的处境，其责任也在于我。就像我那天在宾馆里对你说的那样，在我任总经理的时候有两个优秀高层管理干部，其中有一个就是兼任管理部长的那个，叫井川正治郎。我把高柳君视为我的接班人，让高柳君担任执行董事。于是，井川君提交了辞呈报告去了大阪。会计科整理股的人都是井川君的直系，所以这些人都被埋没了。选择高柳君担任接班人，是我一生中不可饶恕的大错。现在，真是后悔莫及呀！"

曾在咖啡馆里听到的忏悔和自责，今天江藤先生又重新说了一遍。

"我曾经在宾馆听您介绍过，有一个高层管理干部因为与高柳君之间的竞争失败而辞职独自去了大阪。可还是第一次听到您说起他的名字，是叫井川正治郎吗？"

"是的，叫井川正治郎。"

"年龄有多大？"

"正好比我小七岁，今年应该是五十七岁。"

"井川君去大阪后是如何生活的？"

"听说在大阪自办公司，由于进展不顺利而关门了，那以后的情况就不清楚了。加之杳无音信，也没有他的传闻，以后就完全不知道了。"

"对不起，我又不知不觉地问起了题外的事情。那么，董事长拜托您了，请抓紧了解刚才您所说的那些个支付凭证。"

"今天晚上我打电话到那个主任家，明天下午应该有回音吧！"

"那好，我明天下午五点钟打电话给您。"

山越君说了"衷心感谢"后，向董事长深深鞠了一躬。

江藤先生送他到大门口。

"董事长，上次我也说了，您院子里充满了田园风情。"

山越君不由得又说起了恭维的客套话。

"实在是没有兴趣管它……我听说现在有一种奇怪现象，市面上出现了许多野菜餐馆。"

董事长问得非常突然。

"是的，突如其来地出现了野菜热，那些野菜餐馆的生意十分火爆哟！"

"是吗？是吗？"

董事长连连说道。

江藤先生为什么问那样的情况，对当时的山越君来说无法理解。

翌日，山越君从电话簿里找到电话号码，在公用电话亭里揿着电话机上的键盘。

"这里是寿永开发公司。"

不是小姐的声音，是一个粗嗓门的男人声音。

"我想打听一下，贵公司经营不动产买卖业务吗？"

"您是哪一位？"

"我住在世田谷的梅丘，叫内藤，我打算处置自己的私有土地，如果贵公司经营这方面的业务，我想委托你们。"

"我公司也经营不动产业务，现在，我把您的电话转给不动产部的具体经办人，请稍等片刻。"

就这个信息足够了！山越君挂断电话。好不容易等到五点钟，山越君迫不及待地把电话打到江藤达次的家里。

传来了江藤先生的声音。

"哦，董事长，呀……"

山越君差点说出自己的真名，慌慌张张地赶紧把要说的话卡在喉咙。

"我是原田，昨天打搅您好长时间，对不起啊。"

"哦哦，原田君。"

"是！"

"你昨天拜托的事情已经有眉目了。"

"哎，已经有眉目了，太谢谢了！"

"果然与你观察的一模一样，寿永开发公司与我们有过交往。"

"董事长！"

山越君异常激动起来。

"那好，我现在就登门拜访，再请您详细介绍。"

他恨不得立即飞到江藤先生的家里。

"别来，是这样的，马上有客人要来，今天晚上就对不起你了。"

"哈，啊……"

"我就在电话里向你说一下结果，因为内容很简单。"

"给您添麻烦了！"

山越君拿出笔记本和铅笔。

"请说！"

说完，把耳朵靠紧受话器。

"是会计科整理股主任的报告，说寿永开发公司与我商社在三年前就有交往。三年来，我公司用于接待该公司的招待费用平均每年四百万日元；去年花了七百万日元；今年就是现在，平均一个月是一百万日元。"

山越君记录下来。

"招待的项目是比赛高尔夫球，用餐的地点是饭店和夜总会。"

"接待费一年比一年多，简直是大幅度增长哟！"

"虽也有物价上涨的因素，但即使那样，增长幅度也是望尘莫及的。"

"那么，寿永开发公司也同样招待东洋商社吧？"

"从支付凭证分析，无法弄清楚，因为无法看到寿永开发公司的支付凭证。"

"是啊，在招待费的支付凭证上有寿永开发公司出席者的名单吗？"

"是立石总经理等一些人的姓名。"

果然叫立石！山越君的心就像一块大石头落地似的，终于有着落了。

"还有其他人的名字吗？"

"都是立石总经理的名字。"

"噢！"

"即使立石总经理没有出席，支付凭证仍然是他的名字。在这一点上有一些含糊不清……原田先生，这是我的推测！好像光是我公司一方招待，但对方不太有回请招待。"

"啊，那又是怎么回事呢？"

"我也不知道。打听一下那些我公司招待他们的人就可以知道，但那些出席的人对高柳君是唯命是从，我不可能去问他们。"

董事长显得孤立无援地说。

"填写发票报销的人是哪一位？"

"是营业部总务科长，多半是科长根据高柳总经理命令填写的吧？我想科长是不会知道的。不用说，批准报销的印章是高柳总经理盖的。也就是说，高柳君可以随心所欲地使用公司交际费。"

"不知道，我……"

"寿永开发公司是经营不动产业务的。董事长，这消息千真万确。"

"……"

"不动产与东洋商社之间，大概有某种不同寻常的交易吧？"

"不知道。"

"最后，请再允许我问一下，那些支付凭证上一定写有招待地点的名称吗？例如：什么夜总会，什么饭店。"

"有银座的夜总会，叫塔玛莫夜总会。根据支付凭证，他们经常使用那家夜总会。"

山越君在记事本上，端正地写上"塔玛莫夜总会"六个字。

闯夜总会

　　山越贞一在电话簿上找到了"塔玛莫夜总会"的所在地。原来该夜总会与牡安夜总会是楼上楼下，都在多多努夜总会沙龙大厦里。

　　这幢大厦里挤满了饮食店、舞厅、酒店和夜总会，仅夜总会就有三十多家。虽两个夜总会在同一幢大厦里不足为奇，但山越君觉得不可思议。

　　山越君还没有等到晚上九点钟的时候，已经来到多多努夜总会沙龙大厦门前。他抬头仰望大厦外墙朝上延伸的灯箱招牌群，上面确实有塔玛莫夜总会的灯箱招牌。该夜总会在七楼，牡安夜总会在四楼。

　　晚上九点的时候，人行道上挤满了三五成群的男男女女，边走边寻找夜总会以及酒店。那些女人，多半是办公室的白领小姐。快车道上，黑色轿车来来往往。银座的霓虹灯光开始闪烁，象征着夜总会营业开始。

　　突然，山越君的肩膀被人在背后轻轻拍了一下，急忙转过脸一看，是乔君。他把手指放在帽檐上，两只穿长靴的脚"啪"地一个立正姿势，眼睛眯成一条线，嘴角挂着微笑。

　　"呵，是你啊！"

　　"原田先生，晚上好！那一天我太失礼了。"

　　乔君自始至终是彬彬有礼。由于入夏，身穿黑色运动衬衫和黑色裤子，代替了过去的茶色制服。但茶色大檐帽和茶色靴子，仍和以前一样。这是他的工作服，也是担任大门迎接员的标记。

礼貌迎客，是服务行业的特有礼仪。可他过去长期担任大人物的贴身驾驶员，那时候养成的良好习惯至今没有忘记。记得那天在自由丘咖啡馆喝咖啡的时候，他亲口告诉山越君自己的真名叫田中让二。

"原田先生，是去牡安夜总会吗？"

乔君略弯腰问道。

"牡安夜总会的妈妈桑已经出院了吗？"

"还没有。"

"状况不好吧？"

"我一点也不知道。"

在嘈杂的环境里，没有办法谈话。

"喂，你能不能抽出二十分钟时间跟我去喝咖啡？"

"能，我上班的时间还早呢！"

负责引导车辆的乔君，正式上班时间应该是十点过后。

他俩走进距离大厦有四五个门面的一家蛋糕店内的咖啡座，七八个客人正喝着咖啡，还有一位年轻小姐。咖啡座静悄悄的，相反比咖啡馆要好，不引人注目，他俩选择角落的座位坐下。

"由于妈妈桑一直病假……"

乔君说了起来。

"牡安夜总会的客人比妈妈桑在的时候少多了。哎，像半营业半休息状态。"

虽然，客人们并非为了妈妈桑而到牡安夜总会喝酒，但是，夜总会毕竟是以妈妈桑为中心。妈妈桑长期病假，夜总会热闹的气氛也减弱许多，客人们觉得没趣。对这种气氛，客人们尤其敏感，也容易见异思迁。

"妈妈桑还住在柿树坂那儿的医院吗？"

"不，已经出院了。那以后，也不知她到哪里去了。"

乔君喝了一口咖啡，低声地说。

山口和子自"自杀未遂"发生后快两个月了。从山越君到医院去的那一天算起，也已经有一个半月了。

"牡安夜总会的员工们，是怎么说的呢？"

"听说都在向经理打听，妈妈桑到哪里去疗养了？"

"经理？"

"是横内经理。"

这名字是第一次听到，但他那副长相，山越君早已记住了。三十出头，憔悴的脸，那对塌陷的眼睛十分犀利。牡安夜总会原来的经理辞了职，横内升任为经理。

"是叫作横内吧？"

"是横内三郎君。大伙都叫他'三郎'。"

"打听了，他没有说自杀未遂，而是说过多服用了安眠药。打那以后妈妈桑总感到精神疲劳，需要暂时疗养一段时间。如果问妈妈桑在哪里疗养，有可能遭到反感。就我现在的地位，是不能问的。"

作为与牡安夜总会签订导车劳务合同的乔君来说，仍然事事注意，处处小心……

"妈妈桑的这个……"

山越君悄悄地竖起大拇指。

"也没有看见高柳君来过吗？"

虽然，山越君十分怀疑高柳不是山口和子背后那个经济后台，但是，打算还是先问一下。

"没有看见他来过。"

"原来是那样啊！"

如果是那样，恐怕高柳君也在山口和子的疗养所里假惺惺地护理她。

"衷心感谢。"

打算问话就此结束，山越君把账单拿在手上。

"妈妈桑不在夜总会，原田先生也到那里去喝酒吗？"

"不，我是去看看七楼的塔玛莫夜总会。"

乔君的眼眸闪闪发亮。

"塔玛莫夜总会也是我的服务对象。"

"真的？"

刚想站起来的山越君又一屁股坐下。

乔君与好几家夜总会签订了导车劳务合同。不用说，光一家夜总会的收入是无法维持生活的。他的其他几个服务对象与牡安夜总会一样，都在多多努夜总会沙龙大厦里。

"这么看来，你非常了解塔玛莫夜总会客人的情况？"

真是意外的发现。问一下乔君，不去塔玛莫夜总会也可以基本弄清楚那里的情况。初次到陌生夜总会去，事实上也不是一件轻松事情。并且，与那家夜总会的服务小姐也不熟悉，向她们打听是不能达到预期效果的。

"不能说非常了解。"

对于山越君喜出望外的表情，乔君的态度一下子显得保守起来。

"塔玛莫夜总会里，使用公司交际费的客人很多吧？"

"是啊，看上去比较多。最近一个时期，不动产公司、医院，以及律师事务所的客人占了大半。说到这些我也不明白，据说这些客人都在做投机生意。"

不动产公司？也许就是寿永开发公司。

"有一家叫'寿永开发'的公司也经常光顾塔玛莫夜总会吧？"

"寿永开发公司？"

乔君摇晃着脑袋。

站在大门口接待客人的乔君，也许不知道公司名称。作为夜总会和酒店服务员，当然可能记住客人的公司名称。作为乔君，记住的恐怕都是客人的姓名吧！

夜总会服务小姐递给乔君的，是写有客人车牌号码的纸片。然后，乔君像猴子似的，手拿纸片在车与车之间跑来奔去。找到那辆车后，便把它引导到门前。这种时候不只是车号，客人姓名也能从服务小姐嘴里听到。

山越君改变话题。

"光顾塔玛莫夜总会的客人中间，听说过有一个叫立石的客人吗？"

立石，是山越君冒名打电话到马场庄时从接电话女人嘴里听到的，他是寿永开发公司的总经理。

乔君"哦"的一声，斜着脑袋。

"那么，叫宫田的呢？"

这也是那次电话里了解到的。宫田是在马场庄宾馆为寿永开发公司操办宴会的那个干事。

"……"

乔君仍然歪着脑袋。

山越君目不转睛地盯着乔君。虽说乔君斜着脑袋，但眼神里微微流露出有些动摇的目光。

"乔君！"

山越君稍稍加强了语气。

"就你和我的关系，隐瞒真情不说，是小人！请实事求是地告诉我。"

乔君突然仰起脸看着天花板。

"哈，哈哈。"

他笑了。

山越君顿时目瞪口呆。

"对不起，我失礼了。"

乔君收敛笑容，低头表示歉意。

"原田先生，无论您与我关系如何，那情况我不能说，请原谅。"

"……"

"像干我这一行的，守口如瓶是自身需要，也是行业规矩。所以，我受到与我签订劳务合同的妈妈桑们的信赖……无论哪家夜总会，客人姓名对外都是保密的。那是因为客人都不喜欢说出自己的姓名，我们要尊重客人要求。如果把他们的名字统统说了，我就成了一个没有信誉不受欢迎的人，我的劳务合同也会顷刻间被夜总会解除。接下来，再找工作就很难。

"原田先生，请您自己观察吧！干我这行的，第一是小心谨慎，第二也是小心谨慎。"

被乔君这么一说，山越君一声不吭。

"对不起，请明白我的苦衷，也请原谅我说了过火的话。"

乔君又朝化名原田的山越君低头鞠了一躬。

虽然不明白乔君是否知道立石和宫田，但凭山越君的直觉，乔君好像是知道的。

山越君坐电梯上七楼。走廊西侧门挨着门，都是夜总会。塔玛莫夜总会在走廊尽头，招牌上的"塔玛莫"几个字写得文雅别致，旁边还有一块标牌，是"会员制夜总会"。

推开榉木制作的门，门口与普通夜总会没有什么两样。可一走进店堂，感觉截然不同。首先进入眼帘的是，正面墙上绚丽多彩的装饰挂件——衣裳。小小的袖管，比一般衣服要小很多，但十分典雅，妙趣横生。在灯光照射下，袖管富有立体感。挂件前面是红色围栏，站着三四个身穿和服的服务小姐。那些经过化妆的脸，正朝着店门望着山越君走进夜总会。

正宗的日本风格夜总会！山越君还没有来得及欣赏完毕，一个系领结身穿黑色制服的男子已经出现在他的面前。他那身服装，与其他夜总会没有什么区别。

"欢迎光临！您是哪家公司的？"

那家伙搓着手，一张猴腮般的脸，那对眼珠滴溜溜地转着，十分敏锐。山越君想起门上那块"会员制夜总会"的牌子。

"我是原田商事公司的。"

"是第一次光临吗？"

"是的。"

"真不好意思对您说，本店是会员制，除会员与会员介绍的客人以外，其他不对外接待。"

这家伙仍然搓着手，婉言谢绝。

这家伙的身后，客人们在座位上说说笑笑，整个店堂人声鼎沸。

"我公司与寿永开发公司有业务往来。"

经理模样的家伙，眼珠滴溜溜地在这个初次光临的客人身上转来转去。

"哦，是原田商事公司的客人？"

他嘟嚷着，好像在自言自语。

"是这样的，我是公司总经理。"

山越君说完，可眼光尖锐的经理仍然挡在他前面。也许这么说还不行！山越君思忖了一下又说：

"寿永开发公司的总经理与我有业务往来，而且关系非常密切。"

"哦，与立石总经理？原来如此。实在对不起！请光临！"

经理脸上那紧绷着的弦终于松弛了，向山越君行礼后让开一条路，指使服务生引路。

山越君在服务生指定的位置上坐下。椅子上的皮革非常柔软，光营业面积大概不少于一百平方米，比其他夜总会大得多。不过，与牡安夜总会的营业面积差不多。

在服务小姐没有来之前，山越君仔细打量整个店堂的装饰。正面墙上的衣裳装饰挂件，精美别致。两只漂亮的小袖子，宛如艺妓们翩翩起舞时飘逸的模样。红色绸缎，金色刺绣，在灯光下让人感到眼花缭乱。店堂中央的部分灯光照射着那件衣裳，光耀夺目。在贴有瑞云图案墙纸的正墙前面是摆古架，上面放着一把张开的舞扇，下面还放着三四块神态各异的风景石，可谓巧夺天工！摆古架前面是红色栏杆围成的半圆形，四周墙上挂有许多纸罩蜡烛灯。

山越君背后的墙上也有纸罩蜡烛灯，暗淡的蜡烛灯光映照在彩色纸罩上。纸罩上，是一排流利的楷书——"抓住金玉般衣裳的下摆"。

山越君身处浓重的日本风味的店堂，目光显得有点呆滞。过了一会儿，他似乎缓过神来，视线也开始习惯了，逐个浏览每个客人的脸。

三十多个服务小姐几乎都穿着和服，她们中间夹杂着二十七八个身着西装的客人，年龄大约四五十岁，但外表看上去都比实际年龄要年轻。山越君想起乔君的介绍，最近，不动产公司、医院和律师事务所的客人是塔玛莫夜总会的主要客源。如果是企业高层干部，年龄还要偏大一些。

两个服务小姐一边摆动和服下摆，一边走到山越君跟前。服务生记录下山越君点的下酒菜，山越君点了服务小姐爱喝的白兰地。

"妈妈桑是谁？"

山越君问服务小姐。其中一位服务小姐用手朝对面桌子指了一下。

背对着山越君、脸朝着那里的客人，身着最引人注目的和服，一

211

看就知道她是妈妈桑！和服颜色白而闪光，腰带用芭蕉布制作，隆起的圆盘上印有水墨线条竹子画，有一半头发高高凸起，从颈脖滑向背脊的那条曲线十分流畅，光溜。

刚和服务小姐还没有说上几句话，妈妈桑已经离开原先座位，一阵风似的走到山越君桌边。瓜子脸，水汪汪的大眼睛，鼻梁挺拔，只是嘴唇稍厚一点，上下两片嘴唇紧闭着。她含情脉脉地注视着山越君的眼睛。

"欢迎光临！"

即使弯腰行礼的时候，全身的曲线也非常光溜。微笑的时候，雪白略带光泽的牙齿从张开的嘴唇之间裸露出来。也许是光线暗的缘故，眉毛周围显得比较暗，露出一股咄咄逼人的气势。

坐在对面座席上的不知是医生还是律师，被身穿和服的服务小姐们围成一团，嘻嘻哈哈地大笑，犹如翻滚的热浪。

急中生智

"你是妈妈桑吗？"

山越君转过脸来，朝坐在身边、身穿银光闪闪高级和服的女人问道。

"是的，请多多关照。"

女人笑容可掬，彬彬有礼，慢慢挪动着美丽的下巴。

"我是原田商事公司的原田，初次拜访贵夜总会，请多多关照。"

"彼此彼此。"

妈妈桑低下头，从腰带里取出名片递给山越君。和服下那雪白闪烁的下摆一直拖到地面，年龄大约三十出头。从她那柔软的怀里，不断飘出浓浓的香水味。

"请多关照！"

名片的上方印有一排活字体，是塔玛莫夜总会。名片的中央印有几个凸版草书体，是增田富子。

"谢谢……真不凑巧，我的名片刚好用完了。"

山越君用手指在太阳穴轻轻捣了一下，装着尴尬的模样，眼睛仔细地注视着名片上的内容。

"请下次光临时赐我一张您的名片。"

妈妈桑增田富子闪动着水汪汪的大眼睛，含笑望着山越君说。

"下次我一定带来。贵夜总会纯日本风格，从室内装饰到装饰摆件，从妈妈桑到服务小姐的和服来看，也都是纯日本风味。令人心旷神怡！"

"谢谢您的夸奖。我原打算让装饰的格调与其他夜总会有所不同，没想到却成了现在这个模样。"

"太好了！我感到不像夜总会。"

"哦！"

"好像身处庙会观赏。"

"您真是内行啊！不过，太过奖了！您可真会说让人开心的话啊。"

"哎，我可不是那样的意思哟！首先，我对妈妈桑身穿的和服很感兴趣，用料是雪白闪光的上等绸缎，腰带是芭蕉色彩的上等绸缎。凉爽中不失沉着稳重，端庄中又不失女人味，真是融为一体又相得益彰啊！"

山越君的话吸引了边上坐着的三个服务小姐。她们的视线都不约而同地投向妈妈桑的和服与腰带，脸上露出羡慕的神情。其实，整个夜总会的服务小姐们的穿戴也都鲜艳夺目。罗纱装饰的下摆和小飘带，犹如艺妓们在翩翩起舞。但论质地和花纹，与妈妈桑雪白闪光的绸缎难以相提并论。

"谢谢您的夸奖。"

增田富子略略低头，表示谢谢。

山越君又欣赏起妈妈桑的和服来，雪白闪光的绸缎上那编织的花卉花纹，虽不十分显眼，但华丽气派。他用手指轻轻托起袖子末端，眼睛也凑了上去。不用说，那也是雪白闪光绸缎料做的。面料是上等的绸缎，估计售价不会低于五十万日元。山越君在心里盘算着。腰带也是高档面料，还有日本画家的水墨竹子画真迹。山越君推测，腰带售价大约在三十万日元以上。这种高贵的和服，不是用于路上行走，而是用于每天晚上的上班。因此，山越君觉得这女人的穿戴非常讲究。

"呵，这位客人太有趣了。"

服务小姐们见山越君用手指抚摩和服与腰带，嘻嘻地笑了起来。

增田富子觉得尴尬，身体往后退了一下，可脸上仍然堆满了文雅的笑容。不过，皱着的眉宇间露出淡淡的愠色。妈妈桑就坐在眼前，可能比山越君原先估算的年龄大一两岁。

"失礼了！"

山越君终于恢复原来模样。

"光线太暗，不这样看就没有办法欣赏。"

说完，他伸出手握着杯子。

"您公司是经营纤维的吧？"

富子认真地问道。

"不，与纤维没关系。"

"可您好像对服装怀有浓厚兴趣啊！"

"这是我的业余兴趣。小时候曾立志长大做一名画家，学过画画。"

"当画家？"

"是的，可希望落空了！不过，我如今还是对色彩兴趣颇浓。妈妈桑为自己搭配色彩很有眼力，颜色搭配也非常得体。这是我的心里话，绝不是恭维。如果许可，我想再好好欣赏一下妈妈桑身上的漂亮和服。"

"那可不行呀！"

富子小姐用手遮着嘴笑了。那表情妩媚动人，毫无做作，就连弯腰致谢时表情也十分自然。

"啊，您太狡猾了！说那样的话，是想到妈妈桑的家里去吧？"

服务小姐说。

"那可高攀不上。"

山越君抓了抓自己的脑袋，服务小姐们哈哈笑了。

"妈妈桑的家在哪里啊？"

他朝一个正面对着自己坐的服务小姐问道。

"不知道。"

另一个服务小姐说：

"您想知道妈妈桑的住所，那就请多多光临我们的夜总会。"

"好，我今后一定常来。"

"总经理，您是怎么知道塔玛莫夜总会的？"

富子小姐询问山越君。

"是与我公司有业务往来的单位介绍的。"

"噢，您刚才说，贵公司与寿永开发公司有业务上的往来。"

"是的，通过与该公司的业务往来，与该公司的有关职员建立了友谊。听说立石总经理也有意与我公司交往，这话是宫田先生说的。真难得！"

山越君一口气说出立石和宫田的名字。说到与立石关系密切，可立石常来这里喝酒，难以自圆其说。如果提到宫田职员，自己就可蒙混过关。

"立石总经理也很照顾我们夜总会，宫田先生也常来我们夜总会。"

富子点点头说。

"总经理经常独自一人来银座吗？"

富子问道。

我又不是什么总经理，我叫山越贞一。可是……山越君突然想起鱼目混珠的成语，觉得有点莫名其妙。但……他拿起酒杯靠在嘴上，笑嘻嘻地说：

"是的，有时候是这样的。可这一次来，塔玛莫夜总会大开了我的眼界，下次一定多带些年轻人来！"

"拜托您了！"

"今晚上只有我一个人来，十分抱歉。"

"哪里哪里。"

"都再来一杯，我请客，请你们痛痛快快地喝。"

"衷心感谢。"

服务小姐们说着，不约而同地向山越君鞠了一躬。

"夜总会是什么时候开张的？"

"还不到一年，到九月十日是开张一周年的纪念日。届时请您一定要光临哟！所有的饮料和下酒菜一律大减价供应。"

"太高兴了，我一定来……在开张前，也是像这样崭新的吗？"

"是把前面那家夜总会连同设备一起买下的。为彻底改变原来的格调和氛围，进行了全面装修，设计大胆创新，就改成了现在的和式风格。"

"好极了！这也是妈妈桑喜欢的格调吧？"

"哦，是的。"

"太美了！"

"是吗？"

"不光是夜总会，妈妈桑也这么美丽。"

"没有那回事！我这个人穿西服很死板，不合适。所以，一年四季穿和服，就像您看到的这样。"

"妈妈桑挑选和服很有眼光。再说妈妈桑身材又好，穿着的样子就更美了，就像为你定做似的。"

"啊呀呀，您这么夸奖，叫我怎么是好。"

"妈妈桑，这位先生又来劲了。"

山越君说得天花乱坠，给了妈妈桑最高的赞赏。但是，那并不是完全的奉承。身材修长，体态丰满，健美的增田富子，论年龄，正是女人最具魅力的全盛时期。经过和服的包装，加之腰带缚束，又勾勒出富有弹性的臀部，给人以性感和美感。刚才，山越君把眼睛凑近袖子的时候，由于妈妈桑的膝盖隆起，无意中亮出和服里面的衬裙，香水味从那里缓缓飘出，伴随着三十岁女人的特有味儿，足以刺激男人的感官和想入非非的欲望。

晚上经过化妆的女人，在昏暗灯光下像脱了一层表皮似的，雪白稚嫩，膝盖和腿上的皮肤无疑更白。刚才在欣赏袖子的瞬间，山越君不经意地朝上望了一眼，看到了微微张开的前襟袒露出的胸脯。山越君赶紧抬起头望着妈妈桑的侧面，美丽的曲线沿着胸脯延伸到颈脖继而通向漂亮的下巴，随后又经过嘴唇来到隆起的鼻梁。整个线条抑扬顿挫，错落有致，完全具备了美女的特点。

"对不起，我稍稍走开一下。"

增田富子觉得难以对付眼前异样眼神的男人，便起身打招呼返回对面那个来这里之前的位置上。她的背影和她的一招一式以及走路姿势，仿佛在让人欣赏一幅美丽的动感画面。

目送着富子小姐离去的山越君，把视线移向看上去比较老练的服务小姐的脸上。

"妈妈桑被这个世界培育得如此温文尔雅，她是从哪里来东京的？"

"不知道。"

服务小姐们抿着嘴笑。

"什么，不知道？"

"您想要知道这情况，今后可要热情点，多多光临。那样的话，我想妈妈桑会告诉您的。"

"你们不可以说吗？"

"妈妈桑不说，我们是不会说的。"

"太保密了！"

"没那么严重。不过，在您的心里留下那么点愉快不好吗？"

话还没有说完，大门被推开了。走进来的五个客人仪表端庄，心明眼亮的经理赶紧迎上前去。正要引他们到座位上的时候，增田富子已经从对面座位上站起来，敏捷地走上前向打头阵的客人鞠躬。

"原来是立石总经理。"

服务小姐轻轻地这么一说，山越君可吓得不轻。

五个新来客人坐在对面角落的座位上，正好是那"装饰衣裳"的袖子右端，风景石的旁边。由于漂亮的袖子挡住了光线，角落座位那里显得昏昏沉沉的。妈妈桑与经理熟练地把他们五个领到那里，原来，那些光线极其微弱的地方便是常客们的保留席位。

山越君的心急剧地跳动起来，尽量扭过脸去，不让对方看到自己。眼下，必须尽快撤退！山越君没有想到会在这时候碰上寿永开发公司的立石总经理，尽管自己也知道立石经常光顾这里。增田富子不是也那样说吗？碰上是理所当然的，只是这个时间碰上太偶然了。

山越君虽觉得尴尬，但他想利用这偶然机会上前打招呼。因为他已经看到了寿永开发公司立石总经理的那张脸，打招呼时不会张冠李戴。

可还没有等他上前寒暄，旁边的服务小姐对他说：

"总经理先生，宫田先生在那里，太好了！"

那角落的桌子，由于那五个客人刚刚坐上椅子，还没有完全定下心来，可服务小姐们已经不约而同地一齐拥向那儿。妈妈桑此刻没有陪他们坐，而是在指挥服务小姐和服务生。五个客人相互间轻轻地说着什么。

坐在旁边的服务小姐告诉山越君，宫田在那里。那是因为山越君说过，他因业务往来与宫田关系密切的缘故。

"他，坐哪里？"

服务小姐仍斜着身体，瞪大眼睛望着那里。

"瞧，正在递毛巾给总经理的那个！"

那里确实有一个个头不高的男人，正在递毛巾给总经理模样的人。宽肩膀，三十五六岁，戴着一副无框眼镜。

递毛巾，交给服务小姐不就得了！可他偏偏接过毛巾亲手献给总经理，无疑是总经理的心腹。难怪被任命为干事操办汤山温泉马场庄的宴会。

可像这样的忠实信徒却是用一只手将毛巾递给总经理。

这种举止与忠实简直不相吻合。为什么不用双手捧给总经理呢？也许他与立石总经理之间已经是十分熟悉的缘故吧？！

堂堂的立石总经理，是位戴着一副黑色宽边眼镜、脸色微红、略显肥胖的男人。两个不宽的肩膀向上弓着。他摘下眼镜放在桌上，用毛巾擦着脸。头发又黑又多，大约有四十七八岁。听完增田富子的恭维话，张大嘴巴笑了起来。那里几乎没有光线，他张开嘴巴笑的时候露出洁白而有光泽的牙齿，看上去很结实。他那张脸只要看一遍，就很难忘记。

就眼前看到的一切，应该满足了，再待下去肯定会招致麻烦和危险。此刻，妈妈桑增田富子坐在立石和宫田的边上，即使不说起"寿永开发公司与原田公司有业务往来"，或者"原田商事公司总经理也在这里"，也足以把山越君的那颗心悬到空中。

原田商事公司？果真有业务往来？倘若妈妈桑说我与宫田关系非常亲密。宫田这家伙，一定会走过来拜见我。

如果宫田真走过来，那可就遭殃了！山越君朝那里望了一眼。值得庆幸的是事情还没有发展到那个阶段，那里仍然是嬉笑声一片。

"您要回去？不跟立石先生、宫田先生打个招呼就走？那不太好吧？"

服务小姐抬起头望着山越君，感到十分意外。

"不了，我突然想到一件重要事情，需要马上去办。再说他们刚到，现在又正是开心的时候，我最好别夹在他们中间扫他们的兴。别出声哟！也别对妈妈桑说什么哟！你也别送我了！"

山越君接过账单，拿起预备好的钱，背对着角落里的五个客人急匆匆地快步走到账台。

经理迎上前来，山越君说：

"今晚是初次光临，就用现金结账。"

山越君觉察到增田富子的眼睛正望着自己，同时那五个客人的视线也朝着自己的背脊扫来。

此刻，山越君的心情糟糕透了，就像踩在老虎尾巴上走路似的。随着"啪嗒"关门声，一切视线被阻隔了。

乘上电梯下到底层的时候，他长长地吐了一口气。

和服女人

　　大厦底层宽敞的大厅，等于是各夜总会的大厅。高高的天花板上，悬挂着垂有一串串水晶球的大型吊灯，光芒四射，映照在大理石墙面上和地面上，此外都是一般装饰。大厅很深，有两台电梯。电梯旁边的墙上挂有许多标有店名的招牌，周围空荡，冷清，与楼层上的繁华景象很不相称。

　　山越君离开七楼的塔玛莫夜总会，坐电梯下到大厅后夺门而出。他暗自思忖，他们也许会追赶自己？电梯周围，有二三十个客人在等电梯。

　　随着电梯门打开，拥出七个人来，原来是四个服务小姐送三个客人下来，嘻嘻哈哈，搂搂抱抱。后面跟着牡安夜总会的经理横内三郎，他那锐利的视线正巧与山越君的视线碰撞在一起。

　　山越君刚要打招呼，这位系领结的横内三郎经理已经把脸扭过去，装作没看见似的，朝大门走去，可山越君拦住了他的去路。

　　"啊呀，晚上好！"

　　山越君招呼道。

　　"欢迎光临！"

　　横内经理的脸上流露出一副无奈的表情，朝山越君鞠了一躬。

　　山越君不是牡安夜总会的常客，只不过是在山口和子自杀事件发生的两个月前，去牡安夜总会喝过五六次酒，而且是独自一人。在夜总会里不属于上宾，通常使用现金的客人被瞧不起。经理出于礼貌，主动鞠躬行礼纯属无奈。

横内经理消瘦的两颊似乎只有一张皮，鼻子隆起，下巴尖凸，两眼凹陷。虽个头较高，可黄牛肩膀。山越君没有想到会在这里与他碰上，而且是一对一。天花板上的灯光射在他那消瘦的脸上，似乎有几丝凄凉。

"妈妈桑上班了吧？"

山越君望着横内君问。

"不，还没有上班。"

横内经理的说话态度十分客气，但语气冷冰冰的。

"上次我来夜总会时问了服务小姐，都说妈妈桑的病还没有痊愈，还是那样吗？"

"……"

山口和子是过量服用安眠药还是自杀未遂，山越君只字不问。因为，他已经与乔君侦察过自由丘妈妈桑的家，也去过柿树坂的山濑医院。

"已经告病假好长时间了，大概妈妈桑的病情还不见好转吧！"

"不，已经好多了，但还没有完全恢复。现在这时候请她上班，弄不好又要复发，因此，还在疗养。"

"疗养？那么，一定是在凉爽的地方疗养，例如温泉什么的，是吗？"

"妈妈桑到夏威夷去了。"

"夏威夷？"

"啊呀，我有点急事，告辞了！"

横内经理把手掌向前伸出表示"对不起"，随即快速朝大街上跑去。车道上，早已挤满了车辆。

山越君深感意外，山口和子到夏威夷去了！妈妈桑早就出院了，这是在山越君的意料之中，但应该是出院后悄悄躲在家里，以免再起风波。

如果是过量服用安眠药，在医院的治疗下理应不会产生什么后遗症。从自杀未遂受到的精神重创，在还没有重新恢复的状态下，远渡太平洋去夏威夷，在那里接受心灵创伤的治疗。也许这样做，比国内环境要好上几倍，能加快痊愈的速度，恢复到自杀前的最佳状态。

当然，山口和子不可能用自己袋里的钱去夏威夷小住。这些费用，理应由那个经济后台全部承担。那个幕后操纵者，指使高柳总经理在台前以山口和子的情人自居。

山口和子独自一人到夏威夷，这也是大大出乎山越君意料的。一定有其他什么人陪她一起去。高柳君因公司事务忙，无法脱身，无论幕后的操纵者如何暗示他陪山口和子前往，也终因忙于事务抽不出时间而作罢。

山越君发挥超常想象，也许山口和子与经济后台一起在夏威夷疗养？

去自由丘侦察山口和子的住宅的回家路上，乔君曾这样说过：

"高柳君的心理发生了变化，也就是说，他喜新厌旧，见异思迁，提出与山口和子分手。这，和子小姐非常敏感，于是缠着他大吵大闹。高柳君觉得木偶秘书在身边，自己很不体面，于是，从那以后再也不带秘书了。"

有关高柳君那个木偶秘书的情况，曾在山口和子家当过家政妇的石田春也详细描述过。木偶秘书是一个名叫中村的老年人，头发黑而密，反应迟缓。其作用，是帮助高柳君遮人耳目。

乔君还强调说：

"妈妈桑扬言自杀是到了难以忍耐的地步。通常，女人最敏感男人对自己的感情，一旦觉察不对便企图走绝路。像他俩已经不是年轻男女间的情爱，尤其对妈妈桑来说，高柳君还是她不可缺少的经济支助者。万一失去，往后的日子将一片渺茫，故而以扬言自杀相威胁，迫使高柳君回心转意。"

高柳君是否真是其经济支助者，是值得怀疑的。乔君的这番话，推测高柳君是山口和子真正的经济后台。山口和子见高柳君又有了新的情人，感到烦恼而扬言自杀。

也许真正的经济后台被山口和子的自杀着实吓了一跳，便趁机讨好她，让她到夏威夷疗养。像这样的分析，是比较顺理成章的。但还应该考虑，那个真正的经济后台绝对不会与山口和子同行，一定是安排其他人陪同。

山越君思索到这里，脑袋里又突然闪出某人曾经给过他的提醒。

山越君一边绞尽脑汁回忆，一边穿过混杂的大厅朝外走去。正在这时候，他又与乔君撞到了一起。

"喂，您现在回家？塔玛莫夜总会的感觉怎么样啊？"

乔君说话时不带任何笑容，像是在工作中与客人讲话时的那种语气。尽管停着的车辆不计其数，但导车工作还没有开始，他在耐心地等待着。

"这家夜总会与众不同，令我大吃一惊！是地地道道的日本风格。"

"您的体会真深刻！不过，初次光临的客人都瞠目结舌，赞叹不已。"

"乔君，很忙吧？能不能跟你说上两句？"

"行行，如果站着说……"

"站着说行吗？"

两人走到大门外，站在与隔壁大厦之间狭窄的小巷子里。这里光线很暗，背对着路灯，走在人行道上的行人，根本不会朝这里张望。

可山越君还是警惕地扫视一下周围。

"塔玛莫夜总会的妈妈桑，是百里挑一的大美人！说起话来，温文尔雅，不像是在夜总会成长的。也许她曾经是电影明星吧？"

"果然好眼力！她来自新潟市。"

"新潟？"

"听说是新潟市古镇的。"

"这新潟美人是什么时候到银座的？"

"据说是一年前。"

"是的，从新潟到东京银座开了这家夜总会。"

"真不容易！是谁这么器重她，让新潟这朵花经营这家夜总会的？"

"不知道。"

"据说是一年前买下这家夜总会的，连同设备。按照日本风格布置装饰的，装饰费用十分昂贵。还有，妈妈桑身上穿的衣裳都是高档服装。另外，物色服务小姐也花费了一大笔钱。这些服务小姐来自什么地方？我没有详细打听。不过，我还是想听你说说，哪怕简单的轮廓也行。"

"我判断不出，我也不能瞎说。"

"我明白你的处境，但是……是啊，那是雇佣你的夜总会，说三道四的话……"

"我真不知道。原田先生又对塔玛莫夜总会的妈妈桑产生兴趣了？"

乔君的嘴角堆起了笑容。

"那女人太有魅力了！至少我是这样认为。这家夜总会多亏这样的妈妈桑经营，生意火爆。"

"是啊，牡安夜总会因妈妈桑病假，每天来的客人不像以前那么多，零零星星的没有多少人，这与塔玛莫夜总会的繁忙形成了鲜明对照。"

"刚才，寿永开发公司的立石总经理他们走进了塔玛莫夜总会！"

"……"

乔君脸上霎间紧张起来，但由于光线暗淡，山越君没有注意到。

"寿永开发公司的客人常来塔玛莫夜总会吗？"

山越君又问了一遍。

"不知道，我说过，我一向不用公司的名称找车。"

"真是这样的吗？那么，立石的名字呢？宫田的名字呢？"

"不知道。"

乔君的回答与刚才一样。

"好吧，乔君。"

山越君改变了问话的内容：

"塔玛莫夜总会的经济后台，是寿永开发公司的立石总经理吧？"

"……"

"你不知道寿永开发公司，那我告诉你吧，它是一家不动产公司！当前正是不动产企业走红的时候，从新潟市引来美女在银座中心为他们经营夜总会。具有如此财力的，除不动产公司总经理外还会有其他什么人！"

"哦，我一点也……"

"是说判断不出吧？"

"那我再问一件事，东洋商社的高柳总经理是牡安夜总会妈妈桑的情人吧？这高柳君来不来塔玛莫夜总会喝酒？"

"在牡安夜总会的鼻子底下？那根本不可能！"

"那，高柳君与寿永开发公司的立石和部下是在其他夜总会喝酒？"

"什么意思？"

"这别对别人说哟！这是秘密！根据我的调查，高柳君的东洋商社与立石的寿永开发公司之间，关系甚为密切。这在生意上的交往方面不太多见！东洋商社是以建材销售为主的综合商社，原来是销售纤维方面的大商社，即使是目前还在经营纤维。像这样的公司，为什么与不动产公司打得如此火热？你说说看，这里面究竟有什么样的买卖？"

"你问我这样的人，也还是无可奉告。但东洋商社经营建材，与不动产公司多少有点关系吧！"

"销售建材的商社不是建筑公司，而建材只供给建筑公司。与不动产公司有业务关系的，应该是建筑公司。"

山越君对乔君说起那样的事，似乎也是在说给自己听。同时让自己分析。说给别人听的时候，自己的思考会更加具体，有利于整理和归纳思路，还可察觉出遗漏的地方，进一步弥补思考上的不足。

"哦，是的。"

"并且在交往方面，都是东洋商社一方招待寿永开发公司的立石等人。这说明不是两个总经理个人之间的交往，而是企业与企业之间的交往。通常，招待一方是受益一方。你说说看，东洋商社在业务方面，能从经营内容毫不相关的寿永开发公司得到什么好处？"

"不知道。"

乔君的回答模棱两可。山越君还是像在问自己那样继续说着：

"我估计，寿永开发公司在塔玛莫夜总会喝酒的账单都转到了东洋商社。我认为，高柳君一定来过塔玛莫夜总会。从高柳君不到塔玛莫夜总会来看，其主要任务是从银行账户上划款为寿永开发公司立石等人买单。"

"原田先生，你调查得真详细。"

乔君好像有点吃惊。

"不，不，我没有进行像你说的那种调查。这些情况是不知不觉地进入我耳朵的。像我们这样的自由记者收集到的信息，从不靠任何人。"

山越君对乔君说自己是自由记者。

"您是自由记者？"

"是的。"

两人之间出现一种沉闷空气，还是化名原田的山越君打破了僵局。

"刚才，我碰上牡安夜总会的那个横内经理。"

"是经理吗？"

"听他说，牡安夜总会的妈妈桑到夏威夷去了。"

"怎么，是夏威夷？我第一次听说。"

"夏威夷是奢侈的疗养地，妈妈桑是什么时候去的？"

"我根本不知道。大概是离开山濑医院后立即动身的吧？如果真是那样，可能是在一个月前。"

"妈妈桑服用过量安眠药，扬言自杀，是你的推测？"

"这太让我为难了，原田先生。那只不过是我的猜想，什么根据也没有，请您还是忘掉它吧！"

乔君举起双手放在大檐帽上。

"经济后台喜新厌旧，妈妈桑扬言自杀相威胁，这种推测符合逻辑。"

"请原谅，情况是那样的。"

"住在夏威夷疗养，恐怕不是妈妈桑自费？！扬言自杀而未遂，相反奏效，与经济后台重归于好。于是，经济后台出钱让妈妈桑去夏威夷游山玩水。大概是这样的吧？！"山越君没有对乔君说，此刻，他的思路又到了另一个空间，脑瓜子里又闪出一个新的疑点。

山越君在偷看甲府的马场庄家庭浴室的时候，看到放衣篮里有一件漂亮的衬裙。山口和子习惯于穿西服，不需要那样的衬裙。不用说，那衬裙是穿在和服里的。这与塔玛莫夜总会的增田富子的穿戴习惯，十分相似。

自食其果

　　尽管在汤山温泉马场庄宾馆的家庭浴室里发现一件桃红色的衬裙，可单凭它就与增田富子联系在一块，似乎有点牵强附会。何况到温泉与情人邂逅的女人，大多身穿和服。

　　从某种意义上说，引起山越君联想的是他的直觉。虽没有充足理由，但似乎是上帝给他的灵感。

　　汤山温泉，坐落在东洋商社在山梨县东山梨郡内牧町以及同郡五原村落合的附近。为这片引以为荣的山林，东洋商社的历代总经理经常借视察之机顺路到这里一游。

　　正因为马场庄远离东京闹市，才是避开人们视线最理想的场所。虽名曰信玄公隐泉，实际上是"男女情人的隐泉"。男女在这里隐居调情，甚至姘居，都丝毫不会引起东京人们的注意。

　　那件桃红色的内衣是否是增田富子的？暂时难以确定。可那个在家庭浴室一起洗温泉的裸体男人多半是立石！记得上次冒名打电话到马场庄宾馆的时候，接电话的女人与寿永开发公司立石总经理和专门操办宴会的宫田干事非常熟悉。也就是说，立石常常带女人到马场庄"度假"，"隐居"。

　　综合上述分析，可以断定那位屡屡光顾塔玛莫夜总会的立石总经理，与增田富子是情人关系。他与她，经常结伴到汤山温泉马场庄宾馆鬼混。

桃红色的内衣，促成了山越君的上述观点。

"原田先生，"乔君的声音打断了山越君的思路，"到上班时间了，我告辞了，真对不起！"

山越君转过脸，道路上黑压压的车群犹如滚滚乌云，宽敞的车道被拦腰截断。昏暗的路灯灯光有气无力、稀稀拉拉地洒落在大路上、车身上。

乔君要上班，山越君无法挽留。

"再留你可要影响工作了！实在是给你添麻烦了！刚才，我对你说的那些话，要绝对保密哟！"

"明白了！"

乔君并住双腿"咔嚓"一个立正，用右手举起"军人式"的敬礼，而后向后转，三步并作两步地朝工作场所飞奔而去。

送乔君出去的山越君，突然又退回到两人刚才说话的地方。他看到一个戴无框眼镜的矮胖家伙正在夹缝巷子面前通过。这家伙就是刚才在塔玛莫夜总会看到的客人，听服务小姐介绍说，他就是寿永开发公司的宫田。

宫田干事左手插在裤袋里面，晃动着右手，焦急地走过去。

山越君提心吊胆地溜出夹缝般的小巷，往右观察宫田干事的背影。从他那般表情来看，似乎在寻找山越君。

正如事先预料的那样，山越君一走出塔玛莫夜总会，妈妈桑增田富子便向立石总经理说起了山越君：刚才坐在那张桌子的客人是原田商事公司的总经理，他说与贵公司有业务往来。

"什么原田商事公司？果真有那样的公司与我们业务往来吗？"

"那个原田商事公司的总经理说与宫田干事的友谊非常深厚。"

增田富子补充道。

立石总经理听了顿生疑虑，遂命令宫田干事：

"你快去看一下那个男人是谁？"

"明白了！"

宫田干事接到总经理的命令，立即直奔楼下。他在人行道上的人群堆里拼命地往前挤，不时地朝无边无际的车群张望。好像是根据富子小姐与服务小姐们提供的"原田总经理的特征和长相"，到处寻找。

这太危险了！山越君缩起了脑袋，刚才那舒展的心又被揪紧了，又仿佛踩到了老虎尾巴上似的。当他正要朝着与宫田干事相反方向迈步的时候，又不放心地转过脸去。突然，那个宫田干事似乎碰到了谁，站在人行道上与那个人说起话来。

山越君借助他们那里的路灯光线观察，那个与宫田干事说话的人，是一个个头比他稍高几厘米的瘦瘦男子，黑色制服上系着蝴蝶式的领结。不好！那家伙是牡安夜总会的经理横内三郎。

横内经理听了宫田干事的叙述后，也凝神向四处张望，接着与宫田干事朝对面走去。看样子，宫田干事得到了横内经理的协助，一起寻找那个可疑的原田总经理。

一连串的问号在山越君的脑海里闪现。牡安夜总会的经理认识寿永开发公司的宫田干事，这到底是怎么回事？这说明寿永开发公司平时也一直到牡安夜总会去喝酒。

但经过仔细考虑，这种情况似乎并不奇怪。塔玛莫夜总会是高柳君用于接待寿永开发公司的场所，而牡安夜总会的妈妈桑山口和子是高柳君的伪装情人，牡安夜总会也成了高柳君为寿永开发公司提供服务的地方。牡安夜总会的横内经理认识客人宫田干事，也就不足为奇了。

山越君思考着，却担心横内经理协助宫田干事寻找自己。从道理上讲，协助客人是夜总会应该持有的积极态度。眼下，横内经理是主动领着宫田干事寻找"原田总经理"。

听了宫田干事有关"原田总经理"长相和特征的描绘，他立即察觉到那个"原田总经理"与牡安夜总会的"原田客人"是同一个人。如果是这样的判断，横内经理必然到乔君工作的场所了解原田总经理的情况。

此刻，乔君已经开始工作，在车群中奔来跑去的。

山越君溜出小巷子，朝着与宫田干事和横内经理相反的方向，顶着闷热的夜色慌忙离去。

当山越君睁开眼睛的时候，已经是九点多了。夏天的早晨犹如正午时分，晨曦透过小窗上的窗帘照射在山越君的枕边。山越君起床后先上厕所再漱洗，不时地仰头发出吐漱口水的声音，站在洗衣机前的妻子对丈夫不屑一顾。后边的楼房里不时传来幼儿的哭泣声，仿佛失火时候的喊叫声。

妻子埋怨这个起早摸黑、整天在外不知忙些什么的丈夫，说什么他是自由记者不是正式职员，没有固定工作单位，并且收入很低，仅仅是接受委托采访的报酬，而支付形式是稿费，而这样的报酬计算没有固定公式。

为此，进行这样的采访活动，必须付出两倍于正式员工的辛勤劳动。采访来的材料提供给编辑部主任，再由编辑部主任交给有关编辑出书或者写成文章后刊登。如果编辑部主任说采访来的材料不充足，就不得不再进行频频采访，直到满意为止。结果往往是，一部分被采用，一部分被搁浅。

编辑部肋坂主任吩咐山越君采访，但绝对不让山越君写成文章刊登。这好像也是社长兼总编辑清水四郎太的命令。不允许被委托采访身份的人写报道，是清水四郎太那官僚性格的表现。经常与经济界巨头和政界要人打交道，他的性格也似乎自然而然地潜移默化了。

每当山越君读到别人根据自己的采访材料写成的文章时，牢骚和不满的情绪油然而生。这些文章的披露尚欠力度，与其说是披露得不够，倒不如说是避重就轻。这种回避方法存在问题，很明显，回避的东西正是对方的弱点和欠缺的地方。被披露的对方几乎都是企业，被涉及的当然是经营内幕。不刊登使企业敏感的文章，是由于清水四郎太事先与该企业达成了某种交易。

如果回避还算过得去，可怕的是，采访来的真实内容被弄得面目全非，混淆颠倒。形成这种局面，毫无疑问，清水四郎太在进行幕后交易。

起初，山越君对这种行为感到愤慨，久而久之，他也习以为常，见怪不怪了，脾气也变得温和起来。《经济论坛》月刊杂志社不管怎么说，是商业性刊物。大概是光注重自己是经济界众多杂志中的权威刊物吧？发行量达三万册！就拿这发行数量来说，必要的"交易"是不可缺少的。

山越君不只是关注别人根据自己提供的材料所写的报道文章，而且也很仔细地阅读别人的报道文章，从中明白这些文章里有许多与事实不相符合的内容、经过修正的内容，以及被歪曲的内容。社长兼总编清水四郎太执笔的文章，主要是针对金融界的巨头以及大企业的经营者。可他的文章里，经常有一百八十度那样幅度的大转弯。昨天还在受到他赞颂的人物，顷刻间遭到他无情的攻击。可事隔没有多少时间，又被他颠倒过来变成完美无缺的公众人物。他把赞赏和批判当儿戏，正因为他是金融界里无人不知的清水四郎太，所以他的交易手法高明巧妙。山越君不得不为之感到佩服。

与其相比，自己的现状又怎么样呢？名义上是采访，而又必须隐姓埋名，甘于低报酬。工作不安定，收入不稳定，如今还住在旧公寓的小房间里。天天没日没夜地到处奔走，自己的工作内容即使一五一十地对妻子讲也说不清楚，更别说得到妻子的理解。甚至，自己每次深夜回家还要遭到妻子的无端猜疑。不是吗，妻子此刻正站在洗衣机前，故意"嘎啦嘎啦"地弄出响声以示发脾气。

山越君装作若无其事的样子，慢慢地在嘴里来回摆弄着牙刷。人处在放松的状态时，会突然感到电波之类的东西传入脑海。

马场庄的家庭浴室外边的地板房间里，那个放衣篮里有男式假发套。无疑，肯定是那个老情郎在洗澡前摘下放到里面的。

在塔玛莫夜总会里看到的立石总经理，是一头的黑发，根本不需要假发套。就他年龄来说，还只有四十七八岁，鼻梁上架着一副黑色宽边眼镜。通常，戴眼镜的人在洗澡前必然摘下眼镜，可那放衣篮里只有假发套却没有眼镜。

这是怎么回事？根据当时看到的情景，可以猜测那件内衣的主人是塔玛莫夜总会的妈妈桑增田富子。然而，把那个老情郎认作立石总经理是不合情理的。这是一个错误的判断。当然，那个老男人也不是高柳秀夫。

……那么，戴假发套的男子究竟是谁呢？

中午十一点，山越君走出旧公寓的房间。

妻子瞪着眼睛，带着嘲笑讽刺的语气问道：

"今晚回家也很迟吗？"

"很迟，很迟，因为工作在身。"

山越君回答的语气也毫不相让，而后重重地关上房门，沿铁扶梯往下走，脚下传来皮鞋掌钉与铁梯碰撞时发出的金属响声。冷不防，带着幼儿玩耍的邻居妇女向自己打招呼。山越君也满面笑容，客客气气地应付。

山越君走到公共汽车站前的烟店旁边，拿起红色电话机上的听筒。

"我丈夫现在不在家，过四十分钟后回来。"

江藤夫人说。

现在坐公共汽车到池袋地铁站，再坐山手线到新宿，随后乘坐小田急线的电车到下北泽车站下车，最后加快速度步行。应该说，四十分钟左右就可到达住在犹如盆地的江藤达次的家。

在下北泽站下车，是正午前的时候。走出检票口，昭明相互银行下北泽支行的那幢白色建筑，立即映入山越君的眼帘。银行橱窗里的那条"人类信爱"标语，山越君早已看厌了。山越君头也不抬，径直在橱窗前经过，沿着商业街那条向下倾斜的道路走去。

可眼下是正午时分，山越君又觉得不是去别人家的时候。由于早上出门前没有吃早餐，肚子里空荡荡的。于是，他走进一家路边饮食店。

他点了一客牛肉丝盖浇饭，一边看报纸一边等服务员送来。报上有一条新闻。

标题写得很大，但报道内容没有什么惊人的地方。最近一个时期，社会似乎进入太平盛世。

对于新闻报道版面没有什么兴趣，他把视线移到广告版面。第一版面是商品广告，第二版面是杂志广告，第三版面是周刊杂志广告，第四版面是高级住宅的出售广告。忽然，一条醒目的广告语激发了山越君莫大的兴趣——"魔发！使您变得年轻潇洒"。

广告语下面并排着两张照片，照片里是两张陌生的脸。

左边照片上是一个头发稀少上了年龄的人，右边照片是一个黑发滋润显得非常年轻的人。这是假发套广告！商品名称叫"魔发"！顾名思义，一戴上假发套，便像变魔术那样，顿时显得年轻，朝气，潇洒。

那张戴假发套照片里的人物，确实年轻，朝气，潇洒。

如果不仔细看，不会认为两张照片是同一个人。

盖浇饭送来了，可山越君的视线仍没离开广告上的照片。出现在记忆里的，还是马场庄家庭浴室里的那个假发套。那男子的头上到底是光秃秃的还是雪一样的白发？与那个年轻女子同行，如果不戴假发套使自己变得年轻，也许会让别人觉得自己与年轻女人不相称！

山越君现在已发觉，那男子不是寿永开发公司的立石总经理，也不是高柳总经理，而是一个至今没能触及，尚未进入自己调查视线的人物。

无论怎样回忆，就是想不出那人究竟是谁。他吃完饭来到人行道上。

沿着下坡道不停地往下走着，来到坐落在类似小盆地的江藤住宅的大门口。院子里的树木还是没有经过任何修剪，虽长得非常茂盛但很杂乱。密密麻麻的野草比上次来时长高了一倍，散发出阵阵扑鼻的青草气息。

"原田先生，公司已经决定我不再担任董事长。不过，还没有正式生效，但也没有多少时间了。"

走到榻榻米房间与江藤先生对坐的时候，江藤达次难过地说。

"怎么，您不当董事长了？"

山越君吃了一惊，盯着江藤先生的脸呆住了半晌。自上次见面后还不出两个星期，可此刻江藤先生的脸上就像三个月没有看到似的，显得憔悴、苍老。从宽大的浴衣里，可以隐隐约约地看出屈指可数的肋骨。

"嗯。"

"那，不是还早吗！不能再延长一些时间吗？"

"谢谢……我是这样想的，可对方不是这样想的。"

"对方？"

"是高柳君授意高层干部会形成的决议，硬逼我辞去董事长职务。"

江藤达次说完皱着眉头，歪着嘴角，一脸似笑非笑的表情。

"股东大会何时举行？"

"还有两个月！但高层干部会可先做出解聘我董事长职务的决定。"

"高层干部会议上，每个人都投赞成票了吗？"

"高柳总经理是独裁者！没有一个高层干部敢于提反对意见。"

江藤先生的眼圈红了，满脸悔恨的表情。

老泪纵横

虽然江藤达次已经接到公司高层干部会让他辞去董事长的通知，但他在向山越君叙述法定代表人高柳总经理上门宣布的情景时，情绪显得格外激动，浑身的血仿佛全涌上了脑门，脸上变成了紫红色。

"来得好快啊！是高柳总经理直接向您传达的吗？"

虽说是他人的事情，但对于山越君来说，也是一种难以言喻的沉重打击，尤其没有想到江藤先生的身体状况急转直下。

"那天，我与您通电话时说，我让会计科整理股主任调查有关我公司招待寿永开发公司的发票。"

"啊，那太感谢了！非常有参考价值。"

无论山越君怎么鞠躬行礼说客套话，江藤先生都没有兴趣追问究竟如何有参考的价值。

"通完电话后，高柳君就到了我家。他是中午从公司打电话给我的，说有事上门拜访，到底是什么事没有说，我糊里糊涂地等了好长时间。所以，我对你说，你就是说马上来，那天晚上我也无法接待。"

原来是这么回事！山越君这才明白。原来是高柳君与江藤先生事先约好的。

"高柳总经理是怎样说的？"

"高柳君坐的就是您这个位置。一坐下来便立即把两手撑在榻榻

米上对我说：'董事长，您什么也别说了，请原谅我的任性，希望您无论如何点头同意！'

"我不明白他说的意思，简直像是丈二的和尚摸不着头脑！这时候，他开口说了，在上午的高层干部办公会议上，一致决定免去我的董事长职务。理由是让出位置来由年轻人担任。"

"那么，是高柳君退任董事长喽！总经理的职务是由执行董事还是其他哪个高层干部接任？"

"不。不是那么一回事！据高柳君说，他仍然担任总经理，董事长的位置暂时空缺。"

"那，不就是赶董事长您下台吗！"

"是的。"

"我就是坐在董事长位置上，也没有董事长应该持有的任何权力。按理说，决定企业方针的重要事项也应该事先与我商量。可事实上是反其道而行之，都是先斩后奏，也就是既成事实后再向我报告，我也只能依样画葫芦。后来，我连法定代表人的资格也被完完全全地剥夺了。我作为董事长盖印，也是总经理室秘书送来事先准备好的文书，在指定位置上例行公事。我以前都是一声不吭照办，没有提出任何疑问。我也知道，即使提出不同意见也无济于事。我一发牢骚，就会与高柳君及其手下发生矛盾。"

"……"

"原田先生，这世界上有这么老实的董事长吗？有如此只有其名而无实的董事长吗？"

"高柳君是董事长在担任总经理时一手提拔的吧？对于高柳君来说，董事长是他一辈子不应该忘记的恩人！"

"他这忘恩负义的家伙！"

正襟危坐的江藤达次，他那双放在膝盖上的手不时地颤抖着，头顶上的白发似乎也直立起来。

"并且呢！原田先生，高柳君不仅迫使我辞去董事长职务，就连专职顾问也不让我担任。"

"咦！您说什么？"

"而是让我担任兼职顾问，津贴微乎其微，仅仅是救济费而已。"

"董事长！您已经点头同意高柳君的无理要求了？"

"是的。"

"为什么不拒绝呢？这种过分要求无论如何也不能答应！如果董事长拒绝，高柳总经理及其手下那些高层也只能干瞪眼，又能怎样奈何你？"

"这我也想过，可接下来的股东大会的会议表决，最终还是会通过以高柳君为首的高层干部会议决定的方案。"

"那，哦，也许是那样。"

"在目前这个时候与高柳君对抗，一切都是徒劳的！只能引起公司内部的矛盾日益激化，纷争加剧。说到底，我这样做还是因为我爱着东洋商社。"

江藤先生的眼泪从眼眶里流了出来。他从怀里取出纸巾擦拭泪水。

"董事长，您爱公司的精神太高尚了！"

"我当时也想过，像你刚才说的那样断然拒绝高柳君的要求。可是，要知道即使勉强留在董事长的位置上，也只能是如坐针毡，日子将更加难过。你想，既然高柳君已经有这个打算，我早晚会被股东大会的决议免去董事长职务。尽管那是一种形式，但实际上木已成舟，不如就同意高柳的要求吧！"

老实巴交的董事长，他说话时紧紧攥着膝盖周围的浴衣下摆。

"然而，这人事安排简直与报复没有什么区别。"

"……"

江藤先生默认了山越君的这个观点。

"为什么突然间变成这样的结局？董事长事先一点没有觉察吗？"

"是高柳君突然提出的，事先一点预兆都没有。"

正式辞去董事长一职，这要到召开股东大会表决后才能生效。在股东大会召开前的这段时间，还是可以与高柳君进行交涉。

为什么不让辞去董事长职务的江藤先生担任专职顾问？这对于江藤先生来说，无疑是一种耻辱，也再没有脸面去见公司的同仁了。

这分明是报复。江藤先生说，在他的记忆里没有这样对待过高柳君。

山越君一言不发陷入了沉思，片刻，他慢腾腾地对江藤先生说：

"董事长知道高柳总经理在银座夜总会里有情人的事吗？"

"上次从您这里听说的。"

江藤先生轻轻点点头。

"那件事情，您是怎样想的？"

"我不想触及个人私生活，只是觉得在公司经营情况不佳的时候，作为总经理太不自重了。"

江藤先生声音不大，但语气强硬，俨然董事长批评部下的口吻。

"事实上，那女人是别人的。高柳君仅仅是名义上的而已。"

"哦，名义？"

"出借名义是商业用语，高柳君在为他人充当名义上的经济后台。"

"……"

江藤达次似乎一点也不明白山越君说的意思，看来他也是一个认真做人、对女人不感兴趣的人。见江藤先生对自己说的毫无反应、漠不关心，山越君也不再解释了。他想说一些别的，希望从江藤先生那里得到证实。

"那天董事长在电话里说，在东洋商社接待寿永开发公司立石总经理等人的支付凭证中间，有一个招待场所是银座的塔玛莫夜总会，是吗？"

"有那样的名称！是根据会计整理股主任的报告。"

"我再询问一遍，东洋商社与寿永开发公司之间有业务往来吗？"

"我所知道的业务对象中间，没有这样的公司。"

"既然没有什么业务往来，高柳君为什么要那样频频招待寿永开发公司呢？并且在那么多的招待宴会上，根本没有高柳君和东洋商社的人出席。而东洋商社被迫扮演买单角色，您不知道这其中的理由是什么吗？"

"不知道。"

"即使推测也不明白吗？"

"不明白。"

江藤先生不假思索地把山越君的提问给推了回去。已经辞去董事长职务的他，对这些琐碎事情毫不关心，相反觉得关心这种事是一种累赘。

"董事长！"

山越君最后一次激发江藤先生：

"董事长在担任总经理时决定高柳君为接班人是错误的。如果选择另外一个接班人就好了，真后悔莫及！您说那个人离开公司后去大阪了。"

"是兼任管理部长的井川正治郎，我已经对您说过多遍了。最终没有选定井川正治郎为接班人，这是我一生中不可饶恕的最大错误。"

"您现在还是不知道井川君的去向吗？"

"不知道。"

"您为何不抓紧找他呢？并且请他通力合作反击高柳体系呢？"

"已经晚了！纵然能够找到井川君，与他合作推翻高柳体系事实上已不可能了。再说井川君非常恨我，因为是我决定让高柳君担任接班人的。他认为是我把他赶走的。"

江藤先生说这话的时候，显得有气无力。

"董事长！"

"请别再叫我董事长了！事实上，我已经不是董事长了。"

"那么，请允许我称您为江藤先生吧。"

山越君低下脑袋。

"江藤先生，今后打算干什么呢？"

"我嘛，年岁已大，打算夫妻俩今后开一家野菜餐馆。"

"野菜餐馆？"

山越君惊讶得瞪大了眼睛。

"经过几十年的风风雨雨，今天我才恍然大悟，我已是老年人了，不中用了。就在这一带做做小生意凑合着过吧，以此送走我的余生。"

"野菜烹调，尊夫人很早以前就开始研究了吗？"

"不，太太和我都是门外汉，不过，请内行来指教一下总能学会的。不增添人手，就我们夫妇俩干，开支不会很大，餐馆地点就定在这里。"

"……"

"请看！庭子里野菜丛生，相反能形成一种野趣，也许能引起客人兴趣。想到开一家野菜餐馆，实际上也是这些草给我的启发！再说市面上最近的'野菜热'方兴未艾。"

山越君上次来这里的时候，江藤先生曾经问过，现在到处流行野菜专门餐馆吗？现在才明白原来是这么回事。当时，江藤先生已经在着手准备干这一行了。

江藤先生说，外行经营开始只能是小规模的野菜餐馆。虽这片洼地属于下北泽范围，但毕竟远离繁华街市。在这种场所干，光老夫妇两人就行。

山越君感到心一下被收紧了，为江藤夫妇晚年的凄凉深感不安。

"原田先生，江藤野菜餐馆开张时，希望您带些朋友来帮我捧场。"

"明白了。贵餐馆开张时请通知我，请允许我届时向你们祝贺。"

山越君觉得再问下去，自己可能会伤心得掉泪，便重新坐下欲找新话题。

"谢谢！我想寄给你开张的通知，请原田先生告知您的住所。"

山越君哑口无言。

迄今为止，山越君还没有递名片给江藤先生。而江藤先生完全相信他是一个专门记者。

自从在举行"金融界总理石冈先生庆祝会"的那家超一流宾馆走廊上相遇以来，江藤先生毫不怀疑山越君，尽管他已经好几次来访，而江藤先生根本没有问半个字。见山越君不仅与自己有共同话题，而且坚定站在自己这边，也就放心了，似乎觉得现在再打听是一种不正常的做法。

但江藤先生想寄给山越君开张通知，因此，不得不打听他的地址。然而，一直化名原田的山越君顿感尴尬，显得有点语塞起来。

"不，开张之前我会常常打电话来的。开张准备以及其他方面，也许有难办的事情？届时，请允许我做你们的参谋帮一点小忙什么的。"

有了这么些客套话，山越君才得以金蝉脱壳。

"哦哦，如果有你助一臂之力真是太难得了！事实上，光靠我们老夫妇干，究竟怎样做才行，碰到的问题一定会不少，请务必鼎力相助。"

"明白了。也许帮不上什么大忙，但请允许我尽自己的微薄力量。"

山越君离开夏季用的坐垫，站起身朝江藤先生行礼。

"那么，我就告辞了。"

"喂喂，过来过来。"

江藤先生向里面招手。

"请过来一下。"

老妇人一副瘦长脸出现在山越君面前，跪在榻榻米上向山越君行礼。

"听原田先生说，他今后与我们商量有关野菜餐馆开张前的各种准备事宜。你也说上一句，请原田先生今后多多关照哟！"

听江藤先生这么一说，老妇人再次跪在榻榻米上向山越君磕头致礼，感谢声和激动的眼泪交织在一起。

"别这样，夫人，您这样行礼太为难我了！"

山越君摆摆手朝大门口走去。

江藤夫妇一直送山越走出门口，然后，一动不动地站在长满茂盛树枝的庭院内目送着山越君远去，直至消失在坡道上。

山越君朝着车站走去，心里犹如灌满了铅十分沉重。

他的眼前浮现出，寿星董事长在最后的人生道路上步履维艰的情景。

一些曾经在担任总经理时期发挥聪明才智，被称颂为某企业的某某总经理或某某总经理的某企业的人，总有一天退居为董事长，然后退居专职顾问，最后退居为一般顾问直至退出企业经营的舞台隐居家中而销声匿迹。在这个世界上，这样的例子屡见不鲜，似乎形成了一种特有的规律。正因为这些人曾经名噪一时，其最后的结局比退职的普通职工还要悲惨。

话虽这么说，然而高柳总经理对于提拔自己的恩人——江藤先生的做法，如此冷酷无情。这，给江藤先生的刺激太大了。免去董事长职务不说，连专职顾问的荣誉头衔也不给。高柳君的所作所为犹如一条没有人性的疯狗！现在的突然罢免究竟意味着什么？除高柳君的独裁专制外，背地里似乎还隐藏着什么……

山越君来到车站广场。

右边是昭明相互银行下北泽支行的大楼建筑，陈列橱窗里悬挂着"人类信爱"的广告，正中央挂着巨大的人物照片。每次经过都是这样的画面，对于山越君来说已经习以为常，也已经腻了。

就在这眨眼间当儿，进入山越君眼帘的这些装饰物突然变了，变成另一种东西。他兴奋地朝银行沿街陈列橱窗走去，整个身体几乎贴了上去。

山越君全神贯注地注视着橱窗里的照片，仿佛在使劲地吞咽着它。

剧院约会

今天，井川正治郎休息。

上午九点半左右，邮递员送来一封快件。寄信人是东都高速公路收费公司的山口和雄，信封上的公司名称不是印刷的，而是寄信人手写的。

井川君已经猜想到寄信人的真实姓名，字迹虽龙飞凤舞，但笔迹十分熟悉，书写方法与七年前几乎差不多。

妻子在卫生间里洗衣服。井川君从邮递员手中接过信的时候，一边用耳朵探听妻子的动静，一边拆开信封。

字，还是那样的清秀。

井川先生：

　　您好！

　　那天晚上，在首都高速公路霞关收费口购买通行券的时候，收到您写在通行券上那难以忘怀的暗号。回家后我不知反复看了多少遍，激动得不知如何是好。做梦也没有想到，七年前不辞而别的您，竟然在收费所里工作。

果然那天晚上，她看到了暗号。

那后来的一次，您戴着贝雷帽出现在牡安夜总会。当时，让我惊愕不已。不过，您那次的贸然行动，百分之五十在我的意料之中。我想您一定会记住我的车牌号，到处调查车主，不用说，肯定在自由丘附近打听到我所在夜总会的名称。不出我所料，您那天晚上光临时手提着印有"巴黎女装店"的纸袋。那天晚上，我采取了冷漠无礼的态度，也是不得已而为之。谨此致歉，祈求谅解。不过，您那天的光临太突然，我确实是大吃一惊，连话也说不出来。为了不让夜总会里的同仁知道我俩的过去，我只能装聋装哑装瞎，极力克制自己。您也许不知道，我那天是多么的辛酸啊！

我很希望与您见面说说心里话。您也许有误解？而您的误解构成了我心里的痛苦。与您见面不是为了辩解，而是叙述真实情况。与您见面不说其他什么，仅仅为了解释，为了化解您心中的疙瘩。

二十三日下午，我在有乐町的香才里才影剧院一楼走廊上等您。那里有小卖部，小卖部前面的走廊上排列着很多长椅。电影休息时，观众都坐在那里。走廊兼休息室，地方不是很大，立即就能找到我。我俩在那里碰头，然后坐到观众席位上在那里说话。据报纸广告，香才里才影剧院正在上映美国电影《狂热的男人》，迄今已经是第七周了。即使是热门电影，一进入第七周观众也会开始减少，我们可以利用这种机会说话。为避开许多人的眼睛，我觉得在电影院里讲话比公共场所好。

盼望您一定来！这是我一生的愿望。为实现这个愿望，我甚至可以去死。我不想问您能否抽出时间，这仅仅是我单方面的执意苛求，敬请原谅，万望赴约。如今的我已失去自由，时间也受到严格控制。这封信是我抽空匆匆写的。

信封上使用的是贵公司的名称，目的是为了提醒您家人注意，尽早将它送到您的手上。您府上的地址，是我用电话询问高速公路国营管理机构，再询问东都高速公路收费公司打听来的。

　　最后，我再次请求您与我见面，拜托了！是在走廊右边的座位上，我只能等一小时左右。

山口和子敬上

　　……已到这份上了，还有什么解释的必要呢？真扫兴！

　　井川君难以忘却，在霞关收费口亲眼看见的那辆红色高级轿车。尤其令他恼怒的是，手握方向盘的和子小姐与副驾驶席上的高柳秀夫在一起。和子小姐递上一张一万日元的纸币购买通行券，同事中田君点着事先准备的零钱。当时，井川君一眼认出和子小姐，便迅速在通行券上用铅笔写上只有他俩知道的暗号——"从现在起，我永远等着你"。

　　那短短的二十秒钟，高柳秀夫神情自若地望着前方，既不与和子小姐说话，脸上也没有笑容。从他们那毫无做作的表情来看，俨然是一对夫妻。真没想到，和子小姐竟成了东洋商社总经理高柳秀夫的女人！

　　一脚把我踢开，投入这个后来成为总经理的男人怀抱，现在还有什么要向我解释的呢？

　　井川正治郎三下两下地把信撕成碎片，一看表已经没有时间了，时针已经指向十点，不免紧张得手忙脚乱起来。

　　此刻的心情，与当时见到和子小姐的心情完全一样，先去自由丘找到和子小姐的住宅，又在附近女装店打听到牡安夜总会，最后在银座的牡安夜总会找到和子小姐。

　　为了与和子小姐见上一面去了那家夜总会，受到的冷遇形同要饭的叫花子。和子小姐连看都不看自己一眼，送来一瓶啤酒。那经理模样的人没有收钱，说是妈妈桑赠送的。是和子小姐的施舍！简直像打发流浪儿或者乞丐。回想起那一幕情景，令满腔热情的井川君万念俱灰，肝肠寸断！

井川君自言自语，难道还想再去尝一次这样的耻辱吗？

但他又不想放弃这次与和子小姐的约会……到底是去，还是不去？一直在他的脑子里展开激烈的思想斗争。理智告诉他不必去，情感告诉他必须去。始终处在十字路口的井川君，想起曾与和子小姐的那段难忘而又甜蜜的岁月。那时的他，就像热恋的年轻人与和子小姐频频幽会，如胶似漆。

信上所写的"盼望您一定来！这是我一生的愿望。为实现这个愿望，我甚至可以去死。我不想问您能否抽出时间，这仅仅是我单方面的执意苛求，敬请原谅，万望赴约"，显然是夸张！"如今的我已失去自由，时间也受到严格控制。这封信是我抽空匆匆写的"等等，这些都是女人惯用的圈套。简直是虚张声势！难道不能写得实在一点吗？纵观整个信上的内容，好像在大喊大叫：我已经被监禁。

和子小姐说是抽空写的，说明是躲开高柳君的视线。信上的整个内容，仅这一点，井川君算是看到了理解了。

也就是这个解释，使井川君原谅了和子小姐，催促着井川君抓紧外出准备。时隔七年的幽会，井川君多么希望直接与和子小姐交谈。在影剧院里互说心里话，这种安排太奇特了，也太浪漫了。

井川君在心理上做好了准备，纵然此次相会再遭受羞辱也无怨无悔。他下定与和子小姐会面的决心。

匆匆赶到有乐町香才里才影剧院的时候，刚到十二点半，比约定时间提前三十分钟。香才里才影剧院的门前，挂有一张《狂热的男人》电影海报。那上面绘制的场面是：演奏乐队，跳着狂欢舞的青年男女，互相追逐被撞得支离破碎的车辆。

"现代乐器的狂欢骚动，横冲直撞的车辆，举世无双的现代魅力！"

海报下面，写有这样一排醒目的提示语。

井川君没有立即走进影剧院，在不习惯的地方等人总觉得不自然。何况现在进去还得等很长时间，相反会让和子小姐看透自己的内心。

顶着烈日逛街不好受，于是走进附近一家咖啡馆点了杯冰咖啡。坐在带有凉爽空调风的座位上喝着冰咖啡，身上的汗水不再冒了，可心里却忐忑不安起来。刚坐了十分钟便离开咖啡馆朝影剧院售票处走去。窗口空荡荡的，非常冷清。

普通座位的大门不能立即进入，井川君沿着走廊朝里走去。好像正在放映，走廊上没有人。

走了一会儿，右侧有一盏日光灯，那里是小卖部。小卖部前面是走廊兼休息室。年轻人坐在椅子上舔着雪糕，男女恋人们相互依偎着说悄悄话。

井川君刚要睁大眼睛仔细寻找，发现有一个女人从椅子上站起。她头戴夏季白色宽檐帽，身穿白色西服。宽檐帽下只露出脸的下半部分，全身沐浴着小卖部的那盏日光灯射出的光线。那是和子小姐！

她朝井川君微微点头，走在井川君的前头推开观众席大门。井川君跟在她后面走进影剧院，突然，震耳欲聋的摇滚音乐和银幕上的立体画面像一股巨大气浪朝他扑来。这里，显然不是与和子小姐说话的理想场所。

和子小姐坐到较空的前面座位，井川君随后坐在她旁边的座位上。

屏幕上，不断交替出现现代乐器的演奏者和跳狂舞的年轻的男女镜头。歌星摇晃着立杆式的麦克风，三个男青年手弹电吉他激烈地扭动着腰部。由现代摇滚乐和拍板组成的混合音响，从三个方向朝他俩压来。此刻，影剧院仿佛变成了迪斯科舞厅，银幕上那些跳迪斯科的青年男女，喘息，疯狂，如痴如醉。

"让我们尽情地为热恋中的男女欢呼……"

是英语歌曲。

和子小姐全神贯注地望着画面，白色宽檐帽一动不动的。面对爆炸般的旋律和强烈对比的色彩合成的激流，井川君似乎有点习惯了。

"好久没有见面了，看上去您精神很好！"

与七年前和子小姐说话的声音一模一样。这时候，屏幕上打出一排排的英语字幕，是歌词。

可从和子小姐说话的语气里，七年前那炽热的感情似乎荡然无存，声音嘶哑，很轻。井川君觉得这大概是电影音响干扰的缘故。

"你也精神很好！"

井川君百感交集，说出相隔七年的第一句话。两个人对话的时候，双方的视线都没有离开狂热的银幕。

"您为我而来，太谢谢了。"

"你有话要说？"

如今还有什么话好说呢？井川君没有往下说。

"是的，是的。"

镜头换了。是两个主角驾车逃离迪斯科现场，风驰电掣般向前奔驰。后面，紧紧追赶的是警车。猛然间，警报四起，四面八方驶来的警车加入追捕的行列。那辆狂奔的逃车，接二连三地与前面驶来的车辆相撞，还撞飞了迎面驶来的好几辆车。逃犯不断转动方向盘，车身歪歪扭扭地飞驰而去。突然，逃车驶上人行道。霎时，路人们纷纷朝四处抱头鼠窜。刹那间，水果店倒塌，红苹果和黄柠檬到处都是，有的在地上滚爬，有的在空中飞舞。追捕逃车的指挥警车上，麦克风在不停吼叫。参加追捕的警车越来越多，像无数蚂蚁出现在银幕上。猛然间，富有节奏的现代摇滚乐曲《您受苦了》开始轰鸣。

"您误解我了！"

沉默了片刻的和子小姐开口说道。

"你说什么？"

"您可能误会我是高柳君的情人吧？"

果然一针见血。

"我是那样想的。在收费口前，我亲眼看到你俩形同夫妇的模样。"

"您错了，那仅仅是高柳君送我回家。"

"我不想追根刨底了解事实真相，只是凭自己直觉。我对自己的直觉是深信不疑。"

"对这个问题，进行喋喋不休的解释太没有必要了！您一定要那么想，我也无可奈何，可那是误解。我是为这才想跟您说说，才想与您见面的。"

"你与高柳君的关系纵然是事实，我也没有发牢骚的资格。我俩的感情谁都不知道，再说七年前是我不辞而别，连一封信也没有寄给你。"

"我非常理解您那时不辞而别的苦衷，但您不知道我是多么盼望您的来信，哪怕信上只写几个字。我每天无时无刻地不在盼望，等待，望眼欲穿。"

银幕上，追捕的警车纷纷相撞，翻滚着，跳跃着。从后面飞驰而来的警车，一辆接一辆地骑在前面警车上，然后重重地摔下，犹如骨头散架，七零八落。那辆逃车的车身也被撞得面目全非，车门飞了，可还在拼命乱窜，从市中心驶向郊外，又从高速公路驶向小路……指挥警车狼狈不堪，从小山包上翻滚下来，警报狂响，警灯飞速旋转。此刻，摇滚乐震耳欲聋。

"对不起……对不起啊。"

井川君大声说。

他第一次转过脸来仔细地看着和子小姐的侧面。和子小姐的脸上，映照着银幕上一个又一个的镜头。她没有转过脸来与井川君对视，仍然僵硬着颈脖子凝视着银幕上骚乱狂热的镜头。

"这七年，您吃了不少苦呵！在夜总会见到你那饱经风霜的模样，我心里全明白了。您与七年前判若两人，真不容易啊！"

真挚的语调带有浓浓的情感，夹着哽咽的声音。

井川君感到一阵心酸，险些窒息。

他想说什么，又担心隔座有耳，瞪着两眼借助银幕光线扫视伸手不见五指的周围。还好，观众不多，且都坐在正中的几排座位，他俩周围没有其他人。影片虽卖座率独占鳌头，可上映已进入第七周。观众数量锐减，也是可想而知的。

真是天赐良机！两人说话不用担心被人偷听。

"您可能憎恨高柳君吧？就是那个不择手段借刀杀人的高柳君！"

和子小姐说。

"那已经是过去的事了，我早已把他忘到脑后了。再说选定高柳君的是江藤总经理，没有股份的总经理一般都有那个嗜好，喜欢奉承拍马的人。在个人感情上，我对高柳君没有任何想法。"

井川君极力克制着自己，尽量淡化那段令他难忘的心酸往事。

"也许你得知我在高速公路收费所工作，出于同情和怜悯，来这里见我这个昔日惨败给高柳君的败将吧？！"

"请别这样说！要说惨败的应该是我。"

"你惨败？败给了谁？"

"已经木已成舟，不想说了。但您认为我是高柳君的人，这纯属误解。就这一点，我希望能够向您说明白。您不信也罢，但我是一定要说的。"

"你信上说，向我表白这件事情是你一生的愿望？"

"这不是假话。"

"你还在信上说，现在已经失去自由，信是趁没有人监视时写的。"

"这也是实话。"

"真有人监视你？"

"您能猜出是谁吗？"

"是受到高柳君的监视？"

"……"

"瞧你不说话了，不就是高柳君吗！"

"监视我的，是另外一个人。"

"是谁？"

"我不能说。"

"是高柳君命令那个人监视你的？"

"是的。"

"我不信！"

井川君脱口而出，他不相信那是事实。

"您不信，我也没有办法。"

银幕上，那辆逃车的后半部分已是千疮百孔支离破碎，后车门也早已不知去向。可它满身伤痕，仍狼狈不堪地继续逃窜。车轮扬起的沙尘漫天飞舞，迷迷茫茫。追捕的警车重叠在一起，横七竖八地躺在路上。就在这当儿，又是一阵尖利刺耳的现代摇滚乐在影剧院上空回响。

"江藤董事长被迫下台了。"

和子小姐突然拉大嗓门，说出一条令井川君惊讶不已的消息。

"被迫下台？是高柳君干的？"

"宣布这项人事决定的是高柳君，但做出这项决定的是另一个人。"

"是谁？"

和子小姐闭口不答。

"没有时间了，我告辞了。"

说完，她突然向井川君伸出纤细的右手，紧紧地握住井川君那双大手。正当井川君想回握的时候，她松开自己的手"啪"地从座位上站起来。

等等我！井川君终于没能说出这句话。

和子小姐沿着昏暗的走廊朝出口方向走去。她没有再回过脸来，那顶白色宽檐帽在黑暗中迅速向前移动。那些正在观看电影的年轻男女，抬起头来，望着"白帽"。而井川君，依然坐在那里没有动弹。

警车上的警笛还在不停地叫唤。沉浸在黑暗中的影剧院，仿佛被这剧烈爆炸般的声音和摇滚乐声吞没了……

放火泄恨

涉谷区松涛一带是闻名的高级住宅街，缓缓向前延伸的坡道两侧，宽绰阔气的私人住宅楼鳞次栉比，沿人行道是一长溜森严壁垒的围墙。有不少住宅楼是外国人买下居住的，大门上挂着用外语字母横写的姓名牌。虽说这条街紧邻着涉谷车站周边的繁华商业街，却没有喧闹嘈杂声，而是安静悠闲，端庄整洁。它像繁荣热闹都市里的一块闹中取静的宝地，白天鸦雀无声，晚上只有附近住户的轿车引擎声，几乎听不到行人的脚步声。

八月十二日晚上八点半左右，在这条高级住宅街的一个角落里，一股火苗腾空而起。正在这里驶过的一辆小车驾驶员发现了火情，赶紧按响喇叭示意大家出来救火。火焰的红光照亮了围墙，熊熊燃烧起来。刹那间，一住宅院内的四米高的松树被笼罩在烟雾之中。火星四起，漫无目标地飞舞。火焰，从那幢私人住宅楼的院子里飞向天空。

驾驶员不停地拼命地按着喇叭，可每幢楼里都开着空调，窗户紧闭，而且还遮着窗帘，无法听到外面的喇叭声。倘若以前，一到夏天的晚上，家家户户都端着凳子和椅子在外面纳凉，一有什么动静马上就会知道。

当喧嚣的救火警报声响起的时候，各住宅楼内才纷纷拉开窗帘打开窗户。当他们发现火龙在夜空中飞舞时，慌慌张张地打电话到消防署，随后争先恐后地涌向着火现场。

257

"是下田先生的家。"

到了现场，才知道是下田家失火。

夜空被大火染得通红通红的，照亮了院子里的树林和夜色中依稀可辨的二层楼房的一角。所谓下田先生的家，是指昭明相互银行行长下田忠雄的住宅。

最先赶到的两辆消防车，不费吹灰之力就把火给扑灭了。可消防车还在接二连三地呼啸而来，不停地拉着警报。没隔多久，又有好几辆消防车纷至沓来。顿时，把火已经扑灭的现场围了个水泄不通。

被燃烧的，是下田住宅背后的板壁围墙和设置在那里的垃圾箱。宽一百九十厘米，高一百八十厘米的大面积板壁，被烧得焦黑似木炭。那个用混凝土浇制的垃圾箱里的垃圾，被烧成一片灰烬。板壁围墙里的那棵大松树上的枝群，有一部分被烧得像一根黑色捣火棍。主屋的背墙与烧毁的板壁围墙近在咫尺，倘若火势继续蔓延，住宅底楼以及二楼则很难保住。

下田住宅占地四百五十坪（约一千五百平方米），其中日本式楼房与西洋式楼房之间的连接楼房占地一百二十坪。院子里有人造假山和养鱼池，水池里有一些用于点缀的巨石。数以千计的价格昂贵的鲤鱼，在水池里欢快地游来游去。院子里还有一大片草坪，可以进行高尔夫球练习。院子周围种植了好多珍贵稀有的树木，与普通树木交织在一起，构成一道与世隔绝的隐蔽树林带。原来的旧建筑有二十多年的历史，五年前进行了改造扩建。当时，高价聘请了建筑师进行设计。鉴于这一带拥有许多漂亮住宅，下田住宅便取名为"松涛别墅"，以示与众不同，别具一格。

"幸亏火势不大才得以扑灭。"

一些看热闹的人凑在一起纷纷谈论。如果消防车再来晚一些，就会酿成一场损失惨重的火灾。

火被扑灭了，消防署的负责人询问在家的下田夫人。看上去夫人今年有五十岁左右，人长得很瘦，说话时显得很激动。

"不管怎么说，火出自我家。"

"夫人，家里放有什么易燃物吗？"

主屋背后有厨房，浴室，机房和仓库。所有房间，夏天使用冷空调，冬天也使用暖空调，总之，一年三百六十五天天天使用空调。

下田夫人把脸转向一边，语气强硬。

"不，我家里没有易燃物。"

"我们刚才检查了机房与浴室的煤气排气管，没有发现马达异常，也没有发现管道煤气泄漏。"

"一切都完好，偏偏发生火灾，这到底是怎么回事？"

"据我们现场分析，有放火嫌疑。"

"唉！您是说有人放火？"

夫人脸色骤变。

"垃圾箱燃烧，垃圾箱旁边的板壁围墙也燃烧。由此可见，一定是有人把易燃品丢进了垃圾箱。"

"没有人做那样的事。"

"垃圾箱里的纸屑类不用说了，就连那些不易燃烧的东西也变成灰烬。这说明有人把汽油浇在垃圾箱里然后把火点着，这种可能性最大。"

"……"

夫人害怕得往喉咙里咽了一口唾沫。

"在着火的一刹那，您听见有人逃走的脚步声或车引擎发动的声音吗？"

"不，一点也没有察觉到。"

"那么，是否看到有形迹可疑的人呢？"

"因为屋里开着空调而关了门窗，没有想到观察窗外的情况。"

"家里，除了夫人以外还有谁啊？"

"两个儿子和一个女儿，还有两个保姆，驾驶员夫妇住另一幢房子。"

"您丈夫呢？"

"丈夫去赤坂出席宴会不在家。我打电话通知了他，我想他立即会赶回来的。"

"有放火嫌疑，我们已经报告警方了。为保护现场，在警察没有到来之前，我们用绳子围起来。绳圈里面，禁止任何人进去。"

"明白了。"

夫人不安地点点头。

不一会儿，地区警署的刑事侦查科派出的警官们也赶到了现场。

侦查警官从消防员们那里了解情况后，在板壁围墙的外边展开搜查，寻找证据。由于没有光线，无数支电筒集中在那里，翻箱倒柜地搜寻。

在警官中间，有几位负责鉴别的技术警官。他们在烧焦的板壁围墙上找到手印，用白粉显现了指纹，又在地面上发现鞋印，从桶里取出白石灰溶液浇制成鞋印样。好几架照相机上的闪光灯不停地闪烁，拍摄整个现场。

刑事侦查科长亲自带队，他此刻正坐在会客室里向下田夫人讯问。这位科长的身材胖乎乎的，可坐在豪华宽敞的会客室里显得非常渺小。

刑事侦查科的结论说，放火的可能性很大。并说，明天早晨光线好的时候再到现场取证。接着向夫人提出与消防署一样的问题，是否听到奇怪的脚步声和有驾车逃离现场的引擎声。夫人重复刚才的回答说，没听见。

"请允许我冒昧地问一下，您能否提供与您有积怨的人的名单？"

“没有，一个也没有。”

夫人一概否定。

“最近是否接到过恐吓信和恐吓电话？”

“没有。”

“让您感到讨厌的人有吗？”

“那也没有。”

“您丈夫呢？”

“这，我想我丈夫也想象不出。他就要到家了，等他回来后您问他吧。”

“您丈夫是昭明相互银行的行长下田忠雄吧？”

“是，是的。”

“在融资方面发生纠纷，继而对您丈夫产生怨恨的人有吗？”

“银行方面的事情我不清楚，这些情况您还是问我的丈夫吧。”

“夫人，垃圾箱里发现有人浇汽油的痕迹，这不是过路行人的恶作剧，也不是单纯的放火。我认为，这是积怨很深导致报复的犯罪行为。”

这时候，保姆推开会客室的门告诉夫人说：

“夫人，先生回来了！”

话还没有说完，下田忠雄走了进来。

“他是我丈夫。”

夫人脱口而出。

地方警署刑事侦查科长站起身。

下田先生与他交换名片。

“您辛苦了，飞来横祸惊动了你们。”

下田先生低头行礼，在耀眼的灯光下，他那光秃秃的前额像一面亮晶晶的镜子。

“这是灾难。”

科长道明真情，接着表示慰问。

"刚才听家人说只是垃圾箱和板壁围墙的一小部分给烧了，幸亏消防署来得及时，火被扑灭了。托消防署和您的福，太感谢了！"

科长见自己道明了火灾，还是没有让下田先生明白过来，于是重复刚才说的话。

"下田行长，我刚才对尊夫人说了，这是一次蓄意纵火事件。"

"是人为纵火？"

"从现场勘察掌握的全部证据来看，我们判断为纵火事件。"

下田先生似乎骤然明白了什么，抬起头仰望天花板的一角默默无言。

下田先生这些奇怪的举止，一一进入科长的眼帘。

"不像单纯的恶作剧，因为作案者在垃圾箱里浇了许多汽油，所以这是有预谋、有准备的纵火案件。这情况我也已经向尊夫人说了。下田行长，您能不能向我们提供可疑对象的名单？"

"没有这样的人。"

尽管下田先生已经开始心不在焉，但是仍然一口咬定没有。

"有没有由于金融方面的纠葛而与您结下怨仇的人？"

"没有。"

此刻的下田先生似乎正在考虑其他事情，对于科长的提问都是机械性地回答。突然，当他那躲闪的视线与科长的视线重叠在一起时，他似乎想起了什么，他纠正道：

"科长先生，在金融方面不管有什么纠纷，不可能有人来行长住宅放火！以前，也不曾听说过有这样的例子。"

"那么有没有与行长个人积怨的人？"

"与我个人？"

下田先生反问道。当他的视线与夫人的视线交织在一起的时候，他以干脆强硬而又坚决的语气给予否定。

"绝对没有！我是基督教信徒，在银行制定的方针里也揭示了'人类信爱'的宗旨。我不喜欢抬高自己，但凡与我交往的人都对我持有好感。可以说，怨恨我的人是一个也没有。"

科长正准备打招呼，欲表明第二天再来现场取证的意思。这时候，下田先生说：

"请等一下。科长先生，我想与您商量一下。"

"什么事啊？"

"这失火的事要上报吗？"

下田先生神色慌张，认真地问科长。

"当然要上报。根据规定，如果报社记者前来，我们必须提供所有材料。"

"这失火的事已经客观存在了，没有办法改变。但您所说的有纵火嫌疑之类的情况最好别往上报，您能接受我的这一请求吗？"

下田先生用恳切的目光央求科长。

"您担心什么呢？"

"没有其他理由。我是昭明相互银行的行长。对于银行来说，保持信誉是绝对重要，也是放在第一位的。如果报纸上登载着昭明相互银行的行长家被人纵火的新闻，会引来很多人的无端猜疑。这些猜疑会影响到正常的金融业务。对于昭明相互银行的蓬勃发展，有相当多的人在暗中妒忌。这些人正愁没有材料，一旦看到这新闻，会立即制造无中生有的谣言，恶语中伤银行在客户中形成的良好信誉。"

"哦哦，是这样的。"

科长把手放在额头上思忖。

"还有，科长先生，仅纵火嫌疑这一条消息也请别提供给报社。"

"限于我的职权范围，我不能在这里答复，我回去与署长商量一下。"

"我现在打电话给署长好吗？现在这时候，估计署长在自己家吧？"

"不，这不需要劳驾您，等我返回警署后会打电话给署长的。"

科长拒绝急于打电话给署长的下田先生。他在思考，在寻找下田先生为什么如此着急的原因。

"原来是这样，那好吧，请多关照，请把我的建议转达给署长先生。"

"明白了……但是，行长先生，对于嫌疑犯我们可以立即逮捕！"

"怎么？"

"搜索这样的罪犯不是很费力的。作案手法很简单，多半是初犯！如果是纵火惯犯，手法高明隐蔽。本案的纵火犯是不会放火的外行。"

"……"

"请放心，不需要多久就可以逮捕罪犯。"

听科长说放心，下田先生更坐立不安了，脸色苍白。

送走科长、警官，以及消防署人员后，下田先生让夫人把中村君喊来。中村君是下田先生的专职司机，住另一幢房子，刚去赤坂把行长接回家。

"怎么，又要出门？"

这种时候还要出门？夫人吃惊地望着丈夫。

"我想起一件急事，马上去银行办公室。"

小车一停在日本桥的昭明相互银行大厦门口，下田先生便开门赶忙下车，径直朝电梯走去。那些保安人员和值班人员吓了一跳，呆呆站立在那里。下田先生连眼皮也不朝他们眨一下，坐上电梯，然后匆匆走进自己的行长办公室。

值班员不知道行长需要些什么，提心吊胆地走到门口刚要询问，被下田行长一顿莫明其妙的训斥，吓得哆哆嗦嗦地站立在原地。下田先生训斥完一个箭步上前，狠狠地关上门还插上保险。下田先生呆若木鸡地愣了一会儿，焦急不安地拨着行长专用电话机上的转盘。因紧张，手指战战兢兢的不听使唤。他一连拨了两次。

这时候，墙上电钟的时针正指向十一点。

"是高柳君吗？"

电话打到了高柳君的家，想不到接电话的正好是高柳君本人。

"是啊，我现在在行长室，你马上赶过来！"

下田先生对着听筒上的送话器大声说着，整个脸上直冒热气。

"嗯，你还问什么事啊？等你来了我再告诉你，十万火急！快！"

他大发雷霆，挂断电话后便拿出手帕不停地擦着光亮的额头。

阴影笼罩

烈日炎炎，大地像一座炙热的高温炉。山越贞一顶着酷暑行走在缓缓的下坡道上，不断用手帕擦拭额头上冒出的豆大汗珠……豪华别墅式的楼房比比皆是，伫立在道路两侧的围墙里。

他走到流经峡谷般岩石底下的河边，这儿竖有一块写有"等等力溪谷"字样的指路招牌。小桥对面右侧的一幢小楼房门口上，挂有一块"世田谷区等等力一路五十八号"的指路牌。山越君向身边的行人打听，得知等等力一路二十五号楼就在前面不远的地方。那里，是某家大公司的役员住宅。

山越贞一从自由丘保姆登记站站长那里打听到，原在山口和子家担当保姆的石田春，现正在这家高级住宅任保姆。根据电话号码分析，自由丘与等等力相隔不远。

山越贞一走到住宅附近，石田春早已等候在一棵绿叶茂盛的大柳树下。原来，山越贞一来这里之前，已经与石田春电话联系相约在住宅附近见面。山越贞一仍然冒充专门为"牡安夜总会"供应洋酒的"斯库多洋酒厂"推销员，与石田春在这里相会。

身材长得男人模样的石田春，像门板那样站在那里十分显眼。山越君连奔带跑地走到她面前，弯腰行礼说：

"对不起，对不起，大热天让您在路边等我，太失礼了！是啊，我已经好久没有见到您了。"

"你这洋酒厂的伙计老是黏着我，究竟又有何事呀？竟然打电话到我的新主人家！到底有什么急事？"

语气虽很强硬，态度却很婉转，瞧她那迫不及待的神情，已经喜欢上这种"买卖"了。不花力气，只要说一些在主人家所见所闻的片言碎语，就可轻轻松松地挣大钱。可不是吗，上次在保姆登记站接待室与眼前这位先生见面时，仅一个小时就得到一万日元的报酬，太好了。

"我有一点小事……可站在这烈日炎炎的路上请您指教，太对不住您了！请问，这附近有咖啡馆吗？能否在那里边喝边谈？"

"好吧！"

石田春做向导，朝最近的一家咖啡馆走去。

这一带的咖啡馆都比较高级，与居住在这一带的"大人物"高级住宅群非常吻合。走进咖啡馆，客人没几个，石田春点了一杯牛奶咖啡加水果，山越君点了一杯冰咖啡。

"山口和子已经离开柿树坂医院，现在已经回到家里住了吧？"

山越君顾不上再说客套话了，开门见山地问道。

"好像还没有回家。虽听说早已出院，但不知到哪里去了。我曾去医院想侍候山口小姐，好不容易到了那里，结果被几个凶恶男人赶了出来，连一点点客气的话也没有，太没有礼貌了。"

石田保姆愤愤不平。

"山口和子家有三四个男人保卫，他们现在还在吗？"

"在吧！自从那天我被他们赶出来以后，已先后到过好几家当保姆，现在那里到底怎么回事，一点也不知道。"

"照您这么说，山口和子一直没有去银座的牡安夜总会上班？"

"是的。"

"那样的话，牡安夜总会欠您的洋酒钱不会因此而赖账吧？"

"那好像不会吧！"

冒充"斯库多酒厂"推销员的山越君，苦笑了几声。

点的饮料由服务员送来了。石田春说了一声谢谢，手持叉具打算吃牛奶上的盖浇水果。她犹豫了一下，不知先吃哪一种水果。

趁这当儿，山越君从袋里取出笔记本，把夹在笔记本中的一张照片放在石田春面前。这张照片是从印刷品上剪下拼贴的。

"瞧，石田女士，您还记得照片上的这张脸吗？"

石田春正朝嘴里放入一块菠萝片，听山越君这么一说，连忙盯着照片上的那张脸仔细琢磨起来。

"哦！"

片刻，她睁大眼睛叫了起来。

"这是高柳总经理的那个'哑巴'秘书！"

好极了！山越君在心里暗自叫好，他好像黑夜迷失方向的人看到灯火一样。突如其来的喜悦，使山越君的身体不由得晃动起来。可他还是尽量克制着自己，不让石田春发现自己的变化。

"请仔细看一下！肯定是那个跟着高柳君到山口和子家的秘书吗？"

"一模一样，不会有错。"

石田保姆斩钉截铁。

"这秘书叫什么名字？"

"叫中村。山口小姐一直是那样称呼他的，还说这秘书是傻瓜呢！如果不是一个笨蛋秘书，也不会陪着到高柳总经理的情人家去。头发又黑又密，是即将步入退职年龄的白痴。无论从哪个角度看他，都不像一个秘书！那个中村秘书的脸上……"

保姆又拿起照片端详了一会儿，说：

"这照片上的人就是到山口和子家去的那个中村！"

她的视线久久没有离开照片上的那张脸。突然，她望着山越君嚷道：

"这照片肯定是中村秘书！"

说完，她对自己的眼力确信无疑。

"不对，这照片上的人是某公司的总经理。上次从您这里听到的高柳先生的秘书，我以为不是这种感觉的人，便把这张照片拿来给您认。不出所料，完全是同一个人！"

"咦，这个人也是总经理？哪家公司的？"

"某建筑公司的总经理。"

照片，是将印刷品上的图像剪下拼贴后再用相机拍摄而成的。

如果是印刷之类的东西，不得不在印刷照片上加墨产生光泽，而容易让人识破。复印后，看不见墨描的痕迹与光泽，让人觉得是印刷照片。

照片经过修整，前额部分黑乎乎的。

原先，山越君只觉得有百分之五十的把握，没想到这曾经在山口和子家当过保姆的石田春却一口咬定照片上的人是高柳君的秘书。

收获太大了！

一阵喜悦的心情掠过山越君的心头。

"我想再重新问您一遍，这张照片上的人肯定是那个中村秘书？"

吃完水果，正在用汤匙舀鲜牛奶吃的石田春，见对方问话的态度非常郑重，又滔滔不绝地说道：

"虽然中村秘书常跟着高柳总经理来，但与山口和子之间没说过话。"

她又重复起上次在保姆登记站接待室里说的那番话，

"是啊，不太说话！因为他只是秘书。你想啊，要是与总经理的情人多说话，总经理肯定会不高兴。再说中村君是上了年纪的人，每次来都是坐在角落不起眼的座位上，而且十分注意自己的举止。"

"高柳总经理带中村君到山口和子家，那后来又怎样了呢？"

"那后来的情况就不知道了！我好像上次说过，高柳总经理来家里的时候一般都是傍晚。而女主人马上让我尽快回宿舍休息，并嘱咐我第二天中午来。他们的晚饭，都是我事先准备好的。从傍晚起一直到第二天整个上午，恐怕是两个情人在一起寻欢作乐吧！"

保姆说到这里扑哧笑了，嘴唇上沾满白色鲜牛奶，像涂了一层白漆。

"那中村秘书怎么办呢？"

"您问那样的话简直太愚蠢了！陪高柳总经理到和子小姐家后，肯定是趁天没有黑离开那里吧！"

"您看到过秘书在天没有黑之前离开的情景吗？"

"没有。就像我刚才说的那样，我是根据山口和子的吩咐去做的，干完活便早早地回到宿舍。至于那秘书，也不可能磨磨蹭蹭地待在那里。"

石田春想当然地说。

"您第二天下午去和子小姐家时，高柳君已经不再那里了吧？"

"是的，中午前就回家了。"

"是坐公司的车吧？"

"从来不坐公司的车！总经理步行到自由丘车站后，喊出租车上班。"

"您见过吗？"

"不可能见过。我到她家之前，高柳君已经走了。"

"原来是这样。那么，您的这番话是从女主人那里听来的喽？"

"是的。"

"我再问一件事情，也是上次您在保姆登记站接待室里说过的。高柳总经理有时候从银座送女主人回家，休息半个小时后就回家了？"

"是的。"

"那时候，高柳君不带中村秘书吧？"

"是的。"

"那，也就是说只有带中村秘书来时，高柳君才在女主人家过夜？"

"是的。"

"实际上，您并不曾亲眼见到过高柳君在女主人家中过夜？"

"是的，因这时我早已回到宿舍。刚才所说的都是从女主人那里听来的，是她亲口告诉我的，不会有错。"

"最后还想问您一件事，山口和子住院前，高柳君一直带中村到女主人家过夜吗？"

"照那样说，和子小姐住院前高柳先生已经不在女主人家过夜了，当然也不带中村秘书了。即使他偶尔送女主人来过几次，停留时间也很短，不出半小时便匆匆忙忙地回去了……不用说，家中一定有事。"

石田春"哈哈"地笑了。

山越君觉得，大致与自己的想象对上了号。

那"中村秘书"是某个大人物的化名，这已经是不容置疑的事实了。

山越君来到自由丘车站的销售报刊柜台。

"晚报还没有到，日报还有几份。"

柜台上的营业员说。

"也行。"

山越君买了一份日报，从头到尾迅速地浏览了一遍。一清早出了家门，由于工作繁忙无暇细读报刊。从事周刊杂志社的采访工作，认真读报是必不可少的。

在涉谷车站换乘地铁，可眼睛还在逐字逐句地看着日报。大标题下面报道的内容大致读完，又翻到社会版下面的报道文章。突然，一条很不显眼的小标题"相互银行行长家不慎着火，但火势不大"映入眼帘：

> "十二日晚上八时半左右，涉谷区下田忠雄（今年六十五岁，地址是松涛一号四十五室，现任昭明相互银行行长）住宅的后门出现火情，附近人发现后立即打119报警。消防署立即派出好几辆消防车，由于扑灭及时没有酿成大火。仓库一部分和木板围墙一部分已经烧毁，所幸没有殃及主屋。目前地方消防署正在调查起火原因，据透露好像是家人不注意所致。"

……真不凑巧！

刚才在等等力见到保姆石田春，了解了重要情况。

山越君还不知道下田忠雄住宅的详细地址，想借此机会去看一下。

刚才，好不容易坐地铁来到赤坂见附，可现在又不得不返回涉谷，不凑巧！

可他不知道松涛一号四十五室的具体地理位置，走出车站来到地面喊了一辆出租车。虽从涉谷车站坐上出租车就能到达松涛，但司机脸上显露出很不情愿的表情。

"许多客人都说要去一号四十五室，其实都是到下田家去的。"

司机一口气说完，山越君吃了一惊。

"你真有眼力！"

司机笑了。

"不是不是。今天的日报上，刊登了下田家失火的号外新闻。于是，有相当多的客人从银座和赤坂见附赶来。这不，我刚送客人到松涛返回。"

"千里眼司机"的目光里放射出异样的眼神。

出租车在青山大道上朝涉谷方向飞驰。

"到下田家慰问的人络绎不绝，可好像只是一场小火，没有必要兴师动众。"

"下田先生是相互银行的行长，在融资上受到他关怀并希望继续受到他关照的这些人，趁这机会带礼物上门慰问，以巴结讨好这位行长。"

"你说话太尖刻了！"

"啊，实际上是那样的！"

来到松涛一号四十五室下田忠雄住宅附近的时候，自备车和出租车不计其数，拥挤不堪。两名手上戴着袖章的交通警察正站在那里疏导着混乱的交通。

眼看出租车无法向前，山越君便下了车。

果然，下田住宅豪华、庞大，令人咋舌。围墙很长，树木茂盛得犹如夏天的森林，住宅里是一片绿色世界。

无论如何不能靠近正门！自己这张脸也许会被人发现！从事《经济论坛》杂志社的采访工作，在企业界认识的人太多了。尤其是现在这种时候，山越君更加不希望别人发现自己。

门前人山人海，山越君决定沿围墙到后门的着火现场去，打算看一下被火烧毁的板壁和仓库。

走到围墙再转弯，那里已经被绳子圈了起来，绳上挂着"禁止入内"的禁令牌，落款是涉谷警署。身着便服和蓝色工作服的五六名技术警官把取指纹用的白粉沫沾在板壁上，还有的技术警官蹲在地上用石膏取脚印。其余警官在后门走来走去。

嘀！瞧这架势，看来不是失火，而是纵火。

山越君目光呆滞地望着……

和子被害

八月十三日下午四时半左右。

井川正治郎站在首都高速公路收费室窗前，收取过往车辆的通行费。

坐在账台前算账的寺崎君，今年六十三岁，原是某报社的记者。

听寺崎君说，新闻记者退休后没有找不到工作的。在报社系统的人退休后可以去企业寻找工作，但要返回报社系统再就业可能性则很小。寺崎君退休离开报社后，经一些前辈介绍到商业公司工作但发挥不出自己的作用。以后，他开了一家饮食店，不久倒闭关门，后来又到广告公司工作。前不久，通过中介人找到现在的收费站工作。

一进入盂兰盆会期间，拥有轿车的人纷纷赶往原籍。东京都内的车辆，就像魔术师变戏法，急剧减少。报上兴师动众，大肆渲染，称人们回乡赶赴盂兰盆会是"民族大移动"。

收费室有时也很空闲，因为过往车辆寥寥无几。两个收费员开始海阔天空地聊起天来。

"这么闷热的季节，我们也真想去海滩凉快凉快。"

新进收费所工作的寺崎君称呼井川君为前辈。

"现在这种季节，不管哪家海水浴场都是拥挤不堪，黑压压的一片。"

驶来一辆小车,井川君把报销单递给车上的司机,对寺崎君说道。司机接过报销单,连看都不看他俩一眼飞也似的驶走了。

"镰仓和房州的海边不能洗海水浴,我年轻时在山形县鹤冈记者站工作过。即使东北那里的日本海,水的颜色也与太平洋水的颜色有天壤之别,呈墨绿色,称之为'庄内海岸'。念珠关、由良和汤浜那里的海水浴场,水清澄透明,海底鹅卵石和活泼可爱的小鱼看得清清楚楚。背后是出羽三山和鸟海山等,可谓风景如画。"

"你见的世面还真不少啊!"

又驶来一辆车,递上一张通行券。

"在记者站和分社转来转去,是因为在这些部门工作必须经常移动。我最后是在九州大分的分社担任社长,那里一到春天,鲜花盛开,春意盎然。还有别府和由布院的温泉,一到阿苏附近,那久住高原的山上到处都有温泉。哪天有空,我真想陪井川君去享受享受。"

寺崎君坐在桌前,十分怀念记者生涯的美好时光。

"也许哪一天我会拜托你的。"

不知是否有那样的机会,井川在想。

收费站的下面,是宽敞的涉谷大街。这时候驰来一辆赛车,坐在副驾驶席上的女人嘴里叼着烟,上身几乎裸露,开车的是一个身穿和式衬衫的小伙子。他递上一张一万日元的纸币,寺崎君把找头与报销单交给井川君。井川君再从窗口递到那司机手里,"嗖"的一声,赛车开走了,那司机小伙子仍然没有朝他俩看一眼。

寺崎君从椅子上站起身来,顺势朝涉谷大街望了一眼。天空像太阳在燃烧似的,火辣辣的,没有一丝云彩。

"昨天夜里,松涛那里有一个大户人家发生了火灾。"

寺崎君说着用手指了一下那个方向。

"……住在那附近的一个朋友来我家时说的。"

"损失大吗?"

"不，是一场小火。消防车一到，三下两下地就把火扑灭了。是住宅后面的垃圾箱烧了起来，还有那板壁围墙烧了一部分，仅此而已。"

"就这么一点，真是不幸中的大幸啊！"

"可看了今天的日报，只是轻描淡写地说是家人不小心导致失火。"

"那新闻我漏看了。"

"在社会版下面有一个很小的标题，像那样的写法不会引起读者的重视。那着火的住宅，是昭明相互银行下田行长的。"

"那家昭明相互银行的宣传广告，做得很大哟！什么'人类信爱'啦，仁爱之类的标语满天飞啊！"

"'人类信爱'到底如何，姑且不说，但如此淡化火事不能让人相信。"

"不是失火？"

"外面垃圾箱着火，报上没有登载，只写了板壁和仓库一部分被烧毁，我到那里一看，便什么都明白了。"

又驰来一辆小车，是出租车。

"怎么，你明白了什么？"

井川君接过通行券，转过脸瞅了寺崎君一眼。

"如果报道火源来自垃圾箱，读者一看就能明白那是纵火。不用说，这样的报道肯定招来麻烦。因此，下田行长不让报社披露事实真相。我是这样认为的。"

"能有那样的事吗？"

"此类事情，拜托警方比拜托报社要容易得多。有关此类报道，报社只能根据警方提供的范围。"

"……"

"在我的记者生涯里，经常遇到这样的事。地方实力派人物要求地方警署署长这样做、那样做，新闻报道上就不会出现放火两个字。搜查时是悄悄进行的，总之，是照顾那些大人物的面子，不对社会公开。"

"哈哈啊，还真有这种事啊。"

"所以，听了朋友有关垃圾箱燃烧的消息，再看日报上刊登的内容，其不同点也就显而易见了。因为主人是相互银行的行长嘛！如果实事求是地客观报道，相互银行在社会上的可信度就会大打折扣。行长一诉说理由，警方就会从提供给报社的内容里删除关键部分。"

"……"

又驰来一辆出租车。井川君从司机手上接过通行券，顺便朝出租车后排座位瞥了一眼。

不好！后排座位上的乘客竟是原田君。井川君惊讶得差点叫出了声。

那天夜里第一次遇见这张脸，是站在银行大厦前面望对面的大厦。

后来被他缠上的那天，是芝白金的财务所门前。正巧那天早晨刚下班，被他邀请到宾馆餐厅吃早餐。这家伙说话时的一副腔调就像某股东大会的干事，非要自己坦白火柴盒上的暗号内容和说出山口和子背后的那个经济后台的姓名。

大概是条件反射，井川君赶紧把帽檐往下压到眉毛那里，当然没有必要把整个脸庞都遮住。此时的原田君把两只手臂抱在胸前，满脸困惑的表情，紧闭着双眼，似乎在思考着什么。

仅仅是几秒钟的停留，那辆载着原田君的出租车转眼就消失了。

"通常，警察是……"

井川君目送着出租车离去，耳朵还在听着寺崎君的分析。

八月二十日下午一直到夜里……

盂兰盆会结束，"民族大移动"又开始了，相继从原籍赶回东京。

有乐町的香才里才影剧院，还在继续上映美国大片《狂热的男人》。电影已进入第十周了。

无论怎么精彩或惊险，一到第十一周，观众数量屈指可数。在盂兰盆会期间也许有不少观众，一旦盆会结束，观众寥寥无几。大约一千五百个座位的影剧院里，每场放映时观众只有六七十人。如此豪华的影剧院里，每天放映四场，观众总数仅二三百人而已，实在是少得可怜。

这电影吸引年轻人的主要原因，是摇滚乐和驾车特技。整个电影里，以流行语为主要纽带。电影院，似乎变成喧嚣的迪斯科舞厅。在高速公路的一角，追赶的警车纷纷变成废车，翻滚，起火……场面惊险刺激。

但无论电影如何受年轻人欢迎，毕竟进入第十一周，鼓动和宣传的效果也已步入低潮。由于这部影片在第十二周将结束放映，所以又招来一些年轻观众。不过，也仅仅是六七十人。

第二场上映的时间是下午一点四十分开始，四点十分结束。休息十分钟后，第三场是四点二十分开始，六点五十分结束。又休息十分钟，终场放映是七点开始，九点三十分结束。

在十分钟的休息时间里，楼下的休息走廊里挤满了青年男女。由于是走廊兼作休息室，因此十分狭长。墙边放着三张小桌，六把椅子，两把一组面对面地坐着。在旁边是四张长椅子，两只一对背靠背地放着，中间是正方形立柱。靠里面的那张长椅子的尽头，是铺着紫绛红绒毯的楼梯。二楼是指定席，走廊天花板上排列着整齐的嵌入式照明灯。走廊一侧是楼下自由席的出入口，墙上是每周上映的电影剧照的宣传栏。

年轻人三五成群地坐在长椅子上，手拿着在对面小卖部里买来的可乐饮料、雪糕，以及三明治等。他们喝着，吃着，还不时地说说笑笑。有的男青年一手搭着女青年的肩膀，一手搂着腰，旁若无人地亲呀吻的。在空调送出的宜人温度中，如同处在避暑胜地。

电影一开始，他们排起队沿着走廊从出入口朝自由观众席走去。这时，走廊上还有一对男女仍然坐在椅子上。男的在抽烟，女的在吃冰激凌，相互间在轻轻说着什么。电影已经放映很长时间了，可他俩仍在原地一动不动的，看上去像一对愉快的恋人。由于观众席上空空荡荡的，因此，出入口的大门也敞开着。

即使出入口的大门紧闭，坐在走廊上也能听见电影院里那疯狂的音乐，和那震耳欲聋的激烈的摇滚乐。警车的警笛尖叫声，人的狂叫声，以及被撞得破烂不堪的车辆，吸引着走廊椅子上坐着的那对男女。他俩不断地站起又坐下……

在二楼的指定观众席上，这里与楼下的自由席不同，椅子上有靠垫和坐垫，坐上去非常舒服。不需要脸朝上，头不会痛，颈不会酸，这儿视野宽阔。

在上映到第十一周的今天，坐在指定观众席上的客人只有一个。

摇滚乐、电吉他和锣鼓汇合而成的爆炸声，演奏者歇斯底里的手势和脸上恍惚的表情，在银幕上翻来覆去地不停地出现。

歌手张大嘴不断地扭腰，那晃动的频率近似于陶醉。

风驰电掣般驰来的车辆，像一头头猛兽拼命地狂奔，与迎面飞驰而来、眼看就要相撞的一辆辆车擦肩而过。这辆正在被追捕的逃车，方向盘左右晃动，整个车像在扭秧歌舞。

这辆逃车仿如一只无头的苍蝇到处乱窜，转过一个弯又转一个弯。

在后面追捕的警车车队，警笛四起，叫嚷、狂鸣。在逃车面前，许许多多的泊车挡住逃车的去路。突然，那辆逃车高高跃起，从车群顶上飞过继续向前逃窜。后面的警车相互倾轧，碰撞，难以加速。

逃车在人头涌动的人行道上横冲直撞，行人们纷纷逃离。逃车穿过陈列橱窗飞向拱形大门的商店街，玻璃碎片噼噼啪啪四处乱飞，五颜六色的水果和各种形状的食品溅向空中，织成一道五彩缤纷的画面。威士忌、白兰地纷纷从酒瓶中蹿出，像一股不可阻挡的洪水。

警笛声，警报声，像鼎沸的开水。

歌手放声大唱。

那辆逃车再次蹿到道路上，在那泊满车辆的狭窄的通道上斜着车身，仅凭单侧的两个轮子挤了过去。

警车见状感到难以通过，改变路线继续追赶。

那辆逃车在无数级长长的石台阶上向下驶去。

警察指挥中心的警官们暴跳如雷，训斥各辆追捕车上的警察。

那辆逃车又蹿到高速公路上。根据指令，在逃车的必经之路设置屏障进行阻击，警官组成的队伍埋伏在周围。

逃车继续向前逃窜，毫不理会两边的警察队伍。警察们慌里慌张地向四处逃跑，屏障四分五裂，飞尘烟雾在天空弥漫开来。

歌手还在狂号，电吉他还在欢快地伴奏，震撼着整个影剧院。

银幕上，警车车队在拼命追赶。

那辆逃车以一个365度的翻滚，转过身来迎着一辆辆驶来的警车撞去。第一辆警车被撞得不能动弹，被后面接踵而来的警车骑在身上，满身伤痕。可是，那逃车还在不停地逃窜。

前面是悬崖！

逃车来不及刹车翻滚到悬崖下，随着一声巨响，一股燃着浓浓黑烟的火柱腾向空中。

以最高潮的摇滚乐作为背景，银幕上出现了"完"的字幕。

顿时，电影院内的照明灯一齐亮了。

二楼的指定观众席上只有一个观众，一个女性观众，好像靠在座位靠背上睡着了，睡得很香很香，似乎宜人的空调恒温把她带入迷人的梦乡。

这里没有新观众入场，也不见手持电筒引导观众入席的小姐身影。

十分钟休息结束了，电影院里的照明灯火又熄灭了。

一开始是广告，紧接着是下一周放映电影的预告。

先是《狂热的男人》字幕，依次是制作人员的姓名。

突然，劈天盖地的摇滚乐划破寂静的夜空，迪斯科的场面出现了。

演奏者歇斯底里的手势和恍惚陶醉的表情。

歌手张开大嘴，扭动着腰，醉醺醺的表情。

猛然间，驶出一辆飞也似的轿车，与迎面驶来的一辆辆车擦肩而过。司机不断转动方向盘，车像跳伦巴似的在道路上飞驰。

是一辆不知逃向哪里的小车。这辆逃车不断地顺着街角转弯。

后面追赶的警车车队，在刺耳的警笛声中向前追赶。停放的车辆堵住去路，逃车腾空飞起，越过车群继续逃窜。后面追赶的警车互相碰撞，无法前进。

逃车窜向人行道，行人们四处躲避。逃车撞破陈列橱窗冲入商店，玻璃碎片漫天飞舞，水果食品更是天女散花，威士忌和白兰地纷纷从瓶中蹿出，形成五彩缤纷的画面。

电吉他疯狂叫喊，拼命地在伴奏。

歌手又张开嘴……

又度过漫长的两个半小时。

银幕上出现了"完"字。

电影院内又灯火通明，时针指向九点三十分。

"各位女士先生，今天的放映到此结束，衷心感谢各位光临。请一路走好，等待您下周的光临。"

影剧院内的上空，回响着录音带里小姐与观众道别的声音。录音播放完毕后，指定观众席上还有一位观众仍然靠在椅子上，似乎睡得很香。

工作人员从楼下走到二楼，确认观众是否已经走完。

他发现有一位观众，从前面数起是第二排，在第二排靠近左侧的第二个席位，也就是第二排第十九座。

这位观众低头睡得很香，滋润的短发，发型很漂亮。身穿高级连衣裙，花纹的颜色很淡，颈上戴着白金项链。

"喂，喂。"

工作人员小心翼翼地把手放在女士肩上。

女观众没有醒。

"喂喂，今天电影已经结束了。"

他开始摇了一下女观众的肩膀。

忽然，那女观众从椅子上滑落下去，滑倒在前面座位的中间。

脸朝上仰着，苍白的脖子上留有被绳索勒过的暗红色痕迹。

现场调查

倒在地上的女观众，是在指定席的二排十九座。

有乐町的香才里才影剧院二楼的指定席，共有五百零九个座位，共十二排，每排有四十到四十六个座位。

纵向是四条通道，横向是两条通道，上下楼梯口，左右侧各一个。

二排十九座是第二排比较中间的座位，其左边是十八座，再左便是纵向第二条通道。

香才里才影剧院二楼指定席

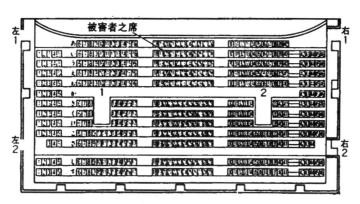

但是，这时候的二楼指定席上只有女观众一人。在偌大的只有

她一人的二楼，她偏偏选择了二排十九座。也许她喜欢距离近一点，银幕上的画面大一些；或许多少有点近视，坐在前面看得较为清楚；也有可能选择那个座位是偶然的；也有可能选择那个座位多少有点必然……

接到影剧院的报警，警视厅出动二十名刑事侦查警官和技术警官，地方警署派出十名警官，共三十人组成的浩浩荡荡的警队驱车赶到现场。担任这一次现场勘察指挥的，是二级警督的主任警官殿冈广已。

女观众年龄在三十岁左右，已经断气，颈上有被绳索勒紧的痕印，脸上充血，前颈部的绳索勒痕呈水平线，后颈部勒得很深。颈脖子上没有留下绳索，现场也没有发现绳索。也就是说，作案工具被罪犯带走了。虽然，被害人的身体还没有僵硬，但手与脚的肢体部位已经僵硬。

几乎没有任何反抗的迹象。颈脖子上的表皮，有好几处被勒了下来。这是一种相当硬的绳索，被勒紧的时候，表皮磨损脱落，略有充血，白金项链没有被罪犯抢走，还挂在死者的颈脖子上。

椅子脚边，有一顶宽檐的白色巴拿马帽和一根镶有钻石的翡翠项链。由于颈脖子上被绳索不断地使劲勒紧，项链上精致纤细的白金小链圈断裂掉到地上。而耳朵上的珍珠耳环，却完好无损。

左手中指上，镶有重一克左右宝石的戒指还在。

白色的牛犊皮制的小挎包里有钱包，装有二十一万五千日元。除钱包外还有化妆粉盒、口红、眉笔、镜子、香水，以及小木梳等化妆工具的小袋。此外，还有三块手绢和手纸。没有发现笔记本和通讯录之类的记事簿。

遗体被移送到大学法医学教室。次日八月二十一日开始解剖，死因是绞杀窒息而死。凶器，是宽七厘米左右的相当坚硬的绳索。死亡时间，是二十日下午五点到八点之间。颈部仅轻度擦伤和表皮脱落，死者生前没有反抗迹象，服装整洁。警方认为，死者是在座位上观看电影的时候，被绕到其身后的罪犯猛地用绳索勒住颈部，窒息身亡。颈部被绳索勒住后失去反抗能力，随着时间推移，被害人意识逐渐消失，痛苦与疼痛的感觉也随之消失而死亡。

没有任何反抗迹象，足以证明凶手采用了突如其来的暴力手段。法医学书上这样写道：

> 通常采用这类杀人手段的，是纤弱的女性罪犯。而被害人，往往是体格健壮的男性。听起来，这多少有点令人感到不可思议。当男人颈脖被突然用绳索紧勒的时候，瞬间仅仅是惊诧而已，紧接着，遭到紧勒的同时已经不省人事。纤弱的女人，很容易绞杀身体强悍的男人。从医学角度说，当颈部被勒的一刹那，应该流向大脑的血由于血管受阻，而使大脑严重缺血，旋即不省人事而窒息死亡。

采用这种犯罪手段，罪犯通常事先不让受害人有任何察觉，出其不意攻其不备，突然用绳索从背后套在被害人颈脖子上，然后发力而得逞。实施这种手段前一旦被对方察觉，无疑，被害人会全力反抗，大声呼救。

施行这种绞杀手段，罪犯事先估计到可能带来失败，于是，选择了没有观众的楼上作为犯罪现场。

美国大片《狂热的男人》上映已经进入第十一周，无论影片多么火爆和精彩，时间久了，上座率不会很高。尤其指定席的票价大大高于楼下的自由席，加之已放映十周。过了这么长的时间，很少有观众购指定席票。

因此，手持电筒引导观众入座的工作人员也就不再上二楼了。事实上，二楼的五百零九个座位几乎是一个无人区。

再者，电影音乐是狂热摇滚乐，整个影剧院犹如巨大的迪斯科舞厅。精彩而又惊险的驾车特技，无数警车拉响的警笛声，车辆相撞的撞击声，摇滚乐的狂奏，以及歌手的大声叫喊，汇成一股翻江倒海的声浪，摇曳着整个放映大厅。

二楼的无人区一片漆黑，纵然被害人反抗也不会有人看到。倘若大声呼救，叫喊声也完全被这狂叫的摇滚乐和惊险的车技所吞噬。

罪犯十分清楚这些有利的条件，能一口气干净利索地绞杀"目标"则最好。如果失败，就采取更残忍的手段。他们精心策划，选择摇滚音乐电影周接近结束的二楼指定席为杀人现场。尽管事实上的效果完全能使"目标"无法反抗，但在措施上力求万无一失。

应该看到，罪犯非常熟悉影剧院的地形和进出路线。而且，与被害人之间十分熟悉。罪犯故意与被害人一起入场，其目的是制造假象，让别人感到他们是一对热恋的情人。

证明这种推断的另一个有力事实是，罪犯不是谋财害命。因为被害人所携物品皆安然无恙，况且，那只外国进口的小皮包里有钱包，钱包里的二十多万日元没有失窃。此外，一克左右重宝石的戒指还戴在左手的中指上，也没有被盗走。经过专家鉴定，虽说戒指上镶嵌的不是最上等的宝石，但至少值四百万日元。那串掉在地上的翡翠项链，少说也值四十万日元。珍珠耳环的价值，也不低于五十万日元的价值。身上穿的连衣裙面料是上等的进口货，款式出自于高级服装设计师之手。

由此可见，被害人是一个习惯于奢侈生活的女人。从携带的化妆品推断，年龄在三十岁左右。再从淡彩色连衣裙的花纹图案推定，是一个从事高消费行业的职业女性。

在她所携物品里，能证明其身份的名片、月票和通讯录之类的东西一样也没有，无法断定是被害人忘记携带还是被罪犯故意拿走。但从现场来看，显然是后者。由于贵重物品皆在，可以想象罪犯熟悉被害人。只夺走能证明被害人身份的物品，说明罪犯企图不让他人知道被害人真实身份。

在被害人的携带物品上只留下被害人本人的指纹，连二排十九座和二十座的椅子上也只有被害人本人的指纹。二排十八座以及周围的座位上，经过搜索也没有发现任何指纹。

虽从现象上看，在无人区的二楼指定席上只有被害人一人。但这仅仅是假象。虽说没有找出指纹，但二排二十座上曾有人坐过是不容置疑的。

罪犯究竟是什么时候行凶的？警视厅刑事侦查一科根据第一个发现并报警的工作人员的证词，是二十日晚上九点四十分左右发现被害人的。侦查一科重案股主任警官殿冈君带领警官们赶到现场的时候，是十点零五分。当时进行了尸体检测，发现被害人的四肢已经僵硬。

通常，发生手脚僵硬是死后一小时至两小时左右，因为它们离心脏最远。二十四小时后，全身出现僵硬。

由于手脚部位已大面积僵硬，法医断定死亡时间为下午五时至七时半之间。死后的僵硬程度因人而异。经过尸体解剖，死亡时间推定为下午五点到八点之间。与解剖前的死亡时间判断仅半小时的误差，属正常范围。

如果死亡时间是下午五点至八点之间，那就是横跨第三场与第四场放映的时间段。第三场是四点二十分到六点五十分，第四场是七点到九点三十分，第三场与第四场之间有十分钟的休息时间。还有一点值得注意的是，开始放映的前十分钟是广告以及下周和最近即将上映的电影预告。因此，罪犯在这一时间段实施杀人的可能性极小。

从现场的情况来看，实施杀人的最佳时机应该是，第三场的四点三十分到六点五十分之间和第四场的七点十分到八点之间。而且，这是银幕上的画面最惊险和摇滚乐最喧闹的时候。

由于尸体上没有任何反抗的迹象，可以想象：罪犯当时起身对被害人说上厕所，趁这时机仔细观察了周围，当确认是最佳时机后悄悄溜到二排十九座背后的狭小走道里，以迅雷不及掩耳的速度突然用绳索套在被害人的颈脖上使劲勒紧。当时，被害人可能大声呼救和企图反抗过，可罪犯充分利用影片中正播放着的喧闹声，使呼救声和反抗声被影片里的声响淹没。

警官讯问在窗口的售票员和门口的检票员，都说既没有出售过二楼的指定席，也没有检过二楼的指定票。

由此可见，被害人和伴随她的罪犯是购买楼下自由席票入场的。遗憾的是，门口检票员却怎么也回忆不出有那么一位打扮时髦的小姐入场。

由于入场的观众甚少，那头戴白色宽檐巴拿马帽、服装醒目的女观众，理应给检票员留下深刻的印象。然而，却一问三不知。

警方当时又找了几位聚集在走廊休息室里的年轻男女进行讯问，也同样回忆不出有那么一个女观众。按理说，能回忆出那个女观众，也就能大致说出那个女人旁边的罪犯长相、特征和着装。

休息时，聚集在走廊休息室里的是清一色的男女青年，搂着腰，搭着肩，只热衷于与恋人交谈。在这些男女的眼睛里，拥有的是两人世界，根本无暇顾及周围的情况。电影一开始，便从出入口消失在电影院里。

警官又讯问走廊兼休息室旁边的小卖部营业员，也是一问三不知。小卖部在走廊一侧，完全能看清走廊上观众来来往往的情况。当然，只注意柜台不注意走廊的来往客人，那也是回忆不出的。

购买楼下自由席入场券的观众如果要上二楼，必须重新购买入场券。通往二楼的楼梯口，有专门为二楼指定席检票的检票员。那里，是上二楼的两条楼梯的共同出入口。

当《狂热的男人》上映到第八周后，连续看第二遍电影的观众不再有了，上二楼的楼梯口也就没有必要再设置工作人员检票。

因此，也就没有人注意那个与被害人同行的罪犯，这才使他们趁机上了二楼的指定席。可以推定，这是罪犯事先设计好的线路。

　　倘若罪犯是在第三场放映途中下毒手，正是被害人聚精会神紧盯着银幕的时候。遇害后，从第三场结束的十分钟休息以及第四场开始，被害人就已经静静地躺在那里了。

　　罪犯也许是在电吉他鸣叫高潮时下的毒手？也许是追赶逃车的警车拉响刺耳的警报声时下的毒手？或许是歌手狂叫时下的毒手？

　　罪犯多半是在第四场散场、广播小姐致谢词"各位女士先生，衷心感谢你们光临，请大家走好！"时，混在其他客人中间从出入口悄悄溜走的。

　　被害人随身携带的包里，既没有身份证，也没有笔记本之类的东西。一克重宝石的戒指，翡翠项链，珍珠耳环，可以为寻找被害人的真实身份提供线索。只要找到出售这些商品的店，一切就可真相大白。

　　三天后，被害人的真实身份查清楚了。

　　银座高级进口服装店的老板一看到警官出示的连衣裙，若有所思地望了一下天花板，立即回答了警方的提问。

　　"这是本店加工缝制的。实际上是本店协作单位——自由丘的巴黎女装店接受附近银座的牡安夜总会妈妈桑的委托，为其加工缝制的夏天穿的连衣裙。由于从来没有加工过如此高级的面料，便委托我店设计和制作，是去年四月间交货的。而且，账本上也有登记，我这就去把账本拿来。"

　　账本上是这样写的：

　　　订 货 人：山口和子
　　　送货地址：目黑区自由丘二路三十二号
　　　中 介 人：巴黎女装店

询问排查

警官们一致认为，凶手经过精心策划，巧妙地利用了现场的特殊条件。

选择放映《狂热的男人》第十一周的影剧院为犯罪地点，是罪犯经过无数次现场调查后最终确定的。该影片由疯狂的摇滚乐与惊险的驾车特技组合而成，无论哪一个观众在座位上大声叫嚷，周围的人是无法听见的。

尤其二楼指定席是无人区，对于实施犯罪十分有利。倘若周围只要有几个人，罪犯也许没有行凶的胆量。不管光线如何暗淡，可疑举止任何人都能辨别。假如罪犯是细心人，必然经过周密考虑，以防意外而受挫。被害人一旦察觉罪犯杀人动机必然逃跑，或者在颈脖子被绳索套住的一刹那，敏捷地用手指插入绳索间避免窒息，而后大声呼救。这种场面，显然会映入其他观众的眼帘。

本次凶杀案，罪犯用心良苦。一是利用银幕中歇斯底里的迪斯科以及走红影片临近尾声的机会；二是利用楼上指定席属无人区的有利条件。由此可见，罪犯对影剧院的放映规律、地形和进出路线了如指掌。

凶手，显然不是影剧院内部的工作人员。当天下午出勤的全部工作人员与警方一一照面并接受讯问，他们都在自己的工作岗位上，皆能相互证明不在案发现场。其实，警方一开始就认定凶手不是来自影剧院内部。

一方面，被害人不可能独自一人坐在楼上指定席，必然有陪伴者；另一方面，影剧院里的工作人员不可能陪观众坐在一起。即使利用请假或休息日犯罪，也不可能在自己熟悉的影剧院实施。

罪犯肯定是男性，与被害人有特殊关系。在没有查清被害人是牡安夜总会的妈妈桑山口和子之前，警方已经断定杀人动机源于不正当的男女关系。虽这种推断比较常见，可许多杀人动机往往被平凡的推断而命中。

由此又推断出，罪犯为实现杀人计划曾多次事先来到香才里才影剧院察看。基于上述理由，罪犯与被害人偶尔来影剧院观看电影遂起杀意的推断是没有根据的，也不是由于感情上的突然恶化引起的突发性犯罪事件，而是根据影剧院里的特定条件经过反复推敲精心策划的杀人事件。

实施计划的时间，定在《狂热的男人》放映至第七周和第八周观众开始减少以后。警方讯问剧场的有关人员，得知该电影自第七周的星期三、四以后，楼上指定席的观众平均每天只有三四人，只有周六、周日略多一些，有二十多人，平日里极少有观众去楼上的指定席观看。

一到第八周，除周六与周日外，楼上指定席没有观众。一直到案发的第十一周，楼上的指定席情况依旧。并且，出事那天是上班日。

电影放映至第十周虽遇上盂兰盆会，但与东京关系不是很大。由于许多人回原籍参加盂兰盆会，在东京市中心的人口剧减，道路上由于私人轿车减少，交通堵塞暂时缓和。

假设罪犯曾独自一人悄悄到香才里才影剧院察看情况，那可能是第八、第九或第十周的某一天。即使是第十一周，也是案发的二十日之前的某一天。据此可推断，比起离案发最近的前一周，第八周到第十周之间的可能性更大。罪犯到影剧院察看时，无疑发现了奇迹，楼上指定席空无一人。

从第八周到第十周之间，楼上指定席入场券一张也没有卖出。而前往察看的罪犯，肯定是购买楼下自由席入场券，而入场后却上到楼上的指定席。假如罪犯上楼只是站着察看而不是坐着察看，也就难以变成作案现场。

罪犯在察看中发现：楼梯口没有检票员，购买楼下自由席入场券的人，可以随便上楼到指定席观看电影。事实上，无论电影如何走红，在长达十多个电影周之后，便不再会有观众购买楼上指定席的入场券。

因此，影剧院也就不再安排工作人员在楼上检票和做向导。不用说，放映时不会有工作人员上楼巡逻。

但是，如果仅凭现在推断的情况查获狡猾的罪犯，无论侦查警官多么老练，无疑也是困难重重的。

目前，罪犯的长相和特征一无所知，就连罪犯的身高、体形、着装和年龄也都是谜。从案发现场的情况来看，多半是男性罪犯。确切地说，凶手究竟是男是女尚无法断定。

即使向第八周到第十周这二十一天之间的观众了解当时的情况，也多半是瞠目结舌，一问三不知。

首先应该向谁打听？如何打听？尽管楼上指定席没有观众，但楼下自由席的观众有许多是青年。通常，电影周里每天放四场，每场重复同样内容的电影。二十一天的时间里，观众人数累计达到七八千人次。如何一一找到那七八千人的姓名与住址，简直比登天还难。

事发已经三天了。初步排查分两个阶段，首先查访牡安夜总会。

傍晚六点左右，牡安夜总会的所有员工集合在一起。这种时候，夜总会多半在清点出勤的服务生与服务小姐的人数，接着由妈妈桑或经理进行营业前的训话。警方利用这个时间了解情况，是因为客人不会在这个时候光临，一来不影响该夜总会的正常营业，二来保证足够时间讯问情况。

牡安夜总会的横内经理首先接到警方的通知来小房间，警方向他了解情况。今天下午四点左右，根据被害人的连衣裙加工单位——银座某时装店老板的证词，证实在香才里才影剧院被害的年轻女子是牡安夜总会的妈妈桑山口和子。这是警官手持连衣裙走访一家又一家时装店，花费相当精力和时间，终于在第三天查到被害人的真实身份。应该说，收获不小。

"怎么，香才里才影剧院里的被害人是我们夜总会妈妈桑山口和子？"

经理横内三郎大声惊叫，差点从椅子上跳起来。那发愣的眼珠瞪得圆滚滚的，眼看要从他那凹陷的眼窝里蹦出来似的，一副被突如其来的消息吓得目瞪口呆的模样。许久，他才缓过气来。

香才里才影剧院里发现无名女尸的消息，第二天便在各家报刊上登载了。标题醒目，还配有连衣裙和现场的摄影照片。当时，还不知道被害人的真实身份。

"不可能，绝对不可能。"

经理横内三郎目光呆滞，同样内容的话一连重复了两三遍。那消瘦的脸颊，顷刻间苍白起来。

侦查警官从衣袋里掏出被害人死后在现场拍摄下的脸部照片。

横内经理一看照片"哇"的一声伤心地叫了起来，满嘴的白色唾沫。

"是妈妈桑山口和子吧？"

"是，确实是她。"

他嘴唇不停地哆嗦。

"可是，为什么妈妈桑……"

他呆呆地望着窗外的天空，简直无法相信报上刊登的香才里才影剧院的被害人竟然是自己夜总会的妈妈桑，说话有气无力，开始语无伦次。

"妈妈桑的姓名？"

"叫山口和子。"

"年龄？"

"哦……"

"说大概的也行。"

"在二十九岁到三十岁之间吧，可她自己说成是二十七岁。"

"住址呢？"

"在目黑区自由丘二路三十二号。"

"结婚了吗？"

"没有。"

"有同居者吗？说说那个人的姓名？"

"应该没有。"

"你经常去自由丘妈妈桑的家吗？"

"不常去，有时候去，是与妈妈桑商量财务报告和制订营业计划。"

"服务小姐也去妈妈桑家吗？"

"有，店里共有三十二个服务小姐，其中有五六个常去妈妈桑家。"

"她们是去玩吗？"

"不全是，主要是与妈妈桑商量。有的是想回到原来的夜总会，有的是向妈妈桑诉说自己被同伴欺负。有些服务小姐是五年前开张时从其他夜总会借来的。我是中途来的，无法插手。再如，服务小姐之间的纠纷，我无法处理。服务小姐们闹不团结，反目为仇，必须由妈妈桑出面，才能……"

"这夜总会自开张有几年了？"

"五年。"

"你从开张时起就担任经理了吗？"

"不是的。我是三年前来的，当时是副经理。"

"原来是这样。那么，妈妈桑在八月十九日晚上来夜总会上班了吗？"

"没有。"

"不上班在家休息的时候，总得与你打个招呼吧？"

"打招呼……事实上，妈妈桑在三个月之前就没有来上班了。"

"是吗，那为什么？"

"住院。"

"怎么，生病，哪里不舒服？"

"怎么说呢……"

经理感到很难开口。

"喂，经理先生，请别隐瞒真情照实说！因为妈妈桑的死是他杀。"

侦查警官催促经理往下说。

"是。情况是这样的，是服用过量安眠药。被救护车从自己家送到柿树坂的山濑医院抢救。"

经理终于说了。

"是服用了过量安眠药？"

侦查警官问。

"服用了多少粒？"

"具体情况我不太……"

"是这样的吗？那好，我们去问山濑医院。"

经理脸上突然起了变化。

"请说一下那个过程。"

"好像不是什么大不了的事情，因为只住了一个星期就出院了。"

"妈妈桑常服安眠药吗？"

"这，不清楚。"

"患神经衰弱症？"

"大概有这种症状吧，详细情况没有听妈妈桑说过。"

"不服安眠药就难以入睡吗？她平时是否流露过那种表情？"

"那，那种表情我不曾见过。"

"根据我们长期的工作经验，过量服用安眠药与企图自杀是有根本区别的。妈妈桑的情况是前者还是后者？"

"妈妈桑过量服用安眠药恐怕不是为了自杀。因为一周过后就出院了，如果是过量服用，可能也不至于服用大剂量的安眠药吧？！"

询问的侦查警官脸朝下沉思了片刻，突然抬起头问道：

"企图自杀有各种形式，有一种是以自杀相威胁。"

经理蓦地慌了神。这表情没有逃过侦查警官的眼睛。

"你是否这样认为，妈妈桑以自杀相威胁？"

"……"

"你是怎么想的？"

侦查警官的视线一刻也没有离开横内经理的脸，语气很是强硬。

"经理先生，妈妈桑的死是属他杀！作为我们，需要了解有关的全部情况，以便尽早抓获罪犯。因此，必然要触及妈妈桑的私生活，这也是不得已的。虽站在你的立场上有些事情左右为难，但你应该协助、配合我们。"

"是。曾听过这样的传闻。妈妈桑过量服用安眠药是企图以自杀相威胁。我想你们在调查的时候也会听到这样的传闻。我先说一下。"

"你是从哪里听到的？"

"……反正是那些竞争对手。银座的这些夜总会相互间都在倾轧，造谣中伤。”

“可是，那种说法无根无据，是捕风捉影。”

“妈妈桑离开山濑医院之后，一直住在自己的家里疗养吗？”

“不，出院后一直没有回家。”

“那，住在哪里？”

“我不知她住在哪里。”

“什么，你不知道她住在哪里？”

“我也一直为这事犯愁呢！出院后，她只打来一次电话说要请很长一段时间的假，委托我管好夜总会。后来就一直没有任何联系，也没有留下联系电话。伤透了我的脑筋。”

“妈妈桑三个月前被救护车送到医院后住院一个星期。照这么说，两个月加三个星期那么长的时间里，你一点也不知道妈妈桑的居所？”

“是的。我也想不出什么好办法。反正在妈妈桑上班之前，我先暂时担当一下夜总会的经营管理责任。”

“夜总会装饰得非常漂亮，气派也不小。请允许我再冒昧问一句，夜总会不是靠妈妈桑的经济能力开设的吧？谁是支助她的经济后台？”

“我是中途被聘用的，不了解当时的具体情况。妈妈桑曾这样对我说过，她在前一家夜总会认识的二十多个客人，都慷慨地在经济上支助她，才得以开设这家夜总会。”

“那一定是美丽的谎言！不管哪家夜总会的妈妈桑都振振有词地那么说。”

“其他，我就不清楚了。”

“总之，妈妈桑现在特定的经济后台是谁，你是经理，应该知道。”

“不管是什么样的经理，都不可能知道那样的情况。”

“现在，自由丘妈妈桑的家谁在看护？”

“没有，门是关着的。”

和子住宅

在一组侦查警官调查山口和子牡安夜总会的时候,另一组侦查警官在目黑区自由丘二路三十二号死者家里进行搜查。

这幢漂亮豪华的住宅楼坐落在高级住宅街的中心地带,但已经不是很新。大门内侧上了锁,所有窗户都拉上了窗帘。

两边邻居的主妇上前回答侦查警官们打听的事。

"隔壁的夫人……"

"妈妈桑住院后的第二天,来了三个青年说是看家。小的约二十四五岁,大的三十岁左右。那个稍大的青年来我家门口是这样说的。既没有说他的姓名,也没有说其他什么。两个二十四五岁的年轻人留着长发,大的青年人是平顶头,穿戴比较整齐,说话也较有礼貌。但是,眼光锐利让人感到讨厌。这三个人在隔壁这幢楼房里一直住了一个星期,走的时候连招呼也没有打。"

"如果说是看家,那是不是山口和子的亲戚或者朋友?"

"那三个人什么都没有解释,只对我们说是来看家的。三个人就一直住在这里,其中那个年龄小的每天都要去超市买东西。"

"照你们这么说,这三个人每天吃饭都是在厨房里自己烧?"

"是的,可能不想让别人看见他们的脸吧?正是因为这个原因,有些过路人稍稍在隔壁楼房的大门前望一下,那窗户上立即出现三张凶恶的脸。三个人的眼神像暴力集团成员,我们怕招惹是非,经过隔壁楼房时眼都不朝那里看。"

"听得见说话声音吗？"

"一点也听不见，我们这一带楼房的结构都是这样的。由于家家户户都使用空调，所以窗户都是关着的。"

"在那些人居住期间，有人来过这幢楼房吗？"

"不知道，大概没有吧？如果有前来拜访的人至少要在大门口说点什么。可那，一个也没有。"

"他们走的时候是白天还是晚上？"

"不知道，他们神出鬼没地撤走了。他们走的时候，好像把所有门窗都关了并上了锁。他们撤走了，我们也松了一口气。"

"夫人，现在我们想到山口和子的家里进行搜查，可能要给你们添些麻烦，请你们两位作为证人配合我们警方一起调查。"

两位主妇面面相觑，无可奈何地点点头。实际上她俩也是头一次上山口和子的家，加上浓厚的兴趣和好奇心，表示同意了。

这两层楼房不是很大，当然也不是很拥挤。西洋式的房间和日本式的房间里，摆设非常融洽，色彩、材料与装修、设计都是一流的，完全可以拍摄成照片刊登在住宅建筑杂志上。这么漂亮的楼房里只住着一个女人显得太浪费了，两个邻居主妇瞪大眼睛流露出羡慕的神情。

侦查警官取证的手势十分熟练，迅速地展开搜查工作。戴着手套的他们仔细地检查所有应该检查的地方，有的在手工描绘居室的整个房型，有的在拍照，有的找到了指纹正在用白色的粉末取样。

小保险箱放在二楼一间十五平方米左右的西洋式房间一角，没有被撬劫的痕迹。为了调查保险箱里的东西，必须请专家来开锁，因为保险箱上有数字密码锁。从表面看，没有发现异常情况。

卧室里放着一张双人床，这说明不是独自一人居住。床边有一盏带有灯罩的舞台灯，开关在床边柜上。那里并排着好几个开关，有电视机，有收音机，有音量调节。床边柜上，有一部白色电话机。枕边细长的架子上放着五六本睡觉前看的杂志，都是关于时装方面的，还有两头雕刻成狮子的工艺品和刻有唐朝书法的瓷盘，正中央是一座台钟，摆得非常紧凑。

所有家具、电器，以及其他排列用具摆得井井有条，错落有致。例如挂西服的大橱里，悬挂着各式各样的西服，没有任何间隙，整整齐齐。大橱底下的抽屉里叠放着和服、腰带，也是有条不紊。总之，房间里没有乱七八糟的感觉。

只是厨房里的情况例外。现代化的厨房正沐浴在和煦的阳光下，烹调台上放着三只便宜的碗和几只盘子。显然这些便宜的碗盘是从别的地方带来的，而不是厨房本身有的餐具。这些碗盘也是刚买来不久，杂乱无章地放在那里，肯定是看家的三个男人为用于吃饭买来的。

锅子里有没吃完的剩菜。这与隔壁主妇说的完全吻合，有一个看家的男人每天去超市买菜。

冰箱里什么也没有。

浴室非常豪华，但是被这些看家的人住了一星期后显得又脏又乱。化妆室里装有各种乳液、香水和定型水的瓶瓶罐罐，被用完后随地乱扔乱放。

二楼卧室的双人床上，是侦查警官们搜索的重点。独自一人生活的夜总会妈妈桑，有私生活的征兆。侦查警官们的兴趣，放在私生活与妈妈桑被害是否直接有关上。

"山口和子的住宅里，一直有男性来住宿吧？"

两个邻居主妇再次面面相觑：

"有那种情况，但我们不清楚。"

她俩担心招来是非。

"你们最好问那个山口和子家的保姆，可以了解得更详细些。"

"那保姆在哪里？"

"自从山口和子住院后，她就被辞掉了。"

"那保姆的姓名和住所你们知道吗？"

"她是附近保姆登记站派来的。姓名嘛，叫石田。她在山口和子家干了较长一段时间。"

"谢谢。"

两个主妇回家后，侦查警官打电话到自由丘保姆站，问石田是否在那里。接电话的站长回答说，石田是叫石田春，正巧在宿舍里休息。

"到保姆站向她讯问恐怕不合适，就让她到这里来吧。"

两位侦查警官到保姆站去接石田春。

"像样的指纹几乎没有。"

一位侦查警官向上司报告。

"无法取样吗？"

"楼房的墙上、门上、桌上和地上都被擦掉了，指纹都不存在了。"

侦查警官们明白了，那三个家伙来这里看家就是为了这。不是单单大扫除，而是把住宅内所有可能用手接触过的地方都擦了一遍，指纹全部消失，负责搜索取证的侦查警官心里更焦急了。

警视厅派来的技术警官将保险箱打开，里面秩序井然，现金一百三十二万日元左右，没有撬窃痕迹。宝石盒里装有许多宝石、翡翠、珍珠戒指和镶嵌珍珠的白金首饰等，虽数量无从了解，但被盗的可能性不大。

去接保姆的警官打来电话，碰巧与石田春一前一后。她到附近牙防所去看牙齿了，等回来时再陪她一起过来。大概要等三四十分钟。

这时间还派出侦查警官到巴黎女装店，其中一位警官夹着一个包裹。

巴黎女装店坐落在住宅街与商业街前后交界的地方，道路呈斜坡状。

四十岁左右的女店主接待了警官。

女店主一看见警官打开的包裹里有连衣裙便说：

"这件连衣裙确实是山口小姐拿面料来我店定做的。"

"山口和子被害那天穿的就是这件连衣裙。"

"原来是这样。其实，这件连衣裙不是我店做的，是我委托银座的科姆拉进口女装店设计制作的。我们店是科姆拉进口女装店的连锁店，由于穿着时髦的山口和子把这件连衣裙作为外出服装，为此，我郑重其事地把它交给总店时装设计缝纫师，由他们加工制作。因此，科姆拉总店直接打电话到山口和子那里重复询问了尺寸，临时制作一件同样尺寸的让她试穿，再不断改进，直至满意后才开始正式开剪缝制。山口和子的一般服装都是来本店购置的，说明山口和子非常钟情我们这种小店。"

巴黎女装店店主说的，与科姆拉进口女装店店主说的完全一致。

"衷心感谢您的配合。"

确认完毕，侦查警官把连衣裙放回包裹。突然，店主脱口而出：

"到我这里打听山口和子情况的，先后有三个男人。"

"三个？"

侦查警官瞪大眼睛饶有兴趣地问道：

"是什么样的人？打听什么情况？"

"这三个人不是一起来的。五月中旬来一个，五月底来两个。五月中旬来的那个年龄不到六十岁，但头发大部分白了。"

"打听山口和子的什么情况？"

"那天是正午前的时候，他突然摇摇晃晃地走进来，先是为他太太买一件现成的女装，然后对我说他刚才在二路三十二号那里看到挂有山口和子的门牌的楼房，问我住在那里的主人是谁？因为是过路人，我没有说。后来我一想，承蒙他关照买了一件女式服装，便告诉他是牡安夜总会的妈妈桑，而且我说我很喜欢她。我回答他的时候，多少也感到有点自豪。"

"那人说了什么吗？"

"他只说了'原来是这样'便走了。这人好像很疲惫，无精打采的。"

"五月底来的两个人呢？"

"说了这样的事情，是说山口小姐的坏话……"

女店主突然压低嗓音。

"说山口和子超量服用安眠药，五月二十五日晚上被救护车送到柿树坂那里的山濑医院。据说是自杀未遂。"

"是附近的传闻？"

"这附近也是七嘴八舌，都是些无聊的传说。"

"哈哈！"

"那两人来打听山口和子是否企图自杀。他们也是突然来我店的。"

"没有说名字。但他们说是京桥那里的一个酒厂，专门为牡安夜总会提供洋酒的。"

"嗯……说什么来着……反正是外国名。"

女店主把手指放在太阳穴上紧闭着双眼回忆起来。蓦地，她睁开眼睛放下手指说：

"我想起来了，是斯库多酒厂。"

"那斯库多酒厂在京桥那里？"

"是的。他们说是专为银座那里的夜总会、酒吧、饭店提供洋酒的酒厂，还说到过牡安夜总会好几次没见着妈妈桑的人影，听说妈妈桑已有四五天没有上班了，并且有消息说是自杀未遂。牡安夜总会的人没有详说，只说是病了，于是他们就到山口和子住所的附近商店打听消息。我怀疑他俩是新闻记者或者是周刊杂志社的记者。"

"什么长相？"

"一个三十五六岁，戴眼镜，稍有点胖，主要是这个人向我打听。另一个三十二三岁，皮肤黝黑，高个。"

女店主记得很清楚。

"那戴眼镜的还问我山口和子是否留下遗书？"

"是否有遗书？"

"是的。他们说想到医院去探望和子小姐，向我打听那家医院的名称。我对他们说我不知道。"

侦查警官把店主的话全部记录下来。

"是京桥那里的酒厂，专门为银座那里的夜总会等提供洋酒，名称是斯库多。这两人是来打听和子小姐住院后的情况……"

巴黎女装店的店主又说了一遍：

"我总觉得他俩可疑。"

匿名举报

香才里才影剧院里的杀人案件在各报、电台、电视台披露后，专案组收到许多新的信息。由于被害人是银座夜总会的妈妈桑，加之案发现场是东京都内的一流影剧院，所以格外引人注目。

信息的形式多种多样，有电话、信，以及明信片。发生这种杀人案件，信息犹如雪片飞到警方，然而落款的几乎都不是真实姓名，或者是假地址。因此，大部分匿名信的利用价值甚微。面对堆成小山的信件，电话以及明信片，警方需要组织大量的人力进行筛选。

一旦认为某匿名信的利用价值较大，便派侦查警官前往探访，可根据信上的地址却没有找到发信人。即使找到这样的人，其回答是根据自己的判断。他们把主观想象写成书面材料提供给警方破案，令警方啼笑皆非。

匿名举报信件中，有一封盖有四谷邮政局印戳的信件，是这样写的：

七月二十三日下午一点半左右，我与女朋友一起走到香才里才影剧院门口，正逢上映美国大片《狂热的男人》。于是，我们购买了楼下自由席入场券进去观看电影。我俩座位在正中央稍后一排，前面坐有三四十个年轻人。这部影片的特色是摇滚音乐和惊险驾车特技，精彩刺激。但是因为放映已经进入第七周，上映

305

大厅里坐着的观众不多，显得空荡荡的。

在正中央座位前面几排座位上，除有一男一女外，周围空无一人。

那个热恋的女性头戴白色帽子，眼不斜视地望着银幕。我们的座位与他们之间相隔十几排，只能望见背影。那男人发型近似于"平头"，头发很短，肩膀圆滚滚的，看上去很敦实。

我们怎么会注意到他俩呢？因为这两个人只热衷于交谈。当摇滚乐步入狂热高潮、银幕上许多车辆互相碰撞这种热闹的场面出现时，那两人的视线寸步不离地注视着那疯狂的银幕，可交谈一刻也没有停止过。从现象看，他俩不是为了看电影而是为了说悄悄话上影剧院来的。

电影从开场到最高潮影片放了约三十分钟时间，也就是当电影最高潮持续不断时，那女的忽然从座位上站起来沿着走廊离开了，那男的仍坐在原来的座位上。由此看来，我的判断是正确的，他俩是为了说些什么才来影剧院的。

当她沿着走廊向我们旁边走廊走来的时候，我们望了一眼那身材苗条的女人脸庞。巴拿马式宽檐帽的下边，长相楚楚动人，称得上顶尖美人。由于光线昏暗无法看仔细，但年龄二十七八岁上下。因距离较远且光线暗淡，估计实际年龄也许要大些。这是因为最近的报刊和电视台纷纷报道了香才里才影剧院的杀人事件，称被害人山口和子的年龄是三十一岁。

我们所看到的那顶白帽子和她的脸，与报上刊登的山口和子照片一模一样。我们一看到报道内容，估计山口和子那天出现后，又在四周后来到影剧院，在观看同样电影的过程中被人害了。

据我们外行判断，那个陪同山口和子的男人就是罪犯。在影剧院里交谈，说话的内容别人难以听见。而他俩选择如此特殊的环境交流思想，说明交谈的内容不可告人。我们做了种种假设，比如感情上的纠纷，离别附加条件之类的谈判。看到那女的突然起身离开影剧院，我们猜测他俩之间的谈判发生僵持和破裂。

那女人走后，陪同一起来的男子独自一人在座位上看了一会儿电影。但是，我们总觉得他不是在真的看电影，享受电影带来的乐趣。从背后看上去，他坐在那里一动也不动，好像在用心思索女人的一番话，尽量克制心中的愤怒。

那男人不慌不忙地站起身，低着头，沿着走廊朝我们附近的走廊走来，一边思索，一边迈着沉重的脚步。

我坐在座位上脸稍转动了一下，顺便朝那男的望了一眼，但光线太暗难以看清。然而，出乎我意料的是，年龄很大，约五六十岁的样子。论长相，不怎么样，也没有印象很深的特征，看上去忠厚老实，头发已一半白了，上身穿着西装，体形也不是很好。

我听说，貌似忠厚老实的人犯罪手段格外残酷，务请查出这个人。

我用匿名写这封信，是担心被太太发现我带女友看电影后心情会不好受。信上所写内容绝没有半点的掺假和夸张。完全是事实。

专案小组总部视这封信为有力线索之一。

七月二十三日是案发四周前，选择那种时候把影剧院作为秘密交谈地点，事实上是挑选杀人场所的一次模拟实验。

相同的影剧院，相同的影片，有可能选择自由席并挑选《狂热的男人》的哪个镜头是最适合杀人的时机。可以认定，罪犯在当时选定了银幕上出现迪斯科镜头时为最佳杀人时机。

仅仅是四谷邮政局的印戳，没有真实姓名和真实地址，太让人遗憾了。圆溜溜的肩膀，没有什么特征，长相一般。这神奇人物一定秘密地出现在山口和子周围！专案小组总部派警官四处打听，却一点线索也没有。

还收到一个奇怪信息。

这也是一封信，是剪下杂志上一个一个活字贴在信笺上拼成的一篇文章。这信笺是市面上到处能买到的，那一个个活字是从周刊杂志上剪下的：

叫"原田"的那个男子是杀害山口和子最大的嫌疑犯，请务必抓住他。年龄在三十五至六十左右，略肥胖，圆脸，戴一副眼镜，油嘴滑舌，能说会道，自称专门为银座夜总会物色服务小姐，但真实身份不清楚。这男子很早就尾随跟踪山口和子，像股东大会雇用的爪牙、包打听之类的人物。这推断也许不正确，总之是一个身份不明的人。这个叫"原田"的男人是一个可疑的家伙。退一步说，若他不是罪犯，我想也能够从他嘴里掏出许多有利于寻找杀害山口和子真正凶手的线索。

落款是"一个市民"。

查验寄信人的指纹，却一无所获。用活字拼贴完文章后，似乎用一块柔软的布之类的东西擦掉了信上的指纹。

正因为这封匿名信，写信人施展了聪明才能，其内容引起专案组总部的高度重视。

另外，信中出现了长相的描写和姓名"原田"。

到山口和子住宅附近的自由丘巴黎女装店打听和子住院情况的，是自称斯库多酒厂的送酒员，事实上，京桥那里根本没有这家酒厂。

再一次去女装店店主那里打听，再一次证实那人的长相特征。不过，还了解到与那个男人一起结伴同行的是三十二三岁身穿漂亮西装的男人。

那个在山口和子家当过保姆的石田春也是同样说法。警方再派侦察员前往石田春那里核实，这一次回答比上次更加清楚。

"确实有一个自称斯库多酒厂送货员，长相特征差不多的那个叫'原田'。第一次上我这儿来打听的时候，还带了一个三十二三岁的青年人。他向我打听山口和子服用过量安眠药住院的情况。那个叫原田的男子很会套我的话！说话时彬彬有礼，机敏过人，双眼皮，大下巴，戴一副眼镜，身高一米六十左右。作为男人，个头太矮。他说是斯库多酒厂的供货员，我深信不疑，没想到竟然被他骗了。"

石田春能说善辩，口才不亚于原田。

"第二次与他见面，是我在等等力家当保姆正忙得不可开交的时候，接到他打来的电话，并要我在附近与他会面。一碰上我先是笑哈哈的，而后说许多奉承的话。我完全相信他是酒厂的送货员。当时，他问起我有关高柳君的情况，比问起山口和子服安眠药的事情还要仔细和认真……啊，果然是那个叫原田的人杀了山口和子？"

"谁是杀人凶手尚未最后确定哟！"

警官答道。

"我上次也说过，认定原田是罪犯毫不奇怪！他花言巧语，骗取我的信任，真狠毒啊！"

石田春瞪起三角眼，说话的语调很强硬。

专案组总部商定，把原田列为搜查重点。

用活字拼贴的举报匿名信可信度比较强，因为它也提到原田的名字。

原田到底是何人？匿名信上写道：原田自称专门为银座夜总会物色服务小姐的，但又像是股东大会派出的包打听。

"即使说谎，但他既然自称是专门物色服务小姐的，也许与银座一些高级夜总会、酒吧有某种联系，应该火速与牡安夜总会的经理见一次面讯问情况。山田警官，田中警官，你俩上次已经去过，应该认得经理吧？"

"认得，明白了！"

两位侦查警官异口同声。

晚上七点左右，他俩来到牡安夜总会，径直走进经理办公室。

"呀啊，请进。"

此刻，横内三郎经理正坐在大办公桌前认认真真地看着账簿，见两名警官进来立即起身热情迎接。

"又来打搅你了。"

"请请，别客气。无论什么时候都欢迎你们来，我们做生意的离不开警察的关照。"横内三郎讨好地说。

"为牡安夜总会妈妈桑不幸事件而这么晚来打搅你，实在对不起。"

"怎么，还没有找到线索？"

横内三郎皱起了眉头。

"你如果说假话可不好办哟！妈妈桑的经济后台果然是高柳先生。他本人也承认了这一点，你这个经理不知道这点是不可能的吧？！"

"对不起……我实在是……那么，高柳总经理提供什么线索了？"

"那暂且不谈。从现在起，请你配合警方侦破此案。"

"是，明白了。请你们在最短的时间里抓住杀害妈妈桑的凶手。"

横内三郎向警官鞠了一个躬，脸上露出异常表情。

"你知道叫原田的人吗？专门为夜总会物色服务小姐的那个。"

打头阵的山田警官问横内经理。

"原田？"

横内三郎斜着脑袋，同样的姿势重复了两三次。

"银座那些专门从事这项工作的人，大部分我都认识。可我不知道有原田这个名字。"

"不知道原田是否为那个人的真实姓名，可能用的是假名。专门物色服务小姐，这话也是他自己说的，也许是说谎。就是那个专门为牡安夜总会提供洋酒的那家斯库多酒厂的送货员！"

"哦，原来是那么一回事，这我就说不清了。"

"年龄三十五六岁，略胖，戴一副眼镜，双眼皮，大下巴，身高一米六十，聪明机警，能说会道，就是这些特征。"

"……"

"像这样的人作为顾客，曾来过夜总会吗？"

"……"

横内三郎紧闭双眼沉思了一会，再三摇头。

"实在是……"

经理终于开口说话了：

"实在是想象不出，像那种特征的人。"

"是说没有？"

"是的。"

两位警官感到非常失望。

倘若此时此刻，侦查警官再稍稍注意一下，观察再稍稍敏锐一点，也许就不难察觉到横内三郎的脸部表情。他在苦苦思索中似乎悟到了什么，瞬间又极力抑制着内心的慌张。担心被警官察觉。然而遗憾的是，两位警官没有细心观察横内三郎脸上那细微的表情变化。

两位侦查警官离开了牡安夜总会。

这时候，他们碰上站在大厦门前那条大街上戴着大檐帽的乔君。由于他们也曾经向乔君打听过情况，彼此已经有点熟悉了。

"你知不知道原田这么一个人？"

"是原田……吗？"

"自称专门从事为银座夜总会物色服务小姐的生意，那说法不太可能，原田也许不是他的真名，年龄三十五六岁，身高一米六十公分，长相和特征大致就是这些。"

山田警官解释道。

乔君吃了一惊，紧盯着对面大楼屋檐下刚打开电源的霓虹灯光。虽盛夏已经过去，此时已经过了七点，但光线还是很亮。

"啊呀，我不知道。"

乔君思忖几秒钟后答道。因为隔了好几秒钟，两位侦查警官还以为他想起来了，连忙进一步解释道：

"这个叫原田的人，自称为牡安夜总会提供洋酒的斯库多酒厂的送货员，与自由丘山口和子家的保姆和那附近女装店的店主见过面。"

"……"

乔君一声不吭地仍然紧盯着对面的霓虹灯，犹如电器公司的修理工，正在用肉眼检查霓虹灯安装后的效果。

"实在是想……"

乔君终于用无精打采的声音回绝了：

"……想不起来。"

自缢男尸

从东京都内到奥多摩湖，必须乘坐立川车站始发的青梅线电车。

近几年来，随着公路的延伸、扩建和新建，车辆急剧增加。去奥多摩湖的游客，凡拥有自备车的多半驾车走青梅公路。青梅公路与铁路平行。

平时利用电车的，三分之一是游客，三分之二是附近的居民。每逢春天樱花盛开，夏天野营和秋天枫叶漫山遍野的时候，电车里都挤满了游客。

九月十五日是敬老日，正逢夏天结束而秋天枫叶尚未漫山遍野的时候。虽然是节日，但电车里的游客并没有多少。在路基下的青梅公路上，飞驰的自备车数量似乎比平时的星期日要少得多。

沿着青梅公路驶过御岳，多摩河逐渐变成了溪谷，两侧的峭壁从鸠巢向前延伸。溪流深邃，一眼望不到底，溪流蜿蜒崎岖，美不胜收。终点是奥多摩电车站，原名叫冰川站，标高三百四十三公尺，四周是山林。

车站广场停着开往丹波的公共汽车，上午、下午各往返一趟。现在正值下午两点三十分发车，车上坐着三十二名乘客。家庭游客和恋人游客共有十人，手拿钓鱼竿的有五人，身背旅行背包的徒步旅行者有一个，剩下的都是在新宿一带百货商店购物后回家的村民，手提着印有某某百货商店字样的纸袋。

公共汽车沿着两侧被桧树、杉树遮没的青梅公路向西奔驰，多摩河沿着公路的南侧也向前延伸，穿过桧村，经过道所。这时候，河流开始稍稍离开公路南侧继续向前伸展。这里有两条隧道。驶出隧道，湖面东端的水面波纹涟漪，闪着银光。小河里有水库，妖媚多姿的溪谷被深深地埋没了。这一带被命名为奥多摩湖，是人工开挖的。公元一九三七年（昭和十三年），为确保当时东京的用水而着手施工。为此，有好几个村庄被埋在湖底。每当翻阅石川达三写的《日阴之村》一书时，当时住民的悲伤情景便浮现在眼前。

人造奥多摩湖由东向西，一望无际。由于地形缘故，呈"心"字形状，湖面延伸到山梨县北都留郡的丹波山和小菅的两个村庄，流域面积达一百六十三平方公里。水库蓄满后可延长十四公里，湖水周长是四十五公里，湖面满水时的标高是五百三十米，总蓄水量是一亿八千五百万立方米。

湖畔周围没有遮阴避暑的场所。青梅公路的北岸沿线，到处都是商店、旅馆和设有停车场的大众饭店，以及小别墅式的宾馆和停车场等。九月中旬的阳光洒落在清澈的湖面上，映照出一排排高低错落的彩色屋檐，犹如美妙的五线谱。汇入北岸湖面的多摩河上，架有好几座拱形的红色浮桥，以方便北岸的人们过桥到南岸。红色的浮桥沐浴在金秋的阳光下，闪烁出金子般的光泽。南岸上有许许多多的观光设施，与周边茂密山林一起倒映在静静的湖面上，呈现出微微泛黄的金色碧波。浮现出白色断云的湛蓝苍穹映照在清澈荡漾的湖面上，把整个奥多摩湖装点得蔚蓝澄静风景如画。

到了峰谷桥车站，有二十多个游客和村民在这里下车。流入湖西的小河，从大菩萨北麓汇入丹波河，而青梅公路则顺着丹波河岸继续向前延伸。在鸭泽地带，三个手持钓鱼竿的人一边大声说话，一边往下走着。在刚步入上游的瀑布那里，有两个怀抱钓鱼竿的也往下走着，他们来这里钓鱼。

到达终点丹波车站时，是下午三点三十四分，有九位乘客下车，几乎都是去新宿购物回家的村民，其间有一位身背旅行背包的徒步旅行者。

他头戴茶色登山帽，身穿茶色夹克衫，颈脖子上露出藏青色的短袖衬衫领子，下身是黄褐色的葛巴丁长裤，裤角藏在高帮旅游鞋里。

从帽檐下的脸庞，可以看出是一个五十七八的男人，脸色白净，态度温和。从年龄来看，不像单独登山、在山路上徒步旅行的人。他在奥多摩车站广场买了一根登山杖。

丹波在山梨县的北都留郡，一面朝着多摩河的上游，另三面是被大山围绕着的盆地，盛产魔芋和山崴菜，是非常幽静的山村。作为甲州背后的街道，至今还有人叫它"驿站"。如今奥多摩湖变成了观光地，旅馆也应运而生。在许多农家的门口左侧，挂着"小旅馆"的招牌。在从奥多摩车站开往峰谷桥的公共汽车上，同车的乘客问那位上年岁的徒步旅行者去哪里。

"到丹波。"

他满脸微笑地说。

在丹波下车后，他又被人问及到什么地方。

"到藤尾。"

他仍然是满脸微笑着答道。

"到藤尾？"

一个住在当地的村民赶紧问道：

"如果您是打一个来回，最好今天在这里住下，明天早上出发如何呀？不然的话，从藤尾返回的一路上光线昏暗，连路也看不见哟！"

此刻快要下午四点了，太阳向西倾斜也快要落山了。

"不用了，谢谢。"

"今晚上就在这里住，明天早晨出发登山如何呀？"

旅店主人简直无法想象，这位看上去已上年岁的人竟然独自一人攀登大菩萨山峰。如果步行还要翻过犬切峰，那里是落叶松和白桦树漫山遍野的高原，仅凭老人背上的那点装备在那一带宿营，是无论如何不可行的。

"请别担心，在藤尾那一带有许多当地村民是我的朋友。"

徒步旅行的老人镇静地答道。

"噢，原来是这样，那样我们就放心了。那，就请你一路走好。"

徒步旅行的老人摘下登山帽轻轻地点点头。这时候才看清他已有三分之二的头发变白了。

徒步旅行的老人独自沿着青梅公路朝西行去，一路上遇见好多人。

有一个农夫和媳妇正在山斜坡的旱地里挖地瓜。老人拄着登山杖在树丛里沿山路朝上攀登，步伐十分稳健。从上面望上去，只能看见那顶登山帽在向上蠕动。那一老一少从上望下去，还以为是年轻人。

有一辆车飞快地从背后驶来，司机瞟了他一眼。徒步登山老人立即站在路边避开车辆。眼看太阳就要下山了，茂密的森林遮挡着即将步入夜色前的自然光线。这时，老人脸上几乎暗得辨不清了。那辆超上去的小车驾驶员很有礼貌地打开窗户举手示意，老人也举起拐杖表示回礼。

从丹波往西两公里的路上，有一座余庆桥，桥对面驶来一辆装满木材的卡车。桥对面一直向前的深处，有一条叫大常的林荫道。这条道路一直往前，在弗指与另一条路汇合。一路上，到处是杉树和桧树。奥多摩一带盛产木材，年产量达二十二万立方米。古时候，这一带靠马背把这里盛产的木炭驮往江户（现在称东京）而得名于天下。现在，这条青梅公路一带生产木炭显著减少。

坐在堆满木材卡车上的两个青年，挥手向站在路边等卡车通行的徒步登山老人示意。他也挥手回礼，看上去毫无紧张和焦急的神情。

公路从余庆桥延伸到丹波河的右岸，可以望见对岸滑静山谷的汇合处。那儿被称为石门，周围是悬崖陡壁，怪石嶙峋。这一带的丹波河，形如"V"字形状的峡谷。

步行了一会儿遇到一座吊桥，叫船越桥。走过吊桥，那里有一条羊肠小道，是原来的老路。徒步登山老人顺着右侧的新路，继续向上攀登。

在三岔路口碰上从老路回来的三个徒步旅行者，一个男的，两个女的。

"大叔，您到哪里去？"

一位年轻小姐端详这位头戴登山帽的看似有一定岁数的徒步旅行者问道。

"我到藤尾。"

他说话的语气非常和蔼。

"是到藤尾吗？途中有难走的山路，趁天色还没有完全黑快走啊！"

"有难走的山路？"

"是啊，您不知道？是在断崖绝壁上通过哟！"

"……"

"不要过分地吓唬人！"

年轻小伙子一边笑一边上前说道。

"别担心，那条道路的宽度可以通车。不过，天色渐渐暗下来了，请尽量沿着靠山边的道路行走，因为靠河一侧的道路下端是绝壁。"

"谢谢你们的提醒。"

"您是说去藤尾，我想您一定是多次走过这条路，熟悉这里的地形。"

"不，是初次来这里。到达藤尾就可以了，那儿有我许多朋友。"

分手的时候，那三个年轻男女嘴里喊着"拜拜"，神情活泼地向徒步登山老人挥手告别。一路上有许多桥：有手盘桥，有中尾桥，有长瀑桥，有赤立桥，有绫织桥，有牛金桥，最后到达泉水谷。沿着泉水谷南行，直达大菩萨山北边的泉水谷林荫道。

沿着新筑的青梅公路笔直朝前，那里的路坐落在绝壁上，犹如刀切似的。沿原来在右岸的老路绕一个大弯，从那里望过去，左侧是黑川谷流入的丹波河。两边是断崖，山势令人毛骨悚然。

最初出现的深渊是犬返渊；然后，围绕着逆层断崖的是和尚渊。两岸又深又陡，无法看到这座深渊的全貌。

这位孤独老人一刻不停地低着头，精神抖擞地向前走着，还不时地停下脚步做一下深呼吸，再环视一下幽静的周围。这座海拔一千米的山林里，杉树渐渐减少，落叶松和白桦树渐渐增多。此刻，太阳下山了。

老人来到水声轰鸣的地方，这里是铫子瀑布，那下面是妓女渊。

大菩萨山附近的黑川鸡冠山，古时候是黄金产地，因此得名为黑川金山，又名信玄隐金山。据说在黑川金山繁荣的近代初叶，开设了许多大大小小的妓女院，而由此得"黑川千轩"的美名。地下黄金没有了，矿工远走高飞，妓女院犹如秋天的花朵凋谢了。感到困惑的妓院老板们，无法养活手下这么多的妓女，在深渊边上设置吊台，用花言巧语哄骗妓女来这里赏月。正当宴会进入高潮的时候，割断拽住吊台的绳子，于是，妓女们随着吊台一侧的倾斜而翻落，一个个掉落到这座一望无底的万丈深渊，惨遭身亡。从而，这条深渊得名为妓女渊。

妓女渊的前端是藤尾桥，狭窄的公路朝那里延伸。

两位看护山林的中年男子在这里遇上徒步登山老人。

"您上哪里去啊？"

"藤尾。"

"到藤尾大约还有一公里不到的路。"

没想到发问的人竟像向导似的，将剩下的路程告诉老人。

在黑压压的森林间的狭窄公路上，夜幕正式降临了。

打那天起又过了三天。

上午十时左右，到小河上游钓鱼的男子发现一具自缢身亡的尸体。

距离妓女渊稍稍往前的地方，有一座架在濑河上的濑桥。再沿着濑河朝北走一点，那里有两条小溪流。到那里钓鱼的人，发现右岸茂密的落叶松树林里的一棵落叶松树枝上，悬挂着一具上身穿茶色夹克衫、下身穿藏青色长裤和脚穿旅游鞋的男性尸体。脑袋朝前下垂，登山帽掉在地上，草地上有旅行背包和登山杖。

尸体已经开始腐烂，散发出异臭的气味。

地方警署是上野原警署，接到钓鱼人电话后，派出十三名警察分乘三辆吉普车火速赶到现场。

自杀者上吊的绳子是麻绳，是事先放在旅行包里的。

警察们赶到出事地点后，首先拍摄现场，其次将尸体放在草席上检测，发现颈部留有被勒得很深的麻绳沟痕迹。根据检测结论，死者的死亡时间被推断为三日前，即九月十五日的傍晚。

草地周围有十五支散乱的烟头。自杀前，死者无疑思考了许久，深感日暮途穷，于是抱定自杀的念头。吸烟时担心火灾殃及树林，所有烟头都被鞋子踩瘪了。

夹克衫口袋里还有两支烟和打火机，衬衫口袋里什么也没有，裤子口袋里有一个钱包，里面装有五十多万日元的纸币和一些零星硬币，口袋里还有三块手帕，其中两块已被汗水弄脏了。

旅行背包里，有身份证，一条叠得整整齐齐的毛巾，两只饼干盒，两听饮料和一个手电筒。这足以证明，死者生前从害怕自杀到下定决心自杀有过一番激烈的思想斗争。他还做好野地宿营的准备。总之，考虑得非常周密。

最周到的是莫过于死者事先写的一封信，夹在叠得整整齐齐的毛巾里。信封上的收信人，是"当地警署署长台启"。

拆开信封口后，从里面滑出一张名片：

东洋商社总经理　高柳秀夫

还有两张信笺，上面是这样写的：

诸多麻烦，谨此致歉。致家属的遗书在鄙人寒舍的手提保险箱里。请把它转达给我妻子。钱包里的五十万日元，是用于鄙人遗体处理以及贵警署花费的其他费用。敬请笑纳。百忙打搅，谨此叩谢。

谨呈
当地警署署长台启

高柳秀夫　叩上

听说有人上吊自杀，附近的村民们纷纷涌向这里。

"这场所真不吉利！"

有人指着妓女渊说。

"也许那些冤死的妓女阴魂不散，在这里招死者吧！"

这种说法，把几百年前的因果关系与死者联系起来。如今，这妓女渊与附近的和尚渊被视为兄妹渊、闹鬼渊。

所谓和尚渊，是织田信长君在攻打武田胜濑的时候，把十二名黑川金山的和尚扔进这座万丈深渊，故由此得名。从上往下看也是一眼望不到底，望不到和尚渊的全貌。当地人们，把它视为妖气弥漫的和尚渊。

沿青梅公路再往西去，再从藤尾到落合，从那里再翻过抑泽峰，经过五郎田合裂石，最终到达盐山终点站。这就是青梅公路的整个过程。

从盐山到西北方向的公路，同样可以到达东山梨郡的笛吹河上游，即汤山温泉。汤山温泉就是那个化名"原田"的山越贞一上次到过的地方，并在那里看到一个陪伴老情郎度蜜假的女人。

如今再朝那方向眺望，在初秋湛蓝的天空下，发源于菩萨顶上的溪流一层又一层地向上盘旋，遮挡了人们的视线，显得越来越神秘和离奇。

东洋商社

九月十九日，各家日报的社会版面，作为头条新闻刊登了东洋商社总经理高柳秀夫自杀的消息，标题用两排大号印刷字体组成，十分醒目：

高柳君以死引咎公司破产倒闭的责任。

报道的主要内容如下：

十八日上午十点左右，在山梨县北都留郡丹波藤尾山村的深山老林里，有一位钓鱼爱好者发现一棵大树的树枝上悬挂着一具男性尸体，年龄六十岁左右。这位钓鱼者立即打电话通知当地警方。经过验尸，属于自杀，死后已有三天，并且尸体开始腐烂。根据随身旅行背包里的名片，自杀者系东洋商社总经理高柳秀夫，年龄五十八岁，公司地址是东京都中央区京桥。

高柳秀夫的住所，是都内文京区根津一路三十七号。接到上野原警署的电话通知，该公司派员赶到高柳秀夫住所，与夫人梅子一起打开放在二楼卧室里的手提保险箱。保险箱里，装有十多封死者生前事先写好的遗书。有写给夫人的，有写给东洋商社全体高层干部的，有写给一些有关商业公司以及各开户银行的。遗书内容基本相同，都是有关该公司破产倒闭而向各位谢罪，作为总经理负有不可推卸的责任，只能以死向各位致歉。

夫人梅子是这样说的：

十五日上午十时左右，丈夫对我说好久没有外出野营了，决定去秩可方面徒步登山。打点行装后，他就身背旅行背包出门了。那天出发的时候，他好久没有那么高兴过，还对我说，如果三天后还没有回家，请报告警方寻找。可我绝没有想到他会走这条路！他最近一段时间一直愁眉苦脸，说公司经营情况不佳，但却闭口不说公司已经步入濒临破产倒闭的境地。

高柳总经理的简历也在报上做了详细介绍。

紧接着是一个令人大吃一惊的标题：

东洋商社破产倒闭，负债总额大约三百五十亿日元，该公司所有支票一律无效。

具体摘要如下：

社会上早已流传的经营危机四伏的中坚综合商业企业——东洋商社终于倒闭。

该公司于十四日付出的十五亿日元的转账支票，由于账户里的余款缺额为十亿日元左右，开户银行拒付。加之八月底的五亿日元转账支票也被开户银行拒付，合计两次遭银行拒付。根据有关规定，该开户银行向该公司索要巨额罚款。

东洋商社的注册资金为十五亿二千五百万日元，总资产为三百五十亿日元左右，纯资产为三十五亿五千万日元左右，最近的贷款额为一百五十亿日元左右，金融收支为十五亿四千三百万的赤字（A经济调查研究所提供），股值单价为一百日元左右，连续三年没有分红。

该公司于一九〇四年（昭和十五年），由冈部守男创建，专营纤维的销售和批发。战争结束后，纤维销售额迅猛上升，一跃成为同行中的大型企业。可没隔多久纤维销售行业不景气，企业经营业绩直线下降，最终停滞不前。当时由第二代总经理江藤达次接任，接着由第三代总经理高柳秀夫继任。在高柳秀夫的总经理时代，除保持原有的纤维销售外，还新设建材销售，力图挽回不景气的经营局面。从而，把企业改变成综合性的商业企业。

建材销售的一开始取得长足发展，可兔子尾巴好景不长，最近整个建材行业都在走下坡路。东洋商社也不例外，销售额每况愈下。高柳总经理为挽回步入困境的东洋商社，借入巨额的高利贷，但企业经营情况仍然继续滑坡，从而无力偿还债务，加之资不抵负，终于导致企业破产倒闭。

根据经济专家提供的数据，八月底，东洋商社向外支付五亿日元的转账支票，因账户上余款缺额五亿左右的日元遭银行拒付。这是一个有力的事实。

另外，本月十四日，第二次付出的支票也因缺额又一次遭银行拒付。该拒付款高达十五亿日元左右。由于该公司第一次向外开出缺额五亿日元的空头支票遭到拒付，各开户银行对该公司开出交割的所有支票提高了警惕。并规定，该公司开具的所有支票必须由实物担保，不需提供担保的金额支票不能超过十亿日元。东洋商社鉴于开户银行宣布拒付，事实上已处在捉襟见肘不得不倒闭的困境。

负债总额被认为不低于三百五十亿日元，该数额从表面上与资产总额相抵持平。但现有资产拍卖后得到的实际金额，是无法抵消负债总额的。

资产拍卖（比账面上记载的金额要低得多）后所能抵消的负债总额，大约在一百七十亿日元到一百八十亿日元之间。初步推断的实际负债总额，高达一百七十至一百八十亿日元。

可以推定，在第一次遭到银行拒付的两三个月前，高柳总经理已经预感到商社难逃破产的厄运。于是，在这两三个月里，东洋商社几乎用完了账户里仅有的余款。

该商社不得不倒闭的主要原因，在于没有主力银行。

该商社按照原来的一贯方针，继续与各开户银行保持同等距离。如果该公司选定一两家为主力银行，该银行必然参与经营。从某种意义上来说，企业的经营方针和规章制度等都将受到主力银行的制约，经营者的自主权在一定程度上有所削弱。但是，倘若经营态势良好，不设主力银行的方针也确实可以给企业带来许多实惠。然而，一旦产生资金短缺和严重不足，意想不到的危险就出现了。各开户银行都袖手旁观，不会给予特别贷款和紧急融资，相反都加强警惕，以致企业最终因孤立无援而宣布倒闭。

该企业是否向有关部门提出企业更生的申请？目前尚未明确。

山越贞一是在自己那间简陋的房屋里看到这条新闻的。

他趴在床上翻阅起太太早晨放在他枕边的日报，心不在焉地翻到社会版。突然，一条醒目的耸人听闻的标题飞入他的眼帘，他立即从床上一骨碌地跳了起来。

东洋商社的总经理高柳秀夫自杀了！是在山梨县东部的深山老林里的一棵大树上自缢身亡！

山越君紧紧抓住报纸迅速往下看报道内容，一遍又一遍地反复看。

终于……走上了这条路！

从他茫然不知所措的表情里，曾有过这样的预感。但这仅仅在于了解了东洋商社的实际情况后才那样想的。太出乎意料了！事实上，高柳君是在走投无路的情况下才走上这条自杀绝路的。

高柳君实际身背高达一百七八十亿日元的债务，带领东洋商社如履薄冰勉强维持到今天。尽管形势险峻，前途渺茫，仍抱着侥幸心理，幻想有朝一日能偿清债务，东山再起。然而，商社的经营情况非但没有出现丝毫好转的变化，相反急剧下滑。加之银行与高利贷的重压，他那坚强的意志终于崩溃了，那抱有的侥幸希望也终于彻底地破灭了。没有主力银行在财力上的支持，没有特别融资的渠道，加之第一次遭开户银行拒付的大额支票，高柳秀夫开始绝望。

欠银行的债款恐怕都是开户银行的。不久前，山越贞一曾参加了《经济论坛》月刊杂志社社长兼总编清水四郎太和编辑部肋坂主任之间的谈话。

"据说东洋商社虽没有从开户银行那里获得特别融资，但该公司曾向这些银行提出过这样的要求。其结果，银行也许拒绝那样的要求。日本热工公司曾经有过这样的经历。我不得不联想到这个问题。"

清水社长继续说：

"日本热工公司与开户银行之间也是采取同样的对等距离，随着经营情况的急剧恶化，惊慌失措，希望各开户银行给予特别融资。可这些银行对该企业的支票现金的交割加强警戒并拒绝该企业总经理的请求，相反提高利息，还提出有形资产抵押担保，结果该公司不得不宣布破产倒闭。"

清水社长认为东洋商社在步日本热工公司的后尘。

"要掌握该情况，必须悄悄向东洋商社的各开户银行打听，银行方面大概会拒绝回答，不过，必须试试看。"

清水社长命令肋坂主任。

"明白了。"

肋坂主任恭恭敬敬地回答。

"假设东洋商社曾向银行以外的单位借款，那可能是什么性质的企业呢？这笔贷款数额肯定不小，初步估计是十亿日元。"

清水社长胸有成竹地说。

"是十亿日元。"

"为维持举步艰难的企业，至少已经借了这些。"

"可是，社长，东洋商社是有限制性的股票上市企业，肯定按时向东证股票管理公司义务提供有价证券报告。因此，该企业的经营内容应向社会公开。然而，公开的书面报告上却不见那十亿日元借款入账的痕迹。"

"看来是在玩弄'魔术'。"

"大概不会从街道金融业者那里借款吧？！"

编辑主任说。

"那是高利贷，东洋商社一旦借入那种黑心钱，就难逃企业倒闭的厄运！可能不是那样的融资吧？！"

"不过，我还没有听说东洋商社获得过类似高利贷的特别融资。"

"假设有，东洋商社一定是在背地里做手脚！山越君，这方面太有报道价值了，要打破砂锅查清楚，不要光评价高柳君本人有什么手腕。"

山越君接到清水社长的命令后，为弄清东洋商社在融资方面的情况拜了访居住在北泽的江藤达次。当时，江藤先生还在东洋商社董事长位置上。

"如果借入高利贷，公司就没有救了。"

江藤董事长对山越君说。

"只要借上一次这种变本加厉的黑心钱，就难以还清。尽管克服了眼前的资金短缺困难，而利滚利再变本加厉，高昂的利息加上借款犹如在冰天雪地里滚雪球，越滚越大。所以我断定，像如此令人恐惧的借款，本企业是不会发生的。倘若借过高利贷，无疑是谣传，这也不可能长期隐瞒。"

"如果借来的不是高利贷，而是具有一定数额的秘密借款，这种可能性有吗？是只有几个人知晓的借款。"

"那种情况很有可能，特别在过去，金融界里有那么一些慷慨人士遇上高柳君有那样要求，很有可能满足他。但现在谈何容易，根本不可能。"

"我再问一下别的情况，在东洋商社众多的开户银行中间，有地方银行、都市银行和一家相互银行。那家相互银行是否叫南海相互银行？"

"是的，南海相互银行是九州的农业相互银行。在那家银行里，没有什么特别大的资金进出，仅仅是一种礼节上的交往而已。相互银行融资有限，总贷款额也只不过是都市银行或者地方银行的十分之一。"

山越君放下报纸，认认真真地回忆了两次谈话的全过程。妻子因为要收拾整理房间，便在对面的房间里大声地嚷嚷：

"快去洗脸刷牙呀！完了以后快去上班哟！"

山越君掏出笔记本翻开上两次记录，苦苦思索起来。

《经济论坛》月刊杂志社的清水社长与编辑部主任肋坂都丝毫没有察觉，东洋商社的高柳总经理有特殊融资渠道。清水社长说，假设东洋商社已经向银行以外的企业借入特殊贷款，那是什么样的企业呢？要维持企业暂时的经营阶段，至少需要十亿日元的贷款。还说，恐怕是从街道金融业者那里借的。应该说，清水社长的估计十分准确。

当时还在董事长位置上的江藤达次说，东洋商社绝对不会借那种高利贷，否则必将破产倒闭。由于高柳君执行独裁式的经营管理，使得江藤先生变成徒有虚名的董事长，根本无法了解和掌握企业内部的真实情况。他成了一名与自己企业无关的傀儡董事长。

江藤先生继续固执己见地说："不会有那样的事，无论高柳君怎么专横跋扈，要动用公司的固定资产，必须与我商量，不经过我同意是不行的。在这方面，法律上有明文规定，必须盖上我的章和我亲笔同意的书面意见，不然的话，随心所欲处置是要犯渎职罪的。"

江藤先生没有把这种事放在心上。江藤先生是被撤销法定代表人资格的董事长，根据企业法，有法人代表资格的总经理在企业权力方面优先。

"有什么其他固定资产吗？"

"啊啊，有，是山梨县东山梨郡的那片山林，大约有一百八十万坪。"

"那片山林可能作为贷款抵押，被抵入董事长不知道的贷款公司？"

"那不可能。"

……但，山越君已经充分估计到，那片山林已经被高柳君悄悄抵押给某特殊贷款的企业。

不可思议的是，那一百八十万坪的山林土地没有任何被抵押的蛛丝马迹。那片土地在盐山市稍北八公里处，随时都会有被开发的可能。自己也亲眼看见那片长着茂密山林的土地，也亲赴甲府司法局办事处核实土地登记的台账，根本没有被抵押的记录。抵押记录栏上，是空白的。为慎重起见，还特地付钱复印了一份带给江藤先生。

根据报上报道的内容，开户银行自第一次拒绝支付东洋商社的支票后，加强了对该企业的防备，并规定该商社所有开具的支票必须要有担保。如此看来，各银行已把东洋商社的资产全列入担保范围。然而，山梨县境内的那一百八十万坪土地，却侥幸没有列入抵押的黑名单。大概从各开户银行的眼皮底下溜了过去？

然而，那也不太可能！因为这大片土地已经抵押给其他秘密贷款企业。于是，各开户银行尽管虎视眈眈，也只得望洋兴叹。

假设真是这样，土地登记那台账上现在记录的情况就不太清楚了。如果仍然未列入抵押范围，那又是怎么回事呢？

山越君的头脑里又冒出一个念头，追查东洋商社破产的直接原因。

那身份不明的秘密融资企业，突然停止给东洋商社的融资，并单方面地强行提高活期贷款利息的融资，导致第一次因五亿日元资金短缺，而出现东洋商社开出的支票被银行拒付的悲惨局面。

"东洋商社如果获得银行以外企业的秘密融资，至少是十亿日元。"

《经济论坛》月刊杂志社清水社长的这番话，此时出现在山越君的脑海里。这判断究竟是偶然还是怎么回事？总之，这数字比较接近。

不用说，那家秘密融资企业实际出借给东洋商社的高利贷要远远超过十亿日元。由于东洋商社已经不能再从设在开户银行的账户里取出余款，只得转向这家秘密融资企业，用那片山林土地作为贷款抵押物来维持企业。不用说，这一百八十万坪的山林土地早已不归东洋商社所有，至于司法局办事处那儿，只须去履行更改登记的手续就可以了。

山越君对自己的判断确信无疑，造成东洋商社破产的直接原因，是那家真实身份不明的企业突然停止对东洋商社的秘密贷款。

这中间肯定有女人的问题！鉴于这个原因，秘密融资企业的首领与东洋商社高柳君之间曾经有过的亲热关系顷刻间冷却了。

对！

山越君禁不住拍床叫绝，一骨碌从床上爬起来。为证实刚才的判断是否正确，决定再去自由丘观察已故山口和子的那幢漂亮奢侈的楼房。

奇怪台账

山越贞一乘坐东横线地铁，在自由丘车站下车。

车站广场，昭明相互银行自由丘分行的大型招牌格外引人注目。银行大门旁边有一台自动提款机，三四个客人站在那里排队提款。宽大的陈列橱窗里，悬挂着"人类信爱"的大幅宣传标语，正中央是昭明相互银行行长下田忠雄的半身彩照。山越贞一向橱窗里瞟了一眼，快步穿过商业街。

上回到这里来是与乔君结伴，曾与他约好在咖啡馆里碰面。乔君真名叫田中让二，就是在这家咖啡馆里亲口告诉山越君的。他以前是一名私人驾驶员，现在是某宾馆的专职驾驶员兼导车员，出生地在冈山县。

山越君一边朝着坐落在上坡道的住宅街走去，一边回忆起上次两人碰头时乔君的自我介绍。右侧的巴黎女装店进入眼帘，他没有止步，只是往店里瞟了一眼从门前通过。

山越君迈着急匆匆的脚步，径直朝山口和子的住宅走去。到了那幢楼房门口，不由得"啊！"的一声惊叫起来。原来的门牌号和姓名不见了，换上一块崭新的用大理石制作的门牌号和姓名，主人是"长谷川勇三郎"。楼房没有空阒，却已经有新主人入住了。

从外表看，这楼房还是原来的风格。二楼窗户全部敞开着，花纹漂亮的窗帘布在随风飘荡。二楼阳台的栏杆上晒着好几床棉被，楼下的客厅由于绿色植物的遮挡几乎看不见。玻璃窗户也是呈敞开的形状，大门口放着一辆儿童用的自行车。车库卷帘门仍是关闭的，但好像已经开始恢复使用。院子里，房间里，凡是能看得到的地方都打扫得干干净净，家具和用具排列得整整齐齐，充满了生活气息。

山口和子遇难还不到一个月，已经有新主人入住。可这楼房原来是属于山口和子的，现在怎么这么快就……

这事太突然了！过户和售房的行动如此迅速，究竟是怎么回事？

山越君想跟长谷川勇三郎一家打听有关情况，想了解他们是租房还是购房入住的？还有，该房屋的原来业主和出售人是谁？

一般来说，向人打听这种情况肯定会遭到别人拒绝，还会受到对方指责。能不能说些别的，不说明理由，对方什么也不会告诉自己。

山越君在那幢楼房附近徘徊了好一阵子，苦苦思索。

终于，他把颈上的领带理了一下，摆正在胸部中央，又拍了一下上装的灰尘，重新来到门前，按了一下大门上的楼宇对讲机。

"是哪一位？"

一位中年妇女的声音。

"我是本田不动产有限公司的，叫田中。贵府属山口和子所有，她生前曾与本公司商谈有关该楼房的出售转让事宜。因此，我请你们指教一下你们入住的手续情况。事实上，本公司一点也不知道你们已经入住。"

山越君将嘴对着楼宇对讲机的送话器，口齿伶俐地说了一通。

"请稍等片刻。"

住宅里面的人似乎在商量什么，楼宇对讲机的开关暂时切断了，大约两分钟后又传来声音。

"请光临。"

"啪"的一声，大门上的自动锁打开了，走出一位五十开外高个子的妇女。她的背后跟着一位六十岁左右的男子，矮个，粗壮，是她的丈夫。

"打搅你们了。"

山越君鞠了一个九十度的躬，但这对夫妇无意让他进屋，并且，那丈夫模样的人大步上前站在门前台阶上拦在他的面前。

"刚才我已经自我介绍过了，我是本田不动产有限公司的田中……"

本田不动有限公司是无人不知晓的大型不动产公司，这对夫妇一听立即为山越君打开大门。在日本，田中和渡边这两个姓是最多的，可谓数一数二。来者自称是田中，引起这对夫妇的高度警惕。

山越君打算向他俩解释，说自己不凑巧名片用完了，然而没有那样的必要。那自称丈夫的长谷川勇三郎满脸不悦，很不友好地说道：

"我们不清楚这住宅的业主生前与贵不动产公司之间是什么关系，但我们购买的时候办理了合法手续，所以我们不打算接受您的任何提问。"

如今，不动产公司多如牛毛，对方不希望卷入这扯不清的空口无凭的是非堆里，所以一开始就避开。

"啊，原来是这么回事。"

山越君灵机一动，故意在这对夫妇面前装作一副哑然失色的表情。

"喂！"

丈夫对站在边上的妻子使了一个眼色，妻子心领神会转身进屋，瞬间拿来一个茶色大信封交给丈夫。

额上只剩一撮头发的那个丈夫，从信封里取出多份证书给山越君看。

"瞧，这是出售法人寿永开发公司与本人签订的房屋出售合同。"

"是寿永开发公司？"

山越君仔细地阅览了一遍。

寿永开发公司竟开发到山口和子的住宅……

"是的。合同书上，有寿永开发有限公司的公章和法人代表立石恭辅的签名盖章。"

寿永开发公司总经理姓立石，原先是从汤山马场那里听来的。如今，通过这份合同看到了他的全名。

出售这幢楼房以及土地的合同书上签订日期，是八月二十八日。距离山口和子在香才里才影剧院被害那天的八月二十日，只相隔八天时间。

这幢楼房出售的动作如此之快，着实让山越贞一大吃一惊。

出售总价是一亿二千万日元。支付条件：首期支付五千万日元，余款由银行按揭。购房人每月向银行支付三百一十七万日元，两年付清。

不知是哪家银行按揭？啊！是一家财大气粗的都市银行——M银行。

"瞧，这是我支付了首期五千万日元的凭证。"

长谷川勇三郎毫不客气地把那发票伸到山越君的眼前。

是真的！……支付日期是九月十日，正好是九天之前。

"还有，这是房屋土地产权证的副本。"

长谷川君把法律文本伸到山越君眼前，山越君一字不漏地看了一遍。

"怎么样，看清楚了吧！"

长谷川勇十分得意地说。

"对不起。"

山越君又深深鞠了一个躬。

"如果看明白了，那就到此结束，你请回吧！"

"请等，等一下。"

"还有什么事？"

"鉴于工作上的需要，请允许我抄写那房屋土地使用证的编号。"

山越君从袋里取出笔记本。

"你是说要抄写房屋土地使用证的编号？这是前面业主与寿永开发公司之间的关系，与你们本田公司风马牛不相及，你也没有这个必要一定要知道它。"

这话说在理上。

"是啊，回公司后向有关部门打听就可以知道，可这是工作需要。"

山越君语无伦次，三下两下地抄下产权证编号。

"对不起，添麻烦了。"

山越君把笔记本放进口袋里，临走前再向这对夫妇鞠了一躬，急匆匆地跨出门槛。

究竟是怎么回事？怎么成了这样的结果呢？……

这出乎意料的变化，使山越君的脑子转不过弯来。

原以为已故山口和子的住宅是空置的，却没有想到早已有人入住。

那个新入住的业主长谷川勇三郎，采用的是银行按揭的付款办法，从寿永开发公司的手中买下应该属于山口和子的土地和房屋，也就是说，在八月二十八日售房合同生效前，土地和房屋与原业主山口和子之间的关系仅仅是山口和子借住而已，楼房的产权已经属于寿永开发公司所有。

也可以这样认为，那土地和房屋在名义上是某大人物送给山口和子的。当然不会是东洋商社的高柳君，而是隐蔽在高柳君背后的神秘人物。

山越君虽然判断出这买卖背后有某个神秘人物，却无法弄清这土地建筑由寿永开发公司卖给长谷川勇三郎的来龙去脉。曾听说，山口和子既没有兄弟姐妹，又早已失去双亲。山越君暗自猜测，一定是那个神秘人物在山口和子死后收回了土地和建筑的产权。

看了今天日报了解了东洋商社高柳秀夫的自缢身亡与东洋商社的破产倒闭的情况后，想了许多许多，并且带着这些疑问离家赶到这里。山越君认为，只要弄清是谁在善后处理山口和子的土地及建筑，就可掌握决定性的证据，一切就可真相大白。

但是，那土地和建筑物是如何成为寿永开发公司所有的呢？假设土地和建筑是那神秘的大人物送给山口和子的，而山口和子又是什么时候卖给寿永开发公司的呢？

和子小姐与寿永开发公司之间，是单纯的实物买卖关系还是其他什么秘密的特别关系？

如果是这种关系，和子小姐又是什么时候将手中持有的土地和建筑的产权证交给寿永开发公司的呢？这一连串疑问在山越君的脑海里盘旋，他希望弄清楚……

解开这一系列疑问，自然就可以弄清如何变成寿永开发公司的产权的，从而进一步了解寿永开发公司与那个神秘人物之间的关系。

山越君加快脚步沿着下坡道朝自由丘车站方向走去，现在必须去看一下司法局办事处的登记台账。

忽然，他无意中向边上瞟了一眼，是巴黎女装店。

上次，自己曾与乔君一起拜访过这家服装店，并打听了有关山口和子因超量服用安眠药后被送进医院的情况。当时，自称是斯库多酒厂的送货员。通过那次拜访，与这家店主有一面之交，今天感到特别熟悉和亲切。山越君决定再次前往拜访，再向那位女店主打听那幢楼房现在的情况。

"您好啊！"

他大声招呼。

从里面传来声音，那位上次见面的女店主一阵风似的走了出来。

“您好啊！”

山越君又说了一遍，微笑着点头行礼，

“上次承蒙您的接待，太感谢了。”

女店主打量一下山越君的脸，突然想起什么，露出一副冷若冰霜的表情，转眼又变得诚惶诚恐起来。她站在店堂内的暗处，而山越君刚从外面走进这光线较暗的店内，因而丝毫没有注意女店主脸上的明显变化。

“我今天因工作又来到这一带，与贵店真有缘哪！”

山越君彬彬有礼地说着，可女店主似乎一句也没有听进去，仅仅是用她那嘶哑的喉咙轻声地说：

“哦，你，你是那个斯库多酒厂的……”

“是的，是的，那天承蒙您的指教，得知了我的主要客户牡安夜总会的妈妈桑山口和子住院的消息。再次谢谢您的赐教。”

“啊……”

她没有转过身去，呆若木鸡地站在那里直发愣。

“今天也……”

山越君什么也没有察觉，毫无顾忌地说：

“正好在这附近一带有事要办，经过山口和子住宅时猛然发现门上的业主牌已被更换，令我大吃一惊。”

“……”

“是啊，您知道那情况吗？”

见对方没有回答，山越君又追问一遍。

“知道，啊，不知道，哦，知道知道。”

“您与山口小姐交情很深，想您一定知道有关她的情况，因此……”

“那种突然出现的情况，我是一点也不知道呀。”

“啊，原来是这样，山口小姐太可怜了……”

"是啊……"

女店主说话时的表情和语气非常冷淡和生硬，但还是没有引起山越君的注意和放在心上。他与女店主道别后跨出店门，又说：

"贵店的面料太漂亮了，一定很有人气吧？！"

巴黎女装店的店主曾经在警方询问山口和子被害情况时，提供了这位斯库多酒厂送货员的情况，引起了侦察员的高度重视和兴趣。当时，他们还在笔记本上记下了自己当时说的话。自己被警方视为"重要参考人"，这五个字在最近的报上经常出现。

女店主感到呼吸变得急促起来，再次走到服装店门口目送。斯库多酒厂的那个粗矮、略胖的送货员的背影，飞快地朝商业街移动，渐渐地消失在茫茫的人海里。

女店主返回店里，从裁剪工作台的抽屉里取出名片簿寻找警官电话。

她用颤抖僵硬的手指拨动着电话上的键盘，拨通了警方的电话。

山越君在东横线学艺大学车站下了车，费了好大的劲才找到目黑大街上的司法局目黑办事处。

根据工作人员提供的登记台账，他仔细地察看起来。

八月二十二日，涉谷区惠比寿五号六十五室的寿永开发有限公司获得抵押权；

八月二十三日，山口和子把抵押物即山口和子的那幢楼房与土地所有权转让给寿永开发有限公司所有；

九月十日，寿永开发有限公司把那幢楼房与土地所有权转让给居住在世田谷区松原街五号七室的长谷川勇三郎。

自始至终，那位神秘人物的姓名没有出现在登记台账上，所出现的仅仅是寿永开发公司。令人感到奇怪的是，和子小姐被害的那天是八月二十日，事隔仅两天即八月二十二日便由寿永开发公司办理登记了抵押权；次日即变成寿永开发公司的财物。

八月二十二日，山口和子已经不在这个世上了。大概是寿永开发公司与山口和子的亡灵进行了交易，达成一致后获得抵押权的吧！

山越君喃喃自语，愤愤不平。

可越是自言自语，越抑制不住自己内心的激动与愤慨。他神色紧张地用手指着登记台账问工作人员：

"这土地与建筑的持有人山口和子是八月二十日死亡的，她生前没有父母和兄弟姐妹是孤零零一人。可死亡两天后，她持有的不动产却被寿永开发公司获得抵押权。这是得到了谁的承诺？"

那工作人员也看了一眼那奇怪的台账。

"奇怪！山口和子在八月二十日已经死亡？"

"绝对没错！"

他斩钉截铁地说，却没有说出要求那工作人员去看一下最近在报刊上披露的消息，也就是有关发生在香才里才影剧院杀人事件的详细报道。

"原来这样，真不可思议。"

工作人员斜着脑袋。

"也许是山口和子早就把那土地建筑物抵押给寿永开发公司了，只是一直没有来登记。由于抵押人山口和子已经死亡，那已经抵押的土地房产自然而然地划到了寿永开发公司的名下。

"遇到这种场合，寿永开发公司肯定持有山口和子生前写好的委托书。不然的话，我们是不可能受理的。"

"可以一直保留抵押权登记吗？"

"是的。"

山越君第一次听到这般陌生的话。

工作人员用肯定语气回答。山越君的脑袋里嗡的一声，像一口炸开的锅。

产权变更

此刻，山越贞一又想起一件事。

五月二十五日傍晚，东警都内一流宾馆的大宴会厅里举行了被誉为"金融界总理"的石冈源治古稀庆祝会。金融界和企业界的头面人物以及各界著名人士应邀出席，政界要人也光临庆祝仪式，《经济论坛》杂志社的社长兼总编辑清水四郎太也接到请柬出席这盛大的庆祝宴会。

山越贞一在《经济论坛》杂志社只不过是担任情报员而已，当然没有进入宴会厅的资格，只能在走廊里东张西望捕捉信息。

大宴会厅隔壁是一个中型宴会厅，恰逢举行婚礼。当时，还是东洋商社董事长的江藤达次也应邀出席了婚礼宴会。

晚上八点钟，派对宴会已进行了相当一段时间。这时候，有一位男服务员走进大宴会厅寻找客人，然后引导这位神色慌张的客人来到走廊一侧的电话亭接电话。

山越君站在走廊里望见了那个接电话的人的背影。

那接电话的男人似乎被什么激怒了，扬起脖子大声斥责对方，对方好像在等待他的指示。由于电话亭四周被玻璃隔得严严实实，大发雷霆的声音只能在电话亭里回荡，站在外面的人压根儿听不见。那暴跳如雷、指手画脚的情景，就像自己在看无声电影。接电话人的后脑壳上，飘着薄薄的一层白发。少顷，那男人从电话亭里走出来，一脸怒气冲冲的表情。从前额到脑门心仿佛刚理过发似的，光亮如镜，没有一丝头发。那是昭明相互银行行长下田忠雄，他下属的一百多号支行都坐落在车站广场的大厦底层，沿马路的大橱窗里都挂有他的大幅彩照。此刻，山越君一眼认出了他。

"以人类信爱的心为大众服务"的大幅标语，每个支行的沿街大橱窗里都有，有力地证明了这位行长是忠实的基督教信徒。

那天打电话给下田行长的人是谁？那电话里激怒了下田行长的内容又是什么？

五月二十五日晚上八点是一个重大时刻，具有特定含义。也正是这天晚上七点半的时候，山口和子在自由丘的住宅里超量服用了安眠药，被救护车送到柿树坂的山濑医院。这一前一后，时间仅相隔半小时。

被送到医院后大概三十分钟，出席派对宴会的下田忠雄神色慌张地走出宴会厅去接电话。这难道是偶然的巧合吗？

不，不，绝不是巧合！山越君一个劲地摇头。就在这瞬间，岩殿山消失在列车窗前，转眼又消失在列车身后。山越君乘坐的中央线列车，正风驰电掣般地朝甲府方向驶去。

给下田君打电话的，一定是当时任东洋商社的总经理高柳秀夫。属二流企业的东洋商社总经理高柳君，无缘参加为金融界总理举行的祝贺派对，连列席的资格也没轮上。因此，高柳君当时有可能是在抢救山口和子的那家医院里，电话大概就是从那家医院打来的。高柳君与下田行长通话的内容，山越君完全能够想象得到。

"下田先生，和子小姐于一小时前服用了安眠药，正处于昏迷状态，救护车已将她送至柿树坂的山濑医院。"

"高柳君，她现在的情况怎么样？"

"好像已经脱离危险。"

"那完全是威胁！和子小姐这样做是叫我屈服让步，企图以自杀威胁我,这女人太狂妄了!我早就跟你交代过,要严密监视她。可你放松警惕,万一她再以自杀相威胁,我俩之间的事情就有可能成为号外新闻出现在各大报刊上。到了那种地步,你说怎么办?我将名誉扫地,一败涂地!连昭明相互银行的声誉也会一落千丈!"

"下田先生,实在对不起。"

"光道歉有什么用!你现在要严密监视和子小姐,为我多防着点,不准再出现类似的情况。你也只有那点能耐,听清楚了,别再大意!你也不好好想一想,我帮了你这么大忙,我这样做又是为了什么?嗯!你这个没用的家伙!"

他俩当时的电话里,可能就是这样对话的。

由于高柳君自杀身亡,这谜一般的电话内容才开始逐渐明朗起来。

在他俩通电话之后,涉谷区松涛的下田忠雄家被放了一把火。那住宅背后的垃圾箱被点火后烧得精光,板壁围墙的一部分烧得几乎成了焦炭,罪犯至今还没有查出。

这很有可能是和子小姐所为。先是以自杀相威胁,其次是放火威胁,说明和子小姐继续在向下田行长发泄心中的怨恨,并且动起了真格。对此,下田忠雄愤怒到了极点。他愤怒的对象不单单是山口和子,还有高柳秀夫。因为高柳秀夫没有帮他看管好山口和子,和子小姐曾多次以自杀相威胁,还去下田住宅纵火。这两起事件的发生,使下田行长感到和子这个女人的危险和可怕,照此下去不知还会发生什么?下田行长简直不敢往下想。万一事情败露,自己的名声一败涂地不算,连自己一手辛辛苦苦创办的银行也将毁于一旦。

下田忠雄过分地宣传自己是忠实的基督教徒,加之银行的营业方针也是遵照基督教的"人类信爱"之教诲。倘若他与和子小姐之间的艳史公布于众,后果则不堪设想。

为此,下田行长让高柳君扮作自己的化身进出山口和子的家以遮人耳目，从而掩盖自己是山口和子经济后台的真相。连山口和子家中的保姆石田春也深信不疑，高柳秀夫就是山口和子的相好。

下田行长又是怎样乔装打扮的呢？他扮作高柳秀夫的中村秘书，跟在高柳君身后到和子小姐的家。连保姆石田春也认为中村秘书是东洋商社行将退休的职员。遇上保姆石田春在场，他便默默无言呆若木鸡地跟在高柳君的背后。

头发丰满乌黑，石田春也是这样描述中村秘书的。

使山越君察觉到这个问题的是八月初访问江藤达次府上的那天，正逢江藤达次被撤销董事长职务后没几天。他在半路上顺便去了昭明相互银行设在下北泽车站广场的分行，在那里拿了一份该行的广告宣传册。

那广告宣传册上有下田行长的照片。山越君回家后，用墨汁涂满下田忠雄照片上光秃秃的前额。于是，下田行长的前半部分的头顶上变成了满头乌发。他用电话请出在等等力家当保姆的石田春，让她看这张经过加工的照片。石田春回答得非常干脆，一口咬定照片上的人就是在山口和子家见过的中村秘书。

下田行长头戴男性用的假发套装扮成中村秘书，与冒充经济后台的高柳君结伴去和子小姐的家中。

保姆石田春被打发回家后不久，高柳君也走了，而自称中村秘书的人却留在和子小姐的家中。

下田忠雄最惧怕的，便是自己的真实身份被人知道。

盐山车站已消失在列车的身后。

从东山梨郡内牧町到五原村落合的一百八十万坪的土地山林，又浮现在山越贞一的眼前。那是东洋商社的不动产。上次，他到司法局甲府办事处确认了土地登记台账，那上面没有任何有关被抵押的记录，一片空白。

那片山林东端是笛吹河的上游，有汤山温泉。那里只有一家宾馆，叫马场庄。

那天中午，他在旅馆的家庭浴室里看见搁衣篮里有男性用的假发套。

另一个搁衣篮放有一件桃色的和服衬裙。不仅如此，他还隔着热气朦胧的玻璃看见了女人裸体。由于是磨砂玻璃，浑身一丝不挂的女人似乎飘浮在漫天的云雾中，时隐时现。那女人用柔软的毛巾在擦拭自己身体时，那丰满的胸部和柳枝般的细腰勾勒出美丽的曲线，很显然那是一个年轻女子。并且，既然里面穿着衬裙，毫无疑问一开始来穿的服装就是和服。

那男性用的假发套肯定是下田忠雄的！无疑，这推断千真万确。

寿永开发公司的一行人马，肯定也到过马场庄！寿永开发公司在和子小姐被害的几天后，以抵押权的理由把她的住宅和土地划到自己的名下，转眼间又把它卖给第三者。下田行长与寿永开发公司之间有特殊关系。

和子小姐以自杀和放火相威胁，是因为下田忠雄喜新厌旧见异思迁，把爱情从和子小姐的身上移到另外一个女人身上。从而，使和子小姐产生嫉妒和焦躁直至反抗的情绪。

必须想方设法使下田行长回心转意！于是，和子小姐以服用过量的安眠药自杀相威胁，却不见任何成效。在万般无奈的情况下，和子小姐只得采取不得已的过激行为——放火。她的本意不是烧毁下田忠雄的整个住宅，而是换个手法以小火势逼迫下田行长与她重归于好。

第一次行为和第二次行为的共同本质是什么？

不管怎么说，这两次都称得上是不小的"事件"。尤其是纵火事件，差点成了报上新闻版面的头号内容。幸亏警方的"帮忙"，不至于发展到不可收拾的地步，和子小姐深知下田行长最害怕什么。下田忠雄把名誉看得比什么都重要，一旦发生"事件"导致真实情况见诸报端，他将威风扫地，身败名裂。纵火事件的发生，无疑对他是当头一棒。

对于看管不严的高柳秀夫，下田行长怒发冲冠、破口大骂，并打算采取措施追究高柳君的责任。对于十分棘手、难以对付的和子小姐，下田行长绞尽脑汁，最好的办法就是让山口和子从这个世上永远消失。

山越君的脑子一直在不停地思索，根据自己所掌握的各种材料做出种种假设，并不断予以肯定与否定。终于，他找到上述最满意的推理结果。

甲府到了。

他三步并作两步地朝司法局办事处走去，要求查阅登记台账，以核实从东山梨郡内牧町到五原村落合那里的一百八十万坪山林土地的现状。

工作人员拿来那本台账。

奇怪！原先空白的记事栏里填满了内容。

八月二十二日，涉谷区惠比寿五号六十五室的寿永开发有限公司办理了抵押权登记；

八月二十三日，东洋商社正式把所有权转让给获得抵押权的寿永开发有限公司。

山越君一连看了好几遍。

书写内容，与山口和子土地住宅所有权被转移的登记内容一模一样。由于预定的抵押期限已到，其所有权归属寿永开发有限公司。转移所有权也是同一天，八月二十三日。

所不同的是，和子小姐的土地和住宅卖给了第三者，而东山梨郡内牧町的一百八十万坪土地山林归属寿永开发公司后暂时没有卖给第三者。

这一大片土地和山林，怎么会变成如此结局？有关山口和子土地住宅变卖的手续程序，他在目黑司法局办事处向工作人员打听过。今天，有关山林土地，他当然也想询问这里的工作人员。山越君从包里取出上次的登记台账的影印件，拿给工作人员看。

"所谓抵押权登记，就是指抵押贷款的债权登记。虽然我们不清楚东洋商社向寿永开发公司借了多少钱，但东洋商社把一百八十万坪的土地和山林全部抵押给了寿永开发公司，这说明是巨额借款，并且是很久以前就借了。如此看来，东洋商社的负债额是长期借贷的累计，而不是一次两次。寿永开发公司每次贷款给东洋商社的时候，并没有申请办理这片山林土地抵押权的登记。是这样的吧？"

工作人员歪着脑袋说：

"多半是这样的，寿永开发公司一直保留着对抵押权的登记。"

这回答内容与目黑的司法局办事处的回答内容，没有什么区别。

"保留抵押权的登记，法律上有这项规定吗？"

"法律上没有规定，那取决于贷款方的态度。"

"取决于贷款主的态度……"

"也就是说，一旦登记，台账上写明抵押权归属的详细情况，就会给借款公司的信誉方面带来不好影响。因此，贷款方一直保留申请办理登记的权力。"

"原来是这么回事。"

由此可见，不是申请办理抵押权登记，而是寿永开发公司持有东洋商社的委托书，无论何时都可以办理抵押权登记。借款合同上肯定写有当借款无法偿还时，抵押物即归属贷款方。山越君请求复印了土地台账记事栏的有关事项。

"再给你一个信封。"

工作人员热情地把复印件装在印有"司法局甲府办事处"字样的大信封里，交给山越君。

"谢谢。"

山越君走出司法局甲府办事处的大门。

为稳定情绪再思考下一步对策，他走进一家咖啡馆边喝咖啡，边整理纷乱的思路。

终于，新的对策形成了。

接下来，通过实践来证明这项新的对策。

他走进厕所对着镜子贴上短胡子，再用梳子改变一下发型，抹了一点发油。嘿，镜子里的人简直与自己判若两人。这"聪明的办法"，山越君是从下田忠雄那里学来的。

结账时，账台小姐瞪大眼睛满腹狐疑，这客人是什么时候进来的？

走出咖啡馆，正巧驶来一辆漂亮的出租车，在山越君跟前停住了，司机见到山越君，立即打开车门迎接客人入座。这种令人感到温馨的服务，为山里织成一道美丽的风景线。山越君感动了，二话没说就坐上这辆出租车。

"请问去哪里？"

"你知道汤山温泉吗？"

"知道，如果是去汤山温泉，那就是马场庄宾馆呀！"

"是的，你了解得很清楚嘛。"

"汤山那里只有马场庄宾馆。"

司机是年轻小伙子，圆溜溜的肩膀，帽檐与眼睛几乎成一条水平线。

轿车飞一般地向汤山驶去，司机不时地望着反光镜窥视坐在后排座位的客人。山越君没有在意。

一路上，他没有与司机交谈什么。

……工作，工作，头等重要的工作！他心里一直是这样想的。

出租车驶入笛吹河边，山峡那里出现了汤山温泉周围的零星农家，随之马场庄映入眼帘。上次访问这里的时候正值七月份，可现在满山的树林已经开始披上金色的秋装。眼下，时针指向下午两点。

出租车停在马场庄宾馆门前。

"司机，能否在这里等我一下？"

"明白了，请走好，别着急！"

司机和蔼可亲，礼貌服务，让山越贞一着实大吃一惊。记得在东京城里也没有遇上过如此彬彬有礼的司机，尤其最近一个时期，东京的出租车司机的服务态度蛮横，语气粗暴，比以往有过之而无不及。

还是山里的司机服务态度好！山越君回过头感激地望了司机一眼，是啊，身材这么漂亮的司机，即使站在宾馆大门口担任迎接员也绰绰有余。

出租车停在马场庄宾馆的停车场，等候山越君。

马场庄宾馆的大门呈八字形敞开。大堂里有一铺有木地板的房间，墙上开有一服务小窗，右侧是礼品小卖部，左侧是大型宴会厅，中间是走廊，走廊尽头是浴室。站在走廊，可以窥见正在洗澡的裸体女人。大堂里的所有一切，与上次来时毫无两样。

一位身穿藏青色制服的中年妇女迎上来，就是上一回坐在办公室里打马拉松电话的那个女人。山越君一眼认出了她，可由于他这次之前进行了小小化妆，嘴上留一撮小胡子。虽然眼前男子与上次曾受到自己冷待的男子是同一个人，可女服务员却无法认出。

山越贞一自称东京信用调查所的调查员，前几天正巧受理一位正准备结婚的男青年的申请，要求对其女友进行异性朋友方面的调查。山越贞一请求这位中年妇女予以配合。大凡调查员或多或少都留有小胡子，即使不出示名片，凭那模样也能让人相信。

"事情是这样的，未婚女子曾经有过一个男友。据说今年夏天，未婚女子瞒着现在即将举行婚礼的男友，与早先的那个男友结伴到马场庄旅馆逗留了好几天。因此，所里派我来核查。"

山越君刚说完,这总领班模样的女人立即回答:

"你核实那样的男女情况,我们不清楚。来我们这里的,大部分是痴男怨女。"

"可那未婚女子是穿和服来的。"

"和服?"

眼下,穿和服到温泉宾馆寄宿的不多见,大多都是穿西装或休闲服。中年妇女思索了好一阵子。

"还有一个特征,那结伴来的男人大约六十左右,是啊,我这里还有他的照片。"山越贞一从上衣口袋里取出曾经给石田春看过的照片,让中年妇女辨认。下田忠雄原本光秃秃的额上,已经长满乌黑滋润的头发。

"哦,是他?"

中年妇女一看见照片上这张熟悉的面孔,便立即辨认出是谁。

"这人来过,是与一位身穿和服的大美人来这里的。是啊是啊,好像是今年七月份。"

山越君一听这话心花怒放,这一回的收获太大了!

"果然不出我的委托人所料!"

冒充信用调查员的山越贞一,没有把喜悦表露在脸上,相反还装模作样地叹了一口气:

"真不知道现在已经订婚的女子是怎么想的?我再问一下,这两个人登记住宿时填写的是真名还是假名?"

小姐搭车

作为旅馆，有责任为旅客保密一切，包括姓名、职业和地址等。作为旅客，也不希望宾馆向任何人透露自己的情况。

可眼前这个小胡子男人是以信用调查所调查员名义来这里的，是为委托人的结婚问题调查其女友的情况。这，与上述情况有本质上的区别。

马场庄宾馆领班模样的中年妇女热情地对山越君说：

"请稍等片刻！我去查一下宾馆住宿登记簿，请您在这里坐一会儿。"

她把山越君引到礼品小卖部前面的椅子上，快步朝开有服务小窗、财务室兼办公室的房间里走去。她翻箱倒柜，找到七月份的台账后查阅。

片刻，她走到山越君跟前：

"我查到了。"

她也端来一张椅子与山越君面对面地坐下，紧锁着眉头。

"噢，找到了。"

山越君立即取出笔记本和铅笔。

"那男的叫中村太郎。"

"是叫中村太郎？"

又是假名！山越君皱起眉头。

"住址呢？"

"东京都练马区丰玉二路四号十五室。"

"那，职业和年龄呢？"

"职业是电器商店经营者，年龄五十二岁。"

五十二岁？下田忠雄戴上那顶假发套后，简直年轻了十多岁。

"这位客人以前常来这里吗？"

"不，是第一次。"

"只见过一次？"

"不过，他是由本宾馆的固定客户寿永开发公司介绍来的。因此，我们也特别关照，把他安排在笛吹套房里。那是本宾馆的特别客房，在四楼走廊的转弯角上。"

那间特别套房的窗户，一出大门就能看见。这幢乳白色的四层建筑的所有客房都拉上了窗帘，还是与上次来的时候一个样。

"那电器商店很大吗？"

"那可不清楚，只听说与寿永开发公司的关系非常密切。"

"原来是这样，原来是这样。"

山越君打算询问中年妇女，中村太郎是立石恭辅介绍的还是宫田君介绍的。可话到嘴边又咽了下去，他预感到这一问会带来危险。几个月前，自己曾冒名打电话到这里寻问打火机情况，接电话的也许就是这个女人。

不过，就凭中年妇女刚才的介绍，下田忠雄与寿永开发公司之间的关系已经完全清楚。"那么，女子的姓名呢？那旅客住宿登记簿上也登记了她的姓名和家址什么的吧？"

"姓名没有写。"

"怎么？"

"只要登记了男方姓名，女方姓名就可以省略。其他宾馆也都这样。"

"嗯。"

山越君附和着说。

"只写了一个姓名，是吧？"

"是的。"

听了中年妇女的回答，山越君紧盯着她脚上的拖鞋。蓦地，他决定问一下其他情况：

"问题主要是在女方。我们受理了其男方要求调查的申请，他说他打算与这位女子结婚。可现在的登记簿上一没有姓名，二没有其他什么，虽我知道她的年龄，但您说说看，表面看上去那女子实际年龄有多大？"

中年妇女沉默不语思索了一会儿说：

"噢，经过化妆看上去非常年轻漂亮，看上去二十五六岁的样子，可能实际年龄还要加一点吧？您知道她多大年龄？"

中年妇女反问山越君。

"三十岁。"

山越君回答得很干脆。

"那，她这一次结婚，大概不是初婚，是再婚吧？"

"是的。"

"怪不得她脸上没有丝毫害羞的样子，对男女做爱显得十分老练。"

"是那样吗？"

"可她很有几分姿色，称得上是一个大美人。"

"有那么美吗？"

"我在猜想，她一定是一个演艺界明星什么的。你看她穿一身质地高档非常合身的和服，打扮得气派高雅，在气质上与普通人有明显不同。甲府附近的艺妓也经常陪同客人到我们这里来，根本比不上那个大美人。走路姿势，言行举止的一招一式，与那些艺妓完全不一样。那大美人与东京新桥赤坂的一流美人相比，没有什么区别。"

"是啊是啊，那确实是一个大美人。"

山越君一边附和着说，一边思忖，那大美人究竟是谁？

由于中年妇女说大美人很有几分姿色，山越君便想到曾在家庭浴室里看到的那件和服衬裙，那影映在磨砂玻璃上丰满而又漂亮的女性裸体。

"那么，这两个人在这里逗留了几天？"

"我看了那本住宿登记簿，是七月十五日到十七日，一共是三天。"

那天，应该是七月十六日。自己先到甲府司法局办事处查阅土地登记台账，再到那片山林现场转一圈，最后到这里吃中饭。

那天，果真是下田忠雄（可以这样断定）与大美人在这里逗留三天中的一天吗？

照这样看来，那块使用过的"欢迎寿永开发公司客人光临"的黑板虽被丢在走廊边上，但那些人的宴会和住宿应该是七月十日。为证实这一情况，自己曾经冒名从东京打电话到这里。那五天后，也就是七月十五日，下田忠雄带着大美人来这里做爱。看来，在时间上是能对上号的。

"那两三天里，这对男女之间的关系怎么样啊？"

山越君又开始问对方。

"是啊……"

中年妇女脸上露出复杂的表情，欲言又止，好像很难说出口似的。

"请照实说！我是为其婚姻来调查的，那委托人要求我们提交一份实在的报告。他说，如果实在无缘，从长远利益看，只能结束恋爱关系。"

中年妇女也赞同这种观点，点点头答道：

"说实在的，他俩亲密无间，如胶似漆，比年轻恋人还要火热亲昵。"

"火热亲昵？那男人快六十了……不，听说五十刚出头，可是……"

"是啊，小伙子也绝对比不上他！专门伺候笛吹套房的女服务员说，早晨和中午都无法进那个房间打扫。"

中年妇女脸上笑嘻嘻的，带有几分亢奋的神情。

"原来是那样。"

"由于是早晨和中午，女服务轻轻地喊一声门后开门进去。突然，被那床上的情景惊吓得连连后退，飞快地跑到我跟前。"

"照这样说，他俩正在进行……"

那种场面，山越君完全能够想象。

"哎，是那样的。那女人不断叫唤，那男的使出全身力气，简直像黄色录像带里的情景。这种情况，叫我们做女人的无法描述。"

"他俩每天都是这样？"

"天天如此，一天要好几回。"

"哇，与其说是大美人，倒不如说是骚货。"

"负责笛吹套房的服务小姐说，客人那天晚上吩咐她第二天早晨九点去整理房间。她早晨按时进去，可他俩才刚开始那个……"

"请等一下，做那种事，按理说，门锁的内侧应该插上保险的。"

"他俩经常不上保险。"

"他俩热衷于男女做爱，忘记上保险了。"

"不。他们似乎在暗示服务员尽情地看他们做爱。"

"哦，那么……"

"是那样的。像那种变态人，这世上还真不少呢！旁边没有人看，他们就兴奋不起来……"

"是这样吗？"

山越君嘟嘟囔囔的。

"我们开宾馆是为了赚钱，成双成对的男女都可以到这里住宿。但像他们那种厚颜无耻的痴男怨女，还是第一次碰上。"

"这样看来，那女人太可怜了！上年岁的男人遇上年轻貌美的女人肯定会爱不释手，可那女人一定是不堪忍受折磨吧。"

他想试一下中年妇女的反应。

"不，听说那女人也非常喜欢那男人的激情……"

"你怎么知道的？"

"一般来说，这女人如果厌恶那个变态的男人，可以立即逃走。不那么做，就意味着她喜欢或者能够接受。"

"这女人不是那样的吧？"

"这女人非常漂亮，具备古典美。他俩经常肩并肩搂腰搂腰地在这一带散步，在家庭浴室的所作所为可想而知。反正，我们是每天要大扫除的！"

山越君的眼前又浮现出家庭浴室里朦胧的女性雕像。

"是啊，男人虽上了年岁，可女人看中的是他口袋里的钱。有钱就为他服务，有些女人就喜欢那样的工作。"

中年妇女皱起眉头说：

"哎，信用调查员。"

"什么事？"

"像那种娼妇，再与其他男人结婚太不像话了！简直恬不知耻！请按我说的，向那个委托调查的男人一五一十地如实说！"

"明白了……那以后，这两个人还来过吗？"

"没有。如果再来，无论寿永开发公司再怎么介绍，我们也会主动拒绝他们。"

"哈哈。"

"还有，那男人明明是有钱人，相反十分吝啬，小费少得可怜。"

中年妇女皱着眉头，摇着脑袋。

山越君说了许多客套话离开马场庄宾馆。一看见山越君出来，那停在车场的出租车敏捷地开了过来，在山越君跟前停下。

"请上车。"

司机站在车外向山越君鞠躬，年纪轻轻地却很讲礼貌，山越君内心非常感动。

"请等一下。"

只见一个年轻小姐不知从什么地方钻出，一边小跑一边叫喊还一边摇晃着小皮包。她是从马场庄宾馆里朝山越君跑来的，瀑布般的披肩秀发不停地摇摆，随风飘荡的连衣裙下不时地裸露出白嫩的大腿。那模样犹如仙女下凡，很快飘进山越君的眼帘。

小姐朝山越君深深鞠了一个躬，要求搭乘山越君的车。

"对不起，如果您到大月方向，请带我一段路好吗？"

她上气不接下气地说。

"行行，我是到大月方向，请上车。"

特快列车从甲府发车，第一站便是停靠大月站。

"太好了，谢谢您带我。"

瓜子脸，大眼睛，双眼皮，袒胸，性感，年龄大约二十四五岁。

山越君跟在小姐后面乘上出租车，与她一起坐在后排座位。一路上，那香喷喷诱人的香水味扑鼻而来。

"实在是给你添麻烦了。从这里到盐山车站的公共汽车少得可怜，所以冒昧搭乘您的车，实在抱歉。我也是从盐山乘电车去大月方向。"

她兴奋地又说了一遍。

"反正轿车里有四个乘客座位，完全坐得下，并且座位也不挤。"

"太谢谢您了。"

"你是马场庄宾馆的？"

"是的。"

她轻轻地点点头。

"是宾馆老板娘的千金小姐。"

"太过奖了，我是女服务员。"

"服务小姐？吓我一跳。"

山越君侧过脸重新打量这女人的脸，眼珠又黑又亮，眼眶大而水汪汪的，鼻梁挺拔，嘴唇虽稍厚了一点，相反却更有性感。

"可我是临时的，最近马场庄宾馆里缺人，我是刚来这儿的。"

牙齿洁白而又整齐，声音清脆而又柔软。

司机没有插话，不在客人交谈中插话是出租车司机必须遵守的规定。

出租车沿着笛吹河上游河边的颠簸路，飞速地向前驶去。一路上，车身不停地摇晃。

"对不起，路不好走，让你们受惊了！"

司机马上赔礼。可车身的摇晃，却使得小姐的整个身体靠在山越君的怀里。那小姐丝毫没有放在心上，也根本不打算离开那舒服的肉体靠垫。

"你是在哪里出生的？"

"嗯，我是在五原村落合出生的。"

"五原村？那里有一大片山林吧？"

"是啊，您知道吗？"

小姐感到十分意外，吃惊地望了山越君一眼。

"不，我是听别人说的。"

"那里是百分之百的山村。因此，我在新宿夜总会已经干一年了。"

"是在新宿的夜总会？"

"是的，新宿区政府对面的那条大巷子里，夜总会比比皆是。"

"是的是的。"

"我就在其中一家夜总会，身体不太好就回家了。如今身体基本恢复，可马场庄宾馆的老板一直劝说，于是，两星期前到马场庄宾馆上班了。"

怪不得……山越君暗自点点头，这女的漂亮大方，富有魅力，原来是在新宿的夜总会里得到了锻炼。当然，这与自己原先估计的完全一致。

了解了对方的底细后，山越君开始无所顾忌。

"打算在马场庄宾馆干到什么时候？"

"说实在的，我想早一点到东京去干。我已经不喜欢新宿了，这一回想去银座找工作。可银座那里我人生地不熟的，正犹豫不决呢！"

"像你这么漂亮的美人，无论哪一家的妈妈桑都会举双手欢迎的。"

"嘿，你真会说话。"

小姐瞥了山越君一眼。那眼神简直勾人销魂，令山越君心里痒痒的。

"不过，我害怕进入什么情况也不了解类似火坑的夜总会。如果有您或其他人介绍的夜总会，我就不必担心。农村，我是不会待长的……"

她说出心中的烦恼。

"如果相信我，我给你介绍。在银座，我有朋友在那里开夜总会。"

山越君认真地说。

"那太好了！"

小姐高兴地叫了起来。

"那，那是真的吗？"

"我从来不说假话。"

"我太高兴了！"

车身剧烈晃动起来，小姐就紧紧地挨在山越君的怀里，几乎贴着……

司机仍然两眼紧盯着前方，麻木不仁，漠不关心。

山越好色

　　"你叫什么名字？"山越君迫不及待地想知道她的名字。这位曾经在新宿夜总会担任服务小姐的女子，此刻正主动依偎在他的怀里，一副娇嗔的模样。随着车身的剧烈摇摆，柔软富有弹性的胴体犹如一股势不可当的电流，传遍了山越君的全身。那诱人的香水与异性荷尔蒙掺和在一起的味儿，强烈地刺激着山越君的大脑。山越君开始热血沸腾，想入非非。

　　"我？"

　　她笑容可掬。

　　"我叫梅野安子，请多关照。"

　　她轻轻地鞠了一躬，那鞠躬模样也带着夜总会服务小姐挑逗的神情。

　　驶过盐山街道，道路两侧一排排的葡萄架上悬挂着一串又一串不计其数的葡萄。这些农家开设的葡萄商铺门口，挂满了装有葡萄的纸袋，墙上还挂着"自产自销葡萄园"的招牌。商铺门口的游客人山人海，门庭若市，都是乘坐公共汽车或者驾驶自备车来这里的。

　　"喂，说心里话，我真希望在银座工作。您刚才说帮我找一家熟悉的夜总会，这话当真？"

　　梅野安子热情地看着山越君。

　　"我不会说假话。"

山越君的眼前，浮现出好几家坐落在银座闹市地段的小夜总会。按照他的收入，也只能光顾那些名不见经传的小夜总会。虽然规模比不上大夜总会，但像她这般活泼可爱的小姐把那里当作跳板，工作一段时间后再进入夜总会是完全可能的。

"一有那种机会，别忘了通知我哟！"

"我会通知你的，可你的住所呢？"

"电话打到汤山温泉的马场庄宾馆就行了。有人接电话，您就说叫梅野安子听电话。"

"等一下，我记在通讯录上。"

他从内衣口袋里取出通讯录的时候，传出与信封摩擦的"咔嚓咔嚓"的响声。那是甲府司法局办事处工作人员送的信封，里面装有那一百八十万坪山林土地最新的登记台账复印件，可千万不能遗失。

他按照梅野安子说的写在通讯录上，然后把通讯录放回内衣口袋。这时候，那信封又发出"咔嚓咔嚓"的响声。

"您刚才说您是东京信用调查所的调查员，可怎么带那么多资料？"

小姐把嘴贴在山越君的耳边问。

"你怎么知道的？"

"怎么不知道。那内衣口袋里的信封装得鼓鼓的。"

"……"

"那里面都是调查资料吗？"

"是的。"

"您刚才调查的是什么情况呀？"

"那是工作秘密，不能说的。"

"有那么神秘！看来您的工作非常有趣，引起了我的好奇心。"

"这是工作，毫无趣味。"

"真的吗？我也是刚到马场庄宾馆工作，是临时帮忙。我最适合夜总会的工作，请您尽快帮我找一家，哪怕是小酒吧也行。"

"也许咱们有缘吧，你这个朋友托的事情，我一定会办到。"

小姐的说话语气十分亲昵，山越君的说话口气也渐渐和蔼起来。

"谢谢您的好意，您能否给我一张名片？"

山越君猛地感到一阵脑涨，不知怎么回答才好。

"今天一路上遇见好多过去的熟人，名片都送完了，真不凑巧。下次一定给你补上，真对不起。"

小姐听完这种解释又央求道：

"那么，能否告诉我您的住址以及姓名，我把它记在通讯录上。"

山越君没有想到这小姐来这一手，顿时傻了。不过，她这么要求也是合乎情理的。看来，小姐已经把自己当作夜总会的介绍人。

"我叫原田……原田一郎。"

"信用调查所的地址和全称？"

"大日本信用调查所，地址是千代田区丸内一路……"

山越君口若悬河，把事先编好的假地址叙述了一遍。

梅野安子从小皮包里取出通讯录正要记的时候，山越君一阵恐慌，赶紧阻拦说：

"本公司纪律严明，因为专门从事对法人和自然人的信用调查。如果是女人打电话或者寄信到本公司，我就是有三寸不烂之舌也说不清啊！"

"那，我用男人的姓名给您写信呢？"

"不行，不行，女人的笔迹一看就知道。"

"打电话可以吗？"

"那更麻烦。"

"什么办法最好呢？"

"这么办吧！由我打电话或者写信给你，通讯地点是马场庄宾馆吧？在我没有与银座夜总会妈妈桑说好前，你即使给我打电话我也无可奉告。"

"那也是。"

梅野安子爽快地点点头。

出租车在胜沼街上飞驰。这一带，葡萄园也比比皆是。自产自销葡萄园的招牌前面，拥挤着许多来自东京的客人。

出租车每转一个弯，小姐裸露的漂亮大腿便顺着惯性与山越君的大腿摩擦一次。渐渐地，两条大腿几乎粘在一起。小姐毫不在意，也不立即把自己的大腿挪开，似乎故意摩擦引诱山越君。

山越君心跳突然加速，呼吸急促起来，好像要发生什么，也许只要自己开口，可爱的梅野安子小姐一定会跟随自己到情人宾馆做爱。这女人一心想到银座夜总会工作，为了早日工作，甘愿以身相许献出宝贵的肉体。出乎山越君意料的是，小姐一系列勾引过程毫不矫揉造作，而是自然贴切。

梅野安子不仅长相楚楚动人，身体曲线也十分诱人，也许是广阔田野给了她这般健美的身材。听她说在新宿夜总会里干过一段时间，无疑，她那丰满的肌体被许多男人欣赏过。不过，涉世不深，还称得上单纯女性。

身体靠近男性，也许是在夜总会里挑逗客人时的惯用手法。在山越君看来，这女人的一系列动作不只是讨好男人，而是辞掉夜总会工作回到乡村后的禁欲过程的一次大爆发。听说，她在马场庄宾馆临时帮忙。客房服务工作，每天是擦洗卫生间和房间用具、换被单垫单和用吸尘器吸地毯灰等，只会使她更加沉闷和枯燥。一旦时机成熟，无疑会导致性欲上的爆发。

山越君开始亢奋，产生了强烈的欲望。他已经不在乎眼前的女人是否已经失去贞操，更不在乎这女人曾经躺进过多少男人的怀里。他此刻只有一个念头，一定要得到这个女人。急促的呼吸，使他浮想联翩，跃跃欲试。

山越君开始忍耐不住了，尤其是马场庄宾馆那个中年妇女的一席话深深地刺激了他的感官。中年妇女把下田忠雄与三十岁女子寻欢作乐的场面，描绘得那样的有声有色，惟妙惟肖。

"我还想继续跟您聊一会儿，再有三十分钟就要到达大月了吧？"

出租车渐渐来到胜沼的三岔路口。两边是甲府街道，挂满了霓虹灯，熙熙攘攘，热闹非凡，对面是华丽花哨的楼群，就是著名的石和温泉。自温泉问世以来，石和这里的温泉发展迅猛，如今也算得上游客的好去处。

"还有二十分钟左右。"

梅野安子说。

"要继续聊，最好是选择安静房间。我也有点累了，想休息一会儿。"

话里有话！不用说，梅野安子心领神会。可她耷拉着脑袋不吱声了。

"怎么样，赞成吗？"

山越君继续邀请。

"今天不行！"

那女人仍然眼睛朝下。

"怎么啦？我今天不返回东京也是不行的哟，不能在宾馆借宿。所以，两三个小时的休息时间就足够了。怎么样，没关系吧？"

山越君没有松劲，继续进攻。

"对不起，今天实在不行……是生理上的原因，我不能答应。"

她轻轻地说。

山越君的喉咙里不由得发出"哦"的一声。

就在这时候，梅野安子把手放到山越君的大腿上使劲地抚摩着。

"我不是说谎！也绝不是故意避开您。您不信，我可以让您看证据！"

"……"

"我很希望与您在一起，不管哪里都行。您热情善良，尽管刚认识，就爽快地答应帮我找工作，您真是个大好人！我非常喜欢您。"

"……"

"不过，今天有那个原因，实在不行。再说只有两三个小时在一起，我也不太有兴趣，要是能在一起过上一夜，慢慢地聊天那该有多好啊！"

"原来是这样。"

山越君脸上没有半点不高兴的表情。

"东京的工作一旦定下来，请您打电话到马场庄宾馆与我联系！"

"好好。"

"是打电话还是寄信？"

"打电话。"

山越君由于心中的愿望没有兑现，先前的火热劲儿不见了，但心情还是像刚才一样十分愉快。他思考了一会儿，精神又振作起来。

"您真的叫原田？"

"原田是我的真名，不希望随便公开，还是借用您亲戚的姓名吧？"

"我姨夫叫大冢，是我母亲胞妹的丈夫。"

"那就借用大冢的姓吧！再说你也不会忘记那个姓吧！我用这个假名，你会立即明白的。"

"好啊！……您真聪明！瞬间就能想出这么一个好主意，真不愧为信用调查所的调查员啊！"

对于山越君是信用调查所的调查员，梅野安子好像没有丝毫怀疑。而山越君的心里却在苦笑。

出租车驶上中央高速公路后向东奔驰，一路上隧道一个接着一个。那女人干脆放肆地躺在山越君的大腿上。

"还有。"

"什么？"

"不光是打电话，还要来接我哟！"

"要我到马场庄宾馆接你吗？"

"希望您能那样做，届时我和您住一起。"

梅野安子坐起来把脸伏在山越君的耳朵边，说完又把她那两条又白又嫩的大腿架在山越君的腿上。

"那也行。"

山越君感到浑身痒痒的。他也毫无顾忌地用手抱住梅野小姐的肩膀，那胸前鼓出的部位触电似的传到山越君的全身。此刻，梅野小姐像一只小猫任凭山越君的摆布。

"是到马场庄宾馆来接？"

"您尽说傻话！等到那天，我俩就在石和温泉宾馆里住上一夜！"

"我还没有来过石和呢。"

"那我在石和车站等您。您打电话给我的时候，只需说乘坐几点几分新宿始发的列车就行。特快列车不停靠石和站，您在甲府站下车后叫一辆出租车到石和来就行了，大概只需要十分钟左右。您如果乘坐普通快车，途中停靠石和站，根据到达时间，我会在石和车站的候车室等您，然后找一家宾馆或者旅馆，我来给您做向导。"

"这主意太妙了！"

"谢谢夸奖。"

"真是好办法，就那样吧！"

"好，就这样定了！"

"我太高兴了。"

一进入隧道，被山越君抱着肩膀的梅野安子突然抬起脸，用嘴重重地亲吻了一下山越君的脸。

山越君一阵激动，把她横抱在怀里紧紧地吸着那女人富有性感的厚嘴唇。不料，转眼间出租车又驶出了隧道。

一到大月车站的广场，两个人就在出租车里紧紧地握手告别。

山越君买了一张到新宿的车票，梅野小姐买了一张送客票送山越君上车。他俩站在月台上，欣赏着大月市中心的繁华景象。

开往新宿的特快列车十分钟以后才能进站，站在月台上排队的许多男人用眼睛瞟着梅野安子，后来干脆都正面朝着她上上下下地欣赏起来。梅野小姐站在月台上格外显眼。山越君望着这一切，内心感到非常满足。

广播里传来女播音员的声音，开往新宿方向的列车马上就要到达，请准备上车。

她忽然走到山越君跟前：

"那么，我盼着您到石和来接我的那一天哟！"

"我来之前一定会打电话到马场庄宾馆，别忘了我的姓哟。"

"嘻嘻嘻，叫大冢吧？"

"对！完全正确。"

"我担心您会忘了那个姓哟！"

"我怎么会忘记呢！"

列车驶入月台。如果周围没有那么多的眼睛，两个人一定会紧紧拥抱热烈吻别。

山越君上车找到了自己的座位，梅野小姐走到窗前笑眯眯地隔着玻璃朝车厢里张望。由于窗户紧闭，相互间说话声音无法听见。列车启动了，她挥着手，那手势那姿势简直太美了！其余乘客都不约而同地注视窗外那个挥手的大美人，并用羡慕的眼光端详山越君。

山越君坐在座位上，乐滋滋地回味刚才轿车上的情景。周围的乘客望着他，这个既没有长相又没有身材的中年男子，竟有一个根本与他不相配的美女情人，都不免流露出半信半疑的目光，有的甚至是鄙视的目光。

多少年了，山越君从没有感到自己这么年轻，情绪高涨，热血沸腾。

真希望尽快地与梅野安子在石和相会！届时，一定要买一颗宝石戒指给她。买戒指的钱没问题，银行的个人账户里有这笔钱！

山越君坐在列车上，还在思恋着梅野安子那迷人的身影，漂亮的脸蛋，还有那略厚却富有性感的嘴唇……

"自产自销葡萄园"的招牌浮现在他的眼前，继而又模糊起来，在这自产自销的葡萄园里，寻觅到了与自己情投意合，真正属于自己的女人。如果允许，他希望与梅野安子相伴终生。这时候，下田忠雄与那个大美人在一起的情景浮现在他的眼前。

要得到梅野安子，必须制订具体的庞大的筹款计划。这，回到东京马上实施，两三天内一定要让计划兑现。

山越君在头脑里制订的那个"计划"，已经有过无数次的反复思考。

窗外的夜色已经降临，列车在茫茫的夜幕中继续向前行驶。不一会儿，八王子街道的霓虹灯和路灯展现在山越君的眼前。

有办法了，就这样干！

山越君攥紧拳头。

彩之河

[日]松本清张 著　　叶荣鼎 译

下

Matsumoto Seicho

四川文艺出版社

图书在版编目（CIP）数据

彩之河 /（日）松本清张著；叶荣鼎译. -- 成都：四川
文艺出版社，2017.7
　　ISBN 978-7-5411-4729-6

　　Ⅰ. ①彩… Ⅱ. ①松… ②叶… Ⅲ. ①长篇小说—日
本—现代 Ⅳ. ①I313.45

中国版本图书馆CIP数据核字(2017)第163618号

IRODORIGAWA by MATSUMOTO Seicho
Copyright©1983 MATSUMOTO Yoichi
All rights reserved
Original Japanese edition published by Bungeishunju Ltd.,Japan,in1983
Chinese (in simplified character only)translation rights in PRC reserved by
Sichuan Literature and Art Publishing House,under the license granted by
MATSUMOTO Yoichi,Japan arranged with Bungeishunju Ltd.,Japan through
shanghai yuzhou culture communication Co.,LTD,China

著作权合同登记号 图进字：21-2017-15

CAI ZHI HE
彩之河

[日] 松本清张　著　叶荣鼎　译

责任编辑　彭　炜
封面设计　叶　茂
内文设计　史小燕
责任校对　蓝　海
责任印制　唐　茵

出版发行　四川文艺出版社（成都市槐树街2号）
网　　址　www.scwys.com
电　　话　028-86259285（发行部）　　028-86259303（编辑部）
传　　真　028-86259306

邮购地址　成都市槐树街2号四川文艺出版社邮购部　610031
排　　版　四川最近文化传播有限公司
印　　刷　成都东江印务有限公司
成品尺寸　145mm×210mm　1/32
印　　张　23.75　　　　　　　　　字　　数　600千
版　　次　2018年1月第一版　　　　印　　次　2018年1月第一次印刷
书　　号　ISBN 978-7-5411-4729-6
定　　价　86.00元（全二册）

松\本\清\张\作\品

目 录

电话侦查

上午十点左右，朦胧中发觉盖在身上的被褥不翼而飞，山越君大吃一惊，"啪"地睁开了眼睛。

太太不是躺在床上，而是站在枕头边，横眉竖眼地瞪着山越君。

"你要干什么？"

山越君伸出手欲抓住被褥一端，再把被褥盖在身上。可一看，西装也被扔在床上。

"你昨天披星戴月的，究竟在哪里干了些什么？"

"什么？"

"别装模作样的！快把昨天的真实情况一五一十地说给我听。"

"我昨天晚上不就跟你说过了吗！为了工作去了一趟甲府……"

"你最好别撒谎！你是不是和女人在一起鬼混？"

"女人？"

"你还装蒜！最好把西装放在你自己的鼻子底下再闻一闻，这东一块西一块的，都是白颜色。"

山越君昨晚回到家中把西装挂在衣橱里。平时，妻子不太关心他脱下的西装。

可唯独今天早晨，她从衣橱里取出那件西装开始关心起来，大概发现了什么？山越君爬起来坐在床上，眼前一片乱糟糟的。昨天穿的西装和裤子等都被扔在床上，乱七八糟，不堪入目。

山越君按太太说的，用鼻子嗅了一下西装，有香水味！他恍然大悟，原来是这个原因让妻子发那么大火。这是从梅野安子身上沾来的香味。

"哼！是什么女人？那种丢在地上没人捡的香水竟沾在你的身上！"

梅野安子身上散发的那股香水味，不知咋的越来越强烈，飘荡在山越君的鼻子周围。

"还不仅仅是香水！瞧，你那西装左肩上沾着的白色东西是什么？"

山越君惊呆了！黑色的西装上，果然是东一块西一块白糊糊的，左肩膀上最集中，还是潮的。

"那不是化妆粉是什么？"

妻子愤怒的吼声震撼着屋顶。

从汤山温泉到大月的一路上，梅野安子的身体和脸部始终贴在山越君的身上。从胜沼公路驶入中央高速公路后，她更加有恃无恐，动作越发大胆，那涂满白粉的脸蛋竟靠在自己的左肩上。西装上的白粉，一定是那个时候沾上去的。

事实胜于雄辩，已经无法抵赖。

"快说，昨晚你和哪个女人在一起寻欢作乐？快点老实坦白！"

"寻欢作乐？根本没有。"

山越君耐心地说。

"还不快说。那我问你，这香水和化妆粉究竟是怎么一回事？"

"昨晚，我和《经济论坛》月刊杂志社的同仁因工作一起去过夜总会。当时有一个喝得醉醺醺的服务小姐死皮赖活地纠缠我，香水和白粉一定是那个时候沾在我身上的，可我一点也没有察觉。"

"夜总会里也有工作要做？"

"做我们这行的，不管什么地方都必须去。"

"别故弄玄虚！就凭这香水味和沾在你身上的白粉，足可证明你昨晚与那个女人搂抱在一起。哼，你真会享乐！竟让我一个人待在家里过贫穷煎熬的日子。而你呢，却与野女人在外面到处游山玩水。"

"你不相信我刚才的解释？"

"我怎么会相信！"

"那随你怎么想。"

山越君站起身。

"我早就知道你在外面鬼混。凭你施舍给家里的那么点钱，根本无法维持日常生活开销。可你倒好，竟在外面挥金如土、寻花问柳欺骗我。"

妻子发出猛兽般的号叫声，继而伸出双手扑上来企图抓山越君的脸和头发。山越君早已保持高度防备，与太太扭打了两三个回合。末了，他使尽全身力气将太太推倒在地。被推得四脚朝天的妻子，一边喊一边爬起来。可她没有再次发起冲锋，而是用两只手掌轮番朝自己脸上打起耳光来。妻子耳昏目眩地捂着被自己打红的脸颊，坐在地上抖动着两只肩膀号啕大哭。由于居住的是破旧的公寓，稍有响动，左右邻居都能听见。这时候"吱"的一声，邻居家的房门果然悄悄打开了。

山越君穿上被妻子弄得满是皱折的长裤，再穿上衬衫，最后穿上那件让妻子捏成一团的西装。

突然，妻子停止了哭声，扬起那对哭得通红的眼睛、泪流满面的脸，瞪起两眼狠狠地瞟了山越君一眼。

"又要去夜总会的女人那儿吗？"

"我现在是去工作。"

"瞧你又在胡说八道！我再说一遍，你没有资格与女人鬼混！就那么点工资，就那么点能耐。"

"傻瓜！我今天只要把采访来的情况归纳一下就可以变成钱，这就是我今天的工作。"

山越君系上领带，纠正一下刚才吵架的眼神说：

"等我给你一厚叠纸币的时候，你别傻眼哟！"

"吹牛吹牛。"

妻子嘴里又是一阵乱叫，但眼神瞬间变得和善了，脸上堆满了将信将疑的表情。

"是吹牛还是真的，今天就可以让你明白，别再瞎猜疑，乱讽刺。"

妻子又是闹又是吵，无法在家里归纳材料。山越君取出昨晚放在抽屉里那份登记台账的复印件放入内衣口袋，穿上皮鞋急匆匆地走出房门。

妻子紧随山越君的身后，那对野猫般的眼默送着山越君直到消失。

来到水泥地走廊上，隔壁邻居慌慌张张地纷纷关上了房门。

山越君来到池袋车站广场，一家书店门口的书摊突然映入他的眼帘。书摊上，排列着许多刚出版的《经济论坛》月刊杂志。山越君是自由采访记者而不是正式职员，杂志样本往往领不到。如果某杂志上刊有自己采访材料写成的文章，才能领上一本。这一期杂志上，明明有自己采访的材料，可到现在还没有收到样本杂志。清水四郎太社长太吝啬了！

这本杂志封面上，印有醒目的一排文字：

关于对全国相互银行的领头羊——昭明相互银行下田行长的研究

啊，太好了！山越君为自己采访的材料又见诸杂志感到高兴。

说是"领头羊",宛如盐山农家门口悬挂的一串串葡萄。说是"研究",其实是褒义的赞辞。再看目录上有提示标题:从相互银行到普通银行的发展路程看整个相互银行界的悲哀,下田行长凭自己的威信和智慧叩开这扇通向普通银行的大门。

山越君买了一本。

由于早上与妻子吵了一架,连早餐也没有顾得上吃就跑了出来。此时此刻,肚子里空荡荡的。车站广场的横马路上,有一家咖啡馆供应优惠早餐。他上这家店点了一杯咖啡和烤面包,边吃边喝边细细阅读社长兼总编辑清水四郎太主笔的"评论"。

咖啡馆的年轻服务员端来咖啡,山越君问:

"怎么没有免费供应的烤面包?"

"对不起,供应优惠早餐的截止时间为十一点,现在已经过了。"

已经是十一点半了!山越君无可奈何地又添加一份不免费的烤面包。

打开杂志,他决定抓紧阅读这篇《关于对全国相互银行的领头羊——昭明相互银行下田行长的研究》的文章。

在最显眼的位置上,是一幅下田忠雄行长的大幅照片。光秃秃的前半部分脑门,犹如经过山崩地裂而形成的悬崖峭壁。这,是下田行长的最主要特征。凡昭明相互银行的下属支行,例如自己曾经到过的下北泽支行和自由丘支行的陈列橱窗里,都挂有他的这张照片,周围还有人造蔷薇花的点缀。昭明相互银行的广告宣传册里也有那张照片!山越君的脸上露出不耐烦的表情,唯那光秃秃的前半脑门才是他最关心最重视的地方。

终于,山越君开始读正文。

刊登的内容都在自己的预料之中,总之,打着灯笼妄加赞扬,极力吹捧下田行长迄今取得的丰功伟绩。相互银行是根据一九五一年

（昭和二十六年）颁布的《相互银行法》，由几家无尽公司合并组建的。当时，全国各地成立了好几家相互银行。三十多年来，相互银行业得到突飞猛进的发展。一九八〇年（昭和五十五年），相互银行发展到七十多家，所有的下属分行总数达到三千九百多家。一九八一年（昭和五十六年）三月底的总存款量，高达二十七兆一百五十九亿日元。单存款总额和业务内容的扩大，已经与普通银行并驾齐驱。倘若继续视相互银行为畸形银行，无利于我国金融界的健康发展，是不可取的！应该全面废止已经过时的《相互银行法》，尽快地把相互银行列入普通银行才是最明智的做法。只有这样，才能更进一步推动我国金融界的发展，搞活金融市场。

迄今为止，相互银行界发动了全国范围内声势浩大的请愿运动，要求国家财政部向国会提交全面废止《相互银行法》的草案。许多政党也为此做了大量的工作，结果还是不能如愿。今天，叩开财政部这扇不易开启的大门，实现相互银行界多年夙愿的领头羊，非昭明相互银行的行长下田忠雄莫属！尤其值得一提的是，目下丸地区正在建造的全国相互银行会馆大厦，是下田行长为会长的"全国相互银行联盟"的头等大事之一。该大厦地下二层，地上二十五层，设计新颖，用材先进，富有时代气息。要不了多久，这幢划时代的大厦将屹立在世人面前。这也是以下田会长为首的"联盟"，在发展道路上的新的里程碑。

总之，把主要内容简单地提了一提。

山越君咬着烤面包喝着咖啡，读完了这份多达八页的评论报道。

清水四郎太哟，你在下田忠雄那里又领取了多少赏金？

山越君自言自语地说出了声，该广告赞助费至少不低于三百万日元。

清水四郎太的惯用手法，是根据被评论对方的出钱数额多少而定。昨天还一直受称赞的金融界人物，突然成为今天他抨击的"靶子"。昨天还一直被抨击的人物，一夜之间变成他大肆吹捧的宠物。

他从长期与金融界和企业界交往的过程中，熟谙其中一切。并且，理论性强，文笔精美。他这套独创的雄辩术，在杂志界堪称一流。

快要到正午了。

山越君用咖啡馆的公用电话，按照笔记本上记录的寿永开发公司的电话号码拨通了对方电话。

"这里是寿永开发公司。"

电话里传来年轻女子的声音，没有总机，好像是办公室小姐。

"我这里是昭明相互银行的秘书室……"

山越君换了一口秘书的说话腔调。

"一直得到贵银行的关照。"

那位办公室小姐马上致问候语。

由此可见，寿永开发公司与昭明相互银行之间有密切的业务往来。

"我银行的下田行长是否在贵公司啊？"

"您是说下田行长吗？"

那位办公室小姐不是反问山越君，而是因为对方突然问及下田行长是否在寿永开发公司，因此走了神，说话声音也慌慌张张的。

"那，请稍等！"

她立即向好像就坐在旁边座位的人转达了电话内容，就在这片刻工夫，山越君竖起耳朵全神贯注地听对方说话，打算根据受话器里传出的轻微声音，来辨别对方公司办公面积和工作人员的数量。对方办公室很小，没有大办公室那样的回声，也没有许多工作人员坐在那里办公的氛围。

那个听办公室小姐说话的人，好像其办公桌与小姐的办公桌并排放的。根据电话里传出的声音，那是男人的声音。

山越君在短短几秒钟里，凭着自己的直觉判断出上述的情况。

传来男人的声音。

"喂喂，让您久等了，是昭明相互银行的行长秘书室吧？"

声音十分洪亮。

"是的。"

"我是立石。"

哦，是立石恭辅……他那天晚上在塔玛莫夜总会里的模样，仿佛又浮现在山越君的眼前，戴一副黑色宽边眼镜，古铜色的脸，四十七八岁的光景，个头不高，身体胖乎乎的。

是寿永开发公司总经理亲自接电话。

"下田行长没有光临鄙公司，是不是今天有光临鄙公司的预定啊？"

听到这里，山越君的心里更加有底了。

"对不起，失礼了！"

山越君把电话挂了。

总经理就在事务小姐边上，没有其他职员，是总经理直接接的电话。

狭窄的办公室里就那么几个职员，除事务小姐外就是立石总经理一个人的声音。

这意味着什么？所谓寿永开发公司，根本谈不上什么规模，仅仅是皮包公司而已。

在塔玛莫夜总会里遇见的是以立石为中心的五个男人，其中宫田属于寿永开发公司的正式职员，其余三人可能是寿永开发公司请来的客人。

刚才，不是宫田接电话，说明正在外出途中。总之，该公司只有立石总经理和若干名职员，其中有一名是女职员。这些人就靠一部电话，干起了大买卖……

山越君欣喜若狂，今天的收获远远超出预期目标。好，现在该写材料啦！在什么地方写呢？

最好到银座并木街那里的"风鸟堂"咖啡馆写，那地方宽敞。如果到图书馆去写，恐怕桌子早已被学生占领，再说叽叽喳喳的太嘈杂了！风鸟堂咖啡馆里静悄悄的，也是谈生意成功率高的地方。

点一杯咖啡，再点一块蛋糕，奋笔疾书，两个小时就能完稿。写这样的稿件就等于印刷纸币，虽说自己的稿件变不成三百万日元，但值一百五十万日元是不在话下的。我这次书写的内容，远远超过清水四郎太的阿谀奉承、大肆吹捧。对于被抨击的一方来说，无疑是重重的迎头大棒。那家伙一定会对清水四郎太社长说，您就开一个价吧！由您说了算！

一百五十万日元到手后，把零头的五十万日元交给喋喋不休的妻子，剩余的一百万日元整数由自己掌握。

此时此刻，梅野安子那张漂亮的脸蛋，迷人的大腿，依偎在自己怀里的情景，犹如电影一幕幕地浮现在自己的眼前。猛然间，山越君似乎沉浸在人生最幸福的时刻。那幢五光十色的石和温泉大厦，是那么的富有魅力，那么的神奇。他无限憧憬，盼望着那天早日到来。

奋笔疾书

银座闹市里的风鸟堂咖啡馆，坐落在并木大街的十字路口边上。从江户时代起，风鸟堂以专营正宗的日本式点心而闻名天下。店堂内分设羊羹专卖部和咖啡馆，而咖啡馆几乎占据整个店堂的大部分面积。

风鸟堂里是车厢式座位，宽敞舒适，沿街，透明玻璃幕墙上窗明几净，构成亮丽的街头风景。

下午二时左右，山越君选择了靠玻璃幕墙的座位，点了一杯咖啡，打算在风鸟堂咖啡馆里泡上一个小时。

山越君一边呷咖啡一边打腹稿，两眼望着窗外。这一带多半是高级商店，那些步行的男人脸上露出无精打采的神情，不像阔佬、大款的模样。

正本清源，相互银行的真正职能是大众的互助储蓄金机构。从初创阶段来看，原本系无尽公司的框架。顾名思义，相互银行就是互借互助、方便大众的金融机构，并且，具有中小企业专门银行的特殊性质，故而，最大的融资限度被限制在该相互银行注册资金的五分之一，以主要保证大众储户能随时提款。相互银行除不能经营支票业务以外，其他业务与普通银行基本相同。尽管如此，相互银行系中小企业，所具有的大众储蓄金银行的特殊性质不变。可是，耳闻目睹了在同行业中处于老大地位的昭明相互银行下田忠雄行长的经营方针……

山越君推敲了一下腹稿的开头部分，感到过于啰唆。

不管怎么说，既不要写成论文一样的体裁，也不要大刀阔斧，只要一针见血，直捣下田行长的心脏就行。文章始末，说到底贯穿代表个人的强烈责问口吻就行。反正，不是发表在杂志上，纯属个人采访来的资料。

山越君呷了一口咖啡，吸了一口烟，透过玻璃幕墙远眺，人行道上尽是一些看上去心情不佳的行人来来往往。山越君的餐桌旁边有一条狭小走廊，走廊对过排列着三张餐桌。其中一张餐桌坐着两个三十岁左右的男子，正在相互说话，看上去像某公司推销员的打扮。从他俩说话的表情来看，推销业绩不怎么样。他俩旁边的一张餐桌上坐着四位中年妇女，有说有笑，好像在背后议论某个人。另一张餐桌上，是一位老绅士模样的人和一位四十岁左右的妇女。

车厢式座位，高高的靠背，只能看到其他客人的脑袋部分。沿着玻璃幕墙的餐桌，其中一张餐桌坐着一对恋人；其邻桌是一位上年纪的人，正在看报；另一张餐桌，坐着母子俩。如今，店内设有舞台装置，座位都是按照剧院的模式排列的。

寿永开发有限公司，设在涉谷区惠比寿车站附近的某幢大厦里。单从名称来看，可以理解为经营不动产业。可从业人员的数量，包括总经理、女文书在内充其量四至五名。其规模，就像铁路沿线到处都能见到的房产中介公司。像那样的小公司，橱窗上、无框玻璃门上贴满了房屋租赁广告，纯属房屋租赁中介性质的小企业。一旦总经理以及仅有的两三名业务员外出，女文书则成了电话接线员兼业务接待员。可见，寿永开发公司的主要通信工具就是女文书手中的那部电话。可事实却相反，如此小型的中介公司，却干着与其经营规模不相吻合的超大型的不动产买卖……

……行！就这样写。

山越君打定主意，按照这样的文章结构写下去。

他从口袋里掏出记事簿和八张一叠的粗糙纸。通常，自由采访记者喜欢粗糙的纸张，在他们看来，只有这样的粗糙纸才称得上文稿纸，才能找到写文章的灵感。使用店里买来的正规文稿纸，让人感到是门外汉、大外行。书写工具不是钢笔和圆珠笔，而是柔软的B铅笔，字都写得很大。

山越君的上衣口袋里，还有一样重要的书面证据，那便是前不久从司法局所属甲府办事处得到的那份有关东山梨郡一百八十万坪山林的过户登记复印件。

山越君翻开记事簿，上面记载着密密麻麻的数据，是迄今调查的所有材料，有好几页，凝聚了山越君的心血。书稿开头，是已经打好的腹稿。

他一边看着记事簿上密密麻麻的小字，一边写了起来：

……寿永开发有限公司经营的所谓大买卖是什么？请往下看一切就明白了！

读者一定还记得八月二十日下午到晚上之间，在香才里才影剧院二楼指定席遭到暗杀的山口和子？！她是银座牡安夜总会的妈妈桑，也是银座漂亮的女经营者，可她却竟在全东京档次最高的影剧院被害，实在是骇人听闻。虽警视厅和驻地警署组成了侦破专案组，夜以继日地进行了刑事侦查，可凶手至今没有被捉拿归案。

再说，被害人山口和子的家在目黑区自由丘闹中取静的住宅街上，那是一幢十分漂亮别致的两层楼别墅式建筑。山口和子一人居住在这幢楼房里，雇了一名二十四小时居住在她家的保姆。这土地是山口和子出钱买下的，这楼房是山口和子出钱建造的，生活得十分奢侈。读者看到这里一定会认为：银座一流夜总会的妈妈桑收入可观，买地建房过高档生活是理所当然的。可事实恰恰相反，其背后有着不可告人的"罪恶"和"阴谋"，而罪恶和阴谋的主体不是山口和子，是另外一个人，是谁？容我后述……

所谓"后述"这句话，理应让下田忠雄大吃一惊。当事人一读到这句话，也许急于看下文吧？！那只能请当事人耐心等待，叙述是有顺序的。

这时，老绅士和中年妇女离开了咖啡馆。那张腾出的餐桌，即刻被一个有大人小孩的家庭占据了。那四位捣别人脊梁骨的中年妇女，还在津津有味地说着。两位推销员模样的男子也结束了业务不佳的对话，在账台前各自付款。店内座无虚席，稠人满座。账台一侧有四位学生模样的女孩子站在那里排队，四双眼睛直怔怔地盯着两位推销员离去的空桌，等候服务小姐的安排。

山越君独自一人占据四人的席位，叉开双腿，示意服务小姐我没有离开座位的打算。

山越君查看了一下记事簿，那支柔软的铅笔又在纸面上"沙沙沙"地响了起来：

还有，这幢原本属于山口和子的自由丘楼房，在她遭到暗杀后的第八天，却被转移到长谷川勇三郎的名下。听长谷川先生说，这片土地和这幢建筑是他从寿永开发有限公司那里买下的，成交价是一亿两千万日元，合同签署日期是八月二十八日。记者看了合同全文，合同上签署的八月二十八日，正是山口和子在影剧院被害后的第八天。

出于采访需要，记者曾到司法局目黑办事处查阅了山口和子持有的土地建筑的台账，那上面没有抵押记录。可不知何日竟变成寿永开发有限公司的财产，而且寿永开发有限公司竟把它转卖给长谷川勇三郎，不可思议！

根据长谷川先生的叙述，记者又到司法局目黑办事处查阅了该土地、建筑的登记台账，结果大吃一惊。该土地和建筑，早就抵押给了寿永开发有限公司。试问，记者曾经查阅的时候，登记台账上为何没有记录？

听司法局目黑办事处的官员说，寿永开发有限公司早就控制了作为抵押品的这片土地和建筑，却一直保留着抵押登记的权力。保留抵押登记的权力，可以根据当事人之间达成的书面协议，故而台账上没有有关这方面的记录。事实上，即使一无所知的读者只要目睹了登记台账，其背后的"罪恶"和"阴谋"即可一目了然。

如前所述，山口和子于八月二十日在影剧院惨遭暗害。没隔几天，寿永开发有限公司干起了该土地和建筑的抵押权登记勾当。据说，是由于欠债人山口和子死亡而无力偿还借款，债权人寿永开发有限公司根据预定的偿还日期将该土地和建筑的所有权过户到该公司名下。并且，寿永开发公司又以迅雷不及掩耳的速度，于八月二十八日将那片土地和建筑转卖给长谷川勇三郎……

山越君一口气写到这里搁下铅笔，点燃一支烟。他一边抽烟，一边从头到尾看了起来。

这时候，那四位热衷于说别人坏话的中年妇女，嘻嘻哈哈地离开座位走了，那三位等了好长时间的青年在服务小姐引导下，占据了空席。沿着玻璃幕墙的三张餐桌，也相继更换了一批新客人，只是那对情人坐的席位没有更换客人。人行道上的街头风景穿过透明的玻璃幕墙，与凤鸟堂咖啡馆内的热闹场面连成一体，织成了一道静中有动、静动相间的风景线。

四位女学生吃着冰激凌，互相愉快地说着什么。其中一个女学生的侧面酷似梅野安子。她们伸展在桌下的大腿上，穿着透明的长丝袜。山越君趁搁下铅笔休息的片刻，欣赏着四个女学生稚嫩的脸蛋。一想起和女人大腿的接触，他浑身痒痒的。

眼下可不能有丝毫的邪念！山越君晃了一下脑袋，又攥紧了铅笔：

出于采访的需要，记者曾经调查了东洋商社的资产。该公司刚于前几天宣布破产倒闭，总经理高柳秀夫在奥多摩湖的西侧、山梨县境内的山林中自缢身亡，各大报刊纷纷进行了报道。记者是在该公司倒闭前进行调查的，根据当时的调查情况来看，得知该公司的固定资产中，拥有从山梨县东山梨郡内牧町仙科到该郡五原村落合的大片山林，共计一百八十万坪（近六百万平方米）。该公司前任董事长江藤达次先生明确对我说，这大片山林系该公司创始者第一任总经理购置的。记者曾经出差到甲府查阅了司法局甲府办事处的登记台账，当时台账上的记事栏里也是一片空白，根本没有抵押记录。我深信高柳总经理念创始者之情，在公司经营状况极其恶劣的情况下，仍然率领全体员工奋力拼搏，坚决保住那片山林完好无损。

鉴于山口和子的土地和建筑的变卖事件发生，记者触景生情，不免担心起东洋商社的那片山林。记者提心吊胆地来到甲府，翻阅了司法局甲府办事处的台账。果然不出所料，那一百八十万坪的山林最终……

写到这里，山越君又从上衣口袋里取出登记台账的复印件，把上面的记录一字不漏地照抄下来：

八月二十二日，涉谷区惠比寿五号六十五室寿永开发有限公司登记抵押权。八月二十三日，东洋商社由于无力偿还抵押债款，其充作抵押物的一百八十万坪山林的所有权过户到债权人——寿永开发有限公司的名下。请读者记住，这与自由丘山口和子的土地建筑被阴谋更名的做法如出一辙，不得不发人深省。更让人感到诧异的是，东山梨郡的那片山林的抵押权登记也是和子被害后的第二天办理的。次日，即八月二十三日，那片一百八十万坪的山林也成了寿永开发有限公司的不动产……

此刻，咖啡馆最里侧的车厢式座位上的客人更换频繁，男服务员来往不息，每当路过山越君餐桌旁边的走廊时，用余光偷看稿件的内容。可山越君丝毫没有察觉，还在埋头疾书。此刻，也正是他思路泉涌的时候：

……由此可见，寿永开发有限公司不是只有一部电话机的房屋租赁中介公司，而是能进行获得一百八十万坪土地担保的大规模借贷企业。而这大量资金，究竟是否为寿永开发有限公司的自有资金？还是充当其他金融机构的幌子进行融资？鉴于抵押权登记的办理时间，与山口和子被害时间极其接近，可见寿永开发有限公司的做法与山口和子的被害多少有点关联！我是这样推断的，我坚信读者也与我深有同感……

山越君用左手支撑着脸庞，构思接下来的部分。他独自一人占据四人席位，已经有一个多小时了，客人一批批更换，已经换了好几回。靠玻璃幕墙原先坐着一对情人的座位上，只剩下中年男子。他一边喝咖啡，一边望着外面的大街，似乎在等什么人。

再切换到山口和子的话题，也就是我在前面所说的后述部分。

和子小姐的背后有经济后台！银座夜总会女经营者的背后有经济后台，不是什么新鲜话题。可和子小姐周围熟悉的人，曾经都认定东洋商社的总经理高柳秀夫是其经济后台。说到高柳秀夫，不得不涉及东洋商社有限公司倒闭的话题。

东洋商社，没有紧密合作的开户银行。其公司的一贯方针，与各开户银行保持对等距离。其主要原因，是忌讳开户银行介入公司经营。当企业经营情况良好的时候，该方针固然行得通。一旦经营状况直线滑坡时，资金的融资渠道则成了最大难题。当时，该公司没有紧密合作的开户银行，融资困难，悲困交加。事实上，尽管表面上看来，除对等距离的开户银行外没有贷款机构，而暗地里却隐藏着特别融资机构，那就是某相互银行。正因为有了这家相互银行，已经濒临破产、危机四伏的东洋商社被赶上了绝路。

卑鄙的是，该相互银行的行长不直接向东洋商社融资。该行长在自己的相互银行里，以太上皇自居，手握大权，太上皇称号则是出自于他标榜自己是基督教信徒。在其总行和下属支行的橱窗里以及宣传手册里，使用基督教的宣传字句。记者要告诉读者的是，他是冒牌的基督教徒，仅仅是用基督教的个别字句遮人耳目、招揽顾客。

操纵秘密企业，将自己相互银行的资金以高利贷形式出借给东洋商社，而抵押物就是前面所说的东山梨郡的那片一百八十万坪的山林土地。由于东洋商社总经理高柳秀夫的苦苦哀求，该相互银行的行长没有向司法局部门办理台账登记，而保留了抵押权登记。这样做，对于东洋商社无疑是一种恩惠，同样是一种恐吓！只要某相互银行行长一不高兴，就可挥舞用一百八十万坪山林制作的大棒，威胁东洋商社，威胁高柳秀夫。

该相互银行行长通过秘密企业——寿永开发有限公司，侵吞资金，中饱私囊。其手段，记者将会一一公布于众。

如果说该行长的情妇是山口和子，那么，可能大部分读者会怀疑自己的耳朵。但记者掌握了这些铁一般的证据，高柳总经理不是山口和子背后的经济后台，相反，高柳总经理仅仅是该相互银行行长的"替身"而已。

那么，该相互银行的行长为何隐蔽在背后呢？那是因为作为其相互银行象征的，是基督教信徒那块金字招牌。相对而言，一旦肮脏的"护脸面纱"被揭开，其本人及其领导的相互银行在广大客户中的信誉将一落千丈。为此，经济后台的替身，必须由东洋商社总经理高柳秀夫扮演。

山越君猛吸了一口气，又继续写到：

值此一语道破天机！山口和子的死与该相互银行行长有关。寿永开发有限公司没收和变卖山口和子的土地、建筑，以及阴谋转移东洋商社在东山梨郡一百八十万坪的山林资产，所有这一切，都是该相互银行行长的幕后操纵所致。为什么呢？那是因为寿永开发公司是他个人的私有企业。东洋商社高柳总经理的自杀身亡，也是该相互银行行长的专横跋扈所致。

为什么要在这里几次三番隆重地推出该相互银行的行长呢？都是因为他拥有永远不能满足的"情欲"，与其说是满足爱情，倒不如说是满足他的兽欲。他喜新厌旧，见异思迁，无故抛弃山口和子，把新欢移到另一个情妇的怀里。这就是根本原因……

靠在玻璃幕墙边餐桌旁的，仍然是一个男子。他不时地望望手表，显示了极大的忍耐毅力，好像幽会的对方久久没有到来。

受宠若惊

山越君放下铅笔吸了一口气，见杯子里的咖啡已经喝完，顺手拿起玻璃杯呷了一口冰水，吸了一口烟。

风鸟堂咖啡馆里，客人来来往往，每张茶桌都换了好几批客人。唯独山越君占据的那张餐桌依然冷冷清清，没有新来客人。

另一张靠近玻璃幕墙的餐桌上，坐着一位似乎正在等恋人的男子，而且已经等了好长时间，可他坐的那张餐桌上已经座无虚席。看他的外表，三十岁光景，高个，两腮向前鼓起，鼻梁上架着一副太阳镜。他不时地看着手表，已经等了三十多分钟，看上去也像一个忍耐力极强的男子。

山越君开始写最后一段：

今年五月二十五日的晚上，银座牡安夜总会的妈妈桑山口和子在自己的自由丘住宅里，因过量服用安眠药被救护车送到附近的柿木坂的山濑医院抢救。从现象看是过量服用了安眠药，而事实并非如此，是山口和子企图以自杀相威胁。其根本原因，山口和子发现该相互银行行长喜新厌旧，已经另有新欢，顿时妒火中烧，但是她仍抱着一丝侥幸的心理，想以自杀来唤回该相互银行行长对她昔日的爱情和良知。这是天底下所有女人的本能。

可那位相互银行行长不思悔改，一意孤行。山口和子无可奈何，使出了最后手段，放火烧那位行长的住宅。

读者也许还记得八月十三日日报上的报道？八月十二日晚八时许，涉谷区松涛的某相互银行行长的住宅，发生了不大的火灾。根据报道，火是从住宅背后的垃圾箱里燃烧起来的，紧靠垃圾箱内住宅的一部分板墙被烧成木炭一般，没有酿成大火灾而顷刻间熄灭了。既然是垃圾箱里引出的火灾，就可断定是有人纵火。

必须提醒读者的是，如果纵火者真的要把那幢住宅化为灰烬，其目标不会是垃圾箱，而应该是潜入住宅内部点燃住宅的主屋。还有，更不会把放火时间定在晚上八点半。因为这种时候，是大多数人尚无睡意处在闲聊或看电视的时间段。如果选择夜深人静的时间岂不是更好吗？很显然纵火者的目的是希望附近的居民能发现火情，然后通知消防车赶来救火。事态的发展果然像纵火者事先企盼的那样，附近居民发现了火情后立刻用电话喊来消防车，于是，那点点小火顷刻被扑灭了。

山口和子选择住宅背后的垃圾箱以及晚上八点半的时间纵火，其本意是以小火向他发出警告。以自杀相威胁，也是希望该相互银行行长能回心转意。可事与愿违，山口和子只得采取了纵火这一她本不情愿的非常手段。一个痴情女人被逼到这种地步，其内心痛苦和悲伤难以用言语形容。

地方警署对纵火事件进行搜索和侦查，纵火者至今尚未归案。可记者手中有确凿的证据，证明纵火犯是山口和子。

那位某相互银行的行长心里自然也很清楚，纵火者就是山口和子。和子小姐的自杀行为和放火行为，在他看来无疑是一种威胁，更是一种恐怖。如果任其发展，后果不堪设想，山口和子下一步将会采取更加过激的手段。如果这女人什么都不顾把他俩的艳史暴露在世人面前，他那张基督教信徒的假面具将会瞬间被撕得粉碎而无地自容。随之，他为相互银行涂脂抹粉的"人类信爱"招牌也将受到重创。最让他担忧的是，许多存款大户因为他是位热心的基督教徒才把巨款存入他的相互银行；一旦艳史败露，那些大客户对银行就会产生信任危机，随之而来的是存户数量和存款数量锐减，他的相互银行将一蹶不振。最近在同行中间，该相互银行的威信已经有所下降。倘若丑闻再一公布，该相互银行与该行长本人将陷入危机四伏风声鹤唳的境地。为把祸根扼杀在萌芽状态之中，必须尽快斩草除根，让山口和子永远从身边消失，从这个地球上消失。某相互银行行长显露这一杀机，也是顺理成章的……

山越君一口气写到这里，稍稍休息了一会儿，接着点燃一支烟。

这样写就可直刺下田忠雄的肺腑。文章的最得意之笔，是只写某相互银行行长，而不点下田忠雄的姓名。不管从哪个角度看，是发表在杂志上的体裁。别说发表，只要下田忠雄本人从头到尾看一遍就够他好受的。山越君思索了一下，应该穷追猛打，刺上最关键最致命的一剑。

某相互银行行长被山口和子的两次威胁逼上了梁山，只好使出最后的撒手锏。

记者希望读者再回忆一下今年八月二十日，牡安夜总会的妈妈桑山口和子在香才里才影剧院二楼指定席上惨遭杀害的事件。

当时，该剧院的指定席上除山口和子一个观众以外没有其他人。那部进口大片摇滚乐电影《狂热的男人》上映已进入第十一周，尽管当时楼下的自由席座位还有相当一部分观众，可二楼的指定席却空无一人，从而使山口和子被害当天无法找到现场目击者。

　　该电影自始至终是惊险的驾车特技作为背景，由疯狂的摇滚乐作为烘托，使整个影剧院置身于摇滚乐和惊险的包围之中，以致山口和子被害时的凄惨叫声无法传到楼下观众席，再说楼上也没有影剧院的工作人员。

　　罪犯根据影剧院的地形、状况进行了周密的策划，制造了残酷的杀人事件。警察当局还未破获此案，罪犯至今逍遥法外。

　　通常，杀人动机与利害关系紧紧相连，这是杀人犯的特征。在推理小说中经常出现，读者也一定不会感到陌生……

　　杀害山口和子后，谁获得了最大利益？不用说，是某相互银行的行长！其理由，记者已经阐明不再赘述。记者深信无疑的是，某相互银行行长就是杀害和子的凶手。

　　但那位比狐狸还狡猾的行长，决不会亲自到香才里才影剧院去杀害山口和子。这样做，是最愚蠢不过的。在八月二十日早晨到晚上九点半山口和子尸体被发现的时间段里，他肯定在某个公开的地方，以使许多人能证明他没有作案的时间。也就是说，该行长并没有直接插手凶杀事件。而实际参与杀害山口和子的，无疑是行长的属下。相信有钱能使鬼推磨的他，正如前面所说的那样，操纵秘密企业——寿永开发有限公司，暗箱运作他的相互银行的资金，中饱私囊。只要让山口和子永远消失在这个世界上，他不管出多少钱雇用杀手都在所不惜。就记者的推测，经营不动产业的寿永开发有限公司与暴力集团有勾结。

　　最让人感到惋惜的是东洋商社的高柳秀夫总经理。他既充当某行长的替身，又扮演保镖监视山口和子行动的角色。由于没能出色完成所交给的任务，让山口和子玩了两次"火"，而遭到严厉的训斥。为此，某相互银行属下的秘密企业——寿永开发有限公司釜底抽薪，切断了融资的渠道，东洋商社只得付出惨重代价宣布倒闭。高柳总经理不仅引咎辞职，并在山梨县东部的山林里上吊自尽。并且，该公司拥有的东梨山郡的一百八十万坪的山林被作为负债抵押物，被寿永开发有限公司全部侵吞。这与被划入某相互银行行长的名下，是换汤不换药。

综上所述，某相互银行行长的狡猾手法可以定性为前所未有。他甚至于通过秘密企业，命令杀手进行疯狂的暗杀。文章写到这里，也许还不能引导读者离开怀疑的范围。但记者手中，已经牢牢握有确凿的证据，正准备提供给警察当局……

山越君写到这里思忖了一会儿，最后的结尾似乎语气过重。可没有一定分量的语气，那骄横无度的下田忠雄会不痛不痒，无动于衷，根本谈不上有半点恐惧。

这样的文章，下田忠雄看了以后大概会出多少钱？是一百五十万日元还是二百万日元？这些内容值这些钱，它与下田行长前途密切相关。

此刻，山越君眼前仿佛出现了梅野安子那漂亮的脸蛋和丰腴的身材。

那个靠窗坐的三十岁左右的男子，仍不见要走的样子，还在一心一意地等着恋人的出现。那恋人长得怎么样，即使大美人也犯不着如此痴等。

山越贞一离开凤鸟堂咖啡馆，来到日本桥的昭明相互银行总行大厅。

这是一幢特大型建筑，十二层，坐落在十字路口一侧拐角，占据了半个街区。其气派之大，就连都市银行的总行与之相比也相形见绌。从一楼到十二楼，没有商店和餐馆之类的店铺，都是与昭明相互银行有关的业务公司。这些公司的名称被集中在大厅的出入口墙上，按理说，其中应该有"寿永开发有限公司"的名称。也许这些秘密企业放在墙上不太雅观，容易暴露罪恶勾当而全被撤下。这里是总行，至于银行的业务部门在隔壁大厦办公。

豪华大厅的正面墙上，横挂着"人类信爱"的大幅横匾。正因为是总行，标语字体整洁、庄重。那大幅照片上的人前额部到脑门中央，光秃秃，亮堂堂，似乎给大厅增添了强烈的光线。行长办公室不是四楼就是五楼。

行长办公室的隔壁大概是秘书室，再隔壁可能是按照高层干部办公室、高层干部会议室、贵宾接待室以及总务部办公室的顺序排列？！

大厅总服务台内侧站着四位漂亮小姐。山越君递上正式名片，上面印有"《经济论坛》月刊杂志社记者"等字样。

"请问行长在办公室吗？"

采访的记者多半带有点过分的亲热，却不是很有礼貌的口吻。

"请稍等片刻！"

小姐拿起电话机上的听筒，边看着名片边低声与电话那头说话。电话那头多半是行长秘书室。

"请！"

小姐把送话器放回电话机上，笑容可掬地说：

"请坐电梯上四楼，接待员在四楼电梯口恭候你。"

听说是《经济论坛》月刊杂志社的记者，秘书室可能十分乐意接待。也许对方期待本记者为该行捧场吧！山越君暗自笑了起来。

电梯上到四楼，门开了，一位年轻男子正站在电梯门口恭候。他用眼睛望着山越君的脸，深深地鞠了一躬。

"请跟我来！"

走廊里铺设着绛红色地毯，那男子打开走廊一侧中间的接待室大门。

是一间很小的接待室，墙上没有画，墙角也没有大花瓶。出乎山越君意料的是，这么大银行的行长竟在这么简陋的接待室里接待杂志社记者，他转过脸来问向导：

"嗯，行长呢？"

"总务部长马上来接待您。"

向导走了。

山越君等了好一会儿。与记者会见，怎么能让总务部长代替行长？真不可思议！也有可能先让总务部长来问一下具体情况，下田行长绝对没有离开办公室！如果不在，服务小姐首先会明确告诉自己。

山越君感到纳闷，用手触摸了一下上衣的左侧，那一厚叠在凤鸟堂咖啡馆里花两个小时写完的稿件，确确实实在口袋里。

三分钟过去了，走进来一位满头白发，四方脸，肩膀很宽的男子，脸上挂满了笑意。他的一只手上，夹着山越君递给服务总台小姐的名片。

"欢迎光临！"

白发男子坐在山越君对面的椅子上。

"我是总务部长，请多多关照。"

他介绍完毕，略略低了一下满头白发的脑袋，脸上仍然笑嘻嘻的。

"嗯，行长呢？"

山越君神情严肃地问总务部长。

"哦，行长正在会见其他来客。"

"那我就在这里等吧，等到他会见客人结束。"

"那些来客是本行的重要业务客户，他们与行长之间还有重要会谈，可能需要很长时间，故而行长无法脱身。我把您的名片递给他看了，他要我代替他拜见您。我是受行长本人的委托，请不要有顾虑。"

总务部长仍然微笑着说。

394

山越君踌躇再三，来者既然是下田忠雄的心腹，请他传言比直接会晤下田行长更能开门见山，直截了当。

　　"那好，我有十分重要的事情，请您把这些书面材料交给行长本人。"

　　山越君从内衣口袋里掏出一只信封，再从信封里取出一叠文稿。

　　"请立即把它交给行长，请他看一遍。"

　　"怎么，是稿件？"

　　总务部长坐在对面瞟了一眼那堆稿件，信封没有封口，稿件的一部分露在信封外面。

　　"是的，这是准备刊登在杂志上的原稿。"

　　"您说刊登在杂志上？是否刊登在您供职的《经济论坛》杂志上？"

　　"不，不，我打算把它刊登在别的杂志上。这些稿件与《经济论坛》杂志没有任何关系。"

　　山越君说这话时，显得有点紧张。

　　"是吗？"

　　总务部长目不转睛地望着山越君的脸，少顷，向山越君深深鞠了一躬。

　　"明白了，我先收下，等一下请行长拜读。"

　　总务部长一手拿着鼓鼓的信封走出接待室，随手重重地关上大门，声音很响。

　　山越君坐在简陋的小接待室里等候，也没有小姐送茶。听总务部长说，下田行长正在会见重要客人，不知是真还是假。总之，下田行长不在办公室里。

　　此时此刻，下田行长读了那叠稿件后不知有何感想？山越君在回味自己书写的稿件，哪些部分能使下田行长暴跳如雷，哪些部分会使下田行长痛苦呻吟，哪些部分能使下田行长胆战心惊……山越君站在下田行长的立场上，设身处地猜测这位行长此刻的心情。

下田行长可能已经看完稿件，正在估算它的价值准备付钱。想到这里，山越君的心紧张地跳动着。

十五分钟后，总务部长那张四方脸出现在门口。他那张脸上仍然是一副和蔼可亲的模样，连连朝山越君弯腰行礼。

山越君的视线敏捷地跟着总务部长的手晃动，他手里拿的不是装有稿件的信封，而是一手拿一只，一共是两只茶色信封，信封里塞得满满的。

"山越先生。"

总务部长例行公事的口吻。

"我向您转达行长的话，请把这两只信封带回去。"

说完，他把很有重量感的大信封小心翼翼地放在桌上。

"一共是六百万日元。"

"什么？"

"请收下它。"

总务部长从两只大信封里先后取出六叠纸币排列在桌上，每叠有一百张纸币，每张纸币面值一万日元，总计价值六百万日元。纸币上的纸制扎带上，不是昭明相互银行的检验印戳，而是其他都市银行的检验印戳。

"总务部长先生。"

"什么事？"

"行长看了那叠稿件后说了一些什么？"

山越君感到有点紧张，问道。

"是啊，他说了。"

"怎么说的？"

"哦，他拜读后好像说了这是一部非常有趣的小说。"

独立宣言

　　从接待室到电梯须经过一条长长的走廊，总务部长站在接待室门前一直目送着山越君的背影。

　　电梯从楼上下来，里面有三个男子。山越君身后还站着两个男子，与山越君一起从四楼乘上电梯。山越君不知道他们是银行职员还是客人，总之，似乎陷入五个男子的重围。山越君把两只手紧紧按住上装内口袋的外侧，保护巨款。两只各装三百万日元的大信封，分别放在上装左右的两只内口袋。信封装得鼓鼓的，口袋外侧的上装也向外高高隆起。这五个男子相互间也许不熟悉，相互间没有交谈，各自望着不同方向。不管怎么说，那模样那表情都属于那种凶神恶煞类型的人物。

　　一楼到了，他们与山越君一起走出电梯。两个人沿着走廊朝相反方向走去，另外三个人跟在山越君的身后走着，皮鞋跟在大理石上发出"刷刷刷"的响声。一走出正西大门，一男子沿着人行道朝相反方向走去，另两个人与山越君同行了一段时间。

　　山越君战战兢兢，急急忙忙地喊了一辆出租车坐了上去。身后跟着的两个从昭明相互银行出来的男子，也没有看山越君一眼，笔直朝前走着，少顷，消失在人行道上的人群中间。

　　山越君从昭明相互银行出来，尽管一路顺风，但毕竟身上带着巨款，不时地瞻前顾后，心惊胆战，草木皆兵。

出租车在风鸟堂咖啡馆门口停下，山越君又回到先前的咖啡馆，选择没有客人就座的餐桌，向服务小姐点了一杯咖啡。直到这时候，他那忐忑不安的心总算放了下来。

下田行长竟给了他六百万日元，这么大的数目完全出乎山越君的意料。由于那叠稿件给了他意想不到的致命打击，才促使那老奸巨猾的下田忠雄慷慨解囊，俯首称臣。不知怎么的，山越君突然想起总务部长的那席话：

"行长说，这是一部非常有趣的小说。"

胡说什么！哪有值六百万的小说？！把那些稿件轻描淡写地说成是小说，相反证明下田行长受到了重创，以致山越君胜利而归，且满载而归。

透过宽敞的透明玻璃幕墙，行人来往如梭的街头景色犹如硕大的鱼缸。过往行人无精打采的面容，仿佛在人行道上游泳。行人们好像大鱼缸里漫无目标游来游去的鱼群，重复着同样的枯燥无味的动作。

玻璃幕墙内侧，手持巨款的男子一边喝着咖啡，一边观赏着外面人行道上的风景。他默默地想象着自己，仅一小时前也是一条迷途的鱼。运气就是这样的东西，时来运转的时候挡也挡不住，可以瞬间改变你的一切。

斜对面的餐桌，坐着一对老年夫妇。山越君朝他们坐的地方深情地望了一眼，刚才就是把那张餐桌当写字桌，花了大约两个小时的时间写好那叠稿件。整个伏案疾书的过程只喝了一杯咖啡，辛苦劳作换来了意想不到的自身价值。太谢谢了，谢谢风鸟堂咖啡馆！他点了一客蛋糕，表示对风鸟堂咖啡馆的酬谢。

这六百万日元巨款要如何使用呢？

他决定把其中一百万日元交给妻子，正因为早晨与她吵架后才匆匆离家一直忙到现在，这也是一种满意的回报。妻子一看到那么多钱，一定会欣喜若狂，说不定还会露出傻乎乎的神情。

其次，必须拿出一笔交际费，用于正在汤山温泉马场庄宾馆干临时工的梅野安子身上。这是一件正事，比交给妻子更为重要。

与梅野安子度蜜月的第一个晚上约定在石和温泉，应该阔气一些，选择五万日元一晚上的套间。在石和一带，应该有那样的豪华套房。次日再带她到别处去，信州的下趣访温泉也不比石和温泉差。再接下来，带她到名古屋、京都，以及奈良转上一圈，合计三个晚上加四个白天，预算四十万日元应该足够了。此外，再拿出三十万日元送给梅野安子。对于这样的安排，山越君已经是盼星星盼月亮似的，有点坐立不安了。

山越君没有忘记新事业的策划，经过较详细预算，准备用四百万日元作为新事业的注册资金。虽然还不很够，但只要不停地拜访下田忠雄这棵摇钱树，财源还会从昭明相互银行那里朝自己滚滚而来。他的目标，打算从下田忠雄那里得到二千万日元。

山越君看了一下表，已经是下午五点半。这时候，应该是配有专车的清水社长返回《经济论坛》月刊杂志社的时候。社长兼总编辑的清水四郎太在外游逛，主要是与企业的高层人士会晤，以广告赞助名义名正言顺地搞黑心钱。此外，与政界人士和金融界人士频频会晤。这些外交活动，与清水社长高明的经营方式紧紧相连。

山越君离开座位，走到店内公用电话机旁，打电话给《经济论坛》杂志社的编辑部肋坂主任。

"我是山越，我想马上与社长见面，请问社长在吗？"

"在呀！"

肋坂君回答的语气很冷淡。

"是谈我个人的事情，这比采访来的新闻材料更为重要，我想见社长。"

"你说什么？"

"总之，我有话对社长说。"

碟子里高高叠起的蛋糕，他连一口都没有吃，走到账台那儿结完账就离开了。账台小姐瞪大眼睛看着他，感到困惑。然而，山越君却在心里默默想着，这蛋糕就算是我馈赠给风鸟堂咖啡馆的礼品吧！

他走到附近商店，买了一只结实的手提包，走进厕所插上门保险，把装在上衣内口袋里的六百万日元放入手提包。瞬间，手提包鼓了起来，上装却瘪了下来，走起路来感到轻松了。

走出厕所环视一下四周，没有尾巴。他在商店门前喊了一辆出租车前往杂志社。杂志社在宝满大厦，从新桥车站步行到那里仅十分钟的路程。

山越君走到编辑部门口时朝里面悄悄看了一下，坐在最里侧中间的肋坂主任突然抬起头来，当他认出是山越君便站了起来。

"社长正在办公室里！"

"是吗？我这就去。"

山越君正打算关上编辑部的房门，不料肋坂主任也来到走廊，满不在乎地跟在山越君的身后朝社长办公室走去。

走到社长办公室门前，肋坂主任抢在山越君的前面轻轻地敲门。

清水社长正伏在大办公桌上写稿件，连头都没有抬。肋坂主任坐在靠窗的座位上，盘着两腿，俨如旁听者的模样。

铅笔在文稿纸上飞快地走着，速度很快。文稿纸边上是一本翻开的记事簿，记事簿上挤满了文字和数字。清水社长不时地看着记事簿不停地书写，在他座位后边，那根与他形影不离的粗粗的司的克靠在墙边。

两分钟过去了，他还是没有抬起头。"啪！"的一声，他把粘在一起的文稿纸撕开继续往下写。

"什么事？"

清水社长头没抬，手也没停，开口问道。

"我想解除与贵社签订的合同。"

山越君话一出口,内心感到有点紧张,不由得咽了一口唾沫。坐在窗户边上的肋坂主任望了山越君一眼。

"嗯,嗯。"

清水社长用鼻子哼了两声,山越君不知道那是回答还是在考虑文章时发出的鼻音。他手中的那支铅笔仍在飞快地走动,传来沙沙沙的声音。

就在山越君刚要喊"社长"的时候,清水社长又"啪!"的一声撕开粘有糨糊的文稿纸,开始写新的一行。

"是合同吧,你想解除?嗯,嗯。"

他还是没有抬起头,自言自语,手不停地写着。

开始写第三行的时候,问道:

"理由呢?"

与刚才同样的语气。

"出乎我的意料,竟在贵社干了那么长时间的编外采访记者。说心里话,我想充实自己,谨此感谢多年来的关照。解除合同后,打算一个人单干。"

山越君一打开话匣,便滔滔不绝地说了起来。

清水社长听完,第一次抬起头来望着山越君,那高高隆起的颧骨,消瘦的脸颊,细长的眼睛,目光锐利。他把两肘撑在桌上,合起手掌,不停地转着铅笔。

"行。"

声音非常干脆。

"作为人来说,卜决心自力更生固然重要。辞职以后打算怎么干?"

"我早就想创办一家经济杂志刊物。"

"啊!"

清水社长的脸上露出吃惊的表情。坐在窗边的肋坂主任换了一下盘腿的姿势。

"对于我来说，既没有资本又没有经验，纯属冒险。一开始打算办一张四页小报，但最终还没有决定。无论哪一种形式，我会事先请教社长。"

山越君恭恭敬敬地说。

"你这家伙今后不要出现在我的面前，我不会告诉你任何东西。"

清水社长突然大声嚷道，歇斯底里。

"本社与你这家伙断绝任何关系！你行为不端，丢尽了本社的脸。"

清水社长把铅笔使劲拍打在办公桌上，笔芯断了，飞了出去。

"你这家伙，一小时前有没有去过昭明相互银行下田行长那里？"

清水社长已经什么都知道了，这出乎山越君的意料。

"我去过了。"

"你是持本社名片到那里去的吗？"

噢，原来是说名片！

"是的。"

"下田行长打来电话要我证实那张名片上你的身份。"

"……"

"听说你在下田行长那里拿了钱？拿了多少？"

"这，我不便说给你听。"

"哼，下田行长虽没说那笔金额的具体数字，我可以推测大概数字。"

清水社长斜视了山越君一眼。

"不管怎么说，你这家伙是用本社名片未经同意到昭明相互银行去索款，严重损害了本社的信誉。我原打算以诈骗罪和名誉侵权罪控告你，考虑到你为社里工作那么多年，看在这个分上我们才免予起诉放你一马。"

"社长。"

山越君也大声嚷开了。

"要告我，那你就试试看！你以诈骗罪名义告我，到头来最难堪的可不是我，而是昭明相互银行的下田行长，你控告我是让下田行长难堪！"

"你说什么？"

清水社长噘起嘴巴，显得十分狼狈。

"我呢，手中握有置下田行长于死地的材料，只要把我手中掌握的证据拿出去，下田行长就会在金融界威信扫地，在社会上遭到众人唾骂，永远不会有出头日子。我手中的材料是氢弹级的材料，否则，下田行长看了我的稿件后怎么会给我六百万日元呢？"

"六百万？"

清水社长喊道。

"你大可不必那样惊慌，我的稿件确实具有那样的价值，请过目。"

山越君从皮包里取出六叠百万一束的纸币，清水社长瞪大眼睛懵了。

"失礼了。"

山越君顺手拿起一只印有《经济论坛》杂志社的大信封，把其中三叠纸币摆弄了一番，然后塞在信封里。剩下的三叠纸币，山越君随手拿起它连同信封一起装进包里。

"清水先生，你刚才说，考虑到我为杂志社工作这么多年才免予起诉。"

"嗯……"

"可你拿着我采访来的材料，发了不少横财吧？！"

"你想说什么？"

"你今天就是暴跳如雷也无济于事！《经济论坛》的每一期杂志，我都详详细细地看过。无论何人一看就明白，你的手法太高明太巧妙了，我采访来的材料被你当作摇钱树，至今已有好多回了。我的记者生涯很长，可我的收入呢？清水先生，你把我采访来的材料作为索取赞助的条件，从各企业经营者手中获取大量的不义之财。正如社会上一部分人给你的评价那样，你把《经济论坛》杂志当作核武器进行敲诈勒索。"

坐在窗边的肋坂主任从椅子站起来。

"还有，你既是导火索又是消防龙头，点火的是你，灭火的也是你。你就是靠这种卑鄙的经营手法运作杂志社，从而榨取企业的钱财。"

"闭上你的臭嘴！你这是无中生有，捕风捉影。"

"我说的如果有半点假话，就请以名誉侵权罪控告我，但是我有对付你的办法！我每次采访来的材料都留有底稿，只要把我手中的底稿与你署名的文章对照一下，就可一目了然，漏洞百出。这样一来，就会给你那些经济后台添上无限的麻烦！"

"……"

"我呢，靠自己两条腿到处奔跑，辛辛苦苦采访来的材料到了你手里，其结果只能拿到很廉价的稿酬，你做得太过分了！好了，我不会再让你剥削了！我自己去办一家经济杂志，靠自己赚钱。"

"你最好试试看。"

清水四郎太怒气冲天，大声吼叫。

"我办的是不起眼的小杂志，与你们《经济论坛》杂志相比有天壤之别。但我那本杂志与敲诈杂志截然不同，一开始我就敢于与你横冲直撞。你与我在社会上的评价，用不了多久就能见分晓。"

肋坂主任走到山越君跟前，轻轻地拍了一下肩膀。

"好了，山越君，你那些话不说可以吗？请你暂且离开社长办公室。"

肋坂主任把山越君带到走廊，身后是清水社长一个劲猛抽烟的模样。

"山越君。"

"什么？"

山越君瞪大眼睛，他甚至对肋坂主任也抱有敌意。

"你是被请到昭明相互银行四楼接待室的吧！"

这一定是昭明相互银行告诉他们的，怎么连这点小事也告诉他们。

"那又怎么啦？"

"你知道吗？昭明相互银行四楼的那些办公室里是些什么人？"

"我怎么会知道？"

"哈哈啊，难怪，不知道就不会害怕。"

肋坂主任笑了。

"四楼的那些名义上的顾问室里，都是一些不同寻常的人物。也就是说，是一些退休的警察署长、退休的侦查警官和退休的检察官。为对付蜂拥而至的股东大会和暴力集团，昭明相互银行也组成了自己的暴力集团。"

"……"

另起炉灶

　　山越贞一走进被称为银座一带超一流的法国餐馆，打算在这里吃晚饭。他早就听说有这么一家有名餐馆，一直憧憬有那么一天能到这里享受一下。听说是星期五到这家餐馆用餐，必须穿晚礼服。

　　包内有六百万日元的现金！作为新的转折，新的起点，应该好好地吃一餐庆祝一番。

　　在门口服务台，被小姐"盘问"了一番，什么"几时预约的？几位客人？您的姓名？"等。当小姐得知山越贞一没有预约，仅他一人，原来是没有官位的一般平民百姓时，便很有礼貌地婉言谢绝山越君的要求。

　　心里虽然有气，但也无可奈何。山越君只得到其他餐馆去用餐。这家餐馆也属一流，菜单上的价格非常昂贵。

　　最近的一段时间，已经很久没吃过这么丰盛的晚餐了。山越君一边吃一边想起了肋坂主任的那番话，昭明相互银行的四楼，聚集了许多退休的检察官、退休的警署署长，以及退休的侦查警官。他们的职责，是对付股东大会以及恐吓专业户。更重要的是，他们也与暴力集团勾结在一起。

　　"那番话无疑是恐吓，天下闻名的昭明相互银行不可能干有损自己形象的蠢事。为了对付股东大会和恐吓专业户，也许雇佣退休的检察官和律师，不可能聘用与暴力集团有关系的原警署署长和原刑事侦查警官。肋坂主任胡编乱诌，子虚乌有，多半是接受了美国电影里那些缺德警官的影响。

"如果肋坂主任所说的属实，在下田忠雄拿出六百万日元之前，那些家伙肯定会同总务部长一起出现，过来威胁我。其结果，有可能遭到暴力集团的监禁！

"那种迹象根本没有。下田行长通过总务部长即刻把六百万日元递到我的手上。由此可见，肋坂主任是接受清水社长的旨意对我说那些话的。

"清水四郎太为什么要向我施加压力？"山越君一边用不锈钢叉刺住柔软的肉往嘴里送，一边在苦苦地思索着，"不用说，经营着《经济论坛》杂志社的清水四郎太一定是害怕出现竞争对手。

"清水四郎太对于我能从昭明相互银行拿到这么多钱，也着实大吃一惊。在这之前，他一直没有把编外采访记者放在眼里。我有时是冒着危险采访得来了第一手材料，而利用这些材料，清水社长不知赚了多少钱。正因为如此，清水社长十分了解我的工作能力。我也清楚清水社长搞钱的模式和方法，当他知道我要新办杂志社与他竞争时，更加诚惶诚恐。"

山越贞一喝着品质上乘的葡萄酒。

"下田行长看了我的《经济论坛》杂志社的名片和那叠稿件，打电话给清水四郎太大概谈妥了什么。因此，下田行长没有告知置他于死地的稿件内容。幸亏他没有向清水社长公开，不然的话，又要给清水社长敲上一笔。也许清水社长一直在暗自琢磨，我是以什么材料从下田行长那里换取如此大笔巨款的。"

山越君斜视了一下酒杯。

"下田忠雄啊，你以为六百万日元就可以买断那叠稿件了，那是大错特错的哟！我虽说把稿件卖给了你，可还没有把脑袋里的底稿卖给你呀！今后，我还要把记事簿上的数据写成第二篇、第三篇稿件与你成交呢！"

山越君津津有味地吃了一口菜。

别再想那些了，还是先给创刊的杂志起一个名字吧！

规模虽小，名称必须辛辣，那才是新杂志兴旺的起点。目前，市场上同类杂志名目繁多。考虑不重复的名称，是最伤神的事情。《经济杂志》……《企业春秋》……《横穿金融界》……

《经济研究》的名称听起来太硬，《横穿金融界》的名称听起来顺耳，但一采用金融两字，那范围太大，焦点不明确，还是叫《企业春秋》吧！

他喝了一口葡萄酒。

"不不，好像也有叫什么什么春秋杂志的，太没有新鲜感了。作为新办杂志，名称不能落入俗套，否则在读者中间难以加深印象。那么，把春秋改为横穿，杂志就叫《横穿企业》，怎么样……嗯，这名称应该说可以。"

山越君掏出记事簿，写上这个名称。

"从字面上看，也不错。首先，把企业作为对象，听起来也非常响亮，焦点也一目了然……好，就用这个！"

他把记事簿揣进袋里。杂志名称确定了，计划也就应该更加具体化。

《横穿企业》社长兼总编辑——山越贞一。

新建杂志封面上印刷好的大活字体，似乎也浮现在山越君的眼前。在相当一段时间里，不招聘正式职工……

山越君的心里有说不出的高兴，他走到大街上。

已经晚上九点，大街上，灯火通明。一个个夜总会的霓虹灯招牌鳞次栉比，犹如彩色的河流在奔腾不息。服务小姐们也川流不息，忙着迎送大腹便便的客人。有的服务小姐挽着客人的手一直送到出租车门前，也有的服务小姐撒着娇向客人挥手告别。

……是啊，已经答应了梅野安子，必须尽快帮她找一份工作。山越君想到了可爱的梅野安子。

梅野安子在东山梨郡的汤山温泉干临时工，明天必须打电话给她，邀请她明后天与自己一起在石和温泉下榻。在这之前，必须为她在银座夜总会找到一份工作。她希望在银座工作，已经把这事委托给自己。

然而，山越君常去的夜总会，尽是一些远离市中心的小地方。

他想到了乔君，这件事情托付给他一定能成功。他在银座一带熟人多，夜总会里的情况也精通，一些夜总会的妈妈桑一定跟他挺熟悉的，就这样定了，这事委托乔君是最合适不过了。

山越君朝乔君工作的地方走去。大街上已经挤满车辆，道路被堵得严严实实。引导车辆的时间还没有到，眼下还不是乔君最忙的时候。

山越君在霓虹灯招牌下急匆匆地走着，听到有人喊他，原来是头戴大檐帽身穿制服的乔君。

"原田先生，晚上好！"

还是使用山越君原来的假名。他把手放在与电车售票员相同的大檐帽的前檐上敬礼，长靴后跟不停地碰撞着水泥地上发出"刷刷刷"的声音。乔君走到山越君跟前，笑容可掬的脸上微露出一副雪白的牙齿。他俩站在多多努沙龙大厦的门前，头顶上是一个接着一个、呈梯形的夜总会招牌。

"你好，乔君。"

山越君拍了一下乔君的肩膀。

"好久不见了！"

"真的好久不见了。一直没有见到您，我想您一定在干什么大事？"

乔君仍然礼仪端庄，一连串的恭维话。

"工作忙得脱不开身。"

"工作忙是一件大好事啊！"

"谢谢！"

酒后的山越君一开口，那股喝了白兰地的臭味一个劲地直冲乔君的鼻孔。他后退一步重新看了山越君一眼，只见山越君神采奕奕，好像遇到什么特大喜事。这瞬间的观察，仿佛他是长时间以夜总会为据点的大捐客。

"哎，乔君。"

上次在自由丘茶馆一起喝咖啡的时候，乔君曾介绍过他的真名叫田中让二。可在山越君看来，还是叫他乔君比较亲近。

"说实话，我想托你一件事。"

"什么事？"

"我有一位熟悉的女子，家住山梨县的一个村庄。她很想在银座当服务小姐，你知道现在哪家夜总会缺人？"

"嗬嗬，你又把我给问住了。"

被称为乔君的田中让二看着山越君的脸。

"唉，实在没有办法，那女子死活缠着我给她介绍。"

山越君感到有点难为情。

"有是有，不过，那位小姐今年多大了，有没有这种工作的经历？"

"年龄在二十三四岁左右，听她本人说曾在新宿夜总会干过。因某种原因回到山梨县老家，人长得非常漂亮，但在东京人生地不熟。"

"那样的小姐，不管哪家夜总会都很乐意接纳。说实在的，最近一个时期，银座夜总会里长得漂亮的服务小姐越来越少了。好吧，我把你的事放在心上。这幢多多努沙龙大厦里有很多夜总会，大多数妈妈桑我都熟悉，给你说说看。那么漂亮的年轻女子，只要有第二次回音就可以聘用。"

乔君朝上扶了一下帽檐，山越君也朝天空望了一眼，夜总会的名称有三十多个，排列在头顶上，一直朝屋顶延伸。

四楼外墙上的"牡安夜总会"的招牌，是用霓虹灯制作的。

是啊，山口和子已经被人杀害了，那牡安夜总会怎么还在呢？

……山越君在这一瞬间茫然不知所措，就像看到墓地里的鬼火一般，呆呆地凝视着霓虹灯上的招牌。

"牡安夜总会还在？"

山越君喃喃地问乔君。

"在。不用说，已经换了新主人，过户给其他的经营者了。那新来的经营者把房屋、设备全买下了，但名称还是启用原来的。在银座，类似这样换主人不换名称的夜总会有许多呢！"

"借用原来的店名会有客人来吗？"

"真奇怪！山口和子在香才里才影剧院被害的事情你也一定知道吧！妈妈桑太可怜了，听说凶手的杀人手段十分高明。可那次被害事件的发生，给这家夜总会带来了意外的生意。听说就是那个被害妈妈桑开设的夜总会，许多人怀着好奇心和浓厚的兴趣纷至沓来。"

"现在经营牡安夜总会的人是谁啊？"

"哦。"

乔君歪着脑袋瞟了山越君一眼。

"不太清楚。"

"你不是还在为牡安夜总会工作吗？"

乔君在这以前，除了牡安夜总会以外还与好几家夜总会签订了合同。

"现在，牡安夜总会的工作我已经不干了。妈妈桑遭到这样的结局，让我感到伤心至极。妈妈桑生前非常信任我、爱护我，得到她很大的关照。现在山口和子已经不在了，我也同牡安夜总会的新主人解除了合同关系。"

"是这样啊，我明白了。"

"谁是新的经营者？妈妈桑叫什么名字？我不清楚。"

"新来的妈妈桑没有见到过？"

"我承蒙在大厦前工作，经常看到进进出出的女人们，牡安夜总会新来的妈妈桑当然遇见过，那女人与山口和子似像非像，生意上十分精明，年龄约在三十至四十之间，让人生厌。牡安夜总会里的服务小姐有一半是新来的。"

四楼牡安夜总会上面的七楼，塔玛莫夜总会的招牌闪着亮光。山越君特别关心塔玛莫夜总会的妈妈桑——增田富子，那是不能对乔君说的。

"山口和子的结局太悲惨了！"

乔君不知道山越君此刻在心里想些什么，心情很沉重。

仔细考虑一下，山越君最后一次在这里遇到乔君的时候，正是山口和子遇害的前一天。

"山口和子太可怜了！一听说她企图自杀，我就与你一起到自由丘住宅去探望她，没想到这竟然是她人生的最后时光。"

"听说凶手还没有被捉拿归案。"

"报上没有说。"

"是啊，哦，说到报纸，原田先生，东洋商社的总经理高柳秀夫在山梨县的深山林里上吊自尽的消息是上了报纸的，我看了以后吓了一跳！"

"这是山口和子被害以后没几天发生的事。"

"可能因为高柳总经理真是山口和子的经济后台的缘故吧？"

乔君似乎还是那样深信无疑。

"据说高柳君不是因公司倒闭才自缢身亡，山口和子是他杀害的。"

"你说什么？这消息是从哪里传出的？"

"就是这喧闹的不夜城——闻名遐迩的银座哟！到处都在传。"

"听说高柳君在遗书上这样写到，因为感情上的纠葛，是自己在香才里才影剧院杀害了山口和子。警察把这一杀人案件搁在一边，在相当一段时间里是不会公布高柳秀夫写的这份遗书，罪犯名字也就不公布了。"

"有那么愚蠢的……"

山越君刚说了几个字又戛然停止了。因为他能想象得出，制造这种假象传说的人是谁？又是谁从中得到了利益，从而让凶手永远逍遥法外？

"乔君，那种事别再说了。"

山越君环视了一下繁华大街的左右两侧，行人来来往往，对面有一家烤章鱼的路摊。

"那么，那姑娘上夜总会工作的事情就拜托你了。"

"明白了。"

乔君很有把握地点了点头。突然，他露出一副认真的神态对山越说：

"原田先生，您是到山梨县与那姑娘幽会吧？"

"嗯，是啊……乔君，你怎么问起这个事来了？"

"不为别的。因为已经有了高柳事件，我很担心您去那个方向。"

帽檐下，乔君的眼睛里闪出剑一般的光亮。

"哈哈啊，没关系。"

山越君感到乔君的那番话傻乎乎的，大声笑了。乔君毕竟不了解实际情况，因此，过分为自己担心了。

那女子住在山梨县的哪个地方，姓名，幽会地点，所有这一切没有人知道。这是自己与梅野安子两个人之间的秘密约会。

告别了乔君，山越君那颗滚烫的心早已飞到第一次幽会地点——石和车站的候车室。此时，他好像看到梅野安子的脚与来来往往的女人们的脚重叠在一起，正兴致勃勃地朝着自己走来……

快乐西行

昨晚回到家，山越君把三百万日元交给太太。望着这如此多的钱，太太是又惊又喜，激动得不知说什么才好。清晨与丈夫吵架时的那股子怨恨气，也不知跑到哪里去了。今天一大早，她就起床为山越君做了他最爱吃的"鸡素烧"来慰劳他。

山越君心里最清楚，夫妻吵架的原因多半是为了经济问题。杂志社的稿费计算好比是在铁公鸡身上拔毛，少得可怜。为此，老婆经常嘀咕找自己的茬。说穿了，贫穷是家庭夫妻关系恶化的根源。

创办经济杂志的新事业计划，最好在相当一段时间里高度保密。若对她说也说不到一块儿去，只有给自己带来烦恼。等计划具体化，上轨道正常运作后，再对她讲也不迟。

"今天我马上就要出发，因工作需到仙台那儿去，约三四天的时间吧。"

山越君对太太说。

说去相反方向的仙台，是为了掩饰到西边方向的石和车站去。上车的车站也不是上野，而是新宿车站。

山越君打算见到梅野安子的时候把宝石戒指交给她，可眼下到宝石店去还需要一些时间。买宝石戒指，就要买女人喜欢的，但好的宝石价格非常昂贵。还是送六七十万日元的现金给她，最实惠也最体面。手提包里还有太太不知道的二百二十万的现金，那里面还可以放许多东西。山越君把裤子和洗脸用具等装进包里。

他看了一下手表，九点刚过，打算先到《经济论坛》杂志社去一次，归还名片和身份证明书，尽快与该杂志社结束合同关系。然后，再赶到石和去。从新宿车站开往石和的列车，是十一点三十分发车。

山越君从宝满大厦出来，快步地走到附近一幢大厦旁的公用电话亭内，塞入几枚硬币，按照记事簿上的电话号码按键钮。

"是马场庄宾馆。"

电话那一头传来中年妇女的声音。听声音，与上次碰到的女领班声音有点不同，那狭小的账房又浮现在山越君的脑海里。

"我是大冢，请问梅野安子在吗？"

"大冢"，是上次与她商定的暗号。

"请稍等！"

对方把听筒搁在电话机旁大声喊道：

"安子小姐，安子小姐。"

好像还在寻找，梅野安子没有立即回答。

公用电话一共有六台。这时候走过来一位四十岁左右的男子，他也在按电话号码。

"喂，喂，是我哟，藤田商社的业务怎么样啦？"

噢，那男子在与电话里的对方说话。这男子好像是某公司业务员，正在外面联系业务。

"喂，喂，让您久等了。"

传来年轻女子的声音，果然是梅野安子。听说有电话，她气喘吁吁地赶来了。

"是我。"

"我是大冢，还记得我吗？"

"当然记得啦，你现在在哪里？"

"我还在东京，我是在新桥给你打电话的。我现在到新宿车站去，乘十一点半发出的列车。"

"是十一点半从新宿开出的，我记住了。"

"到石和车站是下午一点二十一分。"

"记住了。那好，我在石和车站等你。"

"你能抽出时间来吗？"

山越君问道。他并没有忘记梅野安子是马场庄宾馆雇用的。

"没问题，我一定去。"

"那好，就这样吧。"

"是，谢谢。"

对方似乎在说，一切事情等到了石和温泉再说，然后挂断了电话。

旁边那位公司职员似乎还在与对方嘟嘟囔囔地说着什么，等到山越君挂断电话，他也马上挂断了电话。山越君在大厦门前叫了一辆出租车乘了上去，那男子目光呆滞地望着山越君的背影默送着。

山越君对出租车的司机说：

"我要去新宿车站赶乘十一点三十分的中央线列车，时间很紧，请你走高速公路。"

"现在是十点四十五分，一定设法赶上，从士桥走高速公路。"

从士桥驶入高速公路，驶完首都高速公路的八重洲环线再朝新宿方向。

途中经过丸内收费口，司机递上的不是通行券，而是一千日元的一张纸币。

山越君望了一眼正在把零头递给司机的那位收费员脸庞的侧面，不由得喊出了声。大檐帽下边的那张脸，千真万确是"川上"。

对方也察觉到了，吃惊地说：

"哦，原田先生。"

曾经为了见"川上"一面一直找到芝白金那里的财务所。收费员的工作场所每天换一个地方，今天适逢川上君在这里值勤。

"川上先生，好久不见了。"

"真的是很长时间没有见面了。"

大檐帽下边的川上君的目光里，透露出想念山越君的眼神。

原田君小心谨慎地把装有二百二十万日元现金的茶色皮包放在膝盖上，两手紧紧地抱着。

"我想与你见一次面。"

"我也是这么想，希望与你谈谈。"

说话声音很平常。司机担心起时间来，因为时间很紧。

"我也很想与你聊聊。"

后边驶来一辆小车，按着喇叭催促快开走。

"下次见面时慢慢地聊，我还是在芝白金那里的财务所门前等你！"

山越君急急忙忙地说完，出租车驶上了高速公路。山越君回过头来，看见川上君正在默默地目送着自己。

一路上，山越君在思忖，川上好像有什么话要对我说吧？而我也有话要对他说。

出租车到达新宿站南大门的时候，已是十一点十五分，终于赶上了这趟列车。山越君买了一等车厢的车票，这次外出手头比任何一次都宽裕。

前两次到甲府去与这一次有着根本的区别。那两次，是为了到司法局办事处查阅东山梨郡境内那片属于东洋商社的山林登记台账，过于单调。而这一次却是与恋人约会，那种炙热的感觉有点无法控制，好像又回到了年轻时代。这种一味沉浸于热恋情感世界的情绪，变得不能自拔。

列车开得不是很快，山越君决定在列车到达石和车站后与梅野安子共进午餐，这比独自一人在列车上淡而无味地用餐要津津有味得多。

飞快消逝的窗外风景沐浴着强烈的阳光，天气格外地晴朗。

明后两天无疑是好天气，上哪儿去游玩最痛快呢？

望着一路上大好河山的景色，昨晚遇见乔君时他的那番话，突然回荡在山越君的耳边。

杀害山口和子的罪犯是东洋商社的总经理高柳秀夫，他的行凶动机是感情纠葛。高柳君把遗书留在家里，独自一人跑到东山梨郡的大山里自杀。警方把高柳君的那份遗书搁置一边的传闻，在夜总会之间流传开了。

高柳秀夫扮演了下田行长的替身，以山口和子经济后台的面目出入于山口和子的那幢住宅楼。也许不了解这种情况的人，对于这种谣传是深信无疑的。

可我想告诉他们的是，请大家千万不能轻信谣传哟！我有证据！

传播这种谣言的，无非是下田行长手下的帮凶。其目的是，彻底切断下田行长与和子小姐之间的牵连关系。听《经济论坛》杂志社的胁坂主任说过，相互银行的四楼聚集了退休的检察官、退休的警察署长、退休的侦查警官等老手。这些刑事侦查老手深知罪犯的手法，把它颠倒过来利用，将计就计，以此混淆人们的思维和视线。

山越君暗自欢喜，又增添了一份向下田行长索取钱财的新材料。

山越君认为赚钱的方法多种多样。清水四郎太也是靠玩弄这种手法发财致富的。

列车穿过若干条隧道停靠在大月车站，停车三分钟。

他环视月台一周，回忆起上次分手的情景，梅野安子就是在这里向他告别的。刹那间，梅野安子站在月台上一边挥手告别一边笑容可掬的情景又浮现在眼前，简直就像昨天那样清晰地印刻在脑海里。再过一个小时，自己就可以与她"久别重逢"了。

瞬间的三分钟停车，对此时的山越君好像是漫长的黑夜。列车终于启动了，驶入细长的隧道，在昏暗的空间里风驰电掣般地行进。隧道两侧，是一长溜暗淡的保安灯。

望着长蛇般消逝在车尾的保安灯，山越君想到银座多多努沙龙大厦墙上一长溜的夜总会灯箱招牌。四楼外墙上挂着牡安夜总会的招牌，七楼外墙上挂着塔玛莫夜总会招牌。

山口和子被害后，牡安夜总会里依然灯火通明，经营者更名，店名却照旧。乔君说他不认识牡安夜总会新来的主人，也不知道妈妈桑是谁。

乔君说的这些话是真的吗？从他那语气里不难辨出好像还隐瞒了什么。身处银座这一夜总会海洋里的乔君，处事为人不得不小心翼翼，瞻前顾后。有些事情也许是不能如实直截了当地说。其实，乔君对银座发生的一切了如指掌。但被问及时却支支吾吾，遮掩一些实质性的东西。

返回东京后，一定要想方设法"撬"开他的嘴巴。他守口如瓶，如果给他二十万日元，也许能套出真情，则可以从他那里提炼出重要材料。

"真正知道秘密的非乔君莫属！"

可以前那么长的时间里却一点也没有感悟到，山越君觉得自己愚蠢至极。乔君的那身打扮容易让人产生错觉，大檐帽，衬衫，冬天换上皮夹克。无论冬夏，长靴子不离脚，一身制服，与大门服务员一模一样的动作以及端庄的礼仪，模糊着人们的视线，大家并不介意他的存在。

这时候，一个奇特的想法占据了山越君的头脑。第六感觉告诉他，牡安夜总会的新经营者，很有可能就是七楼塔玛莫夜总会的妈妈桑增田富子。这种情况的出现是完全可能的！如今塔玛莫夜总会门庭若市，座无虚席，经营状况好的夜总会买下同一幢大厦里破产倒闭的夜总会，即建立分店也是屡见不鲜的。山越君认为自己的判断千真万确。

好像寿永开发有限公司的立石总经理经常光顾塔玛莫夜总会，那天晚上与立石总经理、宫田职员撞了个"满怀"。原来，寿永开发有限公司是昭明相互银行下田行长个人的秘密企业。

由此可见，立石恭辅是下田忠雄出入于塔玛莫夜总会的替身之可能性很大。增田富子背后的经济支助人，无疑是下田忠雄！立石君与当时的高柳君一样，充当下田忠雄的化身。同一个人的惯用手法，无疑是一样的。

就在山越君陷入沉思的时候，细长的隧道被扔在列车的车尾。霎时，窗户亮堂堂的，山越君那紧皱的眉头也豁然松开了。

乔君把牡安夜总会新经营者的姓名定格在脑子里，一定是增田富子以自己的名义买下了牡安夜总会！下田忠雄真正的情妇是增田富子这一事实，乔君肯定清楚。

山口和子以自杀和纵火烧下田住宅作威胁，这些缘由是下田行长把宠爱移至增田富子所致。在下田行长看来，增田富子是一个美丽、迷人、娇艳的女人，而山口和子则是一颗不定时的，随时有可能爆炸的危险女人。

……现在，谜底的一部分解开了。

在香才里才影剧院勒死山口和子的罪犯虽还没有浮出水面，但有一点可以肯定，那就是下田行长手下帮凶干的。

那天当自己侥幸逃脱塔玛莫夜总会的时候，寿永开发公司的宫田与牡安夜总会的横内经理一起尾追自己。这说明横内经理在山口和子遇害之前，已经投到了塔玛莫夜总会的麾下。

当时，幸亏自己与乔君躲在大厦与大厦之间的小巷里说话。乔君的心里一清二楚，一定掌握着杀害山口和子那个凶手的线索。

选择迪斯科模式的影剧院，并在电影放映至第十一周，楼上处于没有观众的地方作案，无论怎么考虑，那是内行杀手干的。

一定是这样的！返回东京后的第一件大事是与乔君面谈。

山越君攥紧了拳头。

列车驶出细长的隧道后，朝地势较低的甲府盆地驶去。快到盐山附近了，右侧的窗外依然是山峦逶迤，郁郁葱葱。列车已进入东山梨郡境内。

山越君曾经阅读过报上有关高柳君自杀的那篇报道，自杀地点是青梅公路边上的北部都留郡的丹波山藤尾村，那里是奥多摩湖的西侧。

山越君虽不清楚藤尾村具体在什么地方，总之是在右侧窗前大菩萨山峰北侧。高柳秀夫的结局够悲惨的，逼他到这般境地的无疑是下田忠雄。

可更悲惨的是，为高柳秀夫而退居东洋商社董事长的江藤达次，最终连董事长的职位也被高柳无理地取消了。江藤达次曾说过，夫妇俩打算在下北泽自家住宅门口开一家野菜餐馆……夫妇俩从没有干过这种买卖，一定很艰难，不知现状如何？返回东京后无论如何去下北泽看望他俩。

一进入盐山，漫山遍野是葡萄，列车在继续步入下坡轨道驶向盆地。

石和车站到了。梅野安子一定按照事先约好的在等着自己吧？

对下田忠雄的满腹疑团，对增田富子的迷惑，对乔君的希望，还有要会晤一下高速公路收费口的川上先生，以及去下北泽探望江藤达次夫妇等等无数重要的大事，在梅野安子的幻影包围下，统统被山越君抛在脑后。

走出检票口，走进候车室，男女老少人山人海，不见梅野安子的身影。

山越君瞪大眼睛不停地东张西望，年轻的小姐来来往往，却没有那张企盼已久和熟悉的脸蛋。

情人宾馆

她，依然没有出现在热闹的候车室里。他，拎着手提包抬头望了一下墙上的挂钟，已经超过预定时间。

山越君走到车站广场，那里停着公共汽车和许多出租车，仍不见那漂亮的身影。

我被她耍了！山越君有过这样的经历。不，大概不会吧？！

那女人正在指望我帮她找东京的工作呢！照理应该来。迟来的原因，也许被马场庄宾馆的工作缠住而脱不开身。

脑子里一边这样想着安慰自己，眼睛一边仍注视着车站广场。忽然，肩膀的后侧被什么东西捅了一下。

山越君转过脸来，是梅野安子！他心中的美人已经站到他的跟前。

"你好！"

她扑哧地笑着说。

"怎么，你早就来了？"

山越君那颗悬在半空中的心终于落到实处，也是满脸的笑意。

"是啊是啊，我二十分钟前就到了，一直站在那个有树荫的地方。"

她用手指了一下，是车站广场的花草丛。

"那，你一直看着我从车站出来？"

"是的。"

"为什么不喊我？"

"我是准备喊，转眼一想别搞错了，所以没喊。"

"会搞错？"

"不是吗，上次看到您的时候满嘴胡子，今天嘴上刮得干干净净的，简直判若两人。"

哦，原来是这样！山越君苦笑起来。上次到马场庄宾馆去，是为了调查核实而化装给自己贴上一副假胡子。

"我这次把胡子给剃了。"

"你现在比我原先看到的要年轻得多，我还以为自己看错人了。"

被她一说年轻，山越君的心里飘飘然起来，绷着的脸也松弛了。

今天的梅野安子身穿褐色的休闲服，一身山里姑娘的打扮。脸上淡妆，项链、耳环和胸针之类的装饰品，一件也没有，只是肩上挎着一只茶色小皮包。她，和上次见到的风情万种的样子相比像是换了一个人。

"你大概觉得我这身打扮很土吧？"

梅野安子察觉山越君在上下打量着她，低头望着自己身上的衣服。

"多少有点。"

"我是特地穿这身出来的。如果我浓妆艳抹，身着西服，打扮得花枝招展，马场庄宾馆的服务员们一定会猜测我与男人幽会，因为他们都知道我曾在新宿夜总会当过服务小姐，会用另一种眼光来看我。"

梅野安子身处马场庄宾馆中年妇女们中间，无疑似鹤立鸡群。无论她是否化妆打扮，在那些女人中间，她那张充满青春活力的脸无疑是最楚楚动人的。这不是奉承和偏袒，她确实具有女性的美。把她送到银座的夜总会再修炼一番，要不了多久一定能赢得许多客人围在她的身边！

"说得对，你憧憬的银座夜总会的工作，我已经替你找到了。"

山越君直截了当地说。

"啊，是真的，我太高兴了！"

"我跟妈妈桑说了你的情况，她已经决定收下你。那家夜总会在银座属一流的。"

"好呀，太合我心意了，衷心感谢！"

梅野安子鞠躬表示谢意。

看上去，她的兴奋劲比山越君原先想象的要差得多。

"那事情等一下再详细地听你说，先抓紧决定到什么地方去。这样站着说话让人看了有失体面。"

她皱了一下眉头。

山越君也希望赶快决定目的地：

"去哪儿？"

他望了一眼附近的宾馆、旅馆之类的建筑物。

"那儿有一家城堡宾馆。"

"是城堡？"

"是城堡的意思。听说，住在那宾馆的客房里犹如身居城堡里的感觉。不用说，我也不曾去过，是听住宿在马场庄宾馆的客人们说的，那是一幢标新立异的城堡化宾馆。"

山越君明白这是一家情人旅馆。听说最近那种类型的宾馆经营者们绞尽脑汁，在客房装饰和摆设方面动了一番脑筋。由于同行业之间的激烈竞争，出现了一系列别出心裁的设施。

山越君似乎明白，梅野安子一开始就是怀着这种心情与自己幽会的。

通常，引诱这样漂亮的女子是要付出相当代价的。女人，既有害羞的一面，也多少有些自尊的一面。即使排除这些，也要费尽口舌。虽说上次在出租车里，她主动挨近自己，可一旦真的上床做爱，很有可能躲开自己，这是女人的习惯动作。帮她找一份在银座夜总会的工作，是这次见面礼的其中之一。但最终起关键作用的，必须从装有二百二十万日元的现金包里取出五十万日元给她。可那样做，既费事又费时。

出乎意料！她竟主动提出与我一起到情人宾馆，复杂的说明手续全部作废。她还是与上次坐出租车时主动把膝盖凑过来一样，主动发出邀请。

"我知道了，那马上去吧！"

山越君的情绪高涨起来。

"坐出租车去！大白天走去有失体面，给情人旅馆的工作人员看见了会不让我们进去的。"

梅野安子望着他笑了。

出租车那里排着长长的队伍，他俩乘上排在车头的出租车。山越君把皮包挨近身体的左侧放在座位上，这里面装有二百二十万日元的现金。

"去哪里？"

"对不起，就在这附近，是城堡宾馆。"

梅野安子说。

"啊，就一点点路。"

到情人宾馆再近也要坐车，司机明白后笑嘻嘻地说。

"太近了，就请在那附近转一圈吧！"

"那好，在大藏经寺周围转一圈好吗？好像两位乘客初到这里，到寺庙附近观光一下。"

为观光而来，怎么都行。可这次不一样，他希望径直驶向情人宾馆却难以启齿，最终还是没能说出口。

出租车朝与石和温泉相反方向的北侧奔驰而去，前面矗立着高耸入云的山岳。驶过岔口爬上山路，周围是一大片葡萄地。

此刻，山越君正紧紧地攥着梅野安子的手，司机用一只手向后排座位递上广告宣传册。

"请看一下宣传册。"

山越君没有心思看那种东西，可司机正在瞟反光镜望着后排座位。无可奈何，山越君只好装模作样地看一会儿。

《参观石和温泉必读》

石和城，坐落在甲府盆地的东边，笛吹河的西岸。在信玄公之父武田信虎公以及甲府的杜鹃乔迁至崎居馆之前，武田家的城堡一直在石和这里。近代，石和作为甲州城的驿站而闻名。温泉的历史也有百年之久，坐落在大藏经寺的山脚。公元一九六一年，葡萄地的中央泉涌如注，其温度高达六十度，喷泉量每天为五十万公升之多。当时，石和作为露天温泉成了头号新闻。如今，石和的旅馆鳞次栉比，成了新兴的温泉乡，获得"中央线的热海"之美誉。附近一带，几乎都是葡萄旱地和桃园。清澈的笛吹河在地头和桃园间缓缓流过，是风光明媚的游览胜地之一。

温泉功能：

低盐泉，即单纯泉，温度为四十一度，可医治神经痛，肠胃病等。

"那里是大藏经寺庙，你俩想去那附近游览吗？"

听司机这么一说，举目远眺，那茂密的树丛里露出的寺庙屋檐进入山越君的眼帘：

"不，已经行了，请开到情人宾馆去。"

再不能磨磨蹭蹭的了。司机改变方向，驾车朝目的地驶去。

甲府盆地往下倾斜，其正前方是富士山北侧的"内富士山"。那蓝色的山形地势，诸峰重叠，清清楚楚地展现在眼前。盆地面前，大小建筑此起彼伏，千姿百态，簇拥着石和温泉。

出租车刚爬上山坡，又朝坡下驶去。山越君此刻已经忍耐不住了，右手紧紧搂住梅野安子的腰部，那装有现金的皮包夹在左边的肋下。

梅野安子没有反感，偎依在山越君的怀里，身体的全部靠在山越君的身上。她那瀑布般的秀发轻轻抚摩着山越君的鼻尖，香味直往鼻孔里钻。

"你喜欢我吗？"

山越君在她的耳边轻轻地问。

出租车摇晃着，梅野安子的脸碰到了山越君的脸上。

"喜欢！"

梅野安子半睁着眼睛说，脸上是一种心荡神驰的表情。

"真的喜欢吗？"

"要是说谎，不会让你抱我。"

山越君用嘴唇夹住梅野安子没有耳环装饰的耳朵。出租车在山路上不停地颠簸，一不小心，山越君的牙齿咬住了女人那柔软的耳朵。

"啊哟，痛！"

梅野安子轻声叫唤。

"对不起，对不起。"

"你别咬我的耳朵呀！"

梅野安子的眉宇间微微地皱了起来。

"没有出血吗？"

说完，她伸出手，用手指摸了一下耳朵。

"没有咬哟！只是牙齿稍稍碰了一下，对不起。"

"还有点疼痛。肯定有牙痕？"

"哪有伤痕，为防万一，我用唾沫涂在上面！马上就会好的。"

山越君伸出舌头，在耳朵上连连地舔了几下。

司机瞪大眼睛窥视反光镜里发生的一切。

城堡宾馆是一幢五层楼的建筑，外墙是用红砖砌的，出租车徐徐地驶入地下停车场。

大白天坐出租车入住情人宾馆，不会让行人看见。即使梅野安子的身体与自己贴在一起，在外界看来只是出租车驶入宾馆。

宾馆内侧的大门上安装着紫色灯光，山越君与梅野安子在门前走下轿车，那只皮包紧紧地攥在手里。他把五百日元一张的纸币用来支付司机车费。

司机接过钱，油腔滑调地说：

"你俩好幸福啊！"

他望着两人的脸微笑着，驾车走了。

"小费也给他了，真让人讨嫌。"

梅野安子嘟嘟嚷嚷的，默送着那令人望而生厌远去的出租车。

茶色的无框玻璃门上，贴有金色的大字"城堡宾馆"。山越君推开玻璃门，眼前是不死鸟绿叶丛，长得非常茂盛。大厅里，淡淡的紫色，昏暗的光线。在热带植物的绿荫下有一个服务窗口，唯独窗口里面的这个房间是亮着白色的日光灯。

身穿橘色制服的女子正坐在桌前。

"欢迎光临！"

见一对情人走进宾馆，那女子没有半点惊奇的眼光。山越君走到她面前。

"是歇脚还是住宿？歇脚，每两小时收费四千八百日元；住宿，一晚上是二万日元。"

那女子说道。

山越君转过脸征求梅野安子的意见。

"先看看房间的情况再说。"

梅野安子轻轻地说。

"暂时先歇一会儿。"

山越君说着递上一张五千日元的纸币,取回两枚一百日元的硬币和塑料钥匙牌。那牌上写有白色的房间号码,是"323"。

"请坐电梯上三楼,到三楼后请沿着右边走廊往前走,顺着走廊转弯,左侧的第三个门牌便是你俩的房间。"

都是宾馆模式,不同的只是没有男女服务员。

他俩坐电梯到了三楼,走廊是一般宾馆的打扮。根据城堡的本意,应该具有欧洲式古城堡的风格。可眼前和周围,这种风格和氛围荡然无存。

梅野安子弯腰把钥匙插进323房间门上的锁孔,走廊里看不见人影,一长排房间的门都关得紧紧的,也不知道房间里有人还是没有人。

门开了,山越君向里面走了一步,不由得倒吸了一口冷气。

天花板上,是横穿一根弯曲、粗壮的原木大梁。正面是圆木的横断材料制作的格子窗户。整个房间是私塾格调,大梁上面是格子形天花板。

右侧是壁龛,紧挨着的是,用不规则的隔板、横木纵横交错组合在一起的小柱子。为了避免铁钉带来的不良效果,那上面是采用八角形图案的小五金固定。两扇粗木框的纸糊门,底色是银粉,点缀着无数"武田菱"的金色图案。门拉手上垂有红色绸带,壁龛里陈列着采用绯色铠甲铁片编织成的盔甲。左侧是四扇纸糊门,门上点缀着"武田菱"图案,门拉手上也垂有红色绸带。它们与相对侧的门相同,完全仿照城堡里大客厅的模样。

由于是白天,格子窗外的纸糊窗户紧闭,房间里光线暗淡。三根铁杆支撑的篝火笼,是取暖烤火用。但现在火笼里的红色"木炭火",是采用照明灯、红绸布、风扇和其他道具模仿的。壁龛里的那件盔甲旁边，铺设着藏青色的棉毯，上面绣有"风林火山"四个金字和一面"鲤鱼旗"。此外，梁上悬挂着模仿插在铠甲上的小红旗，旗帜上写有"武田菱"三个白色的空心字。犹如彩虹的粗圆木梁上，是彩色草花图案的天花板。威武的武田城堡里的古朴与桃山的华丽之间，其奇怪而又巧妙的组合可谓巧夺天工。房间里因为是现代人情爱构筑的爱巢，不结合现代风格难以行得通。

房间中央模仿列车上层卧铺的模式，高高地架着一张现代风格的双人床。那上面铺有花朵图案的垫被，放着一只与床宽度相同的枕头。枕头旁边有一排按钮，控制床的升降和旋转的机械设备。房间里，除前线阵地使用的篝火外，还有模仿平安朝代照明用的高脚蜡烛。但蜡烛的光源，来自隐蔽在扇形装饰道具里的电灯。

那根彩虹般粗壮的圆木梁是塑制品，那装饰在壁龛里的盔甲是树脂品。唯有壁龛里的那台电视机，才是真的。

"真让人吃惊，简直是大开眼界！"

山越君呆呆地愣在那里。

"这简直像歌舞剧院里的舞台，仿照'信玄公'公馆制作的背景。"

"不愧是甲州城的情人宾馆！又讲究又别致。"

"要说讲究别致，比这个好的还有。"

梅野安子揿了一下枕边的按钮，耳边传来暴风雨的声音，篝火被吹得一亮一暗的，就像城堡外的战斗刚刚拉开序幕的感觉。

"瞧，这旁边的按钮是什么功能？"

梅野安子一揿那个按钮，那高高的双人床开始旋转。

"啊哟，啊哟，我讨厌。"

梅野安子大声惊叫。

心猿意马

　　情人宾馆的经营者，在双人床的设计制作方面匠心独运，绞尽脑汁。根据一家杂志的介绍，新干线列车的座位变成了床，只要一揿按钮则可前后移动。还有，轿车里的座位也变成了床，可三百六十度转弯。另外，飞机以及江户建筑格调的游览船上，经营者们也纷纷别出心裁，标新立异。

　　这房间有近代城堡的风格，把床升高以便于旋转。

　　梅野安子刚才揿按钮旋转的床上，两条盖被上的花朵图案跟着旋转。

　　山越君眼花缭乱，热血沸腾，一把抱住梅野安子的柳条腰，在她的颈脖子上不停地吻，另一只手伸到梅野安子胸前抚摩，继而用劲地揉捏。

　　梅野安子脸望着天花板喘着粗气，山越君使劲地把梅野安子的脸凑近自己的脸用力吸着她的嘴唇。

　　梅野安子的脸上露出痛苦的表情。

　　"哎哟，好疼呵！"

　　梅野安子从山越君磁铁般的嘴唇之间，挣脱了出来。

　　"别那么使劲好吗？我那舌头快被你咬碎了。"

　　她把舌头伸到嘴的外边，用手轻轻地揉了起来。

　　"对不起，对不起，不知不觉地使劲了。"

山越君赶紧赔不是，手还是紧紧地抱着梅野安子。

"那，慢慢来！怎么样，换睡衣？"

山越君附在她的耳边轻声说。

"现在就脱衣服吗？"

梅野安子用吃惊的眼神扫视一下房间。

"还是大白天哪！"

"外面是白天，可房间里已经是晚上。这灯光氛围不就是晚上吗？"

"我是说……"

"这种宾馆又不分白天黑夜。"

"我是说，我一想到现在还是白天就感到害羞，还没有到那个时候。"

"感觉上只要把它当作晚上就行了。"

"我可不行，你呀，太性急了！"

"因为我爱你！"

"我喜欢情绪镇定的时候做那种事，请等到天黑吧！"

"要等到天黑，那还有五六个小时哪，这白天太长了！我坐在摇晃晃的列车里全身已经麻木，多么希望跳入温泉，然后早一点躺在床上。"

房间里的浴室在挂有红色绸带纸糊门的隔壁，仿佛隐蔽在城堡里。

"要是真的累了，你就先到浴室里冲洗一下，我在这儿等你。"

"你不希望一起进浴室？"

"让我浑身一丝不挂地进浴室，就知道你要干什么。"

"……"

"在浴室里做爱，光线太亮，我讨厌！"

梅野安子把话挑明了。

"那好吧，就依你的，等到天黑！"

梅野安子的这番话勾起了山越君的胡思乱想，他迷迷糊糊地感到安子小姐已经裸露着全身站在他的面前。又白又嫩的肌肤，高高凸起的乳房，细而柔软的柳条腰，圆滚滚富有弹性的臀部，还有……

山越君的血液涌上了脑门，真想猛扑上去强行把她按倒在床上与她……但最终还是理智占了上风。理智告诉他，对安子小姐不能强行。

他从包里取出装有五十万日元的信封，包里还剩下一百七十万日元。

"请收下这信封。"

"这是什么？"

一触及信封，也许已经感觉到信封里的"内容"。

梅野安子故意愣着双眼呆呆地望着山越君的脸。

"里面是五十万日元，一点点小意思，随你怎么用！"

"怎么，是五十万？"

"你去东京，我想会碰上各种各样费用的。"

"那也不需这么多吧！"

梅野安子把信封推给山越君。

"就是不要也得收下，手头有钱出门上哪儿都方便。"

梅野安子的态度开始不像先前那样坚决了。

"你已经帮我找到了银座夜总会的工作，再收你的钱可就不好了。"

"因为我喜欢你嘛！"

"那，实在是太高兴了！"

"我对你是一见钟情，从一开始相遇就产生了好感。从马场庄到大月车站一路上相伴，使我加倍地爱上了你。"

"我也是的，一直想什么时候能见到你，一到晚上更是难以入眠。今天一接到你的电话，我高兴得不知怎么才好，真希望像只小鸟一样赶快飞到你的身边。"

山越君又一把抱住了梅野安子把嘴唇凑上去，刚才由于用力过猛使安子小姐不快，这一回一定要轻手轻脚！他放轻手脚，梅野安子闭上眼睛。山越君又忍耐不住了，抱住梅野安子使劲住床那里推，打算一起倒在床上。

"不，不行！"

梅野安子用一只手向后支撑在床上，不让身体倒下，高高地昂起头。这女人那天在驶往大月车站的出租车里，多次主动地把大腿挪到山越君的大腿上。可今天她却截然不同，丝毫没有这种欲望。

"为什么？"

山越君斜着身体气喘吁吁地问道。对他来说已经期待很久了，可不知对方怎么突然变卦了。

"是我不好，请稍等一下。"

梅野安子的脸上沁出汗珠，哀求山越君。

山越君一松开手，梅野安子赶紧站起来急忙整理满是折皱的衣服裤子。山越君瞪大眼睛，直怔怔地望着安子小姐那紧绷着的下身部位。

她为何要几次三番阻止我呢？在银座帮她找好工作已对她说了，还给了她五十万日元，可她怎么一点也不领我的情……山越君心里想着，脸上露出一脸不高兴的表情。

"是不高兴了吧？"

梅野安子赶紧妩媚地笑着问山越君。她把两只手放在山越君的大腿上，抬起头看着他。

一看这情景，山越君气鼓鼓的模样又不见了。

"我没有不高兴……"

"瞧你这张脸，在生气，在生气……"

梅野安子用手轻轻地摇晃着他的大腿。

"嘿，你那张脸就像一张晴雨表。"

山越君被安子小姐抚摩得浑身痒酥酥的。

"没有，没有。"

"真的？"

她窥视了一下山越君的眼睛。

"那样，我就放心了。"

她一脸放心的表情，眼睛看着地上。

"我呀，为什么不愿意呢？一见面就立即进入那种角色，总觉得你不是真心的，我也不喜欢那样做。"

"……"

"我曾经在新宿夜总会做过一段时间的服务小姐，你一定会认为我是属于那种轻浮女子，是那种可以随便与男人上床的女人。但我在那段时间里洁身自好，不愿拿自己的身体做交易，对客人提出的那种要求不予理睬，以致遭到妈妈桑的白眼和冷遇，最后觉得待不下去了，才离开新宿的那家夜总会的。新宿，就是那种不把女人当一回事的地方。"

"嗯，那种事经常听说。"

"像我不属于轻浮女子。你也许一开始就只是打算与我玩玩的？"

"不，不是那样……"

从认识梅野安子那天起，山越君就打算给予她一切帮助，到了东京后帮助起来就更方便。一旦像《横穿企业》那种威胁性的经济杂志问世，自己在经济上再也不会拮据，财源会滚滚而来。按照那时候的收入，仅照顾接济梅野安子一人完全不用担心。万一暴露就与太太离婚，那是最理想不过的了。娶梅野安子这样年轻美貌的女子为自己的太太，真是福分啊！

"我呢，"山越君满腔热情，"根本不是假惺惺的，是真心的，是认真的！"

"那，这是真的？"

"你如果也是真心，我这扇爱的大门一直朝你敞开。"

"也许会给你添许多麻烦。"

"那不必担心。"

"太高兴了。我没有那种想要做你太太的打算，心里很坦然，踏实。做你的情人就十分心满意足了。"

"我与家里的那口子常发生摩擦、争吵，她太不像话，凶得像泼妇，我就是在婚姻上与她离了也没什么牵挂的。"

"请别为我做那种无情无义的事哟！我已经知道你的想法，你那种想法不会有任何改变吧？"

"怎么会呢！"

"那好，真让我高兴。"

梅野安子紧紧地握着山越君的手。

"就这样说定了。"

"说定了。"

结束了山盟海誓式的话题，山越君想要与安子小姐做爱也只得等到晚上。那种一时性起的热潮，也只能暂时搁浅。

"这太难得了，我就收下了。"

梅野安子收下那装有五十万日元的信封，向山越君鞠了一躬。然后，她站起身把它放入挂在墙上的那只小皮包里。

在壁龛的那件盔甲前边，放着一张类似说明书一样的纸。山越君和梅野安子一起走过去，看起了那张说明书：

　　　　这房间是仿城堡里的天守阁。战国时代城堡的天守阁里，有一个关于该城在即将被攻陷时发生的悲伤爱情故事。继承信玄公王位的武田胜赖公，在甲府西边的海角新建一座模仿甲府杜鹃公馆的城堡。它就是史书上记载的新府公馆。翌天正十年三月，织田信长的嫡亲儿子——信忠率领大军兵临城下，胜赖公见大势已去，烧毁了新府城堡，带着妻子和手下几个随从逃到天目山。城堡被攻陷的那天夜晚，信赖公与夫人在城堡里的一个房间里度过夫妻生活最后的疯狂一夜，被称为在暴风雨中狂热的樱花。

翌天正十一年四月的一天，在贱岳一带败给秀吉大军的柴田胜家，逃到居城的越前北庄（福井）的城堡里。在秀吉大军四面楚歌的包围下，柴田胜家越发感悟到生命的最后一天向他走来。当夜，柴田胜家遣散随从，与市方夫人一起在城堡里的一间房子里度过夫妻的狂欢之夜，交流了相互的性爱和情爱。市方夫人是长信的妹妹，堪称绝代美人。请旅客们想象一下，城池被攻陷之际，城堡主人与妻子最后一个晚上的性生活是多么激烈，多么刺激。住进这座城堡的来宾，会自然而然地回忆起当时的情景。只要揿一下按钮，您就有如身临其境，亲身感受到狂风暴雨中忽明忽暗的篝火，城池被攻陷的爱情之火。

店主敬启

山越君读完说明书的整个内容，不知不觉地兴致勃勃、亢奋起来。城池被攻陷，故事里传说的夫妻间爱的狂欢，激起来宾对情欲的无限想象力。站在这种胡思乱想的城堡里，随着狂风暴雨的呼啸声，望着时亮时暗的篝火，在风雨飘摇即将被攻陷的夜里，象征着生命最后的一天。愈想到这里愈使自己精神百倍，性欲亢奋，促使情欲之火熊熊燃烧。

"这房间里只能看看电视什么的。"

山越君欲火凶猛，可相反，梅野安子没有像他那样，还是冷冰冰的，仿佛没有从说明书里得到任何启发。她走到放在枕边的电视机旁，打算消遣解解闷。当她揿下电视机按钮时，看见电视机架上也放有一张说明书："这台电视机附有录像机装置，请按二频道后再按开关。"

"哦，还有录像机！"

梅野安子转过脸望了山越君一眼。

"嗯，不知道是一些什么片子？"

"听说是黄色录像。"

"我还未曾看过这样的片子，一定很精彩，看一下。"

山越君突然把手伸向开关。

"我觉得害羞，你想看那种电影？"

"什么，这有什么值得大惊小怪的。"

不大的电视机屏幕上，一对年轻男女相互抚摩的图像出现在画面上。男女只裸露出上半身，是电影院公开放映的黄色电影。肌肤的摩擦，热烈的接吻，仰面躺着的女人露出痛苦的表情，张开嘴巴不时喘着气，纤细的手指使劲抓住被单。这一男一女在床上不停地起伏，犹如抑扬顿挫的美妙旋律。连续的做爱镜头使山越君无法控制自己，再次勾起了他燃烧的欲火。

心猿意马的山越君怎么也忍耐不住了，像恶狼似的朝梅野安子扑去。

"怎么，你又来了？"

梅野安子拼命抵挡山越君的"进攻"。

"不是一样吗？"

"为什么要那样性急？"

"我已经等不及了。"

"我不喜欢你那样性急，没有一点浪漫的情调。刚才不是说好了，怎么又变了？"

"这是两人间的事情，哪有那么多的讲究，怎么都行。"

"等一下，等一下。"

山越君正要再度猛扑，梅野安子从山越君的肋下巧妙地逃了出来。

"到别的宾馆去。"

"到别的宾馆？"

山越君对梅野安子的举动感到意外，吃惊地望着她。

"这宾馆里的机关按钮太多，我不喜欢。相反，性欲怎么也上不来。"

"这宾馆不是你带我来的吗？！"

"我也从没有来过，只听说有特色，要早知道是这样肯定不来了！"

"那，怎么办？"

"还是住普通的宾馆好，日本式宾馆比较安静。"

"这一带有吗？"

"对石和温泉一带的情况我不太清楚。不过，有一家日本式宾馆我很想去。那里的环境优美又安静，即使白天也能让人兴奋。到了那里，我可以让你尽情享受享受！"

"那现在就离开这里到那家宾馆？"

山越君全身还处在高度的亢奋之中。

全身虚脱

离开城堡宾馆时，已经三点多了。

"瞧，外面多亮啊！"

梅野安子抬头望着天空说。太阳此刻还高挂在天空中央，只是稍稍有点偏西。

大白天在情人宾馆做爱似乎有点害羞，俩人决定徒步走到出租车营业所。石和与其说它是温泉地，倒不如说是欢乐街。他俩在大街上走着。

"我现在有点口渴，想喝点橘子水或咖啡什么的。"

山越君望了一眼路边的咖啡馆说。

手拎皮包的山越君先走到咖啡馆。

"我喝橘子水，你呢？"

一坐到桌前，梅野安子说。

"我也来一杯橘子水。"

"嘴巴干乎乎的吧？一定是在情人宾馆里性急的缘故？嘻，嘻，嘻。"

"喂，别开那种玩笑！无论谁到了那种机关控制的房间都不会安静。"

山越君噘着嘴说。

"我与你相反感到有一股寒气逼人，我不断地问自己，怎么会到那种地方？"

"你说啦，现在去的那家宾馆是非常安静的地方吧？"

"是的！是一个静悄悄的日本旅馆。"

"果然是你曾经住过的宾馆呀。"

"别说傻话！我不是那样的轻浮女子，您如果不信，那就此分手吧！"

"对不起，对不起，是开玩笑，只是稍稍有点嫉妒。"

"没有想到你的气量是那么小。"

"也并非那样，喜欢你才会那样。"

山越君坐在梅野安子的对面，目不转睛地望着她的脸暗自思忖，这么漂亮的年轻女子能投入自己的怀抱，机会太难得了！

橘子水送来了，就在取吸管的一刹那间，梅野安子轻轻叫了起来：

"哦，不行！"

"怎么的啦？"

梅野安子打开随身携带的小皮包盖，在里面翻找起来：

"果然不见了。"

脸上露出呆若木鸡的表情。

"是什么没有了。"

"是口红哟！好像忘在那个房间了。"

"不是没有用过口红吗？"

"不不，我离开的时候稍稍使用了一下，离开时太匆忙了，忘在房间里，对不起你了。你帮我打电话到那家宾馆，问一下口红在不在房间里。"

"口红那玩意儿，不管在哪里不是都能买到吗？"

山越君真想说，不是已经给你五十万日元了吗？！

"那可不行。我那支口红是法国进口的上等化妆品！是在新宿夜总会工作时买的。石和以及甲府的化妆品店里绝对没有这种口红！马上要与你一起到宾馆住宿，无论如何都需要那东西！"

被梅野安子这么一说，山越君只好照办。公用电话在账台旁边。

"嗯，那家宾馆的电话……"

"在这里哟！

梅野安子从袋里取出印有"城堡"字样的火柴盒。

"什么，你怎么把它也给带来啦？"

"火柴盒画面的构思太精彩了！我打算丢掉它。这种情人宾馆的火柴盒万一让人看见，可就麻烦了哟！"

"你看好这只包！"

这包里还有一百七十万日元的现金。

"好啊。"

山越君拿着火柴盒走到账台旁边。

他一边看火柴盒上的号码，一边揿着电话机上的按钮。这时候，梅野安子从皮包里取出眼药膏之类的软管。

山越君在电话里与城堡宾馆服务员在说话。梅野安子一边注视山越君的背影，一边把他喝的那杯橘子水拿在手里，用软管往里面注入几滴眼药水之类的液体，然后放回原处。可这时候，山越君还在认真与对方交涉。

大约又过了一分钟，山越君总算打完电话，边晃着脑袋边返回桌边。

"对方说啦，没有口红。"

"怎么？……哦，太对不起了，我刚才又仔细翻找了一遍，口红在小夹层里。"

梅野安子说着拿出一只金光闪闪的口红在山越君的眼前一晃。

"怎么搞的？"

"我怎么会没有找到它，真对不起。"

"唉，找到就好了。"

山越君端起盛有橘子水的杯子，随即咕咚咕咚地喝了起来，突出的喉结不停地蠕动着，一直到喝完为止。

"哦，太好喝了。"

他伸了一下懒腰。

"是吗，太好了。喉咙太干了。"

梅野安子望着山越君嘻嘻笑了。

她自己的那杯橘子水只喝了一半，她把手帕夹在嘴唇中间，然后取出镜子把刚才给山越君看的那支口红拿在手上，一边窥视镜子一边歪歪斜斜地在嘴唇上抹口红，装模作样地做给山越君看。

化好了妆，收起了口红，她突然对山越君说：

"哦，我想起来了，有一件事还得与马场庄宾馆联系一下。"

"与马场庄宾馆？"

"我事先对马场庄宾馆的妈妈桑说了，预定今晚在那里住一夜。"

她笑嘻嘻地走到电话机旁。

山越君跟在梅野安子的身后，朝甲武交通石和出租车营业所走去。梅野安子从包里取出一副墨绿色太阳镜架在鼻梁上，再用薄薄的丝绸围巾把脸的大部分围了起来。

"请把车开到盐山温泉。"

山越君站在梅野安子的身边听她与司机说话。他知道梅野安子说的"环境安静的旅馆"是盐山温泉。

司机是一个年轻小伙子。出租车穿过笛吹河大桥，向东驶入二十号国道。这条国道是通往胜沼的快速车道，卡车特别多，显得特别拥挤。

"现在这时候，卡车最多。"

出租车慢悠悠地行驶着，无法加速。司机对梅野安子说，这里是甲府盆地的东端，北边是两座山块夹在中间的走廊平地，一直向纵深延伸。正东面的山脉呈南北走势，仿佛一道不可逾越的屏障，笔直向南向北伸展。北侧的山脊上是大菩萨山峰。

出租车驶出快速车道，向北拐弯进入胜沼。一路交通堵塞，花了三十分钟的时间才到达这里。

葡萄旺季已经结束。

"喂，孩子他爸，回家前再到哪里转一下？"

梅野安子问道，旁边的山越君没有回答。

她望了一眼山越君的脸部表情。刚才在出租车驶入快速车道的途中，山越君滔滔不绝，口若悬河。那以后，他开始默默无言、一声不吭。现在，他干脆背靠在后排座位上，一脸目瞪口呆的表情，两眼直怔怔地望着窗外。

从胜沼到盐山，道路两旁是一望无际的葡萄地，路蜿蜒崎岖。

"喂，你啊你说话呀！孩子他爸。"

梅野安子摇了摇山越君的手腕。

"哦，嗯……"

山越君睁开眼睛，可视线已经模糊。虽两只手依然郑重其事地按住大腿上的皮包，但手已经失去力量，眼看就要往下滑去。

"他怎么啦？"

司机看了一眼反光镜里山越君的模样，问梅野安子。

"不要紧，好像疲劳了，正在酣睡呢！"

梅野安子笑着答道。

"喂，别睡了，你呀！"

梅野安子用手捣了一下山越君的手腕。

"噢，嗯……"

嘴里在回答，浑身却无精打采，懒洋洋的，脑袋耷拉着，脸色苍白，神情恍惚。仔细打量他的手指，正在瑟瑟发抖。

梅野安子悄悄地看了一眼手表，从离开石和咖啡馆已经有五十分钟时间了，注入橘子水中的那几滴药剂，正在发挥"魔力"。

注入橘子水里的药物，是一种叫"HP"的精神镇静剂。在日本只有五家制药公司生产，药店里不出售此种药品。医院里虽有售，但必须凭医生出具的处方才能购买。

这种药物，无味，无色，精神病医生为了镇定手舞足蹈的精神病患者，通常使用这种镇静剂药水。

注入一毫克，大约三十分钟后出现全身乏力。一毫克的剂量，相当于点眼药水的一两滴。

首先全身乏力，其次动作迟钝，紧接着语言含糊，口齿不清，犹如患有痴呆症的老人。

思维能力显著减退，对外界发生的一切漠不关心，也根本不知道自己身上发生了什么异常变化。自己到底是怎么回事，也根本毫不关心。

这种药物因人而异。有的人饮下这种药物后不能一人走路，状态严重的时候手脚无法动弹。骂他打他无力抵抗，像幼童般一切任人摆布完全失去自己的意志。对身体有副作用却构不成生命危险，药性的持续时间在五到六小时左右。那以后，慢慢恢复到原来的状态，副作用也随之消失……

夹在两侧葡萄地之间的道路，向坐落在坡上的街道延伸。路上方挂有一块横幅，写有"欢迎光临盐山温泉"八个大字。

盐山温泉的旅馆有好几家都聚集一块，其背后是奇峭绝峻的大山脉。

"就在这里下车吧！"

梅野安子对司机说。

司机停下车。

"哎，这里是路边，不开到宾馆那里行吗？"

司机转过脸问后排座位的梅野安子。

"没关系，等一会儿有人来接我们的。"

"噢！"

梅野安子挽着坐着不动的山越君的手臂。

"孩子他爸，下车了哟！"

梅野安子附在山越君的耳边说。

"哦，嗯……"

山越君的脸上没有任何表情，只是注视着前方，身体不听使唤。

梅野安子使劲拽着，可女人的力气毕竟有限。

"夫人，请等一下，我来帮你一把。"

司机把车停稳在路边，走到后排座位的门边扶山越君下车。

"客人，请下车。"

司机使出全身力气扶着山越君，山越君靠在司机的手臂上慢慢移到车外。一站在车外的路上，便在司机的两只手臂中间摇摇晃晃东倒西歪的。

"哎呀，司机，真是对不起了。"

戴着墨绿色太阳镜的梅野安子走下车，手提着山越君的那只皮包。

那只被视为至关重要的包，此时的山越君毫不关心，连看也不看。

山越君好不容易靠着自己的体力站在路边，可仍然木偶似的两手松弛无力，向下垂着。刚才心猿意马的狂热劲，此刻已经消失殆尽。

"您先生他怎么啦？"

司机看着山越君的那副样子忍不住问了起来。

"是这个。"

梅野安子用右手的食指指着自己的太阳穴转了几圈说。

司机领会了她的意思连连点头。

"噢，原来是这么回事。"

梅野安子付完车费后又给了司机一千日元的小费。

"多谢你的帮助。"

"夫人也很辛苦啊！"

司机又望了一眼木偶般的山越君。

"唉，真拿他没有办法，一直要到病痊愈为止。"

"那，现在是到汤山温泉去吗？"

"哦！"

"据说那里的温泉对精神病患者有特别疗效，接你们的车是从那里来的吗？"

"是的！"

"夫人有这么个累赘，真不容易啊！是从东京来的吧？"

"没错。"

"从石和出来的时候您先生说个不停，可转眼什么也不说了，我就觉得奇怪！"

"我丈夫的病属于那种症状，发作的时候经常是突然沉默寡言。"

"请夫人多保重！"

司机的口吻显然同情年轻妻子的遭遇。

"谢谢！"

司机返回出租车朝原路驶回。

梅野安子拽着山越君的手，慢慢走到一家极不显眼的农家屋檐下，与山越君并排站着。

路人经过，车通过，却没有人把眼光投向停立在屋檐下的这对男女。

梅野安子一边挽着山越君的手臂一边问道：

"孩子他爸，知道这是什么地方吗？"

"嗯……啊……"

山越君没有环视四周辨别这是什么地方，仍然是神情呆滞的样子。

"这里是东京？"

"嗯，嗯。"

"你知道我是谁吗？"

"……"

眼眸一动不动的。

"是谁，我呀？"

"嗯，嗯……"

"我是，梅野安子哟！"

"嗯，嗯……"

"现在跟我到哪里去啊？"

"……"

山越君靠在梅野安子的肩上，独自一人已经站不住了，这时候街角出现一辆汽车驶到他俩跟前戛然停下。这是一辆中型面包车。

城堡宾馆

在盐山温泉街上行驶的面包车座位上，装满了硬纸板箱。从外表看，这辆面包车被临时用于货物运输，代替客货两用车这也是常有的事。

停在屋檐下的这辆面包车上，从驾驶席上走下一位身穿蓝色工作服、头戴蓝色工作帽的男子。

男子也戴着一副墨色眼镜，头上是一顶长檐工作帽，让人无法看清他的真实模样，只有鼻尖和两边的脸颊露在外面。

男子走到山越君跟前望了一下他的脸，对梅野安子说道：

"真像一尊大木偶！"

"药性在发挥作用，已经没有辨别的能力了。"

梅野安子扫视一下周围，轻声地说。

男子拍了一下山越君的肩膀对他说：

"喂！"

"嗯，嗯。"

山越君的眼眸朝男人脸上转了一下，回答仅仅是机械性的。

"简直像个白痴！"

"是的，跟患了老年痴呆症没有什么两样。"

"药性什么时候失效？"

"还有三个小时，不要紧吧！是一个小时前喝下精神镇静剂的。"

"你干得太漂亮了！把他带进情人宾馆，又把他从情人宾馆带到这里，他完全听你的摆布。"

"嘻嘻嘻，在城堡宾馆里真差一点啊！这家伙完全处在亢奋状态。"

梅野安子转过脸望了山越君侧面一眼。呆若木鸡的表情，即使在耳边跟他说悄悄话也引不起他任何兴奋。

"你引他到情人宾馆，他当然感觉上来了哟！你为了安慰安慰他，肯定干了一会儿'那个'？！"

"别说蠢话，你嫉妒了？为了不让他'那个'我真不知动了多少脑筋呢！"

他俩扶着山越君，路人一定误以为这男子是病人。

"别说废话了，快把他扶上车，你把车上的位置稍稍移动一下。"

身穿工作服的男子再次跳上驾驶席，把车从街上拐入横马路上。那里是一片空地，周围是蔬菜地，远处是葡萄园，没有人在那里干活。

梅野安子把手插在山越君的胳肢窝里，扶着他慢慢地走到那里，像对幼童似的说：

"来，坐这辆车。"

车门开了，把他扶上车厢。

座位上塞满了硬纸板箱，后窗也给遮得严严实实的。

"来，我也给你帮忙吧！"

穿工作服的男子抱着山越君的腰部。

车厢的中间有空地，那里没有放纸板箱。

"就坐这里！"

"嗯，嗯。"

山越君顺从地坐在指定的座位上。在他的四周堆满了纸板箱，让人感到有点不可思议。

"这辆车是专门开往山里温泉宾馆的车！这么多纸板箱里装的都是厨师用的东西，还有酒、可口可乐，以及其他饮料。温泉都是在山里，货物必须到城里采购，明白了吗？"

"嗯，嗯。"

山越君点点头。

"现在去的那家宾馆在大山里，环境幽静，方向与石和相反，那周围没有噪声污染。在那里你紧紧地抱着她睡到明天早晨，可以尽情地享受。"

"哦，呵呵。"

就后面这些话，山越君听出了一点味，傻乎乎地笑了。

"真讨厌！"

梅野安子向穿工作服的男子翻了白眼。

"好，就这样吧！他已经同意我的建议，路途中不会吵闹了。"

那男子点燃一支烟。

"怎么，服下那种药物后还会焦躁不安吗？"

"等等，这上面写有那种药物的功能。"

男子从工作服里取出信封，打开摘录内容的信笺看着。

"这种精神镇静剂没有致命危险，但有副作用即令人肌肉僵直，陷入被紧绑的状态。在他人看来，浑身微颤，面容呆板，身体不能自由转动……"

"正如说明书上写的那样。"

梅野安子重新望了山越君一眼说。

"本人感到浑身麻痹和不安，欲诉说死亡的临近……而感到不安。"

"是吗？"

"由于嘴角僵直，以致语言含糊，吐字不清。看到这种状态，让人想起大脑有障碍以及中风病人的举止。但这种药的作用在五六小时后随着药性的消失而消失，没有生命危险。即使解剖胃检查也找不到任何异物……这药是对付这种家伙的好东西。"

"……"

"换句话说，这家伙死后五六个小时再进行尸体解剖，胃里是发现不了任何可疑食物的。"

"太可怕了！但使用很方便，普通药店是不出售这种药液的吧？"

"当然禁止出售，只有精神科医生和专门的医院去才能买到这种药。"

"……嗯，那上面就是这样写的。对于产生强烈幻觉或者一时精神错乱的精神病患者，精神科医生用这种药液让患者镇定下来。该药无味，无色，即使与食物搅拌在一起，对方也不会有任何察觉。"

"我在他喝的橘子水里注入几滴，他根本没有察觉。哎，这药你是从哪里弄来的？"

"不是我弄来的，是'那个人'给我的。今天正午十分，他从东京过来在石和车站交给我的。人一旦爬到那种地位，无论弄什么药，对他们来说都不费吹灰之力。"

男子熄灭了烟。

"现在怎么办？"

梅野安子问男子。

"你在这里下车，立即返回东京！"

"就这样走，可马场庄宾馆那里怎么交代？"

"马场庄宾馆的工作立刻辞掉！那里不能留下任何蛛丝马迹，否则要惹大祸的。你的行李还在马场庄宾馆吧？"

"只有一些替换衣服，另外还剩下一点工资没有领。"

"把在马场庄宾馆的所有东西全部拿走，要处理得干净利索。要不然，不辞而别会让人感到可疑。"

"我在这里下车，他不会感到奇怪吗？"

梅野安子看着乖乖坐在座位上的山越君。

"这家伙的脑子正处于痴呆状态，什么也不会知道。"

"是吗，那我下车了，你现在打算上哪儿？"

"从这里驶入青梅公路径直朝前开，经过丹波山林到达奥多摩湖，再从那里沿着青梅公路返回东京，途中寻找适当地方把他处理掉！"

"请一路上多留神。"

"知道了。"

男子使劲地点点头。

梅野安子望了一下呆坐在那里的山越君。

"山越先生，那么，我们就在这里分别。"

她握了一下山越君的手指。

"哦，嗯……"

"哦，差点忘了件事，这包里还有一百多万日元，我打开看过。"

"好，我暂时保管一下。"

"再见了，一路上千万要小心！"

梅野安子下车后，山越君感到不安起来：

"咦，咦，咦。"

山越君浑身乱动，仿佛抽搐似的。虽说不出话，但那种举止似乎示意身穿工作服的男子。

"好，好，你不用担心！车厢里货物拥挤，梅野安子等一下去宾馆！"

男子轻轻拍了一下山越君的肩膀，也许他理解了意思不再吱声了。

"喂，车厢里干吗要放这么多硬纸板箱？"

"这样做是为了遮人耳目，货车是不会引人注目的。坐在硬纸板箱中间的位置，车外的人看不见这家伙。后窗也严严实实地遮住了，把他隐蔽在中间。我从上到下穿着工作服，无论谁都不会搭乘我的车。"

"考虑得真周到！这是你想的办法？"

"不，这是按照上面指示这样布置的。"

那男子裸露在长帽檐下的那半张脸苦笑起来。

车启动了。

"再见！"

梅野安子挥手向驾驶席上的男子和山越君告别。

从盐山出发再往右行驶进入青梅公路。如果向左驶则沿着笛吹河上游在山谷边小道上行驶，那条小道到文濑湖为止。途中有汤山的马场庄宾馆，其东侧的高平地上还有那片从东山梨郡内牧町仙科到该郡五原村落合的山林土地，约一百八十万坪，那原是东洋商社的固定资产。山越君曾来这里侦察过，当第二次来司法局甲府办事处查阅登记台账的时候，这大片山林土地已被转移到寿永开发公司的名下。

青梅公路横贯海拔二千〇五十七米的主峰——大菩萨顶巅，一直向前延伸。

离开盐山，面包车沿着笛吹河支流的上游行驶。不一会儿，驶入一块平坦的高地，再过一会儿驶入山路。铺设过的道路由双车道成了单车道，道路变得狭窄起来。周围分布着许多村庄，路旁竖有"下小田原"和"上小田原"等地名的指示牌。

身穿工作服眼戴墨镜的男子，边握着方向盘边注视着前方，蜷缩在纸箱堆中间的山越君，不知是药物作用还是疲惫的缘故，耷拉着脑袋迷迷糊糊地睡着了。

道路渐渐地伸向深邃的山涧，有些路段已被茂密的落叶树埋没。晚秋的落叶树变成深红颜色，唯上半部分仍呈淡淡的黄色。

道路右侧搭有简易工棚，石匠们正在加工一些从山上取下的花岗石板材。这一带山地大多是花岗石，大菩萨顶端那蓝色的棱角，把横跨山谷的天空隔成两半。

面包车继续向前行驶，路右侧有裂石温泉，还可以在这里自炊自餐。像这样的宾馆，有三到四家。在三岔路口，树干上挂有"大菩萨山峰入口"的指示牌。路两旁，面对面开着两家小店，兼卖礼品和食品，可冷冷清清不见一个客人。

面包车司机对路旁的一切不屑一顾，沿着锯齿形的陡坡山路向上匆匆行驶。在这段青梅公路上没见到卡车，偶尔只有小车驶过，几乎都是自备车。与东京青梅公路段相比，其交通流量截然相反。

坡道越来越陡，S形的弯道也越来越多，深邃的山涧底部也不知有多深。耸立在对岸的山峦，犹如一道不可逾越的鸿沟。

陡坡上山林稀稀拉拉，白色岩石裸露的大山是花岗岩板材的开采场。

驶向山顶需要反复经过许多条S形弯道，再往上行驶就能看见路边溪流急剧变道流向北边的柳泽河。柳泽河的沿线一带，是丹波山村的落合和藤尾村。在藤尾的那片浅谷树林里，大约一星期前，破产倒闭的东洋商社总经理高柳秀夫自缢身亡。这条公路，一直通向那里。

面包车沿上坡道向上爬行，车速减慢，司机两眼紧盯着前面的山势。

前面的山坡上光秃秃的，到处留下花岗石被开采后的坑坑洼洼。采石场在高高的山坡上，其下面二十米左右的斜坡上有一大片花岗石堆场。它前面的斜坡处，隔着一条小溪流。

此时的采石场和堆石场，不见一个工人的身影。

司机谨慎地驾驶着车辆，驶入公路旁边的一条下坡道，向下慢慢滑行。路面上铺着碎石使坡度趋于平缓，便于车辆行驶时减速。

在一大片长着茂密树叶的枞树、坚树和枫树的平地上，面包车停了。司机在座位上点燃一支烟，靠在座椅靠背上闭目养神等待天黑。上边的青梅公路不时传来车辆经过的引擎声，没有人会想到在下面的树林里竟隐藏着一辆面包车。

他看了一下手表，时针指向下午五点。后排座位上，传来山越君翻身的声音，但不是说话声。

山越君喝那杯放有HP药液的橘子水，已经两个小时过去了。这时候，树林里也渐渐地暗了下来。

男子走下驾驶室走到后排座位，山越君仍处于全身麻木状态。

"喂，下车了。"

他把双手插进山越君的胳肢窝里把山越君抱起来。

"醒醒，宾馆就在前面，我给你带路！"

"哦，嗯。"

山越君被他抱下车站立在地面上，像喝醉酒似的东倒西歪站立不住。

他夹紧山越君的身体，沿着羊肠小道朝陡峭的山上爬去。他选择一片树林，将山越君带到里面。这里又是无人区，犹如与世隔绝。

他俩从树丛里攀到一座丘陵半山腰上，足足用去三十分钟时间。天还很亮，但山谷里已经暮色茫茫。沿着羊肠小道终于爬到采石场上面的山崖上，那里是大山支脉的尽头，两边是高耸的悬崖，往前走便是断崖，下面是采石场。从形状看，酷似马背。司机男子让山越君单独站在马背上。

"喂，前面是宾馆入口，沿这条路径直朝前走就能到达宾馆大门！"

山越君步履蹒跚地开始迈步，也不知何故，行走姿势比刚才好多了。

"瞧，再往前走，笔直地走，笔直地走。"

山越君照着后面那个男子的命令，沿短短的山脊慢悠悠地朝前走去。

"马上就要到了，那就是宾馆大门，看到了吧？瞧！那些女服务员正站在门前夹道欢迎你呢！"

"哦，嗯。"

山越君一个劲地点头，步伐踉踉跄跄的。他在"催眠师"的唆使下，朝着幻觉的宾馆大门走去，满脸亢奋的表情。

"快走，笔直走，一直向前。"

渐渐地，山越君与后面那个男子拉开了距离，越来越远。

傍晚的天空中出现了万丈霞光，大片彩云构筑的天堂犹如空中楼阁。

山越君发出惊喜的叫声，猛然间，他在断崖边一脚踩空，沿着二十米高度的山壁向下坠落。刹那间，那惊叫声与他那矮个身影一起消失了。

原田坠死

九月二十四日的东京各大晚报上，竞相报道了山越贞一坠死的消息。

当天早晨八点左右，采石工人在采石场发现一具男性尸体。根据现场情况判断，死者是从断崖上坠落身亡。具体地点，是山梨县盐山市青梅公路旁边的柳泽峰附近。

各大报章的报道有长有短，其中有一篇是这样写的：

二十四日早晨八时许，采石场作业人员在青梅公路柳泽峰附近的丘陵断崖下的采石场发现一男性尸体，遂向盐山警署报警。根据死者随身携带的从池袋至新桥间的JR电车月票以及其他物品，初步查明死者今年三十八岁，家住丰岛区西池袋第五条街五十六号二室，姓名山越贞一。

根据盐山警署的调查，尸体身上有擦破伤痕和与地面碰撞的外伤。从高约二十米左右的断崖坠落的途中，身体碰撞在崖壁的岩石和树枝所致，不是外部暴力所致。死者皮夹子里，有十七万三千日元现金。

山越贞一的死亡时间，大约在二十三日下午五时。盐山警署打算将尸体送到甲府市内医院进行解剖，以最终确定是自杀还是不慎坠落致死。

二十三日下午三时左右，载送山越贞一从石和到盐山温泉的出租车司机说，当时有一位二十五岁左右的女性与死者一起乘坐他的出租车。司机目睹男乘客的奇怪模样问那位女子，回答说死者有严重神经衰弱病症。

死者之妻静子说，丈夫是《经济论坛》月刊杂志社的职员，社长是清水四郎太，总社在港区新桥宝满大厦。九月二十三日早晨，丈夫说去仙台出差就离开了家。没想到去的地方是山梨县那种地方，不知何故？有人说丈夫患有神经衰弱病症，纯粹是信口雌黄，胡说八道。

《经济论坛》杂志的编辑部主任说，山越君不是本社的正式职员，他是专门从事自由采访的合同工。九月二十二日，由他本人提出申请，已经与本社解除合同。社里也不曾委托他到仙台或者山梨县出差，也不清楚他患有严重的神经衰弱症，但多少有点神经质。他主动向社里提出解除劳动合同，大概就是那种病症的缘故。

报刊上还配有山越贞一的照片，好像是报社从其妻那里借来的。

看到这篇新闻报道以及照片，至少应该有几位读者不认为他是山越贞一，而认定他是原田君。

这些人当中，有井川正治郎，有被称为乔君的田中让二，有山口和子原先的保姆石田春，有巴黎时装店的女店主和东洋商社的原董事长江藤达次。

井川正治郎是在国分寺自己的家里看到了那篇新闻报道的。

报上刊登的那幅照片，确实是那个原田君。第一次与他见面的时候，正是今年春天。在多多努沙龙大厦的四楼里，有一家山口和子经营的牡安夜总会。那天下班后连家也没回，想去见一下分别多年的山口和子。岂料遭到冷遇便离开了，但没有马上回家，而是站在那幢大厦对面的人行道上等候，打算等山口和子出来时与她说上几句。刚站了一会儿，这男子主动上来与自己交谈，还把自己扔掉的信封捡起来。信封里的通行券和火柴盒上面，写有自己与山口和子的通信暗语。那时的原田君，鼻梁上架着一副浅茶色太阳镜，自我介绍是仓田商事公司的开发部长，叫原田，专门从事物色服务小姐的工作。

第二次见面是在三天以后，那天早晨二十四小时的收费工作刚结束，原田君在财务所附近等候自己。拗不过他的执意邀请，便跟着他到希尔顿宾馆共进早餐。井川君在向原田君介绍自己时，改名为"川上"。

原田君把井川君托服务小姐递给和子小姐的那个暗号，误以为自己是和子小姐和她经济后台之间的联络员。当时，井川君第一次从原田君那里得到惊讶的消息：高柳秀夫不是和子小姐的情人，只是某个大人物的替身而已。可那个真正的情人究竟是谁？原田君本人也推断不出。不过，他又说出一个让井川君感到意外的消息：山口和子幕后的经济后台，可能是金融界里的一个大人物！

首先，开办牡安夜总会和买下山口和子居住的那幢漂亮楼房，需要有二亿日元的经济实力。其次，能迫使东洋商社总经理屈服并充当他的替身。再者，也就是最重要的一项，具有绝对隐蔽自己的能力。也就是说，那人与和子小姐之间的关系对外绝对保密。从这点来看，这家伙极其害怕暴露自己的丑闻，害怕社会舆论给自己以及企业带来威胁。

当时"原田"说到这里的时候，突然在井川君面前低头行礼，软磨硬缠地央求井川君公开大人物的真实姓名，并一口咬定井川君是大人物与山口和子之间的秘密联络员。

现在，井川君恍然大悟，原田君并不从事物色夜总会服务小姐这项工作，而是打着这个借口在寻找山口和子幕后的真正经济后台。当然，调查和子小姐与那个大人物的关系是次要的，真正目标是找出那个大人物。

读了这篇报道，井川君才弄清"原田"的真实身份。原田的真实姓名是山越贞一，原是《经济论坛》月刊杂志社的编外采访记者，该社的社长兼总编辑的清水四郎太，是具有高智商的敲诈老手。

井川正治郎看完这篇报道后，觉得有好些地方显得自相矛盾。

山越君对妻子说去仙台出差而离家，可却于次日早晨在山梨县境内青梅公路沿线的断崖下的采石场，发现了他摔死的尸体。

另一方面，《经济论坛》杂志社说，根据山越君本人提出的申请，他已经与杂志社没有任何的关系。从现象看，山越君在自称到仙台出差离家前的几天里，一定发生了什么异常情况！

山越君为何到山梨县去？根据报道，他曾乘坐一辆出租车从石和到盐山温泉的途中，身旁有一位年轻姑娘。那姑娘对司机说，山越君有严重的神经衰弱症。这是因为司机觉得山越君的模样和举止异常，那女性才做了如此解答。

《经济论坛》杂志社的编辑部主任也说，山越君有神经质，是因为神经质的缘故才主动提出与杂志社解除了合同。

可山越君的太太在记者采访时声明，丈夫没有神经衰弱症，那个与他在一起的女人所说纯属造谣。究竟哪一种说法是正确的呢？

井川君认为，山越太太说的应该是可信的。二十三日上午十点多，井川君正在首都高速公路八重洲路段丸内收费口值勤，偶然发现山越君乘坐的那辆出租车驶到窗前。

"哦，原田先生。"

朝司机手中递上找头的井川君，吃惊地向他打招呼。

山越君也正好与井川君打了一个照面。

"川上先生，好久不见了。"

山越君说话时，把一只崭新的茶色皮包抱在大腿上。

461

"我希望与您见一次面，有一些事要与您说说。"

山越君当时想继续说下去，可后面排队的车辆按喇叭示意快走。于是，他俩只得相约下次仍在财务所附近见面。说完，那辆出租车匆匆离去。

当时从他说话的神态和语气里，丝毫看不出有半点神经衰弱的症状，态度也是极其认真的。因此，他太太所说的完全可信。

山越贞一的死，无疑是一个谜！

井川君看完报纸把它折叠起来，穿上西服后把叠好的报纸放进口袋，便去准备追悼礼品。晚上七时刚过，大街上已经夜色笼罩，他系上黑领带。

"怎么啦，这种时候你还出门？"

太太抬起头望了他一眼。

"公司的同事不慎身亡，他的住宅里有人守夜，我去吊唁。"

西池袋五路五十六号二室，在池袋西侧的一条狭窄巷子里，远离热闹的商店街。这里木结构的公寓很多，为死者守夜的房间十分醒目。

在公寓二楼走廊尽头的房门上，贴着"奠"的白纸。

房间里十分安静。井川君说了一声"对不起，打搅了！"便轻轻地推开房门。

从三和土门口放着的皮鞋和木屐来看，虽是守夜，但吊唁的人不多。

门内侧有人把井川君当作前来吊唁的客人，把他引进房间里的内房里。说是内房，实际上只有十平方米大小。

佛龛上灯火明亮，没有寿材也没有祭坛，五六个男女围坐在那里。

井川君踌躇再三，这时候听到有人说"请"，便径直走向佛龛。

佛龛正面是一张用黑色绸带围着一圈的遗像，千真万确是"原田"那张脸。井川君烧香后目不转睛地望着照片上的脸，这是他年轻时的照片。

佛龛边上坐着一位正在抽泣眼睛肿胀的女子，三十六七岁的光景，是山越太太。待井川君烧完香后，她恭恭敬敬地正面朝着井川君深深低下头。井川君对她说，自己是山越君的朋友。

"嗯，真对不起您啊！遗体还没有从那里运回家，守夜和葬礼都要等到遗体回家后才能举行。"

一位亲戚模样的男子，向井川君解释家中没有准备寿材的原因。

井川君想起新闻报道上有这么一句话：今天早晨，青梅公路沿线发现的山越君遗体被送到甲府医院进行解剖。亲戚模样的男子所说的"那里"，肯定是指甲府。家中没有寿材，是因为解剖还没有结束。山越君的亲戚们，此刻肯定在甲府的医院里等着把遗体运回家中。

正式守夜还要等一段时间，附近的邻居和朋友还没有来。这给井川君向山越太太提问，提供了一个很好的机会。听说山越太太也刚从甲府返回家里，井川君向山越太太说了一些悼念客套话后，把话切入正题。

"报上说您丈夫患有神经质。"

这是他第一个提问。

"绝对没有那种病状，我丈夫精神一切正常，工作起来很卖力，从来没有白天黑夜之分。为了家庭他竭尽全力，还对我说总算看到希望的萌芽了。外面有关神经质之类的说法，纯属无稽之谈。"

她边说边流泪。

"噢，外面为什么会说他是神经衰弱和神经质呢？"

这位来悼念丈夫的朋友，头上夹杂着银发，说起话来稳重沉着，使山越太太毫不保留地打开了话匣子。她毫不隐讳，一五一十地说开了。

"我也不明白，这肯定是搞错了！那天，先生从外面回来对我说，马上要从事一项新的工作，打算全力以赴地大干一番。他那充满激情笑呵呵的表情，至今还清清楚楚地印在我脑海里。"

"新工作？是不是《经济论坛》杂志社的工作？"

"我想是的，当时我什么也没有说。总之，他是一副兴高采烈的样子。前天晚上，他还给了我从未有过的许多钱，一共是三百万日元的现金……我说这样的情况，您不会不高兴吧？"

"不，不管什么尽管说，请不必顾虑……"

"好！"

"您丈夫前天晚上给您三百万现金是吗？像这样的巨款以前也给过你吗？"

"没有，还是第一次一下子给我三百万现金的，以前给的不多。看到那厚厚一叠钱，我也认为丈夫找了一份好工作。我想，他是拼命工作才有如此好报酬的。外面说他患有神经衰弱病症，是完全不合情理的。"

山越太太脸上露出憎恨那些造谣者的神情。

"您先生昨天早晨说是要去仙台出差，然后才离开家的吗？"

"是的，他是那样对我说的。"

她说完脸上显得阴沉起来。说去仙台，遗体却在相反方向的山梨县。

"事实上他是去了山梨县，我觉得他到那里去一定有什么急事。您丈夫与山梨县之间过去有什么关系，您可曾听说过？"

"没有，什么关系也没有。先生说他到仙台出差，结果却去了山梨县。这，我也不明白。他过去外出从来不对我说目的地，因为工作上的缘故，目的地经常变更。"

"是吗？夫人，请好好想一下。您家先生与山梨县之间会不会有什么说不清道不明的事？"

她一言不发，默默地在回想。

"甲府是山梨县境内的吧？"

她自言自语道。

"噢，甲府是山梨县政府所在地吧？请稍等一下。"

她站起来打开纸糊门，走进隔壁房间在一个大橱抽屉里寻找着什么。不一会儿她走过来，手上握着一只茶色信封。

"是这个。原先放在里面的资料已经没有了，我也不知道这是什么东西？请您仔细看一下信封背后。"

井川君看了一下信封背后。

那上面印有"司法局甲府办事处"一排粗壮的活体印刷字。

"司法局办事处也从事土地登记工作，您家先生在甲府有土地吗？"

"那是不可能的事，他哪有那么多钱购置土地。"

"信封上没有贴邮票，肯定不是邮递员送来的。您丈夫是去甲府还是把里面的资料送给谁？不用说，信封里装的可能是土地登记证的正本吧？有关这件事情，您丈夫对您说过什么吗？"

"工作上的事情他从来也不对我说。"

"是吗？……照这么说，您丈夫曾经到甲府是去了解土地的情况？"

井川君把茶色信封拿在手上，嘟嘟囔囔地说。

故地重游

井川正治郎离开山越君的家。

在回家路上，他的眼前不断浮现出山越太太拿给自己看的那只大信封，上面印有"司法局甲府办事处"。

司法局甲府办事处负责山梨县境内的地产和房产业务登记，可山越君在山梨县境内没有购置过土地，这是他太太说的，肯定不会有错。山越君到甲府办事处可能是取别人的土地登记副本！信封上没有邮戳也没有邮票，一定是山越君本人去甲府取回的。

山梨县的土地……

乘上池袋开往新宿的地铁电车，手拉着车厢内吊环时，那遥远的记忆不停地涌现在脑海里，东洋商社在山梨县境内有大片山林。

第二代总经理江藤达次在任期间，经常提到山梨县那片土地。那是东洋商社创始人为公司置下的固定资产，那片土地象征着公司的创业纪念。江藤达次把创始人敬奉为"神"。

井川正治郎还清楚地记得，每年年终报表的固定资产栏里明确记载着山梨县境内近二百万坪的土地折价金额。当时，井川君担任管理部长，对于年终报表不是很注意，只是随便看几眼。所以，那片土地在山梨县的具体位置以及数量在脑子里仅仅是模糊印象。

山越君到司法局甲府办事处调查，一定与那片东洋商社的土地有关！

井川君把山越君与东洋商社的那片土地联系在一起，是因为他从事的职业是《经济论坛》杂志社的采访记者，为新闻报道提供炮弹。这份《经济论坛》专业杂志的社长兼总编辑，是赫赫有名的金融通，在金融界里无人不知晓。可能清水总编辑为了尽快掌握东洋商社经营状态的可疑内幕，把山越君派到甲府侦查该公司资产的实际情况。

　　然而，那信封又为何留在山越君自己的住宅里呢？倘若是《经济论坛》杂志社指派的工作，那么，信封理应留在杂志社里。可是……这现象既奇怪又反常，令井川君百思不得其解。

　　山越太太说过，她丈夫曾经到甲府去过。照这么说，那只印有司法局甲府办事处的大信封就是当时带回来的。这一次他对妻子说是去仙台出差，结果却死在山梨县境内青梅公路沿线的大山里。

　　他没有对太太说明出差内容，又为何说是去仙台呢？事实上他去的山梨是仙台的相反方向，并且在那里接受了命运的安排。

　　现在，井川君回忆起与山越君的两次见面。山越君精力充沛，有着极强的采访意识和追根究底的缠劲。那天夜里，自称原田的他站在多多努沙龙大厦的对面，注视着牡安夜总会的动静。第二次，他一大早就在芝白金财务所的附近等候自己的出现。尔后，硬缠着自己到希尔顿宾馆吃早餐。席间，提问不断。

　　他说，山口和子与高柳秀夫之间不是情人关系。他还说，山口和子真正的情人为了遮人耳目由高柳秀夫做替身。当时井川君听了他那番话简直不敢相信，因为自己毫不怀疑高柳君与山口和子之间的情人关系。那么，真正的经济后台是谁呢？山越君那时硬缠着自己说，因为，他误把自己当作山口和子与她秘密情人之间的秘密联络员。

　　看了新闻报道，井川君才明白那位自称原田的山越贞一是《经济论坛》杂志社采访记者，明白山越君打破砂锅问到底的真正意图。据说《经济论坛》杂志是一家高级恐吓刊物，以搜集企业经营者的丑闻艳史作把柄，从被揭露的企业那里暗中谋取广告赞助费。身为采访记者的山越君，其工作的特殊性质使得他在任何人面前不敢暴露自己的真实身份。

从山越君的职业以及对自己所说的那些话可以证明，山越君到甲府办事处去是为了查阅和领取山梨县境内那片属于东洋商社固定资产的土地登记台账及其副本。《经济论坛》杂志下定决心追查高柳君以及山口和子的真正情人，是因为东洋商社倒闭了。为抓住这一契机，彻底查明东洋商社倒闭的真相。

据报上刊登的《经济论坛》杂志社编辑部主任所说的话，山越贞一已经离开杂志社，与该社没有任何关系。这话本身站不住脚！由于山越君在山梨县的山里坠死，为避免麻烦就以已经解除合同为由来搪塞过关。这，是杂志社的惯用伎俩。

井川君决定趁明天公休到东洋商社去一次，了解那片土地目前的情况。眼下东洋商社已经宣布倒闭，现在是否申请公司更生还是解散？倘若是前者，法律上定名为管财人。倘若是后者，法律上定名为清算人。无论前者还是后者，总之，应与那些留守的人见一次面询问一下情况。

知道那片土地准确位置的，只有已故的高柳秀夫和被迫辞去董事长职务的江藤达次。

高柳君自杀的新闻报道，井川君也是在国分寺自己家里看到的。东洋商社决定倒闭后的几天里，高柳君在山林里自缢身亡。据说，他生前写了十几份遗书，多半是高柳君引咎公司倒闭的责任和向各有关方面表示谢罪的内容。

井川君又回忆起过去的岁月，高柳君是排挤自己的对手。为此自己付出了沉重代价，辞去公司工作去了大阪。并且，与自己的相好和子小姐不辞而别。那以后，创业艰辛的苦日子接踵而来，尽管不断奋力拼搏，终因种种原因而未能成功。在很长一段时间里，只要一提起高柳秀夫就会恨之入骨。可现在那种愤愤不平的心情早已消失，不用说，而是同情以悲剧告终的高柳秀夫。

对于当时任总经理的江藤达次为高柳君而贬低自己的举止，心里充满了愤怒。但听说由于高柳君的上台，江藤达次的法人代表资格被高柳君剥夺，后来连董事长的职务也被夺走，最终连顾问的名誉也没有沾上边。于是，井川君开始同情起江藤达次来。江藤达次把他信任的高柳君推上总经理的太师椅，瞬间，担任总经理的高柳秀夫却背叛了他。可见，公司内部的权力之争太乏味了！

不知道江藤达次现在过得怎么样？但他无意从江藤达次那里了解山梨县那片山林的正确位置。

第二天下午，井川君到京桥东洋商社总部去。正大门已经降下卷帘门并上了锁，八个楼面所有房间的窗户全部关闭，像一堆锈迹斑斑的废墟。正因为这一带是繁荣的商业街，因此，相形之下，显得破败不堪，无地自容。

卷帘门上有一张通知：

欲与本公司清算人联系的各位女士先生，请走后门。

果然，他们已经不打算申请公司更生。这种行业前途渺茫，东洋商社重整旗鼓的信心已经消失殆尽。

已经七年没有来过这里了！自从败给竞争对手——高柳秀夫以来，还是今天下决心到公司所在地的那幢建筑物来看一眼。

第一，公司的如此结局出乎意料；第二，以悼念的形式看一眼曾经工作过的公司大厦。总之，是怀着无限感慨的心情。

大楼的后门内侧，站着一名保安人员。

井川君做了自我介绍后要求见一下清算人，保安人员遂拿起服务台的电话听筒。这里以前也是保安人员守候的地方，一直是三个保安人员。在组织系统上归属总务科管辖，总务科归属管理部领导。曾经担任管理部长的井川正治郎，是总务科的领导。

"我已与他们通过电话了，说马上出来迎接您，请稍等片刻。"

保安人员打完电话后说。

"清算小组由哪些人组成？"

井川君趁等的工夫问保安人员。

"由企业高层干部组成。"

如果打算申请公司更生，则可改名为管财人。管财人由会计师、律师和精通这方面申请业务的人士组成，向政府有关部门办理重新创业的手续。如果选择倒闭，则公司上下充满悲哀，一是忙于清算，二是扫尾关门。

"现在，清算小组一定很忙吧？"

"不怎么忙。曾经忙过一段时间，债权人蜂拥而至，纷纷逼债，糟糕透顶。"

保安人员回答的语气非常平淡。

门开了，一张熟悉的脸从门里伸到门外。

"啊哟，您真是井川先生，好久不见了。"

井川君望着那男子。

"哦，你，是山下君……"

井川君没有往下说。自己担任部长时与他不是一个系统，当时他是营业二科科长。山下君的头顶上，盖着薄薄一层头发。

"井川先生，您身体好！"

山下君先打招呼。

"你也很好吗？当上高层干部，恭喜你呀！"

井川君这么一说，山下君无精打采，耷拉着脑袋。公司兴旺的时候也许会趾高气扬，递上印有高层干部头衔的名片。可如今这种神气劲已不复存在，仅仅是一个失业者神情颓丧的面孔。

"我们的力量太弱小，以致公司落到这种地步。"

山下君对原来的上司表示深深的谢罪。

"企业成败的关键不仅仅是人事，因此，也不存在谁的责任。"

"您这么一说，我更感到内疚……那，请您到办公室里坐一会儿。执行董事久岗君也很想念您呀！"

"久岗君当上了执行董事？"

在井川君担任管理部长的时候，久岗还只是财务部的副部长。他是高柳君的心腹，当上执行董事也是意料之中的事情。

"是的，常务董事是浜田君、有吉君，还有我。"

想当初，浜田君和有吉君都是其他部门的副部长和科长。井川君真想祝贺他们都获得荣升，可今天都跟自己一样是失败者。自己也曾经是一名失败者，当时也不知道这些人最后的结局会怎么样。

"那，清算小组的代表是久岗君吗？"

"是的，总经理引咎辞职自杀后，执行董事久岗君就成了负责人。"

"高柳君居然干出那种傻事。"

"是啊，我们也无话可说。"

山下君猛地抬起眼睛望了井川君一眼，表情显得十分尴尬。他非常清楚，当年高柳君与井川君之间激烈争斗的内幕。

"站在这里与您说话太没有礼貌了，请光临总经理办公室！执行董事久冈君在办公室里等您。"

"谢谢，不用了。"

井川君继续说：

"现在是非常时期，不想给诸位添麻烦。我这一次来是打听一件事情。简单地说，想看一下财产目录就行。公司在山梨县境内应该拥有大片山林土地，我很想了解这片山林土地的近况。我在这里等候，你去问一下告诉我。"

大约过了二十分钟，山下常务返回井川君跟前。

"井川先生，您说的那片山林土地一共是一百八十万坪，是从东山梨郡内牧町仙科五八一八号到八六一五号，再加上该郡五原村落合二二五〇号到五一四八号。"

"是啊，是啊，就是你说的那个！再说一遍，我把它记录下来。"

井川君取出记事簿。

"我已经写在这张纸上了。"

山下君把那张纸片递给井川君。

"衷心感谢。"

井川看了一眼后又问道，

"那，这片山林土地作为公司的资产如何处置呢？"

"不是那么一回事。"

"还没有处置？"

"刚打算处置，却已经变成其他公司的资产了。也就是说，被作为借债抵押物已经划到债权单位的名下。"

"肯定是那片土地吗？"

井川君虽说已在七年前离开公司，但他仍然十分怀念曾经工作过的地方。被对方这么一说，心猛地晃了一下，浑身不由得微微颤抖起来。

"说到山梨县境内的土地，那是商社创始人第一代总经理购置的固定资产。我们在公司任职期间，经常听江藤总经理告诫手下的管理人员要奋发进取，要把公司这片山林引以为自豪，视它为创业精神的象征……"

井川君的这番话还没有说完，只见山下君已经深深地低下头。

"是这样的，井川先生，我们也是那样听说的，一直认为山梨县的那片山林土地到最终还是完好无损。可谁知事情就出在最后的一天。"

"这么说，这大片山林是公司宣布破产前的一天变成抵押物的？"

"我想是的。债权人突然强行实施抵押权登记，我们一听到这突如其来的噩耗，犹如晴天霹雳，个个都惊呆了。"

"那，这片山林土地早就成秘密抵押物了？"

"实际上是这么一回事，而我们却一直被蒙在鼓里，直到现在才明白。在土地登记簿上没有抵押记录，我们这些高层干部都深信那片土地是完好的。"

"我越听越糊涂，究竟是怎么回事？"

"这么说吧，这片土地山林早就成了抵押物，可债权人保留了抵押权登记。据说是出于对债务人——东洋商社的照顾和体面才这样处置的。"

"保留抵押权登记……这种话我从来没有听说过。"

井川君嘟嘟囔囔。

"我们也刚知道那样的说法。那不属法律的规定用语，说到底是当事人之间商定的。"

"从保留抵押权登记到实际划归债权人的户头，是在什么时候？"

"登记手续是债权人于八月二十二日办理的，由于本公司失去偿还债务能力，抵押物所有权自动划归债权人——寿永开发公司。如果说是八月二十二日，也就是高柳总经理自杀身亡的三个星期前（高柳君是九月十五日自杀）。也就是说，东洋商社已经到了不得不破产倒闭的地步，于是，寿永开发公司把抵押物——那片山林土地划到自己的名下。"

"寿永开发公司？那是债权人名称吗？"

"是的。"

"这公司名称我怎么从来没有听说过。我们商社怎么会向这毫无知名度的公司借款？”

井川君不由得追问起山下君来。

“从执行董事到我们这些高层干部，都根本不知道有那回事。高柳总经理背着我们这些干部，也背着财务部长，独自向外借债。”

“这是地下融资！他到底借了多少？”

“我们从寿永开发公司看到的那些支票存根，一共分十六次借给我们商社的，那是五年前借的，借债总金额是五亿日元。”

“五亿日元？”

井川君瞪大了眼睛。

“不召开董事会，独断专行借那么多债务……那是高柳君渎职！”

“……”

“寿永开发公司是街道金融业吗？”

“是不动产公司，可能其背后有强硬的经济后台。”

“背后？”

“这是传闻，没有经过核实。传闻说，寿永开发公司与昭明相互银行之间的关系非常密切。”

山下执行董事说完，一脸的黯然神色。

山越行踪

井川君于次日早晨来到芝白金的财务所向上司递了请假条，昨天已经在电话里得到上司的准假许可。

坐上出租车朝新宿方向驶去，由白金关卡驶入首都高速公路。车驶到白金关卡收费站，司机递上通行券。站在窗口的是井川君的同事，名叫野村君，坐在桌旁担任出纳员的是长岛君。坐在这辆出租车里的乘客，其实是他俩的同事井川君。当然，坐在里面的长岛君是无法看见的，可站在窗口的野村君也没有朝后排的座位望一眼，仅仅是接过司机递上的通行券，此外什么举止也没有，都是一些机械性的动作。

井川君想起曾经在霞关收费站值勤时，遇上山口和子的轿车经过。由于和子小姐递上一万日元的纸币购买多张通行券，自己才有时间扫视她的脸。当自己将通行券递给她的时候，副驾驶席上的乘客高柳君毫不在意。

手握方向盘的和子小姐从车窗伸出手接过找头和通行券，眼睛却全神贯注地望着前方，根本没有朝收费窗口看一眼。

坐在副驾驶室的高柳秀夫也一样，悠然自得，眼睛直怔怔地望着前方。和子小姐是在回到家后才发觉通行券上有铅笔记号，才知道当时收费窗口的收费员是昔日的情人井川君。那是七年前两个人共同商定的暗号，用来相互交换爱的语言。

化名原田的山越贞一说，高柳秀夫不是和子小姐的经济后台。真正的经济后台则是一位不露面的大人物，而高柳秀夫只不过是个遮人耳目的替身而已。话虽这么说，井川君却无法明白高柳君为什么要扮演那种角色，其中肯定有见不得人的原因？再者，那位大人物为何一定要使用替身，来掩盖自己是山口和子的经济后台的真实面目……该必然性究竟是什么？现在该研究的是，山越贞一一直在追查秘密大人物的真正动机是什么。

出租车驶入霞关隧道。这里是上行道，分成两条，一条是驶往银座新桥方向。在隧道下坡方向的出口附近，相反与来自银座新桥方向的车辆合流在一起。下行道方向，是驶往新宿高速公路的出入口和朝着中央线高速公路连接在一起的高井户关卡。然后，在经过外苑的地方变成三岔路口。

出租车驶入隧道经过下行道合流点的时候，井川君的脑海里，浮现出上次在八重洲丸内收费窗口与"原田"匆匆见面时的情景。

九月二十三日上午十时四十五分左右，从新桥、士桥方向驶来的出租车递上一千日元的纸币购买一张通行券。当自己把找头交给司机的一刹那，发现后排座位上的原田君。与此同时，原田君也认出了自己，相互间只说了一两句话。当时，他肯定是为了赶上开往甲府的列车急匆匆朝新宿车站南门赶路。那天他抱着一只新手提包，并且把它放在自己的大腿上。

井川君继续陷入回忆与思索中。

原田君经过八重洲丸内收费站的下行道时，可能是从新桥或者士桥的收费站驶入高速公路的。根据报上的新闻报道，原田君是那天外出的前一天解除合同的。那天，他肯定到《经济论坛》杂志社办理一些没办完的事。

井川君把手放在额头上沉思。

化名原田的山越君，于二十七日晚回到家后交给太太静子三百万日元。静子说她从来没有从丈夫那里拿到过这么多的钱，二十二日是山越君与《经济论坛》杂志社解除合约的一天，那三百万日元也许是退职金。

不，这好像不太可能！据报上刊登的《经济论坛》杂志社编辑部主任说的那段话，山越君是合同工性质的采访记者，不是正式职员，报酬也是按照投稿者那样计算，根据采访材料的精彩与否来支付稿酬。再说这一次是山越君主动提出与该社解除合同，退职金自然也就取消了。既然那三百万日元是他交给静子的，那他手里可能还有更多的钱！那么，这些钱又是从哪里弄来的呢？

山越君一直在追查山口和子真正的幕后经济支助人，可能已经查明神秘大人物的真实身份。在这关键时候，那神秘大人物为封住山越君的嘴可能也进行了金钱交易。如果是这样，不难推测那是一笔相当数量的金额。

山越君对太太说到仙台去，实际上去了山梨县。无论怎么分析，那是与个人旅行有关。他于二十三日早晨十时四十五分左右经过八重洲丸内收费站的下行道，一定是在新桥附近乘上的出租车！

沿着新宿的出入口下行，朝新宿车站南大门驶去。

检票口上边悬挂着的时刻表显示，有十一时三十分的快速列车通过。

原来是坐这趟列车！山越君乘坐的出租车驶过丸内收费站时正是十时四十五分，为赶上这趟列车，他乘坐的出租车只有驶入高速公路。而且，即便坐车利用高速公路，在时间上也是非常紧张的。

井川君坐在十一时三十分的快速列车自由席上，车厢并不拥挤。走廊两侧的座位上有年轻男子，列车开出不一会儿，只见年轻男子取出收录机把耳机塞插入耳朵。于是，录音带开始旋转。

年轻男子从耳朵里拔下耳塞时泄漏出来的音乐，竟然是喧哗嘈杂的摇滚乐。那青年见噪声作响，赶紧又把耳塞插入耳内。最近一些在礼仪上值得钦佩的青年多了起来，尽可能不给周围人添麻烦。这青年表面看上去粗野，脸上表情却十分友好、善良。

年轻人专心致志地欣赏收录机里的音乐。列车驶过八王子的时候，他兴致勃勃地摇肩膀晃脚的，有旋律地打起节拍，完全进入陶醉的状态。

井川君想起与山口和子分别七年后的第一次正式见面，地点是在有乐町的香才里才影剧院。记得七月二十三日那天，他收到邮递员送来一封署名为山口和雄的快递信件。

即使现在，他也能背出那封信的全部内容：

井川先生：

　　您好！

　　那天晚上，在首都高速公路霞关收费口购买通行券的时候，收到您写在通行券上那难以忘怀的暗号。回家后我不知反复看了多少遍，激动得不知如何是好。做梦也没有想到，七年前不辞而别的您竟然在收费所里工作。

以上是信的开头。

　　我很希望与您见面说说心里话。您也许有误解？而您的误解构成了我心里的痛苦。与您见面不是为了辩解，而是叙述真实情况。与您见面不说其他什么，仅仅为了解释，为了化解您心中的疙瘩。

　　香才里才影剧院正在上映美国电影《狂热的男人》，迄今已经是第七周了。即使是热门电影，一进入第七周观众也就开始减少，我们可以利用这种机会说话。

　　盼望您一定来！这是我一生的愿望。为实现这个愿望，我甚至可以去死。

　　按照指定的时间和地点，井川君来到影剧院一楼的大厅。和子小姐头戴宽檐的夏季帽，身穿白色西服已经等候在那里。两人对视了一阵，默默无言地走进楼下的观众自由席，仿佛一周只有一次的约会感觉。那七年前如胶似漆的感觉已经不复存在，犹如同事坐在一起观看电影。

　　银幕上是摇滚乐演奏和车辆惊险追逐，影剧院是迪斯科舞厅的格调。

　　列车风驰电掣地由西向东在山谷间穿行，旁边座位上的年轻人跟着收录机里的音乐节奏，肩膀左右晃动，双脚不停地蹬着地板，但声音很轻。

　　望着年轻人狂热的姿势，井川君的眼里仿佛出现那天与和子小姐坐在影剧院里的情景。

　　电吉他的特写镜头里，三位演奏者不停地扭动腰部，歌手张大嘴巴摇晃着"麦克风"。那歌声，那音乐，似乎又在井川君的耳边回响。

　　"这七年里您真不容易啊！当您出现在夜总会的时候我简直不敢相信，您与七年前已完全判若两人。您一定还在恨高柳秀夫吧？因为他，您才辞职离开了商社。"

　　"那已经是过去的事了，我早已把它忘到脑后了。再说选定高柳君的是江藤总经理，没有股份的总经理一般都有那个嗜好，喜欢奉承拍马的人。在个人感情上，我对高柳君没有任何想法。……也许你得知我在高速公路收费所工作，出于同情和怜悯，才来这里接见我这个昔日惨败给高柳君的败将的吧！"

　　"请别这样说！要说惨败的应该是我。"

　　"你惨败？败给了谁？"

　　"已经木已成舟，不想说了。但您认为我是高柳君的人，这纯属误解。就这一点，我希望能够向您说明白。您不信也罢，但我是一定要说的。"

"你信上说，向我表白这件事情是你一生的愿望？"

"这不是假话。"

"你还在信上说，现在已经失去自由，信是趁没有人监视时写的。"

"这也是实话。"

"是受到高柳君的监视？"

"监视我的，是另外一个人。"

"是谁？"

"我不能说……没有时间了，我告辞了。"

自从那次见面后的一个月，也就是八月二十日晚电影正在放映之际，也是同一影剧院的楼上指定席，山口和子遭人杀害。

列车驰过盐山，又驶过石和，甲府就要到了，年轻人关掉收录机。列车停靠在甲府车站时，是下午一点二十八分。井川君下车后直接去了司法局甲府办事处。

从东山梨郡内牧町仙科五八一八号到八六一五号以及从该郡五原村落合二二五〇号到五一四八号，合计大约一百八十万坪的山林土地。

这是破产的东洋商社清算小组成员之一山下君告诉井川君的，他原来也是井川君的部下。

井川君向办事员提出要求查阅登记台账：

八月二十二日，涉谷区惠比寿五路六十五号的寿永开发公司登记抵押权；

八月二十三日，东洋商社因无力偿还抵押债款，一百八十万坪土地山林的所有权过户给债权人寿永开发公司。

一切正如山下君说的那样。

山下君曾说高柳总经理连常务董事会也不举行，于五年前擅自向寿永开发公司借款五亿日元，并秘密将这片约一百八十万坪山林土地作为抵押物抵押给债权人寿永开发公司。高柳君这种独断专行已经构成渎职罪。

"直至八月二十二日止的五年间，寿永开发公司没有登记抵押权，而保留了抵押权登记的权力。"

井川君看了登记簿想起山下君说的话。

"是保留抵押权登记的权力吗？……"

他不由得自言自语。那办事员似乎明白了井川君所说的意思，急忙说：

"以前也有人来看过这登记簿，那人也向我打听什么叫保留抵押权登记的权力。"

"那是什么时候？"

"是啊，好像在一星期之前，他把登记簿的复印件取走了。"

"请回忆一下！当时这人是不是把复印件装在印有甲府办事处的信封里取走的？"

"哎，那是我给他的。"

果然不出所料！山越君把信封留在家中，却把复印件拿走了，肯定是送到什么地方。

"那男子长得什么模样？"

"这人嘛，看上去略有点肥胖，戴着一副眼镜，个不高，年龄在三十五六岁光景。"

无疑是山越贞一。

"那以后又来过吗？就是这个月的二十三日？"

"没有来过。"

井川君说了一声谢谢后离开了甲府办事处。

现在该怎么办？

应该到山越君坠死地点的当地警署去，向他们打听山越君尸体解剖后的情况。

井川君坐上出租车经过石和温泉，沿着两侧葡萄地之间的公路朝着盐山警署驶去。大约过了一个小时，车到达了警署。

"哦，经过尸体解剖，证实死者本人爬山时不小心摔死的，所以我停止了搜查。"

刑事侦查警官从办公室里走来告诉井川君，井川君则自我介绍说是山越贞一的朋友。

"验尸结果知道了吗？"

"知道。体内没有任何毒物，完全是外伤。是死者从二十米高的断崖上掉下来时，中途碰撞崖壁上的岩角所致。"

"新闻报道说死亡时间推断为二十三日下午五时前后，是那样吗？"

"推断时间与验尸结果完全吻合。"

"为什么会独自一人在傍晚时候爬上岩石山？并且，他根本不了解那里的地形，可是……"

"说一些过头的话，据说他本人神经有点不正常。"

"没有那种事情，在东京的时候完全正常、健康！"

"怎么说好呢！根据载山越君从石和到盐山温泉的出租车司机所说，山越君当时的举止很怪。那个与他一起坐车的二十岁出头的年轻女子对司机说，山越君患有严重的神经衰弱病症。"

新闻报上也是这样说的。

"请告诉我那个司机所属出租车公司的名称和他本人的姓名。"

刑事警官看了一下记录，把它写在纸上交给井川君。

"实在是给你添麻烦了！哦，那尸体解剖结束后交给家属了吗？"

"尸体解剖结束后立即交由其家属运回去了。"

"哦，接下来，山越君的家属可以进行守夜和举行葬礼仪式了吧？"

怪奇女子

　　根据盐山警署刑事侦查警官的介绍，司机名叫堀内正夫，在甲武交通有限公司石和营业所开出租车。

　　营业所坐落在温泉街的正中央，那司机听说有人来找他，便从里面的休息室擦着手走到服务窗口跟前，年龄在二十四五岁上下，一头长发。

　　"喂，您就叫堀内正夫吧？"

　　井川君笑容可掬地问道。

　　"是的。"

　　"是这样的，我是听了盐山警署的介绍才来拜访您的。"

　　出租车司机对"警察"两个字十分敏感，刹那间表情紧张起来。

　　"不不，我不是警察，我是山越贞一的朋友，山越君就是三天前从青梅公路沿线断崖上坠死在采石场的那个。"

　　"啊，是他……"

　　司机重新打量了井川君一眼。

　　山越贞一那天是乘他的出租车从石和出发的，他本人已经主动把当时情况向警署做了描述。因此，一听井川君是为这件事来找他，反应很快。

　　"实在是给您添麻烦！"

井川君向他鞠了一躬。

"不，没有什么麻烦，不过，我被您吓了一跳。"

"想请您现在抽一点时间，作为死者朋友的我想打听当时的情况。"

"可以，但不能超过三十分钟。"

"太谢谢您了！站着说话不太方便，到附近咖啡馆一边喝一点什么一边聊聊，好吗？"

"那好，就去那家咖啡馆。您那死去的朋友山越君就是从那家咖啡馆里出来到我们营业所喊出租车的。"

"好的，就去那家咖啡馆。"

堀内君点了一杯咖啡，井川君点了一杯橘子水。咖啡馆里客人不多。

"您的叙述刊登在报上，我拜读过了。"

"啊，谢谢。"

司机难为情地搔了一下头。

"我在盐山警署只是简单地问了一下，详细情况我想从您这里了解，打搅你了。"

服务员送来咖啡，堀内君呷了一口点点头，看来是一个很健谈的人。

"那天，您的朋友与一位年轻女子在一起。那女的看上去有二十四五岁，长得非常漂亮！我一看就知道他俩是从外地到石和温泉来玩的。"

"哦，也就是说，是到这座温泉城里幽会的。"

"我如果这样说，太对不起您那死去的山越朋友了。"

"不不，不要有什么顾虑，请照实说！"

"当时是他俩一起到我们营业所来的，那女的让我开车到盐山温泉。一路上主要是那小姐在说话，山越君说话并不是很多。"

"一开始就不太说话吗？"

"不，在驶入胜沼快车道之前，是山越君在与那位小姐说话。"

"什么内容？"

"都是一些无关紧要的话。从某种意义上说，是那种男女间的调情话。我们石和出租车司机对于那种情男情女早已习惯了，没有把那种事情放在心上。坐出租车进入情人宾馆的情侣，从情人宾馆出来坐出租车的情侣，无不是搂搂抱抱，卿卿我我，相互调情，接吻啦，摸大腿啦。"

"山越君和那位小姐也是那样吗？"

"在驰入快车道前一直是那样，可驶入快车道后山越君突然无精打采，有气无力。"

"是突然？"

"是的。"

"从营业所坐出租车到胜沼快车道，需要多少时间？"

"十二三分钟左右！"

"正在与那位小姐相互调情的山越君，脸上是不是突然起了变化。"

"是的，看上去两眼惺忪，疲惫不堪，嘴也张不开，像得了痴呆症。"

"那坐在旁边的小姐怎么说呢？"

"她摇着山越君的手臂，嘴里一直呼唤着'孩子他爸，孩子他爸'，可山越君就是没有反应。我通过反光镜看了一下那情况后问道，怎么啦？那女子笑笑对我说，实在对不起，他好像累坏了正在睡觉呢！我也琢磨了一下，两人一定是从情人宾馆里出来，做爱也许太累了。通常，男的肯定很疲劳，是吧？相比之下，那女子格外精神，看上去身体很棒，是个老手。"

"这两人去过的情人宾馆是哪一家？"

"按我的猜测，那一定是我们营业所附近的情人宾馆。可能就是那家城堡宾馆。眼下，那家宾馆生意红火得很。"

"在情人宾馆寻欢作乐后又径直到盐山温泉，不知是为了什么？"

"是啊，那女子让我把车开到盐山温泉并没有指明去哪家宾馆，而是开到中途某个地方停下，说是有人开车来接他俩。"

"照这么说，应该事先有车在盐山温泉或者在中途等候他俩。"

"我送他俩到达那女子指定的地方后，在那车没来之前就离开了。"

"是否请您把当时的情况向我详细地描述一下。"

井川君要求堀内君。

"在驶向盐山的途中，山越君在出租车里已经昏昏沉沉不省人事。"

堀内君说。

"山越君的脸色青一块白一块的，呆若木鸡地坐在座位上，身体靠着那女子的肩膀。那女子无论说什么，他都不假思索地说'啊，嗯'之类的话，好像在呻吟。在到达盐山温泉后，那女子说：'孩子他爸，就在这里下车吧！'可山越君毫无反应，也没有下车的迹象。我看不过去，用手抱住山越君的身体把他抱到车外，嘴里还不停地喊：'先生，请下车！'手不停地晃动他的肩膀。我还问那位女子说：'您家先生怎么啦？'

"她说是这里出了问题！说完，那女子用手指指着太阳穴不停地画圆。山越君像木偶懒洋洋地站在路边，一副傻乎乎的模样。我又跟她说，夫人您受苦了。那女子说，是啊，真拿他没有办法，一直要到他这种病痊愈为止。"

虽堀内君也明明知道年轻女子不是山越太太，但作为司机来说，对于这种情男情女使用那样的称呼已经司空见惯，见怪不怪。

"我曾问过那女子，你俩现在是到汤山温泉吗？因为自古以来汤山温泉对神经质和神经衰弱有特别疗效。我又问那女子是否从东京来，她回答说是的。"

"那汤山温泉离盐山近吗？"

"从盐山出发，沿笛吹河的上游一直向前，大约只有八公里的距离。说是汤山温泉，其实只有马场庄孤零零的一家宾馆。"

"果然是在青梅公路的沿线一带。"

"不，方向不一样。从盐山朝北开有三岔路口，右边是青梅公路，左边是到汤山去的路。脑神经不正常的患者，都常到马场庄洗温泉澡治疗。那女子也说，丈夫的病也是这种类型，经常是突然迷迷糊糊，昏昏沉沉。"

"那接他们的车来了吗？"

"不，我是在那车没有到来前就走的。当时，山越君愣着两眼站在路边。那女子拎着山越君的崭新手提包，站在他的旁边。"

"请仔细想一想，当时确有一只手提包吗？"

这时井川君想起五天前的上午十点半左右，山越君乘坐的那辆出租车经过八重洲线丸内收费站的情景。由于收费窗口高出出租车一大截，司机递过通行券的时候，出租车里的情况一目了然。山越君确实把那只包放在大腿上，用两手紧紧地抱着。

"那手提包是什么颜色？"

"茶色的。"

"肯定不是黑色的吗？"

"不是黑色，是茶色。这，我不会搞错。"

"盐山警署归还给山越君家属的遗物中，不知是否有那只手提包？"

刚才忘记问警署的警官了，也忘了问山越君的家属了。四天前去池袋山越君家吊丧的时候，适逢遗体在甲府医院解剖。现在那遗体解剖后已交给家属，按理说，遗物也会如数归还给山越君的遗孀……

"堀内君。"

"哦。"

"山越君与那女子到你们出租车营业所前，理应先到过附近的情人旅馆。你说的那家城堡情人宾馆的可能性最大！你是干出租车这一行的，在城堡情人宾馆里可能有熟人吧？"

"有，那宾馆里我有好几个熟人呢！"

"实在对不起，你能不能为我向那些熟人打听一下，山越君和那女子在那家宾馆里的情况？"

"您是要我去问？"

司机犹豫起来。

"我去打听，他们肯定不会对我说什么，真不好意思，太难为你了！实际上，我对山越君的死表示怀疑。"

"……"

"详细情况我还一时讲不清，但我很想了解那女子的情况。我认为关键就在那个女人的身上。"

"明白了，我试一下。"

井川君把一张一万日元的纸币放在正在踌躇的堀内君手里。趁堀内君到城堡情人宾馆去了解当时情况的时候，井川君用咖啡馆内的公用电话与盐山警署刑事侦查科联系，幸亏刚才接待他的那位侦查警官没有外出。

"我是东京来的井川正治郎，刚才承蒙您的指点，谨此致谢。"

"别客气！"

"有一件事我想问一下，山越君的遗物全部归还给他的遗孀了吧？"

"是的，全部归还了。"

"明白了，谢谢您。"

井川君挂断电话返回原来的座位。那手提包里装着什么？也许有什么能变成线索的东西？对，回到东京后立即打电话向山越夫人询问一下。

出租车司机堀内君回来了。

他把从城堡情人宾馆服务员那里打听到的情况，详细地告诉井川君。

"这对青年男女到宾馆租借房间的时候，是下午两点多。男子拿着手提包，与那女子一起走进323房间，约一小时后便结账离开了。服务小姐在他俩走后清扫房间时，觉得床上没有睡觉做爱的痕迹，被单还是原来的模样，没有折皱，干干净净的，给客人准备好的两件睡衣也没有用过，还是原来折叠的样子。他俩除休息外，好像没有做爱。服务小姐说，到他们宾馆来借住的情侣很多，都疯狂做爱，可这对情人让人不可思议。"

井川君凭直觉估计那女子是在施美女计，扮演引山越君上钩的美女。

可疑照片

井川君很希望去看一下山越贞一摔死的现场，他问堀内君，能否与自己一起去？

"我载过那个叫山越君的客人，也算有缘，好吧，我同您一起去。"

热心而又朴实的口吻。

井川君坐上堀内君的出租车再度返回盐山市。车在路上行驶，堀内君滔滔不绝地说了起来：

"当时那女子主动与山越君说了许多，山越君怔怔地坐在那里，回答时含糊不清，脑袋晃个不停。"

"在那之前，山越君说过话吗？"

"说过，正说在兴头上的时候，忽然他不吱声了。"

"那小姐是当地口音还是东京口音？"

"是一口纯正的东京口音。最近，地方上的年轻人也开始说起标准的东京语，但怎么听，与正宗的东京语发音还是不同。我在东京开过三年时间的出租车，我了解这种情况。"

那小姐从东京来，一定是扮演勾引山越君上钩的角色！井川君暗自思忖。

车开到盐山温泉附近，堀内君把车停下来说：

"他俩就是在这里下车的。"

道路两侧，古色古香的温泉旅馆建筑鳞次栉比。堀内君把车停在道路一侧，井川君与他一起下了车。

"我把车调过头后望了他们一眼，他俩站在屋檐下可能是等车。"

"堀内君，能否问一下住在附近的人，是什么样的车来这里接他们走的？不知道有没有人注意那辆车？"

司机走访了住在附近的四五户人家，可他们都晃着脑袋说不知道。

照这么看来，来接他俩的车以及两人上车时都非常平静，没有给周围人留下很深的印象。可以说，当时的场面十分平常。

"走，我们到山越君摔下去的现场去看看。您知道那个地方吗？"

"根据报上记载的路线去，大概不会有错吧！"

出租车向前驶去，不一会儿遇上三岔路口。

"往左去经过惠林寺，可以到达笛吹河上游。"

惠林寺里有信玄庙，又名武田寺的菩提寺，是这一带的名胜古迹。

"传说能医治脑病的汤山温泉就在前面吗？"

"是的，马场庄宾馆就在前面。"

"那东山梨郡内牧町仙科和该郡五原村落合在哪里？"

"在马场庄宾馆西边的高原上。"

那一百八十万坪山林土地是东洋商社创始人购置的公司财产，自高柳秀夫登上总经理宝座后把它抵押给寿永开发公司。在东洋商社即将倒闭前，它却变成了寿永开发公司的财产。山越君一定是为这来调查的。

出租车选择了东边车道，那是青梅公路。公路朝着山上的峡谷盘旋而去。

出租车来到大菩萨山峰的登山口，那里竖有指示牌，有两家礼品店，还有三到四家裂石温泉的泉疗宾馆。从这里开始，青梅公路变成了陡坡道，继而变成了U型道。左侧是很深的溪流，一路上都是树木，从上面俯视一眼望不到底。右侧，山峦逶迤，无法辨认哪一座是大菩萨山峰。左侧山丘跨过溪流一直向前延伸，半山腰上是裸露的白色石山的花岗岩采石场。

出租车在陡坡道途中停下。

"肯定是那里！"

司机用手指的方向是一座三角形的独立山峰，也是背后大山朝这里延伸的一条支脉。从三角峰顶上往前走是白色断崖，那下面的岩壁斑斑驳驳，留下花岗岩被开采后的痕迹。

距离白色断崖二十米左右的下边是采石场，有一辆大卡车停在那里，周围有四五名采石工人。

"向他们打听一下，一定能了解到山越君摔下来的详细地点。"

按照堀内君说的，井川君走下公路朝采石场走去。

听到井川君的询问，有一位采石工人转过脸答道：

"是从那白色断崖上摔下来的。从旁边那条小道可以攀上白色断崖，距离我们采石场有二十米左右的高度。可是，那死者为何选择那种地势险要的地方作为死的归宿呢？"

采石工说，自杀应选择那下面的树，比爬到那么高的地方要容易得多。

"警察到实地取证时到过断崖上吗？"

"没有，只是从下面向上仰望一下就算实地调查过了。大概已经确认为自杀的缘故吧！"

井川君沿着半山腰那条锯齿形小路朝断崖上爬去，也许年龄不饶人，爬得非常艰难。途中多次坐在草地上喘气，费了好长时间才爬上断崖。

终于登上了三角峰断崖上！山越君可能也是这样沿着羊肠小道爬上山顶的吧！

从二十米左右的断崖向下俯视，头晕目眩，采石场的大卡车此时成了小卡车，连接溪流上游的青梅公路像一条白色布带消失在树荫里。出租车的车身，犹如玻璃碎片一闪一闪地闪着亮光。堀内司机的身影仿佛孩童一般在朝山顶上招手，远处的大菩萨山巅向两边延伸，宛如蓝色的飘带。

山越君没有自杀的理由。对于他来说，一切都很顺利。不！也许太顺利了，才忘乎所以中了美人计的圈套。井川君站在断崖上独自琢磨。

是谁把步履蹒跚的山越君带到山顶上来的呢？女人是没有这个力量的。那个与山越君同坐一辆出租车的女子，是以色情勾引他，麻痹他。一定是那个到盐山温泉前接他们的司机与那女子进行交接班，再由那个司机把山越君带上断崖这里，然后将山越君从断崖上推到二十米下面的采石场。

可以想象，当时的山越君在精神上完全处于失去自控能力的状态，神情恍惚，毫无抵抗力。他是被突如其来的背后轻轻一推而掉到山崖下边的……所以，遗体虽经过解剖，但不存在人为的暴力攻击痕迹。所留下的是，身体在坠落过程中触及岩角形成的外伤。

井川君在断崖的周围草地转了一圈，这里肯定留有山越君与那个罪犯的痕迹或其他什么。但是，已经过去三天了，足迹什么的根本不存在。前两天曾下过雨，踩倒的枯草又爬了起来。

他趴在断崖上探出脸再一次往下俯视，距离断崖边大约七十厘米下面的地方有灌木丛。山越君摔下去的时候，他的身体折断了灌木丛里的五六棵小树。那旁边灌木茂密的地方，夹着一张小纸片。

从位置看，山越君被从后边推下去的时候，那纸片是从上衣袋里飘落出来的。由于树叶茂密，小纸片正好被树叶缠住停留在那里，凑巧，风无法吹落那张纸。

井川君趴在地上一边爬一边试图靠近灌木丛，眼睛尽量不朝下看，以免引起头晕目眩。他把视线紧盯着灌木丛里的那张小纸片，把手伸向那里。可手怎么伸也触及不到那张纸片，他目测一下距离，要使手指触到那里，身体的上半部分必须探出崖边。

崖边尽是草，没有可以用手抓住的小树木。他像一条大爬虫，慢慢地一点一点地向前蠕动膝盖，直到向前探出身体的前半部位。下面的采石工见状大声惊叫，危险！快停止！可井川君的手指还是没有触到纸片，只碰到那覆盖在纸片上的叶子。井川君再一次地冒险把身体向前探出，肚子已经贴在崖边上。就在这时候，那纸片终于被他右手食指和中指夹住了。

就在身体返回断崖的一瞬间，由于过分紧张使得全身上下渗出了一大摊汗水。他终于长长地松了一口气。

井川君坐在山顶草地上，看着那张冒着生命危险换来的纸片。原以为是一张白纸，翻过来看了一眼纸的背面，是一张人物半身照片。这张照片是正面像，像一张扑克牌那样的大小。

井川君有点失望了！怎么只是一张印有照片的纸？如果事先知道这纸上仅仅是印刷的照片，自己决不会去冒这个险。再说，也无法知道这张纸究竟是否是从山越君的西装袋里飘出的。

"不管怎么说，这是我冒着生命危险得来的，就把它当作纪念品吧！"

井川君自言自语，把那张印有照片的纸放在口袋里，然后开始沿着那条锯齿形的羊肠小道朝山下走去。

"你模仿那种危险的动作，是不是发现什么了？"

采石场工人望着井川君问道。

"没有什么，我发现有一棵奇妙的小树，想把它弄回去插在花盆里做盆景。不过，太危险了！所以作罢了。"

井川君特意苦笑起来。

返回出租车时，堀内司机说：

"太让人提心吊胆了！我站在这里犹如热锅上的蚂蚁焦急不安，真担心您像您朋友那样从上面掉下来。对不起，您究竟发现了什么？"

井川君的回答与刚才回答采石工人一样。

"我喜欢搞盆景才冒那个险。"

司机非常感动。

"不知咋的，肚子里突然空荡荡的，这附近有什么能充饥吗？"

井川君在出租车启动后问道。

"是啊，刚才我说啦，那汤山温泉能治疗脑病。去马场庄宾馆怎么样？那里也是宾馆格调，那食堂里有鳟鱼之类的河鱼套餐。"

"那好，把车开到那里去。"

"从这里去稍稍有点距离，大约需要三十分钟。"

车没有返回盐山，而是途中改道向西驶去，不一会儿来到惠林寺庭园的旁边。再沿着笛吹河的上游向北行驶，大约过了二十分钟，那汤山温泉的马场庄从山峡里显现出来。正如司机说的那样，那是一幢白色的四层楼建筑，宾馆的模样。四楼的上沿，写有"信玄公隐汤马场庄宾馆"十个大字。

与这幢宾馆相接的，是一幢日本式建筑。井川君他们走进大门，门内侧是铺木地板的客厅。面对大门的是礼品柜台，那旁边有一个账房模样的小窗口。堀内司机脱下鞋子走到窗边，与里面的人说话。

听说是在宾馆的大餐厅里用餐，堀内君返回门口把井川君引到走廊一侧的大宴会厅里。宴会厅的地上是榻榻米，长条的宴会桌横七竖八地排列在那里，太煞风景了！显得十分杂乱。

"听说套餐很费时间，趁这工夫我去洗一下车，我车上堆满了灰尘。"

堀内君说着出去了。

井川君坐在榻榻米上，从口袋里掏出那张印有照片的纸端详起来。照片上的人，又黑又密的黑发，脸上有明显皱纹，不管怎么看不像年轻人，至少有五六十岁。正因为头发又黑又显眼，相反，那鼻子和眼睛显得模糊不清。

……这照片，山越君曾经拿给在山口和子家当过保姆的石田春看过。这些，井川君是不可能知道的……

这张印有照片的纸是不是从山越君口袋里掉出来的？井川君无法判断。正在井川君注视着这张照片的时候，服务员把茶送来了。

"请喝茶。"

"谢谢。"

井川君接过茶碗正要喝时，"哦！"服务小姐轻轻地叫了一声。

"怎么啦？"

"这照片上的人不就是中村先生吗？"

服务小姐再一次望着那张印制的照片。

"你说的中村先生是谁？"

"两个月前，这位先生在我们宾馆的笛吹套房里住过三天。当时，正巧是我负责侍候，所以留给我的印象很深。"

井川君重新望着服务小姐那张涨红的脸。

"那人是患脑病还是神经衰弱？"

"不，根本没有那回事，是一位非常健康的先生！他还带了一个三十岁左右漂亮而又迷人的美女。"

"是女伴？"

"年龄相差很大，我猜想那迷人的美女一定是中村先生的情妇，身穿高贵华丽的和服。我自到这里打工以来，还是第一回见到那么漂亮的女宾客住我们的宾馆。"

"真的？"

"他俩之间的关系亲密和睦，就连我这个专门侍候他们的服务员也不能随便靠近房间。一日三餐，我都是通过走廊上的窗口把他俩的饭菜递到房间里。"

那个叫中村的客人照片为什么会飘落在断崖下面的灌木丛里？山越君坠落时，那照片也许从袋里飘出掉落在那里？那么，山越贞一与中村先生之间又是什么样的关系呢？井川君又一次打量那张照片。

"你曾经是客房服务员，那中村先生的名字叫什么？"

"叫中村太郎。"

"如果查阅旅客登记簿，能否了解到他的住址呢？"

电话号码

　　曾担任"笛吹套房"侍候员的女子从账房返回，手里拿着一本旅客登记簿，那上面有原始记录。刚才，井川君悄悄塞给这女子一张一万日元的纸币，嘿！有钱能使鬼推磨，金钱果然奏效。

　　"衷心感谢！"

　　井川君把那旅客的原始记录抄在自己的记事簿上。

　　"中村太郎，年龄五十二岁，职业电器行经营者，住址是东京都练马区丰玉二路四号十五室。"

　　"那与他一起来的女子，有没有留下家庭地址啊？"

　　井川君在记事簿上写完后问女服务员。

　　"没有，男旅客填写了登记簿，女旅客的地址姓名就可省略。"

　　"噢，原来有这个规定。"

　　井川君又看了一遍中村太郎的住所。

　　"笛吹套房是豪华型的吗？"

　　"在我们的宾馆里属于特别套间，在四楼走廊的转角处。"

　　"初来旅客也能住那么好的套间吗？"

　　"不，他不是初来旅客！听说是由寿永开发公司介绍来的。"

　　"什么，寿永开发公司？"

　　井川君脱口而出，大声说道。服务小姐吃惊地望着他。

　　"这位客人，您知道寿永开发公司吗？"

"不不，不知道。"

井川君摇摇头，苦笑着搪塞过去。

井川君的心里一阵喜悦，简直像在坑道里终于采到矿石的那种感觉。

"寿永开发公司是贵宾馆的常客吗？"

"哎，当然是常客！听说该公司在附近内牧町到五原村一带拥有一百八十万坪的山林土地，时常来看看，顺便就在我们宾馆住宿或用餐。"

井川君暗自思忖，虽说那片山林土地是东洋商社所有，但寿永开发公司早就控制了这片作为抵押物的山林土地，于是就出现寿永开发公司在这里拥有山林的说法。保留抵押权登记，是刚从司法局甲府办事处听来的。

"寿永开发公司来这里住宿的，主要是些什么人？"

"立石总经理和宫田先生。"

"总经理经常来吗？"

"是的。每次看完山林回东京之前，就到我们这里来喝酒。有时当天晚上赶回东京，有时看看时间晚了，就在这里住上一夜第二天再走。"

立石经理的名字叫什么？宫田担任什么职务呢？井川君真想问个明白，可问得过于详细可能会引起服务小姐的猜疑，反而得不偿失。井川君没有继续再问下去。然而，从刚才对话里有一个大收获，那就是寿永开发公司每次来环绕山林一周时就到马场庄逗留。

井川君和司机预订的鳟鱼套餐还没有上桌，可井川君并不急于吃饭。

"那位名叫中村太郎的客人，是否经常带情妇到这里来？"

"没有，就那一回。"

"是嘛，你记得他们是什么时候来的？"

"旅客登记簿上面写的是，从七月十五日到七月十七日共三天。"

井川君暗暗地记住那个日期。

"到在这里住上三天，一定会非常喜欢这家环境优美宁静的宾馆。可是，为什么从那以后又不来了呢？真让人难以理解。"

"不！我们并不欢迎中村先生来。"

服务小姐说着皱起了眉头。

"那为什么呢？"

"这位中村先生非常吝啬，虽说是电器商行的大老板，但是他从来没给过我们小费，整天躺在房间里与那位迷人的女子做爱，真让人恶心！如果他再来，我决不再侍候他们了！"

"我看你好像讨厌他。"

井川君说着笑了。

"不管谁都会感到厌恶！不过话再说回来，那女子确实够迷人的，年龄约三十岁，一身得体的和服裹在身上，活像一个影视界的女明星。我在这里已经干很长时间了，说实话还是头一回遇见这么漂亮的女人。不要说是中村先生，别的男人见了也会垂涎三尺的！"

服务小姐说完，又窥视一眼井川君手中的那张"中村"照片。

照片上的中村先生，头发又黑又密。不用说，服务小姐根本不可能知道这张照片的来龙去脉。其实，它是山越贞一坠崖时从口袋里飘出来的。

井川君望着刚才从旅客登记簿上摘录的中村太郎姓名，总感到这姓名不真实。中村太郎这名字过于简单，可这世上也有简单姓名。在日本，中村姓氏多，太郎名也多。把它们组合在一起，也未必能说是假名假姓。

"我想了解一下那上面的东京电话号码，能不能借用一下电话？"

"请使用账房里的电话，现在账房里一个人也没有，正好空着。"

井川君走进账房。

账房里有四张排列在一起的办公桌，上面放着账册，空无一人。墙角有一只大保险柜，顶上有一座供五谷神的神龛。墙上挂着一块大黑板，写有主要客人的电话号码。

井川君拿起靠近门口的桌上电话机听筒，拨了031—104查询电话。

"我是104。"

电话里传来口齿伶俐的小姐声音。

"麻烦你告诉我中村太郎先生的电话号码。"

"请告诉我他的详细地址？"

"东京都练马区丰玉二路四号十五室。"

井川君把刚摘录在记事簿上的地址说了一遍。

电话机的受话器里，传来请客人等候的音乐。

"正在查电话号码，请稍等。"

这时候走进来一位高个秃顶的男子，年龄约五十开外，上身着长袖衬衫，下身是白色长裤，一副马场庄宾馆经营者的模样。

他明知井川君是客人，却露出一副冷漠的表情，一屁股坐在保险柜前面的桌旁。桌上放着许多账册，除大保险柜外，桌上还放着一只手提式小保险箱。

他紧绷着脸，很不高兴井川君任意使用办公室的电话。何况，现在是办公室里没人的时候。

"正在查电话，请稍等。"

还没有查出中村太郎的电话号码。

井川君背对着这个经营者模样的秃顶男子握着听筒，目不转睛地望着黑板上那个用粉笔写的电话号码。

"03—5723—×××××。"

他并不想记住这个电话号码，只是想避开秃顶经营者那张冰冷的脸。

受话器里继续传来音乐。

"正在查电话号码，请稍等。"

就在这时候，音乐停止了，电话那头传来问讯台服务小姐的声音。

"中村太郎的姓名没有找到，请问他的职业？"

"是职业吗？他是一家电器商行的经营者。"

那位秃顶男子一听这话，突然抬起头望着井川君脸的侧面。

井川君突然觉察到秃顶男子尽管低着头看账册，耳朵却竖着在偷听自己的电话。他感到奇怪，为什么一说电器商行的经营者，秃顶男子立即神经过敏？

"正在查电话号码，请稍等。"

问讯台服务小姐的声音又响了起来。

受话器里的声音，秃顶男子是听不见的。

"是吗？衷心感谢。"

井川君把听筒搁回电话机上，轻轻地点点头表示谢意，秃顶男子脸上还是毫无表情。

黑板上用粉笔写下的电话号码"03—5723—×××××"，再次进入井川君的视线。

井川君从账房里出来，似乎感觉到秃顶男子在背后翻白眼。

过一会儿，那服务小姐肯定会受到秃顶男子的一顿臭骂，"怎么能随便让客人进账房打电话。"

井川君返回宴会厅的时候，鳟鱼套餐已经放在长条桌上。说是套餐，其实十分简单。制作这么点菜竟花费那么长时间，堀内君早已不客气地坐在桌边。一看见井川君，急忙说了一声"谢谢招待！"便低下头取过筷子大吃起来。刚才的那位服务小姐，已经无影无踪。

中村太郎的姓名是假的，住所也是胡编乱诌的。既然是大型电器商行，电话簿上应该有记录。

通常借宿旅馆用假姓名这并不稀奇，可服务小姐说中村太郎是由寿永开发公司介绍入住马场庄宾馆的。经过郑重介绍的旅客，中村太郎应该是真名，否则，寿永开发公司应该知道那是假名。

井川君又从口袋里掏出那张照片仔细琢磨起来，这是中村太郎……

就在这时候，有五个中年男子从大门口一拥而入走进宴会厅。井川君赶紧把印有"中村"照片的纸放进袋里。

"喂！"

顶上薄薄一层头发的男子拍着手大声喊道：

"有人吗？"

最里面的房间探出一张脸，不是刚才那个服务小姐，而是另外一个胖乎乎的服务小姐。

"哦，欢迎光临！"

她红扑扑的脸蛋上堆满了笑容，礼貌地望着这五位老主顾。

"吃饭，吃饭，肚子饿坏了，快把鳟鱼套餐做好端上来。"

"是，是。"

"反正那套餐马上做不好，先把啤酒送来！"

"明白了。"

尽管已有两位先来的客人正在吃饭，但他们毫不介意，常客多半是旁若无人的态度。

"喂，拿啤酒来，再把安子小姐给我请来，与美人一起喝啤酒能多喝一点。"

"先生，真不凑巧……"

"什么？"

"安子小姐已辞职了。"

"辞职了？什么时候？"

"两天前。"

"是两天前？"

那男子拉大嗓门。

"那，太让我失望了！早知道这样就不来这里了。"

"对不起。"

"你别噘着嘴！不是说你不好，是因为安子小姐确实太漂亮了！"

"对不起。"

"就是要辞职也不应该那么快，她在这里也没有干几天，大概是五天吧？"

"是十天。安子小姐不是来这里当服务小姐，她是女店主的远房亲戚，她是借到这里来玩的机会顺便干服务工作的，也许觉得这工作有趣。"

"怎么，太遗憾了！我们还以为马场庄宾馆招聘了漂亮的服务小姐！"

"实在对不起！"

"你再道歉也是白搭。哎，那安子小姐现住在哪里？"

"金泽是她的娘家，已经回那里去了！"

"是金泽那里的美人？在这里干服务工作，等于鲜花插在牛粪里。"

井川君一声没吭地听完他们的对话，"哦"的一声全明白了。

如果说那个美貌服务小姐于两天前辞去了工作，正好是山越君死亡的第二天，这与引诱山越君去情人宾馆的那个年轻小姐似乎是同一个人。

山越君这次来甲府，不就是与汤山温泉马场庄的安子小姐幽会吗!

那么，山越君是什么时候在马场庄宾馆认识她的呢？回答很简单！五天前，山越君化名原田到司法局甲府办事处，取回一百八十万坪土地的登记复印件。这信息是从工作人员那里了解到的。当时，山越君顺便去了马场庄宾馆。

于是，他与安子小姐一见钟情后约定了幽会时间。两天后，他俩在石和相会后到城堡宾馆歇脚。

说是回到金泽，究竟是回到金泽的哪里？这，不得而知。井川君原打算详细询问一下有关安子小姐的情况，无奈那秃顶男子的视线一刻不停地注视着自己，只得作罢。想必秃顶男子什么情况都清楚。

井川君返回东京已经是夜里九点半，走进新宿车站公用电话机旁边。

03—5723—××××

电话那头传出一个女人的声音。

"这里是塔玛莫夜总会。"

是塔玛莫夜总会？

高级餐馆

井川君疲倦极了。

从清晨到甲府整整一天来往于石和与盐山之间，虽说已入初秋，可正午时分烈日炎炎，途中没有休息，再说夜里又是坐快速列车回到东京的。

尽管疲惫不堪，精神却很好。一路上寻找山越君的足迹，收获不小。对井川君来说，从司机那里以及马场庄宾馆服务小姐那里得到的消息都非常重要，受益匪浅。尤其是马场庄账房黑板上的03—5723—××××，给了他意外的发现，那竟是塔玛莫夜总会的电话号码。经过打听他还得知，塔玛莫夜总会与被害的山口和子经营的牡安夜总会在同一幢多多努夜总会沙龙大厦里，更让他觉得可疑。

黑板上的电话号码都是马场庄宾馆常客的电话，井川君这次来马场庄宾馆可谓不虚此行。安子小姐在马场庄干了十天左右的时间，她不是应聘录用的服务小姐，而是因为女店主是她的远房亲戚而特地上这儿玩，顺便当了几天服务小姐。

安子小姐从来马场庄的第一天开始就魅力无比了，按照客人的说法是鲜花插在牛粪里。假设山越贞一顺道来马场庄，遇上安子小姐是完全可能的。山越君先从司法局甲府办事处得到东洋商社一百八十万坪的山林登记复印件，而后在返回东京的途中碰上年轻女子。

山越君与安子小姐相识也许偶然？可再怎么分析也不像偶然

相遇。

更可怕的是，山越君的行动早已受到监视，在他身后肯定有跟踪的尾巴。井川君的这种推测，完全是顺理成章的。山越君早晚有一天会到甲府去取山林登记复印件，返回途中再顺便去马场庄宾馆。这，早已被秘密监视者估计到了。

秘密监视者视山越君顺便来马场庄宾馆为必然，于是设下美人计，让安子小姐乔装打扮成服务小姐。山越君多半坐出租车从甲府到马场庄宾馆，为了请君入瓮，司机也是罪犯同伙，故意引诱他到马场庄宾馆。

可以断定，山越君当时已经身陷监视重围。秘密监视者究竟是谁？从山越君口袋里飘落出来的那张照片，是目前最有力最有价值的线索。

马场庄宾馆的服务小姐在见到这张照片时曾说，此人叫中村太郎，于两个月前即七月十五日至十七日在笛吹套房住过三天。旅客登记簿上有记录，男旅客今年五十二岁，是一家电器商行老板，住在东京都练马区丰玉二路四号十五室。可通过104电话查询，电话簿上没有记载。这个带着情人的中村太郎，其姓名无疑是假冒的。

在账房里，井川君是在无意中发现了东京银座塔玛莫夜总会的电话号码，而这个电话号码被写在黑板最下方，无疑，这是最近的记录。为了便于联络，那表情冷漠的秃顶男子把它写在黑板上。井川君做梦也没有想到，在账房里打电话时居然获得重要的信息。对于他擅自进入账房打电话的行为，秃顶男子无疑非常恼怒，但也只能是一脸无奈。

井川君的马场庄之行，最重要的发现是，使用假名的中村太郎是由寿永开发公司介绍住进笛吹套房的。服务小姐说，寿永开发公司的立石总经理与职员宫田君每次来山林都要到马场庄宾馆喝一杯或住上一夜。可见，中村太郎与寿永开发公司总经理立石之间的关系十分密切。中村太郎是电器商行的经营者，令人不可思议。他，也许是寿永开发公司生意上的重要伙伴。通常，企业把重要客户请到宾馆款待以便笼络感情。

不用说，寿永开发公司的立石总经理和职员宫田知道中村太郎的真实姓名。男子使用假名住宾馆，是担心暴露他与情妇之间的丑闻。

此外，井川君认为还有必须要马上弄清的问题。

山越贞一和安子小姐从石和到盐山的途中，突然变成痴呆患者。可见，他喝下了安子小姐的随身携带的毒液。施毒的时机，只有在他们离开城堡宾馆到附近咖啡馆喝饮料的时候。那么，究竟是什么药物能致人于痴呆？这，也许只有询问专家后才能找到正确答案。

九月二十三日上午十时四十五分左右，山越君乘坐的出租车经过八重洲线丸内收费站。当时，正巧遇上井川君值勤。他乘坐的那辆出租车驰入下行道，是为了赶上发往甲府的列车而朝新宿车站急驶而去的。井川君推测，山越君是在新桥一带坐上那辆出租车的。山越贞一在新桥一定办完什么要事，而后乘上出租车驶向新宿车站的。

在查明山越君死因的过程中，存在着许多难以解答的谜。井川君打算把塔玛莫夜总会作为第一个突破口，然后再向纵深推进。

塔玛莫夜总会在银座多多努夜总会大厦七楼，山口和子经营的牡安夜总会在该大厦四楼。和子小姐自从在香才里才影剧院遇难后，牡安夜总会如今不知怎样了？自从遭到和子小姐的冷遇后，井川君没有再去那家夜总会。

从新宿到达银座时已是晚上十点左右，正是夜总会最热闹的时刻。

站在多多努夜总会沙龙大厦面前，井川君心潮起伏，思绪万千。曾几何时，他站在银行大厦门口遥望这幢大厦时，与化名原田的山越贞一不期而遇。

"牡安夜总会的妈妈桑好像还没有离开夜总会？已经是子夜一点

了，也该出来了。”

当时，站在井川君边上的原田君独自一人嘟嘟囔囔的。

“哟，妈妈桑终于出来了！”

“今天夜里，高柳秀夫怎么没有来接呀？”

现在，原田君的声音似乎还回荡在霓虹灯的夜空。

山口和子，高柳秀夫，山越贞一，他们都已经相继离开了这个世界。

原田君的声音仿佛又在井川君的耳边响起。

头戴大檐帽的乔君是夜总会和舞厅特约聘请的，已经干了整整十年，动作敏捷，身怀绝技。眼下，只有这个乔君才有“特权”。现在，实实在在站在多多努夜总会沙龙大厦面前就数他最活跃，数他最精神最有朝气。

井川君朝他靠近。

乔君见客人朝他走来，主动脱下大檐帽像军人那样“咔嚓”一个立正，然后鞠了一个九十度的躬。

“晚上好！”

井川君吃了一惊。

“乔君，你还认得我？”

“是的，当然记得您。您来过牡安夜总会，我当时在电梯门口向您打过招呼。”

第一次去牡安夜总会的晚上，遭到女店主山口和子的冷遇。那天坐乘电梯和走出电梯时，乔君像军人一样彬彬有礼，鞠躬时一丝不苟。

“真佩服你的好眼力和好记性，我只来过一次，可已深深印在你的记忆里了。”

“记住客人的脸和姓名，是我们干夜总会这一行必须做到的。承蒙夜总会店主们抬举，我的这份工作也必须具备这种能力。”

"真佩服啊！"

"说实在的，我只是记住了先生您的容貌，可不知您的大名。是啊，我还没请教您的尊姓大名呢！"

井川君下定决心。

"我叫井川。"

"是井川先生。"

"一口井的井，山川的川，请多关照。"

乔君又鞠了一个九十度的躬。

"那，您是去四楼的牡安夜总会吧？"

乔君欲揿去四楼的按钮，被井川君制止了。

"别揿，我有几句话要跟你说说。"

电梯下来了，随着电梯门自动打开，被一群夜总会服务小姐簇拥着的客人走出电梯。顿时，电梯门前的走廊上热闹极了。紧接着又有新客人和服务小姐拥入电梯，井川君催促着乔君离开那里。

"现在这时候很忙吧？"

井川君问。

"不，现在离车辆高峰还有一些时间，可以离开二十分钟。"

他俩走进附近一家营业至凌晨两点的咖啡馆，各要了一杯咖啡。

乔君借着店内明亮的灯光打量了一下井川君的脸。

"看样子您很疲劳？"

乔君关切地说。

"哦，刚从附近的山镇返回东京。"

井川君摊开服务员送上的热乎乎的毛巾把脸整个地擦了一遍。

"原来是这样，太辛苦了。好像大部分时间都是在露天吧，瞧您的脸都被太阳晒黑了。"

井川君察觉自己的行踪似乎已经被乔君掌握。

"我是上了年岁的人，到外面走又走不快，正好让太阳晒个正着。"

井川君苦笑着搪塞。

"您现在旅行归来，虽说有点疲劳，可精神还好。打那次见到您以后，好像就没有见您再来过牡安夜总会。"

脱下大檐帽的乔君，两边颧骨高高突起，他那张脸庞略呈三角形，下巴周围的胡须剃得光光的，泛着青青的一片。

"我在报上得知山口和子在香才里才影剧院被人暗害的消息，打那以后没有心思再去牡安夜总会了。"

井川君以客人的口吻回答乔君的提问。

咖啡送来了。

"我曾得到和子妈妈桑无微不至的关照，出人意料的是，她竟会落得那样悲惨的结局，真让人伤心不已。"

乔君没有伸出手，而是眼睛直怔怔地望着咖啡。

"那个杀害妈妈桑的罪犯至今还没有被警察逮捕归案吗？"

"牡安夜总会的所有工作人员加上我都接受了警察的调查，我真希望罪犯快些被捉拿归案。"

乔君轻轻地说，井川君目不转睛地望着他，也许是感觉到了井川君的视线，乔君的脸直往下耷拉。

"乔君，山口和子的经济后台原东洋商社的高柳秀夫总经理也死了。这消息是报纸披露的，你一定也看了，据说是在山里自缢身亡的。"

"是的，我看了报纸后真是大吃一惊，太出人意料了。东洋商社日暮途穷是他自杀的根本原因！高柳总经理每天开车来牡安夜总会接山口和子回家，而我在一片拥挤不堪的轿车海洋里为他们导车引路。如今，山口和子遭到暗害，高柳总经理自杀身亡，这一切让人感觉像是在做梦似的。"

"你认识山越贞一吗？"

乔君脸部的肌肉瞬间抽搐了一下又立即消失了。

"山越先生，不，我不认识。"

如果乔君说认识山越君，井川君想打听原田的情况。可眼下，乔君希望对方最好绕到别的问题上。

"哎，乔君，我只是想随便问问，多多努夜总会沙龙大厦七楼有一家塔玛莫夜总会，那夜总会里有没有一个叫安子的服务小姐？"

"是叫安子吗？叫安子的服务小姐有啊！"

乔君这才抬起头答道。

"哦，真的有吗？她看上去有多大？长得漂亮吗？"

"看上去有二十四五岁，长得很漂亮。"

在夜总会的服务小姐中，其实叫安子的小姐有很多。以施美人计为目的潜入马场庄宾馆的女子，多半是冒名顶替。

可在马场庄宾馆的黑板上，清清楚楚地写着塔玛莫夜总会的电话号码。这家夜总会倘若真有叫安子的服务小姐，决不能轻饶了她。

"现在到塔玛莫夜总会能看到安子小姐吗？"

"不，她可能不在塔玛莫夜总会。在丸内全日本相互银行联合会馆的二十四楼，新开设了一家'玛斯塔高级餐馆'。塔玛莫夜总会的妈妈桑姓增田（日语读音'玛斯塔富米库'），于是，妈妈桑的姓氏读音玛斯塔被命名为新餐馆的名称。那是刚建成的二十五层楼的会馆大厦，安子小姐可能被调到那家餐馆工作。"

乔君呷了一口咖啡。

坠死之谜

"全称是叫全日本相互银行联合会馆吗？"

听完乔君的介绍，井川君转过脸疑惑不解，还是头一回听说。

"是的，那是一幢气派非凡的大厦，地上有二十五层，地下有两层，称得上当今的一流会馆。外墙是巧克力色的装饰面砖，象征着相互银行坚如磐石，实力雄厚。所有的大窗户，是目前最流行最能抵挡阳光射线的反射玻璃，宛如白光镜，还能映照出周围的景色。那种反射镜面玻璃，从外面无法看到里面的任何一切。大厦里的设计是按照现代模式，大厦里使用的是最新技术，大厦里的配置是最新设备。总占地面积为一千坪，建筑占地面积为四百坪，每坪建筑面积的造价为一百万日元，合计一百零八亿日元，每坪土地收购费为二千万日元，合计二百亿日元。两者相加，共耗资三百零八亿日元。社会上评价说，全国相互银行不惜重金建造会馆，以此证实相互银行拥有巨大的经济实力。"

乔君喝了一口咖啡后，擦了一下嘴。

"真让人吃惊不小！那会馆你去过吗？"

"不，还没有，只是听别人说说而已。"

他苦笑道。

"地上二十五层，地下二层，像这样的会馆究竟要派什么用场？"

"地下一层是会馆有关单位的停车场；地下二层是来访人员的停车场，包括附近宾馆租用的停车场；一楼到五楼用于出租店铺，租赁对象必须是一流商店。六楼是餐馆和饮食店；七楼是用于演讲的大会礼堂；从八楼到十三楼是相互银行的有关事务所、小礼堂、各相互银行的高层干部休息室、全国相银联合会的会长室和高层干部办公室。从十四楼到二十三楼是宾馆，为出差来东京的地方相互银行的干部和职工提供休息或住宿。二十四楼是玛斯塔高级餐馆。"

"那餐馆有多大的面积？"

"在丸内一带建大厦，尽管面积不算很大，却是超豪华型的。"

"这全日本相互银行联合会是什么时候成立的？"

井川君自从参加高速公路关卡的收费工作以来，这方面的消息很闭塞，消息很不灵通。

"是三年前。据说是因为全国的相互银行数量已经达到七十一家，分行下属的支行数量也已经达到近四千家。还有，相互银行界的存款金额和贷款金额的总资本量，最近已达到二十八兆八千六百亿日元。"

"呵，乔君，你知道得非常详细。"

井川君望着乔君的脸感到愕然。

"说实话，那全相银联会馆里有一个司机是我的朋友，是我在引导疏通车辆秩序时认识的。他原来开出租车，现转行到会馆开专车。我是从他那里听来的。"

乔君搔了搔头。

"那，全相银联的会长是谁？"

"是昭明相互银行的下田忠雄，全相银联成立那天就担任会长了。"

"昭明相互银行的下田行长……"

"非常有才能。据说相互银行能取得今天这样的业绩，主要是靠他的雄才胆略。下田先生就任全国相银联的首任会长，是为了实现多年的夙愿，即将相互银行升格为都市银行和地方银行。我还听说下田忠雄行长曾组织力量请愿，试图逼迫国会修正《相互银行法》。他拼命拉拢执政党在国会财政委员会的委员，很有政治手腕。在昭明相互银行里，他是太上皇，在全相银联合会里，他也是独断专行。"

"是吗？"

"听了朋友的这番介绍，我不免对昭明相互银行产生了兴趣，从下属支行营业大厅里拿了一份宣传小册子。"

乔君把那本小册子翻到"简史"那页，递给井川君看。

一九五〇年（昭和二十五年）

九月，昭和劝业、明治兴产和帝都兴产三家无尽股份有限公司合并，成立昭明帝都无尽股份有限公司，注册资金是二千三百万日元；

昭和劝业无尽股份有限公司的总经理是下田忠雄；明治兴产无尽股份有限公司的总经理是田中典久；帝都兴产无尽股份有限公司的总经理是小山与志二。

一九五一年（昭和二十六年）

九月，根据《相互银行法》更名为昭明相互银行。

一九五六年（昭和三十一年）

六月，存款额突破一百三十亿元；注册资金增加为二亿三千万日元。

一九六〇年（昭和三十五年）

七月，创立十周年；存款额突破三百亿日元。

一九六五年（昭和四十年）

五月，总行大厦建成。

一九七六年（昭和五十一年）

注册资本增加到五十八亿日元，年末存款总额突破七千亿日元。

一九七七年（昭和五十二年）

十月，在同行业中跃升到第二位。

一九七八年（昭和五十三年）

六月，实施汇兑联网。当年，年末存款总额达八千五百亿日元。

一九八二年（昭和五十七年）

注册资金为六十亿日元。

……

井川君看完说：

"从这本昭明相互银行宣传小册子上的金额数字的不断上升来看让人佩服不已。由此可见，下田行长不愧是一位精明能干的强人！"

"完全赞同。"

"提起下田行长的精明手腕，我也是从全相银联会馆的司机朋友那里听来的。"

乔君说了开场白。

"这部简史证明，昭明相互银行是昭和劝业、明治兴产和帝都兴产三家无尽公司于昭和二十五年合并创立的。"

一九五一年（昭和二十六年），《相互银行法》正式颁布，财政部长是池田勇人。当时，全国各地的无尽公司犹如雨后春笋，相继变成相互银行。

"这时候，原担任帝都兴产总经理的小山与志二就任合并后成立的昭明相银的副行长，不久因病逝世，他的股份被下田行长如数买下。还有一个原担任明治兴产总经理的田中典久，因下田行长许愿'请他出任董事长'一职，所持股份也被下田行长全部买下。可悲的是，田中典久并没有被允许出任董事长一职。当所有股份全部控制在下田忠雄的手中时，下田行长推翻了原来的承诺，把田中典久赶出了昭明相互银行。"

"嘿，真有这回事？那他太狠毒了！"

"为此，田中先生本人以受骗为由曾多次到昭明相银总行找下田忠雄评理，而下田行长不但避而不见，还指使总务部和保安部把田中先生挡在大门外。昭明相银的总务部里聚集着许多退休的检察官、警察和警署署长，他们指使暴力集团对付田中先生。田中先生孤军奋战，束手无策。"

"那田中先生后来怎么啦？"

"他中了下田行长的阴谋后受到很大打击，神经异常，被送进精神病医院。在医院里，他乘护士不在时自杀了。"

"你这是在说什么呀？"

井川君脱口而出。这话使他想起曾经败给高柳秀夫时的亲身体会，但结局与明治兴产的田中典久不同。

"下田行长真那么心狠手辣吗？"

"也许正因为手段残忍，才被大家推选为全国相银联的首任会长吧！为使相互银行升格为普通银行，从今往后，他那狡诈的手腕将表现得更加淋漓尽致。我那司机朋友是这样评价他的。"

"太狠毒了！"

"他还有一个厉害招儿，把全相银联会馆大厦二十四楼的玛斯塔高级餐馆交给塔玛莫夜总会的妈妈桑增田富子经营。他甚至从全相银联会馆的建设资金里抽出百分之八，作为他提供给玛斯塔高级餐馆的注册资金。"

"这，为什么要与下田行长的狠毒联系在一起呢？"

"传说，塔玛莫夜总会的妈妈桑增田富子是下田行长的情人。"

"什么，他让情人经营会馆内的高级餐馆？"

井川君瞪大眼睛不解地望着乔君。

"这只是传说，但可能性很大。总之，这位下田行长就是那种独断专行，随心所欲的家伙。再说，也没有人当面表示反对。"

"玛斯塔高级餐馆，一般人能进去用餐吗？"

"不行！"

乔君一口否定道。

"都是相互银行系统的人，大多是各相互银行部长级以上的人。就连科长也没有资格进去，会员制度极其严格。"

"呵呵。"

"玛斯塔高级餐馆的营业时间是下午五点半到十一点半，各相银的高层干部在那里设宴招待客人。名义上说是餐馆，实际上却是夜总会。听说还取得警署发给的经营夜总会的许可证，塔玛莫夜总会的服务小姐们被调到那里，目前还在招聘新服务小姐。玛斯塔高级餐馆需服务小姐二十名左右。"

"那么，塔玛莫夜总会的安子小姐应该也在那里？"

井川君把话切入自己想了解的正题。

"是的，是的。"

"得到你的许多指点，深表谢意。哎，乔君，你叫什么名字？总不能一直叫乔君吧！"

"不。叫乔君就行了！别人一直是那样称呼我的，如今，就连自己也差一点忘了自己的真名。我叫田中让二，让的日语发音是'乔'有洋味，大家也就叫惯了。"

……井川君不清楚，乔君曾在自由丘的咖啡馆里向山越贞一说过这番话。据乔君当时说，他出生于冈山县，一开始是私人司机，以后改行到宾馆当专车司机。因导车引车很有办法，客人们都喜欢他，称他为乔君，久而久之便成了对他的爱称。

"那，我也像大家一样叫你乔君吧。"

井川君说。

"拜托了。"

乔君爽快地点点头。

乔君的肘下，还有昭明相互银行宣传册子的另一半。翻完简史那几页，人物照片出现了。那人物脸的上半部分，被压在乔君的右肘下面。

井川君看了那张照片，咦！不由得叫出了声。

立刻，他又控制了自己惊奇的表情。

"乔君，听你说了一大堆有关昭明相互银行的情况，我也很感兴趣，能不能把这份宣传小册子借给我看看？"

井川君的语调自然平静。

"是这个吗？"

乔君移开右肘，把宣传小册子按照原样叠整齐。

"行！请带上。像这样的宣传小册子，在昭明相互银行下属的各支行里放着许多，可以随便拿。"

说着，他把折叠好的宣传小册子递给井川君。

"衷心感谢！"

井川君原封不动地把它放进口袋里，脸上一副漫不经心的样子，心里却把它视为最有价值的礼品。

"那，再见了！在你百忙之中打搅你，实在对不起。"

"哪里的话，和您随便聊聊，又起不了什么作用。"

井川君暗想，岂止作用，还有了新发现，你这个乔君简直立了大功。

"那……"

乔君望着正要站起身的井川君。

"安子小姐的事，是否不需要打听了？"

"哦，那也是关键。"

当无意中瞥了宣传小册子一眼后，井川君已把注意力放到新发现的照片上，差点把其他事给忘了。

"我想见一下安子小姐，可她在会员制餐馆里工作，真是束手无策。"

"不，有办法，把电话打到玛斯塔高级餐馆，请接电话的人喊她回电，那餐馆的电话号码我有。"

乔君取出一张餐巾纸，用圆珠笔写上电话号码。

井川君把餐巾纸装在衣袋里望了一下手表，已是夜里十点四十分了。

"她还在上班吗？"

"玛斯塔餐馆要到十一点半打烊。"

"噢，那就打个电话试试看。"

乔君站起来，井川君到账台把账结了。

"谢谢您的款待。"

乔君彬彬有礼地鞠了一个躬。

走出咖啡馆之后，乔君立即向潮水般的车流走去，工作开始了。

井川君默默送着他的背影，走进另一家咖啡馆。他要了一杯柠檬水，拿起两张照片比较起来。一张是从甲州采石场断崖处捡来的印在纸上的照片，另一张是印在昭明相互银行宣传小册子上的下田行长的照片。

两张照片放在一起，与其说像，倒不如说是同一张照片。从断崖上捡来的这张照片，前额上布满了又黑又密的头发。宣传小册子上印的人物照片，前额光秃秃得宛如白色的断崖。而额头以下部分模样相同，照片的拍摄角度也相同。刚才乔君右侧遮着的部分凑巧是前额，才使井川君想起它的重要性。

结论很简单，从断崖处捡来的印在纸上的照片，是宣传小册子上剪下的下田行长的照片。前额和前半脑门上的黑发，一定是山越贞一加工后用复印机复制而成的。

　　马场庄服务小姐看到这张照片时就认出那是中村先生，还大声惊叫。

　　曾经与身穿和服的美貌女子在笛吹套房逗留了三天，并伪造东京都练马区丰玉电气商行经营者的中村太郎，原来竟是堂堂的昭明相银的行长，全国相互银行联合会会长的下田忠雄……

　　山越君肯定已经掌握了昭明相互银行行长下田忠雄的全部内幕以及所有证据，才遭到暗算离开这个世界的……

安子小姐

井川君借用咖啡馆里的公用电话，打到玛斯塔高级餐馆。

"这里是玛斯塔高级餐馆。"

对方电话的周围热闹非凡，声音嘈杂，接电话的不知是服务台生还是服务经理。据说，打烊时间是十一点半。

"请安子小姐接电话。"

井川君以常客的语气说。

"请稍等。"

一般喊夜总会或俱乐部小姐接电话，不用报自己的姓名。

"让您久等了。"

大约过了一分钟，电话机里传来一位小姐的声音。

"喂喂，我是安子。"

听上去，声音很年轻，娇嗔。

"你好啊，安子小姐。"

井川君亲切地说。

"听声音你很好啊。"

"您是哪一位？"

"我是马场庄的。"

"马场庄？"

安子小姐没有弄清这是人的名字还是什么，追问道。

"您是哪里的马场先生？"

"你说到哪里去了，你最近不是在山梨县汤山温泉马场庄宾馆干服务小姐的吗？我是那里的老板呀！"

"你是说山梨县的汤山温泉？"

"是的，是马场庄哟！"

"那，我不知道。"

"你不知道？你是不是安子小姐？"

"是的，我是安子小姐。"

"嘿，我很熟悉你的声音，很想你哟！"

井川君大着胆子试探。

"别光说怪话，我怎么越听越糊涂。也许你张冠李戴搞错了，我从来没有去过山梨县那种地方。"

"你认识山越贞一吗？"

"山越先生？我压根儿不认识。"

"就是那个与你在石和旅游的人！"

"不知道，不知道。什么山越石和的，越听越糊涂。你肯定弄错了，我这就挂电话。"

"请再等一会儿，你不是从塔玛莫夜总会调过来的？"

"不是的，我是玛斯塔高级餐馆开张时新招聘的！"

"除你以外还有没有叫安子的小姐？"

"没有，再见。"

对方把电话挂了，传来了忙音。

从刚才安子小姐的说话语气来看，不像在编造谎言。

井川君走出咖啡馆非常失望。那个曾经出现在马场庄的神秘的安子小姐，这条唯一的线索断了。

他无精打采地朝地铁车站走去，眼看就要到地铁末班车的时间了。

人行道上小夜总会的门面一个接一个，喝得酩酊大醉的男人们勾肩搭背摇摇晃晃地走着，身穿和服的服务小姐们则站在店门口目送。宽敞的车道上此刻就像大型停车场，挤满了高级出租车和普通出租车。井川君边走边想，现在又是乔君大显身手的时候了。忽然，肩膀被一只大手勾住了。井川君回过头定睛一看，原来是自己刚才还在念叨着的乔君。他头戴一顶与地铁售票员差不多的大檐帽，帽檐下露出一排整齐而又洁白的牙齿。

"你好，乔君。"

"怎么样？与玛斯塔高级餐馆的安子小姐联系上了吗？"

乔君急急忙忙地问道。

"虽用电话联系了，可不是同一个人。"

"弄错了？"

"没错，是安子本人。可她说，她是玛斯塔开张时新招聘录用的！"

"真奇怪！"

乔君斜着脑袋若有所思。

"井川先生说的安子小姐肯定在塔玛莫夜总会吗？"

"是的，不会有错。"

在马场庄账房的黑板上确实写着塔玛莫夜总会的电话号码，这是井川君无意间用那个电话号码打了以后才证实的。井川君没有向乔君提起这事。

"真奇怪。我是从塔玛莫夜总会服务生那里听来的，说安子小姐最近调到玛斯塔高级餐馆当服务小姐。"

乔君站在路上思考着。

车道上，车辆黑压压的一片。作为车辆疏导员的乔君，与一些酒吧、夜总会签有劳务合同，尽管很忙，却能挤出时间与井川君说上几句。

"也许井川先生寻找的那位女子盗用了安子小姐的名字！"

"哦，是吗，这完全有可能！"

潜入马场庄引诱山越君的那个神秘女子，不可能用自己的真实姓名。

"那女子肯定在塔玛莫夜总会？"

"是的。"

井川君真想说出其中原因。

"乔君，现在是你最忙的时候吧？不要因为我的事而耽误你的工作，请忙你的吧！"

"没关系，稍微抽出一点时间不会有什么影响。我刚才在对面车道上看见您一脸失望的表情，不免担心起来，急忙过来向您打听联系结果。"

"太谢谢你了。"

"得设法找到她。"

乔君沉默了一会儿突然问井川君。

"您是从哪里打听到安子小姐在塔玛莫夜总会的？"

那场所，井川君暂时还是无法直言相告。

"叫安子的女子在外地的某个宾馆干过一段时间，但时间不长。"

"安子小姐是从塔玛莫夜总会调到那个宾馆的吗？"

"是临时的。她真正的工作地点是在塔玛莫夜总会，在那里只是临时工而已。"

"是临时的，有多少时间？"

"准确的时间说不上，好像是十天左右。"

安子小姐是在山越贞一死的第二天从马场庄消失的，山越君是九月二十三日死亡。这之前，他去甲府办事处查阅一百八十万坪土地登记簿。返回途中，顺便到过马场庄。听甲府办事处的工作人员说，山越君是在一个星期前去那里的。而施美人计的神秘女子无疑在那之前潜伏在马场庄。照此推算，至少在那里干了十天时间。这十天里，安子小姐以女店主亲戚的身份在马场庄宾馆当服务小姐。

"大概是从九月十三日开始，一共十天时间。"

井川君说出推算的结果。

"那是线索。"

乔君扳了一下手指。

"只要找到那期间没有在塔玛莫夜总会上班的服务小姐就行了。"

"嘿，说得对。这办法好。"

"从九月十三日起没有来塔玛莫夜总会上班的服务小姐，就是井川先生要找的那个安子小姐。即使她冒名顶替，我也能找到她本人。"

"乔君。"

井川君使劲地握着乔君的手。

"你调查时能不能隐蔽一点？我可不能出面哟！"

"行！塔玛莫夜总会的许多服务生我都认识。"

"千万不能让塔玛莫夜总会的头头们察觉，一定要注意保密！"

"明白了。我会想出没人怀疑的理由进行调查。放心吧，事情很快就会明了的。"

"拜托了。"

"今天已经很晚了，明天着手调查。结果出来后怎么跟您联系？给井川君先生府上打电话好吗？"

"不，电话里说不清楚，反正这段时间里我会常到你这里来的。"

井川君不想说出自己的住宅电话。

"那好，我等您。"

乔君犹如动作敏捷的羚羊，顷刻间就消失在茫茫的车海之中。

井川君站在外苑收费窗前，经过的车辆不多，比较空闲。搭档今年五十六岁，刚退休，原是卫生部的公务员，叫西本。他把井川君奉为前辈，工作起来十分卖力，给井川君创造充分思考的机会。

……山口和子真正的经济后台是昭明相互银行的下田行长，高柳秀夫只是他的替身而已。下田行长为何要用高柳君遮人耳目？无非害怕暴露自己。昭明相互银行行长戴着虔诚基督教徒的假面具，一旦被撕下就会身败名裂，该相互银行在广大储户心目中的地位也将一落千丈。在昭明相互银行的宣传小册子上，各分行的沿街橱窗里都挂有基督标语——人类信爱。

高柳君为何屈尊甘愿扮演这个角色？那是因为接受来自昭明相互银行的那笔"水下高利融资"！

不对，东洋商社没有接受过昭明相互银行一分钱的借款，巨额贷款是寿永开发有限公司借给东洋商社的。其条件，是抵押东洋商社的一百八十万坪的山林土地，而且是秘密抵押。

从这一现象来看，寿永开发有限公司是下田忠雄个人的秘密公司。

下田行长好色，从和子小姐身上转移到另一女人身上。在马场庄笛吹套房里，他和迷人的女子享乐三天。那女人便是他的新欢。当和子小姐了解到下田行长见异思迁后怒火万丈。而下田行长认为，山口和子已经没有吸引力，也没有继续利用的价值。同时，扮演替身的高柳君也已经没有继续利用的价值。他建立个人的秘密公司，把出借给东洋商社的巨额高利贷款（东洋商社没有把此项贷款金额列入账内）的债权转入寿永开发有限公司，逼迫东洋商社破产，并在该商社破产前夕解除一百八十万坪土地抵押的保留登记约定，指使寿永开发公司接受一百八十万坪土地的抵债物。

由于高柳秀夫无法劝阻山口和子的过激行为，下田行长便采取了惩罚高柳君的手段，公开接管东洋商社的抵债物，以此置高柳君于死地。

杀害山口和子的凶手不可能是下田本人，但肯定是他授意的。为了应付股东大会的吵闹、社会上的恐吓分子，以及敲诈分子，昭明相互银行总务部聘请了退休检察官，退休警署署长。尤其是工商业者居住区一带的警署署长，据说都曾经与暴力集团有过千丝万缕的关系。即使不干警署署长了，仍然可以指使暴力集团充当杀手。反正，昭明相互银行里有的是钱。话虽那么说，纵然下田行长有了新欢，但也没有必要杀害山口和子！

除掉山越贞一又一次证明下田行长的残酷性。派遣美貌女子冒名顶替潜入马场庄，施以美人计引诱山越君上钩。把山越贞一送到断崖上的那个司机，不用说也是他们一伙的。

井川君想到这里发现自己疏忽了一点。五天前，山越君到司法局甲府办事处查阅土地登记簿，离开办事处后也许是自己要去马场庄，按常规是喊出租车。那么，到底是山越君让出租车开到马场庄，还是司机向山越君推荐马场庄？

甲府一带的地形和情况，山越君不可能知道得很清楚。

这么看来，肯定是司机向山越君推荐的。那是因为安子小姐守株待兔，在马场庄等待山越君上钩。安子小姐不可能被动地等待山越君，无疑是司机把他带到马场庄的。杀害山越君，是有预谋有计划的。

"客人，最近汤山温泉的马场庄宾馆来了一位漂亮的服务小姐，我们顺便去那里边吃午饭边欣赏她的美貌。她长得迷人，就是在东京夜总会里也很少能见到！"

司机也许就是用这番话劝诱山越君的。不然的话，山越君不可能遇上那个神秘女人。

自己为什么不早点想到这个问题？必须找到五天前从甲府送山越

贞一到汤山马场庄的司机！

井川君从堀内司机手里得到一张他的名片，他属于石和出租车营业所。只要他没有驾车外出，也许能用电话向他打听一些有价值的消息。出租车司机之间相互都很熟悉，即使堀内君不直接认识那司机，也可以从同事那里打听到那个司机的下落。遗憾的是自己正在工作，工作中是不允许打电话的，只能等到明天早晨下班再说了。

同事西本干起活来动作敏捷利索，无论是站着收费还是坐着算账，非常主动热情。尤其是站着收费时不停地同司机打招呼，声音、语气都能让过往司机感到亲切自然。

"您辛苦了！"

"衷心谢谢！"

"请走好！"

每一次打招呼，都鞠躬弯腰，一点也看不出曾经是卫生部的公务员。

井川君想起西本曾经是卫生部公务员，也许懂得药物的名称性能吧。

HP 药剂

"西本君，我想向你打听一件事情。"

井川军向正站在窗口收费的西本君打开话匣。

"好啊，什么事？"

西本君刚从出租车司机手里接过通行券，回过脸看了一下老前辈。

外苑收费口开始忙了起来，但比起霞关收费口要空闲得多。尽管车一辆尾随一辆，但仍有足够的时间说话。

"你曾经在卫生部工作？"

"是的。在卫生部药物局经济科的下属部门干过。"

西本君用一只手摸了一下头发半白的脑袋回答说。

"是药物局？那太巧了，我正好想打听一种药。"．

"是药吗？那太抱歉了，我是个外行。"

西本君摇了一下脑袋。

"我在药物局经济科工作，其他科的人都懂药。例如审查科、安全科、监视指导科和生药制剂科等，这些部门的科长是技术官员，科员都是药剂专家。我在经济科，是在经济科下属部门工作，是地地道道的门外汉。"

西本君苦笑着说。

"原来是这样，我还是第一次听到。"

井川君自言自语，一副失望的神情。西本君见状不免同情起来。

"是哪一种药啊？我虽是外行，但可以请教其他科室工作过的同事。您不妨说一下，也许我还能说出一二，可没有绝对把握。"

西本君回答很暧昧。

"那，我就跟你说一下。"

于是，井川君把山越君从石和到盐山温泉的症状叙述了一遍。这都是从堀内司机那里听来的，当然没有说出山越君本人的姓名。

"噢，噢，原来如此。"

西本君认真听完，沉思起来。

"从石和出来还不到二十分钟，那人就突然沉默不语、眼神发呆？"

西本君重新核实了一下要点。

"是的，在盐山温泉附近下车时，那陪同的女子把他比喻成幼童。他的手仿佛失去知觉似的不听使唤，像得了痴呆症。奇怪的是，在石和坐出租车的时候人还是好端端的，还和那女子调情说笑，完全是正常人行为。为什么顷刻间变成那样的症状？连开车司机也大吃一惊。如果让一个人吃了某种药，会不会出现我所说得那种现象？你们药物局有这种药吗？"

"哦。"

"可能是吗啡之类的麻醉药吧！"

"不，无论吃多少麻醉药也不会马上见效。即使是注射也……"

山越贞一的遗体没有注射的痕迹。如果解剖发现有注射药物，自己去警署的那一天警官肯定会说的。同时，地方警署一旦发现尸体内有被注射的药物不会说是登山过失致死。至少会考虑自杀和他杀的两种可能性。从而，围绕这两个方面展开现场取证和侦查。

井川君又说："假定被害，一定是水剂药液。倘若强行灌药水，到嘴边时会有一股钻鼻的臭味。我认为，那一定是一种无异味的毒药，即使喝了也不易察觉。”

“哦。”

西本君再次陷入沉思。

一辆黑色轿车驶到收费窗前，西本君从司机手里接过一千日元一张的纸币说了声"谢谢"，再递给司机一张报销单和六百日元找头。井川君坐在桌前当出纳员。

车子通过了。井川君继续说：

“那出租车司机觉得男乘客的脸部表情异常，便问他旁边的年轻女子，那女子说是带他到汤山温泉去医治，还说泉水澡对精神病和神经衰弱者有特别疗效。”

“是精神病？”

西本君脸上的表情开始有了转变。

“嗯，司机从男乘客奇怪的言语和表情中感觉到的。”

“井川君，请等一下。”

西本君的窗前驶来一辆白色自备车。

“谢谢！”

从女司机手里接过通行券。

“哟，西本君。”

井川君望了一下手表从写字桌前站起来。

“到时间了，我俩换一下。”

坐着算账和站着收费每隔一小时对换，西本君坐在桌前打开自己的抽屉把零钱放在桌上。右墙上有紧急电铃，与公司总部保安部连在一起。

井川君站在窗前收费。

“井川君。”

刚坐到桌前的西本君说。

"您刚才的那番话，使我想到一种药品。"

"真的？"

井川君侧过脸望了一眼西本君。

"不过，是不是那种药，我还没有百分之百的把握。"

这时候，一辆卡车驶来了。

"辛苦了！"

井川君接过一千日元纸币，把报销单和六百日元找头递给卡车司机，又一次侧过脸朝着西本君。

"那，是哪一种药？"

"我觉得很有可能是'HP'，这种药非常稀少，我还记得。"

西本君晃了一下脑袋。

"是HP……"

"是叫HP，那是精神镇静剂。在日本只有五家制药公司生产。普通药房不售那种药。买那种药只有医师才能买到。"

"精神镇静剂不能随便使用吗？"

"精神镇静剂只有精神科医生才有资格支配，主要用于精神病患者或者接近那种病症的患者。通常在精神病患者发作时让他服这种药，患者才会立即镇定。我听审查科的同事说过，这种药只要服下一毫克，三十分钟后人就会全身无力，失去知觉。"

"一毫克？"

"一毫克只相当于眼药水的一两滴。"

"那药有没有味道比如臭味什么的？"

"没有，没有任何异味。"

那神秘女子在乘出租车前一定与山越君去咖啡馆，趁山越君离开座位之际在他喝的饮料里滴入那种药液。

"服用那种药液后首先全身乏力，然后会怎么样呢？"

"动作迟钝，说话含含糊糊，口齿不清，舌头僵硬，像痴呆病人，思维能力丧失，对周围的一切毫不关心也失去抵抗力，像听话的乖孩子。"

井川君想，这同堀内司机说的情况完全吻合。

"那后来呢？"

这时候，接连又驶来两辆出租车。

"辛苦了，谢谢。"

"不能独自一人走路，没有人扶着，脚无法向前迈步。"

这与堀内司机回忆的情况相似，扶山越君走路的是那个安子女人。

"由于对周围毫不关心，所以他无法知道自己身上发生了什么变化，也无法明白自己为什么到这里来。总之，完全失去了思维能力。"

听到这里，井川君暗自叫了起来。山越贞一完全是那种状态，沿着陡峭的小道爬到采石场上面的断崖。在那种地势险要的地方，无疑，是另一个男人代替神秘女子扶着山越君登上断崖。这时候的山越君完全是任人摆布，听任别人安排走向绝路。西本君说的，与堀内司机回忆的完全一致。

"但是，井川君。"

西本君这位原卫生部的公务员，边在桌上排列零钱，边和井川君交谈。

"听说这种叫HP药液进入体内后，可持续五至六个小时的作用。然后，在本人不知不觉的情况下恢复到原来状态。"

山越君是在知觉恢复前从断崖上坠落的。

"HP精神镇静剂是由日本制药公司发售，只有精神科的主治医师才能买到。再说，一般药房也不出售此类药物。是这么回事吧？西本君。"

井川君又问道。

"是的。"

"普通百姓绝对买不到那种药？"

"药房里一般不放那种药。"

"医院和精神科医生持有那种药吧？"

"因为它是治疗专用药。"

"这种药流在社会上，多半是偷盗得来的？还有没有其他漏洞？"

西本君一声不吭，没有立即回答。他一边准备零钱一边思考。突然，从椅子上站起来走到井川君身边，凑近他的耳边，说：

"我告诉你，请不要对外说！"

"……"

"在患者无法入院而在自己家里治疗的时候，医生把那种药配给家属备用。万一患者病情发作，就让他服下。我想，这种药流到社会上仅限于这种情况。要说漏洞，就是在这种场合。"

井川君明白西本君所说的"漏洞"。也就是说，可以通过某种手段从医生手里得到那种可怕的药。

捧场访谈

井川君利用公休日来到日比谷图书馆，此行是为了查阅西本君所讲的那个药品的资料。他并不习惯查阅之事，拖着疲惫的脚步离开图书馆，一边走一边埋头考虑问题。

当他走到国铁线时，电车轰隆轰隆地经过了轻轨高架。当这轰鸣声传人耳朵时，简直像音波刺激脑细胞似的。井川君猛地停住脚步。

他真想用自己的拳头拍自己的脑袋，轰鸣声突然使他有了灵感……根据新闻报道，山越贞一生前曾是《经济论坛》杂志社的记者。而且，前不久去池袋吊唁山越君时其太太静子也是这么说的。这么重要的情况，怎么就没有引起自己的重视呢？跟踪调查东洋商社一百八十万坪土地，是为了给《经济论坛》杂志社提供素材。山越君手里得到的这笔巨款，无疑与此有关。

井川君责备自己反应迟钝，也许是上了年岁的缘故。

那天去山越家拜访的时候，他与山越的太太静子有过这样的对话。

"我丈夫回家后高兴地对我说，今后将担负新的工作，并说要拼命地干。他那兴奋的表情至今还在我眼前晃动。"

"新的工作？那是《经济论坛》杂志社的内部调动？"

新闻媒介报道了山越君所在单位的名称。

"我想是的，可当时我什么也没有说。总之，前天晚上他满脸喜悦地对我说着，非常爽快地给了我三百万日元现金。自从与他结婚以来，还不曾有过一次就给我这么多钱……我这样说，也许是多余的话。"

"没有什么，请尽管说。"

听着山越太太静子的叙说，井川君摇晃着脑袋，觉得不合常理。

"那装钱的信封是《经济论坛》杂志社的信封。也就是说，那钱是在杂志社领到的。"

在有关山越君摔死的新闻报道中，还引用了该杂志社编辑部的这么一段话："山越君不是本杂志社的正式职员，仅仅是合同工而已。他已于九月二十二日主动提出与本社解除合约。"

山越君不是正式职员，如果是正式职员，可以认定那三百万日元是退职金，可他不是正式职员。

也许是杂志社特地支付合同的解除金？毕竟长期辛苦在外……

但这不合乎逻辑！如果是杂志社单方解除合同辞退山越君，类似退职的特别支出是可能的。但三百万日元好像太多了！可这一合同的解除，是由山越君主动提出的，就不存在特别支出的可能性。

《经济论坛》杂志社，井川君并不陌生，是经济杂志同行中最具影响和经济实力的。

在井川君曾担任东洋商社总务部长期间，许多家经济杂志社纷至沓来，以广告费或赞助费的名义向企业要钱。也就是说，与敲诈在性质上没有什么两样。可这家经济杂志很特别，从没向东洋商社索要广告赞助费。

井川君顺便到附近一家书店，店门口放着一长溜各种各样的经济杂志。井川君买了一本《经济论坛》临时增刊号。

翻开目录：

《冲击东方工业的经营内容》；

《扶桑电器制造的现状分析》；

《山海食品公司经营层的评分》；

《福寿制药公司通过技术开发为制药行业迎来新的战国时代》；

《就有关香月化学工业恢复下半期股息增配，采访山仓总经理》；

《多田证券交易所总经理戏剧性地调换领导班子及其内幕》等。

其中，在目录最醒目的地方有一个大标题：《全国相银联主席下田先生畅谈雄伟的会馆建筑——本杂志社社长兼总编清水四郎太访谈记》。

井川君买这本杂志，是为了了解该杂志社所在地和大厦名称。杂志下端写有宝满大厦的名称，其地址是新桥大厦附近。看到目录中的《访谈记》，井川君随即打开文章的所在页数。两页合并成一页印有三张照片，两张是上半身标准照，一看就知道是昭明相互银行的行长下田忠雄。其鲜明特征：前额直至脑门心光秃秃的。该银行下属所有支行的沿街橱窗里，都挂有充分体现这种特征的照片。唯一不同的，橱窗里的照片满脸微笑，含蓄，温和；而杂志上的照片开口大笑，上下两排牙床全都裸露在外，眼角布满皱纹，从整体上看似乎有点变形和失态。最明显的特征，是其前额没有一丝头发。

正因充满了"访谈"的氛围，《访谈记》文章的每一页都插有下田行长畅谈的特写镜头照片。有神情认真的，有斜着脑袋的，有正在抽烟的，有开怀大笑的等等。下田忠雄在这篇《访谈记》文章上的职务，是全国相互银行联合会主席。

与此相反，该杂志的总编辑清水四郎太的标准像，除与下田忠雄一样大小之外，整篇文章里还出现了两张小尺寸的照片。

《访谈记》报道文章里出现了好多小标题：

为何要建造全国相互银行联合会馆？

全国的相互银行只有通过联合才能提高信誉！

从相互银行升格为普通银行的途径

博爱之心

相互银行今后的贷款对象

经过筛选，净化互助金融业者的队伍

井川君前几天刚从乔君那里听说有关全国相银联会馆的一些情况，兴趣甚浓，便站着聚精会神地观看。因篇幅太长，只挑选重要的几页翻阅。

清水总编：日本全国相互银行联合会馆，雄伟壮观超豪华。请问下田主席为何要建造这么漂亮的会馆？

下田主席：全国各相互银行都热忱希望把会馆设置在东京，以象征相互银行在首都的联系更加紧密。正因漂亮的建筑物拔地而起，充分显示全国相互银行联合会实体的存在。虽然我们银行的名称说起来不怎么上口，说得抽象一点，给人一种模模糊糊的感觉。只有把会馆建造在东京丸内的土地上，才能集中发挥把全国相互银行拧成一股绳的力量，增加相互间的交流活动，引起全社会的关注。

清水总编：会馆的豪华是否象征蒸蒸日上的全国相互银行联合会？

下田主席：是的。说到豪华，地下两层地上二十五层的大厦在高楼林立的今天实属微不足道。看似豪华，其实是因为新建，加之现代建筑设计形成的感觉。如今的建筑设计日新月异，建材升级换代，绝不是浪费奢侈。

清水总编：请问总投资费用？

下田主席：建筑费是一百二十亿日元，土地购置费是二百多亿日元。

清水总编：相互银行业手中有钱啊！

下田主席：相互银行也手头拮据。正如您知道的那样，由于贷款利息突然下降，总资金量的盈利部分大幅度减少，全国各地的相互银行与地方银行以及都市银行之间的竞争，日趋白热化。由于各地的地方企业销售不景气，导致生产压缩。就资金量的增加来说无法补偿，有的相互银行靠出售有价证券获得的利益部分进行填补。

清水总编：您希望存款利息下调吗？

下田主席：消除贷款利息低于存款利息的逆差是当务之急。各相互银行克服困难，在开发新商品领域绞尽脑汁，刻意创新。为增加定期存款量和开拓有良好信誉并富有前途的借款企业，正在全力以赴地工作。

清水总编：为什么在如此艰苦的时期，还能筹集到建设会馆大厦的巨资——三百二十亿日元？

下田主席：是啊，就拿人来说，越是艰苦的时候越是能百倍抗争，百倍努力。企业也是一样，尽管各相互银行面临着最困难的时期，但大家清楚地意识到，今天的努力将在不久的将来会迎来更大的发展。

清水总编：您说相互银行在不久的将来要晋升为普通银行？

下田主席：是的。从现在的相互银行总资金量的实力和业务内容来看，晋升为普通银行是大势所趋，指日可待。曾几何时，我们是无尽公司。就像对待无尽公司那样，社会上至今存在着对我们的蔑视和藐视。尽管一九五一年国家制定了《相互银行法》，但其目的说到底是为大众提供金融方便和加强存款的积极性。正像您知道的那样，都市银行和地方银行终于也仿效我们在大众存款方面摆出了重视的姿态。应该说，这是一件非常值得我们高兴的事情（笑）。今天，虽说我们已经上升为相互银行，可那些地方银行和都市银行仍然不把我们相互银行放在眼里，把我们与过去的无尽公司连在一起。尽管我们相互银行在业务上与都市银行和地方银行毫无区别，可这种轻视的世俗观念在社会大众的心里多多少少地留有阴影，好像推开都市银行和地方银行的大门，比推开相互银行的大门有某种优越感（笑）。其实，根本就没有这回事。比起都市银行和地方银行那种故弄玄虚的外表，还是相互银行会馆大厦实在得多。

清水总编： 全相银联会馆的拔地而起，显示了相银的实力，标志着旧的时代已经过去。

下田主席： 是啊，可以那么说。

清水总编： 这是主席您不可磨灭的功勋。社会评论说没有主席您钢铁般的手腕，这幢大厦是不可能建成的。

下田主席： 我可担当不起这么高的评价，是全国各相互银行同心协力的结晶，我只不过起了穿针引线的作用。

清水总编： 全相银联会馆大厦的第二十四层楼里，有一家叫作玛斯塔的一流餐馆，也是超豪华的。我应主席您的邀请，也已赴宴了三四回。

下田主席： 就像我前面所说的那样，因为是现代建筑，所以餐馆也是按照最新款式装修的，设备也都是最新的。不过，要不了多久，更加新式的餐馆还将面世。现在是最新的，再过一两年或许就不再是新的了。这就像流行的时装一样，趁更新的餐馆还没有问世之前，先让玛斯塔餐馆出出风头过把瘾再说（大笑）。

清水总编： 听说玛斯塔高级餐馆采用严格的会员制？

下田主席： 目前这一阶段，正式会员仅限于各相互银行的行长、支行长和部长等高层干部。总之，它是属于全相银联会馆，必须保持高品位。

清水总编： 那大概是通向普通银行的途径之一吧？先端正仪

表（笑）。

下田主席：您说得对。当然也不必过分地衣冠楚楚（笑）。有了共同的会馆，全国各相互银行的干部职员可以常来常往，举行会议和住宿。许多东京支行的支行长也常光顾。可以说，每天的客人川流不息，来往如梭。为方便大家，必须开设与之相适应的高级餐馆。因此，要求用餐者必须是正式会员。不过，只要有正式会员的介绍，玛斯塔高级餐馆的服务人员也会视他们为重要客人，像宾至如归那样，保证他高兴而来，满意而归。您也曾经光临过玛斯塔餐馆，想必有同感吧（笑）？！

清水总编：有，就像高尔夫俱乐部对待会员那样，简直像上宾（笑）。

下田主席：是的，目前的服务水平已经达到与高尔夫球俱乐部对待会员那样。再过一段时间，我们打算邀请一流企业的经营者入会。届时，也请清水社长入会。

清水总编：那太荣幸了（笑）！虽说玛斯塔餐馆是供应晚餐的，但那么多的服务小姐是专为喝酒客人服务的。

下田主席：大家一开始以为是食堂，但光吃饭是难以尽兴的，许多客人都希望能润湿一下喉咙。如果把它办成不伦不类的酒吧或者俱乐部，或许会被人捣脊梁骨。于是，我们从有关方面领来晚餐俱乐部的营业许可证。

清水总编：有妈妈桑吗，那位女当家一定是绝代佳人吧！还有服务小姐呢，个个都是大美人吧？

下田主席：呵呵，您不是先饱眼福了（笑）？！

肋坂主任

《经济论坛》杂志的清水社长与全日本相互银行联合会下田主席继续交谈。

清水总编：互助金问题最近来势凶猛，已经成了社会问题。作为相互银行，是怎样看这个问题的？相互银行当初也是无尽公司，主要受理百姓的存款与融资业务。尽管已经成为相互银行，可其本身的性质没有改变。

下田主席：互助金一开始是工薪阶层人士相互间纯朴的融资行为。企业里一些手头拮据的人士，经常向手头比较阔绰的职员借钱。由此，社会上便出现了专门为这些人融资的互助金业者。可工薪阶层的消费水平逐步上升，而工资增长的指数缓慢。由于能从互助金业者那里轻松借到钱作为参加赛马赌博的本钱，一些主妇也参加到向互助金业者借钱的行列。甚至连遭到银行冷遇的中小企业，也把手伸向互助金业者要求融资。于是，互助金业者如雨后春笋迅猛发展。由于不需要担保就能借到钱，催促如期归还的措施也就变得严厉起来。从而，像这种形式的借款变成了变相的高利贷业务。尽管敦促措施严厉，效果却甚微。于是，持恐吓手段征收还款的现象开始出现。一方面由于《出资法》存在着漏洞，利息也就钻了这漏洞的空子，年利息高达百分之一百零九点五，已成为事实上的高利贷。借款人犹如抱回一个雪球，随着时间的推移越滚越大。再者，债务人难以忍受贷款人上门逼债，以致自杀身亡酿成家庭悲剧。由于上门逼债主要依靠暴力集团成员，加之开办此种融资业务不需办理任何手续，于是，一部分暴力集团成员摇身一变成了互助金业者。由此，互助金借贷成了社会问题。

这仅仅是我个人的见解。有关已经形成社会化问题的互助金，必须冷处理。我认为还应该赋予市民权，迅猛发展互助金业。既然它已经是一种客观存在的事物，我建议政府有关部门必须谨慎对待。

清水总编：何谓赋予金融业者市民权？

下田主席：例如，制定《百姓金融组合法》使之合法化，以稳定年利率。在法律上，也应该明确约束贷款方不得随意变相抬高利率。从而，使借款的工薪阶层人士在轻松的环境下归还借款。现在，把利率水准线限制在何种程度以及过多要求支付利息和归还措施等等，执政党与在野党之间意见相左。不过，这迟早也会统一的。我认为像这样的法律一出台，那些由暴力集团性质组成的互助金业者将会自然而然地被淘汰。我相信，有良知的互助金业者热切盼望着获得市民权。

清水总编：是制定《百姓金融组合法》吗？我总觉得与《相互银行法》相同，也就是说，与从无尽公司演变成相互银行相似。

下田主席：是相似。现实存在的事物要发展，就必须制定符合客观的法律。根据《百姓金融组合法》，互助金业者将形成百姓金融组合，从而，社会上存在的那部分不良互助金业者就会消失，家庭悲剧就不会重演。

清水总编：互助金业者能否从普通银行或相互银行接受贷款

营业？

下田主席：一旦弄清借款者是互助金业者，我们相互银行不会贷款。

清水总编：那么，互助金业者有时也会出现手头拮据的情况吧？

下田主席：可能是为了获取法律规定外的暴利而积蓄资金吧？但是，互助金业者仍然存在资金不足的问题。

清水总编：首都银行、地方银行和相互银行都存在着资金过剩的问题。从实质内容来看，它们很少借给那些有发展前途的优良企业。存款利息与贷款利息的反差，就是这个原因。倘若主席您建议的《百姓金融组合法》成立，金融业者有了自己的百姓金融组合，相互银行能否给予融资？

下田主席：当然给予融资，这是帮助社会铲除恶源。

清水总编：按照您的意思，相互银行是在开拓新的贷款对象。

下田主席：是那样的。就相互银行来说，也是一举两得。既解决家庭悲剧社会化的问题，也提高经营成绩。

清水总编：主席是热心的基督教徒。

下田主席：我从年轻时就感受到基督教的博爱是人类最伟大的精神。

清水总编：昭明相互银行的经营宗旨是"人类信爱"？

下田主席：我把基督教的博爱定为昭明相互银行的经营理念。人类都是同胞，身份有上下之分，但归根结底都是为了生活，应该是一律平等。有困难的时候，必须相互热心帮助，不能有私心！《圣经》第十五章第十三节上面写到：为了朋友甚至可以献出生命。这就是基督教神圣的爱！

清水总编：把市民权赋予金融业者，铲除工薪阶层家庭悲剧的根源。这也是来自基督教的博爱精神吗？

清水总编：是的。

清水总编：换一个话题说，全日本相互银行联合会向保守党提供政治捐款吗？

下田主席：不多，这仅仅是一种礼仪而已。我认为金融界倘若热衷于政治捐款，无疑是歪门邪道。

清水总编：去年年底全国相互银联支助保守党的政治捐款金额，根据国家自治厅的公布是七千五百万日元。

下田主席：就那么一点。这与热衷于捐款的企业相反，我们是在全力以赴银行的经营。

清水总编：社会上有传闻，说在施行《相互银行法》的时候，作为答谢，无尽公司向当时的首相和财政部长等大人物提供过巨额政治捐款。最近，社会上又有传闻说，相互银行界为升格为普通银行改变《相互银行法》的重要条文，正在向保守党内的某个政治派别提供政治捐款。

下田主席：纯属无稽之谈。我想通过与清水社长的交谈，彻底澄清无中生有的恶意诽谤和谣传。就像我刚才说的那样，除国家自治厅公布的七千五百万日元以外绝无其他。作为基督教的忠实信徒，我可以向神发誓。

清水总编：百忙之中打搅您，浪费了您那么多的宝贵时间。对于您有问必答和实事求是的回答，我谨此深表衷心谢意。

井川君是为了解《经济论坛》杂志社的所在地才去书店买了这本刊物，由于杂志刊登了下田行长与清水社长的长篇对话文章，再者又被访谈内容深深地吸引住了，于是，在店堂里不知不觉地站着看了好长一会儿。

井川君离开书店，朝杂志封底下端的社址——新桥的宝满大厦走去。

井川君一边走一边思忖。

他感到下田行长与清水社长访谈报道的参考价值，比自己预想的要好。从文章里，引发了各种各样犹如风起云涌的思考。

井川君在途中与住在池袋的山越遗孀静子通了电话，叮嘱了一些事情。这是马拉松式通话。

走进宝满大厦，侧面墙上的招牌栏里有许多租借办公室的事务所。四楼整层楼面是《经济论坛》杂志社的。井川君走到总服务台递上自己的名片，介绍自己是山越贞一的叔叔，要求拜见编辑部肋坂主任。

年轻的服务台小姐接通肋坂主任的电话说了很长时间，可以想象对方并不愿意接待自己。通话结束了，那小姐放下送话器说：

"主任说，只有十分钟时间。"

"行。"

可能那肋坂主任听说是山越贞一的叔叔，最终觉得难以拒绝会面。

井川君被引到会客室，在那里等了十五分钟。

"对不起，让您久等了。"

肋坂主任终于出现在井川君的眼前，隔着眼镜的眉宇间布满了皱纹。从一进门开始，这位主任就露出非常警惕的眼神。

"由于工作很忙，只能给您十分钟时间。"

"知道了，服务台小姐已经对我说了。"

"听说您是山越君的叔叔。"

肋坂主任蠕动一下下巴。

"我是山越贞一的叔叔。"

井川君在来宝满大厦的途中已与山越遗孀静子通了电话，把自己

548

的一些想法和意图告诉了静子。

"为查清你丈夫的真正死因，我准备去见一下《经济论坛》杂志社的社长或者编辑部肋坂主任。我决定扮演你的叔叔，如果杂志社来电核实请别说漏了嘴。"

"明白了。"

静子答道。对于丈夫的突然死亡，她是一直持有怀疑态度的。井川君决定查明山越君的死因，她感激万分，并向井川君深表自己由衷的谢意。

"您在首都高速公路公团的收费服务公司工作？"

肋坂主任摘下眼镜，把眼凑近井川君的名片说。

"是的。那是高速公路公团委托的公司，在关卡征收高速公路通行费，我就在那里工作。"

"噢。"

肋坂主任把名片放在桌上，重新戴上眼镜直视井川君的脸。

"嗯，您来本社有何贵干？"

"您很忙，我想抓紧问一下。"

井川君不慌不忙地说，脸上笑眯眯的，眼睛成了一条线。

"听说山越君在山梨县不慎摔死前辞去了贵社的记者工作。"

"是的，他突然提出离开本社。可山越君原本也不是本社正式职员，作为采访记者，与杂志社仅仅是合同关系，因此，他离开本社不属于退职，只是解除合同关系而已。山越君是根据自身需要，单方面解除了与杂志社的劳务合同。"

"解除合同后，杂志社好像支付了慰劳金吧？好像与退职金相似。"

"您是说相似于退职金的慰劳金？不！本社根本没有支付那种慰劳金，因他不是本社的正式职员。有关他提供的采访材料，我们是根据与他签订的合同规定支付稿酬。说得具体一点，就是作为稿费支付。"

"原来是这么回事。"

"当然，如果是我们杂志社单方面辞退了山越君，多少是应该支付点慰劳金的。遗憾的是，合同的解除是山越君主动提出来的。"

"哦。"

井川君慢慢地从袋里掏出烟，取出简易打火机点燃烟。肋坂主任见状急忙望了一下手表。

"不，我还是有一些不明白的地方。"

井川君说着，烟从鼻子里冒了出来。

"您是说不明白？"

肋坂主任略带反问的语气，藏在眼镜背后的眼睛里露出奇怪的目光。

"具体是什么事？"

"山越君去山梨县的前一天晚上，也就是九月二十二日那天晚上交给他太太现金三百万日元。一百万一叠的，共有三叠。那装钱的信封是茶色，上面印有《经济论坛》杂志社字样。"

"什么？"

肋坂主任瞪大眼睛，一副惊讶的表情，看上去不像装的。

"不可能有那种事……"

"不，是真的，我不会弄错。"

"……"

转眼间，肋坂主任脸上惊讶的表情又换成无奈的模样。他凝视着井川君那张脸，然后一声不吭地站起来，接着像一阵风似的走出房间。井川君被肋坂主任突如其来的举止惊得目瞪口呆，暗自思忖，肋坂主任一定是到社长兼总编清水四郎太那里报告去了。

窗外，不时传来电车经过高架钢轨时的轰鸣声。井川君一边欣赏节奏般的轰鸣声，一边吸着烟。正当他快要吸完的时候，会客室门开了。肋坂主任陪同一位手挂司的克拐杖的长者走进会客室，他就是该社社长兼总编的清水四郎太。

井川君望了一眼清水四郎太，却没有初次见面时的感觉。这张腮帮紧绷装模作样的脸，就是刚才在书店里站着欣赏过的《经济论坛》杂志里的照片人物。

清水社长坐在井川君对面，肋坂主任坐在桌子旁边似记录员。

井川君站起来朝清水社长鞠了个躬，社长的脸上露出极不痛快的表情，不过，他还是勉强地取出自己的名片递给井川君。

> 日本《经济论坛》月刊杂志社
> 社长兼总编清水四郎太
> 东京新桥宝满大厦四楼

后来，这张名片起到了不可估量的作用。这对当时的井川君来讲，也是万万没有想到的。

"你说的话，肋坂主任刚才对我说了。"

清水四郎太一开始就表示出反感的神情。

"山越君主动提出离开我社，按规定是不必支付任何费用的，所以就不存在我社给他三百万日元的慰劳金。你一定是搞错了。"

坐在椅子上的清水社长叉开两条腿，司的克竖在两腿中间，结实的司的克顶端镶嵌着银把手。清水社长的两只手重叠地按在把手上，俨如将军用手按着竖立着的威武的军刀。

"可是，那装有三百万日元的大信封是贵社的哟。"

井川君和颜悦色地说。

"山越君是与本社签有劳务合同的编外记者，可以自由出入本杂志社。信封之类的东西，他到处都可以轻易拿到！如果把本社的信封当作'钱袋',其里面的钱就可误认为是本社支付的。那太为难本社了。"

"照您的说法,贵社连一分钱的慰劳金也没有支付?"

"你提的疑问,我想肋坂主任一定向你解释清楚了,本社没有支付慰劳金的理由。"

"这就奇怪了!"

井川君歪着脑袋。

"有什么奇怪的呢?"

"山越君离开贵社的那天晚上,给了太太也就是我的侄女,整整三百万日元的现金。这在过去,他从不曾给过这么多的钱!我只能把这视作类似退职金性质的慰劳金。"

"不管你怎么想都行,但我社没向山越君支付过任何的钱。"

"那也太奇怪了。"

"什么?"

"既然没有,为什么社长会特意到会客室接待我?肋坂主任一人接待我不就行了吗?社长大人亲自到来,不正说明您对我这番话甚感兴趣吗?"

清水社长用力使劲地握着司的克,涨红了脸。他斜视井川君一眼,一时变得瞠目结舌,无言以对……

唇枪舌剑

"社长亲临会客室为贵社的所作所为进行辩护，实在让人感到可疑。换句话说，等于被人抓住了尾巴。"

清水四郎太听了这番话，仿佛毒蛇被击中了七寸，恼羞成怒，整个脸盘涨成暗红色，像猪肝。他开始冷静思考：山越君退职金之类的小问题，犯不着亲自出马，大动干戈，出现在本不该出现的地方。一向能说会道、以三寸不烂之舌著称于《经济论坛》的清水四郎太，此刻的脸色由暗红转成红一块白一块，似乎全身的血在倒流……他哑口无言，呆若木鸡地望着眼前这位骨子里透出曾经有过一番辉煌经历的"半老头"。

"山越君不仅仅交给夫人三百万日元，其手里好像还有很多钱！"

山越遗孀的"叔叔"——井川正治郎继续不停地说。他稍稍停顿了一会儿，又慢腾腾地从烟盒里取出一支烟夹在嘴里。就像打心理战，必须在精神和气势上制伏对手的傲慢。

清水社长和肋坂主任不约而同地注视井川君"滴水不漏"的嘴角，猜测对方的下文。井川君暗暗吃了一惊，没有想到坐在对面的两个文人此刻的态势，不是积极反击，而是消极防守，恭恭敬敬地聆听自己的演讲。

这，又意味着什么呢？……井川君不得不喋喋不休地往下说：

"出发去甲府的前一天晚上，山越君交给太太三百万现金。这，我刚才已经叙述过了。这种从来没有过的行为，一下子能获得那么多的收入。除交给太太三百万日元以外手里还有许多，这不是我信口雌黄。"

井川君吸了一口烟。

"是啊，我认为可视作证据的，是在山越君桌子抽屉里的一只大信封，那上面印有贵社的名称，里面装有五十万日元的现金。"

"……"

"那信封上有阿拉伯数字也有短文，可意思含糊不清，且字迹十分潦草，先是9、22，还写有600昭明之类的铅笔字。第二天早晨，山越君顺路到贵社以后就到了新宿车站，坐上开往山梨县石和的中央线列车，与那个约定在石和情人宾馆幽会的女子见面。"

清水四郎太依旧把结实的司的克竖在两腿中间，双手重叠着紧按在银把手上岿然不动，鼻孔里喘着粗气，既不是叹气声也不是吐气声，与孩童第一次听到稀奇故事的表情反应相似。

"山越君不是在途中与那女子相遇而双双去情人宾馆，他们是在这以前就认识的。那女子是按照事先的约定，在石和车站等候山越君乘坐的列车的到来。照这么看，那女子肯定收受了山越君相当数量的钱。我估计，山越君给了那女子五十万左右的日元。"

肋坂主任把眼镜朝上挪动了一下，坐立不安似的移动一下身体，那脸上的表情似乎想进一步知道石和女人的故事。本打算提一些问题，可一看见坐在旁边的清水社长依然铁青着脸，只得把已到嘴边的话咽了下去。

倘若肋坂主任向井川君提出疑问，那双方紧张的空气也许会得到缓和。不知道是理解了还是没有理解，清水社长只是弯曲着嘴巴的两端，那两只大耳朵笔直地竖立着，就像一头野兽在密切注视周围的动静。

井川君喷出的烟在他的眼前弥漫开来。

"除交给太太的钱以作为自己的活动资金，山越君的手上还留有同样数量的部分。我把这两部分合在一起，总金额应该是六百万左右。这仅仅是九月二十二日一天的收入！这天也正好是他离开贵社的那一天，依此，我认定山越君领到的肯定是退职金。"

井川君把一丁点儿的烟屁股按在烟缸上熄灭后，抬起眼睛望了一下两人的脸部表情接着说：

"奇怪的是，山越君没有从贵社领到过慰劳金，并且，贵社连一分钱也没有给过。这种解释太让人感到不可思议。

"那么，这笔六百万左右的日元又是从哪里来的呢？离开贵社的二十二日那天，正如贵社解释的那样，是解除采访记者合同的那一天，可万万没有想到他手上有巨款！"

"不知道。"

清水社长左右轻轻地摇晃着脑袋。

"那，山越君又是从哪里得到了这大笔钱呢？"

井川君自言自语，突然把脸扭向肋坂主任说：

"主任，您说山越君是贵社的编外采访记者，那与贵社签约合同的条件是什么呢？"

肋坂主任朝清水社长的侧面晃了一眼答道：

"工资，是支付稿酬的形式。"

"是计算稿酬吗？遇上稿件数量较少的时候，那稿酬也就相应减少，是吗？"

"不是。每月有最低保障线，其工资是二十五万日元。"

"如果稿件的字数非常多，那增加的部分也会支付稿费吗？"

"除了具有轰动效应的题材外，一般是不再增加支付稿酬。"

"月薪是二十五万日元，山越君的家庭生活费不是很宽松的。"

"叔叔"井川君叹了一口气说：

"山越君太无能了！"

"什么？"

肋坂的眼镜在窗外射入的光线折射下，一闪一闪的。

"在贵社拼命工作了十年之久，难道连一回具有轰动效应的题材也没有捕捉到？"

"……"

肋坂主任默默无语，清水社长也一声不吭。从他们的脸上表情来看，似乎也认定山越贞一无能。

"我不曾拜读过贵社杂志，可通过报上刊登的广告标题，可以大致推测每期内容都具有轰动效应。请问，那些内容是其他编外记者采访的？"

"不是的。这些题材几乎都是本社编辑部直接采访的。编外记者采访来的素材，能称得上'号外新闻'的很少。"

"编外采访记者在名片上应该如何称呼？"

"名片上吗，印有《经济论坛》杂志社记者的头衔。"

"就名片来说，与编辑部记者没有什么两样。可大煞风景的是，既然是编外采访记者，不正说明他们无能吗？包括我家的山越贞一在内。"

"也不能光那么说。"

"但是，有没有这样的情况啊？由于从编外记者采访来的题材中得到启示，编辑部倾巢出动，制作特别报道。"

"啊，我们从来没有这么干过。"

"除山越君以外，贵社还有多少编外记者？"

"二十人左右。"

"竟有二十人？"

"没有那么些编外记者，就办不成杂志社！其中也有女性记者。因为有许多题材，没有女性记者则难以采访。"

肋坂主任说到这里自吹自擂，显得有点得意忘形。这时候，清水四郎太干咳了一声，仿佛喉咙口有痰。

"您叫井川君？"

清水社长终于开口了。刚才，他在旁听井川君与肋坂君的一问一答。

"请问在哪里高就？"

语气变得温和起来。

"我在服务台时已经把名片交给了小姐，就像名片上写的那样。"

井川君答道。

"是首都高速公路公团委托的收费公司，您是高速公路的收费员？"

"是的。"

"您以前的工作呢？"

"……"

"收费关卡我们经常通过，收费员都是上年龄的人。据说曾都是公司的正式职员，退休后才到那里再就职，寻求第二人生。井川君，我想您也是那样的吧。请问您以前的工作单位？"

"我原先自己开设了一家小公司。"

"小公司也好，能自己经营很了不起啦。地点在哪呢？经营范围呢？"

"在大阪，不久前破产，经营范围也就不必说了。"

"那以前呢？"

"……"

"从刚才听您说话的那番口吻，我总觉得您在自营公司前是某大企业的高层干部。"

"没有，我没有那么好的履历。"

"差不多吧？也许是相当大的企业干部或者职工，或许是专门制定股东大会对策的总务部长？我这样估猜可能没错吧？"

清水社长窥视了一下井川君的脸微笑着说。真不愧为经济界杂志的社长兼总编，法眼如炬，能洞察一切！井川君暗自思忖。

"我根本没有大公司的经历！都是靠自己瞎摸索，无所事事。"

井川君回答时传来轻轻的敲门声，身穿蓝色罩衫的女事务员走进会客室。三十岁左右的光景，瓜子脸，她走到清水社长身旁递上。一张小纸条。

清水社长迅速地看了一眼纸上的记录，轻轻地点点头。

"那么……"

女事务员走出会客室后，清水社长的视线转向井川君。

"井川君，今天的会谈就到这里吧！"

"打搅你们了！"

井川君站起来弯腰行礼。

"谢谢！"

只有肋坂主任轻声答道。

井川君离开《经济论坛》杂志社，电梯下到一楼后走出宝满大厦。但井川君隐隐约约地感到，清水社长的视线一直在注视他的背影。

井川君觉得不虚此行，清水社长虽表面泰然自若，可内心已经动摇。

井川君沿着电车高架，从新桥朝有乐町方向走去。

路边有一家书店，他走进去买了一本《经济论坛》临时增刊。这一回不是站着看，而是打算仔细熟读《访谈记》，在理解的基础上加以综合分析。

走进咖啡馆选择了一个周围客人很少的座位，他向服务员点了一杯咖啡后，立即翻开杂志聚精会神地阅读下田行长与清水社长的《访谈记》。

站着看只能通读，坐着再读就能够深层次地琢磨出文章的真谛。

《访谈记》及其内容为全相银联捧场和鼓吹，由于全相银联是下田主席一手创办和控制的，无疑，是一支歌颂昭明相互银行下田行长的赞歌。

作为这种性质的杂志，《访谈记》无疑是新的广告模式。所谓恐吓专业户，规模小的专业杂志通常在报道时非常露骨、公开。而规模大的专业杂志，通常在报道时手法隐蔽、巧妙。同样广告赞助性质的报道，成为粉墨登场的高级报道。与企业经营者的《访谈记》，就是高级报道的一种。

这种《访谈记》报道，一般有两种。其一，对方经营者纯粹接受记者的采访；其二，某企业被该杂志抓住丑闻的把柄，作为一种交易。以这种《访谈记》的形式索取巨额广告赞助费。与下田主席之间的《访谈记》多半是第二种。

可以认定，山越贞一拥有的六百万日元是同时得到的。编外采访记者山越贞一，在采访昭明相互银行或者全相银联的过程中，抓住了对方的把柄作为交换条件。他将采访来的材料交还给对方，瞒着《经济论坛》杂志社从下田行长那里索取了六百万日元！

按照正常的思维逻辑，清水四郎太不可能把捧场的《访谈记》刊登在自己的杂志上。打个比方，清水社长从下田行长手中领得一千万日元，与山越君四六分成，但是，这种假设也不太可能。这是因为山越君得到钱后，立即向《经济论坛》杂志社提出了辞呈。

井川君用手撑着脸，如痴如醉，逐字逐句地品尝文章的真正含意。

编外女记者

井川君坐在咖啡馆里孜孜不倦，终于将《访谈记》以及其他报道看了第二遍。

本刊内容如下：

×《冲击东方工业的经营内容》；

△《扶桑电器制造的现状分析》；

○《山海食品公司经营层的评分》；

○《福寿制药公司通过技术开发为制药行业迎来新的战国时代》；

○《就有关香月化学工业公司恢复下半期股息增配，采访山仓总经理》；

×《多田证券交易所总经理戏剧性调换领导班子及其内幕》。

井川君顺便看了这些报道，大致可以分为三种类型。其一，是善意的评价；其二，是批评的；其三，是客观的分析。井川君在右边标题的上侧写上"○"、"×"和"△"三种记号。

△，只有一个；○，有三个；×，有两个。所谓"○"，可以说是善意的。换句话说，这些捧场的报道形式能让读者接受。所谓"×"，可以说是批评文章，换句话说是恶意的。

《经济论坛》的特点，是被列举的企业以广告赞助费或其他的名义出钱，则善意报道；反之，则受到攻击，变成恶意报道。因此，如果该出钱企业中途改变主意停止广告赞助，原来的善意报道便一百八十度转弯，变成批评报道。原先被歧视的企业一旦出钱进行广告赞助，原批评报道便转换成善意报道。

在井川君曾经担任东洋商社管理部长兼总务部长时期，某专业杂志长期刊登文章频频赞美某企业总经理经营有方。突然有一天，该企业总经理开始遭到恶劣攻击和诽谤。经过调查，方知那位总经理中途停止出资援助该杂志社，于是，该杂志社和该企业总经理翻脸并以恶舌告别。

《经济论坛》无疑是这种性质的杂志，总之，肯定企业的长处和检验经营者能力的标准，取决于该企业是否在经济上赞助该杂志。当然，纯粹主观捏造让企业难堪的东西，也会让读者察觉是在愚弄欺骗读者。因此，报道中多少要穿插一点真实内容。

纵观《经济论坛》杂志上的所有内容都带着这种观点，不管怎么说，《访谈记》是最引人注目的，并给人一种"号外报道"的感觉。从这篇文章的醒目程度以及对昭明相互银行行长兼全相银联主席下田忠雄的赞美，可以断定清水社长从下田忠雄那里得到了金钱上的满足。

在《访谈记》里，下田行长高度评价新建的全相银联会馆大厦；清水社长就会馆二十四楼实行会员制的玛斯塔高级餐馆，大肆捧场和赞颂。

玛斯塔餐馆的妈妈桑是绝代美人，服务小姐们个个都是百里挑一。

玛斯塔的妈妈桑，其实就是银座多多努夜总会沙龙大厦七楼塔玛莫夜总会的妈妈桑——增田富子。由她同时经营，不用说，这是全相银联下田忠雄独断专行的人事决定。听乔君说，餐馆名称掺有增田的读音，这好像是下田忠雄命名的。

下田忠雄与增田富子之间的关系，井川君多少能猜出一点，那清水四郎太则更清楚了。正因如此，清水社长为了从下田行长手里获得更多的钱，称赞妈妈桑是美人。

刚才与清水四郎太会见后，井川君感到原先的观点必须改变。

井川君原认为山越君在采访过程中掌握了下田行长的丑闻，并把它作为敲诈鱼饵从下田行长手里获取六百万日元，而《经济论坛》杂志则一声不吭、袖手旁观。通过仔细阅读《访谈记》后，总感到清水四郎太从山越君采访的材料中间得到了某种启迪，也借机敲诈下田行长的钱财。作为报答，摇身一变，把《访谈记》改为吹捧下田行长的文章，也许，清水四郎太从下田行长那里得到好几千万日元。这期《经济论坛》临时增刊，是在山越君从下田行长手里诈取六百万日元摔死后的两个星期里发行的。有两个星期的时间，足以加急完成从特集编辑印刷到发行的过程。

在山越君看来，其获取的六百万日元是一笔巨款。当井川君说到这里的时候，清水四郎太似乎十分惊讶，其实是在井川君面前故弄玄虚。这是他与肋坂主任共同策划的一出戏。井川君直到现在才认清清水社长的真实面目，其手腕高明堪称杂志界一绝。

次日，井川君在首都高速公路永福关卡收费。该收费站在甲州公路沿线，处在新宿与高井户之间。永福收费关卡悬挂着电子荧光屏，出现"三宅坂长达八公里交通堵塞"的字样。当车辆拥挤或者早晨和傍晚高峰时，上行道的电子荧光屏经常出现"八公里堵塞"的字样。从上午八时至十时的时间段里，从关卡沿甲州公路的一路上，车辆停滞不前，排成两公里长的车队。每天塞车的主要原因，是三宅坂隧道里只有一条车道，不能同时双向行驶，加之像汽车驾驶学校里的练习场一样的弯道多，车速必须减慢，就好比河角容易积蓄垃圾导致船群堵塞那样。总有一天，这一带的高速公路会全部改作停车场。

车辆多，收费员无疑忙得不可开交。可车辆再多也只能慢行，售通行券或接过通行券，只能按顺序进行。司机个个拉长脸，表现得十分焦急。

"大叔。"

"什么事？"

"因为是高速公路才从你这里通行，像这样的低速公路简直让人走投无路。如果有铁路，我们一定讨还四百日元改乘快速列车或特快列车。"

"真对不起。不过，三宅坂八公里路塞车的信息不会一成不变的。"

"指示牌上的信息从来就不准确！它倘若显示八公里，实际是四公里塞车；如果显示的是三公里，可一到隧道附近实际上却是六公里塞车。"

"真对不起，塞车公里数是总部指挥室根据电脑计算机显示的数字发布的。从总部电脑的数字发布到反映在沿途的指示牌荧光屏上需要五分钟时间，而五分钟里的车流情况变化很大。"

"那是什么电脑计算机？如今，哪还有需要五分钟才能传到的'老爷电脑'？！一定是过时的老式电脑吧？首都高速公路公团赚了那么多钱，理应再投入一点。快跟你们总经理说，让他买一秒钟就能传到和显示的最新电脑！"

"是，是。"

司机们对塞车十分不满，有的竟在收费窗前把脸探出车外破口大骂。几乎所有的司机都把收费窗口前的收费员视为道路公团职员。

一遇上这种"繁忙"的时候，站着收费和坐着算账的两个人之间无法交谈。因此，每天的相互交替收费都视收费关卡的流量情况而发生变化。

正在永福关卡收费的井川君，很想埋头思考昨天碰到的一系列情况。例如，自己与《经济论坛》杂志社清水社长的交锋，清水社长与下田忠雄之间的关系，下田行长与玛斯塔餐馆增田富子的关系等等。

可脑袋里乱哄哄的，根本没有思考的空间。虽说夜里通过的车辆很少，可白天积累的疲劳使整个脑袋的细胞几乎累得只想休息。

早晨八点，载着上班收费员和下班收费员的巴士一到，才算松了一口气。可收费员们毕竟都是上年岁的人，与年轻人有根本区别，纵然夜里有五个小时的临时睡觉，还是无法消除长达二十四小时的疲劳。

芝白金财务所是收费员们的集散地。

井川君走下巴士刚要通过事务所门前，有一位事务员喊住他：

"井川先生，昨天下午六点左右有人打电话给您。"

事务所里墙上有一块黑板，那上面都是白粉笔写的备忘事宜。

在收费站工作的时间段里，只要不是家人挂急诊，外面打来的电话一律不能转到所在收费站。

"谢谢，是什么人打来的？"

"叫木村秀子。"

"木村秀子？"

"听上去，声音像中年妇女，真羡慕您啊！"

"别开玩笑！我都这把年纪了。"

"她问怎样才能见到您？我对她说，明天早晨八点下班，如果在芝白金——我们收费公司财务所门前等候准能见到。现在这时候，她大概已经在门口等候？！"

井川君想象不出是谁。

井川君走出财务所，一边向周围扫视一边走。

沿着马路朝前走五十米左右的地方有一家杂货店，由于天色还早卷帘门还没有升起，屋檐下站着一位身穿灰色休闲服的细身材的女子。她看见井川君后离开屋檐，彬彬有礼地朝井川君走来弯下腰说：

"您早！"

井川君也注意到这个中年女子，轻轻地点了一下头。在井川君的记忆里不曾见过这个女子，三十四五岁的光景，长圆脸上架着一副无框眼镜，瘦高个。披在肩上的长发没有经过修饰，手腕上和颈脖子上没有戴任何金银饰品，没有年轻女子专用的小皮包，而是一只黑色的皮书包。这身打扮，与其说是办公室的女事务员，倒不如说是保险公司的推销员。

这女子站的地方，曾经是山越贞一等候井川君的地方。

"您是井川先生吧？"

她用确认的口吻说道。

"我是井川。"

"我忘记自我介绍了。我叫木村秀子，十分冒昧，昨天下午六点左右打电话到您单位。今天早晨没有经过您的许可，又在这里等候想与您见面，太失礼了。"

这个叫木村秀子的女人，口若悬河地一口气说完。那种习惯与陌生人初次见面说话的老练语气，加之一身灰色的休闲服，井川君越发觉得是保险公司的推销员。眼镜背后是一对细长的眼睛，高高隆起的鼻子，两片薄薄的嘴唇，肤色很白，但称不上美女脸蛋。

井川君没有立即回答，顿了一会儿问道：

"对不起，你怎么知道我叫井川的？"

只好选择回答这条路。

"哦！我非常失礼，井川君先生的相貌特征我是向别人打听的。"

"什么？我的特征？你是从哪一位那儿打听的？"

井川君吃了一惊，反问那女子。

"有关这……我有话要对你说，您刚下班一定很疲劳。我只想占用您二三十分钟时间，不知行否？"

戴无框眼镜的女士低头行礼。

"好吧……"

井川君无精打采。

"对不起，我还没有介绍自己的身份……我是《经济论坛》杂志社的女编外记者。"

她微笑着说。

"什么？"

"我想您一定吃惊了吧！前天您光临本社，我顺便打听了您的情况。"

"……"

"我是因工作上的事情返回杂志社，从高层干部室的女秘书那里听说了您的情况。井川先生是为了我原来的同事——山越君的事情去见社长和编辑部主任的……"

井川君没有说话。

"我从女秘书那里打听到井川君先生的特征和井川先生工作的地方。那女秘书是我的一个远房亲戚的女儿。"

木村秀子继续笑着说。

"能不能请您到附近咖啡馆里坐坐，占用您二三十分钟间。"

"哦。"

井川君终于开口了。

"你想说山越君的事情吗？"

"对，还包括您侄女婿的事情。"

"包括是什么意思？"

"井川先生，我想说说《经济论坛》杂志社对我们编外记者的一些情况，包括苛刻的工作条件。"

井川君想起肋坂主任昨天说的话，我们杂志社里也有编外女记者。

井川君重新审视了一下木村秀子，她不是保险推销员，而是女记者。

希望之光

上午九点，附近的咖啡馆还没有开始营业。

附近的儿童公园展现在井川君的眼前。井川君与木村秀子一起来到儿童公园并排坐在公园里的长凳上。

井川君想起曾经与化名原田的山越贞一第一次见面的时候，是在赤坂附近的一家宾馆餐厅里。

不用说，小学生都上学去了，幼儿园和保育园的娃娃们也正在室内自己玩耍。公园里没有孩子的身影，滑梯和秋千孤零零的，显得十分寂静。

"只能在这种地方来听你说说，真对不起了。"

井川君对这位自称《经济论坛》杂志社的编外女记者说。

"不，是我对不起您，在您工作二十四个小时后还没有让您休息。"

休闲装裹着木村秀子消瘦的身体，她把皮书包放在膝盖上，低着头。

"山越君，"

静子的"叔叔"井川君打开了话匣。

"对于《经济论坛》杂志社的不公正待遇早就牢骚满腹。前天，有关山越君离开公司的退职金，我找清水社长和肋坂主任打听，可他俩回答说没有给过山越君一分钱，简直让人不敢相信。"

前天，正在与清水四郎太和肋坂主任交谈的时候，走进一位女秘书与清水君打起了耳语。井川君不清楚他们交谈什么。那位打耳语的秘书递给清水社长一张纸条后，只待了两三分钟就出去了。当时从他俩脸上的表情，好像是在交谈退职金的问题。从那女秘书打听到情况的木村秀子，打算向这位叔叔揭露杂志社对编外记者极不公平的待遇和恶劣工作条件，包括对山越贞一的不当处理。

"就是杂志社单方面解除合同也不给退职金。这不仅仅是山越君一个人，包括女性在内的我们所有编外记者都是那样的。"

木村秀子蠕动一下薄薄的嘴唇，眼镜闪着光亮。

"入社的时候，签订过那种不平等的合同吗？"

"规范的合同书没有签订过，只是社长口头说一些要约和承诺。我们深信无疑，可社长说完脸上却装作什么都不知道的表情。"

"噢。"

"比方说，社长曾口头承诺过编外记者虽不是正式职工，但两年过后根据成绩可转正式职工。但是，成绩这种说法没有一个具体尺度和标准。届时把成绩还不怎么样作为一种借口，足可让我们永远转不了正。成绩究竟如何？全凭社长主观想象，我们也不知怎么办才好。"

"从客观上，自己的采访成绩如何，一看杂志就可一目了然。"

"是的。"

木村秀子手敲膝盖上的皮书包，语气强烈。

"客观上是那样，可社长和肋坂主任却矢口否认。"

"为什么？"

"他们一直这样说，喂，你那采访太粗心了。编辑部又重赴实地进行了采访。为此，我们查阅了《经济论坛》杂志，刊登的文章与我们采访来的素材没什么两样。说不客气的话，我们的采访说到底只能被认作素材，素材编辑全在于编辑们手中的笔。为什么编辑部主任尽说一些蒙骗人的谎话？因为肋坂主任是清水社长的克隆代言人。他还有一个外号叫'奴才'。"

木村秀子瞪大眼睛隔着镜片环视了一下空荡荡的公园，气愤地说。

"素材的编辑方法。"

井川君喃喃自语。

素材的编辑方法尤其重要，关系到清水四郎太向该企业经营者索取广告赞助费的技巧问题。改变一种观点，就可改变评价，就可提高要价。歌颂也好，批评也好，只要超常发挥技巧，就可以自由自在，随心所欲。

"工作待遇，简直差得不能再差了。"

木村秀子继续说。

"交通费一开始由杂志社支付，但领导层借口杂志经营情况不理想取消了交通费。我们这些编外记者的每月固定工资只有十万日元，后又因与交通费同样的理由减少到每月八万日元。目前的生活最低标准不能少于二十二三万日元，不足部分，必须靠采访来的素材与社里交换稿酬弥补。为生活所逼，我们整天在东京都内的企业之间转来转去。交通费取消了，只能靠两条腿徒步采访，皮鞋穿不了两个月就要到鞋匠铺换后跟。"

木村秀子伤心地看了一下自己的皮鞋。

"还有，"她把眼镜往上挪了一下。

"采访的素材计费单价也被莫名其妙地调低了。如果我们脸上稍有不满情绪，就会遭到被开除的厄运。我们没有工会组织，没有人为我们撑腰，与其受窝囊气，倒不如不干。可眼下还没有找到新的去处，只能忍气吞声，忍受煎熬。大家无不都是这样的处境。"

"……"

"干脆像酒井武治那样，与清水社长分道扬镳……"

"你说的酒井武治，是谁？"

"哦！"

木村秀子好像察觉自己说漏了嘴，急忙用手把嘴捂上。

"酒井君也是编外记者吗？"

木村秀子吞吞吐吐的，井川君问道。

"不，不是的。井川先生听说过酒井武治吗？"

"没有。"

"这已经是公开的事了，我说给您听。酒井先生原先是胁坂主任的助手，任编辑部副主任。他与胁坂主任不同，非常有骨气，最主要的是酒井君的工作能力强。酒井先生与清水社长发生了争执不欢而散，独立创办了金融专业杂志，叫《企业界报》月刊杂志。创刊后至今已有三年多了。"

《企业界报》月刊杂志，井川君经常在报纸广告栏里看到，但不曾买来看过，不知那杂志内容怎么样？

"酒井君是一个很能干的记者，胁坂主任也很怕他。如今《企业界报》发展很快，但其发行量还没有达到《经济论坛》的发行量。"

木村秀子说完，夸奖起酒井武治来。

"《企业界报》与《经济论坛》作为竞争对手，相互辩论，互相交锋，总之是对着干。"

木村秀子解释道。

"所谓对着干，是针对某个企业的情况来说，其观点势不两立吗？"

"是的。就是那种倾向。因为是竞争杂志，也许不那样干不行吧！"

木村秀子说。

"不过，清水社长在表面上没有把酒井君的《企业界报》当作大问题。可内心是怎么想的？我们不清楚。"

木村秀子的言外之意是，清水四郎太怒火中烧，恨不得一下吞了《企业界报》。

"不过，他们之间的竞争与我们编外记者没有任何的关系。"

木村秀子说，她那副眼镜在太阳光下格外耀眼。

"编外记者，在《经济论坛》杂志社就是那样的工作待遇。对于山越君，我们大家都愤愤不平。他是一位出色的记者，偏偏……"

也许是因为出色，山越贞一才落到被杀害的地步。

井川君想起山越遗孀——静子说的那番话。山越君也想独立，与酒井武治一样，计划成立新的经济专业杂志。

"报上说我丈夫患有神经质，那是绝对没有的事。我丈夫在外出旅行前一天晚上兴奋地对我说，从现在起，我准备奋力拼搏一番，我也终于熬出头看到希望了。他还说，接下来将要开始新的工作。他那眉飞色舞的神情，至今还浮现在我眼前。"

静子那天晚上还对井川君说。

所谓新的工作，一定是山越君看到了《企业界报》的成功。想创办同类杂志，开发新的事业。这种性质的杂志，除靠定价销售的收入外，还有广告赞助费之类的隐性收入，非常可观。

如今《经济论坛》杂志社的清水四郎太，从山越君采访的素材里得到启发，以广告赞助的名义从昭明相互银行行长兼全相银联主席下田忠雄那里获得相当的不义之财。作为交易，《经济论坛》发行临时增刊，刊登清水社长与下田行长的《访谈记》。

命运不佳的山越贞一却在独立之前，死于非命……

"我已经忍耐不住了，打算尽快地离开《经济论坛》杂志社。"

木村秀子叹了一口气。

"您是想辞职吗？"

井川君望着这张长圆的脸。

"是的……不过，像我这种年龄已经找不到称心如意的工作。我的一个外甥女在一家夜总会当会计，我想到那里找一份工作。"

"到夜总会？当服务小姐？"

"万一找不到满意工作就……"

木村秀子苦笑道，表情十分落寞。

"我如果再年轻一点也许就能当上服务小姐了。像我这样长得又丑又老，已经是无路可走了。我那外甥女说当保洁员可以。"

"……"

"在夜总会里当保洁员主要是厕所保洁。客人用完厕所时，必须站在洗手间水池边为客人打开温热水龙头，递上毛巾擦手，有时还要给客人身上喷点香水。因为客人给小费，所以工资微薄。据说小费收入非常可观。"

"那是一家相当高级的夜总会吧，叫什么夜总会？"

"听说是一家叫玛斯塔高级餐馆。"

"什么？是玛斯塔高级餐馆？"

"怎么，您知道那家餐馆？"

"不不，好像在哪里听到过那个名称。"

"总之，那餐馆是在最近新建成的全相银联会馆大厦的哪一楼层里。实行会员制，又叫晚餐夜总会。"

"木村小姐。"

井川君突然对此很感兴趣。

"你如果去那里就职，怎么样啊？"

"不过，就厕所保洁工作来说……"

"说是厕所，可到那里去的都是绅士。提到全相银联会馆，全国各地相互银行的头面人物都聚集在那里。光小费收入就很可观，就像您那外甥女说的那样。"

井川的眼睛里闪出一丝希望之光，不单单是全相银联的人们，那些从增田富子的"塔玛莫夜总会"调到玛斯塔高级餐馆的服务小姐也在那里。在那里也许能够抓住安子小姐的线索？当然，妈妈桑增田富子也在那里，下田忠雄也会常去那里……

"一流夜总会里也有那类保洁员。客人用完厕所，肯定朝事先准备好的盒子里放上三百或者五百日币。听说放上一千日币的客人也不少，一个晚上收入能达到一万日元左右。这话是夜总会传出来的。"

井川君极力劝说木村秀子。

"不过……"

木村秀子望着地上摇摇头。

"无论有多么好的收入，厕所保洁员与马路上打扫清洁是一回事，我可拉不下那面子。"

木村秀子咬了一下薄薄的嘴唇，用指尖轻轻地敲打着放在膝盖上的皮书包。

"太可惜了，这是份不容易找到的工作。"

井川君叹了一口气。

"能不能再重新考虑一下？"

"我无论如何没有那脸面去干那份工作。明天，我用电话谢绝外甥女的一番好意。"

她说话的语气十分肯定。

"什么？唉……你说玛斯塔高级餐馆里确实缺少厕所保洁员吗？"

"是的，原来有一个，但经常生病，听说最近打算辞掉不干了。这是我那外甥女说的。"

"那，木村小姐，如果你真打算不干，我推荐一个我熟悉的妇女，不知可以不可以？"

"什么，是井川先生的……"

木村秀子吃惊地望着井川君的脸。

"她是我的一个远房亲戚，今年三十五岁，身体健康，不知对我

573

说了多少遍想外出工作，可是我也一时找不到适合她的工作。刚才听你说的那个工作，我觉得她很合适。真不好意思，想请你跟你那当会计的外甥女说说好话，请她帮助介绍。"

在他的脑海里，已经浮现出潜入玛斯塔餐馆的最佳人选——静子。

木村秀子点点头。

"那，明天我帮您说说看。"

"拜托了，拜托了。"

井川君不停地朝木村秀子鞠躬。

"结果如何，我明天打电话给井川先生，请告诉我您府上的电话。"

井川君取出笔记簿三下两下地写完，然后把它撕下交给木村秀子。

"我家在国分寺，请多关照。"

眼前，儿童公园里的秋千和滑梯，依然与清晨那样鸦雀无声。

原是为了听木村秀子的牢骚才见她，没想到眼前却出现了意想不到的希望的曙光。

《企业界报》

井川君告别木村秀子后与山越贞一的遗孀静子通了电话，然后朝池袋走去。虽刚下班身体十分疲劳，可此刻心里一阵轻松，疲劳似乎不翼而飞。

西池袋第五条街背后的巷里有一幢旧式公寓，山越贞一的遗孀已经站在大门口迎接他的到来。

从"山越灵堂守夜"那天以来，井川君第二次来到这里。周围打扫得非常整洁，仿佛空气中散发着失去丈夫的那种孤独气息。一扇推拉式的纸糊门敞开着，墙边是一座不大的佛龛，亮着灯。灵牌前放着桃子和葡萄等供品，正面是山越贞一遗像，镜框周围点缀着黑布、花和飘带。

井川君点燃了香作揖祷告，希望山越君的在天之灵保佑静子此行成功。静子买的是廉价香。

井川君转过身，朝山越遗孀鞠了一个躬。

"劳驾特地光临，真对不起。"

山越遗孀彬彬有礼地说。

"刚才，打电话给你太失礼了。"

井川君用电话确认她在家后才去了她家。

"我在家等您光临，也有事要对您说。"

山越遗孀做了自我介绍，叫细君静子。

井川君不知道她想说什么。静子把井川君引到一个小房间后端上茶。

井川君想了一下，还是先说明来访的目的，再听静子说比较妥当。

"《经济论坛》月刊杂志社打给夫人电话问过我的情况吗？"

"电话来过。"

静子点点头。

"《经济论坛》杂志社总务科的浅野先生打来电话说，现在有一位叫井川正治郎的男子来到本社，说他是山越夫人的叔叔，请问是真的吗？我按照事先与井川先生商量好的称呼，回答说是我母亲的弟弟。他说原来是这样，就把电话给挂了。"

"果然不出所料！"

井川君从静子的回答里想起肋坂主任与自己见面时那怀疑的神情，在与他们见面之前，幸亏与静子通了攻守同盟的电话。

"我为你丈夫的事情去杂志社面见了肋坂主任。我问他，山越君退职为何没有一分钱的退职金？其实这仅仅是我的一个借口，真正目的是想了解清水社长与下田行长之间的特殊关系。"

井川君把自己的想法一股脑儿地说给静子听，可又不能说得太详细。

"清水社长仿佛想弄清我去的真正目的，非常用心地听我说。我想他最介意我的是两个方面的事情：一是担心我了解他本人与下田行长之间的关系；二是害怕我了解你丈夫在山梨县采石场摔死的奇怪死因。"

"我丈夫不是从断崖上因自己原因摔死的吗？！"

静子反问，与其说敏感，倒不如说根本不像人们第一次听到噩耗时的吃惊表情，出乎意料的语气。

井川君感到意外，如果层层剖析"奇怪死因"，一一道出其丈夫坠死的"疑团"细节，静子一定会毛骨悚然，吃惊不小。由于看不清楚静子脸上的表情变化，而从她询问的语气里可以得知，她早已听说丈夫的死因有问题，希望从井川君那里得到证实，其丈夫不是过失死亡。

"根据我的推测，您丈夫是被强迫带到断崖上走到悬崖边摔死的。"

"是人为的？"

静子追问道：

"……那，您是说有人把我丈夫从断崖上推下去的？"

"不是直接推到断崖下，而是让您丈夫喝下某种精神镇静剂。这种药水进入人的体内，三十分钟后能使人失去思维能力和判断能力，运动神经进入麻痹状态，糊里糊涂，摇摇晃晃，从某种意义上说，等于患了痴呆症。"

"什么，有那么可怕的药？"

"那是为了抑制精神病患者在兴奋时狂妄的药物。五六个小时后药性消失，恢复到原来状态。那进入人体内的药液，也会自然而然地消失。"

"……像这么危险的药，任何药房都能买到吗？"

静子瞪大眼睛，吃惊地望着井川君。

"不，只有精神科医生在治疗时才有那种药。一般来说，这种药普通药房是不经销的。"

那药叫HP，但眼下没有必要什么都对她说。

"那么，让我丈夫吃那种药的是精神科医生？"

"那不太可能。"

"既然不是精神科医生，那家伙为什么有那种药？"

"现在还不是很清楚。对于那种药的流通渠道，我做过种种设想……"

人，经常在与他人说话过程中，大脑里会突然闪出启示般的灵感。有时候许多无法明白的事情和迄今为止没有解决的问题，在与他人说话的一刹那间，神奇的钥匙浮现在眼前。出现这些灵感和钥匙的时候往往心不在焉，与谈话对方答非所问。在日常生活中，经常会出现这种美好的瞬间。

现在浮现在井川眼前的，是《经济论坛》临时增刊目录的那一页，那上面这样的标题："福寿制药公司通过技术开发为制药行业迎来新的战国时代"。

井川君默默地发着呆，呆滞的两眼举目远眺，似乎在注视目录上的印刷字体。

"井川先生，是谁使用那种药物对我丈夫下毒手的？"

静子把一只手撑在榻榻米上，凑到井川君跟前询问。

"眼下还不知道。我打算从现在开始把它查个水落石出。"

"井川先生，请一定要帮我查清楚，我求您了。虽说现在还不知道是谁，但一旦水落石出我决不饶恕他。"

静子咬了一下嘴唇。

"尽我一切力量找到凶手。"

就像在黑暗的地道里看到一个不大的洞口那里射入一道阳光，井川君看到了一丝希望。

"我不知道我要说的事情是否与这有关。昨天下午两点，有一个拿着这张名片的先生光临寒舍。我要告诉您的，就是这个。"

静子说完，站起身拿来一张名片给井川君看。

经济界综合杂志《企业界报》

记者　宇野宗三

《企业界报》杂志记者主动上门，接触山越贞一的遗孀细君

静子。

两小时前，井川君刚从《经济论坛》编外记者木村秀子那里听说有一家《企业界报》杂志，社长是酒井武治。

酒井武治原来是《经济论坛》杂志编辑部副主任，是一位才华出众的记者，而那位编辑部主任只不过是奴才而已。

"酒井先生与清水社长发生了争执后分道扬镳，独立创办了经济界的专业杂志《企业界报》，至今已经有整整三年了。"

"现在《企业界报》发展很快，虽还没有达到《经济论坛》的发行量，但两家作为报道同一行业的杂志刊物，相互间展开了激烈的市场争夺。不过，清水社长并没有把《企业界报》的威胁放在眼里。当然，他内心是怎么想的一时还不明白。尽管在表面上没有对《企业界报》做出任何反应，但在他的心底里肯定不会是风平浪静的。"

《企业界报》杂志是一枝后起之秀，三年来，发行量不断上升，显示了它的不凡业绩，尤其是记者们的能力超群。与清水社长不欢而散的酒井武治绝不会轻饶了清水社长，而要与他一比高低，一决雌雄。

大凡新创办的杂志要超越老资格的对手杂志，必须采取对抗路线与其针锋相对，而且毫不留情，同时，避免仿效和照搬，还要充分显示自己特点。

井川君从木村秀子那儿听到《企业界报》消息时，做了一番上述思考。没想到静子也说到《企业界报》，并说到该杂志记者亲临死者家采访。井川君心里怦怦直跳。

"夫人，那记者来这里说了些什么？"

"他说，请把你丈夫去山梨县之前的情况介绍一遍。"

"那，夫人是怎么说的？"

"我回答说，丈夫一直是按照自己的想法行动，什么也不对我公开，我一点也不知道怎么会是那样的结果。"

"可记者又问，九月二十三日山越君在离家到山梨县之前好像对夫人说了什么吧？如果当时他什么也没有说，那曾经对你说过什么话吗？不管什么话，哪怕是不起眼的小事也可以说说。记者纠缠不休，寻根刨底。"

"那后来呢？"

"我答道，我丈夫从来不对我说他工作上的事情。他马上又说那不可能，一定有，请好好想一想，是不是夫人把那些都忘了。"

"这位叫宇野宗三的记者看上去有多大岁数？"

"还很年轻。是啊，看上去三十岁也没有，头发很长，两只肩膀像驼背那样耸得高高的。"

为提高发行量，超越《经济论坛》的知名度，《企业界报》全力以赴开足马力，就连记者也尽量挑选橄榄球选手体格，具有纠缠个性的青年。

"由于他一直喋喋不休，我就问他，你要我想象我丈夫会说些什么？那是什么意思？于是，宇野记者突然压低嗓门，那时家里只有我一人，可他还是仔细环视一下四周后对我说：夫人，对你说实话吧，你丈夫不是因自己的过失而跳崖死亡的。我越调查越觉得可疑，那里面疑点太多了。"

不愧是杂志新锐《企业界报》！这年轻的宇野宗三记者，对于山越贞一的死一定嗅到了什么？他的背后，因为有酒井武治这样的"武林"高手。

井川君不免担心起来，《企业界报》调查到的情况不知到什么程度？

"于是，我问宇野宗三记者，难道我丈夫是他杀？"

静子继续往下说：

"……于是，宇野记者似乎慌了神，说话声更轻了。他说，还不能立即断定，但那种疑点越来越明显了。所以我要问夫人，你丈夫在离家去山梨县之前对你说了些什么，尤其是与他的死有关的话。"

"嗯……"

"我对他说，如果我丈夫是到那里寻求自杀，肯定会留下某种暗示的话。相反，如果假定是他杀，也就是说，他完全不知道自己会被害，他本人怎么会说出那种与死有关的话呢？"

"嗯，那宇野记者又怎么说了呢？"

"他说，假定山越君之死是他杀，你那样说也许有一定道理。因为他本人在事前理应有什么预感，或是谜一般的片言只语。按理说应该有。说完，他死乞白赖，请我帮着快点回忆，请说一点。"

"……"

"于是，我说，宇野先生好像推定我丈夫之死是他杀，也就是说，肯定推测到杀我丈夫的凶手是谁？那请告诉我，我立即去警署那里报告。"

"宇野记者怎么回答你的呢？"

"我这么一说，宇野先生十分狼狈，满脸尴尬，他不断地摇着两只手，弓起腰，'不，不，还无法做出那种推测，现在到警署那里去报告还为时太早，请夫人别到警署去！'他拦住我不让我到警署去。"

"原来是这样。"

"他说完之后赶紧走到门口穿上皮鞋，临走前又问道，您丈夫经常到昭明相银的下田行长那里去吗？"

"……"

果然，《企业界报》盯上了下田忠雄！酒井武治果真厉害，目光锐利，火眼金睛。

井川君的心异常激动起来，宛如电流贯穿了全身。

"我对他说，我从来没有从丈夫的口中听说过那个名字。他听我说完两眼紧紧地盯着我，对我说，打搅夫人了，我下次再来麻烦您，最好请别到警署那里报告！那样，会惊动或放跑罪犯的！宇野记者来过后，真让我好难受啊！"

井川君暗自分析了一下目前的情况，感到刻不容缓。也真是无巧不成书！从《企业界报》记者的嘴里说出昭明相互银行下田行长的名字，尽管是一种猜测，但无独有偶，正好给自己要说的起了穿针引线的作用。

"是这样的，夫人，我今天有事要拜托你，请无论如何答应我。"

井川君开口说了。

"好。"

"夫人，想请你到外面去工作。"

"要我去工作？"

静子瞪大眼睛望着井川君。

"这事情太突然了，你也许会惊慌失措。我这样安排也是有一定道理的。其理由吗，我会慢慢跟你说的。首先我要说的，工作场所是坐落在丸内的全日本相互银行联合会的会馆大厦，简称'全相银联会馆'，在大厦的二十四楼上有一家玛斯塔高级餐馆，简称'高级餐馆'。实际上，那是一家实行会员制的夜总会。到那里去的人，都是一些高层次的企业要人。我想请夫人在那里干一段时间，具体工作是夜总会里的厕所保洁员。"

"什么，让我干什么工作？"

"其一，把厕所打扫干净；其二，为使用过厕所的客人打开热水龙头，再递上毛巾让客人擦手。"

井川君突如其来的这番话让山越遗孀大吃一惊，目瞪口呆。

"夫人，那全相银联主席是下田忠雄。就是宇野记者所说的那个昭明相互银行的行长。"

井川君说完，耐心等待着静子的反应。

妻子不安

次日又是井川君的公休日。上午十点左右，井川君还在蒙头睡大觉。

妻子大声唤醒井川君：

"《经济论坛》杂志的木村秀子小姐打来电话，快接电话！"

井川君从床上一骨碌跳将起来，从妻子手中一把夺过听筒，嘴对着送话口彬彬有礼地说道：

"我是井川，真对不起！让您久等了。是啊，昨天，我太失礼了！"

"我是木村秀子，哪里哪里，昨天是我失礼了！事先没有经过您的同意……在贵公司门口执意见您。"

木村秀子的说话声音与昨天一样，听上去有点嘶哑。此刻，她那鼻梁上架着无框眼镜的长圆脸蛋，仿佛浮现在井川君的眼前。

"昨天在您疲劳的时候，承蒙关心我们的困境，由此也了解了山越君当时的立场。衷心感谢，衷心感谢。"

木村秀子连声道谢后，语气稍稍有些改变。

"有关您委托我介绍玛斯塔高级餐馆的厕所保洁员的事情……"

说了这么多话，就数这句话最重要。

"哦，哦。"

"我已经跟我外甥女说了，她说，你自己不干可以介绍别人干。"

"好啊。"

井川君不由得喜出望外连声说道:

"谢谢,谢谢。"

并朝送话口点头致谢。

"我想她本人也一定对此十分高兴,我这就打电话与她联系。"

"我还是再慎重地问一句,她乐不乐意做厕所保洁员的工作?"

尽管对《经济论坛》杂志社深怀不满,但终因放不下架子还是拒绝了保洁员这份工作。出于慎重,木村秀子担心对方也放不下架子。

"她表示乐意。昨天我一到家就与她本人打了电话,她满口答应,还说无论如何帮她揽下这份活。"

"听说是您的远亲?"

"我表兄的长女,叫上原静子,今年三十八岁,离婚后一直独居。"

这是昨天与细君静子商谈好的对外回答内容。当然不能说出"山越"这个姓氏,一说出"井川"的姓也有可能招致怀疑。商定结果,静子娘家的姓氏是"上原",用"离婚"两个字回答也是讨论到最后才决定的。

问题是,必须应付对方可能要求提交履历表与户口簿复印件。当然,也有可能不需要提交此类书面资料,毕竟是招聘厕所的保洁员。可戒备森严的高级餐馆万一提出需要提供这些资料,就会露出蛛丝马迹而打乱全盘计划。最后决定,用娘家姓氏和离婚独居的字眼。

"我那外甥女叫川濑春江,在玛斯塔当会计。"

木村秀子听完井川君的介绍后说,

"……为谨慎起见,能不能让我事先认识一下上原静子本人?"

这没有出乎井川君与静子事先预料的范围。

"行,只是明天早晨我要到收费站上班,真不凑巧!要么今天下午四点左右，要么后天的同一时间，不知是否妥当？见面的地点由你决定。"

电话那头的木村秀子思索了一下。

"那好，我觉得还是早一点好。能不能请您与上原女士一起于今天下午四点到银座，下午五点，我那外甥女要去玛斯塔上班。"

"明白了，那碰面地点在银座哪里呢？"

"我想还是在容易找到的地方，就定在银座四街S屋的二楼。"

"是水果咖啡店吧，知道了。"

"那，下午四点见！"

"衷心感谢！"

井川君一放下受话器，站在一旁的妻子便问道：

"是什么事？"

井川君点燃一支烟，望了一眼妻子惊诧不已的表情说：

"是这样一件事……"

井川君把计划简明扼要地告诉妻子，至于昭明相互银行行长的复杂部分做了省略，主要突出山越贞一的异常死亡。关于牵涉到高柳秀夫的部分，也做了省略。

关于丈夫在东洋商社被竞争对手高柳秀夫逐出公司的始末，作为井川的太太——秋子，至今历历在目。他们是不得已才去大阪的，在大阪尽管井川君做了最大努力，终因斗不过大企业而关闭自营公司。如今，只得在高速公路收费站干二十四小时一班倒的辛苦活。

秋子痛恨高柳秀夫，一听到他的名字心里就会升出无名之火。

"静子是死者山越贞一的太太，山越君的死与丸内日本全相银联会馆二十四楼层玛斯塔高级餐馆的经营者有关。"

井川君对太太说：

"为此，让静子到那家夜总会当厕所保洁员，也许可以查明山越君死亡的真相。刚才是木村秀子打来的电话，她曾经与山越君是同事，都是《经济论坛》杂志社的编外记者。她的外甥女在玛斯塔餐馆当会计，是因为这种关系才接纳静子女士当保洁员的。木村秀子是介绍人。"

"那样干不危险吗？"

秋子不安起来。

"没关系，别担心。"

"请千万要小心！"

"我知道……有关静子的情况，也许会有人打电话来询问。如果我不在家，你就这样说，静子女士叫上原静子，是我丈夫表兄的长女，离婚后一直独居在家中。别忘了哟，把我说的记在纸上，别答错了！"

秋子把丈夫的话记在一张小纸上。

"如果问其他情况，你就说不知道，话说多了就会有破绽。打电话询问的人多半是刺探静子与我的情况。"

"我总感到忐忑不安。"

秋子皱起眉头非常担心。

"不要紧。万一情况不妙，我会中途刹车的。"

"好吧。"

秋子生怕失去丈夫这生活和精神的支柱，胆战心惊，唠唠叨叨的。

"如果您也落到山越贞一那种地步我可怎么办？"

"太太，你完全没有必要那么担心！"

"能不能现在就别干了？"

"我是想那样做，可事情已经到了这一地步，我会根据情况变化进行判断，是停止还是继续。"

井川君安慰太太道。

"好吧。"

秋子总算暂时同意了。井川君又打电话到池袋静子的家中。

"昨天打搅你了，对不起。"

"承蒙您特意光临，衷心感谢。"

静子彬彬有礼。

"今天打电话给你，主要是昨天我对你说的那个木村秀子，刚才打来电话，说你工作的那件事有希望。"

"啊，那太好了。"

"木村秀子说她想与你见面事先了解一下，因为她要带你到她外甥女那里面试。"

"她是介绍人，事先了解一下是合乎情理的，什么时候见面？"

"今天下午四点，有时间吗？"

"没关系，在哪里碰面呢？"

"在银座四街S屋的二楼，那是一家水果咖啡馆，你和我一起上去。请四点钟在门口等我。"

"明白了。"

"哦，还有一件小事情。"

井川君想了一下说：

"来之前，尽量打扮得朴素一点。淡淡地化一下妆就行了……说了不该说的话，请原谅。"

"按您说的做，我是应聘厕所保洁员，尽量打扮得寒酸一点。"

静子明白了井川君的良苦用心，微笑着说。

"真不会出什么事？"

电话挂断后，站在一边的太太脸上更加不安了。

"啊啊，不会的。"

"别把山越的妻子卷进去。"

"……"

"如果真是那样，结果会无法挽救的。"

秋子的进言，犹如警报在井川君的耳边拉响了。

下午四点还差二十分钟的时候，井川君到达银座四街S咖啡馆，静子已经独自一人坐在二楼水果咖啡馆靠角落的座位上。桌上放着一杯冰水。

她看到井川君走上前来，急忙从椅子上站起身来弯腰鞠躬。

"添麻烦了。"

井川君坐在静子的对面，环视了一下周围。年轻的女顾客特别多，也有带家属的，桌上放着各种颜色的饮料，木村秀子还没有出现。

服务小姐端来冰水询问喝什么？井川君说等另外一位来了再点。

眼前的静子脸上没有化妆，上身着藏青色休闲服，看上去已经十分陈旧，下身穿一条裙子，褶已经脱线。这身打扮，完全符合井川君的要求。

静子脸上没作修饰，加上这套寒酸的打扮，脸上不免流露出难为情的神色。圆圆的脸，微微肥胖的体形，没有化妆的脸无法掩盖三十八岁中年妇女脸上显眼的皱纹，左右泪囊十分明显。

"这身打扮好极了！"

静子低着头尽量避开男人的视线。井川君知道静子在为自己这身打扮感到害羞，不停地鼓励她。

"面试一定合格！"

"怎么说呢？"

静子用一只手捂住脸。

"我想木村秀子就要来了。"

井川君看了看手表。

"趁木村秀子还没有来之前，按照昨天商定的抓紧练习一下。"

"好好。"

"请说一下你的名字。"

"我叫上原静子，今年三十八岁，十年前离婚现在独自一人生活。"

"从事过什么职业？"

"保姆职业。没有加入保姆协会，属单干户，接受熟人介绍或委托。"

"与井川君的关系？"

"是其表兄的长女。"

"住哪里？"

"国分寺东元町一路四十五号平安公寓107室。"

平安公寓在井川家附近，是一栋古老的两层楼旧公寓。没有浴室，所以一直空着，房租每月两万两千日元，十分便宜。那天与木村秀子分手后，井川君回到国分寺后以上原静子的名义租借了平安公寓。

"回答得非常好。就按刚才说的，拜托你了。"

"模拟面试"结束，井川君笑嘻嘻的，感到非常满意。

"等一下木村秀子到了以后，有可能就这样带你到玛斯塔餐馆与她外甥女见面，听说会计是五点钟上班。"

"是。"

"面试完毕，请尽快用电话通知我面试的结果。"

"是，我一定照办。"

"那好……"

井川君把脸凑到她跟前低声说，

"你这次去，是为了找到杀害你丈夫的凶手，请加油干，拜托你了。"

"明白了。"

静子使劲地点点头，眼神中露出斩钉截铁的决心。

他俩从表面上看，像是一对上年龄的男人与中年妇女结合的夫妻；又像一对逛街逛累了上咖啡馆休憩的情人，正在热烈地交谈。

"瞧，大概就是那女子吧？"

静子移开视线说。

井川君转过脸，楼梯口站着一位身着淡茶色套装西服的女子，果然是木村秀子。她那副无框眼镜片闪闪发光，正在寻找目标。

井川君站起身朝木村秀子微笑，然后低头行礼。

手提皮书包的木村秀子，径直朝井川君他俩的座位走来。她一改昨天藏青色的休闲服，身上的这套淡茶色西装很适合秋天，给人一种亮丽并且精神的感觉。昨天穿的是那双后跟磨得差不多的皮鞋，今天变成了崭新的高跟鞋。

"谢谢你百忙抽空赶来。"

井川君又朝木村秀子深深地鞠了一躬，静子也站了起来。

"让您俩久等了。"

与昨天截然不同，今天的木村秀子判若两人，一本正经的模样。

"我介绍一下，她就是我昨天说的上原静子，是我表兄的长女。这位是木村女士。"

井川君介绍她俩认识，静子深深鞠了一个躬。

"我叫上原静子，谢谢你的大恩大德。"

"我叫木村秀子。"

木村秀子大模大样的口吻。

三人坐在座位上，木村秀子微笑着，那对细长眼睛不停地在静子脸上打转。这是介绍人评定被介绍人的特有目光。无框的玻璃镜片上，映照着邻桌色彩斑斓的水果冰激凌。

侦探就职

三天后又是井川君的公休日。快到十点了，井川君还在蒙头大睡就被太太唤醒了。

"孩子他爸，静子打来电话了。"

井川君一看手表，时针指向十点。

"喂喂。"

"早上好。"

一听是井川君的声音，静子急忙致问候语，听她那语气，显得格外精神。

"噢，早上好。那天给你添麻烦了。"

"别客气，是我给您添麻烦了，太谢谢您了。"

"那，结果怎样？"

"托您的福，被录用了。"

"好极了。"

井川君脱口而出。

"那天离开咖啡馆后，木村秀子带我到丸内全相银联会馆二十四楼的玛斯塔高级餐馆，拜会了该餐馆的会计川濑春江小姐。"

听静子话里的意思，在电话里许多细节一时说不清楚，希望见面后详细叙述。

井川君考虑了一下。

"那，你现在到我家来好吗？再请你去看一下附近的那幢平安公寓，我是以你的名义租借的。"

"好。"

化名上原静子的住址，倘若仍然使用池袋原址，就有可能露出破绽。为此，送交给玛斯塔餐馆的履历表上，是国分寺市东元町一路四十五号平安公寓七室。井川君已于昨天提前支付给房东两个月的押金和一个月的房租，合计六万六千日元。说到底，是为了防备玛斯塔餐馆派人调查。静子不住平安公寓，但作为租房本人如果被人问及连自己的住宅都不曾去过，有可能为以后带来麻烦。

"两小时后登门拜访，行吗？"

"行，恭请光临。"

"到您府上来，在国分寺车站下车后该怎么走啊？"

井川家距离东元町一路四十五号的平安公寓不到一百五十米，如果静子不亲自去一趟，是很难找到她现在的家的。

"国分寺车站下车后请从南大门出来，那里有公共汽车，乘上公共汽车后在一里琢车站下车，而后朝平安神社方向走，到平安神社后向附近的行人或居民打听我的门牌号，他们会告诉你的。如果从国分寺车站步行，十五分钟左右就可以到我家。"

国分寺车站坐落在连着北边的高地上，南边地势很低犹如断崖，当地人把这种地形叫作"下水沟"。这条路相当长，但因为是下坡路，走起来比较轻松。如果往回走，尤其是上年岁的人行走很艰难。井川君把这条路当作运动器材，每天以徒步行走来锻炼自己的身体。

"静子女士要来我们家吗？"

电话一结束，太太就问井川君。

"前天面试好像被录用了，到我们家来叙述一下面试的经过。"

"我也想见见她。她在你身处危险的时候挺身而出，我很担心。"

井川君苦笑：

"别那样，看你老是那么担心，我不会有事的。"

两个小时刚过，静子已经到大门口。从池袋坐电车到这里需要一个半小时。

井川太太把静子引入一间约十三四平方米的会客室，井川君隔着纸糊门听到两个女人在初次见面时候的相互问候。

井川君走进会客室。

"一路辛苦了，欢迎光临，谢谢你刚才的电话。"

井川君与静子面对面地坐在榻榻米上，中间隔着一张矮桌子。

"承蒙邀请，登门拜访，打搅您了。"

今天的静子与那天去面试相反，脸上抹了点恰到好处的淡妆，身穿一套由红线钩边的藏青色休闲服。

"劳驾你不辞辛苦，光临我的乡村寒舍，实在对不起。"

"可这里十分宁静，我是乘坐公共汽车来的，一路上静悄悄的。"

"虽说是乡村，可最近在这里建房的日益增多，等一下我带你去参观参观。我替你租赁的平安公寓，那周围还有几家农户和农田。"

井川太太把静子带来的礼物递给井川君看，自己到里面房间去了。

"听说很顺利？"

会客室里只剩下他俩，井川君提起电话里静子没有说完的事情。

"木村秀子带我到丸内的全相银联会馆二十四楼的玛斯塔高级餐馆，在办公室里见到了川濑春江会计。会计的年龄在二十五岁左右，长得非常漂亮。"

"见一次面就被录用了？还有妈妈桑和那些经理也碰面了吗？"

"没有，听说妈妈桑和经理上班很迟，主要是木村秀子说了一番好话，川濑春江当场决定录用。"

"这家餐馆会计的权好大啊！"

"那倒也是。也许与招聘服务小姐的条件不同，反正是厕所保洁，没有什么特别要求吧？！"

正因为是厕所保洁这种低下的工作，不肯放下面子的木村秀子，尽管《经济论坛》杂志社给的是不公待遇，仍舍不得丢掉，结果还是把好不容易觅来的工作让给了上原静子。

"会计川濑春江称呼木村秀子为姨妈，当着我的面说她死要面子活受罪，我站在旁边一时也不知如何是好。"

"无巧不成书，正因为木村女士不愿拉下面子，才天赐你良机。"

井川君真想直截了当地把静子的录用喜讯说成是"潜入内部"。

偏偏这时，夫人端来茶和点心。

"我也趁这机会坐在这里听听好吗？"

秋子先后看了井川君和静子一眼，以征求意见。

"请，请。"

井川君还没有回答，静子已经起身弯腰行礼，秋子坐在井川君身后。

"那，上班时间是几点到几点？"

井川君呷了一口红茶问道：

"下午四点到晚上十一点，这是会计川濑春江说的。"

"就七个小时。"

"是的。我上班是下午四点开始，夜总会营业时间是从下午六点开始。在六点前必须把厕所打扫干净，把卷筒纸、洗手液，以及毛巾配备完毕。"

"你只负责男厕所保洁吗？"

"不，我的工作岗位主要是负责绅士用的厕所保洁，还附带做隔壁女厕所的保洁。"

"那女厕所是女宾们专用的？"

"听说不光是女宾们使用，服务小姐也使用。"

"服务小姐也使用？"

井川君暗自叫好。静子兼保洁女厕所，可以经常听到那些服务小姐在洗手间大镜前化妆时的相互议论，从中可以得到许多信息。当她们离开客人座位来到洗手间的时候，仿佛笼中飞出的小鸟在呼吸自由空气。

在那些服务小姐中间是否有"梅野安子"？从她们的嘴里也许会说起"神秘女人"的名字？井川君真想对静子说，让她留神梅野安子的名字。可仔细一想还为时太早，再说秋子正坐在身后竖着耳朵听。井川君担心，此话说出口会让她担惊受怕。

"你昨天看了自己的工作岗位吗？"

"是川濑会计带我看的，木村秀子也跟着转了一圈。"

"感觉如何？"

"第一次开眼界，真是豪华型的厕所，让人眼花缭乱，目瞪口呆。那与会馆里的豪华非常和谐。玛斯塔餐馆简直像故事里说的法国宫殿宴会厅！室内装饰、餐桌、餐椅的款式别致新颖，与画中看到的路易王朝风格完全相似。那豪华程度，不亲眼看见难以想象，也无法用语言表达完整。我看了这场面宛如魂被勾走似的，不知所措。"

井川君对玛斯塔餐馆做了种种猜想，却没有想到静子会如此赞叹不已。她那种惊诧的程度与第一次看到的情景成了鲜明对照，这只能说是由于静子长期待在旧公寓足不出户的缘故。

"那些一流绅士聚集在如此豪华的场所，你为他们管理厕所，也许只是想象就会觉得怯场吧？"

"也并不是那样的吧！据说玛斯塔高级餐馆实行严格的会员制，就餐人必须是加盟全相银联所属的各相互银行团体会员的高层干部。我想你在那里干下去会认识许多绅士，会感到精神舒畅。正因为非会员不准入内，你会感到你是他们中间的一分子！"

"川濑小姐也说了，从我外表看是一个心灵手巧的人，干熟悉了就会习惯的。她的言谈举止，令我感到非常亲切。"

"具体的工作内容是什么？"

"在川濑小姐的带领下，看了一下绅士和妇女用的厕所。墙面都是乳白色大理石，地面是黑底带白点花纹的大理石，宛如高级地毯。那里是两室，靠近门口的一室是洗手间形式的厕所。旁边是大理石台面，有两个台盆，配有两套冷热水龙头。大镜子前面放着整套化妆品的盘子，有发油，有美发膏，有头发营养霜，有护发剂以及香水，还有梳子和吹风机等。可这些必备品，都是由厕所保洁员自己掏腰包购买。"

"不是经营者配备，而是自己购买吗？"

"听说每月只需一万日元，都由保洁员负担。"

"如果是一万日元，则应该由经营者来承担，我真想替你说说。"

"从经营者角度来看，花费一万日元可以换来五六万日元的小费收入。这说法一点也不假。"

"固定工资呢？"

"八万日元。"

合起来是十三万左右的收入。

"川濑小姐说啦，厕所保洁，就是从下午四点上班后擦洗绅士用和女士用的厕所；从六点开始，可以在绅士用厕所边的椅子上坐着休息。此外，将龙头的水温调节到适宜温度，客人一洗完手即递上毛巾，而后根据客人的爱好给客人头上轻轻喷上养发剂，再在客人的肩上喷上香水。十一点后把香水等化妆品整理一下，再简单地擦洗一下就可以下班回家了。"

这大致是保洁工作的内容。

"这是一项很麻烦的工作。"

一直坐在井川君身后默默无言的秋子开口了。

"这工作应该很轻松。"

静子回答秋子。

"不过，干到晚上十一点太迟了，能不能早点回家？"

静子说，客人回家是晚上十一点半，可还会有一些客人没有回家，坐在餐馆里聊天说笑。晚上十一点前是不能下班的，可一过十二点就很难赶上最后一趟回家的电车。

井川君认为晚上十一点以后是最好的窃听情报的机会，因为客人酩酊大醉，再说服务小姐也喝了不少酒。届时，遇上陌生人的那般警惕性就会松懈，就会酒后吐真言。不管遇上什么人，就是在保洁员面前也会无所顾忌。那真是千载难逢的机会！静子即使十一点过后，也最好能坚持住。

这些话本该对静子说个明白，可妻子还在身后赖着不走，满脸惊恐万状的表情。井川君只好不说了。

"你被录用的情况大致清楚了，可川濑小姐没有问你具体情况吗？"

这是井川君最担心的。

"她详细询问我，我按照与井川先生在木村秀子到达前说好的内容一一回答。川赖小姐只是说'原来是这样'就没有再多问了。"

静子觉得对方的提问都是在意料之中，一切都很顺利，开心地笑了。

"履历表呢？"

"她要我把履历表交给她，可没说要户口簿复印件。也许是厕所保洁员之类低下的工作不需要那种东西。"

井川君松了一口气。如果对方执意要户口簿复印件，静子的潜伏就只能作罢。

"静子小姐。"

秋子还是满脸不放心的表情。

"请千万小心！你的情况，我从我丈夫那里打听到了一点，真为你捏一把汗呢！你如果感到恐惧就尽快跟我丈夫说，趁早离开那个地方。"

"衷心感谢，我会照您说的办。"

静子的眼神里充满感激之情，但她已经做好充分的思想准备，下定了决心。她脸上的表情没有逃过井川君的眼睛。静子多么希望能早日找到杀害自己丈夫的凶手。

"出勤从今天傍晚开始吗？"

"是的，从四点开始。"

"那好，我们一起到平安公寓去，请你看一下以你名义租赁的房间。"

"是，明白了。"

一路上趁妻子不在身边，必须抓紧与静子商定今后的联络办法和如何行动的步骤。

租借公寓

被形容为"排水沟"形状的国分寺东元町一带，至今还保持着早时候田埂路的痕迹。弯弯扭扭的羊肠小道，横七竖八，比比皆是。

尤其平安神社附近，小巷、弄堂多而难以辨认，宛如"八卦阵"。平安公寓仿佛海洋中的一座孤岛，周围的农房大都翻建成别墅式住宅，鳞次栉比，筑成一道具有时代气息、城市建筑风味而又不失农村格调的美丽风景线。

平安公寓，二楼木结构建筑，每层七间，两层共十四间。整幢建筑物看上去很庞大，因分隔成许多房间，每个房间的面积约二十平方米大小。

107号室在一楼北端，与户外的两亩旱地相邻。旱地里栽培了大面积白菜，土地所有者等待着土地的增值。

旱地所有者就是平安公寓的房东，他家连接着一楼南端的101室。房间号码是从101室按顺序排列的。

井川君与静子一起拜访了房东高赖友次郎。这是一幢平房，与平安公寓连接在一起，面积一百六十五平方米，周围的院子面积占地五百平方米左右。前院里有花、草丛和假山，过去是稻谷的晒场，周围是满天星篱笆。后院里有五六棵榉树，粗壮结实，高耸入云。

经过庭院的石板路，宽敞的玄关大门展现在眼前。井川君从格子窗向里面打招呼，话音刚落，厨房里走出一位六十岁左右的矮个女人。

"前些天，给您添麻烦了。"

井川君朝房东夫人鞠躬，他没有向房东夫人介绍过自己的姓名。

"她是租赁贵公寓107室房间的上原静子。"

站在井川君身后的静子走上前，朝房东夫人弯腰行礼：

"我叫上原，请多关照。"

"彼此彼此。"

房东夫人也略弯一下腰表示回礼，她仰起头露出锐利的眼神琢磨井川君与静子之间的关系。前些天，井川君来这里替上原静子支付了两个月押金和一个月房租。

"房客本人来到这里，能否让她看一下房间？"

房东夫人快步走到房间里取出107室的钥匙。

从平安公寓的设计特点来看，是为了专业出租而建造的。大门只有一个，狭窄，旁边是厨房，窗户上装有木格子窗，屋檐向外挑出，下面是混凝土浇筑的廊子。

北端107室的楼上是207室，其房门边上是通向一楼的楼梯。一楼楼梯的入口在101室房间的边上，楼上走廊是混凝土地面。

房东夫人用钥匙打开107房门的当口，静子正望着户外的白菜旱地。

"请。"

门开了，房东夫人邀请他们两位。

静子跟在房东夫人的身后走进房间，井川君也跟着走了进去。

房门内侧的入口处，是混凝土地面，左侧是厨房，走到底是厕所，右边是十平方米的房间，有一间壁橱，壁橱门上是新糊的门纸，但已沾了不少灰尘。听房东夫人说，前面的房客已经搬走三个多月，是空房。

"如今，像这样只有二万三千日元月租的便宜房间是很难找到的。"

皮肤黝黑的房东夫人说话时，脸上皱纹不断晃动，大嘴巴里露出鲜红的牙床。

"我原打算月租金为三万日元，由于从这里到车站的公共汽车很少，步行需要十五分钟，房租也就下降了。"

尽管房租便宜，可107房间看上去已经很长时间没有人居住了，主要原因是交通不便，加之周围都是住宅，附近又没有商店，买菜、买日常生活用品极不方便。

"你家里有几口人？"

房东夫人问静子。

"我是独身。"

"真的，你是独身？"

房东夫人饶有兴趣，自然而然把视线移向井川君。

"就像前些天拜访您时介绍的那样。"

井川君没有在乎那射来的视线。

"这位女子是我的远亲，因某种原因离婚如今仍是独身一人。"

静子低下头看着地面。

"请问在哪家公司工作？"

"在丸内一家店里工作。"

依然是井川君代替静子回答。

"我们这里有许多人从国分寺到市中心上班，已经不足为奇，请问什么时候入住？"

"可能要迟一些时候。"

这一次是静子回答。

"大概需要多少天？"

"我在池袋那里还有一些事要办，再过两三个月就可搬过来住了。"

"离婚后，还有一些零零碎碎的事情要处理。"

井川君代替静子做了说明。

"明白了。"

房东夫人仰起头望了一眼他俩。

"尽管我不会马上搬来入住，但是房租我会按时付给您的。"

静子说。房东夫人感到理所当然地朝她点点头。

"请问房东太太电话号码？"

房东夫人一时感到很为难，但还是告诉了静子。不过。她强调说："我家电话传呼一概拒绝。如果十四位房客都要我传呼，那肯定受不了。"

"这倒也是。"

"一般情况下，也别使用我家电话。从这里朝前走，过一条街就是十字路口，那里有公用电话亭。"

"明白了，还有一件事情要拜托夫人。如果外面有人打电话传呼我，就请说不在。"

看上去这位房东对房客不太热情。

在平安公寓实地看房以后，井川君和静子并肩走着。街道虽狭小，可附近的居民并不少。

"再走一会儿，前面就是平安神社，到那里再合计合计。"

平安神社在一条小巷子里，说是神社，但把它说成祠堂更为贴切。主殿背后树木林立，境内野草丛生。

拜殿的旁边有石墩，静子从包里取出手帕拂了一下面上的灰尘。

"我想就今后联络的地点商量一下。"

井川君与静子并排坐在石墩上，井川君说。

"联络，采用电话吧。不过，还是我打到你家里，你别打到我家里来。"

"……"

静子感到惊讶。

"我太太一直在替你担心。如果使用玛斯塔餐馆内部电话打到我家来，我那口子听到后更加恐慌不安。"

"承蒙尊夫人关心惦记我，太对不起她了。"

静子低头行礼。

"她天性就胆小怕事，还爱操心……另外，我一般是上午十点左右在公用电话亭给你打电话，请记住。"

"上午十点。"

"是的。我三天打一次，因为我上班一天，休息两天，每次上班是二十四小时。下班回家，十点左右路过公用电话亭往你家打电话。"

"好。"

"你是今天晚上到玛斯塔上班，我是明天早晨八点上班，第一次电话联络是后天上午十点，我想了解一下你第一次上班时耳闻目睹的情况。"

"明白了。后天上午等您电话，然后是三天后再等您电话。请放心，那天我一定在家等您来电。"

电话联络的办法就这样定了。

"第二件要商量的是，有关玛斯塔里面的情况，无论大小都要一字不漏地告诉我。你要细心观察，哪怕一件细小的事情，也许可以从中找出杀害你丈夫的线索。"

"我一定照您说的去做。"

静子深深地朝井川君鞠了一躬，决心赴汤蹈火。

"尤其是要找到那神秘的女人，凡是从客人嘴里说出的梅野或安子之类的姓名，请竖起耳朵听个明白。"

“梅野安子小姐？她是谁？”

静子抬起脸用眼望了一下井川君的侧面。

“还不清楚，这是一个神秘女人。”

眼下还不能马上告诉静子，有关那神秘女人引诱山越贞一到情人宾馆再把山越君引上死路的情况。

“那梅野安子小姐，果真是玛斯塔的服务小姐？”

静子问。

“究竟是不是玛斯塔的服务小姐，现在还不能断定。也有可能是其他夜总会的服务小姐？就连她到底是不是服务小姐，眼下还说不准。但她肯定是卖弄风情的妖艳女人。这女人握有重要线索。”

“大概多大年龄？”

“二十三四岁。”

井川君是根据石和那位出租车司机提供的特征推断的。

“您认识那个叫梅野安子的小姐吗？”

“还没有见过本人。我希望你利用工作的机会查个水落石出。”

“如果是服务小姐，那个叫梅野安子的小姐也许不会使用真实姓名？据说，她们在夜总会里使用的称呼与自己的真实姓名不同。”

“是的。”

井川君点点头。

“要是这样，那就很难找到线索。”

“但只要有一丝可能就要加以留意，不一定只局限于梅野或安子的称呼。现在唯一可做的是，等待那些攀草求援的落水者之类的人。你要从客人的话里或服务小姐的话里，了解那种情况。”

“我明白了。”

“有关人物的名字，最重要的是下田忠雄。这人是昭明相互银行的行长兼全相银联的主席，也是那二十五层楼会馆的积极倡导者和组织者之一。其手腕高明，在昭明相互银行里具有绝对权威。正因为他是一个极有能力的人，必然招来对立面。在厕所里，那些绅士之间也许会传出牢骚和怨言。你作为保洁员，装出什么也不关心的神情，暗中积极收集信息。"

"明白了。"

"听你说昨天没能见到玛斯塔的妈妈桑增田富子，也请你仔细观察增田富子的情况……说明白一点，那增田富子好像是下田行长的情人。"

"原来是这样。下田忠雄，就是那个有名的基督教信徒吧？他下属的无论哪一家支行的沿街橱窗里，都张贴着'基督神谕'的宣传标语。"

"下田行长宣扬'人类信爱'基督教的博爱精神，其目的在于争取更多的客户，为自己的昭明相互银行拓展更大的市场。"

……

静子睁大眼睛，认真地听着。

"为争取客户开拓市场，下田行长在公众面前既要把自己标榜为基督教的忠实信徒，又要千方百计隐瞒自己的隐私。为此，他在掩盖自己情人的问题上，绞尽脑汁，费尽了一番心血。你想，他的艳史一旦暴露，那他依靠基督教'人类信爱'为幌子的昭明相互银行的信誉，即刻会一落千丈，几十年来苦心经营的银行，也将遭受重创。为遮人耳目，即便带情人外出旅行好像也经过化装。"

在断崖上捡到的那张印有下田行长照片的纸，从其前半额到脑门上无一丝头发的特征，被黑黑的颜料掩盖了，与戴上假发套的脸一模一样。

山梨县汤山温泉马场庄的服务小姐认出照片上的人，并一口认定他就是曾经带情人在马场庄住了三天的游客。井川君断定身穿和服的迷人女子就是增田富子！也就是说，井川君在延续山越贞一追踪下田忠雄的足迹。

井川君也把这一情况告诉了山越贞一的遗孀静子。

"你尽可能把情况了解详细。了解的情况是否有真实价值，这与你观察的深与浅有密切关联。"

"那最好是仔细观察。"

"此外，应该还需要注意人物。"

"明白了，我一定认真观察。"

"哦，还有一件事请你多加注意。"

"是什么？"

"凡餐馆里让你喝的饮料，请绝对不要碰它。"

静子睁大眼睛。

一个六十岁男子，一个中年女子，坐在陈旧的小神社旁的石墩上说着悄悄话。

路过的行人，不时地回头注视着这一对正说着悄悄话的男女……

初次联络

井川君下班后在新宿车站换乘驶往国分寺中央线电车时，朝公用电话亭走去。

早上离开芝白金财务所的时候是九点左右，离约定打电话的时间还早。在新宿车站换乘电车的时候，已经是十点前后。

按照事先约定，静子什么地方也不去，就在家等候井川君的电话。

今天上午是第一次使用新宿车站的公用电话，一长排电话机有好几十架，几乎每台电话机前都有人打电话。井川君从投币口塞人五枚硬币。

"我是山越静子。"

正在电话机旁等候的静子拿起听筒说。

"我是井川，早上好。"

他用手弯成喇叭形状轻声地说。

"哦，早上好！"

电话那头传来静子清脆的嗓音。

"家里就你一个人吗？"

"是的。"

"今天是第一次联络。"

"是的。"

静子微笑着说。

"前天晚上是第一次到玛斯塔上班吧？"

"哦，是下午四点进入玛斯塔的。"

"感觉怎么样？"

"会计川濑小姐叫我怎么怎么做，我一切照办，干得非常卖力。"

"那，昨晚呢？"

"昨晚是第二天，我也是竭尽全力地工作。"

那话里的意思，不像是潜入玛斯塔刺探情报的。

"看来你干得挺认真的。"

因为是厕所保洁员，所以木村秀子放弃调动工作的机会。可井川今天担心，山越静子热衷于保洁工作而忘了潜伏玛斯塔的主要任务。

"记住要点，干起来就轻松。"

"那太好了！"

"一上班立刻打扫男厕所和女厕所，没有什么劳动强度。厕所造得十分豪华，打扫时必须小心翼翼。打扫大理石地面时不准使用拖把，要趴在地上用抹布擦洗三遍。此外，上班期间也还要不断地小心擦洗，始终保持大理石地面光亮整洁。这都是会计川濑小姐规定的。"

"那可是件挺麻烦的事呀！"

"稍有劳动强度的就这活，接下来是要经常保持台盆台面干净整洁。没有客人的时候，可以坐在门内侧旁边的椅子上。"

"川濑小姐对你热情吗？"

"非常关心我。说实在的，还刚进入第二个工作日。"

"见到妈妈桑增田富子了吗？"

这对井川君来说是重要话题。

"见到了，由川濑小姐引见的。妈妈桑果然是一位迷人的女子。"

"妈妈桑见到你都说了些什么？"

"没有说什么，她听了川濑小姐的介绍后只是说了一声请多关照。"

"她询问你的身体情况吗？"

"没有。厕所保洁工作的指导，好像是由川濑小姐全权负责。"

"见到经理了吗？"

这也是重要话题。

"见到了，叫横内三郎。"

"是横内……"

井川君觉得这个名字耳熟，好像在哪里听到过。

"那横内君年龄有多大？"

"让我想一想，好像三十出头。看他那般举止，不用介绍就知道是夜总会的经理，给人的感觉非常严格。"

"经理对你说些什么？"

"没有说什么。厕所保洁工作是由川濑小姐负责。我想这就是川濑小姐决定聘用我的缘故吧。"

横内，横内……好像在乔君那里听说过？井川君怎么也回忆不起来。

"喂，喂。"

由于井川君正在回忆一声没吭，静子感到奇怪便连连发出呼喊。

"对不起……打电话的客人太多了。"

"夜总会里的情况我初来乍到，一时还弄不明白，但已经见到许多先生小姐了。尤其是一到晚上九点左右，厕所里也就忙开了，进进出出的不断有人。我还只干了两个晚上，情况还不太清楚。"

"客人都说些什么了吗？"

"用厕所的先生们，外表和装束都是气度非凡，真让我吃惊。全国各地相互银行的总经理和高层干部都来，反正他们的级别都差不多。"

"没见着昭明相银的下田行长吗？前半脑门光秃秃，六十岁出头。"

"嘿，像那样光秃秃的先生数不清。"

静子笑了，接着又说。

"我也特别留意下田行长的情况。《企业界报》的宇野记者来我家采访时曾经问过我，'你丈夫常去昭明相互银行的下田行长那里吗？'后来，井川先生您也对我提起过下田行长。"

那天在平安神社门口旁的石墩上，井川君再次说起这名字。

玛斯塔高级餐馆的妈妈桑增田富子是下田行长的情人，下田行长带她外出旅游时都是经过化装的。

不过，井川君只是简单地说了一下，此外什么也没有提起。例如，下田行长为掩盖其前半脑门光秃秃的特征，与情人外出时必戴假发套。山越贞一察觉后，从昭明相银宣传手册上剪下下田行长的照片，用黑色颜料在其前半脑门上进行加工。这张经过山越君修饰的印刷相片，是井川君在山越君坠落的断崖下面冒险捡到的。井川君认为，对于为探听各种消息而去玛斯塔做保洁员的静子来说，有些事对她说尚为时过早。说得过于详细，可能刺激静子而暴露在脸上，过早暴露她当保洁员的真实意图。井川君想待时机成熟的时候再一一告诉她。

"使用厕所的那些客人见到你说些什么？"

井川君改变了提问的内容。

"没有，什么也没有说，只是怔怔地看了我一下后流露出'噢！换保洁员啦。'那样的表情。随后把小费放在盘子里，一声不吭地离开厕所。"

"一般放多少小费。"

"大多放两百或三百日元，也有不给小费的客人。我一共做了两个晚上，加起来已经收到小费五千日元左右。"

"还不错嘛！"

"星期六和星期日晚上是餐馆休息，一个月是二十二天左右的工作日，小费收入是五万日元左右。扣除购买发油、美发膏、头发营养霜、护发剂和香水的费用，剩余部分与一开始说的不相上下。"

"女厕所如何啊？"

"那里没有椅子，主要是保洁。服务小姐一走进厕所就问，'哟，换新保洁员啦！阿姨，您是谁介绍的？'"

"你尽量与服务小姐保持好关系，也许从她们的交谈中可以得到许多意想不到的有价值的信息。"

"是，照你说的办。那些花枝招展的服务小姐，有些人品行不端，不能接近，就是见一面也吓我一跳。"

"他们离开陪伴客人的座位，在厕所里聚集在一起的时候也许会说心里话。这种时候的交谈内容是最重要的！要竖起耳朵听，别错过机会！你刚开始还没有几天，也许摸不着头脑。"

"好，我一定用心观察。"

"有梅野安子小姐或安子小姐之类的称呼吗？"

"还没有。要记住所有的服务小姐的姓名，还需要一些时间。"

"梅野安子小姐，也许不是玛斯塔的服务小姐。一旦听到那名字，请特别留神。"

"明白了。"

"今天的电话就到这里吧？！"

井川君欲挂断电话，静子突然问道：

"上次井川先生要我注意别喝夜总会的饮料，那是什么意思？"

"哦，那……"

井川君刚开了个头，但说起来话长，并且内容复杂，再说电话里也很难解释。周围环境嘈杂，右边打公用电话的是一位公司职员，嗓门很大，大概是联系什么，说了一大堆。左边打电话的是一位小姐，好像是一个很有趣的话题，不时发出尖笑声。井川君背后，有两位公司职员在等电话。

"关于这，下次见到您的时候再慢慢说吧。总之，餐馆里的橘子水、红茶、咖啡等，凡饮料请一概别喝。如果有人送来，你就说等一下喝。等送饮料的人走后，你就把它倒入台盆里冲掉。"

"明白了……"

静子不能理解。

"那，三天后的这个时间我打电话给你。"

井川君挂断了电话，找钱出口里掉下剩余的两枚硬币。

井川君离开公用电话，环视一下周围，朝中央线轻轨车站走去。

《经济论坛》临时增刊里的目录，又仿佛浮现在井川君的眼前。

《福寿制药公司通过技术开发为制药行业迎来新的战国时代》，十分明显，这完全是赞助性的文章。内容，是彻头彻尾吹捧福寿制药公司的。《经济论坛》杂志社清水社长与福寿制药公司之间，以这篇文章为契机，翻开了友好的崭新一页。

井川君第一次从同事、原在卫生部药务局工作的西本那里听说，精神科医生给患者服用的药物里有一种叫"HP"的精神镇静剂。

无色无味，一毫克剂量相当于一两滴眼药水。

三十分钟过后，服用HP的人突然动作迟钝，口齿不清，思维丧失，目光呆滞，对任何事物漠不关心，根本不知道自己的言行举止，并且失去抵抗能力，像幼童那样顺从，任人摆布。

该症状可持续五六个小时，药性过后恢复原状。届时即便解剖，胃里也找不到任何痕迹。

山越贞一中了美人计，在石和喝下神秘女人递上的饮料，那里面无疑注入了HP药液。山越君果然丧失思维能力和失去知觉，被乖乖地带到山梨县境内青梅公路沿线的断崖上，摔死在山崖下的采石场。

这种特殊药物的使用权，掌握在精神科医生的手里。一般药房，不可出售此类药物。因此，一般市民无法弄到这种药物。制造这种药物的，无疑是制药公司。

HP精神镇静剂，五大制药公司在生产。福寿制药公司无疑也在生产HP，由此可以推出，与福寿制药公司关系火热的清水四郎太，可以轻松从该公司得到那种药，再暗地里交给下田忠雄。

下田行长对自己周围的动静尤其敏感。为了消灭已经对他构成威胁的山越贞一，使用了这种不留痕迹的特殊杀人工具。具体执行的罪犯，一是梅野安子；二是那个身份不明的司机。

把这么多情况向山越遗孀公开，未免太残酷，也为时过早。还是再过一段时间公开较为适宜。

回到国分寺家快要中午了，井川君打算吃完"迟早餐"睡上一觉。

"昨天，在路上遇见了平安公寓的房东。"

坐在餐桌对面望着井川君吃完早餐的太太说。

"嗯，说了些什么？"

"她问，上原静子什么时候正式搬来居住？"

"是吗？不是说过了吗，要过一段时间。"

"作为房东，已经收了押金和房租，总得把这事放在心上吧，已经租出去了可又空着，万一传出去让人说闲话。"

"嗯。"

井川君的回答很含糊，妻子把膝盖往前挪动了一下。

"静子已经到玛斯塔上班了？"

"嗯，前天开始上班的。"

井川君一边喝酱汤一边说。

"孩子他爸，她不会出什么事吧？"

秋子紧锁眉心，忧心忡忡的。

"不会的。"

井川君断言。

"我还是放不下心。按你的话说，她等于是特务潜伏在那里。"

井川君扑哧笑了。

"女特务太妙了！你那么担心，一定是电视剧看多了的缘故！"

"我说这话不是开玩笑，是真的为静子担心！静子到现在还没有打来电话吧？"

在秋子看来，井川君肯定与静子商定好直接通电话。自己过分插嘴干预会令丈夫讨厌。

"不打电话来证明她一切平安无事。"

井川君说完，吃起发出脆声的腌萝卜干。

三天又过去了，井川君打电话到池袋静子家中。山越静子担当玛斯塔厕所保洁工作已经是第六天了。

静子说，井川君先生吩咐的事情还没有摸清楚，可工作已经习惯了。

又过了三天。这天上午十点左右，井川君仍在新宿车站使用公用电话与静子联系。

"早上好！"

静子听到井川君的熟悉声音忙向他问候。

"井川先生，有关玛斯塔的一些情况，我已经大致摸清楚了。"

钩心斗角

静子说她对玛斯塔的情况大致清楚，井川君高兴得握紧了听筒。

"什么情况？"

"光临玛斯塔的客人，大多是昭明相互银行的干部。"

"噢！"

如果昭明相互银行的下田行长是玛斯塔妈妈桑的经济后台，那情况完全在意料之中。但是，只有真正潜入高级餐馆内部才能证实这一情况。

玛斯塔高级餐馆，是为昭明相互银行干部用公款吃吃喝喝的娱乐场所。主要倡导建立全日相银联会馆的，是该联合会的下田忠雄主席。在会馆二十四楼层开设玛斯塔高级餐馆的，也是下田行长。在下田行长看来，玛斯塔等于是自己经营的昭明相银的夜总会。

"光顾玛斯塔的客人不只是昭明相互银行的干部吧？"

井川君反问静子。

"在这些客人中间，也有其他相互银行的干部。"

"静子小姐，我想知道的是相互银行系统以外的一些客人情况。"

"也有这样的客人。"

"那是不是相互银行招待的客人？"

"那，我还没有摸清楚。"

"请务必摸清楚。像那样的夜总会，理应有相互银行邀请的客人。也就是说，不只是相互银行的高层干部，肯定还要招待外面的一些大人物。招待大人物肯定奢侈，对于玛斯塔来说有利可图。那些人挥霍公款也有使用额度，单他们光顾，对于玛斯塔的经营来说无钱可赚。"

"如果是银行邀请招待，对象是否为业务关系单位？"

"是的，银行肯定邀请那些客人。请下点功夫把那些人的姓名和公司名称记在脑子里，尤其是昭明相银下田行长招待的客人。"

"明白了，我把这事放在心上。"

"你做保洁员没几天，打听这种消息有一定难度，但要不了多长时间你会摸清楚的。例如寿永开发公司的名称，请务必留意。"

"寿永开发公司？"

"那公司与下田行长之间的关系极为密切。"

静子丈夫——山越贞一就东洋商社在山梨县的不动产被悄悄过户一事，对寿永开发公司做了详细调查。

可静子全然不知，其丈夫生前什么都没有对她说过。

"昭明相互银行光顾的干部中间，除下田行长外还有其他一些什么人？"

"有楠见先生，听说他是昭明相互银行的执行董事。还有饭田先生、同中先生、同浅先生、同小当先生和佐伯先生。听说他们都是昭明相互银行总部的高层干部。"

井川君从袋里取出笔记本，慎重地记录了这些名单。

"还有安中先生、森口先生和井上先生，他们也经常来光顾。"

"他们是昭明相互银行的高层干部吗？"

"不是，听说安中先生是东日本相互银行的行长，森口先生和井上先生都是东日本相互银行的高层干部。"

"啊，你怎么摸得那么清楚？"

"东日本相互银行的先生碰上我一定会给小费的。"

静子说话声音里夹杂着微笑。

"……使用厕所的客人，既有给许多小费的，也有装着一副陌生脸一点小费也不给的客人。可东日本相互银行凡使用厕所的客人，都会拿出两张一千日元的纸币放在盘子里，比一般客人给的小费要多几倍。"

"噢。"

"当然，我对他们的服务也很周到。安中行长每次用完厕所，都要站在镜前仔细地梳理那薄薄的一层头发。每当这时候，我马上取出发油和头发营养液给他喷上。森口先生则更加仔细，先用梳子将许多头发梳理成三七开，梳了又梳理了又理，反复好几遍，要花较长时间。还有一位井上先生，把服装看得比头发还重要。这位先生站在镜子前矫正领带，用手轻轻拉平服装上的皱褶。他要求我用长衣刷从肩膀到背上刷一遍，再用香水轻轻地在服装上喷洒一下，一直到他满意为止。"

"照这么说，东日本相互银行的高层干部个个都十分讲究仪表。"

"是的，那要花不少时间。也许觉得是给我添麻烦了，总要奉承几句夸奖我。"

"另外，叫作立石的先生来过吗？"

"那还不清楚。"

"听到立石的名字请留心。立石恭辅先生说啦，他是寿永开发公司总经理。寿永开发公司究竟是怎么回事，下次电话见面时再向你介绍。"

"是。"

看来，电话马上结束不了需要再投入五个硬币。

"和妈妈桑说上话了没有？"

"不，妈妈桑是晚上九点左右来玛斯塔上班。她一出现，立即按照顺序向等待已久的客人们鞠躬问候，我根本插不上话。到了关门打烊时间，她带着服务小姐还要把客人一一送到大厦门口，再带服务小姐到生鱼片饭店吃夜宵。妈妈桑也并没有把我放在心上。"

"那横内经理呢？"

静子好像一时想不出横内经理的情况，似乎这名字好像在哪里听过。

"经理是负责安排和监督服务小姐和服务生工作的，也忙得不可开交。根本没有时间到厕所检查我的工作。"

"那么，你的保洁工作仍然由会计川濑春江负责？"

"是的。"

"川濑小姐对你的态度如何？"

"和以前没有什么变化，只是看一下男厕所的情况，完了后也没有说什么批评之类的话。她说话干脆从不拖泥带水，年纪轻轻的，已经当上夜总会的会计，好像会计工作也很内行。她只要一化妆，给人感觉丰姿绰约、美丽动人，完全可以在宴会上陪同高贵客人。可会计工作非她莫属，无人可以替代，妈妈桑非常信任她。"

在夜总会里，像这样的例子不足为奇。

"那些光顾厕所的绅士，只要仔细察看，情况形形色色，无奇不有。例如友好的客人之间，只要其中有一位客人光临厕所，其他客人也随后赶来，站在一起说说笑笑；还有一些客人一走进厕所，看见一些先到客人中间有对立客人的背影，立即转身跑开了。总之，友好与对立十分明显。"

也许可以通过厕所观察、研究现代社会现象吧？从鲜明的组合中可以生动地展现企业内部的派别斗争以及行业内部的竞争情况。

"你是说昭明相互银行？"

"不光是昭明相互银行，其他相互银行也有这种情况。"

"你要把重点放在昭明相互银行。"

"是。"

"我上次说的梅野安子那个人，你听说了吗？"

"哦，是的是的。有一个叫安子的小姐，好像姓氏不是梅野。"

"原来是这样，那请再留神一下。"

"是，我一直在注意这个名字。"

"一定是假冒他人的姓名，即使那样也不能大意。"

"那名字也不是没有可能从某人嘴里泄漏出来。"

"昭明相互银行的下田行长来的时候，妈妈桑是什么样的表情？"

"我是保洁员，不能随便离开岗位，也无法观察座位上的情况。"

身穿藏青色制服的山越静子坐在厕所旁的小椅子上……井川君极力想象着她守在岗位上的那副认真模样。

"不过，那正好给我提供了足够的时间，仔细观察使用厕所的客人。渐渐地，我越发明白了。"

"明白到什么程度？"

"相互银行同行业之间，说到底又是竞争对手，竞争意识都非常强烈。即使在厕所里相互见面时有说有笑，可这仅仅是表面现象，不会推心置腹。"

"是吗？因为是那种场合，即使说笑间也会无意中漏出真话。"

"那不可能。不用说，那些都是来自同一家相互银行的客人。"

"原来是那样。"

"据说即使在同一家公司内部也有派别，亲近的和不亲近的，也就是人们常说的物以类聚，人以群分，分得非常清楚。"

"听说清水社长的名字吗？"

"还没有听说。"

"来厕所的客人中间，如果有一位六十左右，脸上颧骨突出，挂着司的克的人，他就是《经济论坛》杂志社的清水社长。"

"啊，那不是我丈夫生前的工作单位吗？"

"是的，他就是社长，与下田行长的关系甚笃，他肯定要来玛斯塔。"

"如果出现了，我一定加倍观察。"

静子语气很坚决。

"还有，我再重复一遍。凡昭明相互银行行长或高层干部招待的客人，你一定要记住他们脸上的特征，那非常重要！"

即便无法到座位那儿看个究竟，但厕所，每个客人都要去的。

"明白了。"

"他们胸前佩戴的徽章一定要看清楚，所在企业的名称通过徽章可一目了然。"

"可胸佩徽章的人不多，有的人即使佩戴着也不易看得清楚。"

"……"

那些夜总会的客人果然很注意周围情况。

马拉松式的长谈结束了。

井川君走出新宿车站朝商业街走去。

他走进一家书店，无暇顾及靠近店门口书架上的许多小说，径直朝挂有"企业类"标牌的书架走去。

《企业季刊》书，开本不大很厚，面向投资家。那上面记载各企业的基本概况，每年发行四次。

井川君翻到昭明相互银行一页阅读了高层干部会组成名单一栏。

行长下田忠雄；执行董事楠见定文；常务董事饭田健二、中野晴夫和浅井敏雄；董事小出园一、杉谷胜美、日暮良宏和花井伊三郎；

监察董事佐伯忠一和平林寿郎。

根据静子说的其他姓名，井川君又翻到东日本相互银行高层干部组成名单一页。行长安中武章；执行董事森口隆之；常务董事井上孝夫、桥本正人和伊东晴雄；董事太田信久、山崎要藏、山林昌太和北山恭一；监察董事岩田雅二郎和木田晴雄。

静子说的东日本相银的行长，执行董事和常务董事等人经常到厕所，站在镜前费时费功夫地梳理头发和整理身上的西装，非常讲究仪表。

接着，井川君把视线移到东日本相互银行的现状。在全国同行业中间，东日本相互银行排名第三。

总资金构成：定期存款六十九亿日元；普通存款十二亿；活期存款七亿；其他存款十二亿。

资金运用：现金十亿；有价证券十亿；贷款六十五亿；其他十五亿。

融资比例：向中小企业贷款七十一亿；向住宅消费者贷款十二亿。

东京都内竞争激烈，六月底总存款金额达一兆。期望巩固存款量，谋求提高有价证券的利润，提高有价证券买卖的稳定利润，朝着降低储蓄成本和改善收益的方向发展，将融资推向更广泛的领域，切实提高个人存款量。

昭明相互银行，在同行业中名列第二位。

东京都内竞争激烈，虽然法人存款迟钝，但个人定期存款的势头比较良好。本年度继续把降低贷款利息放在首位，缩小存款利息与贷款利息的反差。由于经费增加的影响，原来稳定的收益大幅度下降。相互救济的慈爱存款新事业继续进行。

根据《企业季刊》的评论，让读者感到，名列第二位的昭明相互银行的经营情况不太景气；而名列第三位的东日本相互银行经营情况比较景气。

井川君拿了一本《企业季刊》到账台付款。这时候他又看了一下另一排书架上的书名，停下脚步。

那是《国会议员名录》。

翻开这本书，众议院和参议院议员们的姓名、年龄、所属党派、简历、现任职务等一目了然。还有半身免冠相片，排得整整齐齐的。

井川君聚精会神地看了一会儿，若有所思地点点头，决定再购一本《国会议员名录》。

井川君捧着这两本书返回新宿车站。在行人中间，他发现有一张熟悉的面孔，身穿西装。定睛一看，原来是收费口的同事——西本君。与自己一样，西本君也是今天早晨刚下的班。

"喂，西本君。"

"哎。"

西本君看到井川君后连忙停住脚步。

"下班到现在你还没有回家？"

井川君说。

"没有，太太要我帮她买东西，现在刚从那家商店出来准备回家。"

西本君说完，难为情地伸出印有商店名的手提纸袋给井川君看。

此时已是中午十一点的时候。

井川君邀请他到咖啡馆去坐坐，凑巧附近一家。两个人走进去坐在靠窗口的座位上面对面地坐下，从玻璃窗往外望，可以清楚看见来往行人的脸。

点了两杯咖啡，井川君与西本君开始聊天。突然，井川君瞥见大街上又有一张熟悉的脸，正在川流不息的行人中间走着。

井川君思索了一会儿，哦！是乔君。此刻，无法离开座位喊他。服务生刚把咖啡端到他和西本君的面前，当然西本君也不曾见过乔君。

瞧着乔君脸上的表情，他不会知道井川君就在路边这家咖啡馆里。此时的乔君正在人丛中优哉游哉地逛着马路，身上不是晚上上班时穿的那套制服，而是皱皱巴巴、褴褛寒酸的衣服。

乔君在银座上班的时间是晚上八点半至九点。上班前，他也喜欢独自一人逛大街。

"喂。井川先生。"

西本君打开了话匣，井川君把视线从窗外移向西本君。

乔君的身影消失了……

隐匿徽章

　　井川君与山越静子在新宿一家商店背后的咖啡馆里会面。今天是公休，约会是昨天早晨下班后井川君与她在电话里商定的。

　　静子到玛斯塔上班已经有二十多天，与井川君经常电话联系。自从上次在平安神社的石墩上见面以来，这是第二次碰头。

　　大概是保洁工作已经习惯的缘故，静子看上去镇定自若，比上次在国分寺碰面要老练得多，好像还年轻了一些。虽仍居住在池袋的那幢旧公寓里，但玛斯塔的工作改变了她原有的生活方式。从她脸上的气色来看，给人一种富有朝气的感觉。虽然从事的是厕所保洁工作，可身居夜总会的环境，自然而然会受到周围豪华气氛的感染，对自己的仪表也在意起来。

　　静子虽说是厕所保洁员，但那种地方并不是普通人所能进出的。享有资格进出那种场所的，大多数是相互银行经营决策层的大人物，加之经他们介绍或者接受邀请的其他行业的大人物。

　　客人们既然踏入夜总会大门，就不仅是为了喝酒，还可与自己喜欢的服务小姐打成一片，卿卿我我，寻花问柳。这时候的服装、发型，必然过分讲究。前几天，静子在电话里说到的东日本相互银行行长、执行董事和常务董事那样的客人，站在厕所大梳妆镜前要花费好长时间精心修饰。玛斯塔高级餐馆里若有他们喜爱的服务小姐，那些客人则会在仪表上狠下功夫。

餐馆的服务小姐也是个个经过精心化妆，艳丽夺目、花枝招展地出现在客人的面前。她们举止矫揉造作，故弄玄虚，挑逗客人。

舞台装置更显出华丽效果。霓虹灯和昏暗的灯光巧妙配置，交相辉映，十分柔和，形成立体交叉的彩色光网。

座位上，客人与服务小姐交叉坐在一起；餐桌间的走廊里，系着领结的服务生们端着盘子如鱼般地穿梭来往。

服务小姐使用的厕所，其保洁工作也由静子担任。厕所与酒吧间不同，当她们一走进厕所，就像小鸟飞出笼里，相互间虚假的客套话不再听到，下流的笑话和骂人的脏话从她们的嘴里吐出，例如我已经接了多少客啦，我的客人被某某小姐截走了啦等。

静子随着环境的变化也在一定程度起了变化。井川君毫不介意地望着静子，他俩大白天面对面地坐在咖啡馆里。

从静子说的话里没有什么新消息，也没有说起"梅野安子"的姓名。

井川君环视左右的餐桌，而后打开纸包装取出一本书。

周围餐桌上客人不多，井川君小心翼翼地翻开《国会议员名录》对静子说："上次电话里你说来厕所的客人中间，有些客人故意把公司徽章翻过来，有些客人还特地摘下徽章放在袋里，是吗？"

"有这样的客人。"

"这一现象给了我一种启发，《国会议员名录》里刊登着所有议员的相片。你能否从这些相片里找出上厕所的那些客人？"

静子把书拿在手上认真查看。

众议院议员，五百一十七名；参议院议员，二百四十九名；合计七百六十六名。这么多相片一一看过来很费时间，好在开本较小，每页只能刊登相片十二张，查阅起来还比较轻松。众议院议员的相片共有四十三页，参议院议员相片共有二十一页。一边翻一边查阅，不需要多少时间。

静子按顺序翻阅，一下找到三张熟悉的相片。井川君刚喝完一杯咖啡，一支烟还没有抽完。

"这位先生来过。"

静子指着其中的一张相片。

滋润的黑发，三七开的发型，瘦长脸，目光锐利，长鼻梁，短下巴。

中原和亲，五十八岁，属某某县第三区，第七次当选。经历：历任国家经济计划部副部长，卫生部长，执政党副秘书长，众议院财政委员会委员。

这位客人曾经担任过国家部长，属于大人物议员，而且年龄不大。

"这位先生也来过。"

静子把手指当作书签，翻到那一页指着其中的一张相片说。

一宫睦次郎，六十九岁，属于某某县第一区，第六次当选。历任执政党组织委员会副委员长，国家财政部副部长，执政党金融制度对策会会长和执政党总务委员。

白头发，戴眼镜，鼻与嘴之间的距离比一般人大。

静子又指着第三张相片。

曾我英世，六十五岁。全国区，第三次当选。历任执政党参议院议员会副会长，参政院预算委员会副委员长和参议院财政委员会委员长。老年模样，外貌似相扑运动员，肥胖的体形，圆滚的肩膀。

曾我英世是参议院议员，中原和亲与一宫睦次郎是众议院议员。这三人都是执政党的国会议员。

井川君从静子手中接过书，又重新把三位议员的照片经历和现任职务翻阅了一遍。这三位议员都与国会财政委员会有关。

"在这三个人中间，经常光顾玛斯塔高级餐馆的是哪一位？"

"是啊，比较起来，还是这一位。"

静子指着中原和亲的相片。

"从我上班以来，已经看到他有十次左右了。"

"另两位呢？"

"三四次吧。"

"他们三人都把徽章翻过来戴吗？"

"不是的，他们根本不戴徽章。"

静子摇摇头。

井川君紧盯着中原和亲的相片。

"这三位议员光临时，带其他客人吗？"

井川君合上《国会议员名录》一书，把视线移向静子。

"好像秘书与他们在一起。"

"议会秘书之类的人理应佩戴徽章。第一秘书啦，第二秘书啦。"

"根本不佩带那样的徽章。"

"议员们结账时是掏自己的腰包，还是由其他人代他们结账？"

"那，我可不清楚，会不会是川濑春江会计，是……"

这话没错，厕所保洁员不可能什么都知道。

"那些议员与山越君的死有关吗？"

静子压低嗓音反问。

"不会不会，不会有任何关系。"

井川君朝左右摇头。

"噢……"

"虽然无关但还是要从侧面了解。我也是刚才听说，还没有经过反复思考。"

"有些话，不知该不该说？"

静子好像踌躇再三，犹豫不决。

"不管什么请尽管说。只要与玛斯塔有关，不管什么情况都很重要。"

"服务小姐使用厕所时，我趁机擦洗台盆和大理石地面。在那种时候，服务小姐往往一边化妆一边无所顾忌地相互交谈。"

"是不是叽叽喳喳的？"

"说到关键的时候是咬着耳朵说，说什么中原先生看上了妈妈桑，既热心又固执。"

"什么？中原议员对妈妈桑？"

"服务小姐们相互间在纷纷议论，虽然听上去不太可能，但她们确实说了。"

"嗯，那么，中原先生看中了妈妈桑，一定会常来玛斯塔吧？"

"这可不清楚。"

"如果这是真的，也许中原先生不了解妈妈桑的经济后台是昭明相互银行的下田行长吧？"

"是否了解就不太清楚了。不过服务小姐们都在背后议论妈妈桑。"

"那妈妈桑的态度呢？"

"那我可不清楚。不过，妈妈桑为了生意有可能会顺着中原先生的意思吧？如果不是那样的话，我想中原先生不会经常光临。"

此刻，好像有闪光的东西在井川君的眼前一闪而过。他抬起头若有所思地望着天花板。

"静子女士。"

他重新看着她说。

"中原先生与妈妈桑之间的关系，请再调查得详细些告诉我。"

静子抬起眼睛似乎吃了一惊。

"别太勉强，只要注意服务小姐之间的对话就行，我可以从中了解情况。眼下又没有其他消息，请集中精力关心一下我拜托的事情。"

"明白了。不过，我很难了解那情况。如果是会计川濑春江，我想她什么都知道……"

"嗯，你和川濑春江小姐之间还没有达到特别亲热的程度吧？"

"没有。我是她同意做保洁员的，她作为雇佣者，态度非常高傲。"

静子脸上露出很久没有看见过的自卑神情。

"井川先生，有一件事想问问您？"

静子望着井川君问。

"什么事啊？"

"您上次说，千万别喝玛斯塔餐馆端来的饮料。说到理由您总是推脱，说以后再告诉我。今天希望您能对我说得明白一些。"

"哦，是那件事。"

井川君犹豫起来。

有关HP药物的事情，是否应该对她说呢？

不管怎么说，她是一位女性，一旦让她知道丈夫服下HP遭到杀害的始末，她也许会失态、反常。对她现在来说，必须保持平常心态收集玛斯塔内部的情报。

让她保持冷静是最重要的，因此暂时还不能说！

井川君还是决心闭口不谈。

但是，那药的概念必须告诉她。如果她不知道那药物的厉害，也很有可能酿成大难。

"那，不怕一万就怕万一！我是怕万一出现危险，才多次对你说起那事，目的是让你提防！我想你不要过多地为此担心。"

井川君为了不使静子感到惊慌，尽可能地缓和她紧张的心理。

"总之，在那种地方恶作剧的人很多。夜总会里的经理和服务生经常把高强度的安眠药放入饮料里，让坐在客人边上的服务小姐喝，这种事我在别的地方听说过。当服务小姐喝下放有药物的饮料后，瞬间便会出现兴奋狂躁的状态，片刻后扑向客人的怀里发狂。"

"是这样。"

"只有那种药物无味无色，放在红茶里或放在饮料里一点也看不出，只要滴上两三滴，效果明显很厉害。"

"太可怕了。"

"我想不会有那么愚蠢的人，只要提高警惕是不可能上当的。"

"你口渴了，打开水龙头用杯子盛着喝。如果夜总会有人端来饮料，态度也非常热忱，你只需道一声谢谢，但嘴不要碰。等人走后把饮料倒入台盆内冲洗掉。"

"我明白了。"

静子还是惊魂未定，深深地鞠了一躬。

"只要处处提高警惕，多长一个心眼，就没有什么可怕的。"

嘴上虽说没有什么可怕的，可一旦露出马脚被对方发现静子是特务，后果则不堪设想。为此，必须经常与静子保持电话联系了解对方动静，以决定是否立即辞去保洁工作。即使她本人察觉不出对方动向，也无关紧要。

井川君十分担心静子小姐的处境。

此刻，妻子的声音在井川君耳边回响。

"另外。"为了让静子安心，井川君的脸上装出若无其是的表情，改变话题。

"来玛斯塔的客人，你已经比以前认得多了？"

"是的，比以前认得多了。"

静子刚才悬着的心也平静下来。

"我上次对你说过，那个挂着司的克的人是《经济论坛》杂志社的清水社长。他来过吗？就是你丈夫生前工作过的杂志社社长。"

"没有。还没有见到。"

"是吗？"

太奇怪了！清水四郎太最巴结昭明相互银行的下田行长，不可能不去。

井川君歪着脑袋思忖，突然，一个标题从他的脑海里闪出，《福寿制药公司通过技术开发为制药行业迎来新的战国时代》。

从友好的福寿制药公司取来HP交给下田行长的，是清水四郎太。掌握下田行长隐私的清水四郎太，由此更加警惕自己的生命安全。自己向下田行长提供HP，也许会遭来下田行长对自己下毒手？！玛斯塔也供应威士忌之类的酒和饮料，那酒那饮料里万一……还是，最好别去那地方！

如果这假设可行，那……

由此可见，清水四郎太也是一只难以对付的狐狸！

迟到的快件

三天后，井川君在新宿车站换车时，打公用电话给山越静子。

只有铃声响，没有人接电话。

平时，铃声响三声左右，受话器里就会传来静子的声音。电话铃声继续作响，还是没有人接。井川君望了一下手表，十点零二分。山越静子理当知道十点有电话来。

井川君挂断电话。静子不在家，太出乎意料了，井川君不安起来。

井川君一边望着人行道上的店铺，一边走着。从早晨开始行人就很多，橱窗里的商品无法看清楚。

又望了一下手表，时间又过去二十分钟，再走一段吧！西侧是地铁的两个出口。一个出口连接商店，另一个出口直接上到地面。井川君步行了大约三十分钟，这里是新宿车站西大门。他走进路边的公用电话亭。

铃声响了，这一回，受话器里传出了静子的声音。

"早上好！"

从她的声音判断精神很好，井川君放心了，终于松了一口气。

"我曾在十点钟给你打过电话，可是……"

"失礼了。"

静子道歉。

"我也正放心不下呢！正巧电话铃声响的时候，有人在我家里。一接电话与您交谈，万一内容被他听到有可能节外生枝，所以……"

"噢。"

"是《企业界报》的宇野记者来我家。"

"哦！又是那杂志记者。"

又是《经济论坛》杂志的竞争对手！前几天，他曾去过静子家询问有关山越贞一的情况。这也是静子亲口告诉井川君的。

"这一回他是为什么来的？"

"还是询问山越君的情况。"

"……"

"他说上次突然登门拜访，有关丈夫的情况夫人可能一时回忆不起来？他问我后来是不是想起一些什么事来。"

宇野记者推断山越君的死与《经济论坛》杂志有关。于是，两本你死我活竞争激烈的杂志展开了没有硝烟的较量。

"我当然什么也不会说，所回答的还是与上次一样。宇野先生说，今天再次打搅您，请夫人再想一想，提供有关丈夫的情况。"

"真狡猾！"

原来如此。井川君于十点钟打电话的时候，静子没有接电话。如果电话里的内容被宇野听到可就麻烦了。

"根据我自己的推测，宇野记者来我家好像是来打探我的生活情况。"

"噢。"

"他又问，夫人肯定在哪里工作吧？我说，你可能认为丈夫死了以后我孤家寡人不出去工作就无法生活吧？我还没有穷到这种地步，暂时还没有出去工作。他看到我上午十点还待在家里，好像相信我的话。他当然不会想到我是在下午四点才开始上班。"

"是啊，如果说外出工作一般都是早上出门。倘若年轻女性，也许被认为去做服务小姐。可中年女性，是不会被认为去夜总会或俱乐部。"

"还有，我寄给井川先生的快递邮件大概还没有收到吧？"

"快递邮件？是什么时候寄出的？"

井川君稍稍怔了一下，反问静子。

"是前天下午寄到您府上的。"

"按理昨天应该送到。国分寺是农村，即使快递邮件也要次日才能送达。昨天我因为上班，早上六点半就出门了，还没有看到那封信。"

"信里的内容可能稍稍长了一些。"

"有关什么情况？"

"是一些经常光临玛斯塔的要人的情况，我大致摸清楚了。电话里很难解释清楚，所以改成信的形式。"

"嘿，一定是收获不小吧？"

"我不知道是否有那样的价值，总之，请您看一下再说。"

"太高兴了，我这就回家拜读。"

"请您看完信以后，告诉我下一步打算。"

井川君觉得静子已经习惯了"内部侦查"工作。

"下一次电话不是后天，改为明天上午十点。"

"那好，明天等您的电话。"

"哦，请再等一下……"

井川君突然想到什么，又加了一句。

"请千万留神！一察觉危险请立即停止。"

也许是刚才十点左右打电话不通的缘故，一种危险的暗示引起井川君的高度不安，再让静子更深层次地摸对方情报，显然是有生命危险的。

井川君挂断电话，坐电车回到国分寺市东元町的家已是中午十二点。

"回来了，您辛苦了。"

太太——秋子开门迎接。厨房里传来做菜的香味。

"喂，有快递邮件吗？"

井川君一边脱鞋一边问太太。

"有，是静子寄来的。就放在桌上呢，是昨天下午送过来的。"

最里面七平方米的榻榻米房间是井川君的书房，书桌上端端正正地放着写有自己姓名和地址的信封，厚厚的一叠。

井川君希望快些看，就连换衣脱鞋也觉得是浪费时间。

"是不是静子已经对您说过，她已经寄出这封快递邮件了？"

井川君坐在书桌前，秋子坐在井川身后问道。

"嗯。"

井川君的回答模棱两可，他还没有向妻子公开自己与静子之间定期电话的联络方法。

"静子，不要紧吧？眼看静子在对方那里越陷越深，太让人担心了。"

从静子寄来的快递邮件，秋子又紧锁眉心忐忑不安。

"什么，别大惊小怪的，你那种担心是多余的。"

"是真的吗？"

太太一边看着丈夫开信封口，一边悄悄地走出房间。

井川君取出信笺，出于对信的内容的期待不由得咽了一口唾沫。

　　请原谅我在信的开头不写客套话。

　　这是我从某个人那里听到的情况，我认为电话里不一定能说清楚，内容稍有些复杂，所以把它写成信寄给您。

　　我曾对您提起过有关中原和亲议员他看上妈妈桑——增田富

子，并频频光顾玛斯塔的情况。井川先生曾表示怀疑，中原先生大概不知道妈妈桑增田富子的经济后台是昭明相互银行行长兼全相银联主席的下田忠雄。事实上，那人说中原先生在完全清楚这一关系的基础上与妈妈桑打得火热。从表面看上去，这是妈妈桑经济后台的一种宽容。对他们两人情感上的"迅速发展"，那经济后台是睁一眼闭一眼。

据说中原先生的夫人是电视演艺界的美人，有名气，有才能。可眼下中原先生与夫人感情恶化，随时都有离婚的可能。其原因是：中原先生有相好的异性女友；其夫人有许多年轻的男友。传说，他夫人每晚与那些年轻男友在外面游玩。夫妇双方同床异梦，针锋相对，选择了各自生活道路。

目前尚未离婚的原因是，中原先生考虑到一旦离婚，必将成为杂志的热门话题，成为轰动社会的丑闻，这势必影响他的选票。此外，其政敌有可能以此为把柄大做文章，在选区进行反面宣传，蛊惑人心，使其在接下来的选举中落选。这是中原先生最担心的。曾担任过部长的"大人物议员"对选举最敏感，对政治前途最担心。

听说中原先生躺在妈妈桑的怀里伤心地流泪，和妈妈桑喋喋不休地诉说自己太太的不是。妈妈桑看似十分同情中原先生的苦衷，抚摩着靠在她怀里的中原先生的脑袋和肩膀，用女性特有的温柔安慰他。这在旁人看来，属于无与伦比的浓烈热恋。服务小姐见他们旁若无人的开放情景，纷纷从桌边溜之大吉。她们私下交头接耳，议论妈妈桑与中原先生之间的关系非同一般，已经有过无数次的肉体交往。

还有，问题是妈妈桑的情人——昭明相互银行的下田行长，面对增田富子与中原先生之间发生的种种越轨行为而视而不见，任其发展。究竟是下田先生因善解人意而不闻不问，还是出于某种需要特意安排妈妈桑那样做？那人对我说，下田行长的动机是后者。

中原先生是具有部长经历的执政党大人物，在众议院财政委员会里是一位实力人物。上次井川先生给我看的《国会议员名录》里的相片，除中原先生外，还有众议院议员一宫先生和参政院议员——曾我先生。这三位议员，都是国会参众议院财政委员会的实力人物。下田行长为使民间互助金机构合法化和国会早日立法，主要依靠的对象是他们三位。

静子写的十多张信笺，井川君一口气读了一半放在桌上，而后点烟。

把这些情况告诉山越静子的，究竟是谁呢？

虽说刚下班睡眠不足，可大脑兴奋，心跳加快，难以入眠。他又接着看下半部分：

还有一位经常光顾玛斯塔的客人，听说他叫猪野藏太，是大同商业公司的总经理。他多半是在我坐上椅子休息时光临，我即使面对客人也不会有人自我介绍，我也不知道谁是猪野总经理本人。

听说大同商业公司名义上是商业，实际上是从事互助金，在民间互助金行业中是最具有实力的企业之一。互助金行业，倘若永远这样被称呼下去，在社会上的地位则不会得到提高。该行业希望能尽快美化机构，升级为"信用金库"那样的机构。为此，他们把尽快立法的希望寄托在这些议员身上。相互银行界为互助金行业升级活动到处奔波，摇旗呐喊，其目的一旦立法成立，就可名正言顺为互助金行业融资，开辟新的获利渠道。虽地方银行和相互银行如今都在背地里为互助金行业融资，但要在表面上使互助金行业成为金融行业的新成员，必须成为国家财政部认可的法人。而认可的前提，必须是国会立法，使之合法化。

如今银行的资金过剩，据说发展前景良好的贷款单位很少。由于不景气，企业停止设备投资，限制扩大生产。正如前面所述，都不需要银行贷款。可银行资金无论怎么过剩，也不能把钱借给停滞不前或者无力归还要求贷款的企业。为此，银行为长期出现存款利息与贷款利息逆差而感到烦恼。解决这一问题的最有效途径之一——加紧立法，使互助金行业合法化。这就是那个人讲解给我听的，给我留下了深刻的印象。正如新闻报道所说的那样，互助金行业是一种极具恐怖的行业，它带给中、小型企业和工薪家庭的是灾难和毁灭性的破坏，直至中小企业经营者和工薪人士被迫走自杀身亡的绝路。该行业的大部分互助金机构，都被暴力集团控制。

正因如此，听说全国相互银行界的第一号人物——昭明相互银行行长下田忠雄，与参、众议院财政委员会举足轻重的三位议员以及大同商业公司的猪野总经理勾结在一起，到处游说。听那个人说，下田行长为敦促国会早日立法，向有关议员提供了巨额政治捐款。而巨额政治捐款则由互助金行业提供，公开出面的是全相银联，旗手是下田忠雄。

由于捐款的效果还不明显，便把前面提到的三位议员请到玛斯塔实行全额招待，进行笼络。招待费，则由大同商业公司和全相银联分担。

没想到中原先生还寻花问柳缠着妈妈桑，下田忠雄为实现不可告人的目的不得不默认，不惜把自己心爱的情妇当作赌注押上。如果说夜总会的妈妈桑是下田忠雄身边的谋士之一，增田富子则是非常了不起的女性。

当然，玛斯塔不会亏待另外两位议员。专门陪伴一宫先生的服务小姐叫直美；专门陪伴曾我先生的服务小姐叫珠惠。她俩都称得上绝代美人。

其次，东日本相互银行的安中行长、森口执行董事和井上常务董事等人也经常光顾玛斯塔高级餐馆。该餐馆是全相银联会馆里的夜总会，他们经常光顾也是理所当然。听说在经常光顾夜总会的昭明相互银行中间，至少有一个高层干部经常向该行的竞争对手——东日本相互银行提供内部情况。我还听说东日本相互银行为全面超过昭明相互银行，已经策划了把下田忠雄拉下马的方案。为实施这一方案，他们千方百计收集下田忠雄的丑闻，暗地里对昭明相互银行高层的某个高层干部实行怀柔政策，以了解昭明相互银行的动向和下田忠雄本人的丑恶行径。那个高层干部究竟是谁？根据人的习惯，一走进厕所便自然放松警惕的习惯，以及厕所保洁员往往被人忽视的特点，恰好成为我悄悄观察别人的有利一面。昭明相互银行里那个向东日本相互银行提供内部情况的高层干部是谁？我已大致了解清楚。

可是我想再观察一段时间，等到确定无误后再报告井川先生。

这封信我是匆匆忙忙写的，啰啰唆唆，文理不通的地方请多包涵。

井川君看完这封长信，凭他的直觉，静子的处境已经危在旦夕，必须尽快将她撤出侦查对手的前沿阵地！如此排摸情况，简直太危险了。

可井川君心里又很矛盾，希望静子再了解得深刻一点。这种想法在他的脑瓜子里占了上风。

他想让静子摸清那个做东日本相互银行"内应"的神秘人物究竟是谁。

从隔壁房间，传来了秋子正在准备碗筷的声音，午饭时间到了。

惨步后尘

静子的那封长信一直在井川君的脑海里翻来覆去，信中详细叙述了聚集在玛斯塔高级餐馆里主要客人的状况。

为使日本政府财政部尽快向国会提交法律草案，互助金行业组成的金融团体正在举行声势浩大的请愿活动。而全相银联在侧面进行援助，拉拢执政党的财政部官员和众参两院的财政委员会委员等大人物，希望这些议员挺身而出，助一臂之力。这些大人物到玛斯塔高级餐馆寻欢作乐，又害怕暴露身份，不得不藏匿国会议员的徽章。曾经担任国家部长的中原和亲议员，刚与电视演员出身的妻子不和，便与餐馆的妈妈桑又打得火热。当然，妈妈桑增田富子投其所好与中原先生如胶似漆，是征得经济后台、昭明相互银行下田行长许可的。而下田忠雄采取默认的姿态，其最终目的是笼络财政委员会的主要议员中原和亲，迫使他向国会提出从法律上认可互助金行业的议案，尽快通过该项法律。一旦该法律生效，作为相互银行界一直为利息逆差而头涨脑疼的矛盾便可迎刃而解。互助金行业一旦升级，便成为相互银行最大的融资对象。

全相银联处在该活动的中心位置，下田忠雄是该活动的核心人物。他不仅从互助金行业收集政治捐款分送给各有关国会议员，还向他们赠送美女。利用金钱和美女展开攻势，双管齐下，使议员就范并为下田忠雄效忠。增田富子毕竟是下田忠雄的情人，擅长使用美人计。

假设增田富子与中原议员上升到情人的关系，则可证实她是与下田行长共同密谋策划，用肉体和色相将中原议员拉下水的。

此刻，中原议员一定会受到下田行长的威胁。胆小如鼠的中原议员被腐化后，极其害怕艳史败露导致夫妻离婚而带来的选票下降，为保住议员的地位不得不屈服于下田行长的指挥棒。

井川君认为，下田忠雄与增田富子策划的美人计可谓别出心裁。

通常，实施美人计的一方，是从上钩的男人那里诈取钱财。而他俩实施的美人计则反其道而行，诱使见钱眼开鬼迷心窍的中原议员无法拒绝送上门的巨额捐款，从而全力以赴为下田忠雄效力，让他为互助金行业早日合法化全力以赴，使出全身解数。

据说在玛斯塔高级餐馆里，互助金行业的大户——大同商业公司总经理猪野作为下田忠雄的客人经常出现。猪野总经理是该行业升级运动的总代表，他拜托下田忠雄出面，可见猪野总经理是下田忠雄个人的钱包。

根据山越静子信中所说，光临玛斯塔高级餐馆的执政党财政方面的一宫睦次郎议员也有情人，叫直美小姐。曾我英世议员也有情人，叫珠惠小姐。这种天衣无缝的美人布局，无疑是在下田忠雄的授意下安排的。

静子的信中还提到另一条重要的消息。

全相银联团体会员的东日本相互银行的安中行长，森口隆之执行董事和井上孝夫常务董事经常光顾玛斯塔，该行在行业中的排名仅次于昭明相互银行。

昭明相互银行的高层干部中间，至少有一人经常向竞争对手东日本相银提供内部情况。作为东日本相互银行，为超过昭明相互银行，并把相互银行界的实力人物下田忠雄搞垮而四处活动，收集他的丑闻材料，暗中对昭明相互银行的"内应"实行怀柔政策，让他提供昭明相互银行最高决策层的情报。此人究竟是谁？静子还不清楚。这消息是某个人透露的。

静子在信中说的"那个人"究竟是谁？

既然那个人熟悉内情，就不会是一般人物。信上没有写那个人的姓名，连简单的认识来历也没有写。

为什么？写在信上不妥吧？是暂时需要保密？还是其他的……

静子在信中强调，昭明相互银行的决策层里有人向东日本相互银行传送情报。

静子做厕所保洁工作，不会引人注目。她利用这有利条件仔细观察和偷听别人的交谈内容，大致已清楚昭明相互银行里的那个"叛逆者"是谁。

从静子的信中可以看出，她已经开始深层次进行侦查。井川君觉得她干得太漂亮了，进展也十分顺利。

静子在信的末尾告诉井川君，观察到确实无误后再向他汇报。

凭井川君的直觉，静子的侦查工作再深入下去是很危险的。但他心里又非常矛盾，静子经过一段时间的观察和探听，玛斯塔的大致情况已基本摸清。他真心希望静子继续像现在这样侦查，把玛斯塔了解得更透彻一些。要不了多久，不只是弄清昭明相互银行那个秘密向东日本相互银行提供情报的人是谁，就连整个玛斯塔的内幕也将彻底暴露无遗。信中提到的"那个人"，可能还会向静子透露更多的情报。

井川君打算与静子电话联系后再见一次面，在会面时顺便打听一下"那个人"是谁，可能还有新的情报。

明天是公休日，与她联系还为时过早，不妨再等几天。后天去收费关卡上班，待二十四小时下班后再跟她通电话。

井川君急切地等待着三天以后的那个早晨。

太太——秋子又开始担心静子寄来的那封快递邮件。

"孩子他爸，把信给我看看。"

她央求道。

"现在还没有到让你看的时候，以后会让你看的。"

井川君拒绝了她。

"你没有让静子干这干那吧？"

"也不是像你说的那样。"

"请别让静子干那种危险的事！我每天都在心神不定地为她祈祷。"

"你真是多管闲事！"

十月二十一日早晨八点钟，井川君跟往常一样，与接班收费员交接完，乘坐公司大巴士从高树町收费站返回芝白金的财务所。井川君刚走到事务所，服务小姐立即对他说：

"井川先生，您的太太打来电话，让您马上打电话到家里。"

太太打电话到公司，这情况还是第一次，不知有什么要紧事？他立刻走出事务所朝最近的公用电话亭走去，拿起听筒拨通家里的电话。他的心怦怦直跳，希望别发生什么倒霉的事。电话那头，传来太太的尖叫声音。

"孩子他爸，不得了，出事啦！"

秋子一听到是井川君的声音，猛然间大声地惊叫起来。

"静子，被人杀害了！"

秋子喊叫的声音，从送话口径直窜入井川君的耳朵里。

突如其来的噩耗使井川君惊呆了，全身的血液轰地涌向脑门。

"被，被人杀了，那是真的？"

井川君神情恍惚，两条腿不由自主地颤抖起来。这消息对他来说，犹如晴天霹雳。

"这消息是真的哟！已经有人看到尸体了！"

"在哪里？"

"在国分寺！"

"什么？不在池袋？"

"在东元町的平安公寓107室。"

107室，是井川君以静子名义租赁的房间。

"什，什么时候？"

"听说发现尸体的时候是昨天夜里八点。现在，平安公寓里出现了许多警察，正在现场排查。我平时一直担心的事，结果还是发生了……"

秋子抽泣起来。

"喂，警察来过我家吗？"

"还没有。"

"请记住！别说我介绍静子到相银会馆二十四楼做厕所保洁员。"

"嗯，嗯……"

"好，我立即回家。"

回家路上，井川君一直处在自责的状态。静子被人暗害完全是自己的过错，从而酿成无可弥补的惨剧。倘若电车里没有乘客，井川君也许会歇斯底里地放声叫喊，号啕大哭。

完全是自己的责任！既然预感到静子有危险，应该立即让她撤离玛斯塔。可一切的一切，已经太晚了。

我再稍稍观察一下……

静子信中最后的这句话，给她带来灭顶之灾。

究竟谁是杀害静子的凶手？无疑，是玛斯塔高级餐馆的人下的毒手！

国分寺市东元町一路四十五号平安公寓107室，是静子在应聘玛斯塔餐馆厕所保洁员的履历表上填写的住所，还有上原静子这姓名。

静子本身没有住在那里，可能被其他什么人盯上了。

静子虽不住在那里，可她的尸体却在107室被发现。回到家里，必须详细询问被害时间。该时间段，静子是从池袋来还是正在107室房间？

如果说她在107室被害，那似乎不太可能。很有可能凶手先将静子在第一现场杀死，再将尸体运到107室房间伪造第二现场。这种作案的可能性比较大。

那么，杀害静子的第一现场在哪里呢？

是池袋的家还是其他什么地方？如果不是在池袋的家里，又是在什么样的场所呢？是绞杀？是刺杀？还是⋯⋯

一连串的问号，在井川君的脑海里不断地出现。他思绪万千，多么希望尽快找到这个答案。电车驶过荻洼车站，可还在荻洼境内。

静子的死给井川君留下一大遗憾，即永远见不到静子了，再也无法从静子那里了解到"那个人"的姓名。

"那个人"到底是谁？一定是熟悉玛斯塔情况的人！

井川君对静子接触的范围做了反复思考，估计"那个人"绝不会是与玛斯塔无关的人，今后要以玛斯塔为中心进行寻找，他不是客人就是从业员。

然而，从业员的可能性似乎不大。静子是新人，在玛斯塔工作时间还太短，要达到与服务小姐无话不谈的程度，是需要一定磨合期的。再者，服务小姐一般与厕所保洁阿姨保持着一定距离。

妈妈桑增田富子，会计小姐川濑春江，经理，服务生⋯⋯好像都不太可能。那么，会不会是某个客人呢？在每次使用厕所的时候与外表和蔼的静子保持亲近，终于有一天，悄悄地对她说起内部的情况⋯⋯

静子在信中谈到中原议员和妈妈桑的男女关系，谈到下田行长与互助金大腕经营者的交往，还谈到东日本相互银行与昭明相互银行之间的"暗斗"，还说昭明相互银行里有一个向东日本相互银行泄漏内部情报的高层人士。

静子在信中这样写道："根据人的习惯，一走进厕所便自然放松警惕的习惯，以及厕所保洁员往往被人忽视的特点，恰好成为我悄悄观察别人的有利一面。昭明相互银行里那个向东日本相互银行提供内部情况的高层干部是谁，我已大致了解清楚。可我想再观察一段时间，等到确实无误后再报告井川先生。"

从这一点可以推测出"那个人"多半是与相互银行有关的客人。

但静子的期待真能如愿以偿吗？显然，无论对厕所保洁员有如何诚意，透露那样秘密的人也许不会有？！静子的期待只不过是一种幻想而已。

眼前的客观事实是，静子已遭人暗害。很显然，被害的原因在于她已了解到玛斯塔一些深层次内幕的情况。而她却无意中暴露自己，被人盯上了。如果让静子继续在厕所做保洁工作，那她掌握的情况可能还会更多。这对玛斯塔来说是极其不利的。因此，遭人暗害了。

三鹰车站到了，可车停了两分钟。井川君心急如焚，随意望了一下对面的窗外。忽然，站台上一张熟悉的脸映入他的眼帘，好像是国分寺车站广场上的生鱼片饮食店的老板。瞬间，那张脸又消失了。

井川君觉得这情景好像最近在什么地方见过，可到底在哪里却一时想不起来。确实是一张熟悉的脸，瞬间消失在窗外，他是谁？

上了年岁的人，虽能清楚记得青年时代的往事，却记不住最近有过的事情。

人一旦处于高度异常的状态中，相反无法静下心来细细思考。此刻，太太秋子在电话里告知静子被害的惊叫声，仿佛又在耳边嗡嗡响起……

电车终于到达国分寺车站，全身心的紧张犹如潮水向他涌来。他一改平日徒步回家的习惯，坐上出租车回家。车沿着下水沟般的坡道行驶，很快在他的家门口停下。周围一切依旧，静悄悄的。在东元町，平安公寓的方位总让人感觉到稍稍偏了一点。

移开格子门，眼前突然出现了两位并排坐在门槛上的男子。一位三十五六岁，另一位二十六七岁，犹如报刊销售店的推销员。

"您回家了，早上好！"

他们从门槛上站起来，其中一位年龄大一点的男子眯着眼睛笑着说：

"您家没有人，我们只能在这里等您，辛苦了！我们想麻烦您……"

"噢……"

井川君立即明白眼前这两位男子的真实真份。

"您是这家主人——井川正治郎先生吧？"

"我是井川。"

两个人同时从袋里取出侦查员证件给井川君看，是当地警署派来的。

井川君朝房间里窥视寻找秋子，可房间里空荡荡的。

中年模样的刑事侦查警官长着一副很平常的脸，脸上笑嘻嘻的，用行家的语气问道：

"作为参考人，我们想向您了解一下情况。"

"大概想了解什么？"

"您知道有个叫山越静子的女士吗？"

"知道。"

"非常冒昧，您与山越静子之间是什么关系？……"

井川推理

"并没有什么特别关系，只是在很早以前就已认识。"

井川君听了刑事侦查警官的询问，将自己与静子的关系做了回答。

这一问一答后，着实让井川君吃了一惊，对方怎么会知道她叫山越静子？静子是在平安公寓被害的，而租赁107室时是以上原静子的名义租的，与房东签订合同的租赁人姓名也是上原静子。

用上原静子的姓名租赁平安公寓，就是因为考虑到潜入玛斯塔工作不能使用"山越"姓氏，也不能使用池袋的住址，所以才改名为上原静子，住址也改为国分寺市东元町平安公寓107室。其目的是，不让对方察觉静子就是山越贞一的妻子。

井川君用心良苦！

井川冷不防被问及与山越静子是何关系，无疑，警方已经清楚静子的真实身份。

真不愧是干这一行的！他虽然从心底里佩服他们的职业眼光，可又觉得不可思议，警方怎会如此神速地了解到山越静子的真实身份。

"井川先生，您是山越静子租赁平安公寓时的担保人吧？"

中年模样的刑事侦查警官继续笑嘻嘻地问。

"是担保人。"

"我想您既然是担保人，与她之间一定相当熟悉吧？"

"我不否认我与她是熟人，可那种个人之间的事情是否与你们破案有关？至于静子被杀一事，我还是早晨下班打电话到家时太太告诉我的。这一事件的发生，我一点都不清楚，难道警方认为我是杀人嫌疑犯或者是重要参考人？"

井川君的说话语气有点激动。

"没有没有，请别激动。"

刑事侦查警官劝说井川君。

"我们根本没有说您是该凶杀案的嫌疑犯！再说您当时不在现场。"

"……"

"昨晚十点半到十一点之间，您在首都高速公路高树町关卡值勤？"

"从昨天上午八点到今天早晨八点，整整二十四个小时都在那里。"

"是的，是的，那是确实的。"

昨晚十点半到十一点之间，凭井川君的直觉，那是凶手的作案时间。

山越静子是那个时间段在107室房间里被勒死的。

"静子的尸体不是昨晚八点发现的吗？"

太太秋子在电话里是这样对他说的。

"不，是今天早晨八点左右。"

刑事侦查警官说，井川君产生了错觉。

"警官，请说得再详细一点，我还一点也不知道事件的经过。"

正在这时，妻子从后门回到家里。

对于两位警官突如其来的拜访，她赶快到附近食品店购买用于招待的喝茶点心。秋子把刚沏的热茶和点心放在盘里，端到坐在门槛上的侦查员跟前。

"好，谢谢。"

侦查警官略弯腰表示谢意。

太太秋子眼泪汪汪，带着责备的眼光瞥了井川君一眼。当时她就极力制止静子冒险，可丈夫就是不听，结果却让她言中，发生了不可挽回的悲剧。静子被人暗害，丈夫负有不可推脱的责任。

秋子原打算坐在边上听侦查警官介绍静子事件的大致经过，可觉得还是避开为宜，便走开了。

"那，我把情况大致说一下。"

警官开始对井川君说：

"据平安公寓房东夫人说，昨晚十点半左右，听到公寓门口传来停车声响，便走出自己住宅看了一眼。她说那车是从甲州公路方向驶来停在公寓门前的，是一辆黑色面包车，前车灯和车厢灯都熄了，一片漆黑。静子从车里出来，用钥匙打开107室房门。静子是用自己的钥匙打开房门的，走进自己租赁的房间。"

"等一下，房东夫人当时与静子说了些什么？"

"没有，听说她原打算主动说两句，结果没有说。"

"为什么？"

"据说，当时静子身边有一位男子抱着静子肩膀站在门口。房东夫人看到男女之间搂腰抱肩的情景不由得避开了，一声不吭地回到自己的房间里睡觉去了。"

"房东夫人看清那男子的模样了吗？"

"没有，那男子背对着房东居住的那幢房屋。107室的北面是旱地，那男子一直把脸朝着那个方向。"

107室是走廊尽头的一个房间，其北面是一大片旱地，其南面是106室、105室……一直到房东住宅。也就是说，107室房间与房东住宅在北南两端的尽头。房东即便走出住宅窥视107室，也隔有相当的距离。

再者，当时已是夜里十点半左右，其他房间都已经熄灯睡觉。由于静子租房还没有正式入住，门前灯一直是熄的。总之，当时周围几乎没有光线，伸手不见五指。问她为何认出是静子？她说她曾和静子见过面。

凭借远处射来的微弱光线，静子的身影也许依稀可辨？

"房东夫人以为，静子入住准备已经完毕，所以用车搬来生活用品。因为是搬家，需要男友来帮忙。瞧那黑暗中的模样，静子非常顺从那男子。"

"就是说，静子听从男子的指挥？"

"据房东当时的感觉，是那样的。"

"两人相互说了些什么？"

"男人悄悄对静子说了些什么，那是男女情话，房东夫人不会注意听。"

"是悄悄话……"

井川君的心剧烈跳动起来，他有一种直觉。

"那后来怎么了？"

"房东夫人没有说什么，关上房门，那后来的情况就不知道了。由于静子与那男子是夜里十点半左右一起进入房间的，她觉得男子不可能马上就走。她做了一些假设，胡思乱想，躺在床上睡不着。"

侦查警官停顿了一下，继续说：

"出乎意料的是，少顷传来107房间的开门声，接着又是一阵引擎发动声。房东夫人睁开眼睛望了一下枕边的手表，是十一点。"

"十一点？"

"是的。车启动后，声音朝驶来的甲州公路方向远去。据房东夫人说，她以为静子也坐在车上离开了平安公寓。一直到今天早晨七点半左右，她才发现出事了。"

"是由其他人通知的？房东夫人又是从什么人那里知道的？"

"是从电话里知道的。"

"什么？"

"是一个女人的声音。说什么，早上好，开门见山地说吧，您公寓107室是山越静子租赁的吧？"

"……"

"房东夫人否定山越静子，说是上原静子。电话那头的女人笑笑说，她真名叫山越静子，居住在西池袋五街五十六号二室。"

原来是从那个神秘的电话里弄清了她的真实姓氏——山越。

"从电话声音判断，那女人非常年轻。她接着说，山越静子已经在107房间里死了，请快去看看。房东夫人想问对方姓名，电话却被挂了。"

井川君默默无语。

"惊魂未定的房东夫人得知这一消息后害怕极了，不敢一人去，唤醒了还在酣睡的丈夫，和101室正准备早餐的女主人一起朝107室房间跑去。房东用家里的备用钥匙打开107室房门，这是一个套间，只见十平方米的房间里躺着被勒死的静子。身穿蓝色工作服，脸朝北，身体呈弯曲形状，服装比较整洁，没有任何反抗的迹象。"

井川君吸了一口气。

"根据颈部被勒的痕迹，凶器是柔软的宽布条，如领带之类的东西。凶手离开现场时带走了'凶器'。当然，罪犯并不是谋财，而只是害命，静子小皮包内的八万三千日元，分文未动。"

"凶手的指纹呢？"

"没有找到。凶手把手触及的部位擦得干干净净。"

"尸体正在解剖吗？"

"是的，已经送到医院。"

"请拜托解剖医生检查胃里留存的东西。"

"胃里的留存物？"

"她也许被迫喝了有毒的液体？"

从相反的意思来说，井川君多么希望别检查出任何的毒液。

"从静子夜里十点半进入107室房间，到引擎声于十一点朝甲州公路方向远去，作案时间大致是半个小时吧？"

井川君说。

"是的。"

"时间很短。可以断定凶手是与静子同车来的那个男人，也就是房东夫人看到背影的那个男人，估计凶手一走进房间立即对静子下了毒手。"

"我们也是那样推断的。"

"在同一幢公寓里，有没有其他住户听到静子被害时的喊叫声？"

"没有。"

"尽管当时不是半夜，可十点到十一点之间不会没有一个人吧？"

"有，106室和207室房间里的住户还没有睡。"

"这两家住户，一个是隔壁，一个是楼上，对吗？"

"是的。106室房间里的夫妇俩正在看电视，207室房间里的大人、小孩三口之家，也在看电视。所以，即便是静子呼叫，由于电视机声音的干扰，也不可能听见。"

"不，我想静子根本没有呼喊！不是吗？据你们所说，静子没有任何反抗的痕迹，服装也很整齐。"

"那，是啊……"

静子身穿的那套蓝色工作服是玛斯塔发放的，井川君心里十分清楚。

平常，静子每天晚上结束厕所保洁工作离开玛斯塔的时候，是十一点钟过几分。昨晚，她是否是在提前下班离开玛斯塔时被送上车带到平安公寓的？不知那辆车是经过银座收费站还是霞关收费站？然后驶入首都高速公路，再经过高井户继续驶入中央高速公路，最后经过国立府中收费站，驶出高速公路后进入一般公路。整个过程需要五十分钟到一个小时，接着驶入甲州公路再折回朝东行驶，一驶入国分寺公路就可到达东元町，这一段路程大约需要十五分钟。

根据侦查警官的介绍，平安公寓房东夫人听到引擎声响走出自己的房门，窥视最北端的107室门口的情形，静子是被那男子抱着肩站在房门前把钥匙插入锁孔的。当时，只见那男子朝静子轻轻地说着耳语。

"那肯定是HP！"

井川君认为，静子一定是在玛斯塔被人灌入含有HP的饮料。这种精神病患者专用的精神镇静剂，只需一至两滴如眼药水的微量进入体内，三十分钟后药物就起作用。服了这种药的人会虚弱乏力，动作迟钝，目光呆滞，对周围任何事情不感兴趣。无论被别人说什么，毫无抵抗意识和能力，更可怕的是一切听从别人的指挥，任人摆布……这些知识，都是从同事西本君那里听来的。

山越贞一乘坐出租车从甲府石和到盐山温泉的途中，肯定是喝了被梅野安子注入这种药液的饮料而突然变得神情呆滞，在东山梨郡青梅公路沿线采石场上面的断崖上俯首帖耳，顺从别人指令一脚踩空后坠落身亡。

这种精神病的专用药物，在被害人身上发挥了极其可怕的威力。

静子未能幸免，步丈夫后尘也喝下了含有HP的饮料。

井川君曾一再告诫她，千万别喝玛斯塔的各种诱人的饮料。遗憾的是，她还是大意了，误饮了注入毒药的饮料。使用这种药物杀人很方便，用量甚微，并可趁被害人不注意时放入饮料。无色无味，不易被人察觉。

现在看来，那男子在107房间门前对静子说悄悄话，实际上是在命令她。静子由于药物的反应没有反抗意识，对自己周围发生的任何变化已毫不在意，也不知道为何来这里，大脑和身体都已进入无力反抗的状态。

井川君在想，可怜的静子，也许在被凶手残害的一刹那间也一定是乖乖顺从。看来，就是解剖尸体也难以从胃里找出HP药液的痕迹。

天国快件

两位侦查警官回警署去了。

太太秋子在井川君面前抽泣。

"可怜的静子落到这种地步，完全是您一手造成的。"

秋子唠唠叨叨地责备丈夫。

井川君呆呆地坐着，无言以对。太太秋子曾一再提醒自己，别让静子继续干下去，但自己一意孤行，只因许多疑团尚未解开的缘故。

井川君在脑海里假设着静子被害的整个过程。

昨天晚上，即十月二十日，静子于九点左右，比平时提前两小时离开玛斯塔。由此可见，凶手就是玛斯塔餐馆内部的人。提前下班可能不是静子的本意，而是凶手所谓的"关心"。在离开玛斯塔之前她喝下了含有HP药液的饮料，对静子来说，无论怎样警觉，是很难防备这种只需微量药液的杀人工具。大概凶手一直在寻找她不注意的时候，伺机下手。

被带上车的时候，山越静子已经处于药物作用的状态中。车经过霞关收费站或银座收费站，无论收费员怎么窥视车厢情况，只能瞧见靠在座位上似睡非睡的女子。

凶手把车停在国分寺市东元町的平安公寓107房门前。据房东太太提供的情况，没有看到其他人，可以断定那凶手就是司机本人。

凶手轻声命令静子：在这里下车。并背对着走出房门窥视的房东夫人，趁夜幕掩护抱着静子的肩膀扮演一对恋人。房东夫人被其假象所迷惑，遂关上房门回到自己的屋里。

在门前男子命令静子：用钥匙打开门锁。静子果真乖乖顺从，把钥匙插进锁孔。

静子的"死"，与其丈夫山越贞一被梅野安子从石和骗上出租车里的状态一模一样。由此可见，从盐山温泉开始，山越贞一被带上另外一辆车，然后被带到断崖顶上。也就是说，命令山越贞一跳下断崖的凶手与勒死静子的凶手可能是同一个人。并且，杀害山越贞一的凶手就在玛斯塔餐馆里。当然，杀害静子不是他的动机，而是在其背后指使他的幕后策划者。

最重要的是，凶手在杀害静子前已经掌握了静子的真实身份。打电话到房东家告知静子被勒死的，是女人的声音。而女人直呼死者的真名"山越静子"，并一字不漏准确无误地说出静子的真实住址"西池袋五街"。他们连静子死去的丈夫山越贞一的来龙去脉，也掌握得一清二楚。

"凶手"是什么时候掌握这些情况的呢？无疑是在静子从"那个人"那里得知玛斯塔内部情况，并沿着这条路线对玛斯塔展开深入侦查之时。井川君虽在电话里告诫静子，要沉着、机智，千万不能让对方察觉。可静子从"那个人"那里得到有力的线索后，忘乎所以，以致暴露了自己。

其"可疑"的行动，引起了对手的注意。经过一番调查，对方发觉厕所保洁员竟是山越贞一的遗孀。可见，"凶手"具有相当强的调查能力。

"凶手"杀害静子的原因有二：一、她已经涉及"秘密"；二、她是山越贞一的妻子。

他们杀害山越贞一，也是因为其掌握了下田忠雄的秘密。只是他的立场不同，以"秘密"为把柄恫吓下田忠雄，索取约六百万日元的报酬。

作为被威胁的一方，他们清楚地意识到，即使支付给恐吓者第一笔报酬，恐吓者也不会就此罢休，从此会没完没了地敲诈下去。事实上，山越贞一很有可能以此作为本钱，死皮赖脸地依附在对手身上。为斩草除根，对手遂起杀意。

对手察觉静子就是山越贞一的妻子，旋即惊恐万状。他们怀疑静子是怀着为丈夫复仇的目的而潜入玛斯塔的，于是伺机下了毒手，扑灭藏在其心中的复仇火种。

静子被以杀害其夫同样的手段致死，证实井川君的推断是正确的。

井川君不由得全身紧张，山越静子的真实身份被暴露，对手势必对自己高度警觉。也就是说，在介绍人井川正治郎的周围已经布下"监视网"。

对手选择井川君租借的平安公寓107室为杀害静子的现场，显然是对井川君进行无声的示威和恫吓，既然可以轻而易举地杀害山越静子，也同样可以不费吹灰之力地置井川君于死地。井川君越发感觉到，要不了多久，对方很有可能把魔爪伸向自己。眼下还不能过多地对妻子说什么，以免引起她更大的恐慌。可即使不说，静子的死已经使妻子惶惶不可终日。

"对方知道是你派静子潜入玛斯塔秘密收集情报，因此，他们的下一个目标肯定是你。"

秋子说完，害怕得连嘴唇颜色也发白了。

"没这么严重，他们没有任何证据！我至今连一张明信片都不曾寄给静子，静子也是那样。她除最后寄给我那封快递信件以外，平时都是用电话与我联络的。"

"幸亏都是电话联络！如果静子家里有你笔迹之类的纸条或信件什么的，他们就能找到借口，你也免不了招来杀身之祸。"

"即便对手怀疑我是静子背后的策划者，可我的动机是什么呢？我为何要知道玛斯塔的内部情况呢？对手一定会为此大伤脑筋。今后为了了解我的动机，对手肯定会派出爪牙暗中盯梢我，但不管怎么跟踪调查也不可能明白。因此，在此之前，对手不会对我下毒手。你呀，太胆小了！"

井川君说的"对手"，其实就是指下田忠雄。

下田忠雄不知道自己与山口和子有过一段情人的关系，那是下田行长与和子小姐结成情人关系以前的事情。自己在离开东洋商社去大阪后便与和子小姐断绝了交往。在长达七年的时间里，两人之间无任何书信往来。

在大阪创业失败后返回东京就职于首都高速公路的收费公司，收费工作大多由退休老人担当。井川君也在这里与收费相伴，视其为第二人生。

那天夜里，和子小姐驾车经过霞关关卡收费站，副驾驶座位上却坐着东洋商社曾经是自己竞争的对手——高柳秀夫，也正巧和子小姐购买通行券联票。如果那天她不是购买多张通行券，而是递上单次通行券或者递上单次通行的现金，那今生今世也许就不会有再度见面的机会。

下田行长不会知道他俩的这些往事。和子小姐在影剧院被害前的一个月，他俩也是在同样的影剧院见上最后一面。这，下田行长不可能知道。

虽曾经爱过的女人已经与己无关，可自己非常希望亲手抓住杀害和子小姐的凶手。尤其是山越静子被害的责任完全在于自己，并且与前后两人的被害有着深刻的联系。井川君热血沸腾，决意报仇。必须在下田行长对自己下毒手之前，先把他斩于马下。

他紧闭双眼陷入沉思。

片刻，他从抽屉里取出静子的信重新看了一遍。信中提到的"那个人"是谁？井川君看了一遍又一遍还是判断不出。"那个人"既熟悉玛斯塔内部情况，又可以与静子自由接触。这人既不是服务小姐也不是服务生，随着分析的深入和展开，井川君越来越觉得难以推断。

井川君把静子的信拿到院子里点火烧成灰烬。这封信如果继续留在家里，无疑是危险的种子。对手很有可能收买暴力集团成员趁妻子外出潜入家中搜寻，一旦证据在握，将迅速置井川君于死地。这绝不是危言耸听！

火点燃那封信时，井川君似乎觉得烧毁了静子留下的"遗书"。

秋子对此举双手赞成。可当变成一缕青烟腾起的时候，妻子赶紧合掌作揖。静子似乎随着丝丝青烟升向空中远离人间，井川君浮想联翩。

井川君走出家门朝平安公寓走去，此时此刻，107室门前被围了起来，挂有禁止入内的禁令牌。警官们正在凶手作案现场调查取证。附近居民似乎都聚集在这里，用不安的眼神凝视现场，悄悄议论着。人群里没有房东夫人的身影。倘若自己被房东夫人发现，也许要招致痛斥和愤怒。

"这是您介绍来的，给我添了这么大的麻烦。"

井川君急忙改变方向朝平安神社走去，附近还有几家农户平房，万籁俱寂。这条路，自己曾经与静子一起走过。

"那个人"到底是谁？

井川君陷入沉思，不经意间走到神社门前。

井川君弯下腰坐在神社附近的石墩上，自己曾经与静子并肩坐在这里共商"大计"。井川君曾为静子潜入玛斯塔应该怎样干，做了详细的部署，可结果却把她送进了鬼门关。

井川君泪流满面，十分伤感，独自一人足足呆坐了三十分钟。路人在他身边经过时，都不可思议地侧脸望着他。

说起真正的介绍人，应该是木村秀子，不知她现在怎样了？井川君不免为木村秀子的处境担心起来。

对方已经明白井川君是把静子作为特务派遣到玛斯塔，而真正的介绍人木村秀子无疑是井川君的同伙。

井川君站起身离开神社，没走几步路，看见一座正方形公用电话亭。

他找到笔记本上的电话号码，拨通《经济论坛》杂志社的电话。

"木村秀子在杂志社吗？我叫中村。"

对方接电话的是一位男子。

"木村因工作外出，不知道什么时候返回。"

还好！《经济论坛》杂志社的编外女记者平安无事。

井川君松了一口气。

最近这一段时间里，木村秀子也许会发生什么意外？井川君觉得应该尽快找到木村秀子，提醒她注意。

还有木村秀子的外甥女儿，那个担任玛斯塔高级餐馆会计的川濑春江。不知她近况如何？她对姨妈的话深信不疑，用自己仅有的权限雇用了山越静子为厕所保洁员。现在，她也有可能处在危险中，也很有可能已经引起玛斯塔后台下田忠雄的怀疑！

井川君回到自己家里。

一推开大门，秋子急忙跑过来。

"孩子他爸，不得了啦！"

"什么？"

妻子的那番话，犹如一道闷雷击打着井川君的心。偏巧自己不在家却出了乱子！瞧秋子的脸都变成了土色。

"刚才，邮递员送来一封山越静子的信！"

秋子手拿着信不停地摇晃。

瞬间，井川君产生幻觉，似乎山越静子起死回生又活了。那尸体可能是替身？

他一把夺过信封，看了一下信封的反面。

"山越静子拜寄。"

果然是山越静子的亲笔信。

井川君又看了一下信封的正面，也是静子的笔迹：井川正治郎先生亲展。信封上端有一道红杠，写有"快递"两字，但信封很薄。

静子被人暗害已成为事实，这封快递信件就像来自遥远的天国。

信是这样写的：

> 虽上次寄给您的信很长，可还是忘写了一件事，赶紧补上。请阅读《昭明相互银行发展史》的第三十二页。
>
> 这是那个人告诉我的。我还没有看过《发展史》，可能它很有参考价值？他说旧书店里有这本书，如果旧书店里没有，请到国会图书馆查阅。
>
> 我这里没有什么变化，请放心。特此报告。

井川君看了一下书写日期：十月二十日下午三点写。

井川君把眼睛凑近信封上的邮戳日期，是池袋邮电局的邮戳，时间是十月二十日十八点至二十四点。

十月二十日，就是昨天，静子被杀的那一天。也许静子是这天下午三点在家里写这封信的，在去玛斯塔上班途中把信丢入附近邮筒里。当天晚上，也就是昨天晚上十点半到十一点之间被害。这封快递信是刚送到家的。

"我这里没有变化，请放心。"

这字里行间，饱含着静子的悲哀。

井川君把这封仿佛来自天国的快递信件揣入袋里。

"我到永田町的国会图书馆去。"

井川君顾不得进屋了，对太太说。

"身体吃得消吗？从下班到现在还没合眼呢！"

"不要紧！"

走出家门三步并作两步的，在陡峭的下水沟坡道上艰难地攀登着。他没有坐大巴士，笔直朝车站走去。

一路上，脑子里一直思索着，静子提到的"那个人"究竟是谁呢？

一个梦幻般的影子，在川流不息的车流和来往如梭的人群中飘荡……

原副行长

井川君在国会图书馆里向服务台借了一本《昭明相互银行发展史》。不用说，国会图书馆里的藏书非常丰富。一般图书馆里没有的，它这里都有，且门类齐全。

套有书套的精装本近四百页，纸好，质地也厚。翻到扉页，此书是十五年前出版的，编写人是下田忠雄。这本书既不对外发行也不图盈利，因此，在装帧上非常奢侈和气派，皮书脊，金箔书名，封面用蓝色麻布制成，上端烫金，可谓豪华精装书籍。

无论哪家企业在制作"企业发展史"之类的书籍时，都是用最豪华的规格，以象征企业的光荣足迹。翻开书，第一页上印有"昭明相互银行发展史"九个黑色手写字，角落里排列着"下田忠雄"小宋体字。

翻到第二页，又是黑色的手写字：

"人类信爱——即以全人类最崇高的心灵为广大顾客热忱服务"。

这几个字写得很大，占满了整个一页。

下田忠雄是基督教忠实信徒。"人类信爱"的标语，装饰陈列在昭明相互银行下属所有分行的沿街橱窗里。

下田行长的基督教精神，作为昭明相互银行的营业方针对外向顾客宣传。这种对基督教的渲染，反而获得巨大的宣传效果。社会上只要一提起昭明相互银行，人们立即会联想起其创始人、如今的独裁者——下田忠雄与基督教。银行必须坚持信用第一，而基督教精神非常适合。

前言由下田忠雄撰写。

　　相互银行的历史很短。社会上也还有不少人认为，相互银行比无尽公司好不了多少。我不赞成这样的观点，既然是相互银行，就必须独树一帜，改变人们心目中的印象。我日夜思考着，应该如何去改变它。

　　有天晚上我钻进被褥里，突然想起第一银行创始人涉泽荣一翁是《论语》的信奉者。他在明治五年设立第一国立银行，不用说，堪称我国银行业之父。这位第一银行总裁提倡的"信用第一"的经营伦理，就是取之于《论语》。他给了我灵感，我不由得拍手欢呼起来。我的父母是山村里的平民百姓，也是虔诚的基督教教徒。在家庭的熏陶下，我自幼接受了基督教。《论语》所述的伦理道德，伴随着第一国立银行的"信用"走过了无数岁月。我想到基督教"人类信爱"的精神一旦成为我行的营业方针，将使相互银行的信用更上一层楼。实践证明，我的想法是对的。本银行的发展历程，正如众所周知的那样突飞猛进。今天隆重推出《发展史》第一卷时，我与我的同仁们感慨万千。我相信二十年后、五十年后再推出第二卷、第三卷时，基督教精神将会继续伴随着我们，昭明相互银行将会取得更大的业绩。

下田忠雄的假面具就在这里。

紧接着是一幅幅照片，其中有下田忠雄的照片。井川君睁大眼睛注视着，十五年前的下田行长很年轻，满头乌亮的黑发，额头上发际鲜明，三七开发型十分整洁。

脸上几乎看不见皱纹，年轻气盛，精力充沛。与现在的下田忠雄比较，其年轻主要在于当时满头乌亮丰润的黑发。

　　井川君用指尖盖住前额上的头发，于是秃额出现了，这就是现在的下田忠雄。松开指尖，秃额上的黑发出现了，是十五年前的下田忠雄。

　　这张十五年前的照片，与东山梨郡断崖上捡到的经过山越君修饰的照片基本相同。

　　也就是说，头戴假发套的下田忠雄，就是十五年前的这张脸。凭着这张脸，他带着增田富子到汤山温泉马场庄宾馆滞留了三天三夜。当然，脸上的皱纹是遮不住的。

　　井川君真想撕毁这张照片。什么是基督教精神？什么是人类信爱？杀人成性怎么可能是基督教人类信爱的精神？全相银联二十四楼层的玛斯塔高级餐馆，居然让自己的情人增田富子经营。利用玛斯塔这一场所巧施美人计，笼络收买国会议员。不仅如此，还残酷杀害山越静子。总有一天，我要亲手撕下这张假面具。

　　井川君强压心头怒火翻开后面一页，上半部分是两张圆形照片，下半部分是挂有"昭明相互银行"招牌的旧建筑物。页脚有一排说明：创业初期的本行总部大楼。

　　上半部分的两张照片：右侧是原总行副行长——原明治兴产无尽公司总经理田中典久；左侧是原总行副行长——原帝都兴产无尽公司总经理小山与志二。

　　井川君曾经与乔君在银座见面的时候，乔君曾给过井川君一本昭明相互银行的宣传手册。井川君从袋里取出那本小册子。记得那次见面正值乔君正要上班的时候，井川君邀请他在附近一家咖啡馆边喝咖啡边交谈。

　　宣传手册上，附有昭明相银的简史。

一九五〇年（昭和二十五年）九月，昭和劝业，明治兴产和帝都兴产三家无尽公司合并成立昭明帝都无尽公司，注册资本二千三百万日元。

当时，昭和劝业无尽公司的总经理是下田忠雄，明治兴产无尽公司的总经理是田中典久，帝都兴产无尽公司的总经理是小山与志二。

——啊，这里也应该是关键部分。井川君把问题聚焦在两张圆形照片上。《发展史》写得非常清楚，还有当时另外两位创始人。

三家无尽公司合并后成为昭明帝都无尽公司，田中典久担任总经理，小山与志二担任常务董事，下田忠雄担任执行董事。可这样的局面好景不长，借无尽公司晋升相互银行之机，下田忠雄就任昭明相互银行的行长，田中典久和小山与志二就任副行长。

井川君望了一眼田中典久副行长的照片，总觉得似曾相识，好像在哪里见过。

比起目不转睛地注视照片，还是快翻阅《发展史》更为重要。这是九泉下的山越静子在信中的指示。

三十二页上是这样写的：

副行长小山与志二于一九五七年（昭和三十二年）九月提出辞呈，经股东总会同意。小山与志二圆满退任后隐居家乡，于一九六二年（昭和三十七年）病故。

副行长田中典久于昭和二十七年十月主动辞职，没过多久，不幸逝世。本行创业者相继谢世实为本行的巨大损失，谨此深表深深的哀悼之意。

一九六〇年（昭和三十五年）九月，本行迎来创立十周年的纪念日，以多种形式举行庆祝仪式。资金量突破下田行长下达的三百亿日元指标，本行还在当地购入土地计划建造新总行大厦。

新总行大厦建设委员会委员长，由下田行长亲自出任……

真不可思议！山越静子死后送到的快递信件上说"要我读三十二页"，可究竟要我读上面的哪一部分呢？不用说，该指示是"那个人"向她下达的。

井川君反复阅读，视线终于停留在田中和小山两位副行长的死因上。

小山与志二圆满辞职后，在家乡病故。

田中典久主动辞职，于不久后不幸逝世。

由于昭明相互银行的建立，合并后的两位无尽公司的总经理先后离去。在这里，充分暴露出下田忠雄的"凶悍"和"毫无人性"。

比较一下有关他俩死的说明，应该着眼于两个不同点。小山与志二是圆满辞职，而田中典久的辞职没有使用圆满的字眼。所谓主动辞职，听上去似乎有圆满之意，可细细品味，未必存在此种含意。一位是病故，另一位是不幸逝世。

大概是"那个人"告知静子的，小山与志二和田中典久的死有明显不同。总之，他俩的死与下田忠雄有着密切关系。对于从了解玛斯塔内情进而到了解昭明相互银行内情的山越静子，"那个人"决不可能暗示她去读毫无关系的内容。

从静子的"报告"可以得知，"那个人"察觉到静子的目的后给予了各种暗示，启发静子以细腻的眼光观察和了解昭明相银与玛斯塔的内部情况。井川君越来越希望能早日见到"那个人"，尽快掌握下田忠雄的真实情况。

他花去二十分钟时间紧盯着《发展史》的三十二页，最后认为，焦点在田中典久的身上。

主动辞去昭明相互银行副行长的理由是什么？其次，不幸逝世又是怎么回事？是因为交通事故还是……

他不幸逝世是在什么时候？没有具体的记载。该叙述含糊其词。

即使打电话到昭明相银询问，他们根本不可能回答我。或许我的提问，相反会引起对手的警惕。

要查个水落石出，只有翻阅当时的报纸，国会图书馆里包括所有地方报纸。田中典久曾经居住在东京，查阅缩印版报纸就可一目了然当时报道的情况。倘若不幸逝世，地方报纸是不会放弃这则新闻的。

虽没有具体的时间，可田中典久的死是在昭和二十七年十月以后和《发展史》编纂之前，无形中成了一条可靠的线索。但要查阅十五年前的报纸，需要查阅跨度一百八十个月大约五千四百张报纸。

井川君把注意力返回到《发展史》，要查阅那么多的报纸太费事了。田中典久长得到底是什么模样？有必要再看一遍！

井川君两眼直怔怔地注视着那张照片，猛然间他想起了什么，就像刚才第一次见到照片那样总觉得面熟。这一回似乎明白了什么，可那张脸究竟是谁？由于年龄相差太大，刚才被自己否定，可现在又一时想不起来。

突然，井川君觉得眼前一亮，精神为之一振。看来，已没有必要查阅五千四百份缩印版报纸了。

田中典久的不幸逝世日，是他主动辞职那年，即一九五二年（昭和二十七年）十月。在时间上没有大的跨度，只要查阅报纸社会版就可以了。

真是功夫不负有心人，在一则新闻报道中，终于找到了有关田中典久死亡的详细情况，时间是在一九五二年的十一月五日。

井川君视力模糊起来，眼花缭乱地离开国会图书馆。缩印版本上密密麻麻的小字，看得井川君头昏目眩，但精神异常振奋。

接下来是如何寻找"那个人"？可以肯定，"那个人"不是玛斯塔的从业人员。

"那个人"肯定不是以前认识静子的。他们相识，应该是静子到玛斯塔上班以后。

　　"那个人"是如何接近静子的？井川君百思不得其解。他（她）为何如此热心？为何不断给予静子那样的暗示？

　　井川君坐在地铁电车的座位上反复思考。

　　新宿车站到了，换乘中央线电车可直达国分寺车站。但毕竟上了年岁，再说没有很好地休息，顿感全身乏力提不起精神。此刻最好能喝上一杯浓浓的咖啡，提提精神。在国会图书馆时因急着查阅资料，结果连一口水都没顾得上喝。

　　离开车站，他想起上回曾经和西本君一起去过的那家咖啡馆。要说咖啡味道一般都相差不多，既然想喝咖啡，就到那家曾经去过的咖啡馆。

　　曾与西本君一起坐过的那张餐桌，正巧今天没有客人。

　　服务生端来冰水，井川君一饮而尽。旁边的服务小姐见状，用一脸惊诧的神情望着井川君。

　　"请给我一杯咖啡。"

　　井川君对面的座位上现在空着，那天是西本君坐的。他俩那天早上一同下班各自回家，没有想到在新宿车站能偶然相遇。

　　"太太让我回家捎点东西，我上百货商店去了一次。"

　　西本君那天毫无顾忌的说话声音，井川君现在还清楚记得。这位曾在卫生部医药局经济科的公务员，退休后来收费站当收费员觉得非常满足。看来，他是准备在收费站度过余生了。

　　那天，井川君在与西本君的闲聊中无意识地望了一下窗外，突然发现乔君独自一人在街上行走，真想喊住他，无奈西本君不认识乔君，再说丢下西本君外出喊乔君也太失礼。最后，只能看着他消失在茫茫的人群中。

　　那天的乔君身上没穿制服，而是皱皱巴巴的便服。那身穿着，像是大厦里的专职清扫员。

乔君在银座多多努夜总会沙龙大厦门前上班，时间是晚上八点或九点，这之前可以痛痛快快地玩。那一天见到他时，正是中午十一点左右。

倘若逛街，不应该是这身打扮，可当时的那身衣着确实不敢恭维。

白天是乔君休息的时间，为什么他的那身衣着像大厦专职的清扫员？

这疑问一直在井川君的脑海里盘旋，想着想着，他似乎明白了什么。

他走到店内公用电话旁翻开电话号码簿，把要找的电话号码抄写在通讯录上。这是全日本相互银行联合会会馆的电话号码。

电话里传来男人声音。

"有关会馆清扫员事宜想向您打听一下，您那里是总务科吗？"

"清扫员事宜，我们也不清楚。会馆内的清扫，我们全部承包给关东清扫公司了。本馆内的清扫钟点工，都是那里派来的。"

电话那头是会馆奥菲斯先生的声音，听来格外亲切。

"那好，请你告诉我关东清扫公司的电话号码。"

井川君一阵惊喜，不由得口吃起来。原来，所有清扫员都是钟点工。

摄影归来

次日五时半左右，井川君来到银座。

太阳西下，天边飘浮着一大片彩云。顷刻间，彩云急骤变淡继而被夜色吞噬。地上，千姿百态的霓虹灯开始群星璀璨。多多努夜总会沙龙大厦附近的路上，是乔君的工作场地，眼下还没有到上班时间。井川君走到大厦附近，可出乎意料的是，身穿皮制夹克衫的乔君已经站在一辆白色面包车旁边。

乔君不是在疏导交通，而是他本人刚从这辆车上下来。车内还有三个年轻小伙子，正在摆弄一些金属器械。

"乔君。"

井川君喊道。

乔君转过脸来。

"哟，井川先生，晚上好！"

他还是像过去那样，性格开朗，笑嘻嘻地打招呼。

"距离上班时间不是还早吗？"

井川君望着乔君，眼神与以前截然不同。此刻，他已经胸有成竹，对乔君有了更深一步的了解。去过国会图书馆，翻阅了昭明相互银行的发展史，找到了三十年前的新闻报道文章，并且还打电话到关东清扫公司了解了一番。

"哈依，正好有一点急事，早晨到郊区城镇去了一趟，刚返回东京。"

乔君回答的声音十分爽朗，但脸上露出稍稍疲劳的神情，皮夹克衫的肩上沾满了薄薄的灰尘。

面包车门敞开着，井川君朝车里窥视了一眼，正方形的金属器械和金属三脚架横七竖八地躺着。

"是电视摄影机！"

乔君解释。

"拍电视？"

井川君反问时，一位头发乱蓬蓬的男子从器械堆里走下了车。他的整个脸被头发遮得几乎看不清，乔君轻轻地拍了一下他的肩膀，介绍说：

"他叫谷冈太一，在东西电影制片公司工作，是我的好朋友……这一位叫井川先生，是我的老前辈。"

乔君的介绍用语十分灵活。

被称为谷冈太一的男子搔了一下乱蓬的头发，向井川君鞠躬。这一致礼的动作，使得嵌入头发里的许多沙粒般的灰尘掉落下来。

"是拍摄电视吗？"

乔君拦住井川君的提问答道：

"名称叫东西电影制片公司，实际上是受电视台委托，是一家专门制作录像带的制作公司，谷冈君是导演。"

谷冈君笑嘻嘻地点点头。

"到郊区是拍摄电视剧的外景吧？"

井川君发现车内演员模样的人一个也没有。

"不是。谷冈导演纪录片比导演电视剧还要拿手。他的导演技术，获得许多电视台的高度评价。"

被乔君这么一说，谷冈导演再次难为情地搔搔头，哪知头发里又稀稀拉拉地掉下红色的矿土灰尘。瞧这情景，好像是到农村拍外景回来。即使那样，乔君为什么也跟着同行？井川君感到不可思议。

"今天到哪里拍外景？"

"在西面一带，离这里很远。"

不爱说话的导演简单地做了回答。"在西面一带，离这里很远"的说法，其本意思不想说出具体地名。

这也许是工作规定，不到一定时候不能说。井川君停止了提问，说："你们辛苦啦！"充满了关切的口吻。

"谢谢！"

谷冈君低下头。

乔君微笑着说：

"谷冈君拍外景，我跟去散散心。今天天气真好啊！我每天的生活都是在夜里，简直像一只蝙蝠。今天一整天在外面呼吸新鲜空气，又沐浴金秋的阳光，真是心旷神怡，心情舒畅啊！"

谷冈导演与乔君打着耳语说了一两句，然后握手告别。

"那，再见了！"

谷冈君高声说。

"对不起，先走一步。"

他朝井川君弯下腰，然后坐上装有摄像器材的面包车。

这辆醒目的面包车驶出彩色霓虹灯编织的大街，消失在茫茫夜色里。

井川君把手搭在乔君的肩膀上。

"乔君，我想和你谈谈。"

乔君大大方方地转过脸，看了一眼井川君，立即说："行。"

乔君爽快地点头。

"只有几句话，也许需要一些时间。你的上班时间到了吗？"

"还没有到，现在还只是晚上六点呢！如果是两个小时，没关系。"

乔君看了一下手表说：

"太谢谢了，在哪里说好呢？"

"是需要保密的话？让别人听见不好吧？"

乔君试探性地问道。

"保密，尽量别让外人听到。"

两人面面相觑，不必多说，彼此心照不宣。

东银座地下室咖啡馆，地面层是牛肉盖浇饭餐厅。这一带，行人和车辆都很少。这时候的咖啡馆里，只有两对男女客人。

两人找了个最偏的角落坐下。

乔君摊开服务员递上的毛巾使劲擦了一把脸，再把两只手擦了一遍，雪白的毛巾顿时变得又脏又黑。

井川君仔细看了一眼乔君，只见他夹克衫的袖口上还沾着一点白粉。不知他究竟去了什么地方？刚才谷冈导演肩上沾满红色的灰尘，乔君袖口上却沾有白色的粉灰。

"你袖口上沾着什么？"

井川君一注意，乔君的视线连忙移向袖口。

"哦，谢谢。"

乔君拿毛巾擦着袖口，那也是些粉末之类的东西。

咖啡端上来了。井川君轻轻地呷了一口，乔君也轻轻地呷了一口，先后传出喝咖啡的声音。

乔君紧盯着咖啡杯，途中几次抬起头，用眼睛看着井川君。井川君感觉到乔君在看着自己，仍若无其事地喝着咖啡，品尝着咖啡特有的香味。

约过了两分钟，乔君有点不安的感觉。

远处座位上，两对男女客人大声说着话。噪声结束了他俩短短的沉静，开始了如入无人之境的长谈。

"乔君，关东清扫公司的工作你怎么不干了？"

声音很轻，却很有力。

乔君身穿夹克衫，肩膀一动不动，手仍握着咖啡杯。少顷，他端起杯子连喝了两口。

"您都知道了？"

乔君放下咖啡杯说了第一句话，声音很平静。

"是的。"

井川君注视着乔君，脸上流露出似笑非笑尴尬的表情。

"您是什么时候知道的？"

"我昨天打电话到关东清扫公司打听了你的情况。"

"……"

"正确地说，是一星期前得到了你的暗示。那天，我和朋友在新宿一家咖啡馆里喝咖啡的时候，正巧看到你在行人道上经过，好像是中午十一点左右？当时，你的衣着和我平时见到的完全判若两人，像是一个打扫清洁的……你在银座工作的时间是晚上，白天闲着。如果做白天的清扫钟点工，时间上完全允许。但当时，我一点也没有察觉。"

"……"

"山越贞一你也认识吧！自从他在山梨县被人暗害后，我把他的遗孀山越静子安排在全相银联会馆二十四楼玛斯塔做厕所保洁员。其目的，是为了进一步摸清那家夜总会的内情以及昭明相互银行的内情。"

乔君又端起杯子，若有所思，片刻又把杯子放回原处。桌面上轻轻发出咖啡杯底叩击台面的响声。

"我与静子电话联络，又收到她通过邮局寄来的信件。信中所述情况格外详细，我一直在琢磨其中原因。静子肯定从某个人那里得到暗示，受到启发。从那些书面内容来看，静子与'那个人'认识以前和认识后得到的情报，其深度与广度截然不同。'那个人'似乎非常了解玛斯塔和昭明相互银行内部的情况，尤其是对下田忠雄行长的历史和品行了如指掌。'那个人'究竟是谁？这疑问一直留在我的脑瓜子里。如果静子能再多活一些时间，我就可以从她那里知道'那个人'到底是谁了。"

乔君低下头，一点也看不见他脸上的表情。

"'那个人'是通过静子给我提供各种情报，采取对号入座的办法帮助我分析和推断。"

井川君端起咖啡杯，杯内咖啡所剩已经不多，润湿了嘴唇后继续说：

"玛斯塔高级餐馆里，没有那样能任意接触静子的客人。那些趾高气扬的客人，不可能与厕所保洁员说那样的话，顶多塞上一千元的纸币道一声晚上好！也就是说，客人中间不可能有'那个人'。"

"对不起。"

乔君忽然用手遮住脸，井川君全明白了。

"我可以抽根烟吗？"

"请。"

乔君低下头弯下腰，从皮夹克的口袋里取出烟盒掏出一支烟。

井川君用打火机给他点上，乔君眯上眼睛猛吸了一口。

"谢谢！"

乔君微微低头，抬起眼睛正面望着井川君，眼角闪光。

"我排除了从客人中间寻找'那个人'的可能性。"

井川君也正面望着乔君。

"我再从玛斯塔经营层里寻找'那个人'。可像他们那号人，根本不可能将内部情况泄露给他们毫无关联的厕所保洁员……说到从业员，像服务小姐和管理人员等，在他们的眼睛里的保洁员工作是属下等的。更重要的是，这些从业人员绝不可能像'那个人'那样，精通玛斯塔内部情况。上述情况，是我按照客人、经营者和从业人员的顺序加以认真分析的结果。"

乔君吸了一口烟。

"熟悉的人都一一被人害死，我现在可以说已经是孤军作战。为了寻找'那个人'我还是不死心、不罢休，肯定有我思考中遗漏的地方。正在我一筹莫展的时候，那遗漏的地方被我发现了，无疑还是从业人员。提到从业人员，不可能是玛斯塔的，很有可能是全相银联会馆的从业人员。"

井川君滔滔不绝，乔君仍然一声不吭，脸朝下。

"会馆，是全国主要相互银行以及办事处进驻的地方。招聘从业人员并不限于某一家银行，工作范围也很广。换句话说，会馆也可以雇佣。并且，会馆的从业人员可以随意地接触到玛斯塔的厕所保洁员，而那些从业人员的身份也很低。于是，我的脑海里浮现出清扫各房间走廊的清扫员。会馆清扫员和玛斯塔厕所保洁员，彼此身份低下，易于缔结友好关系。"

井川君吸了一口气。

乔君也叹了一口气。

"玛斯塔营业是晚上六点开始，管理人员和服务生们一般都在五点以后才到，而服务小姐则是六点上班。可山越静子必须在下午四点上班，在这提前的两个小时里，正好是静子与'那个人'充分接触的最好时机。由此可见，静子信中提到的'那个人'一定在清扫员中间。真没有想到，我反复思考竟然忽略了会馆清扫员这一角色……"

井川君重新调整一下坐姿。

"我了解到，会馆清扫是由关东清扫公司承包，当我问及某个钟点清扫工的时候，对方告知已于今天辞职了。"

乔君把烟头按在烟缸里，还是一言不发。

"昨天是静子被害的第二天，他为何辞去清扫工作？我想这大概与静子已不在人世间有关吧？"

井川君说完，脸上露出一副捉摸不定的表情，可乔君依然无动于衷。

"静子在被害前寄给我一份快递信件，告诉我又从'那个人'那里获得新的情况，要我查阅《昭明相互银行发展史》三十二页，并告诉我可以从中了解事实真相。三十二页上这样写到：昭明相互银行的前身——合并建立昭明帝国无尽公司的明治兴产公司，其总经理田中典久不幸逝世，但没有死亡的具体年月日。我找到那张当时的旧报纸，根据其辞职时间进行推算，终于大海捞针似的找到了有关'田中先生'不幸逝世的报道内容。田中先生死于自缢，死亡时间在昭明帝都无尽公司升级为昭明相互银行后不久。田中先生辞去副行长后没多久便自缢身亡。在他留下的遗书中写道：为了达到把自己赶出昭明相互银行的目的，下田忠雄编造谎言，恶意中伤。他引咎辞职，那营私舞弊的罪名是下田忠雄强加的。下田忠雄这样做，是为了能在昭明相互银行里独揽大权……田中先生的遗书，字里行间流淌着愤怒的血泪，是对下田忠雄罪行的声讨和控诉……"

血泪控诉

井川君说话时，乔君低着头全神贯注地聆听。听着听着，全身不由得微微颤抖。

"乔君，这是我在国会图书馆里复印的该书的第三十二页全文。"

井川君说着从口袋里掏出一张叠得四四方方的纸，摊在乔君的面前。

这是一九五二年（昭和二十七年）十一月五日的A报晚刊社会版的整个版面。

乔君急忙接过复印件，双手瑟瑟发抖。

刊头标题十分醒目。

昭明相互银行副行长在自己住宅的储藏室里自缢身亡

十一月五日上午七时左右，居住在都内世田谷区经堂1321号的昭明相互银行副行长田中典久于住宅储藏室内自缢身亡，其妻好子发现后向警方报警。当地警署经过尸体解剖，认定死亡时间是同日凌晨一时。田中典久副行长用麻绳系在梁上自缢，享年三十五岁，留有以死悔罪的遗书。

田中典久，于一九四六年（昭和二十一年）就任昭明帝都无尽公司的总经理。一九五〇年（昭和二十五年），该公司与帝都兴产无尽公司、昭和劝业无尽公司合并创建昭明帝都无尽公司，由田中典久担任总经理。一九五一年（昭和二十六年）九月，根据国家颁布的关于无尽公司升级为相互银行的《相互银行法》，遂改名为昭明相互银行。由昭明帝都无尽公司执行董事下田忠雄担任昭明相互银行行长，由田中典久担任副行长，由另一名副总经理担任常务董事。三家无尽公司合并时担任执行董事的下田忠雄，突然晋升为昭明相互银行行长，而合并前担任总经理的田中典久则退任副行长。由此可见，该相互银行内部矛盾重重，情况复杂。

据好子夫人说，"丈夫自杀是神经衰弱所致，连续一个月来失眠，不能入睡，我一直守护在他身边。那天他趁我睡着离开了床，等我早上六点多睁开眼睛时，不见丈夫踪影，就起床四处寻找。结果在储藏室内发现了他的尸体，关于遗书内容我不能说。"

十一月六日，仍然是该报日刊。

侵吞公司钱款的嫌疑：昭明相互银行副行长自杀原因——昨晚本报报道的昭明相互银行副行长田中典久，现年三十五岁，于五日凌晨在自宅储藏室内自缢身亡。关于自杀原因，当地警署已着手进行了调查。根据遗书所说，现任昭明相银行长下田忠雄污蔑田中典久在担任昭明帝都无尽公司总经理时，利用手中职权侵吞公款二百万日元，正在追究其责任。这纯属造谣中伤，陷害忠良。面对莫须有罪名，田中典久决定以死表示抗议。

地方警署根据遗书提到的自杀原因，质询昭明相互银行下田忠雄行长。下田忠雄行长说，银行是金融业，考虑到对外信用和信誉，不能公开。再者，田中典久是一个月前主动辞去副行长一职的。

下田忠雄说，得知田中副行长在家自杀的消息后，大吃一惊，从警方手中看到的田中典久留下的遗书，对此无法说有任何感想。相互银行以信誉第一取信于储户，银行内部的不详事件不宜向社会公开。再说不详事件系本行设立前发生的，不会有大的影响。况且，是他本人提出的辞呈。（通过秘书所说）好子夫人说："下田忠雄行长说我丈夫在担任昭明帝都无尽公司总经理期间，侵吞经费，挥金如土，纯属一派胡言，完全是他信口开河无中生有。他为了独霸昭明相互银行的大权而捏造不实之词，以达到把我丈夫逐出企业的不可告人的目的。我丈夫说，在担任昭明相互银行前身昭明帝都无尽公司总经理期间，根本不存在所谓的侵吞公款之事。可下田忠雄行长暗中拉帮结派，依仗众多心腹合谋陷害我丈夫。他们人多势众，我丈夫无力抗争。我曾极力劝说他聘请一位大律师为自己讨个清白，为了家庭和年幼的孩子，不仅要洗刷嫌疑罪名，还要让下田忠雄的阴谋暴露在光天化日之下。丈夫长期被流言蜚语困扰，夜里睡不着觉，直至发展到患上神经衰弱症。他神情颓废，精神崩溃，最后辞去副行长一职，同时，他以死抗议下田忠雄的恶劣行径。在丈夫的遗书上，详细记载了下田忠雄鬼蜮伎俩的全过程。"

十一月八日的日刊报道：

五日拂晓，田中典久在自宅自杀。已故田中典久副行长的秘密葬礼，在附近的寺庙举行，非常冷清。下田忠雄行长没有出席葬礼，其手下的高层干部和职员没有一个出席。不仅如此，连以昭明相互银行名义送的花圈也没有。正因情况复杂，整个葬礼笼罩着异样的气氛。该葬礼,是在田中典久原籍地岛根县饭石郡顿原町举行的。

报上刊有一幅照片。

遗像前,遗孀好子双手作揖,身边站着六岁的儿子田中让二。

乔君看完报道,低着头把复印件还给井川君。

"田中让二君。"

井川君望着保持沉默的乔君,直呼其名。

"大概是你让我看这张报纸的吧?通过山越静子让我来查阅《昭明相互银行发展史》的第三十二页。山越静子是按你的意图给我寄来了最后的一封信。你知道,我一定会去寻找一九五二年十一月五日的新闻报道。这一切都在你的意料之中……"

田中让二抬起头望着井川君,脸上显露出悲伤不已的神情,继而又恢复了常态。

"我要是早一点察觉到你就好了!真没有想到,照片上的幼儿果真是现在的你。"

井川君拿起报上刊登的相片,身穿丧服的女子身边有一位小男孩跪在地上,一双小手合在一起,面对父亲的遗像。

"我很早就知道你的真实姓名,可在没有翻阅这张报纸前,一点也不知道你的身世和你家发生的悲剧。"

"是啊,不然,您是不会知道的。"

三十六岁的田中让二满脸麻木不仁的表情,语气十分地平静。

"那你为什么不告诉我你的真实情况?"

"井川先生想知道的是下田忠雄的秘密。我也在想,如果你早一些弄清我是谁,与我联手才是唯一的捷径。"

"那么,你是想伺机找下田忠雄算账,为冤死的父亲洗刷罪名?"

井川君想说，可话到嘴边又咽下了。他问起别的话题：

"你母亲大人还健在吗？"

"二十八年前跟着父亲去了，在岛根县的顿原。"

"是真的？"

井川君低下头表示歉意。

"二十八年前，也就是说你父亲死后不久？"

"是的，两年以后。"

"啊……是在顿原。"

"出云的顿原，在靠近中部地区的大山沟里。冬天，那里的积雪很深。那山沟里的农村，也就是我的老家，听说我父亲在东京干了坏事，亲戚们都朝我母亲翻白眼，不理不睬。不是亲戚的那些人，更是用蔑视的眼光看我们。农村人性格都很朴实，对报纸报道的内容都深信不疑。"

"…………"

"母亲在老家抬不起头来，与我一同住在我伯父家里。为了生活，她拼命地在伯父家干活。伯父家是一个大家庭，母亲与用人付出相同的劳动代价，加上身体原来就虚弱，于是积劳成疾终于倒下了。"

说到这里，田中让二叹了口气。

"母亲死的那年，我才八岁，可那时我已经很懂事了。母亲生前，经常反复地向我提起父亲因下田行长的陷害而含恨离世的事。下田行长诬陷我父亲侵吞昭明帝都无尽公司公款两百万日元，可始终拿不出证据。如果父亲侵吞公款，应该有其用途，应该能拿出书面证据。可他们做贼心虚，只是信口说是侵吞。我虽只有八岁，但理解能力要高出其他孩子。母亲对我说的父亲含冤情况，母亲说话时的悲伤情景，至今还深深铭刻在我的脑海里，仿佛是昨天发生的事情。"

井川君也看过新闻报道，认为这是"莫须有"罪名。下田行长只是一味强调"田中典久侵吞公款",并没有说出其用途,也就是说拿不出事实根据。下田行长含糊其词企图以"银行信誉尤为重要"作为借口,蒙混过关,混淆视听。更重要的是,他还以昭明相互银行设立前后为界线,强调田中典久侵吞公款是以前的事情,以逃避其随意定罪的责任。

昭明帝国无尽公司晋升为相互银行后,而无尽公司时期出现的侵吞公款一事却拖延不决,似乎也不合情理。而且田中典久在昭明相互银行成立后担任了一年的副行长,在这种时候被指责在一年前侵吞公款,不能不让人感到其中有诈。正如田中典久遗书上说的那样,下田忠雄的阴谋,无疑是驱逐田中典久,实行对昭明相互银行的独裁。

"母亲带着幼小的我含辛茹苦,就像刚才说的那样,与女佣一样到山上干农活,整天像牛马一样没有停顿的时候。那苦难的情景,时常浮现在我的眼前。在厚厚积雪的顿原大山里,砍取暖炉烧火用的柴还得去冰天雪地寻找砍伐,然后背回家,几乎天天如此。母亲除每天辛勤劳动外,父亲的冤死也给了她无限的悲伤。同时,她还要忍受幼小的我经常遭伯父家小孩欺负的痛苦。渐渐地,终于体力不支,精神衰竭,于第二年早春患上肺炎便卧床不起了。"

田中让二开始呜咽起来。

"母亲患病高烧近四十度,伯父母以家住山沟远离镇上,请医生出诊得骑马去,就是去了医生由于雪深也不会来等为借口,硬是没有请医生给母亲看病。为给母亲退热,我找来雪团按在母亲额头上在她身边日夜守护。而伯父一家在隔壁房里围着火炉有说有笑,对我们娘俩漠不关心。母亲从被褥里伸出手一把抱着我,贴着我的脸颊泪如泉涌。她明明知道伯父一家靠不住,还是拉着他们的手,连声托他们照管我,咽下最后一口气。"

田中让二用手捂住脸呜咽,不让自己哭出声。

"给母亲的'最后送行'十分凄凉,伯父家连最简单的葬礼也没有举行，而是用马车把棺材送到火葬场便算完事了。雪不停地下着，当时那一带的火葬场是用重油浇在柴上焚烧的。那天把棺材放进火葬场炉膛里，死者亲属在炉门关闭前用火点燃松叶。当时，我真想把点燃火的松叶绑在自己身上与妈妈一起走。"

井川君一直静静地听着。

"当时与现在不同，没有一晚上的时间遗体难烧成骨灰。那天夜里我回到伯父家，开始真正尝到失去母亲的滋味，独自一人蜷缩在冰冷的被窝里失声痛哭。童年生活留给我无尽的凄凉和失望，想想母亲觉得她太可怜了。第二天一早，我和伯父上火葬场拾母亲尸体烧剩下的骨头。我用双手捧起茶碗碎片那般弯曲的灰色头盖骨，想到再也见不到妈妈的时候忍不住失声痛哭。冷酷的伯父把家里带去的酒浇在没有烧完的骨头上面，哼着小调，毫无伤心之情，连声说'烧掉它！'我趁伯父不注意时悄悄地把母亲的头盖骨碎片揣进袋里。那珍贵的骨片，至今还挂在我的胸前。"

"你母亲的遗骨？"

井川君不由得叫出了声。

"母亲的骨灰盒不允许留在田中家族的墓地里，只能放到农村的寺庙里。因此，我就这样……"

田中让二解开上衣的第二个扣子，敞开胸露出挂在颈上贴在胸前的锦织小布袋给井川君看，犹如小孩胸前玉佩之类的挂件。

"这袋里有我母亲的头盖骨，如今已经变成粉末状。如果从表面往里按，会传出嘎嘎啦啦的响声，那声音是表示母亲永远与我生活在一起。"

他兴奋地抚摩织锦缎做的小布袋，小心翼翼地系上纽扣。

"在伯父家我就一直挂在颈上。离开伯父家又去了叔叔家，为防出现麻烦，我一直挂在胸前从不离身。一旦让他们知道'秘密'就会受到指责。我把它挂在颈脖上，一想到每天和母亲在一起，我就不会感到寂寞。即使被伯父家和叔叔家的孩子欺负，我也能忍⋯⋯"

"⋯⋯"

"我小时候不管到哪里，都要让别人照顾，给别人添麻烦，是个多余的人。记得与伯父家孩子在一起的时候，吃的东西与他们分开，好的轮不到我，还经常受到他们的嘲弄。我记着母亲的话，把这一切都深深地埋在心底里。我好不容易熬出了头，在叔叔家上完了中学，叔叔让我离家独立生活。我中学毕业后的第二天就离开叔叔家去了大阪，中学的一位老师很善良，十分同情我，他与哥哥联系后让我住进了他哥哥的家。"

"让二君，我一定为你冤死的父母报仇，向下田忠雄讨还血债。"

井川君热泪盈眶，泪水忍不住顺着脸颊唰唰淌了下来。

通报真情

"在大阪，我……"

田中让二继续说道：

"从一家宾馆见习看门开始踏上了人生旅途，在那家宾馆干了三年。其间被东京赤坂的一家夜总会经理看中，去了他那儿当看门人。那里外国客人很多，为给客人提供方便，帮助外国客人喊出租车。渐渐地，让二这个名字的称呼变成了'乔君'。"乔君曾对人说起自己的履历，什么从私人司机到宾馆司机等纯属搪塞，他不希望别人了解自己的真实过去。

咖啡馆里有一对男女客人离开，又进来两对男女客人。咖啡馆内鸦雀无声，没有妨碍让二说话的嘈杂声。这家地下咖啡馆，犹如雨中的夜晚，阴沉沉的。

"无论在哪里工作，都是处在社会的最底层，经常受到别人的欺负，同事不配合，被客人瞧不起。不管到哪里，与在岛根县的顿原没有多大区别。说实话，我已经习惯于这低下的生活了。"

井川君两手支撑着脸，认真地听乔君叙述。

"这期间我也曾经爱过一个让我喜欢的女人。她是一家夜总会的服务小姐，比我大两岁。"

"真的？"

"没想到我们同居半年就分手了。姑娘体弱回自己的家乡去了，老家在伊予的御庄海边，那里是盛产橘子的地方，流传着许多橘子与大海的民间传说。出生在顿原山沟的我，被南四国大海的传说迷住了，宛如牛奶般的香醇，就像母亲在幼儿枕边说的童话。现在回想起来，我喜欢那个姑娘，是憧憬母爱。"

"那姑娘后来怎么样了？"

"出嫁了！"

"……"

"听到这一消息我特地赶到御庄拜访她，说心里话，我根本没有想到那姑娘竟然会背叛我。她的新家是街道上的小型印刷厂，现在已经当上了妈妈，正在昏暗的厂房里装订书本。她的旁边站着一个两岁左右的小孩，听说她是做别人的填房。"

"那姑娘还很年轻吧？为何要到那家做填房呢？"

"她回到老家后可能遇上了什么麻烦的事。姑娘在印刷厂里发现我在厂门口来回踱了两三回方步，便跟在我后边一直走到海边。那一带渔村为了防止台风，无论哪一家都把院子围墙砌得很高很高。站在海边望渔村，只能望到家家户户的屋檐。紧靠海边的山丘地带是一望无际的橘子地，我坐在沙滩上，那姑娘在我身后烧火烹饪。

"两岁的幼儿蹲在我身边摆弄着沙石，我和小男孩一起玩着堆沙游戏。我无意中转过脸一看，姑娘蓬乱的头发随风飘动，脸上露出难言的表情。她站在远处说了声'谢谢！'我回了她一句'请打起精神来！'她说'请一路小心！'我俩之间就说了那些话。我没有说半句怨恨的话，她也没有做任何的解释。许多渔夫坐在沙滩上沐浴着耀眼的阳光，修补渔网，谁都不朝我们这里看一眼，那孩子还在沙滩上玩弄沙石。我默默地迈开脚步，朝着驶往宇和岛的公共汽车车站走去。"

"就那样分手了？"

"是的。"

"故事真好听！像你俩这样的分别，人世间太少了！"

"可惜，姑娘已经死了。"

"什么？"

"一年后得了肺病。"

"……"

"后来，我也交了许多女友，可都没有像爱那个御庄的姑娘那样从心底里去爱过她们。在那个姑娘身上，我总觉得有我母亲的影子。"

井川君叹了一口气。

"当夜总会看门这一行，有一半是暴力买卖。我虽和那些粗暴的哥们儿结识在一块，但始终保持着头脑的清醒，不越雷池一步，时刻牢记母亲生前的告诫。"

"你有母亲在身边，头脑就会永远保持清醒，也会让人感到亲近善良。"

"也许是这个缘故，后来我辞去夜总会迎接员的工作干上了现在这份差事。在这里，我把夜总会学到的看门本领和银座夜总会的车辆疏导工作结合在一块灵活运用，得到了妈妈桑们的赏识。我非常珍惜这份工作。"

乔君说得口渴了，又点了一杯饮料，井川君也感到有些口渴。

"让二君，请允许我还是像往常那样叫你乔君吧！"

田中让二笑嘻嘻地点点头。

"你是从什么时候知道，山越静子背后的操纵者其实就是我？"

"静子当玛斯塔保洁员后不久，我就觉察到了。我初次见到她时，就感到她与普通的厕所保洁员不同。她是为了摸清玛斯塔内部情况才干保洁员的，我是为了弄清全相银联会馆内部的情况才加盟清扫公司干清扫钟点工的。我与她的目标是一致的。"

"果然是那么回事。"

"她化名上原静子进入玛斯塔做保洁员，但给我的感觉是不懂得保护自己，举止慌慌张张，似乎在搜寻着什么。长久下去很有可能引起别人的怀疑，为此我作为同幢大厦的清扫工渐渐地接近她，顺便帮她干一些活。从那时开始我察觉她身后有人，就是您井川先生。"

"你是怎么知道的？"

井川君问乔君时，只见服务小姐一阵风似的飘了过来，新点的饮料送到两人的桌前。

"要说我是怎么知道的……"

乔君一口气喝了半杯饮料，抬起头望着井川君。

"有一天夜里，站在银行大厦前遥望多多努夜总会沙龙大厦等待牡安夜总会妈妈桑出现的有两个男人，其中一个就是您井川先生。"

"你早已知道了？"

"还有一个是化名'原田'的山越贞一先生。"

"……"

"我的工作不单是疏导门前的车辆，还要时刻注意周围所有新出现的面孔或可疑的人。当时我发现银行大厦门前昏暗的地方，井川先生和化名'原田'的山越先生一起站着说话。当时，我不知道'原田'是山越君的化名，也不知道井川先生叫什么名字。你俩的名字我是后来才知道的。"

"你怎么单凭那么一点迹象，就断定我是在注视山口和子呢？"

"有一天，您光顾牡安夜总会。那一天离营业时间还早，您是打算等妈妈桑走到您的座位，可妈妈桑始终没有过来。她一直在其他客人身边陪着，即使走动时也不朝您这儿看一眼。您终于等得不耐烦了，使用了绝招在火柴盒背面涂了一些谁也看不懂的画，委托服务生交给妈妈桑。服务生把它交给妈妈桑后，妈妈桑若无其事地只是望了一望，喊来一位服务小姐，让她把火柴盒装在小信封里归还给您。我不知道那信封里装的是什么，反正您看了信封里的东西以后满脸失望的表情。不一会儿，您就离开了牡安夜总会。

"您和山越君远眺多多努夜总会沙龙大厦，等待妈妈桑出现。"

"那时候，已经是所有夜总会下班的时间了。"

井川君目不转睛地看着乔君。

"你在楼下，怎么知道那情况的？"

"是牡安夜总会经理横内三郎告诉我的，现在他是玛斯塔的经理。横内三郎对我说起这件事的时候，表情十分滑稽。通常，经理一般都站在不显眼的角落里注视着整个店堂情况。"

"乔君，你说的那个经理是怎样说那番话的？"

"我曾经为牡安夜总会干过一段时间的看门人。横内经理一直把我当作是他们一伙的人，他对我很有好感。因为我在他面前经常是溜须拍马，投其所好。他信以为真把我当作他的心腹，什么话都跟我说。那天他跟我说，刚才有一位离开夜总会的老头，好像是妈妈桑过去的情人，他向我描述了井川先生您的特征，并说您在火柴盒上画了一些看不懂的画。根据火柴盒与用信封掩盖的异常做法，证明您与妈妈桑之间的关系非同一般，相隔很长时间的情人出现了。通常，夜总会的经理非常精通此道，只要让他们稍稍看一眼，就能猜出个大概。"

井川君没有说话。

"山口和子在有乐町香才里才影剧院二楼指定席被谁杀害了！凶手至今没有下落，警方的侦查工作似乎也走进了死胡同。"

井川君用手蒙着脸。

"井川先生。"

乔君注视着井川先生的姿势。

"自从和子妈妈桑被人暗害后，我一直在观察您的动静。我不知道您与妈妈桑的过去是何种关系，但我想象得出您的心中已经燃起愤怒之火，执意捉拿杀害和子妈妈桑的凶手……为解心中的疑团，让静子化名为上原静子进入玛斯塔餐馆做厕所保洁员工作。这可以说是您一手策划的。"

"那只是你的想象。"

"不，我是经过静子确认的。"

"什么？"

"静子已经向我公开了一切。她是经过井川先生您的劝说才答应去玛斯塔做厕所保洁工作的。由于死去的丈夫山越贞一实际上是被人暗害的，为摸清情况抓住凶手才进了这家夜总会当保洁员的。"

"是吗？她对你全说了？"

"在那之前我一直是推测。我把我所知道的有关全相银联内部的情况通过静子向您传递，特别是提供您所关心的下田忠雄的周围情况。静子的丈夫山越贞一正因为握有下田忠雄的证据，才惨死在山梨县的大山里。"

"静子在信中提到的'那个人'果然是你！"

"我不希望井川先生过早知道我的名字。可不久，静子把您的名字告诉了我。前不久出乎意料的是，静子在您为她租借的公寓里被人害了，一定是静子慌慌张张的举止遭到了怀疑。"

"对于她的死，我负有不可推卸的责任。"

井川君呜咽起来。

"我也有责任。"

乔君悲伤地说。

"我曾告诫静子，做任何事要小心谨慎，尽量隐蔽自己，千万不能让人察觉到自己的动机，更不能让人起疑心。也难怪她不是干侦探这一行的，一举一动和表情太露骨引起了别人的注意。其实我应该多提醒她，那样可能就不会出事。一想到她的死我心里就难过，完全是我的疏忽所致。"

乔君的两眼闪着泪花。

"乔君，你不要自责，是我把她安排进玛斯塔的，应该说是我杀了静子。"

井川君合着两手，紧握的拳头在微微颤抖。

"井川先生，真正下毒手的是那个杀害静子的凶手。那罪犯先杀害了和子妈妈桑，又杀害了山越君，最后又杀害了静子。我的直觉这是出自同一个凶手……静子告诉我，山越贞一被凶手带到山梨县青梅公路沿线的采石场上面的断崖。她说这话是井川先生告诉她的。不然的话，我是不会告诉她那么多情况的，并且让她转告给您。我想过，我必须通过静子，把下田忠雄周围的情况准确无误地传递给井川先生。"

"你为什么不直接对我说？"

"您是说直接？"

乔君似乎呻吟起来。

"没有机会与您直接说话。况且，我怎么能突然与您见面说那些话呢？更重要的，我是从静子那里才了解到您的真正目的。"

"……"

井川君想起与静子最后一次在新宿咖啡馆里见面的时候说的话。

玛斯塔的妈妈桑是增田富子，也是昭明相互银行行长下田忠雄的情人。下田忠雄带情人到山梨县东山梨郡汤山温泉马场庄的时候，因怕暴露自己的真实身份，用假发套遮盖光秃秃的前半脑门。山越君因跟踪追击下田行长的行踪而惨死在大山里，死因与其跟踪调查有着不可分割的关系。

"我从静子那里得知这些情况以后，觉得汤山温泉那里可疑。"

乔君继续说道：

"根据我的推断，到汤山温泉去，先在中央线的某个车站下车，而后坐出租车。根据铁路路线图分析，有盐山、石和，以及甲府三个车站。我花了一天时间到那一带去了一趟，在盐山车站广场没有找到任何线索，可在石和车站广场找到出租车公司，终于有了线索。那出租车司机告诉我，曾经有人也来问过同样的情况。我一听他介绍的年龄和脸部特征……立刻想到了您。"

井川君想，那司机一定是叫堀内的年轻人。

乔君锐利的目光和机智令井川君佩服不已……

田中让二

"我想司机也对您说了同样的情况。"

乔君对井川君说。

"手持提包的山越君与一位年轻小姐步行来到石和车站广场的出租车营业所,乘上该司机驾驶的出租车去盐山。石和车站广场一带有许多情人宾馆,该出租车司机说,尽管是大白天,可那对男女给人的感觉是从某家情人宾馆出来的。应该说,这是出租车司机特有的职业眼光。"

井川君眼睛朝下,聚精会神地听着。

"那年轻女子看上去二十四五岁的光景,轻妆淡抹,衣着朴素,是个大美人。她说到盐山温泉,司机便驾车径直朝目的地驶去。一开始,这对男女有说有笑,一会儿窃窃私语,一会儿扭扭捏捏。可二十分钟过后,那男子突然一声不吱摇来晃去的,像散了骨架似的。司机窥视车内的反光镜,见那模样大吃一惊,赶紧问那女子:'您丈夫是否得了急病?'那女子用手指点了一下呆若木鸡的男子的脸,而后在他的太阳穴部位画了几个圆圈。司机恍然大悟,原来男乘客患有严重的神经衰弱症。加之这对男女上车时说到汤山温泉,司机知道,汤山温泉是以治疗神经衰弱闻名于全国的。"

乔君从司机嘴里了解到的,与井川君从司机那里得到的情况,内容完全一致。

"我不明白的是，山越君为什么突然变得嘴不能说，手脚不能自由动弹？神经衰弱症是否会阵发性发作？"

井川君暗自在想：乔君尚不明白HP的威力和作用。

"车一到汤山温泉附近，那女人伸出手打算扶山越君下车。那一天正是九月十三日的下午，他那只提包被女人夹在肋下。司机掉转车头回石和去了。当司机于次日即二十四日早晨从新闻报道上得知，这位男乘客叫山越贞一，摔死在大菩萨峰巅的青梅公路沿线的采石场，不由得大吃一惊。"

乔君说的，与井川君听到的一模一样。那神秘女人名字叫梅野安子。

"我在想，山越先生也许被灌了毒药？我问司机，他回答我没有那种迹象。不过，他告诉我那两个人是从小有名气的'城堡宾馆'里出来的。我走进城堡情人宾馆，借口同伴还没有到，自己先进去参观一下。房间里安装了好些按钮供客人享用，这些功能设施可以说是仿造甲州旧城建造的。壁龛地板上铺着盔甲，排列着'风火林山'的信玄公帅旗，所有房间里的装置给人一种新意。正在这时候，服务员走了进来，询问我的那一位怎么姗姗来迟？嘟嘟囔囔地说着坐在沙发上。我趁机向她打听山越君和那女人的情况，情人宾馆在大白天也有不少人入住，服务员记不太清楚。只记得有一位中年男子携带一年轻美貌女子走进房间约三十分钟，就双双离开了。房内和床上都保持着原来的模样。"

"……"

"为慎重起见，我又打听了中年男子的长相，果真与山越君相似。"

"……"

"种种迹象表明，那神秘女人引诱山越先生到城堡情人旅馆，而后急急忙忙来到外面再坐上出租车。我还听女服务员说山越君与那女人没有在房间里喝过一口茶。按我的判断，那毒不是在城堡情人宾馆房间里下的。"

井川君一言不发，认真地听着。

"我开始怀疑对神经衰弱甚有疗效的汤山温泉。也许山越君去过那里。尽管去那里是浪费时间，可我还是去了，那里只有一家马场庄宾馆。"

"有线索啦？"

"没有。只是从静子那里听到您说的那番话。马场庄宾馆的服务小姐一开始对我高度警惕，怎么也不愿意提起头戴假发套的昭明相互银行行长下田忠雄和增田富子住宿在这里的情况。在我的追问下，服务小姐开始动摇。就在这时候，从宾馆里走出一位店主模样的人对着我大声斥责，我才觉得您那番话是可信的。"

"乔君，如果说山越君特地到过马场庄，可我不那么看。他是到甲府司法局办事处查阅山林登记账时顺便到汤山温泉马场庄去的。"

"是查阅山林的登记台账？"

乔君似乎第一次听到这番话。

"我来说吧！"

井川君打开话匣。

"东山梨郡内牧町和五原村，合起来有一百八十万坪山林。这是东洋商社的固定资产，但该商社的高柳总经理在青梅公路沿线的丹波山村山林里自杀前，把那片山林拱手让给了寿永开发公司，据说是无力偿还贷款，把它作为抵押物移到寿永开发公司的名下。作为抵押物，它在相当一段时间里没有出现在登记台账上。这伙人设置这种阴谋来坑害好端端的企业。"

"是真的？"

"根据掌握的情况看，寿永开发公司是昭明相互银行下田行长个人的秘密公司，他把出售昭明相互银行资产换取的钱，统统转入他的秘密公司。"

"这情况，井川先生是什么时候知道的？"

下田行长曾用侵吞公款的罪名逼迫父亲含冤而死。如今，真正侵吞公款的是刽子手下田行长。乔君听了井川君这番话，眼里射出复仇的目光。

"我是在调查山越君死因的过程中才渐渐明白的。山越君是《经济论坛》杂志社的一名采访记者，他把调查来的材料汇编成文后，直接与下田行长交易而得到巨款，可他中了下田行长设下的美人计摔死在采石场。

"山越君抓住下田行长的主要丑闻，即把昭明相互银行的资产巧立名目，秘密地转入到自己的秘密公司——寿永开发公司。"

"原来是这么回事。"

"在东洋商社高柳总经理自杀前不久，该商社拥有的一百八十万坪山林土地被寿永开发公司吞没。也就是说，直接的黑手是寿永开发公司。

"其幕后策划者是下田忠雄，出面的是寿永开发公司。那公司拥有暴力集团成员。"

"山越静子也是他们杀害的？"

"错不了。"

"据说静子与一个男子返回国分寺的公寓时，像梦游患者似的。"

"这可以肯定与她丈夫当时的情况相同。"

"如果手段相同，应该是出自一个凶手。"

"那凶手是谁？您心里有眉目吗？"

"还没有任何线索。"

井川君频频摇头。

"大概猜想一下呢？"

"若只是猜测而已，倒有几个可疑的人，但是没有真凭实据。"

"寻找证据是最棘手的事情。"

"太困难了！凶手绝不会露出任何蛛丝马迹。"

"那，凶手就永远逍遥法外吗？"

"……"

"那，您没有灰心吧？山越君暂且不提，可和子、静子她俩被害……"

"应该怎么办？"

"只有让凶手自己暴露，别无他路。"

"让凶手自己暴露？"

"是的。"

井川君目不转睛地望着乔君。

"总之，你和我想到一块去了。"

"好像是的。"

乔君从井川君面前移开视线。

两人之间沉默了一会儿，像火一样保持着沉默。

"说心里话，"乔君说，"我曾经与山越君去过自由丘的和子妈妈桑家，那是在她被害之前，也就是她过量服用安眠药试图自杀后的没几天。那天，正巧她已经被送到医院抢救，好像是以自杀威胁下田忠雄。"

"啊啊，我也曾去过她家，那附近有一家巴黎女装店，女店主给我说了许多有关和子小姐的情况。"

"我和山越君也去过那家服装店。与您一样，向那家女店主打听山口和子的情况。听她介绍说，曾经也有人问过她，是一位近六十岁，长着较多白发的老头。"

"哦，那是我。"

"我们去的时候，和子妈妈桑的住宅里有三四个像暴力集团成员的年轻人，吹胡子瞪眼的，凶恶的目光紧盯着我俩。看到那情景，我们没有久留也没有很认真地查看，为防意外我们连忙离开那里回家了。那些人大概是寿永开发公司派驻在那里的吧？也许是他们杀害了山口和子、山越贞一和山越静子的？"

"哦，还不能下最后结论。"

井川君很慎重。

乔君望了一眼井川君说：

"井川君把静子安排在玛斯塔，那是谁从中牵的线？"

"是《经济论坛》杂志社编外记者木村秀子从中牵的线。她是玛斯塔会计川濑春江的姨妈。那木村记者有一天在我下班回家的路上等我，并向我倾诉《经济论坛》编外记者们在社内受到的冷遇。她听说我是为山越君的退职金一事去杂志社与清水四郎太交涉的，才找我倾诉。当时我听她说，玛斯塔正在招聘厕所保洁员，于是我拜托山越静子利用良好时机潜入玛斯塔摸情报。托木村秀子的美言，川濑春江会计录用了山越静子。"

"井川先生，那也许是对方设下的圈套吧？"

"……"

"也就是说，对方看到井川先生一会儿到《经济论坛》杂志社，一会儿到处活动，便使出诱饵。你把山越静子送入对方设下的圈套。当他们发现来者原来是山越贞一的遗孀静子时，可谓来者不善，善者不来，他们警觉了，便对静子下了毒手。那中年妇女多半是假冒《经济论坛》杂志社编外记者名义接近您的，试探试探您的真正意图。"

"现在想起来，也许是那样。"

"由此可见，《经济论坛》杂志社清水四郎太社长与昭明相互银行行长下田忠雄狼狈为奸，臭味相投，暗中勾结在一起。"

"当今社会，以敲诈谋生的经济界杂志，与企业沆瀣一气屡见不鲜。"

"山越君采访的材料，大概击中了昭明相互银行行长下田忠雄的要害？他没有把重磅材料交给缔结劳务契约的《经济论坛》杂志社，而是打算另起炉灶。"

"所以，下田行长与清水社长联合整治山越君。一旦山越君独立办杂志，下田行长担心山越君继续勒索。而在清水社长来看，山越君不仅是叛徒，还是今后强有力的竞争者。"

"乔君，静子寄给我的信里有这么一段话！我可以一字不漏地背诵。"

"昭明相互银行的高层干部中间，至少有一人经常向竞争对手的东日本相互银行提供内部情况。作为东日本相互银行，为超过昭明相互银行，为把相互银行界的实力人物下田忠雄搞垮而四处活动，收集他的丑闻材料，暗中对昭明相互银行的'内应'实行怀柔政策，让他提供昭明相互银行最高决策层的情报。那人究竟是谁？静子还不清楚。这消息是那个人透露的。

"这位昭明相银高层干部中对外输送情报的人，究竟是谁？我可以大致判断出。根据人到厕所便感到一切放松的特性，给我提供了有利的条件。我可以悄悄地从他们的眼神和举止等进行判断，不过，对那位高层干部我还想再观察一段时间，等到我的判断确定无误后再向您通报……"

井川君把那两段内容一字不漏地背诵完毕，接着看了一眼乔君。

"喂，'那个人'就是乔君，不，是田中让二。昭明相互银行里向东日本相银输送情报的那个人究竟是谁？静子还没有来得及向我报告已经被对方杀害了。你是否能告诉我？"

井川君紧逼田中让二，而他却连连摆手。

"那，我还不能马上说。"

"不能说，那要等多久？"

"不知道。反正不会很久，那机会一定会来临的。"

"我等着那一天！那与三个人的被杀事件有没有直接的关系？"

"……明白了。"

乔君没有回答，而是先站起身来告辞。

"……时间不早了，快到上班时间了。"

乔君把放在桌上的工作帽拿在手中。

"井川先生，我再问您最后一个问题。"

"……"

"山越贞一、山越静子他俩在被人暗害之前都有一种全身虚弱、行动呆滞的特征，这是一种什么药？我刚才考虑了一番，在影剧院被杀害的山口和子或许也被灌了这种药？"

"是啊，我也不知道那是什么。"

井川君拿过账单边说边朝账台方向走去：

"……我也想知道那种东西。"

走在人行道上，雨仍然下个不停。霓虹灯交相辉映，两人在雨中渐渐消失。

冒险取宝

三天过去了，又是一个公休日。从下午开始，雨过天晴。

井川君一身朴素的打扮，朝日本桥——福寿制药公司总部走去。

出门前，井川君在家稍稍做了一番准备。

福寿制药公司的生产车间在其他地方，总部在日本桥一幢细长的七层楼建筑里。建筑外表，排列着大型商品广告。

走进正门，迎面是服务台，站着两位小姐，服务台不是独立的，在一长排服务台的一侧，其余是营业部，排列着许多办公桌，职员们正坐在桌前紧张工作。

服务台外侧是狭窄的走廊，墙边有一长排玻璃橱窗，陈列着"本公司生产样品"，琳琅满目。瓶贴的款式、色彩和图案，各不一样。

井川君对服务台的服务小姐深深地鞠了一躬。

"我是《经济论坛》杂志社的办事员，本社长说只要递上他的名片就能拜取这类药品。请多关照。"

他从粗糙上装的口袋里取出信封，小心翼翼地从信封里取出名片。

戴眼镜的二十四五岁的服务小姐接过名片。

服务小姐眼镜上的玻璃片闪闪发光。她一会儿看看名片，一会儿打量井川君。头上掺有白发，脸上是性格耿直的表情。根据服装判断，是外出办事的模样。

"请稍等！"

"是。"

服务小姐手拿名片走到营业部最里边的大办公桌那里。白色的墙上挂有一座大石英钟，靠墙边坐着的男子好像是科长，四十开外，脸朝着走廊。从他的角度，可以环视整个营业大厅的工作情况。

井川君走到走廊陈列橱旁边，一一欣赏排列得错落有致、名目繁多的药物样品。有一些样品上，注有"医师用"的标签。精神镇静剂HP是药品名，不是商品名。在注有"医师用"药物样品中间，有一只扁平小盒，表面是蓝底色，印有黄色的英文字母。井川君断定那就是HP精神镇静剂。

井川君没有转过脸望身后，而是在心里一个劲地盘算着，背后靠墙的那位科长究竟会怎样发落清水四郎太的那张名片。

多亏为山越贞一退职金与《经济论坛》杂志社交涉有关事宜时，见到清水四郎太，才得到他那张珍贵的名片，真是太幸运了！

记得那天在《经济论坛》杂志社与肋坂主任为山越君交涉时，他突然慌慌张张地离开座位走了出去，请出社内的巨头——清水四郎太。清水社长闻讯也急急忙忙地闯进来，井川君朝他鞠躬，社长脸上露出极不痛快的表情。在井川君还没有递上名片之前，他已经爽快地递上自己的名片。没想到这张名片如今用在刀刃上了。井川君觉得是天助自己，应该谢天谢地才是。

井川君到车站广场的刻字店，购买了一枚现成的"清水"印章。现成的印章有许多，例如渡边、田中和清水等。名片下边的文字是井川君加上去的：

日本《经济论坛》月刊杂志社

社长兼总编清水四郎太

东京新桥宝满大厦四楼

请把曾经拜托过贵社的东西适量交给来者

曾经拜托的东西，是指HP。井川君断定清水四郎太经常向这家制药公司要这种药品，所以称它为"曾经拜托过的东西"。

清水四郎太和福寿制药公司总经理之间的关系甚为密切，清水社长曾经在《经济论坛》临时增刊杂志上大力吹捧福寿制药公司。文章标题是"福寿制药公司通过技术开发为制药行业迎来新的战国时代"。

福寿制药公司向《经济论坛》杂志社献上广告赞助费，顺便按清水社长的要求供给特殊药品。这是企业与敲诈大王——《经济论坛》杂志社之间相互利用的关系。

山越贞一与其妻山越静子被杀害的状况一样，都被凶手事先在饮料中注入这种HP药物，而这种药物无疑是清水社长交给下田行长的。昨晚在咖啡馆里，乔君也断定山口和子被害前一定是喝了含有HP的饮料，在几乎丧失了思维和抵抗能力的情况下被凶手悄悄地勒死。

下田行长与清水社长之间关系特殊，清水手中虽握有下田行长的丑闻，但又离不开他的经济援助。清水社长把从福寿制药公司弄来的HP交给下田行长，为他提供杀人灭口的犯罪药物。这种相互勾结和相互利用的关系非同一般，简直是一群丧心病狂、杀人不眨眼的刽子手。遗憾的是，现在还没有确凿的证据。

井川君一边观看样品，一边欣赏着陈列橱，却心不在焉，全部注意力集中在背后那个靠边的座位上。他已经做好准备，一旦察觉有人用电话询问清水四郎太，立即拔腿就跑。若是这次取不到HP，就另想其他办法。

这时候，井川君的背后传来服务小姐的招呼声。只见小姐手里拿着两个小盒子，蓝底色，黄色的英文字母，与橱窗里标有"医师用"标签的样品完全相同。

"请收下。"

井川君低头行礼后，从服务小姐手中接过两个小盒子。

"衷心感谢！"

井川君一连行了三次礼，而后将两个盒子分开放在两个袋里。

"那，对不起了。"

井川君像办事员似的再次弯腰行礼。一离开福寿制药公司，脚下便加快了速度，心也跟着紧张起来，好像随时要被人抓住似的。

走到日本桥地铁站，月台上已是人山人海乱哄哄的，井川君此刻与站台上的人群一样心里乱极了，唯恐福寿制药公司派人追讨HP。他一步跨入几乎满员的电车车厢，突然感到胸前好像有一只盒子不在了。不可能是自己弄丢的，大概是在拥挤的人群中给挤丢的。

剩下的一个盒子里是注射器管状容器，上面标有70cc的容量。

井川君望着那可怕的数字，茫然不知所措，肯定有人从福寿制药公司门前一直跟踪自己，趁机从袋里偷走HP。

次日下午四时左右。

全相银联会馆大厦二十四楼层的玛斯塔办公室里，经理横内三郎与乔君正在相互商量着什么。

横内经理把撰写好通知的便笺给乔君看。

"这样写你认为行吗？"

横内经理征求乔君的意见。

邀请书

首先敬祝阁下身体健康长寿。

承蒙阁下厚爱本高级餐馆,谨此叩谢。

为表示感谢,兹定于十一月五日晚七点整在本高级餐馆举行别开生面的小型观赏会。届时一定让阁下感到惊喜,年长者不减当年,年壮者焕发青春,皆可以此为人生的良好开端。并请在这愉快的时间里举杯畅饮,一醉方休。

鉴于本观赏会内容隐秘,仅限会员本人光临,恭请准时出席,迟到者谢绝入内。本请柬为入场券,勿忘出示,仅持会员章者不得入内。

本观赏聚会一旦开始,一个半小时内禁止任何人随意出入。本观赏会的时间、地点和内容,敬请严格保密。

此致

敬礼

玛斯塔高级餐馆经理　横内三郎　敬上

乔君读完一个劲地点头称赞:

"写得太好了!"

"这样的文笔算不了什么!"

横内经理的脸上露出得意的神情。

乔君反复阅读邀请书草稿,眼睛骨碌碌地直转。

"年长者不减当年,年壮者焕发青春,皆可以此为人生的良好开端……这样的写法妙不可言,事实上是暗示某种刺激性的内容。"

横内经理笑了。

"你已经向下田主席汇报了吧？！"

乔君压低嗓门问。

"妈妈桑说，她已向下田主席汇报过了。"

"真的吗？"

"听说下田主席眉飞色舞，喜笑颜开，还向全相银联干部们通报了。"

"横内经理，不会那个吧？"

乔君露出不安的神情。

"什么？你说的那个是指这？"

横内经理用大拇指和食指勾成一个圆圈，按在额头上代替警徽。

"用不着担心那些人。下田主席在警察局里有内线，适当给一点小费就可以打发了。"

"这，就可平安无事了。"

"乔君，我已大话说出去了，现在最重要的是要有东西，你可别大意哟！"

"我可以保证，绝不是那些大街小巷随处都能见到的劣质录像带。它是直接从外面进口的，属于目前国外最新制作的片子，比国产的要强多了，还是原版片。"

"是秘密拍摄的？"

"是的，非常精彩，十二分的刺激。观看时令人想入非非，跃跃欲试，即使是同性恋者和手淫者也会改变……"

"是真的吗？"

横内经理感到口渴，咽了一口唾沫。

"请相信我。"

"你真能弄到那样的录像带吗？"

"我有这方面的门路，这些朋友都是……"

乔君用右手指斜着在自己的脸上劈了一下，意思是暴力集团组织。

"事后不会出什么麻烦吧？"

"请放心，绝对不会有任何麻烦。"

"这些出席者都是金融界和企业界的巨头，万一有半点闪失，我就是剖腹也解不了他们的恨。"

"横内经理，我知道这利害关系，请千万放心，我向你保证。"

"也只好请你承担责任了……"

"那是应该的。我朋友说绝对放心。"

"事情已经到现在的节骨眼上了，除了相信你也别无他路。小费吗，我已经准备好了……"

"横内经理，出席对象除昭明相互银行和东日本相互银行外，还有其他主要相互银行的干部吧？"

"是的，他们都喜欢。我刚才不是说了吗，下田主席悄悄向内部透露了一下，他们都兴致勃勃。"

"女人们的反响呢？"

"你是说服务小姐？是啊，她们也都想开开眼界。不过，我只挑选了四五个守口如瓶的服务小姐，让她们边看边为客人服务。"

"妈妈桑也来吗？"

"那当然啦！她与下田主席一同光临。"

"太好了，还有哪些人参加呢？"

"因为餐馆所有的门都要锁上，我挑选了一些主要管理人员和服务生帮忙。另外，会计川濑春江小姐也参加。"

"会计川濑春江小姐也参加？"

"她说一定要看。女人是最好奇的。"

"是吗？"

乔君眯起眼睛搓着两只手。

"横内经理，餐馆内原有设备也很重要，我现在想去看一下会场。"

"好。"

横内经理为乔君带路，离开办公室朝会场走去。地面铺设着火红绒毯，排列着洛可可款式餐桌和餐椅。作为派对会场的临时摆设，是一架黑色大型三角钢琴和百花盛开的硕大花瓶，迎接客人的准备工作已经就绪。

"啊，太豪华了！"

乔君第一次大声感叹。曾经作为钟点清扫工，大白天里多次与清扫公司的同仁到这里清扫。当然在横内三郎面前，他只字没提。

"十一月五日晚上的桌椅就这样排列吗？"

乔君镇定情绪后望着横内经理的脸问道：

"从今天算起，到十一月五日还有十天左右的时间。"

"是啊，你说怎么排列好呢？"

横内经理以商量的口吻转过脸来。

"大屏幕电视机放在那个位置吧？"

乔君指着正面：

"……必须使用大屏幕的电视机！以电视机为中心，把桌子椅子围成扇形排列，就像欣赏音乐会的格式。"

"乔君，你真有一套，简直像制片人。"

"不好意思……哦，还有，横内经理，有一件事情我差点忘记说了。在放录像的过程中，出借录像带的人要求寸步不离现场。"

"为什么，那个人？"

"那是特别录像带，他是出借人，担心我们复制录像带。这作为首要条件，否则他不愿意借给我们。"

"那是出借人提出的附加条件，我也无可奈何。"

"对不起了，按理说，那也符合情理，请原谅。"

乔君再次郑重地叙述了一遍。

弹劾檄文

十一月五日下午下起了蒙蒙细雨。

全相银联会馆二十四层楼的玛斯塔高级餐馆里开始热闹起来，晚上六点过后，客人们陆陆续续地走进会场。经理横内三郎站在大门一侧，严格检查着每张入场券。今天晚上与往日有所不同，无论多么熟悉的客人，即便佩有"相银联会员"徽章者也失去平日里畅通无阻的自由。没有入场券，任何人不得入内。

桌子和椅子的排列也与平时不同，那幅镶有金边的大型油画下面，是一架三十六英寸的大型彩色电视机，简直像置身于电视台立体声录音房内。桌椅排列与此相应形成扇形，以便观众视线聚焦在电视屏幕上。餐桌上排列着酒瓶和玻璃酒杯，电视机旁放着一套精致的立体声供放设备。

经过横内经理严格检查后进入会场的客人，都是清一色的绅士打扮。在这些人中间，有的脸上堆满微笑，有的脸上毫无表情，有的脸上心不在焉。仔细察看，他们的神色却都给人一种热血沸腾的感觉。

客人们走进会场坐到吧台前，开始端起酒杯喝酒，犹如品尝美味佳肴前先喝一些酒垫底，做好特别电视片欣赏前的准备。

五位被挑选出来的服务小姐，是平日里颇得妈妈桑和经理好感和信赖的姑娘。今晚她们将陪同客人观看和为客人服务，别看她们平时陪客老道，可今天不知咋的，都频频失态，不是把端给客人的酒杯打翻，就是在陪客人说话时笨嘴笨舌。管理员和服务生也时不时地相互撞来撞去把酒泼翻在地，心神不定。

乔君蹲在电视机旁边的地上，装模作样地调整电视机和立体声设备。

六点四十五分，门口出现一位戴长舌帽的男子。乔君看见横内经理在盘问那个人，便离开电视机大步走过去。

"横内经理，今晚的录像带就是他供应的。你忘了，我不是前几天跟你说起过这事，为了不让复制，他一直要监视到放映结束为止。"

乔君说完，横内经理琢磨了一下点点头，又直瞪瞪地望了那男子一眼。男子的鼻梁上架着一副墨镜，帽檐很长，一直遮到鼻子那儿。

"谢谢你帮了大忙！"

横内经理朝那个男子鞠了一躬。

戴墨镜的男子是井川君。他和乔君一起来到电视机旁，一边把录像带装入放映机里一边轻声对乔君说：

"谢谢！"

乔君无声地笑了。

"真是一派盛况！瞧，已经满员。"

座位上几乎已经坐满。原先坐在吧台那里的客人也回到规定的座位上。餐桌上放着每位客人自点的酒、冰块和玻璃杯等，客人纷纷把酒倒入杯里。那种放映前焦急期待的气氛，弥漫着整个会场。

乔君轻声对服务生领班说了几句，领班随即将许多大瓶矿泉水和玻璃杯排列在吧台上。井川君望着那么多拢在一起的玻璃杯，会心地笑了。

此时，全国相互银行联合会的主要高层干部基本到齐。

昭明相互银行出席人员有：执行董事楠见定文，常务董事饭田健二，中野晴夫，浅井敏雄，董事小出园一，监察董事佐伯忠一；

东日本相互银行出席人员有：行长安中武章，执行董事森口隆之，常务董事井上孝夫，桥本正人，伊东晴雄。此外，在全相银联会馆里设办事处的各地相银的高层干部。他们都坐在扇形的指定座位上。

几乎都是五十岁以上的小老头以及超过六十岁的年长者，他们一边喝酒，一边与邻桌的宾客结对交谈。这种形式与平时的夜总会有所不同，说话声，嬉笑声不受拘束，整个会场乱哄哄的有点像街头茶馆。

除全相银联的会员以外，陌生面孔不多。

寿永开发公司的立石恭辅总经理和宫田利夫总务科长；

《经济论坛》月刊杂志社的清水四郎太社长，他把司的克拐杖撑在两腿中间，颧骨高高凸起，两眼瞪得几乎就要蹦出眼眶。

这三位客人是昭明相互银行下田忠雄行长的特别客人。最近一段时期，一直对玛斯塔敬而远之的清水社长似乎也让好奇心占了上风。他以经济评论家自居，一本正经的表情。其身旁是编辑部主任肋坂君。

"下田行长怎么还没有出席？"

"妈妈桑今天怎么啦？"

晚上七点，放映的时间就要到了，客人中间开始传出悄悄的议论声音。大型电视机的正前方，空着五张座位。

离七点还差五分钟的时候，经理横内三郎朝走廊上深深鞠了一躬表示欢迎。原来，是下田忠雄和增田富子来了。他俩身后跟着没有佩带议员徽章的中原和亲、一宫睦次郎和曾我英世，满面笑容，精神焕发，朝特别招待席走去。

"大家好，大家好。"

对于客人们的掌声欢迎，下田行长微微点头示意，脑门上格外光亮。

他身后的增田富子笑容可掬，用十分温柔的口气对诸位客人说：

"欢迎光临，欢迎光临。"

妈妈桑今天更是风姿绰约，衣着华贵。肩膀和下摆上的紫色牡丹花图案，与她那漂亮的身材十分和谐。后脑勺瀑布般的秀发上，扎着彩色绸带编织的大蝴蝶结。

"嘿，妈妈桑，今晚你独领风骚啊！"

"下田行长，祝你幸福。"

为下田行长的喝彩笑声不断。轻浮的叫喊声，已经提前兴奋起来。

七点钟到了，经理横内三郎关闭了大门并在内侧插上保险。乔君在电视机前弯下腰忙碌着，监视人井川君蹲在乔君的边上。

"请主办者致辞。"

不知是谁说了一句，下田行长半开玩笑地说：

"没有必要。"

"会议开始！"

又不知是谁模仿举行股东大会的样子，向全体出席者大声宣布。于是，大家又"哇"地哄堂大笑起来。

随着横内经理示意开始的手势信号，会场照明灯光顿时暗淡下来，客人们盼望已久的观赏会正式开始了。横内经理赶紧找到自己的座位，会计小姐川濑春江坐在其旁边座位，他俩屏住呼吸，两眼直盯着前面的屏幕。

音响开始爆发出惊天动地的摇滚乐曲，电吉他和萨克管歇斯底里地狂奏起来，其鲜明奔放的节奏，宛如连续闪烁的舞台灯光震耳欲聋。

传来慷慨激昂的歌声。

电视银屏上出现英语字幕。此刻，每个人的脸犹如木偶呆呆地望着。

银屏上出现彩色画面。

……曲艺场大小的舞台，年轻的金发女郎一边淫笑一边跳脱衣舞，卖弄风骚。她边跳边把裹在身上的衣服一件件脱掉扔在地上……狂热的音乐高潮出现了，接着是悦耳的立体声音乐。哑剧裸体舞展现在大家的眼前……

少顷，电视镜头从前台切换到后台。背景是花式窗帘，中央是大桌子，宛如餐厅那样的摄影棚。红发女郎和一男子坐在靠墙边的椅子上，相互搂抱，相互接吻。

"讨厌！"

服务小姐们发出娇滴滴的声音，脸纷纷朝着地面。

狂热的电吉他音乐声响起。

此刻，观摩会场上响起迪斯科音乐，三十六英寸的电视屏幕仿佛也在剧烈地跳跃。

会场上的迪斯科音乐，与有乐町香才里才影剧院放映的《狂热的男人》相似，让井川君情不自禁地想起了被害的山口和子。

长条吧台上放着的几十只盛有矿泉水的杯子，却没有人理会。那些管理员和服务生，一个个聚精会神地紧盯着电视画面。

"喂，给我一杯水喝。"

"我也要。"

"我也要。"

这声音提醒了大家，整个会场热气弥漫，人人感到口渴，都迫切希望喝上一杯水解渴。

乔君手里拿着小而扁平的玻璃容器，那里面盛有HP药液。他动作迅速，已经敏捷地在几十只盛有矿泉水的杯内各注入两滴HP药液。

"在日本桥地铁站台上从我口袋里盗走一盒HP的家伙，果然是他！"

井川君一边回忆一边自我解嘲。

电吉他音乐又狂响起来。

"喂，快送水来。"

客人们争着嚷了起来。

"我也要一杯冰水。"

脸色泛红的服务小姐也过来取水。乔君动作麻利，把水杯放入银盘交给服务小姐。可剂量还是不够，剩下的得由井川君袋里的HP帮忙了。

领班和服务生仍然聚精会神地盯着电视画面，毫无改变"临时观众"的迹象。这正好便于井川君与乔君联合行动。

电视画面上，一个男人和两个女人交替着做爱，翻来覆去，滚过来滚过去，简直眼花缭乱。

三人都是专业裸舞演员，毫不厌烦，精力充沛，相互配合，精湛的演出深深吸引了这些观众。

场内温度大幅度上升，癫狂的氛围促使着大家尽快喝水解渴。

"喂，我要水。"

"请给我水。"

"请稍等，这就送来。"

乔君和井川君在昏暗中忙忙碌碌起来。井川君从袋里取出仅剩的一支小型玻璃容器，背对着观众席，将这种无味的液体滴入剩下的杯中。

下田忠雄也感到口渴，咕咚咕咚地一口气喝完了一杯水。增田富子、横内三郎、川濑春江等人，也都把杯中的水一饮而尽。那位警惕性一向很高的清水四郎太社长终因抵挡不住口渴，也把手伸向杯子将水喝光。观众席上的客人几乎没有不喝的，有些人还不止喝一杯。

仍然是狂欢似的摇滚乐响声。

就在这当儿，电视画面变了。

山梨县石和那里的城堡情人宾馆，出现在大家的眼前。

告别彩河

电视画面开始转换。

画面上出现的是一座城堡，壁龛里伫立着采用绯色铠甲铁片编织成的盔甲，地板上铺设着藏青色的棉毯，上面绣有"风林火山"四个金字和一面"鲤鱼旗"。天花板上，横穿着一根弯曲、粗壮的原木大梁。

刚才还在大声喧嚣的摇滚击打乐，转眼间鸦雀无声，死一般寂静。刹那间，令人深感毛骨悚然，不寒而栗。天崩地裂般的迪斯科舞厅，猛然间变成万籁俱寂的禅寺。瞧每个观众脸上痛苦的表情变化，仿佛耳朵底被狠刺了一刀，在忍受着剧烈般的疼痛。

少顷，观众席似乎出现了小小的骚乱。眼下，即将放映的内容是什么？也许是古时候战国时期的故事电视剧……大家交头接耳，议论纷纷。

由于外国原版进口的裸体录像刚放映结束，大家还一时摸不着头脑。

摄像机的镜头渐渐移动，从盔甲开始移向双人床。观众一看见是双人床，又以为是……刚才紧绷的脸又开始松弛，嘴角堆满了笑容，安静地观看起来。啊，这可能又是一种别出心裁的题材！刚才的骚动，顷刻间偃旗息鼓。大家伸长脖子，期待着美须武士和艳丽侍妾尽快出现在双人床上。

铺得整整齐齐的双人床上没有男人也没有女人，长达几秒钟的镜头特写停留在那里。镜头开始徐徐离开房间移向走廊，步入到电梯门前。门开了，镜头乘上电梯，往下移动，停止，传出电梯门自动打开的声音。

镜头朝右侧正前方靠近，还是没有人。霎时，电视画面下出现一男子伸出的手臂，手上晃动着一万日元纸币，接着抽回手，传出纸币晃动的清脆响声。这过程，没有说话声。

镜头离开情人宾馆，来到大街的人行道上，前面有一家咖啡馆。镜头走进咖啡馆店堂内凑近餐桌，当餐桌占据整个电视画面的时候，镜头不再移动，而是停留在餐桌本身和座椅上。

餐桌上出现两杯盛满饮料的玻璃杯，其中一只玻璃杯上方出现了两滴无色透明的液体，先后掉入玻璃杯，顷刻间与杯中的饮料混合在一起，没有声音。电视画面上的一端，又出现了刚才那只男人的手。那手端起杯子，杯中的饮料开始倾斜向外涌出，传出咕咚咕咚进入喉咙口的声音。

观众们也犹如身临其境，无意识地端起桌上的玻璃杯一饮而尽。

"喂，再来一杯水。"

"这就送来。"

乔君手托银盘在客席与吧台之间往来穿行，为客人们输送冰水。

须臾，镜头离开咖啡馆。

井川君望了一会儿乔君健步如飞的身影，又望了一会儿电视画面，不断点头表示赞许。前天傍晚，乔君站在装有电视摄影器材的面包车边上，从车上走下一个东西影视制片公司的谷冈太一导演，乔君把他这位朋友介绍给井川君。井川君想起谷冈导演说过这么一句话"今天到西边很远的地方拍外景"。原来如此，是为了拍摄制作这部特别电视片从石和那里回来。乔君是这部特别电视片的制片人，无疑一起去，一起回来。乔君调查了山越君的"死亡路线"，拍摄了石和城堡情人宾馆那间套房以及附近那家咖啡馆。曾经在咖啡馆与乔君一起喝咖啡的时候，井川君已经感觉到了。

现在放映的特别电视片，是以山越君的视角为拍摄镜头，俗称"一人电影"。

乔君干得太漂亮了！

井川君佩服得简直五体投地。

电视画面切换到出租车里，先是司机的背影，而后是窗外一望无际的胜沼盆地的葡萄地。遥远的山脉和擦肩而过从对面驶来的车辆，一一展现在屏幕上。

井川君蹲在立体声音响旁边，目不转睛地注视着观众脸上的表情变化。下田忠雄、增田富子、中原和亲、一宫睦次郎、曾我英世、楠见定文、饭田健二、中野晴夫、小出园一、佐伯忠一，他们并排坐在一起，他们是昭明相互银行的高层干部和国会的三名议员。安中武章、井上孝夫、桥本正人、伊东晴雄，他们是东日本相互银行的高层干部。福本贯一、川野武彦、大塚富雄、吉井健三，他们是关西相互银行的高层干部。荒井忠平、浜木浩三、若林恭二、根本正雄，他们是永福相互银行的高层干部。熊谷勉、神岛俊二、加藤源一郎，他们是日本海相互银行的高层干部。此外，还有大日相互银行、西部相互银行、北关东相互银行、陆奥相互银行、南海相互银行和北海道相互银行的高层干部。此外，还有寿永开发公司的立石恭辅总经理、总务科长宫田利夫，以及《经济论坛》杂志社的清水四郎太社长和该社编辑部肋坂主任。边座上，还有玛斯塔的经理横内三郎、会计川濑春江和五位花枝招展的服务小姐。

从观众们喝下第一杯冰水算起，已经过去二十分钟了。

电视画面开始摇晃，镜头似乎喝醉了酒。

葡萄地和大山公路相继闪过。

突然，沉默片刻的立体声音乐咆哮起来。

画面上出现出租车司机的背部，正全神贯注地驾驶车辆。平地走完了，高地出现了，上坡道的正面排列着许多农户平房。镜头朝它们靠近，画面上出现指示牌，上面写有"盐山温泉"几个字。

昏暗的会场里，经理横内三郎瞪大眼睛凝视，会计川濑春江离开座位呆呆地站着。此刻，横内经理吹胡子瞪眼，眼看就要朝电视机扑去。

立体声音乐和歌声回荡在会场的上空。

那是香才里才影剧院山口和子被害时放映的《狂热的男人》主题歌。

出租车戛然停车，镜头从车上下来时不断摇动，镜头还是山越贞一本人的视角。左侧的画面上有一只女人纤细白嫩的手。

摇晃的电视画面稍稍停顿了一下，"镜头"的手被女人挽着。

镜头对准路边，而后对准离去的出租车。虽只能看见司机的背影，但车顶上"甲武交通"的名称招牌非常清楚。

镜头又摇晃了一会儿，又坐上另一辆车。这时候，女人的手没有了，司机的背部也没有了，而是车窗外迅速消逝的风景。

镜头开始攀登陡坡，山坡下是沉睡的河流和农家房子，两边是树林。渐渐地，河流和农家消失得无影无踪，树林继续向前延伸，镜头继续向上攀登，山连着山，紧接着出现了山脊。镜头来到村庄，又摇晃着来到三岔路口的一棵树下。那里竖有一块指示牌，指示右面是大菩萨山峰。

镜头选择左侧道路向前移动，这是主要干道，没有竖立青梅公路的指示牌。眼前已经没有村庄，而树林继续向前延伸。画面上，镜头向右再绕到左向上攀登。每往右绕一次，视角则改变一次，出现对面大山的不同角度。陡峭的斜面，到处可见裸露在外面的白色花岗岩石。密密麻麻的杉树里，掺杂着不少绿叶松大树。

镜头与装有木材的卡车擦肩而过，这时候驶过一辆装有花岗岩石材的卡车。每绕过一个弯，就传来轮胎摩擦地面的声音。

镜头停止移动，朝着对面的三角形山进行正面拍摄，陡坡犹如断崖。镜头对准断崖顶沿着崖壁向下移动，距离崖边二十米下面的地方是采石场，中间崖壁是大片犹如厚厚积雪的白色花岗岩石，采石场有工棚和卡车。

镜头转身下坡，片刻到达断崖山脚的采石场那里。镜头没有转向工棚和卡车，而是进入一条连接断崖顶上的羊肠小道朝上攀登。这时候，从左侧伸出男人的手，镜头和男人的手一起朝上攀援。这时候，刺耳的摇滚乐骤然响起。

到达距离采石场有二十米高度的断崖顶上，镜头摇向天空，摇向大菩萨顶上重叠在一起的巅峰，接着摇向北甲斐山脉。画面上出现了鸟群。

镜头里出现一张纸片，随风飘落到草丛里，上面印有人的相片。这是镜头特写。

满头黑发……是一张经过修饰加工的脸。他就是昭明相互银行行长下田忠雄。

增田富子用手捂住眼睛和脸，下田忠雄则瞪大眼睛注视。

镜头一直朝前摇晃，正前方是天空，是山的远景。

镜头继续朝前，响起电吉他伴奏的音乐。

镜头开始跟跟跄跄地向前移动。

画面上出现断崖镜头。镜头趴在断崖边向下俯视，距离二十米下边的采石场像一块巴掌大的平地，工棚和卡车像儿童玩具那般大小。

立体音响里传出歌声的最高潮，电吉他伴奏的响声高高扬起。

摇滚乐摇曳着整个会场，响起天花板破裂般的巨响声。

座位上响起愤怒的吼叫声，是一个男人的声音。

他是经理横内三郎，瞧他怒发冲冠，瞪大眼睛，张大的嘴巴简直占据了整个脸，颈脖子上的领结不知飞向哪里，黑色的上装制服眼看就要被他撕破。他朝电视机大步走去，企图一拳砸碎那可怕的画面。

随着震耳欲聋的摇滚乐，传来女人的悲鸣声。会计川濑春江站着用两手蒙着脸，乱蓬蓬的长发仿佛直立在脑壳上。

"凶手果然是他俩！我曾做过这样的结论，可手上没有确凿的证据。"

乔君望着横内三郎和川濑春江哭丧的模样，得意地对井川君说，两眼炯炯有神。

"你采用让凶手自我暴露的方案成功了！横内三郎从盐山温泉用车把山越贞一载到采石场的断崖顶上，暗示已经被灌入HP失去意识的山越君朝前走，唆使他跳下断崖。担任引诱山越君的神秘女人，大概就是川濑春江吧？我真没想到，川濑春江居然冒名梅野安子。太卑鄙太狡猾了！"

井川君狠狠地瞪了那对狗男女一眼，对乔君说。

这时候正朝着电视机猛扑过来的横内三郎突然迈不开脚步，全身像散了架似的摇摇晃晃地坐在附近的座位上。川濑春江那双使劲揪着头发的手也朝下垂着，无精打采地坐在自己原来的椅子上。

这一对无恶不作、丧心病狂的男女，像两头被开水烫过一动不动的死猪。精神病患者从激烈亢奋变成狂暴的时候，只要给他服上这种药，就能立竿见影顺从别人的旨意。这种HP液体只要进入体内三十分钟就可显灵，发挥难以想象的特有效果。

再看其他宾客，也都已进入药性发作状态，似乎比他俩更早更乖。

服入一毫升HP三十分钟后，首先是全身乏力，动作迟钝，语音不全，舌头僵硬，俨如痴呆症患者。丧失思维能力后，对周围发生的任何事情漠不关心。此刻，四十多名客人都服用了HP药液，那种特殊现象已经出现。

电视画面已经消失殆尽，电吉他音乐已经偃旗息鼓。屏幕上什么也没有了，可观众们没有人打算从椅子上站起来，一个个都乖乖地坐在座位上，没有窃窃私语，没有交头接耳，酷似一群正在听老师讲课的幼儿。

他们是：

下田忠雄和增田富子以及昭明相银的出席人员，执行董事楠见定文，常务董事饭田健二，中野晴夫，浅井敏雄，小出园一，监事佐伯忠一；

东日本相银出席人员：行长安中武章，执行董事森口隆之，常务董事井上孝夫，桥本正人，伊东晴雄，以及在全相银联会馆里设办事处的各地相银的高层干部。

寿永开发公司的立石恭辅总经理和宫田利夫总务科长；

《经济论坛》杂志社的清水四郎太社长和编辑部主任肋坂君；

国会议员中原和亲、一宫睦次郎和曾我英世；

玛斯塔高级餐馆的领班、服务小姐、服务生和横内三郎、川濑春江。

田中让二和井川正治郎相互对视，似乎在商量如何处置这两个家伙。

田中让二避开井川正治郎的视线，快步靠近东日本相互银行执行董事森口隆之的身边。

"森口先生。"

森口执行董事虽然眼睛睁开着，却像在做梦一样迷迷糊糊的。

"弹劾昭明相互银行下田行长的檄文已经印刷好了吗？"

田中让二问道。古铜色脸、身体结实的森口隆之不停地哈腰点头。

"你把印好的檄文都带来了吧？"

724

森口隆之没有说话，还是一个劲地点头。

森口隆之根据田中让二的指示，从口袋里取出钥匙插入放在膝盖上的那只黑色公文包的锁孔。包盖打开了，他取出一大叠印刷品交给田中让二。这时候的森口隆之，唯唯诺诺，唯命是从。这也是HP的特别效果。

田中让二取出一张印刷品交给井川正治郎，异口同声地朗读起来。

大标题是《弹劾犯有严重罪行的昭明相互银行行长下田忠雄》。

下田忠雄，大肆侵吞全相银联的公款！

……目前，相互银行界与互助金业者的贷款成交额，详细情况如下：名利第一的相互银行年贷款额为二千七百六十二亿七千万日元，与去年相比，同步增长百分之一百一十五点；名列第二的相互银行年贷款额为二千六百二十五亿九千万日元，与去年相比，同步增长百分之一百七十八点八；各列第三的相互银行贷款为二千零三十七亿五千万日元，与去年相比，同步增长百分之一百八十六点三。

综上所述，总贷款额远远超出预计的数量，成绩喜人。互助金业者要求政府制定新法令，将其升格为百姓金融金库（暂定名称），这是时代发展的要求。正如当年《相互银行法》的颁布，无尽公司得以升格为相互银行，从而为我国的金融业大踏步发展起到了积极的作用。今天，本相互银行界为互助金业者融巨资并输出资本，支援互助金业者发起的"百姓金融金库"早日立法的运动是在情理之中的。

为此，本相互银行界向执政党和民主党派的国会议员提供了政治捐款。作为受全体会员单位委托的全相银联会长下田忠雄，却在过去的三年间辜负了大家的期望，利用大家的信任为己谋私利，从上述政治捐款中侵吞了三亿日元。由于下田忠雄隐瞒三亿日元，中饱私囊，从而没有国会议员亲笔领受的凭证。我们经过缜密调查，确认其犯罪事实确凿和贪污金额属实。

对于这一事实，我们准备以侵吞罪要求检察院对下田忠雄立案侦查。

下田忠雄在全相银联会馆开设玛斯塔高级夜总会，并擅自让其情人增田富子经营。这种公私混淆的营私舞弊行为，我们决不能允许！

全相银联合馆，是加盟全相银联各会员单位出资建立的。为促进会员单位相互之间的和睦友好，建立玛斯塔这样的社交场所必须事先征得全体会员单位的认可。

然而下田忠雄在联合会里实行独裁式领导，在没有经过全体会员单位同意的情况下擅自设立玛斯塔，并擅自指定其情人经营。增田富子在银座已经持有塔玛莫等夜总会，如今还把玛斯塔占为己有。

下田忠雄违法乱纪，公私混淆，使各会员单位苦不堪言。迄今为止，大家顾忌下田忠雄拥有主席头衔的权力，敢怒而不敢言。今天，我们会员单位借此机会强烈抗议下田忠雄家长式的武断领导行径，并对其实行弹劾，罢免其全相银联的主席职务。这是我们全体会员单位的一致意见。

此外，下田忠雄在昭明相互银行里也是独裁式领导，大权独揽，利用手中权力擅自设立秘密企业"寿永开发公司"（地址：涉谷区惠比寿五号六十五室），指定其心腹担任总经理，将昭明相互银行的部分贷款列为呆账、坏账处理，将贷款企业的担保物秘密划入寿永开发公司的名下，以中饱私囊。例如，原东洋商社（总经理高柳秀夫）拥有的山梨县东山梨郡内牧町仙科五八一八号至八六一五号以及该郡五原村落合二二五〇号到五一四八号合计一百八十万坪的大片土地，被划入寿永开发公司的名下。为此，东洋商社总经理高柳秀夫被逼上自杀的绝路，而上述一百八十万坪土地已经由寿永开发公司出售给第三者，其巨额收入由下田忠雄一人独吞，存放在寿永开发公司的账上。与此相同的渎职行为，在下田忠雄的身上不胜枚举。在昭明相互银行里，即使了解下田忠雄已经犯下严重的渎职罪行，也没有人敢于直言，相反是订下攻守同盟，守口如瓶，助纣为虐。这是因为下田忠雄在银行内部从高层一直到最低层都安插了自己的心腹，为其监视每一个职员的行动。一旦发现持不同意见者立即降职，或闲置或靠边站或开除。在昭明相互银行内部，下田忠雄实行了设置秘密警察的管制措施。

例如，爱企业如家、责任心强、为人耿直的该行常务董事佐伯忠一，被下田忠雄视作眼中钉降职为监事。

昭明相互银行内部存在的问题许许多多，在此无法一一列举。事实上，昭明相互银行行长下田忠雄的独裁和法西斯手段，已经致使相互银行整个行业在国民中的信誉大幅度下降。为此，我们全体会员单位将自始至终地支持和声援昭明相互银行内部要求下田忠雄辞职的正义行动。

全日本相互银行联合会全体会员谨志

这篇弹劾下田忠雄的檄文，由东日本相互银行起草。关于昭明相互银行内部的具体情况，由该行被降职为监事的佐伯忠一提供。

此时此刻，下田忠雄和增田富子已处在失魂落魄茫然不知所措的境地，呆坐在椅子上，也不知周围到底发生了什么事情。

"井川先生，我已经对弹劾下田忠雄的檄文没有多大兴趣啦！"田中让二对井川正治郎说完，把手中的弹劾檄文扔在地上。

井川正治郎也只是瞥了檄文一眼。

两人的视线开始投向下田忠雄和横内三郎呆痴的脸上。紧接着，他俩分别朝那里走去，绕到各自目标的背后……

　　那里究竟了生了什么？客人们漠不关心，个个全身虚脱，全然不知自己为什么会呆若木鸡地坐在这里？那两个座位上将会发生什么？也没有人朝那里瞟一眼。田忠让二和井川正治郎分别站在两个座位的背后，一个把手对准杀父仇敌……一个朝着残忍杀害山口和子、山越贞一和山越静子的凶手，实施报仇雪恨的正义行动。

　　此刻，他俩的行为没有人关心，HP的用途也画上了圆满的句号。

　　田中让二从录像机里取出两盘录像带放进袋里，与井川正治郎一起把电视机、立体声音响和录像机搬到电梯里，头也不回地坐电梯走了。

　　玛斯塔观赏会的会场正前方已经一片空白，没有电视机和其他放映设备，只有那些一流绅士还围坐在扇形座位上，耷拉着脑袋，全身瘫软。

　　面包车早已在外面等候，从车上走下几个年轻人，彼此间没有说话，敏捷地将电视机、录像机和立体声音响搬上面包车朝远处驶去。

　　井川正治郎与田中让二的口袋里，仿佛有一条联结生死友谊的纽带。

　　夜空朦胧，下起了毛毛细雨。

　　"井川先生，就在这分手吧，再见！"

　　田中让二说。

　　"好啊，那，再见了。"

　　井川正治郎说完，又补充一句道：

　　"但是，我们还可能会在哪里见面，不过，决不会在这种普通的公司里……"

　　"也许还会见面？可我不管去哪里，只要永远跟母亲在一起就不会感到孤独和寂寞！"

田中让二握住悬挂在颈脖上的小布袋摇晃着。母亲的骨片似乎传出轻轻的响声。

他俩迈开大步沿着各自的路走了。一个迈着轻松的脚步，另一个却迈着沉重的脚步……

远处是银座，彩色的霓虹灯竞相争艳，交相辉映，犹如彩色的河流映照在朦胧昏暗的夜空上。

译后记

叶荣鼎

上午8点左右，也就是我快要译完《彩之河》下集的最后一页时，孩子他妈端来了一碗热气腾腾的早点放在桌上。我随即放下手中的笔，将视线投向碗里。呵！核桃那般大的球形食品，银晃晃的，正拥挤着躺在汤水里望着我呢！是汤团，也称元宵。我想起来了，今天是一年一度的元宵节。相传汤团又名元宵，起源于隋朝。隋炀帝于公元610年正月十五，在洛阳搭台举办"与民同乐歌舞晚会"，用实汤圆加糖赐给大臣与歌姬们作为夜宵，而得"元宵"名。时间过得真快，转眼一年过去。约58万字的洋洋长篇翻译小说，陪伴我度过整整360天。去年正月二十开译的漫长翻译岁月里，几乎放弃了所有节假日，醉心于这部小说的双语转换，一个劲地想提前把厚厚一沓译稿快递给出版社，尽早进入三审三校阶段，尽快送交印刷厂付梓，及时让油墨飘香的译著走进书店与读者见面。遗憾的是再怎么起早摸黑也还是快不了。双语转换，再现语言承载的文化信息，是极其艰巨的文案工作，不仅需要字面与意面的180度深翻转换，还必须准确无误地传递异国文化信息，恰如其分地传送作者的创作思想。何况，作家松本清张还是日本古今中作家中名列第八，荣获了纯文学作品的芥川奖等许多奖项，且将纯文学与通俗文学结合得最好、知识渊博的大作家，写作手法和对社会

730

观察的深度、广度和高度，与其他作家不同。因而在翻译过程中，我时常不得不停下译笔琢磨多时甚至多日，不得不上网或上图书馆查阅相关资料，不然难以下笔定稿。

我是1981年考入宝钢科从事翻译工作的，1982年开始业余时间涉足文学翻译。自1983年2月期少年文艺杂志与1983年12月21日新民晚报发表了文学译作《四年级四班松了一口气》与《郊游前夕的遐思》后，一发而不可收拾。

1997年下半年开始潜心于文学翻译，2000年再赴日本留学，一边深造一边继续翻译文学作品。其间，我翻译的《江户川乱步少年大侦探系列》26本荣获国家亚太地区出版联合会APPA文学翻译金奖，由此，开始横下心来继续从事文学翻译。这期间，经常接受邀请赴国内外大学演讲翻译的重要性与内在规律及其翻译方法。回国后，先后应聘于东华大学外国语学院翻译与文化硕士生导师教授和三峡大学外国语学院特聘教授以及江西财大外国语学院讲座教授等。

由于翻译实践中涉及许多学科，要求译者具有宽广的知识面与大量的翻译经验，何况日本属于经济持续发展的大国，又是持续17年夺得17项诺贝尔奖的科技大国。因而，我在翻译的同时，还要研究译学、经济学、经营学与环境学等学科。好在我在日本大学留学期间攻读过这些课程。

在我35年的翻译历程中，松本清张与江户川乱步一样，是我最喜欢的日本作家之一。翻译他的作品时，无时不刻感受到他的创作激情：对日本社会的敏锐洞察力，对底层平民始终持有的高度责任感，为百姓鸣不平，鞭挞社会阴暗面，讴歌魅力东方的风土人情与神奇大自然。有学者说，阅读松本清张的作品，等于浏览和解读高速发展的日本社会，领略东方文化的博大精深与大自然的神奇美丽。我在演讲时经常跟大学生们说，欣赏松本清张作品时，必须静下心来细细品味，切勿只看情节与结局。

《彩之河》上下集，讲述了夜总会背后不为人知的故事，揭露了不法商人不择手段，通过夜总会与会员俱乐部等会所形式，暗中勾结政府官员与国会议员，形成利益集团，恃强凌弱，尔虞我诈，大肆敛财，扰乱正常的经济秩序。

井川正治郎原系东洋商社高管，因遭受劲敌并篡位法人代表的高柳秀夫挤压而被迫辞职。由于年龄原因，只得应聘高速公路民营收费所担任收费员。日本高速公路收费员执勤时，必须头戴大盖帽，身穿制服。这在井川正治郎看来，等同于隐姓埋名，可以躲避往日同事与朋友的视线。

有天执勤时，发现从一辆高级轿车窗口递上过路费的漂亮司机，是昔日女友山口和子，而坐在副驾驶席的男人，正是当年靠奉承拍马赢得信任而篡至企业头把交椅的高柳秀夫。在递还过路票与找头时，快速涂写了相爱时的联络暗号。不可思议的是，山口和子不仅没有回复，反而杳无音信。井川正治郎前往银座牡安夜总会会见妈妈桑山口和子，遭到冷遇。不日，传来山口和子在影剧院惨遭杀害的噩耗。几天后，又传来高柳秀夫在藤尾密林自缢身亡的死讯。又是几天后，传来调查该案的《经济论坛》记者山越贞一坠崖身亡。于是，井川正治郎找到了山越贞一的遗孀。两人合计后，由山越静子前往疑点最大的会员制会所卧底。就在案情有重大突破时，山越静子遭到杀害。分析了山越静子生前寄给自己的最后一封信，找到了提供重大线索的知情人，井川正治郎偕同田中让二（乔君）精心策划了请君入瓮自我暴露的戏中戏，成功地彻底清算了大人物犯下的滔天罪行，还清白于先后含冤离世的逝者。

翻译是文化现象，而文学翻译是翻译领域的最高殿堂。文学是人学，是思想行为学，是用语言塑造人物再现社会现实的艺术。从这个意义上说，文学翻译是推动社会文明发展不可或缺的组成部分。一个开放的国家，或多或少地融入了异国优秀文化。在吸收过程中，经过相撞，磨合与融入三个阶段。通常，优秀异国文化吸收多的国家，科研经济等各方面的发展步伐突飞猛进。与此同时，母语的丰富和改良速度也日新月异，使母语走可持续发展之路。因此，译者的心里要时时刻刻装着读者，配合出版社不断了解读者心里在想什么，读者的阅读欲求是什么。在满足读者的同时，还要引导读好书，读有利于驾驭自己人生航船的好书。

35年来，我为中日文化交流翻译了逾1000万字的日本文学作品，我翻译的《江户川乱步小说全集》46本珍藏于坐落在作者家乡的名张市图书馆内江户川乱步分馆与位于东京都池袋的江户川乱步故居，还获得作者家乡龟井利克市长颁发的感谢状。我翻译的《江户川乱步少年侦探全集》26本，荣获国际亚太地区出版联合会APPA文学翻译金奖与国家出版署出版社优秀少儿图书奖三等奖，光荣入选上海市委组织部《上海留学人员成果集》，荣获上海翻译家协会荣誉证书，大世界基尼斯外国文学译著数量之最证书，上海市科技翻译学会突出贡献奖等，被推举为中国译协第五届理事会理事、上海翻译家协会理事和国际翻译家联盟译员。

今天，在四川文艺出版社、日本文艺春秋社和著作权继承人松本阳一的支持下，我翻译的《彩之河》上下集荣誉出品。我坚信，这部文学巨著将在我国大江南北刮起畅销与长销的松本清张旋风。

中文版《彩之河》巨著的诞生，凝聚着许多同仁的心血。谨此，感谢四川文艺出版社吴鸿社长、张庆宁总编、刘芳念主任、彭炜责任编辑与其他辛勤工作的相关人员；感谢宣传和推介本书的中日新闻媒体；感谢大江南北青睐松本清张小说的广大读者。谢谢！

2016年元宵节于上海东华美寓所